TOM CLANCY
TÖDLICHE ALLIANZ

TOM CLANCY

UND

MARC CAMERON

TÖDLICHE ALLIANZ

THRILLER

Aus dem Amerikanischen von Karlheinz Dürr

HEYNE

Die Originalausgabe erschien unter dem Titel
Oath of Office
bei G. P. Putnam's Sons, New York.

FSC
www.fsc.org
MIX
Papier aus verantwortungsvollen Quellen
FSC® C014496

Penguin Random House Verlagsgruppe FSC® N001967

Redaktion: Werner Wahls

Herstellung: Mariam En Nazer
Satz: Leingärtner, Nabburg
Druck und Bindung: GGP Media GmbH, Pößneck
Printed in Germany

ISBN 978-3-453-27318-4

www.heyne.de

Hauptpersonen

REGIERUNG DER VEREINIGTEN STAATEN

JACK RYAN: Präsident der Vereinigten Staaten
SCOTT ADLER: Außenminister
MARY PAT FOLEY: Direktorin der Nationalen Nachrichtendienste (DNI)
ROBERT BURGESS: Verteidigungsminister
ARNOLD »ARNIE« VAN DAMM: Stabschef des Präsidenten
MARK DEHART: Heimatschutzminister

DER CAMPUS/HENDLEY ASSOCIATES

GERRY HENDLEY: Direktor von Hendley Associates/Direktor des Campus
JOHN CLARK: Operationsleiter
DOMINGO »DING« CHAVEZ: Leitender Außenagent
JACK RYAN JR.: Außenagent/Leitender Analyst
DOMINIC »DOM« CARUSO: Außenagent
ADARA SHERMAN: Außenagentin
BARTOSZ »MIDAS« JANKOWSKI: Außenagent
GAVIN BIERY: Leiter der IT-Abteilung
LISANNE ROBERTSON: Logistik- und Transportleiterin

Weitere Personen

VEREINIGTE STAATEN

DR. CATHY RYAN: First Lady der Vereinigten Staaten
WILL HYATT: Pilot einer Reaper-Drohne der U.S. Air Force
MICHELLE CHADWICK: US-Senatorin
RANDAL VAN ORDEN: Professor für Astrophysik, U.S. Naval Academy
ALEX HARDY: Offiziersanwärter, U.S. Naval Academy

RUSSLAND

NIKITA JERMILOW: Präsident der Russischen Föderation
MAKSIM DUDKO: Persönlicher Berater Jermilows
ERIK DOWSCHENKO: Russischer SWR-Agent, stationiert in Teheran, Iran
OBERST PAWEL MIKHAILOW: Pilot einer Antonow 124, Russische Luftstreitkräfte
ELIZAWETA BOBKOWA: Russische SWR-Feldagentin, stationiert in Washington, D.C.

EUROPA

HUGO GASPARD: Französischer Waffenhändler
LUCILE FOURNIER: Französische Auftragskillerin
URBANO DA ROCHA: Portugiesischer Waffenhändler

IRAN

REZA KAZEM: Führer des Persischen Frühlings
AJATOLLAH GHORBANI: Ajatollah, Mitglied des iranischen Wächterrats
PARVIZ SASSANI: Major, Iranische Revolutionsgarde
MARYAM FARHAD: Dowschenkos iranische Freundin
YSABEL KASHANI: Iranische Wissenschaftlerin; ehemalige Freundin von Jack Ryan jr.
ATASH YAZDANI: Iranischer Luftfahrtingenieur
SAHAR TABRIZI: Iranische Astrophysikerin

KAMERUN

CHANCE BURLINGAME: US-Botschafter in Kamerun
ADIN CARR: Diplomatischer Sicherheitsagent, stationiert in Kamerun
FRANCOIS NJAYA: Präsident der Republik Kamerun
GENERAL MBIDA: Kamerunischer General
SARAH PORTER: Ehefrau des Stellvertretenden US-Botschafters in Kamerun
SEAN JOLIVETTE: Pilot eines F/A-18 Hornet-Hubschraubers der USS *George H. W. Bush*

Ein Mensch, der überall nur das Gute will, muss inmitten von so vielen anderen, die das Schlechte tun, notwendigerweise zugrunde gehen.

Niccolò Machiavelli

1

In Mütterchen Russland bleiben Geheimnisse nicht lange geheim. Information ist Macht. Verrat ist tief verwurzelt. Es grenzte daher an ein Wunder, dass Oberst Pawel Mikhailow von der Abteilung 224 für Militär-Lufttransporte seine Sünden überhaupt hatte geheim halten können.

Das Verfahren, das seine Vorgesetzten gegen ihn eingeleitet hatten, war eine einzige lange Peinlichkeit gewesen. Aber nach der ganzen Qual war es ihm doch besser gegangen, oder nicht? Wie hieß es doch so schön: *Bez muki net nauki* – die Qual stärkt den Charakter. Jetzt hatte er endlich seine Flügel wieder – und war fest entschlossen, sich niemals mehr etwas zuschulden kommen zu lassen, was dazu führen könnte, dass er sie noch einmal verlor. Er würde vorsichtig sein. Er würde sich genauestens an die Vorschriften halten. Und vor allem würde er trocken bleiben.

Mit einer starken Taschenlampe ging der 53-jährige Oberst unter den Hängeflügeln des monströsen Frachtflugzeugs, einer Antonow An-124, umher und inspizierte sie. Tief atmete er den vertrauten Kerosingeruch ein, während eine Brise sein schütteres graues Haar zerzauste. Die hartnäckige Rosacea, eine Hautkrankheit, unter der er wohl für den Rest seines Lebens leiden würde, rötete seine runden, fülligen Wangen. Jetzt, am Abend, war es noch einmal richtig kalt geworden, aber insgesamt war es ein schöner Moskauer Frühlingstag gewesen; der dunkle Teerbelag strahlte immer noch ein wenig Tageswärme ab. Oberst Mikhailow trug Schaumstoffstöpsel in den Ohren, um sein Gehör zu schützen, so klangen das Heulen des Hilfstriebwerks und das hydraulische Maschinenjaulen nur noch wie gedämpfte Musik in seinen Ohren. Er ließ den Lichtstrahl über die breite Unterseite des leicht nach hinten gerichteten Flügels gleiten; er kontrollierte sehr sorgfältig jedes einzelne der 24 Fahrwerkräder, so aufmerksam und gründlich, als sei er immer noch der rotwangige Kadett der Gagarin-Akademie.

Mikhailow hatte noch nie einen Flugzeugabsturz erlebt, nicht einmal eine Bruchlandung oder einen Beinahe-Unfall. Aber sein kommandierender General hatte einmal den Hinweis fallen lassen, ein Pilot könne noch so erfahren und kompetent sein, doch wenn er ein paarmal »wie ein Haufen Scheiße« zur Arbeit erschien, würde es nicht mehr lange dauern, bis die Leute zu reden anfingen. Ironischerweise waren seinen Vorgesetzten keinerlei Bedenken gekommen, ihn fliegen zu lassen, bis sie erfuhren, dass Mikhailow zum ersten Mal an einer der wöchentlichen Gruppensitzungen der Anonymen Alkoholiker teilgenommen hatte. Der russische Staat hatte die AA-Bewegung schon immer mit einem gewissen Misstrauen beäugt, und dass die AA ihre Versammlungen geheim hielten und auf absolute politische Unabhängigkeit pochten, verstärkte die Skepsis der russischen Behörden gegenüber den AA, wie ja überhaupt gegen jede Organisation oder Bewegung, die vom Westen ausging. Aber noch größeren Kummer machte seinen Vorgesetzten Mikhailows neue Einstellung.

Wodka gehörte ebenso zur russischen Psyche wie mächtige Pelzmäntel und Gedichte über Fahrten in Troikas, den dreispännigen Kutschen, die noch im 19. Jahrhundert das meistgenutzte Verkehrsmittel waren.

Im Jahr 1858 wollte die russische Regierung die staatlichen Finanzen wieder aufbessern, die durch den Krimkrieg in eine bedenkliche Schieflage geraten waren. Deshalb verdreifachte sie den Preis für einen Eimer (ca. zwölf Liter) Wodka. Aus Protest gegen die Steuer schworen die Bauern, fortan nüchtern zu bleiben. Abstinenzbewegungen sprangen wie Pilze aus der Erde, als ehemals trunksüchtige Bürger jedem alkoholischen Getränk abschworen, das stärker war als Bier – und das durfte natürlich nicht sein. Die Armee musste äußerst aggressiv und brutal durchgreifen, um das staatliche Interesse am Alkoholkonsum der Bevölkerung durchzusetzen. Die Protestierer wurden ausgepeitscht und mithilfe von Trichtern mit Wodka abgefüllt. Abstinenzlergruppen wurden verboten, und mehr als siebenhundert Rädelsführer wurden als Rebellen weggesperrt.

Wenn sich folglich Oberst Mikhailow plötzlich über seinen Alkoholkonsum Sorgen machte, sollten sich vielleicht auch alle anderen Sorgen machen. Vielleicht war er ja ein Rebell.

Nach drei Jahrzehnten im aktiven Dienst schwebten viele Schutzengel in höheren Rängen um Mikhailow herum, Männer, die mit ihm geflogen waren, damals in Afghanistan in den 1980er-Jahren, und die ihm gegenüber immer noch eine gewisse kameradschaftliche Loyalität empfanden, obwohl sie inzwischen in viel höhere Positionen aufgestiegen waren. Kompetente Piloten mit Mikhailows Erfahrung waren rar, und er sagte sich auch selbst immer wieder, dass er sogar besoffen besser war als die meisten Jungs, die heutzutage die Maschinen der russischen Luftstreitkräfte flogen – so nüchtern sie auch sein mochten.

Aber die disziplinarische Vernehmung war die reinste Qual gewesen. Schon betrunken war es schwer genug, sich die eigenen zahlreichen Mängel anhören zu müssen. Aber wenn man mit klarem Kopf vor einem Tribunal von Generalen saß, die die lange Liste seiner Verfehlungen abhakten, eine nach der anderen, wurde die Sache schier unerträglich. Auch seine hochrangigen Freunde konnten oder wollten das Gremium nicht davon abhalten, ihm mit einer unehrenhaften Entlassung zu drohen. Doch trotz aller Schande war er sich ziemlich sicher, dass sie das nicht tun würden. Hätten sie ihm seinen Pensionsanspruch tatsächlich nehmen wollen, hätten sie damit nicht nur gedroht, sondern es getan.

Obwohl er bei der Anhörung manchmal glaubte, nicht eine Flasche, sondern ein ganzer Eimer Wodka wäre jetzt genau die richtige Menge, schaffte er es, während des gesamten Verfahrens den Mund zu halten. Er tat immer genau das, was man ihm sagte, und bekam am Ende seine Flügel zurück – und mit ihnen genug Vertrauen seiner Vorgesetzten, ihm diese Mission zu übertragen.

Am Tag zuvor hatte er seine Antonow 124 von Migalowo zum Schukowski-Flughafen geflogen. Die Startbahn auf dem 6955. Luftwaffenstützpunkt Twer-Migalowo, dem Heimatflughafen der An-124, war lang genug für diesen Riesenvogel, solange er leer startete, aber voll beladen war das eine ganz andere Geschichte. Heute war Mikhailows Vogel um 74352 Kilogramm schwerer als gestern und brauchte daher eine erheblich längere Startbahn als die, die in Migalowo zur Verfügung stand. Der Flughafen Moskau-Schukowski lag knapp vierzig Kilometer südöstlich von Moskau an der Moskwa. Er diente heutzutage nicht nur als internationaler Zivilflughafen, sondern beherbergte auch das Michail-Gromow-Institut für Flugforschung. Das hatte zur Folge, dass hier die Sicherheitsvorkehrungen schärfer waren als anderswo, und das galt auch für diese Mission.

Der Zweihundert-Kilometer-Flug diente nicht nur dazu, die Start- und Landeleistung der beladenen Transportmaschine auf den jeweiligen Flughäfen zu testen, sondern hatte auch den Zweck, die sechsköpfige Crew zu erproben. Vier von ihnen kannte Mikhailow noch nicht. Mit einem der beiden Bordtechniker war er schon mal geflogen, aber der andere sowie der Funker, der Navigator und der Erste Offizier gehörten nicht zur 224. Luftwaffenabteilung. Ersatzlösungen wie diese konnten vorkommen, vor allem für derartige Missionen, aber die An-124-Gemeinde war relativ klein, weshalb Mikhailow ziemlich überrascht gewesen war, als er entdeckt hatte, dass er den größten Teil seiner Crew noch nicht kannte. Dazu hätte er ganz gern noch ein paar Fragen gestellt, wenn er im Hinblick auf seine Pilotenlizenz festeren Boden unter den Füßen gehabt hätte. Mikhailow wusste, dass sein Ruf als äußerst kompetenter Pilot der notorisch launischen Antonow 124 von keinem anderen Piloten übertroffen wurde, aber auch sein Ruf als Alkoholiker war allgemein bekannt, sogar außerhalb der Streitkräfte. Und natürlich bemerkte er, wie aufmerksam ihn die neuen Crewmitglieder während der Vorflug-Besprechung nach Anzeichen von Alkohol beobachteten.

An diesem Abend war er frühzeitig eingetroffen und hatte mit seiner Ausweiskarte die üblichen Kontrollen an den konzentrisch angelegten Sicherheitsringen mit ihren Türen, Toren und bewaffneten Wärtern hinter sich gebracht, bis er endlich zu seinem Flugzeug gelangt war – gerade noch rechtzeitig, um zu sehen, wie die innen an der Laderaumdecke montierten Krane und die mächtigen Winden die beiden zwanzig Meter langen Holzkisten durch die Heckklappe in das Flugzeug hievten. Den Flugbegleitpapieren zufolge war der Inhalt der beiden Kisten *osoboj washnosti* – »streng geheim« –, oder »topsecret«, wie es die Amerikaner nannten. Zielort dieser streng geheimen Kisten war Saryschagan in Zentral-Kasachstan, wodurch die Klassifizierung ziemlich überflüssig wurde. Denn Saryschagan war ein Raketenstartplatz und -testgelände, deshalb konnte man sich die Frage sparen, was sich in den Kisten befinden mochte. Sie trugen keinerlei Aufschriften oder Markierungen, von den üblichen Computer-Barcodes abgesehen, aber die Dosimeter, die am vorderen Ende beider Kisten befestigt waren, ließen keinen Zweifel daran, dass es sich um nuklearen Inhalt handeln musste. Als Chefpilot war Mikhailow darüber informiert worden, dass jede Kiste knapp über dreitausendsiebenhundert Kilogramm wog. Nach Länge und Gewicht konnte man auf irgendwelche Mittelstreckenraketen spekulieren, sicherlich ein neues Modell, da sie zu einem Testgelände transportiert werden sollten. Aber Mikhailow wurde für den Transport bezahlt, nicht für Spekulationen.

Ihm war egal, was er im Frachtraum hatte, solange er nur fliegen durfte.

Befestigungspunkte an den Raketen ragten durch kleine Aussparungen über die gesamte Länge aus den Kisten, die es dem bordeigenen Kransystem der Antonow ermöglichten, die schwere Last durch die Heckklappe zu hieven und sie im Frachtraum zu sichern.

Trotzdem hätte da noch eine Menge Zeug Platz.

Mikhailow hatte schon ein Bataillon Soldaten transportiert, oder auch riesige Militärfahrzeuge, Tank-Lkws, kleinere Flugzeuge und einmal sogar ein Rettungs-U-Boot. Er und seine Pilotenkollegen prahlten gerne, sie könnten sogar den ganzen Kreml irgendwohin verfrachten, solange sein Gewicht im Flugzeug richtig verteilt würde.

Die Lademeister würden die mächtige Schleppstange hinten im Frachtraum verstauen, sobald die Antonow zurückgeschoben worden war. Sie selbst würden hier zurückbleiben, denn am Zielflughafen in Saryschagan würden ihre Kollegen das Ausladen dieser »streng geheimen« Kisten übernehmen.

Nachdem er seine Vorfluginspektion beendet hatte, ging Oberst Mikhailow zur offenen Heckklappe, schob sich an der Wand neben den bereits gesicherten Raketenkisten entlang und stieg die Treppe zum Oberdeck hinauf. Der Rest der Crew hatte seine jeweiligen Positionen im Cockpit bereits eingenommen. Sie grüßten ihn so höflich, wie es ihm als höherem Offizier und ihrem Chefpiloten zustand, und Mikhailow setzte sich auf den linken Pilotensitz. Egal wie oft er schon hinter dem Steuerhorn eines Flugzeugs Platz genommen hatte, er verspürte doch jedes Mal wieder ein tiefes Staunen, das ihm den Magen wärmte wie … na ja, wie ein guter Schluck Wodka.

Er setzte die Lesebrille auf und war nun bereit, seinen Teil der Vorflugkontrolle durchzuarbeiten, die sein Erster Offizier, ein kräftig gebauter, mürrischer Mann namens Tscherenko, Punkt für Punkt von einer laminierten Karte ablas. Als Zivilist – oder wahrscheinlich eher als Pilot des Inlandsgeheimdienstes FSB – trug er eine dunkle Hose und ein weißes Hemd mit drei gelben Streifen auf den schwarzen Schulterklappen.

Eine sekundäre Warnlampe für das Feuerlöschsystem im Frachtraum war nicht ausgetauscht worden, obwohl Mikhailow es am Vortag extra angeordnet hatte, aber er beschloss, damit zu warten, bis die Maschine wieder in Migalowo stand. Die übrigen Punkte der Checkliste waren alle in Ordnung.

Mikhailow drehte sich zum Navigator um, der direkt hinter ihm saß und vom Tower bereits die Streckenfreigabe mit allen Details der Flugroute sowie die übrigen Startanweisungen erhalten hatte. »Flugzeit?«

»Drei Stunden und siebenunddreißig Minuten, Herr Oberst«, antwortete der Navigator sofort. »Wind fast während des gesamten Flugs direkt aus Flugrichtung. Ein Airbus 320 der Ural Airlines aus südlicher Richtung berichtet von schweren Turbulenzen auf Flugfläche eins-neun-null.«

Mikhailow nickte; die Turbulenzen machten ihm keine

großen Sorgen. »Na gut. Starten wir, Männer. Ich kenne dort eine Frau, die verdammt guten Hammeleintopf kocht.«

»Dann ist sie wahrscheinlich eine kasachische Pferdefleischköchin«, witzelte Co-Pilot Tscherenko und kicherte vor sich hin, während er die Vorflugkontrollliste wieder im Ordner neben seinem Sitz verstaute.

»Schon möglich.« Mikhailow zuckte die Schultern. Er hatte längst beschlossen, den Mann nicht zu mögen. »Aber ihr Eintopf schmeckt trotzdem sagenhaft.« Er warf einen Blick auf die Uhr – 0104 – und beugte sich vor, um das Funkgerät genauer einzustellen und sich die letzte Durchsage vom Fluginformationsdienst anzuhören. Er hörte sich die gesamte aufgezeichnete Durchsage an; erst dann nickte er dem Co--Piloten zu. Auf dem Flug von Migalowo hierher hatte Mikhailow schon die von ihm bevorzugte Arbeitsteilung etabliert: Er flog die Maschine selbst; seinem Co-Piloten überließ er die Kommunikation.

»Rollkontrolle«, sagte Tscherenko. »Antonow 2808 bereit zum Rollen mit Information Bravo.«

»Antonow 2808«, antwortete eine Männerstimme, *»rollen Sie zum Rollhalt vor Piste Eins-Zwo, rufen Sie Turm auf Frequenz eins-eins-neun-Komma-fünf.«*

Russische Militärpiloten sprachen manchmal Russisch untereinander, und zur Verärgerung ausländischer Piloten machten das manchmal auch die Fluglotsen im Tower. Aber Englisch war nun einmal die internationale Flugverkehrssprache, und dieser Luftraum stand unter ziviler Verkehrsleitung. Der Tower wies der Antonow den Startplatz hinter einer schweren Iljuschin Il-76 zu und wies sie auf mögliche Turbulenzen hin, die der Riese beim Start erzeugte.

»In Reihe hinter der Iljuschin, Antonow 2808«, bestätigte Tscherenko.

Einen Augenblick später rollte die knapp fünfzig Meter

lange, vierstrahlige Iljuschin schwerfällig, doch immer schneller werdend die Startbahn entlang, wobei sie unsichtbare Luftwirbel erzeugte.

Der Towerlotse meldete sich erneut. *»Antonow 2808 – klar zum Start auf Startbahn Eins-Zwo, nach dem Abheben steigen Sie geradeaus auf fünftausend Fuß. Kontakt Moskau Flugleitzentrale.«*

Tscherenko gab die Anweisungen an Mikhailow weiter, der den Schubhebel langsam nach vorn schob. Noch im Stillstand begann das Flugzeug zu vibrieren, während er die vier Lotarjow-D-18T-Mantelstromtriebwerke behutsam fast fünf Minuten lang hochlaufen ließ, bis er endlich die Bremsen löste und zum Startvorgang anrollte. Langsam und gleichmäßig gewann der gewaltige Vogel an Fahrt, bis er die nötige Geschwindigkeit erreicht hatte, um von der Startbahn abheben zu können.

»Positive Steigrate, Oberst«, meldete Tscherenko über das Headset, jetzt wieder auf Russisch, während er das Altimeter im Auge behielt. »Fahrwerk eingefahren.«

Die massige Antonow war ein recht empfindlicher Vogel, aber unter Mikhailows erfahrenen Händen flog sie erstaunlich anmutig – trotz der Viertelmillion Kilogramm, die Flugzeug, Treibstoff und »streng geheime« Fracht ausmachten.

Fluglotsin Swetlana Minsky fuhr sich mit der Zungenspitze über die rissigen Lippen und drückte die schlanken Finger auf die Ohrstücke ihres Headsets, etwas, das sie immer tat, wenn sie sehr nervös wurde. Ihr Freund, dieser Idiot, hatte sie überredet, endlich mit dem Rauchen aufzuhören, und heute Abend bekam sie die Entzugswirkung besonders deutlich zu spüren. Ein Motivationsposter an der Wand über ihr besagte in kyrillischer Schrift: *Der Hammer zerschlägt Glas, aber schmiedet Stahl*. Über das russische Sprichwort konnte man zwar lachen, aber ihr kam es einfach nur trostlos vor. Wenn die Flugsicherung der Hammer war, dann war er durchaus in der Lage, auch Stahl und Eisen zu zerschmettern. Und Minsky war ohnehin viel zu sehr mit ihrem Job beschäftigt, als dass sie sich die Zeit hätte nehmen können, über derartige idiotische Motivationsposter nachzudenken. Sie und Dutzende weiterer Fluglotsen oder Air Traffic Controller, kurz ATCO, die in dem fensterlosen, bläulich schimmernden Raum der Moskauer Flugleitzentrale an diesem Abend Dienst hatten, waren für den gesamten Luftraum der siebzig Flughäfen in und um Moskau zuständig. Und heute Abend war es besonders hektisch, weshalb sie ihren Freund verfluchte, weil er ihr die Zigaretten weggenommen hatte.

Auch über Funk war ihrer rauen Stimme die Gereiztheit anzuhören, was ihr einen warnenden Blick ihres Vorgesetzten einbrachte, der wie ein Geier an einem der Schreibtische hinter ihr hockte, ziemlich genau in der Mitte des Großraums.

Nach einer weiteren Umdrehung des Sweeps entdeckte sie ein neues nummeriertes Radarzeichen, Blip genannt, auf ihrem Schirm.

Zu dem neuen Blip gehörte auch eine neue Stimme, die nun in ihrem Headset zu hören war. Sie sprach Englisch, aber mit derart haarsträubendem slawischem Akzent, dass fast niemand außer einem anderen Russen etwas verstehen würde. *»Moskau Flugleitzentrale, Antonow 2808, Anstieg von achthundert Fuß auf fünftausend.«*

»Antonow 2808, Radarkontakt. Setzen Sie den Anstieg fort wie angewiesen.«

Das Short-Term-Conflict-Alert, kurz STCA, auf Minskys Computer zeigte eine zweite Antonow, die ebenfalls zur russischen Luftwaffe gehörte. Beim STCA handelte es sich um ein Annäherungs-Warnsystem der Flugsicherung, das die

Fluglotsen vor Kollisionen warnen sollte. Minsky erkannte sofort, dass die zweite Antonow den Flughafen Schukowsky auf einem Kurs passierte, mit dem sie bei unveränderter Geschwindigkeit und Flughöhe mit der 2808 kollidieren würde. Die beiden Flugzeuge waren momentan noch rund acht Meilen oder fast dreizehn Kilometer voneinander entfernt. Damit blieben Minsky rund drei Meilen, bevor sie es mit einem sogenannten »incident«, einem Vorfall, zu tun haben würde. Das Kollisionswarnsystem löste den Alarm aus, sobald die horizontale Entfernung zwischen zwei Luftfahrzeugen weniger als fünf nautische Meilen und die vertikale Entfernung weniger als dreihundert Fuß Höhendifferenz betrugen.

Zunächst allerdings widmete sich Minsky anderen Flügen und hustete ein wenig Schleim weg, bevor sie sich wieder den beiden Antonows zuwandte. Ringsum hatten sie meilenweit den Himmel für sich, und trotzdem waren diese beiden Idioten offenbar entschlossen, frontal ineinanderzukrachen.

Minsky wünschte sich, sie dürfte laut fluchen – fast so sehr, wie sie sich nach einer Zigarette sehnte. *»Antonow 2967, gehen Sie auf Flughöhe eins-viertausend. Drehen Sie nach links, Kursänderung dreißig Grad, um eine Kollision mit Flugzeugen von Schukowsky kommend zu vermeiden.«*

Sie erhielt keine Antwort.

Das konnte vorkommen. Piloten stießen manchmal versehentlich gegen die Funktasten, schalteten auf die falsche Frequenz oder ließen sich durch irgendein Geplauder im Cockpit ablenken. Und manchmal schliefen sie auch einfach ein.

Die beiden Antonows waren jetzt nur noch sechs Meilen voneinander entfernt.

Minsky versuchte es noch einmal, wiederholte ihren Befehl für 2967, Flughöhe und Kurs zu ändern.

Wieder keine Antwort. Ein Flugzeug, dessen Funkgerät

ausgefallen war oder das nicht auf Funkbefehle reagierte, wurde mit dem Begriff NORDO bezeichnet, aber Minsky nahm sich nicht die Zeit, ihn anzuwenden.

»Antonow 2808, bleiben Sie auf eins-sechstausend, drehen Sie unverzüglich um dreißig Grad nach links ab.«

Annäherung fast fünf Meilen. Das war nach Minskys Meinung schon verdammt nahe an einem offiziellen »incident«.

Beide Maschinen stiegen jetzt auf achtzehnhundert Fuß, sodass sie am selben Punkt im Südwesten über der Moskwa zusammentreffen würden.

Minsky tröstete sich damit, dass nur eine der Maschinen ausweichen musste.

Der Pilot antwortete mit der Wiederholung ihrer Anweisungen. *»Bleiben auf eins-sechstausend, drehen dreißig Grad nach links, Antonow 2808.«*

Minsky schnappte sich das kleine Gummikrokodil, ein Geschenk ihres Freundes. Es sollte ihr helfen, den Entwöhnungsstress leichter zu bewältigen. Sie drückte es, als ob sie das blöde Ding ganz und gar zerquetschen wollte. Bei der Bestätigung ihrer Anweisungen seufzte sie erleichtert auf, und noch einmal, als das Symbol, das auf ihrem Radarschirm die 2808 darstellte, vom bisherigen Kurs abwich und ihre Anweisungen ausführte.

Zu ihrem heillosen Entsetzen bewegte sich nun aber auch der andere Radarblip, der die 2967 darstellte, mit Kurs und Steigrate direkt auf die 2808 zu.

Minsky vergeudete keine Zeit mit dem NORDO-Flugzeug.

»Antonow 2808, drehen Sie sofort um dreißig Grad nach links ab.«

Im Jargon der Flugverkehrskontrolle bedeutete »sofort« genau das. Der Pilot durfte keine Sekunde Zeit verlieren, weder um den Autopiloten auszuschalten, noch durfte er sich mit dem Soll-Kursanzeiger abgeben. Vielmehr musste er auf der

Stelle das Steuerhorn packen und die Maschine im selben Moment herumziehen, in dem er den Befehl bekommen hatte.

Antonow 2808 bestätigte, änderte aber den Kurs nicht.

Im düster beleuchteten Raum leuchtete die »snitch« genannte Alarm-LED auf dem Computerterminal des Schichtleiters auf und machte ihn darauf aufmerksam, dass es da ein Problem gab. Im selben Moment stieß auch Minsky die Hand hoch und schnippte laut mit den Fingern, um ihn zu sich zu rufen. Er rollte sich mit seinem Stuhl über den blauen Teppichboden und riss entsetzt die Augen auf, als er die beiden Blips auf dem Radarschirm sah, die sich geradewegs aufeinander zubewegten.

Minsky erwartete nicht, dass er ihr helfen würde, sie wollte ihn nur als Zeugen, dass sie genau nach Vorschrift handelte.

»Versuchen Sie es mit der anderen Maschine«, flüsterte der Aufseher geschockt.

Jetzt löste auch das Kollisionswarnsystem den Alarm aus, der eine Kollision in der Luft in zwei Minuten anzeigte. Die Amerikaner bezeichneten einen solchen Vorfall als »deal« – nach Minskys Meinung das größte aller Understatements.

Sie versuchte es noch einmal.

»Antonow 2967, drehen Sie dreißig Grad nach rechts, sofort! Bleiben Sie auf Flugfläche eins-neun-null. Break. Antonow 2808, drehen Sie dreißig Grad nach links, Flugzeug auf Kollisionskurs drei Meilen von Ihrem rechten Flügel. Break. Antonow 2967, drehen Sie sofort nach rechts!«

Keine Reaktion.

Minsky zerdrückte das Krokodil in ihrer Faust und hämmerte damit voller Frustration auf den Schreibtisch. Genauso gut hätte sie diesen Idioten »Bajuschki Baju« vorsingen können, oder irgendein anderes bescheuertes Schlaflied, es hätte nichts genützt.

Dann, endlich, kam die Erlösung: *»Drehen links dreißig Grad, Antonow 2808.«*

Tatsächlich zeigte jede Sweepdrehung, dass der Blip seinen Kurs änderte.

Minksy konnte endlich die aufgestaute Luft ausatmen. *»Danke, 2808. 2967 ist NORDO.«*

»Wir versuchen, sie zu kontaktieren«, antwortete 2808.

Minsky gestattete sich einen Moment der Erholung und rieb sich mit den Handballen die überanstrengten Augen, aber eine ganze Serie von Flüchen ihres Aufsehers setzte der kurzen Unaufmerksamkeit ein jähes Ende. Die Antonow 2808 hatte die Anweisungen befolgt und den Kurs geändert, aber der zweite Vogel machte jetzt genau dasselbe. Mit ihrem jeweiligen Kurs und ihrer Flughöhe würden sich die beiden Flugzeuge schon in sehr kurzer Zeit in einen riesigen Feuerball über Russland verwandeln.

Minsky gab weiterhin über Funk ihre Anweisungen. Ihr Aufseher tippte währenddessen dieselben Fluganweisungen in das Sintez-Computersystem, sodass beide Flugzeuge ihre Anweisungen auch als elektronische Mitteilung erhielten. Gleichzeitig wurde der gesamte Luftverkehr so weit wie nötig von der Gefahrenzone weggeleitet. Die zweite Antonow schien alles daranzusetzen, mit der anderen Maschine zu kollidieren. Minksy starrte voller Entsetzen auf die beiden Blips auf ihrem Schirm, die mit jeder Sweepdrehung noch näher aufeinander zu rückten, während das System die Ident-Nummern ihrer jeweiligen Transponder quäkte.

»Antonow 2967«, versuchte es Minsky noch einmal. Der flehende Tonfall ließ sogar ihre raue Raucherstimme sanft klingen. *»Sie müssen Flughöhe und Kurs beibehalten.«* Und sie wiederholte die Anweisung noch einmal auf Russisch, für alle Fälle.

Die beiden Blips erstarrten für einen Sekundenbruchteil

in etwas, das »ghost track« genannt wurde, während sich die verwirrten Prozessoren in Radar und Computer abmühten, die Positionen der beiden Flugzeuge neu zu erfassen.

Der Aufseher stöhnte laut auf; er hing fast auf Minskys Schulter, als suchte er emotionale Unterstützung. Seine Stimme klang heiser. »Zwanzig Sekunden. Dann wissen wir es.«

Die hohe Positionierung des Cockpits der Antonow ermöglichte der Crew der 2808 einen entsetzlichen Anblick: die Unterseite des Flugzeugs, das auf sie zustürzte wie ein riesiger Adler, der auf seine Beute herabstieß. Oberst Mikhailow fluchte durch zusammengebissene Zähne und stieß das Steuerhorn nach vorn, während das andere Flugzeug im Abstand von hundert Metern direkt über ihnen flog, auf demselben Kurs, als ob es Mikhailows Maschine in enger Formation beschatten wollte.

Die Kontrollanzeigen flackerten kurz, ebenso die Kabinenbeleuchtung. Mikhailow hörte den hinter ihm sitzenden Bordmechaniker etwas Unverständliches rufen, aber er hatte beide Hände voll zu tun und keine Zeit nachzufragen.

»Ich übernehme das Flugzeug«, hörte er Tscherenko vom rechten Sitz sagen.

Mikhailows Kopf fuhr herum. »Negativ, es ist mein Flu…«

Der kalte Stahl eines Pistolenlaufs in seinem Nacken ließ den Oberst im Sitz erstarren. Sehr langsam hob er die Hände vom Steuerhorn.

»Das Flugzeug gehört Ihnen«, sagte er tonlos.

Er drehte sich halb um und entdeckte den Ersten Bordmechaniker, der bewusstlos auf dem Boden lag, entweder durch eine Spritze oder einen Schlag auf den Kopf betäubt. Der andere Mechaniker, den Mikhailow nicht kannte, hielt mit fester Hand eine Pistole und lächelte gleichmütig.

Die zweite Antonow beschattete sie immer noch. Der

Transponder blinkte auf, als er sich abschaltete, und sprang sofort wieder an – aber jetzt zeigte er eine völlig andere Ident-Nummer an.

Dann meldete sich der Funk wieder – eine andere Stimme. Gleichzeitig stieg das andere Flugzeug hoch und verschwand in der Nacht.

»Moskow Departure, Antonow 2808. Wir sind klar. 2967 ist direkt unter uns durchgeflogen.«

Nun mischte sich auch der hinter Mikhailow sitzende Funker ein. *»Moskow Departure, Antonow 2967. Wir entschuldigen uns. Wir hatten einen intensiven elektrischen Sturm und mussten völlig blind fliegen. Wir haben jetzt alles wieder im Griff.«*

»2967, möchten Sie einen Notfall berichten?«, fragte die weibliche Lotsenstimme. Man konnte ihr immer noch anhören, wie angespannt sie bei dieser Beinahe-Kollision während ihres Dienstes gewesen war.

»Der Kapitän sagt negativ«, antwortete Tscherenko. *»Wir werden in Saratow landen und die vorgeschriebenen Systemchecks durchführen. Antonow 2967.«*

Die Fluglotsin gab ihm eine Telefonnummer durch, an die er sich wenden solle, »um die Angelegenheit weiter zu klären«. Auf jeden Fall müsse ein Bericht eingereicht werden. Tscherenko bestätigte alle Informationen, machte sich jedoch keine Notizen.

Mikhailow senkte langsam die Hände, aber der Bordmechaniker stupste ihn mit der Pistole, sodass er sie auf dem Kopf ruhen ließ.

»Also«, murmelte Mikhailow, *»sind wir jetzt plötzlich die 2967 geworden, und sie sind jetzt die 2808.«* Der Funker redete weiter mit der Flugleitstelle, und Mikhailow spürte, dass das Flugzeug scharf nach rechts abbog, sodass es jetzt fast direkt nach Süden flog. Er schaute seinen Ersten Offizier an,

wobei er sich schmerzlich bewusst war, wie dumm und sinnlos diese ganze Sache war. »Sie haben noch andere Möglichkeiten herauszufinden, wer wir sind.«

»Das stimmt«, sagte der Mechaniker mit der Pistole. »Aber mit der richtigen Ausrüstung … und wenn man von den richtigen Leuten unterstützt wird…«

»Aber was wollt ihr damit erreichen? Um die Raketen abzuschießen, braucht ihr Codes und Steuergeräte, sonst sind sie nutzlos.«

»Auch das ist richtig«, sagte der Funker und blickte lächelnd auf die zwei ledernen Aktenkoffer hinunter, die neben seinem Sitz standen.

Mikhailow spürte förmlich, wie seine letzte Hoffnung zerbarst.

»Ah, ich verstehe. Aber was passiert mit dem anderen Flugzeug, wenn es ohne Raketen in Kasachstan ankommt?«

»Es fliegt noch eine Weile in der richtigen Richtung weiter«, erklärte Tscherenko. »Aber leider hat dieser elektrische Sturm, den wir gerade erlebten, seine Navigations- und Kommunikationssysteme beschädigt. Irgendwo über den bewaldeten Bergen von Baschkortostan wird es von den Radarschirmen verschwinden. Ich kann Ihnen versichern, dass man das Flugzeug nie mehr finden wird.«

»Und wir? Wohin fliegen wir?«

Tscherenko wandte den Blick ab und schüttelte den Kopf. »Das, fürchte ich, brauchen Sie nicht mehr zu erfahren, Genosse Oberst. Denn Sie müssen verstehen, dass Sie sich doch eigentlich an Bord der 2808 befinden, die dann verschollen sein wird.« Er drehte seinen Sitz ein wenig, um den hinter ihm sitzenden Funker direkt anschauen zu können. »Juri, eigentlich ist es schon Donnerstag – der kleine Freitag. Wären Sie so freundlich, dem Oberst ein wenig Wodka einzuschenken?«

»Nein … ich … ich trinke nicht mehr …«, stotterte Mikhailow.

»Mein Freund«, sagte Tscherenko sanft, »tun Sie sich doch bitte selbst den Gefallen und trinken Sie noch einen Schluck Wodka. Er macht Ihnen das, was jetzt kommt, leichter.«

2

Der Präsident der Vereinigten Staaten stellte die weiße Porzellantasse auf einen hölzernen Untersetzer an einer Ecke des Präsidentenschreibtisches, Resolute Desk genannt. Es mochte Leute geben, die überzeugt waren, Jack Ryan trinke seinen Kaffee aus den Hirnschalen seiner besiegten Feinde, aber die Wahrheit sah anders aus – der Akademiker und ehemalige Marine Jack Ryan senior zog es vor, seinen Kaffee aus einer leicht angeschlagenen, becherförmigen Porzellantasse zu trinken, deren Innenseite eine reiche Patina zierte, erzeugt von unzähligen Litern des schwarzen Gebräus, die durch diese Tasse geflossen waren. Zu dieser Tasse hatte Ryan heute jedoch erst später greifen dürfen, denn beim ersten Termin im Oval Office mit einem neu ernannten Kabinettsmitglied war zwangsläufig das offizielle Geschirr des Weißen Hauses verwendet worden, das sich beim obligatorischen Fotoshooting besser in Szene setzen ließ.

Doch jetzt war der Fotograf wieder gegangen. Ryan war hinter seinem Schreibtisch hervorgekommen und hatte sich auf einen der beiden Chippendale-Stühle gesetzt, die vor dem Schreibtisch standen. Ihm gegenüber saß Mark Dehart, der neue Heimatschutzminister. Die Sofas und gepolsterten Sessel, die mitten im Oval Office standen, waren zwar bequemer, hatten aber den Nachteil, dass die Leute darin förmlich versanken. Ryan war Dehart nur einmal kurz begegnet, unmittelbar nach dem letzten Dinner der im Weißen Haus akkreditierten Journalisten – eine spontan arrangierte Begegnung in einem winzigen Nebenzimmer im Washington Hilton, das nicht viel größer als eine Telefonzelle gewesen war. Es war eine Art Überfall aus dem Hinterhalt gewesen, wie es Befragungen des Oberbefehlshabers häufig waren. Ryan hatte Dehart weder Zeit noch Raum gelassen, nervös zu werden, aber jetzt kam ihm der Mann absolut unerschütterlich vor. Seine Augen glitzerten vor Begeisterung über sein erstes offizielles Gespräch mit seinem neuen Boss. Ryan gefiel das. Leute, die sich in ihrer Haut wohlfühlten, würden wahrscheinlich eher zu offener, ehrlicher Kritik oder unbequemen Ratschlägen bereit sein. Und ehrliche Kritik aus dem eigenen Lager bekam man nur selten zu hören, wenn man der wohl mächtigste Mann auf dem Planeten war.

An diesem Morgen hatte sich Ryan volle zwanzig Minuten für das Gespräch mit seinem neuen Minister frei gehalten. Für derartige Besprechungen im Oval Office war das eine kleine Ewigkeit, vor allem dann, wenn der Anlass nur eine freundliche Plauderei sein sollte.

Ryan nickte Dehart wohlwollend zu. »Ich muss mich entschuldigen, dass es so lange dauerte, bis Sie mich persönlich sprechen konnten.«

»Sie sind ein viel beschäftigter Mann, Mr. President«, antwortete Dehart. Er war einundsechzig Jahre alt, fit und schlank, mit den hungrigen Gesichtszügen eines Triathleten und kleinen Krähenfüßen an den Augenwinkeln, ein Zeichen, dass dieser Mann oft und gern lächelte. Ein blütenweißes Hemd betonte sein braunes, vom Wetter gegerbtes Gesicht, als würde er die ganze Freizeit, die ihm sein bisheriger Job als Kongressabgeordneter ließ, am Steuer eines alten John-Deere-Traktors verbringen und den Pflug über endlose

Felder ziehen. Dehart stammte aus einer alten Pennsylvania-Familie mit holländischen Wurzeln; sein Vater und sein Großvater waren Milchbauern gewesen. Auch Dehart hatte mit »Milchgeld« sein Studium an der Pennsylvania State University finanziert und an der Carnegie Mellon seinen Master in Biologie gemacht. Er war Wissenschaftler mit Leib und Seele und ein gründlicher, analytischer Denker mit der Arbeitsethik eines Bauern – ein zutiefst ehrlicher Mann und beliebt bei den meisten Leuten. Aber in der skrupellosen Welt der Hauptstadtpolitik bedeutete das auch, dass es viele Leute gab, die ihn scheitern sehen wollten, und sei es auch nur, weil sie neben ihm so schlecht aussahen.

Dehart rutschte unruhig auf seinem Stuhl herum. Er war nicht nervös, aber er hätte es vorgezogen, wieder an seine Arbeit zu gehen, statt hier zu sitzen und darüber nachzudenken, was zu tun sei. »Offen gesagt, war ich ziemlich überrascht, dass die Bestätigung so reibungslos durchging«, sagte er. »Keine Ahnung warum, aber ich dachte immer, dass Senatorin Chadwick es auf mich abgesehen hätte.«

Ryan schüttelte nachdenklich den Kopf. Michelle Chadwick war Vorsitzende des Senats-Unterausschusses für Heimatschutz, der für die Bereitstellung finanzieller Mittel in diesem Bereich zuständig und somit einer der mächtigsten Senats-Unterausschüsse war, weshalb die Ausschussvorsitzenden oftmals auch »Cardinal« genannt wurden. Chadwick übte daher enorme Macht aus.

»Nein, Mark«, sagte Ryan seufzend, »sie kämpft gegen mich. Bei ihren Kämpfen betreibt sie eine Politik der verbrannten Erde, in politischer und persönlicher Hinsicht. Ehrlich, ich glaube sogar, wenn ich sie für irgendein hohes Amt vorschlagen würde, würde sie sich selbst für irgendeine schmutzige Sache schuldig bekennen, nur um mich zu blamieren, weil ich sie vorgeschlagen habe.« Ryan trank noch einen Schluck Kaffee, um den sauren Geschmack hinunterzuspülen, den Michelle Chadwicks Name bei ihm verursachte, doch dann setzte er die Tasse wieder ab und verdrängte jeden weiteren Gedanken an die Frau. »Egal. Wichtig ist nur, dass Sie jetzt mit an Bord sind. Sind Sie bereit, gleich voll einzusteigen?«

Dehart lächelte. »Auf jeden Fall, Sir.«

»Haben Sie schon die Zeit gefunden, Ihre Einweisungen zu lesen?«

Als Minister für Heimatschutz war Dehart unter anderem für eine Reihe großer und wichtiger Behörden zuständig, beispielsweise für die Zoll- und Grenzschutzbehörde CBP (Customs and Border Protection), den Einwanderungs- und Zollermittlungsdienst ICE (Immigration and Customs Enforcement), die Bundesagentur für Katastrophenschutz FEMA (Federal Emergency Management Agency), den Küstenschutz USCG (United States Coast Guard) und den Secret Service.

»Ich habe den Aktenstapel von einem Meter Höhe zu zwei Dritteln durchgearbeitet«, antwortete Dehart mit völlig ernster Miene.

»Ich verrate Ihnen mal was«, sagte Ryan. »Einweisungen sind wie Kühe – jeden Tag fügen sie dem Haufen Mist noch was hinzu.«

Dehart grinste. »Der Vergleich mit einem Haufen Mist ist mir auch selbst schon durch den Kopf gegangen, Mr. President. Aber meine Mutter hat mich heute früh extra angerufen, um mich noch einmal zu ermahnen, flapsige Bemerkungen für mich zu behalten, schließlich sei ich zum ersten Mal im Oval Office und so weiter.«

»Ein weiser Rat. Sie haben also schon genug gelesen, um ein Gespür zu bekommen, worauf Sie sich hier einlassen … worauf wir uns alle einlassen müssen. Was davon macht Ihnen am meisten Sorge?«

Dehart atmete tief ein und blickte auf das große Präsidentschaftssiegel, das in der Mitte des Teppichs eingewebt war. Er wog seine Worte sorgfältig ab, bevor er Ryan offen in die Augen blickte. »Drei Dinge, Mr. President.«

Ryan hob die Augenbrauen. »Drei? Welche denn?«

»Drei beliebige Dinge«, antwortete Dehart. »Nämlich dann, wenn sie gleichzeitig passieren.«

Reza Kazem tat mehr oder weniger das, was man ihm befohlen hatte. Schließlich waren die Russen in diesem Geschäft Experten. Er sah zwar niemanden, wusste aber, dass sie ihm bei jedem Schritt nahe waren und aufpassten, ob er beschattet wurde.

Während seines Mathematikstudiums hatte der siebenundzwanzigjährige Iraner vier Jahre lang in Georgetown, einem Stadtteil von Washington, D. C., gewohnt und kannte sich daher in der Hauptstadt der Vereinigten Staaten sehr gut aus. Auf jeden Fall hatte er dort lange genug gelebt, um sich darüber klar zu werden, dass in dieser Stadt buchstäblich hinter jedem Busch ein Spion lauerte, und, was noch wichtiger war, ein Gegenspion hinter jeder Ecke.

Kazem war knapp ein Meter achtzig groß, hatte olivfarbene Gesichtshaut und dichtes, dunkles, welliges Haar. Mit diesem Aussehen fiel er weder im Iran noch in Washington auf – bis man ihm in die Augen blickte. Sie waren tiefgrün, die Farbe aufgewühlter Meereswellen, und hatten ihm während seiner Zeit in der Hauptstadt jede Menge weiblicher Aufmerksamkeit beschert. Im Grunde war Kazem ein Träumer; oft vergaß er sogar zu essen – gerade jetzt, wo so viel auf dem Spiel stand. Das verschaffte ihm jenes leicht ausgezehrte, asketische Aussehen, das offenbar bei jungen Amerikanerinnen besonders gut ankam. Er liebte Fußball, in den USA »soccer« genannt, und lief jeden Morgen fast vier

Kilometer, um in Form zu bleiben. Körperlich war er nicht besonders stark, aber das war nicht so wichtig. Die Leute beugten sich nicht seinem Willen, weil er mehr Muskeln hatte; es genügte vollauf, wenn er ihnen sagte, was er wollte, und sie mit seinen meeresgrünen Augen durchdringend anschaute. Meistens taten sie dann ohne Murren, was er ihnen befahl.

Kazem hatte ein Taxi von seinem Hotel zur Metrostation Tysons Corner genommen, wo er in die Silver Line in Richtung Largo Town Center umgestiegen war. Den Anweisungen folgend stieg er in Rosslyn aus, fuhr auf der unglaublich langen Rolltreppe zum Ausgang hinauf, ging in östlicher Richtung zwei Straßenblocks weiter und betrat eine Starbucks-Filiale. Dort musste er mit den anderen Pendlern in der Schlange auf einen Becher Kaffee und ein Stück Zitronenkuchen warten, die er vor der Filiale auf der Straße verzehrte. Auf den Gehwegen wimmelte es von Menschen, die über ihre Ohrstöpsel Musik hörten, Zeitungen unter dem Arm trugen oder Kaffee tranken, aber kein einziger Passant sah auch nur annähernd wie ein Geheimdienstler aus, egal ob russischer Agent oder sonst irgendwas. Wer auch immer hier draußen operierte, musste außerordentlich geschickt sein. Kazem aß den letzten Bissen Zitronenkuchen, der leicht feucht war und so gut wie jeder Kuchen, den er jemals im Iran zu essen bekommen hatte, obwohl er das nur ungern zugeben würde. Schließlich ging er wieder zur Metrostation zurück. Dieses Mal nahm er die Orange Line, die innerhalb des District of Columbia parallel zur Silver Line verlief. Am L'Enfant Plaza stieg er in die Blue Line um und fuhr einen Teil der Strecke wieder zurück. Nach der Station Foggy Bottom, in deren Nähe sich das Außenministerium befand, wendete sich die Blue Line nach Süden und führte über den Potomac. Kazem fuhr an Rosslyn vorbei; hier verlief die Strecke oberirdisch. Der Zug war rappelvoll, die Passagiere standen Schulter an Schulter, und Kazem hielt sich an einer der Stahlhaltestangen an der Decke fest. Er erhaschte einen Blick auf endlose Reihen weißer Grabsteine auf dem Hügel des Heldenfriedhofs Arlington und auf den riesigen Parkplatz des Pentagon. Hier befand er sich tatsächlich mitten im Bauch des Ungeheuers.

Kazem stieg an der Metrostation Pentagon City aus, in deren Nähe sich das riesige Fashion Center befand, fuhr zum Ausgang hoch und ging auf der 15th Street in östlicher Richtung bis zum Crystal Gateway Marriott. Er durchquerte die Hotellobby und ging durch einen langen, steril wirkenden, gefliesten Flur in den unterirdischen Einkaufsbereich von Crystal City hinunter, in dem es nach gestärkten Hemden und polierten Lederschuhen roch – und wo er nun endlich seinen Kontakt treffen sollte.

Er drängte sich durch die dichte Menge frisch geduschter Staatsbeamter und uniformierter Militärs, die mit den Virginia-Transit-Zügen ankamen. Fast alle waren zum Pentagon, den Behörden oder ihren unzähligen Büros unterwegs, die »Inside the Beltway« lagen, also innerhalb des Autobahnrings um die Hauptstadt. Mit dem Begriff waren aber eigentlich die inneren Machtzirkel mit all ihren Politikern, Beratern, Lobbyisten und Medienleuten gemeint, die den Washingtoner Politikbetrieb ausmachten.

Kazem entdeckte seine Kontaktperson sofort. Sie saß vor einer weiteren Starbucks-Filiale, die einem Restaurant namens King Street Blues gegenüberlag.

Sie hatte sich an einen der sechs oder sieben kleinen, schwarzen, völlig identischen Metalltische gesetzt, und obwohl sie saß, konnte er erkennen, dass sie groß gewachsen war, mit der gertenschlanken Figur einer Läuferin, die täglich lange Strecken joggte, wie jene, die oft auf dem geteerten Joggingpfad zu sehen waren, der am Potomac zwischen

Arlington und Mount Vernon entlangführte. Hellbraunes Haar fiel ihr in Locken bis auf die Schultern und umrahmte hohe Wangenknochen und eine recht lange, aber noch immer attraktive slawische Nase. Ihr anthrazitfarbener Geschäftsanzug sah teuer aus, obwohl Reza sich über Dinge wie Damenkleidung nie groß Gedanken gemacht hatte. Im Gegensatz zu den üblichen Gepflogenheiten in seinem Gewerbe kannte er den Namen seiner Kontaktperson, oder jedenfalls den Namen, unter dem sie bei der Botschaft bekannt war: Elizaweta Bobkowa, Erste Assistentin des Attachés für Wirtschaft und Handel der Russischen Botschaft in Washington. Außerdem arbeitete Bobkowa auch, wie Reza wusste, für den *Sluschba Wneschnei Raswedki*, den Auslandsnachrichtendienst der Russischen Föderation, besser bekannt unter der Abkürzung SWR. Noch genauer gehörte sie zur Iran-Abteilung des Direktorats für Politische Aufklärung.

Reza hatte sie schon einmal persönlich getroffen, im Smithsonian National Zoological Park, nach einer ähnlich gründlichen Maßnahme zur Gegenobservation, wie er sie heute hatte durchlaufen müssen. Zwei Becher Kaffee und zwei Stücke Zitronenkuchen standen bereits auf dem Tisch, dasselbe, was er auch in Rosslyn bestellt hatte. Es war das Zeichen, dass alles in Ordnung war.

Bobkowa winkte Reza zu ihrem Tisch, die hellrot lackierten Nägel stachen sofort ins Auge. Sie gab sich offenbar nicht die geringste Mühe, unauffällig zu bleiben. Sie lächelte ihn strahlend an und deutete auf den freien Stuhl.

»Ich hoffe, Sie hatten eine gute Anreise?«, fragte sie, als er sich setzte.

Kazem stellte den Rucksack zwischen seine Füße.

»Ja, kein Problem.« Er beäugte den Zitronenkuchen. Die kühle Frühlingsluft hatte ihn hungrig gemacht. »Kann ich das essen?«

Elizaweta nickte und trank einen Schluck Kaffee, wobei auf dem dunklen Plastikdeckel ein noch dunklerer Halbmondabdruck ihres Lippenstifts zurückblieb. »Sie sehen bemerkenswert gut aus«, sagte sie. »Wissen Sie das?«

Kazem aß einen Bissen Kuchen, der genauso feucht war wie in Rosslyn, ging aber nicht auf die Bemerkung ein. Er brauchte diese Frau, deshalb hielt er es für besser, ihr nicht zu sagen, was er dachte. »Danke, dass Sie gekommen sind.«

»Haben Sie einen Schatten bemerkt?«

Kazem schüttelte den Kopf. »Nein.«

»Hm. Der eine oder andere meiner Leute hätte Ihnen vielleicht auffallen müssen«, sagte die Russin. »Alles Idioten und völlig unfähig.«

Kazem wusste, dass das nicht stimmte. »Darf ich aus diesem Treffen den Schluss ziehen, dass Ihre Vorgesetzten einverstanden sind, unser Anliegen zu unterstützen?«

»In gewisser Weise«, antwortete Bobkowa. Wieder trank sie einen Schluck Kaffee und schwenkte die Flüssigkeit im Becher herum, während sie ihn abschätzend musterte. »Wie Sie sicherlich wissen, ist mein Land einer der wichtigsten Verbündeten des gegenwärtigen Regimes, aber was im Iran derzeit geschieht, stört uns nicht. Dieser Aufruhr, dieser sogenannte Persische Frühling, ist recht … *bemerkenswert.*«

Kazem unterdrückte ein Lächeln. Er hatte lange genug in den Staaten gelebt, um zu wissen, dass sie diesen nichtssagenden Ausdruck ganz bewusst benutzte.

»Unsere Bewegung basiert auf einer breiten Unterstützung«, erklärte er. »Es gibt Demonstrationen nicht nur in Teheran, sondern auch in Ghom, Isfahan, im Osten bis nach Maschhad und nach Süden sogar bis Bandar Abbas, außerdem in zahlreichen anderen Städten. Die Regierung blockiert zwar die sozialen Netzwerke wie Facebook, Twitter, Telegram … aber wir finden immer Möglichkeiten, die Blockaden zu umgehen.« Er machte eine wegwerfende Handbewegung, als sei das Schnee von gestern. »Aber damit brauchen Sie sich nicht zu befassen. Wird Russland liefern, was wir brauchen?«

»Die Sache erweist sich als ... bemerkenswert schwierig.« Während sie das sagte, blickte sie auf und schenkte einem links an ihr vorbeigehenden Mann ein strahlendes Lächeln.

Kazem folgte ihrem Blick. Ein junger Mann in beigefarbenem Trenchcoat – er hätte direkt aus einem Humphrey-Bogart-Film entsprungen sein können – geriet kurz ins Stolpern und blieb einen Moment lang stehen. Ein Dutzend Leute kam über den Crystal Drive herüber, die es eilig hatten, zur Metrostation zu gelangen. Sie fluchten und ärgerten sich über sein ungeschicktes Verhalten, während sie ihm auswichen. Der Mann war vermutlich ein wenig jünger als Kazem und hatte ein rosafarbenes Gesicht, als sei es mit Salz eingerieben worden. Sein Haar glänzte von reichlich aufgetragenem Haargel. Unter dem offenen Trenchcoat war ein makelloser marineblauer Nadelstreifenanzug zu sehen.

Der Mann fuhr sich mit der Zunge über die Lippen, die so wulstig waren wie die eines Karpfens, während sein Blick zwischen Bobkowa und Kazem hin und her zuckte. Der Blickkontakt dauerte nur eine Sekunde, dann war der Bann gebrochen, und der Mann verschwand im Strom der Leute, die zur Metro hasteten.

»Ich glaube, er hat Sie erkannt«, sagte Kazem. Der seltsam aussehende Mann mit der rosa gescheuerten Haut ließ bei ihm sämtliche Alarmglocken klingeln.

»Ja, das hat er«, bestätigte die Russin gelassen.

»Was?« Kazem war entsetzt, wie lässig sie mit der Situation umging. »Sie schicken mich gute zwei Stunden durch die Gegenobservation, obwohl Sie *geplant* haben, dass wir zusammen gesehen werden?«

Bobkowa klopfte leicht auf den Tisch und lächelte vielsagend. »Komplizierte Maskeraden gehören zu meinem Job. Die Maßnahmen, die Sie heute früh durchgeführt haben, waren absolut notwendig. Wenn Sie nicht versucht hätten, Ihren Schatten abzuschütteln, hätte das FBI unserer Begegnung keinerlei Bedeutung beigemessen.«

Kazem blickte sich besorgt über die Schulter. »Der Mann gehört zum FBI?«

»Wohl kaum«, sagte Bobkowa verächtlich. »Ich habe ihn neulich bei einem Dinner in der Botschaft kennengelernt. Er ist einer dieser gesprächigen Typen. Das kann unserer Sache nur nützen. Sie sollten sich darüber freuen. Auf diese Weise sorgen wir dafür, dass die Vereinigten Staaten bei der Aktion mitmischen wollen. Ich wäre nicht überrascht, wenn Sie schon bald mit einem wahren Geldregen überschüttet würden. Denn genau so regeln die Amerikaner solche Dinge.« Ein boshaftes Lächeln spielte um ihre Lippen. »Und sie werden wie verrückt versuchen herauszufinden, worum es bei dieser Sache eigentlich geht.«

Kazem schüttelte den Kopf, als müsse er einen leichten Schwindelanfall vertreiben. »Jetzt verstehe ich überhaupt nichts mehr. Aber gut, Sie sind hier die Expertin. Vorhin sagten Sie, ›in gewisser Weise‹, als ich Sie fragte, ob Russland unser Anliegen unterstützen wird. Was meinten Sie damit? Wir haben ganz genau erklärt, was wir brauchen. Die iranischen Nachrichtendienste sind schon schlimm genug, aber die Revolutionsgarde ist absolut skrupellos. Wir benötigen bestimmte Dinge, um sie zu schwächen. Technische Ausrüstungen sind für unsere Bewegung von größter Bedeutung. Also: Wie soll ich das verstehen, dass Sie uns nicht direkt helfen können?«

»Ich begreife jetzt, warum sich die Leute Ihrer Bewegung anschließen.« Sie starrte in seine Augen. »So bemerkenswert …«, flüsterte sie fast träumerisch, bis sie sich mit einem Ruck aus dem Bann löste. Sie hüstelte, setzte sich wieder aufrecht. »Wie auch immer: Es ist so, wie ich gesagt habe. Die russische Regierung kann Ihnen nichts direkt liefern.« Kazem wollte protestieren, aber sie hob schnell die Hand. »Aber ich schicke Ihnen Kontaktdaten von Männern, die das können.«

Bobkowa war offensichtlich eine intelligente Frau, die ihn glauben machen wollte, dass sie mehr Informationen besaß, als es tatsächlich der Fall war. Im Vergleich zu der Maskerade, an der er selbst beteiligt war, kamen ihm ihre kleinen Versteckspielchen geradezu kindisch vor. Er schob den Teller mit dem halb gegessenen Zitronenkuchen von sich und starrte die Frau durchdringend an. Das arme Ding hatte ja keine Ahnung, worauf sie sich einließ und mit wem sie es zu tun bekommen würde. Ihre Arroganz war … nun ja, *bemerkenswert* und würde sie irgendwann ins Verderben führen.

»Das ist doch total krass«, sagte FBI-Agent Murphy und trank einen Schluck Kaffee. Der Agent saß an einem Tisch ungefähr zehn Meter von Bobkowa entfernt.

»Ja, stimmt, Grasshopper«, murmelte der ältere der beiden Agenten, der Coyne hieß. Er gehörte der Bundesbehörde schon seit siebzehn Jahren an, seit elf Jahren arbeitete er in der Abteilung Spionageabwehr. Coyne stammte aus Tennessee und hielt seine Südstaatenherkunft nicht nur für ein Ehrenzeichen, sondern auch für ein Zeichen seiner besonderen Begabung als Menschenjäger.

Die beiden Agenten beobachteten den Iraner und die Russin aus den Augenwinkeln, während sie Kaffee tranken und beiläufig miteinander plauderten. Unter dem Hemdkragen trugen sie Halsbänder mit farbcodierten Abzeichen, die ihnen den Zutritt zum Pentagon ermöglichten, wie ungefähr die Hälfte der Leute, die sich hier in der unterirdischen Shoppingmall aufhielten.

»Die Russen spielen doch ständig ihre Backe-backe-Kuchen-Spielchen mit dem Mullah-Regime in Teheran«, fuhr Murphy fort. »Ich kapiere das einfach nicht. Warum sollte sich Elizaweta Bobkowa hier mit dem Anführer einer Gruppierung treffen, die das derzeitige Regime stürzen will?«

»Und das ist noch längst nicht alles«, ergänzte Coyne. »Warum parkt sie ausgerechnet an einem Tisch, an dem Corey Fite jeden Morgen auf dem Weg zur Arbeit zwangsläufig vorbeigehen muss?«

»Corey Fite?«

»Der Bursche mit dem Fischmaul«, erklärte Coyne. »Er ist der engste Berater von Michelle Chadwick – und ihr Lustknabe. Nein, Elizaweta ist eine smarte Lady, die trägt sozusagen ein Schild mit der Aufschrift ›Intelligenzbestie‹ um den Hals. Die Königin des *maskirowka*, der ganz großen Show von Verschleierungs- und Ablenkungsmanövern. Und für die Spionageabwehr ist doch Crystal City so etwas wie der Serengeti-Park – hier jagen mehr Schlapphüte hintereinander her als irgendwo sonst im Land. Schau dich doch nur mal um: Unsere Kollegen sind überall, entweder führen sie gerade echte Operationen durch oder irgendein Beschattungstraining. Es ist völlig ausgeschlossen, dass Bobkowa hier unten ein Treffen abhalten würde, wenn sie es wirklich geheim halten wollte. Sie will gesehen werden – auf jeden Fall von Fite, und wahrscheinlich auch von uns.«

»Aber warum?«, fragte Murphy. »Was steckt dahinter?«

»Hinterlist und Schummelei, Grasshopper«, antwortete Coyne und setzte den Kaffeebecher so hart ab, dass ein wenig Kaffee wie ein kleiner Geysir durch das kleine Trinkloch im Deckel herausschoss. »Wir haben hier den potenziellen Anführer eines möglichen Staatsstreichs im Iran, der gemeinsam mit einer russischen Spitzenspionin Kuchen knabbert – die wiederum dafür sorgt, dass Chadwick Wind von diesem Treffen bekommt. Ich habe keine Ahnung, ob sie euch das bei deiner Ausbildung in Quantico beigebracht haben, aber eins steht fest: Wenn die Iraner und die Russen gemeinsam in etwas verwickelt sind, kann es nur eine verdammt dreckige Sache sein.«

3

Will Hyatt, Captain der U. S. Air Force, lenkte seinen roten VW Passat auf den Parkplatz der rund um die Uhr geöffneten Walmart-Filiale ein kleines Stück westlich des Highway 95. Viele, die auf der Creech Air Force Base stationiert waren, gaben als Adresse lieber die Postleitzahl an, als zuzugeben, im Nordteil von Las Vegas zu wohnen. Hyatt jedenfalls hatte sich erst vor Kurzem ein Haus in der Nähe, Postleitzahl 89149, sichern können. Die Kids liebten den neuen Swimmingpool. Der nächste Walmart lag praktisch um die Ecke, weshalb er sich bereit erklärt hatte, auf dem Weg zur Arbeit kurz anzuhalten und ein paar Dinge für die Geburtstagsparty der Zwillinge einzukaufen, bevor er wieder »in die Schlacht zog«.

Schon beim Aussteigen schwitzte er; vielleicht hätte er auch selbst ein paar Runden schwimmen sollen, um richtig abzukühlen, bevor er zur Arbeit ging. Es war noch früh am Morgen, noch nicht einmal sieben Uhr, aber die Hitze strahlte bereits vom Asphalt zurück.

Schon nach einer knappen halben Stunde stieg er wieder ins Auto – hauptsächlich deshalb, weil er nichts hatte einkaufen können, das während seiner zwölfstündigen Schicht nicht schmelzen oder schlecht werden würde. Und das war so ziemlich alles, was seine Frau auf die Liste gesetzt hatte, von Papptellern und Servietten abgesehen. Er hatte ein paar Packungen Wasserballone gekauft, obwohl Shannon ihm das nicht ausdrücklich aufgetragen hatte. Alle Siebenjährigen liebten Wasserballone, oder nicht? Will war erst dreißig, aber es kam ihm wie ein halbes Jahrhundert vor, seit er selbst sieben gewesen war.

Als Drohnenpilot alterte man schnell – aber nicht aus den Gründen, die man sich normalerweise denken würde. Es war keine körperlich besonders anstrengende Tätigkeit. Er musste keine extremen Flugmanöver wie ein Kampfpilot aushalten, bei denen gewaltige Kräfte auf den Körper wirkten. Verdammt, seine MQ-9 würde schon bei weniger extremen Kurvenflügen katastrophal versagen. Will schwitzte sich auch nicht in irgendeinem Bunker in Kandahar den Arsch weg und versuchte auch nicht, seine Kinder über eine wackelige Skype-Verbindung länger als nötig zu langweilen. Nein, Will saß den ganzen lieben langen Tag in einem bequemen Ledersessel in einem klimatisierten Wohnanhänger und fuhr nach seiner Schicht immer brav geradewegs nach Hause. Morgen hatte er sogar einen Tag freigenommen, um bei der Party dabei sein zu können.

Wenn er das alles laut aufzählte, klang es fast so, als würde er jammern. Aber genau das war das Problem.

Captain Hyatt war zu Hause und war es doch nicht. Nicht richtig zu Hause. Wie konnte man wochenlang über irgendeinem Scheißloch herumhängen, in dem sich der IS eingebunkert hatte, und nach den geringsten Anzeichen Ausschau halten, dass sich darin eine hochrangige Zielperson aufhielt – um dann dieses »High-value target« in die Hölle zu blasen, ins Familienauto zu steigen, nach einer Stunde zu Hause in 89149 die Kids zu küssen und den Kopf klar genug zu bekommen, um die Frau glücklich zu machen? Manchmal fragte er sich, ob den Jungs im Einsatzgebiet diese kleinen häuslichen Pflichten nicht fehlten, wenn sie die Terroristenärsche jagten.

Shannon begriff das nicht. Um ehrlich zu sein, sie hätte es wahrscheinlich begriffen, wenn er es ihr anvertraut hätte, aber wie sollte man der eigenen Frau klarmachen, dass man traurig war, weil man nicht achttausend Kilometer von ihr entfernt sein durfte? »Liebling, dass ich jeden Abend vom Kriegspielen nach Hause komme, macht mich noch wahnsinnig.« Das wäre so ziemlich die lahmste aller lahmen Ausreden. Nein, da war es doch besser, alles hinunterzuschlucken, die Leute zu töten, die getötet werden mussten, und dann zu Hause den elektrischen Wasserkessel zu reparieren oder welcher Scheiß gerade wieder im Haus kaputtgegangen war – und sich trotzdem glücklich zu fühlen.

Er schloss das Auto auf und öffnete die Fahrertür. Extrem überhitzte Luft quoll heraus. Die Hitze hier in Nevada würde seinen neuen VW-Passat noch umbringen. Den Wagen hatte er von seiner Personalbindungsprämie gekauft, die ihm die Air Force gezahlt hatte, damit er an Bord blieb. Aber natürlich wusste er, dass frühere Kameraden und Kollegen, die für private Auftragnehmer flogen, das Doppelte von dem verdienten, was er mit Gehaltsklasse O-3 nach Hause brachte, obwohl sie teilweise in denselben Einrichtungen in Creech arbeiteten.

Er wartete ein paar Sekunden, bis das Wageninnere auf eine Temperatur abgekühlt war, die die Zwillinge »subvulkanisch« nannten, dann warf er den dünnen Plastikbeutel mit seinen Einkäufen auf den Boden vor dem Beifahrersitz. Seine Schicht dauerte von sieben bis neunzehn Uhr, also den »vulkanischsten« Teil des Tages. Er konnte nur hoffen, dass die Ballone nicht zu einem großen Schleimball verschmolzen, wenn das Auto in dieser Bruthitze den ganzen Tag lang auf dem Parkplatz stand. Ballone. Er startete den Motor und fuhr rückwärts aus der Stellfläche, wobei er den Kopf schüttelte. Wen kümmerten schon ein paar Scheißballone? Plötzlich tat Hyatt sein geistiger Wutanfall leid. Sobald er an seinem Arbeitsplatz in der Basis saß, würde er einen Gesprächstermin mit dem Seelsorger vereinbaren. Captain Willis war ein Geschenk Gottes, zu einem Teil Geistlicher, zu zwei Teilen geduldiger Zuhörer, genau der Richtige, wenn es darum ging, mit der Spannung zwischen Kriegsführung und alltäglichen häuslichen Pflichten fertigzuwerden.

Der Verkehr kam ihm heute weniger dicht vor als sonst, was seltsam war, da jeden Tag dieselbe Gruppe zu ihrer Schicht unterwegs war. Niemand wohnte im Creech, weshalb die Autos, die vom Nordteil von Las Vegas in Richtung Indian Springs unterwegs waren, eine sich langsam bewegende Schlange bildeten, die sich über fast vier Kilometer bis zur Einfahrt erstreckte.

Hyatt parkte den Passat und ließ das Fenster einen Spaltbreit offen, um die Ballone vor der extremsten Hitze zu schützen, aber dann überlegte er es sich noch einmal, kehrte um und nahm die Einkaufstasche mit ins Büro. Unterwegs kritzelte er einen Hinweis auf die Handfläche, damit er am Abend nicht vergaß, die Tasche mitzunehmen.

Sein Arbeitsplatz glich aufs Haar dem der anderen fünfhundert Drohnenpiloten, die von Creech aus »flogen«: ein sandfarbener, klimatisierter Trailer, der neben Dutzenden anderer klimatisierter Trailer stand. Ein Schild an der Stahltür besagte, *Sie sind hier nicht mehr in Kansas*. Es erinnerte die Piloten daran, dass sie sich in einem Operationsgebiet befanden, das mehr als elftausend Kilometer entfernt lag, sobald sie sich an ihre Konsolen setzten.

Hyatt trug einen Fliegeroverall und ein grünes David-Clark-Headset. Er setzte sich auf den linken der beiden beigefarbenen Ledersitze, die vor einer Reihe von sechs Bildschirmen und Video-Monitoren standen, auf denen die technischen Details seiner MQ-9-Reaper-Drohne dargestellt wurden. In genau diesem Moment befand sich sein UAV – das unbemannte Luftfahrzeug – über der Provinz Helmand in Afghanistan. Die Kameras der Drohne boten Hyatt aus viertausend Metern Höhe einen bemerkenswert klaren Blick auf das Ziel.

Auf dem rechten Sitz saß bereits Staff Sergeant Ray Deatherage, der Sensorenoperateur. Ihre beiden Arbeitsplätze sahen bemerkenswert ähnlich aus, aber während Hyatt das UAV steuerte und die Geschosse abfeuerte, bestand Deatherages Job darin, die Kameras der Drohne und den Laserstrahl auf das Ziel auszurichten, um die Zielgenauigkeit der Geschosse sicherzustellen. Dass sein Name mit Ray für »Strahl« und Death für »Tod« auch zwei Wörter enthielt, die geradewegs aus seiner Jobbeschreibung zu stammen schienen, war natürlich allen klar, weshalb sein vorgesetzter Offizier angeordnet hatte, dass niemand darüber witzeln dürfe – obwohl Rays Zielgenauigkeit mit dem todbringenden Laserstrahl geradezu legendär war.

Auch der neue Bursche war schon da. Er saß hinten im überfüllten Trailer, ein Notebook mit geprägter Lederhülle auf dem Schoß. Auf der Hülle stand »Oreo«, wie diese bescheuerte Keksmarke. Das war ein ziemlich komischer Deckname für einen CIA-Drohnenbeobachter, aber das konnte Hyatt egal sein. Er wurde dafür bezahlt, die Reaper zu fliegen, und nicht, sich über die Decknamen irgendwelcher Grünschnäbel von der Spionageabwehr Gedanken zu machen. Im Film sahen die Spione immer unheimlicher aus als die Militärs, aber letztlich waren auch sie nur Menschen. Klar, seltsame Vögel waren das, aber trotzdem auch nur Menschen wie du und ich. Brian, wenn das denn sein richtiger Vorname war, war zu ihnen gestoßen, nachdem Hyatt einen

Bericht über Faisal al-Zamils derzeitigen Aufenthaltsort eingereicht hatte. Brian schien ein recht umgänglicher Bursche zu sein, trotz seines Connecticut-Akzents. Aber Hyatt wusste natürlich, dass Brian aus einem einzigen Grund hier war.

Seit einem Monat hatte eine bestimmte Mobilfunknummer immer wieder mal von einem Mast in der Nähe von Nad Ali gepingt. Die Nummer gehörte einer von Zamils Frauen. Hyatt und ein anderer MQ-9-Pilot hatten sich abgelöst, um eine Drohne tagelang über dem Anwesen schweben zu lassen, das man für ihren Wohnsitz hielt. Die Drohne schwebte in viertausend Metern Höhe; die Frau hatte daher keine Ahnung, dass sie beobachtet wurde. Hyatt kam es irgendwie seltsam vor, dass er, Deatherage, Brian und die andere Reaper-Crew, also fünf Leute, wahrscheinlich zu den höchstens acht oder neun Männern auf dem Planeten gehörten, die diese Frau jemals ohne Schleier zu sehen bekamen. Sie beobachteten sie, wie sie die Wäsche aufhängte, wie sie ihren Kindern mit der Faust drohte, wie sie hinaus zum Auto eilte, um zum Markt zu fahren. Immer wurde sie von drei Typen begleitet, aber keiner von ihnen war Zamil, verdammt noch mal. Aber manchmal fuhr sie auch zu einem anderen Haus, sechs Kilometer entfernt. Das war eine ziemlich dünne Spur, aber weiter oben in der Befehlshierarchie hielt man die Zeit und die Mühe für angemessen, dieser Sache nachzugehen. Zamil war als Waffenlieferant des IS bekannt, und als solcher stellte er gewissermaßen das höchstrangige Ziel dar, das sie derzeit auf der Agenda hatten. Ganz abgesehen davon, dass das ihre einzige Spur war.

Hyatt beobachtete Madame sechs Tage lang, notierte Besucher, rekonstruierte allmählich ihren Tagesablauf und ihre Gewohnheiten, registrierte, wie oft sie sich auf den Weg zu dem sechs Kilometer entfernten Haus machte, und, was für ihn noch wichtiger war, wo sich die Kinder an diesen spezifischen Tagen aufhielten. Weil es in Afghanistan während Hyatts Schicht immer Nacht war, bestanden seine Bilder größtenteils aus geisterhaften Infrarotfotos wie aus einem Videospiel. Aber wenn ein Kind den Kopf aus einem Fenster streckte, half ihm das, einen Kollateralschaden zu vermeiden, sollte Zamil tatsächlich in dem Haus auftauchen.

Und dann schlenderte dieser gerissene Fuchs einfach aus dem Haus! Zuerst ging er nirgendwohin, unternahm nur einen kurzen Spaziergang im Innenhof und verschwand wieder im Haus. Das hatte Captain Hyatt in seinem Bericht erwähnt, und schon war Brian, der CIA-Drohnenbursche, keine vierundzwanzig Stunden später mitten in Hyatts nächster Schicht aufgetaucht. Er trug einen Fliegeroverall wie alle anderen, aber obwohl er weder ein Namensschild noch das Abzeichen seiner Einheit oder ein Rangabzeichen trug, hatte niemand auf der Basis auch nur den geringsten Zweifel, für wen dieser Brian arbeitete.

Hyatts Job war teilweise ungefähr so interessant, wie Farbe beim Trocknen zu beobachten, wurde aber ein wenig interessanter, nachdem sich Zamil endlich hatte blicken lassen. Nach dem Mann lief eine Fahndung im Zusammenhang mit einem Angriff, der drei amerikanische Soldaten und fünfzehn Afghanen das Leben gekostet hatte. Das hier würde eine vorab geplante Operation werden – eine gezielte Tötung auf der Grundlage handfester Beweise. Ein Team von Anwälten hatte die Rechtslage sowie die politische Marschlinie gewissenhaft geprüft und dann penibel die Kästchen abgehakt, sodass man nun sagen konnte, dass es okay war, auf den Abzug zu drücken. Die Anzugträger hatten auch sichergestellt, dass der geplante Schlag den Bestimmungen des Völkerrechts entsprach, wozu auch die Regeln zum Umgang zwischen den Kombattanten zählten, und ferner mit den Anweisungen beziehungsweise Spezifischen Instruktionen übereinstimmte, kurz »Spins« genannt, die vom Befehlshaber am Einsatzort erlassen wurden. Kein Laserstrahl durfte auf ein Ziel gerichtet und kein Abzug durchgedrückt werden, bevor nicht die Anwälte im Hauptquartier der Air Force alle drei Punkte abgehakt hatten.

Aber auch die CIA hatte ihre Anwälte, und die hatten ihre eigene Checkliste und arbeiteten nach anderen kriegsrechtlichen Bestimmungen. Daher verfügten sie über etwas größere Freiheiten, zum geeigneten Zeitpunkt den Befehl zum Abdrücken zu geben.

Und genau hier kam Brian ins Spiel.

»Bewegung«, meldete Staff Sergeant Deatherage und schwenkte die Kamera der Reaper ein wenig herum, sodass sie Zamil aus dem Haus zu einem wartenden Toyota-Pick-up folgte. Der Pick-up war schon gestern angekommen, eine olivgrüne Plane bedeckte eine Ladung auf der Pritsche.

Captain Hyatt tippte leicht auf seinen Joystick. Auf viertausend Metern Höhe musste er den Vogel kaum bewegen, um dem Pick-up folgen zu können. Er warf einen schnellen Blick über die Schulter, aber Brian hielt nur die geöffnete Hand hoch. »Wir haben zwar die Tötungsermächtigung, aber schauen wir doch erst mal, wohin er fährt.«

»Verstanden«, sagte Hyatt, während er den Steuerungshebel millimeterweise bewegte und die Drohne wie den unsichtbaren Zorn Gottes über diesem mörderischen Arschloch schweben ließ, der schon sehr bald eins mit dem Wüstenstaub werden würde, über den er gerade fuhr.

»Zweiter Truck nähert sich von Norden«, meldete Deatherage, wobei er aber nur laut aussprach, was alle bereits bemerkt hatten.

»Ein Austausch«, vermutete Hyatt, konzentrierte sich aber auf die Zielperson. Das Fadenkreuz auf seiner Konsole blieb auf den Toyota gerichtet.

Die beiden Fahrzeuge hielten Nase an Nase mitten auf der Wüstenstraße an. Es war schon Abend, eine halbe Stunde vor Sonnenuntergang; die Autos, wie auch jeder einzelne Felsbrocken und jeder noch so kleine Stein, warfen lange Schatten über den orangefarbenen Wüstenboden.

»Die Neuankömmlinge tragen Shemags«, sagte Deatherage. »Identifizierung nicht möglich.«

Brian war inzwischen aufgestanden und hing direkt neben Hyatts linkem Ellbogen, als ob er bei einer um zwei Meter geringeren Entfernung die Bilder auf den Monitoren klarer erkennen könnte. Alle drei Männer verfolgten gespannt, wie Zamil und sein Stellvertreter zum Heck des Toyotas gingen. Der Stellvertreter hieß Omar Khalid; er war zwar nicht auf derselben Wichtigkeitsstufe wie Zamil einzuordnen, wurde aber vom Hauptquartier dennoch als lohnendes Ziel einer möglichen Strafverfolgung angesehen. Das war tatsächlich das Wort, das sie dafür benutzten. *Strafverfolgung*.

Die Männer im klimatisierten Trailer beugten sich noch ein wenig näher an die Bildschirme, als die beiden Afghanen, die sie identifiziert hatten, die Abdeckplane zurückwarfen.

Hyatt stand auf, ohne dazu aufgefordert worden zu sein, und Brian glitt auf seinen Sitz. Die Vorschriften der CIA erlaubten mehr Handlungsfreiheit. Ihre Anwälte hatten erklärt, es sei völlig okay, nicht identifizierte dritte Personen in die Tötungsermächtigung einzubeziehen, wenn diese nicht identifizierten Dritten etwas Illegales taten. Niemand wollte zulassen, dass diese Burschen mit einem Dutzend nagelneuer französischer Mistral-MANPADS herumliefen. Wie ihr amerikanischer Cousin, die Stinger, konnte die infrarotgelenkte Mistral-Luftabwehrrakete von der Schulter abgefeuert werden und war in der Lage, unter den Luftfahrzeugen der Koalition verheerenden Schaden anzurichten – vor allem unter den MQ-9-Drohnen, die leicht zu treffen waren, wenn sie sich auf Flughöhen unter dreitausend Meter herabwagten.

Bis Hyatt seinen Platz geräumt und Brian das Headset aufgesetzt hatte, war Omar bereits auf die Ladefläche des Toyota-Pick-up gestiegen.

»Hauptschalter aktiviert«, sagte Brian. »Waffen scharf.«

»Laser scharf«, meldete Deatherage.

»Drei, zwei, eins, Feuer«, sagte Brian und drückte auf den Knopf. »Rakete abgefeuert.«

Hyatt, der hinter Brian stand, blickte auf die Monitore.

Der harte Teil seiner Arbeit bestand in den schier endlosen Stunden, die er mit Warten, Beobachten und dem Aufzeichnen von Verhaltensmustern verbrachte. Aus seiner Sicht war das eine reichlich abstrakte und praxisferne Arbeit. Das Laserlenksystem der AGM-114R Romeo Hellfire erfasste das Ziel und flog darauf zu, als würde sie von unsichtbaren Fäden gezogen. Mit einer Fluggeschwindigkeit von knapp sechzehnhundert Stundenkilometern brauchte sie für den Flug nur sieben Sekunden.

Zamil und die anderen Männer waren gerade dabei, die Plane ein wenig weiter zurückzuziehen, um die Mistrals abzuladen, sodass die Ladung in der einen Sekunde noch sichtbar wurde, bevor die Romeo Hellfire die Männer, die Fahrzeuge und die Raketen in genau das verwandelte, was der Name der Rakete ankündigte: in eine Hölle aus Flammen und Staub. Eine Sekundärexplosion – oder vielmehr eine ganze Serie von Explosionen so schnell hintereinander, dass sie kaum noch voneinander zu unterscheiden waren – folgte unmittelbar auf den Ersteinschlag.

Hyatts Blick blieb an dem Monitor haften, während Rauch und Staub vom Wüstenwind weggetrieben wurden.

»Hauptschalter deaktiviert«, sagte Brian. »Waffen gesichert.«

»Laser gesichert«, meldete Deatherage.

Brian blieb einen Moment still sitzen.

»Haben Sie das gesehen?«, fragte Captain Hyatt.

»Die Sekundärexplosionen.« Brian pfiff leise durch die Zähne. »Ja, allerdings.«

»Ich lasse die Videoaufzeichnung noch einmal ablaufen. Ich glaube, er hatte ein paar MICAs.«

»Französische MICAs?« Brian war aufgestanden und nahm das Headset ab, um Hyatt Platz zu machen.

»Bin ziemlich sicher«, nickte der Captain.

»Das nenne ich einen gut bewaffneten Feind«, meinte Brian. »Französische Mistrals, französische MICAs. Möchte wirklich gern wissen, woher sie diesen Scheiß bekommen haben.«

»Das fällt in Ihre Kampfzone«, antwortete Hyatt. Er gab den Kurs nach Kandahar ein. Das Bodenpersonal vor Ort würde die Drohne landen, die nötigen Wartungsarbeiten durchführen und sie neu auftanken, sodass sie sofort wieder für zehn oder zwölf Flugstunden einsatzbereit war.

Ein paar Klicks auf dem Keyboard, und schon waren der Bericht und die wichtigsten Videoaufzeichnungen elektronisch an Hyatts vorgesetzte Offizierin im Creech unterwegs. Sie würde alles nach oben weiterleiten, wobei das Material auf jeder Stufe analysiert und diskutiert würde, bevor es an die verschlüsselten Server der CIA in Langley und im Pentagon weitergereicht werden konnte. Ferner würde es auch an das Büro der Direktorin der Nationalen Nachrichtendienste im Liberty-Crossing-Komplex gesendet werden, um sicherzugehen, dass alle relevanten Institutionen berücksichtigt wurden.

Brian legte Hyatt freundschaftlich die Hand auf die Schulter. »Ich will hier nicht den Soziopathen geben, Captain, aber was wir gerade gemacht haben, ist gut und richtig. Das musste getan werden.«

Deatherage hielt noch immer die Kameras auf die Verwüstung am Einschlagsort der Rakete gerichtet.

»Ja, sicher«, antwortete Hyatt. Mit den psychischen Auswirkungen würde er fertigwerden, aber das hieß nicht, dass er darüber reden wollte. »Die Sache ist geritzt.«

Brian begriff sofort, was er damit meinte. »Was steht denn da auf Ihrer Hand?«

Hyatt zuckte verlegen die Schultern. »Eine Erinnerung, dass ich noch etwas für die Geburtstagsparty meiner Kinder mit nach Hause nehmen muss.« Nach einem letzten Blick auf den rauchenden Krater, in dem Faisal al-Zamil und die anderen Männer verschwunden waren, drehte er die Handfläche nach oben.

Ballone.

Was für ein grausamer Kriegsgott er doch war …

4

Mit ein wenig Fantasie könnte man Portugal als nach Westen blickendes Gesicht auf der Landkarte der Iberischen Halbinsel sehen. Dann wären die spitzen Klippen und geheimen Grotten der Algarve so etwas wie der Schnurrbart über einem spitzen und ein wenig nachdenklich vorgereckten Kinn. Der kleine Küstenort Benagil liegt in einem tiefen Tal, ungefähr gleich weit von den Küstenstädten Albufeira im Osten und Lagos im Westen entfernt, eine der zahlreichen Ortschaften mit weiß getünchten Häusern, die sich wie Perlen einer Kette auf den Kalksteinklippen oberhalb der halbmondförmigen Bucht mit ihrem honigfarbenen Sandstrand aneinanderreihen. Durch die Nähe zum afrikanischen Kontinent wirkt hier der Atlantik fast wie das Mittelmeer – aber eben nur fast.

Der Tourismus hatte das winzige Dorf mit seinen knapp dreitausend Einwohnern längst entdeckt; dennoch gab es hier noch immer eine robuste Fischereiflotte, und der Ort rühmte sich gern, den Charme des stilleren, unschuldigen Portugal bewahrt zu haben. Aufgrund dieser Naivität war Benagil als Standort für Hugo Gaspard und seine Geschäfte hervorragend geeignet. Außerdem sorgten die vielen betuchten Touristen dafür, dass auch er nicht auf die Annehmlichkeiten verzichten musste, an die er sich längst gewöhnt hatte. Die Ortspolizei war hinreichend intelligent, hatte sich aber im Laufe der Zeit vornehmlich mit aufgebrochenen Autos oder Einbrüchen in die zahlreichen Ferienhäuser befassen müssen. Schon die bloße Vorstellung, dass in ihrem Dorf ein international gesuchter Waffenhändler residieren könne, lag weit außerhalb ihres Radarschirms.

Gaspard saß nun schon seit drei Tagen am Strand von Benagil und wartete darauf, dass sich die Russen endlich blicken ließen. Am ersten Tag hatte er den Fehler begangen, die hundertfünfzig Meter von seinem Mercedes zum Strand hinunter zu Fuß zurückzulegen. Die schmale Küstenstraße auf den Klippen bot Parkmöglichkeiten, aber der korpulente Franzose war einfach zu sehr feinem Wein und wohlschmeckendem Gebäck zugetan. Zu Fuß mehr als nur ein paar Meter gehen zu müssen, war für seine Gicht der reinste Horror – und auch für sein Herz, seine Lunge und den Fersensporn an beiden Füßen. Und was noch schlimmer war: Er fühlte sich arm, wenn er zu Fuß gehen musste.

Heute hatte er seinem Fahrer befohlen, ihn an den für Behinderte reservierten Parkplätzen aussteigen zu lassen, die so nahe am Pfad zum Strand lagen, wie es nur möglich war. Der Fahrer sollte im Auto warten, während ihn die anderen drei Bodyguards zum Strand begleiteten. Heutzutage konnte man nicht vorsichtig genug sein.

Kaum war Gaspard aus dem Mercedes gestiegen, als er auch schon sein loses Hemd auszog. Das hätte er schon während der Fahrt gern getan, aber infolge seiner Körperfülle war das auf dem Rücksitz problematisch. Seine Badehose hatte er schon in der Villa angezogen; jetzt stieg er am Straßenrand aus der Überhose und warf sie zu seinem Hemd auf den Rücksitz. Die Badehose, ein kleines Dreieck aus Spandex, wäre selbst an einem Mann von viel schlankerer Gestalt winzig erschienen. Gaspards Bauch hing tief genug herunter, dass ein flüchtiger Beobachter leicht den Eindruck bekommen konnte, Gaspard habe überhaupt nichts an. Ihm selbst war das egal. Er musste nichts mehr beweisen – er hatte so viel Geld, dass er sich den Respekt selbst der Leute erkaufen konnte, denen seine Klamotten nicht gefielen.

Noch zwei Stunden bis zu seinem Treffen mit den Russen. Zum Schwimmen war ihm das türkis-kobaltblaue Wasser viel zu kalt, aber die Lufttemperatur lag bei angenehmen, saisonal eher ungewöhnlichen fünfundzwanzig Grad Celsius, und durch den wolkenlosen Himmel fühlte sich die Luft sogar noch wärmer an. Er hatte vor, während der Wartezeit an seiner Sonnenbräune zu arbeiten.

Praia de Benagil war keiner dieser unglaublich langen Strände. Im Sommer war er oftmals von britischen Touristen überlaufen, aber jetzt, im Mai, hatte Gaspard den Strand fast für sich alleine. Ein paar Klippenkletterer, wahrscheinlich Amerikaner, stiegen weiter östlich an den Felsen hinauf. Ein nordeuropäisch aussehendes Paar mit einem kleinen Kind trotzte dem kalten Wasser und spielte in den flachen Uferwellen, nicht weit von drei hölzernen Fischerbooten entfernt, die am Westende des Strands im Sand lagen, direkt neben dem Fußweg, der zum Dorf hinaufführte.

Als Gaspard an der Wasserlinie entlangtrottete, wobei er eine Spur tiefer, schäumender Fußabdrücke im Sand hinter sich her zog, entdeckte er eine schlanke Frau in schwarzem zweiteiligem Badeanzug. Sie hatte mitten auf dem Strand ihr eigenes kleines Claim abgesteckt und lag provokativ auf dem Rücken, den Kopf auf eine Strandtasche aus geflochtenem Naturstroh gebettet. Ihr Gesicht wurde durch die Krempe eines fast absurd riesigen Strohhuts beschattet, während sie ein Taschenbuch las. Gaspard hielt sie für eine Blondine, vielleicht mit ein paar Sommersprossen auf dem Nasenrücken, aber durch den riesigen Hut ließ sich das nicht mit Sicherheit feststellen. Allerdings spielte das für ihn auch keine große Rolle. Sie war langbeinig, verfügte über genau die richtigen Rundungen und Kurven und signalisierte ihm mit ihrem winzigen Bikini glasklar, dass sie nicht allein sein wollte. Eine Frau mit einer solchen Figur, knapp verhüllt durch derart winzige Stoffstückchen … nun, die gierte natürlich danach.

Er plante, sich nahe genug niederzulassen, um mit ihr beiläufig ins Gespräch zu kommen. Mal sehen, was sich dann ergab. Die Franzosen waren schließlich keine Tiere. *Er* war kein Tier, oder jedenfalls nicht mehr, da er sich mit seinem neuen Reichtum ein gewisses Maß an Vornehmheit zugelegt hatte. Deshalb würde er diskret und charmant vorgehen, eben wie ein perfekter Gentleman. Wenn das nicht ankam, würde er sie wissen lassen, wie reich er war. Welche Methode er anwenden würde, war letztlich gleichgültig – er hatte die feste Absicht, diese sexy Person in seine Villa abzuschleppen, bevor der Nachmittag auch nur halb vorüber war. Sie konnte einen Drink nehmen und Pralinen essen, während er die Russen traf, und danach würde er mit ihr den Abend verbringen.

Das war ein sehr guter Plan. Gaspard war ein Visionär – und schon jetzt konnte er sich jeden köstlichen Augenblick lebhaft vorstellen.

Seine drei Bodyguards flankierten ihn in strategischem Dreieck und fixierten die Umgebung mit jenem Raubtierblick in den Augen, für den er sie teuer genug bezahlte. Gaspard hatte selbst die meiste Zeit seines Lebens eine Pistole bei sich getragen, schon seit seiner Zeit als Kleinganove, als er noch eine Reihe von Hundert-Francs-Huren im Bois de Boulogne im Westen von Paris laufen hatte. Seine irre Mutter, selbst Prostituierte und Heroinjunkie, hatte ihm in ihrem kurzen Leben eine einzige wertvolle Lebensweisheit mit auf den Weg gegeben: *Wer viele Schlüssel bei sich trägt, mag wichtig aussehen – wirklich wichtig ist nur der, der andere die Schlüssel tragen lässt*. Nun, Gaspard hatte inzwischen genug Kies gemacht, um alle Huren im Park kaufen zu können – und bezahlte andere Männer dafür, die Pistolen zu tragen.

Die Sonne glitzerte auf der dicken Goldkette, die fast in den feisten Speckwülsten an seinem Nacken verschwand. Schweißperlen rannen ihm über die Brust. Mit einem Nicken bestimmte er einen Platz, keine zwei Meter von der Frau entfernt, und wartete, während zwei seiner Männer das Badetuch ausbreiteten. Das Tuch war extragroß, damit Gaspards beachtliche Fettwülste nirgendwo mit dem Sand in Berührung kamen. Der dritte Bodyguard, ein bulliger Typ mit einer von vielen Boxkämpfen eingeplätteten Nase, beäugte die Frau misstrauisch. Er hieß Farrin, und sein drohendes Starren wirkte hier reichlich übertrieben. Schließlich hatte sich die Frau nicht Gaspard genähert, sondern er hatte sich den Platz so nahe neben ihr selbst ausgesucht. Außerdem konnte sie ihm wohl kaum gefährlich werden. Sie war noch so jung, so köstlich … so zerbrechlich.

»Entspanne dich«, sagte Gaspard, laut genug, damit es die Frau hörte. Es konnte nicht schaden, wenn sie gleich mitbekam, dass Gaspard zu den Anführern gehörte, einer, der andere Männer herumkommandierte. »Das Prachtweib ist doch fast nackt. Was kann sie mir schon antun?«

Sie blickte von ihrem Buch auf – irgendeine hirnlose Romanze auf Englisch, nach dem Bild des Muskelmanns mit nacktem Oberkörper zu urteilen, das Gaspard auf dem Umschlag erspäht hatte –, sah aber schnell wieder weg und tat so, als sei er ihr völlig gleichgültig. Als Gaspard näher kam, entdeckte er auf einem ihrer Oberschenkel zwei feine, linienförmige Narben, die fast wie Stammes- oder Ritualzeichen aussahen. Dazu gab es sicherlich eine Geschichte, vermutete er, und er gedachte sie zu erfahren, bevor die Nacht vorüber war.

Gaspard drehte sich auf den Bauch und wälzte sich grunzend hin und her, bis er die nötige Kuhle in den Sand unter dem Badetuch gedrückt hatte, um einigermaßen eben liegen zu können. Er bettete das Doppelkinn auf die Hände, sodass er seitwärts die junge Dame beäugen konnte, während er den Rücken von der Sonne gleichmäßig bräunen ließ.

»Sind Sie Amerikanerin?«, fragte er mit halb geschlossenen Augen, bereits ein bisschen schläfrig, schließlich hatte er nicht nur den anstrengenden Fünfzehn-Meter-Marsch über den Strand hinter sich, sondern war nun auch den unerbittlichen Sonnenstrahlen ausgesetzt.

Sie hob die Krempe ihres Sonnenhuts ein wenig an und betrachtete ihn mit langem, gleichmütigem Blick, als müsse sie sich erst überlegen, ob sie ihm überhaupt antworten solle.

»Niederländerin«, antwortete sie. »Warum wollen Sie das wissen?«

»Ihr Buch ist auf Englisch«, erklärte Gaspard schmunzelnd. »Was wissen die Engländer schon von Romanzen? Französische Romanzen sind viel besser, nicht nur im Roman, sondern auch im … im Fleischlichen.«

»Dann lesen Sie wohl viele romantische Romane?«

Gaspard zuckte die Schultern. »Das ist einfach eine logische Schlussfolgerung. Die französische Sprache ist eine Romanze der Zunge. Das merken Sie sofort, selbst wenn Sie nur ein paar Wörter sprechen.«

»Dann darf ich also annehmen, dass Sie Franzose sind?«

»Oui«, antwortete Gaspard. *»Parlez-vous français?«*

Sie hielt Daumen und Zeigefinger mit kleinem Abstand hoch. »*Un peu*. Ich ziehe Englisch vor.«

»Schade«, meinte Gaspard. »Auf Englisch klingt es plump, wenn ich sage, ›Bitte creme mir den Rücken ein‹.«

Die junge Frau unterdrückte ein Lachen – das war schon mal ein gutes Zeichen, fand Gaspard. »Gehen Sie immer gleich aufs Ganze?«

»In zwei Stunden habe ich eine sehr wichtige Besprechung. Das lässt mir nur sehr wenig Zeit, Sie kennenzulernen, die üblichen Plaudereien auszutauschen und Sie noch vor dem Abendessen in meine Villa einzuladen.«

Die Frau ließ das Buch, immer noch geöffnet, auf ihre Brust sinken und schaute ihn mit leicht schief gelegtem Kopf an. Perfekt brünette Locken fielen sanft über ihre gebräunten Schultern. Doch keine Blondine, dachte Gaspard, aber, oh, die wunderbaren Sommersprossen waren tatsächlich über ihre Nase verstreut. »*Vor* dem Abendessen?«

Sie richtete sich in sitzende Position auf und legte die Arme um die wunderbaren Knie. Gaspard sah jetzt deutlich die dünnen Linien zahlreicher Narben auf ihren Schenkeln – ein Autounfall, oder möglicherweise auch ein Sportunfall. Er konnte sie sich lebhaft vorstellen, übersät mit Sommersprossen, wie sie mit den Jungs vom Dorf Fußball spielte. Damals mochte sie ein burschikoser Wildfang gewesen sein, aber jetzt war sie definitiv nichts weniger als ein Prachtweib.

»Ich hasse es, Zeit zu vergeuden«, erklärte Gaspard. »Wie gesagt, ich habe eine Besprechung in zwei Stunden.«

Jetzt erst klappte sie das Buch zu, behielt es aber in der Hand. »Eine ›*wichtige* Besprechung‹, sagten Sie.«

»Ich sagte, eine ›*sehr wichtige* Besprechung‹, um genau zu sein«, verbesserte er und rollte sich halb auf die Seite, um seine Jagdbeute direkt anschauen zu können. Eine Linie Sand zog sich dort an seinem Bauch entlang, wo eine Fettwulst nun doch über den Saum des Badetuchs in den Sand geraten war. Gaspard wischte den Sand mit seinen Wurstfingern ab. Zwei Goldringe blitzten in den Sonnenstrahlen auf. »Sinnlos, nur immer auf den Busch zu klopfen…«

»Oder Zeit zu vergeuden«, ergänzte die junge Frau.

»Genau«, nickte er. »Ich bin schon reich, aber nach dieser Besprechung werde ich noch reicher sein – reicher, möchte ich behaupten, als jeder andere Mann, den Sie jemals kennengelernt haben.« Er beugte sich ein wenig näher zu ihr, wobei er sich geheimnisvoll zwischen Meer und Klippen umblickte und die Stimme senkte. »Mein Meeting ist mit den Russen.«

»Mit *den* Russen?«, echote die junge Frau, wobei sie seine Flüsterstimme ironisch nachahmte und die Augen weit aufriss. »Also mit *allen* Russen.«

»Sie sind ziemlich … kess«, sagte Gaspard.

Sie lächelte neckisch. »Sinnlos, immer nur auf den Busch zu klopfen.«

Jetzt drehte sie sich elegant auf die Knie und streckte ihm die Hand hin. »Ich heiße Lucile.«

Gaspard strahlte. »Ein wunderbarer französischer Name!« Immer noch auf der Seite liegend, sodass die Bauch- und Brustwülste bis zum Boden hingen, nahm er ihre Hand und küsste sie galant. »Mein Name ist Hugo. *Encantado.*«

»Sagten Sie nicht, Sie seien Franzose?«

»Man muss immer mit den Wölfen heulen …«, sagte Gaspard. »Oder hier vielmehr mit den Portugiesen.«

Die Annäherung hatte Gaspards Bodyguards alarmiert. Sie kamen näher. Vor allem Farrin bekam fast immer einen Anfall, wenn sich etwas zwischen ihn und seinen Boss schob, aber Gaspard winkte alle drei weg. Er hatte sie vorgewarnt, kaum dass er die Frau am Strand erblickt oder vielmehr ins Visier genommen hatte, dass sie sich zurückhalten sollten. Er brauchte Platz, deshalb hatte er ihnen befohlen, sich in angemessener Entfernung niederzulassen, mindestens zwanzig Meter. Wer Bodyguards hatte, zeigte allen, dass er reich war. Aber wenn einen die eigenen Bodyguards wie ein rohes Ei behandelten, sah man nicht mehr reich und mächtig, sondern schwach und ängstlich aus. Diesen Ruf hatte man schnell weg, aber man brauchte lange, um ihn wieder loszuwerden.

Lucile war jetzt nah genug, dass er sie riechen konnte – ein irdischer Duft, dachte er, wie warmer Regen.

»Sind Sie zum ersten Mal in Portugal?«

»Small Talk?«, fragte sie zurück. »Ich dachte, wir sind schon über dieses Stadium hinaus?«

»Touché.«

»Sie sind also reich, *richtig* reich?«

Der Franzose lächelte. »Reicher, als Sie sich vermutlich vorstellen können.«

»Ach.« Lucile zog die sommersprossige Nase kraus. »Wenn es um Geld geht, kann ich mir eine ganze Menge vorstellen. Möchten Sie wirklich, dass ich Ihnen den Rücken eincreme?«

»Ja, das möchte ich.«

»Und dafür laden Sie mich zum Abendessen ein?«

»In der Tat.«

Sie beugte sich über ihre Tasche. »Ich habe hier ein sehr gutes Sonnenöl …«

»Sie müssen mein Öl benutzen«, sagte er. Farrin kam herüber und reichte der Frau eine kleine Flasche Sonnenöl. Sie war reichlich benutzt worden und daher auch außen ölverschmiert.

»Danke«, sagte Gaspard zu Farrin. »Du kannst dich jetzt zurückziehen.« Er wälzte sich auf den Bauch zurück und ließ den Kopf auf das Strandtuch sinken. Das Gesicht Lucile zugewandt, nuschelte er: »Ich weiß, dass Sie sich das nur schwer vorstellen können, aber es ist tatsächlich möglich, jemanden mit vergiftetem Sonnenöl umzubringen.« Er ließ die allzu buschigen Augenbrauen vielsagend auf und ab zucken. »Das Eincremen ist für Sie viel leichter, wenn Sie sich auf mich setzen, mit gespreizten Beinen.«

»Das soll wohl ein Scherz sein?«, fragte Lucile. »Vergiftetes Sonnenöl?«

Er wälzte sich ein wenig bequemer im Sand zurecht und legte den Kopf auf die Hände, sodass er nun in die Sonne blinzelte. »Es gibt da ein paar Leute, die mich nicht besonders mögen.«

»Das kann ich nicht so recht glauben«, sagte die junge Frau. Sie schwang ein Bein über seinen Hintern, setzte sich rittlings auf ihn und spritzte eine Linie Öl über die Fettwülste zwischen seinen behaarten Schultern.

Das Buch lag im Sand neben ihrem rechten Knie – in direkter Reichweite.

5

Domingo »Ding« Chavez stand an der Klippenkante am östlichen Ende der Praia de Benagil, den Blick fest auf das kleine Display des Kontrollgeräts geheftet, das Bartosz »Midas« Jankowski in den schwieligen Händen hielt.

»Sie hat sie bemerkt«, sagte Chavez frustriert.

»Entspanne dich, Boss«, sagte Jankowski. »Hab doch ein bisschen Vertrauen.«

»Ich sage dir, sie hat sie bemerkt!«

»Absolut unmöglich«, behauptete Jankowski. Zur besseren Betonung wiederholte er gleich noch einmal: »Un-möglich. Ich halte den Vogel immer genau in der Sonne. Sie müsste direkt in die Sonne schauen, um ihn zu sehen.« Der ehemalige Delta-Oberst schwang seine Beine locker vor und zurück, während er die Konsole bediente, als säße er auf einem Bootsdeck und nicht auf der Kante einer über zwanzig Meter hohen Klippe. Er war zwar mit einem Seil gesichert, aber das änderte nichts daran, dass sich Chavez fast der Magen umdrehte, wenn er in die Tiefe blickte.

»Ich kann nur hoffen, dass du recht hast«, sagte Chavez. »Das Letzte, was wir jetzt brauchen, ist, dass das kleine Strandhäschen dort unten unsere Zielperson warnt, dass er von unserem Vogel beobachtet wird.«

Chavez hatte sich das Haar ein wenig über die Ohren wachsen lassen, wie er es oft tat, wenn er bei einer Operation nicht wie ein ehemaliger Unteroffizier der U. S. Army aussehen wollte, der er aber tatsächlich war. Doch auch ohne seinen militärischen Haarschnitt war jedem, der genug Felderfahrung hatte, sofort klar, dass Chavez schon einiges erlebt hatte. Aber das war heutzutage nichts Ungewöhnliches mehr. Schließlich gab es genug Soldaten, die von irgendeinem Kriegsschauplatz nach Hause zurückgekehrt waren, sodass er auch im örtlichen Einkaufszentrum kaum auffiel.

Domingo Chavez war durchschnittlich groß; gute Gene und ein jahrzehntelanges strenges Fitnessregime hatten ihm einen athletischen Körper beschert, selbst jetzt noch, mit Ende vierzig, war er perfekt durchtrainiert. In seinem Alter, meinte sein Sohn einmal, sei er »zu alt, um tragisch jung zu sterben«. John Conor Chavez war ein guter Junge, aber hätte er gewusst, welchen Gefahren sein Vater »im echten Leben, Mann« fast täglich gegenüberstand, wäre er sicherlich nicht so ein Klugscheißer gewesen.

Chavez und Midas hatten vier Bodyguards ausgemacht, drei am Strand und den Burschen, der die Autos bewachte – einen grauen Mercedes, in dem Gaspard hergefahren worden war, und einen dunklen Peugeot, der offenbar als Schutzfahrzeug diente.

Der Rest von Dings Team kletterte in den Klippen herum, beobachtete aber ebenfalls die Zielperson. Sich in aller Öffentlichkeit zu »verstecken« war die einzige Methode, um in solchen kleinen Dörfern zu operieren, in denen man zigmal am Tag Gefahr lief, der Zielperson zu begegnen. Und wer seine Leute in den Klippen herumklettern sah, musste sie für harmlose Touristen halten – während sie in Wirklichkeit Feldagenten des Campus waren, eines »inoffiziellen« Geheimdienstes, der unter dem Deckmantel einer Finanzmaklerfirma namens Hendley Associates operierte, die ihre

Büros auf der Washington, D. C., gegenüberliegenden Seite des Potomac hatte.

Free Climbing an den Meeresklippen gilt im Allgemeinen als relativ sicher, solange man weiß, was man tut. Chavez wusste es nicht, weshalb er es vorzog, von oben herabzublicken und festen Boden unter den Füßen zu spüren. Hände und Finger waren dafür gemacht, Abzüge durchzudrücken oder irgendwelchen Bösewichten die Scheiße aus dem Gedärm zu prügeln – aber bestimmt nicht, um sich hoch oben an Steilklippen an winzigen Felswarzen festzuklammern. Trotzdem hatte sich Chavez wie ein Kletterer angezogen – Nylonjoggingshorts, ein enges Tanktop, Scarpa-Approachschuhe mit »Megagrip«-Sohlen, er hatte sogar einen Gürtel mit einem kleinen Beutel Kletterkreide umgeschnallt. Midas war ganz ähnlich gekleidet. Jack Ryan jr. hingegen hing in der Steilwand, ohne Hemd, aber in einer eng anliegenden Lycra-Kletterhose und mit La-Sportiva-Kletterschuhen, ein Outfit, in dem er eher wie ein Balletttänzer aussah. Chavez war schon in dem Alter, in dem er wie ein schmieriger Typ in engen Radfahrershorts aussehen würde, hätte er solche Klamotten angezogen. Lisanne Robertson kletterte neben Jack; auch sie trug Lycra-Shorts und dazu einen schwarzen Sport-BH.

Lisanne, eine ehemalige Marine und Polizistin, war keine offizielle Campus-Operative, sondern fungierte normalerweise als Logistik- und Transportmanagerin im Campus/Hendley-Associates-Firmenjet, einer Gulfstream. Weil sie jedoch oft für die Sicherheit des Flugzeugs zuständig war, wenn es in potenziell feindlichen Situationen geparkt stand, hatte der Operationsleiter John Clark ihr taktische Trainingseinheiten und Schießübungen verordnet. Sie hatte keinerlei Erfahrung mit der Observation von Zielpersonen oder mit den Methoden der Gegenobservation, gemeinhin SDR – Surveillance

Detection Routes – genannt. Dafür war sie schlauer und gerissener als jede andere Frau, der Chavez je begegnet war. Außerdem war sie eine hervorragende Kletterin, die häufig sogar noch dann in einem Sportzentrum in Bethesda kletterte, wenn sie das harte Training mit dem Team hinter sich hatte. Selbst Chavez war nach diesem Training gewöhnlich so geschafft, dass er sich nur noch nach einer Couch und einem kühlen Bier sehnte.

Lisanne meldete sich über das interne Funknetz, als hätte sie Dings Gedanken über ihre Kletterkünste gehört. »Bisher hat niemand unseren Vogel bemerkt, glaube ich.«

»Sag ich doch«, sagte Midas, ohne von seinem handtellergroßen Controller aufzublicken. »Ich habe unseren Waffenschieber immer noch klar im Bild – und auch das Mädchen hat keinen blassen Schimmer. Du musst einfach lernen, mir mehr zu vertrauen, Boss.«

Lucile Fournier verteilte das Sonnenöl mit der linken Hand und achtete sorgfältig darauf, dass ihre rechte Hand trocken blieb. Sie klemmte die Schenkel eng um Gaspards feiste Taille und beugte sich vor, sodass sie Unterarm und Ellbogen in seinen fleischigen Rücken grub, wobei sie besonders nach einem ganz bestimmten Punkt am unteren Teil seines widerlich schwabbeligen Nackens suchte. Gaspards Haar war gut frisiert, aber ein wenig lang, sodass die dunklen Locken bis über den Kragen ragen würden, hätte er ein Hemd getragen. Gut. Damit ließe sich das verbergen, was sie im Sinn hatte.

Ihre rauen Methoden ließen ihn stöhnen. Seine Echsenhaut schimmerte bronzefarben in der Sonne.

Plouc, dachte Fournier. Was für ein Hinterwäldler. Gaspard mochte im Geld schwimmen, aber er würde niemals Klasse haben. Aber sie lachte, als würde es sie absolut glücklich machen, auf diesem fetten Schwein zu reiten. Unter ihrem Arm hindurch warf sie einen schnellen Blick zurück, um die Position der Bodyguards zu checken. Wie sie vermutet hatte, lungerten sie weiter hinten im Sand herum – sie saßen ungefähr zwanzig Meter entfernt an die Planken der alten Fischerboote gelehnt. Ihr schwarzer Badeanzug hatte einen kleinen Riss, direkt auf einer Pobacke, und sie war sicher, dass alle drei Männer, sogar der etwas klügere Farrin, wie gebannt auf das Spiel ihrer Gesäßmuskeln starrten, während sich der Riss je nach ihren Bewegungen öffnete oder schloss.

»Wie lange leben Sie schon in Portugal?«, erkundigte sie sich.

Gaspard grunzte bei jeder ihrer Knetbewegungen. »Was wird das jetzt … fangen jetzt Sie … mit dem Small Talk an?«

Sie ging nicht auf die Spöttelei ein. »Wissen Sie, was *Sebastianismus* ist?«

»Nein, muss ich zugeben.«

»Auch König Sebastian von Portugal war ein reicher Mann. Und wie Sie hatte auch er eine wichtige Begegnung, in seinem Fall mit den Mauren. Leider ging er bei einer Schlacht irgendwo in der nordafrikanischen Wüste verloren. Seither wartet das Volk auf die Rückkehr des verlorenen Königs. Daher kommt das Wort *Sebastianismus*. Es bedeutet die Hoffnung auf etwas, das niemals mehr sein wird.«

»Hören Sie auf«, sagte Gaspard in gequältem Tonfall. »Ihr Geschichtsunterricht macht mich ganz depressiv.«

»Wie Sie wollen. Aber mir gefällt das Wort … *Sebastianismus …*«

Sie beugte sich noch weiter vor, knetete ihn mit dem linken Arm und presste ihre Brüste gegen Gaspards Rücken. Ihre rechte Hand glitt in das Taschenbuch, das direkt neben ihrem Knie lag. Aus dem ausgehöhlten Buch zog sie nun die MSP Deringer hervor. Im selben Moment hörte sie ein

Schwirren über ihrem Kopf, wie von einer Libelle – oder einem vorbeifliegenden Geschoss –, sodass ihr fast die Pistole entglitten wäre. Aber sie fasste sich sofort wieder, schwang die Pistole hoch und verbarg sie in der Hand. Nachdem sie die Pistole sicher verborgen wusste, blickte sie sich nach dem seltsamen Geräusch um. Beinahe rechnete sie damit, Farrin neben sich stehen zu sehen, bereit, ihr den Kopf wegzublasen. *Merde!* Erst jetzt wagte sie wieder zu atmen. Nein, da war nichts, nichts als die sengende, grelle Sonne. Vielleicht war es wirklich eine Libelle gewesen. Mühsam beruhigte sie sich und zwang sich, sich wieder auf ihre Aufgabe zu konzentrieren.

Die Malogabaritnyj Spetsialnyj Pistolet passte perfekt in ihre Hand, jedenfalls besser als die Beretta, die sie normalerweise bei sich trug. Die kleine Pistole aus Sowjetzeiten war zuerst von KGB-Spezialeinheiten Anfang der 1970er-Jahre eingesetzt worden. Eine kolbenartige Dichtung zwischen Geschoss und Treibladung trieb ihre Spezialmunition, ein 7.62x37-Projektil ähnlich dem einer AK-47, mit einer Geschwindigkeit von knapp hundertfünfzig Metern pro Sekunde aus dem kurzen Lauf, wobei die Dichtung in der Hülse verblieb und sie versiegelte, sodass die entstehenden Gase nicht austreten konnten – und die Geräuschentwicklung fast völlig unterblieb, was die MSP beinahe so still wie einen Whisper-Tech-Hollywood-Schalldämpfer machte.

Die ballistische Leistung war nicht überwältigend, gerade mal die Hälfte der kleinen .32 auto. Aber die Russen hatten im Lauf der letzten vier Jahrzehnte oft genug bewiesen, dass ein Spitzgeschoss, aus kürzester Distanz abgefeuert, die mittelmäßige Leistung der Pistole mehr als nur ausglich.

Lucile beugte sich wieder leicht nach vorn, trieb erneut ihren Ellbogen in das Fleisch, was Gaspard noch einmal lustvoll aufstöhnen ließ. Sie nickte wie im Selbstgespräch. Sein Stöhnen würde laut genug sein, um den Lärm zu übertönen.

Wieder stöhnte er. »Meisterhaft. Sind Sie sicher, dass Sie keine Französin sind?« Er kniff die Pobacken unter ihrem Schambein zusammen, wobei sie sich am liebsten übergeben hätte. »Normalerweise bin ich der Reiter«, murmelte er. »Wenn Sie wissen, was ich meine.«

Lucile hatte inzwischen die Pistole zwischen ihre Brüste geschoben, presste die Schenkel zusammen, um nicht das Gleichgewicht zu verlieren, und beugte sich so weit vor, dass ihre Lippen fast Gaspards Ohr berührten. Sein Schweißgeruch war absolut widerlich.

»Tu commences à me courir sur le haricot!«, flüsterte sie ihm ins Ohr. Wörtlich hieß das »Du gehst mir allmählich auf die Bohne«, aber gemeint war natürlich, dass er ihr ganz gewaltig auf die Nerven ging.

Gaspard erstarrte, als ihm plötzlich klar wurde, dass Lucile keineswegs das war, was sie behauptet hatte.

»Tu es française?«, flüsterte er geschockt, das Gesicht immer noch im Badetuch vergraben. Du *bist* Französin!

Statt zu antworten, trieb Lucile den linken Ellbogen noch tiefer in seine Rückenmuskeln. Mit der rechten Hand presste sie ihm die Mündung der MSP in die Grube am Nacken, direkt unterhalb des Schädels, wobei sie sie leicht nach unten richtete. Sie drückte auf den Abzug, in genau dem Augenblick, in dem er unter dem schmerzhaften Druck ihres Ellbogens aufstöhnte.

Gaspard sackte in den Sand zurück. Die Luft wich mit einem schweren, gurgelnden Stöhnen aus der Lunge, sein Hirnstamm wurde sauber im unteren Teil durchgetrennt. *Fini.*

Lucile knetete Gaspards schlaffe Muskeln noch eine Weile weiter und plauderte freundschaftlich mit ihm. Dieser Mann war sein Leben lang nichts weiter als ein leerer Fettsack gewesen, deshalb war es auch nicht schwer, mit ihm im toten Zustand zu plaudern.

Plötzlich hörte sie auf, als hätte er etwas zu ihr gesagt, zupfte am Hinterteil ihres schwarzen Bikinihöschens, was die Aufmerksamkeit der Bodyguards sofort auf diese Stelle lenkte, also weg von dem Blut- und Knochengemisch auf dem Badetuch, wo gerade noch der Unterkiefer des feisten Schweins gelegen hatte. Sie blickte sich zu Farrin um.

»Er will ein wenig Wein«, sagte sie, allerdings mit leiser Stimme, als wolle sie Gaspard beim Eindösen nicht stören.

Farrin runzelte verärgert die Stirn.

Lucile zuckte die Schultern. *Mach was du willst.* »Ich hab eine Flasche im Auto, aber die müssen Sie schon selber holen.«

Der Bodyguard wies mit einer knappen Bewegung seines Bullenschädels zu den Klippen hinauf, als wollte er sagen, *Hol du sie doch!* Sie hatte gewusst, dass er so reagieren würde, und sei es auch nur, um sie mit ihrem zerrissenen Bikinihöschen den steilen Klippenpfad hinaufsteigen zu sehen.

Keine sechs Meter unterhalb der Stelle, an der sich Ding und Midas niedergelassen hatten, stieß Jack Ryan jr. sein Messer in eine Felsspalte, ballte die Faust um den Griff und nutzte die Hebelwirkung, um sich ein wenig höher zu ziehen. Die Schmerzen in den Handknöcheln waren eine wohlverdiente Strafe. Er beschloss, eine Weile jeden Gedanken an Frauen aus dem Kopf zu vertreiben, oder jedenfalls jeden Gedanken, der sich mit der Eroberung einer ganz bestimmten Frau befasste. Denn direkt über ihm kletterte Lisanne Robertson, und das schweißglänzende Dreieck zwischen dem letzten Rückenwirbel und den beiden Lendengrübchen, das direkt über ihren knapp sitzenden Klettershorts zu sehen war, machte ihm derartige gute Vorsätze ausgesprochen schwer. Sie war eine angenehme Kletterpartnerin, aber sie war auch eine Arbeitskollegin und Freundin und somit eine Person, mit der er sich nicht zu intensiv einlassen durfte. »Tauche deine Schreibfeder nie in Firmentinte«, hatte Clark es recht drastisch ausgedrückt (der Spruch stammte so oder so ungefähr aus der TV-Serie *The Office*) – und hatte damit Liebesbeziehungen zwischen Campus-Leuten für *tabu* erklärt, allerdings erst, nachdem mit Dominic Caruso und Adara Sherman der erste Fall bereits eingetreten war. Aber für Jack spielte das eigentlich keine Rolle. Er hatte in letzter Zeit mit Frauen derart viel Pech gehabt, dass er beschlossen hatte, für eine Weile zölibatär zu leben.

Am Fels war Lisanne besser als Jack; sie übernahm die Führung und bestimmte die Kletterstrecke. Sie bewegte sich anscheinend mühelos, stieg aber langsamer hinauf, damit sie Jack nicht abhängte. Jack selbst war ausgesprochen athletisch, schließlich joggte er jede Woche rund dreißig Kilometer in der Umgebung seines Apartments im Altstadtbezirk von Alexandria und trainierte mindestens zwei Abende in der Woche mit einem örtlichen Fußballteam oder in Fitnessstudios. Ginge es beim Klettern nur um Körperstärke und -größe, hätte er mit dieser gelenkigen Frau problemlos mithalten können, und obwohl sich Jacks Armspannweite von fast zwei Metern definitiv günstig auswirkte, hatte er längst feststellen müssen, dass Klettern viel mit dem Balletttanz gemein hatte.

Lisanne schmiegte sich eng an den Fels und schob sich ein weiteres Stück aufwärts. Ihre Lycra-Shorts spannten sich extrem, als sie ein unglaublich langes Bein ausstreckte und nach einem weiteren Halt suchte, der fast auf Höhe ihrer Hüfte lag. Direkt unter ihr gelang es Jack nur mit Mühe, sich wie eine Kreuzung aus edlem Ritter und frommem Mönch zu benehmen, den Blick von Lisanne loszureißen und stattdessen zum Strand und ihrer Zielperson hinunterzuschauen.

Ryan hatte kaum Zweifel daran, dass Gaspard dort unten

am Strand die beiden Russen treffen wollte, die soeben im Dorf Carvoeiro angekommen waren, das ungefähr fünf Kilometer weiter westlich an der Küste lag. Dom Caruso zufolge hätten sich die Männer auch gleich GRU-Tattoos auf die Stirn tätowieren lassen können, so offensichtlich war es, dass sie russische Agenten waren. Doch wo das Treffen letztlich stattfinden sollte, war dem Campus immer noch nicht klar. Caruso und Adara Sherman behielten die Russen im Auge, während John Clark für Caruso und Sherman Gegenobservation betrieb und die Operation leitete.

Wie bei den meisten Campus-Operationen waren auch dieser Aktion eine Unmenge Analyse, Hintergrundlektüre und Spekulationen vorausgegangen. Vieles war solide recherchiert worden, aber manches beruhte einfach nur auf wilden Vermutungen.

Die Büroräume von Hendley Associates lagen nicht sehr weit vom Pentagon entfernt, daher war es den Campus-IT-Gurus schon vor geraumer Zeit gelungen, Terabytes von Rohdaten zu nachrichtendienstlichen Informationen von den täglichen verschlüsselten Transmissionen, die von der NSA und anderen Einrichtungen in Fort Meade zum Pentagon flossen, auf die eigenen Server abzuschöpfen. Mary Pat Foley, die Direktorin der Nationalen Nachrichtendienste und eine der engsten Vertrauten des Präsidenten, wusste über die allgemeinen Ziele des Campus Bescheid, aber die Details behielt der Campus stets für sich, sodass sowohl das Büro der DNI in Liberty Crossing als auch das Weiße Haus jede Kenntnis abstreiten konnten. Jedenfalls offiziell.

So hatte der Campus auch eine Mitteilung von der Creech Air Force Base mit einem Elf-Sekunden-Videofeed von einer MQ-9-Reaper-Drohne abgefangen, die über Helmand in Afghanistan schwebte. Die Aufzeichnung war grobkörnig, aber die Analysten waren sich ziemlich sicher, dass der Bursche auf den Fotos tatsächlich ein halbes Dutzend MICA-Raketen in Empfang nehmen wollte.

Jack junior hatte dazu einen Bericht erstellt und den IS-Mann in der Aufzeichnung als Faisal al-Zamil identifiziert. Al-Zamil war saudischer Staatsbürger – oder jedenfalls war er das gewesen, bis ihn die von der MQ-9 abgefeuerte Hellfire in feinsten Wüstenstaub verwandelt hatte. Der Mann stammte aus einer wohlhabenden Familie, die Bankkonten in mehreren europäischen Ländern besaß. Mithilfe von Gavin Biery, ihrem wahren Internet-Genie, hatte Ryan die Spur von Geldzahlungen verfolgen können, die von einem Konto in Amsterdam über mehrere Strohfirmen (von denen sich jeder arglose Beobachter hätte täuschen lassen) zu einem mittelmäßig erfolgreichen französischen Waffenhändler führte. Der Mann hieß Hugo Gaspard und schien sich für wichtiger zu halten, als er tatsächlich war. Als der Campus Gaspards Telefon in Paris anzapfte, stellte sich heraus, dass er sich demnächst in Portugal mit ein paar Russen treffen wollte.

Bei einem inoffiziellen Treffen mit DNI Foley an einem neutralen Ort vergewisserte sich der Campus, dass keiner der von ihr koordinierten sechzehn US-Nachrichtendienste Gaspard bereits ins Visier genommen hatte. John Clark flog daher mit seinem kleinen Team zur Algarve-Küste – nur um hier mitanschauen zu müssen, wie sich dieses stark sonnengebräunte, runzlige Walross von einem französischen Waffenschieber mit einer scharfen Brünette in schwarzem Tanga auf dem Strand wälzte.

»Die Frau geht«, meldete Ryan über das Mikrofon seines Handys, das direkt neben seinem Mund hing. »Das Treffen wird jetzt wohl jeden Moment losgehen.«

»Möglich«, sagte Ding. Ryan sah ihn kurz über die Felskante linsen.

Unten trabte die Brünette den Pfad zur Straße hinauf. »Sie

hat ihre Tasche und ihr Badetuch am Strand zurückgelassen«, sagte Lisanne.

Dings Stimme kam knisternd aus Jacks Ohrstöpsel. »Ich denke, sie hat die Drohne bemerkt.«

»Wann hörst du endlich auf damit, Boss?«, fragte Midas genervt. »Sie hat sie nicht … heilige Scheiße!«

Ryan blickte zu der Frau hinüber, die nun noch schneller den Pfad hinauflief, dann zu Gaspard, der immer noch still auf seinem Strandtuch lag. Die drei Bodyguards lümmelten neben den kieloben liegenden Booten im Sand.

»Was ist?«

»Jack«, sagte Midas dringend, »du und Lisanne – behaltet das Mädchen im Auge.«

»Rede mit mir!«, bellte Ding. »Was hast du gesehen?«

Midas hielt ihm das Display des Drohnen-Controllers hin. »Siehst du das hier? In der oberen Ecke des Displays? Wenn mich nicht alles täuscht, ist das hier im Sand ein Teil von seinem Gehirn, direkt neben dem, was mal sein Gesicht war.«

So schnell er konnte, kletterte Ryan hinter Lisanne her und über die Felskante. Auf dem Bauch liegend, schaute er zum Strand hinunter. Inzwischen hatten auch die Bodyguards bemerkt, dass mit ihrem Boss etwas nicht stimmte. Zwei rannten zu Gaspard hinüber, der dritte, ein kleiner, muskulöser Mann, sprintete bereits den Pfad hinauf, der ins Dorf führte, die Pistole in der Hand.

»Sie ist gerade auf ein Motorrad gestiegen«, meldete Lisanne.

»Ja, ich sehe sie«, bestätigte Chavez. »Eine rote Ducati. Sie fährt nach Westen, Richtung Carvoeiro.«

Dort waren Clark und die beiden anderen Campus-Operativen.

Ryan griff seinen kleinen Tagesrucksack, in dem sich seine

Ausrüstung befand, und rannte zu seinem Mietfahrzeug hinüber, einem dunkelblauen Audi A4.

»Geh mit ihm«, hörte Ryan Chavez sagen, und einen Moment später schwang sich Lisanne Robertson auf den Beifahrersitz und schlug die Tür zu. »Lasst eure Commo an. Ich will COP in Echtzeit.«

Mit COP wurde das Common Operating Picture bezeichnet, das gemeinsame Lagebild. Ihre Funkgeräte hatten GPS-Tracker, die sowohl auf Chavez' als auch auf Clarks Handy pingten und ihnen die Position jedes einzelnen Teammitglieds auf einer grafischen Landkarte anzeigte.

Ryan startete den Motor, während Lisanne eine kleine Plastikschatulle von der Größe einer Pillenschachtel aus ihrem Rucksack nahm und öffnete. Sie schüttete ein winziges fleischfarbenes Ohrpassstück in die Handfläche und hielt es Ryan hin. Er steckte es sich ins Ohr; gleichzeitig trat er auf das Gaspedal, sodass der Wagen eine Kieselfontäne hochschleuderte. Lisanne reichte ihm ein Kupfer-Halsband, an dem sich das Mikrofon befand, dann auch das Funkgerät, das ungefähr die Größe einer Zigarettenpackung hatte. Ryan zog das Halsband über den Kopf und aktivierte das Funkgerät, das er mit dem daran befestigten Clip an seine Shorts klemmte.

»Test, Test«, sagte er.

Midas antwortete sofort.

»Höre dich klar und deutlich.«

»Bleibt an ihr dran«, befahl Chavez. »Aber kein Kontakt.«

»Verstanden.« Ryan drückte das Gaspedal voll durch und riss das Lenkrad nach links, sodass der Wagen fast auf zwei Rädern aus dem Parkplatz auf die Straße hinausschoss. »Wir holen sie in max zwei Minuten ein.«

Ryan schaute kurz zu Lisanne hinüber. Sie schaltete gerade ihr eigenes Funkgerät ein.

Wieder nahm Ryan eine Kurve mit voller Geschwindigkeit, wobei er so weit ausholte, dass er die Reifen über den Gehweg rattern hörte. Von der Ducati war immer noch nichts zu sehen.

Ryan steuerte den Wagen wieder geradeaus und schaute Lisanne noch einmal an. »Willst du das wirklich? Du bist keine Operative.« Es klang so überheblich und arrogant, dass er seine Worte sofort bereute.

Sie ging nicht darauf ein. »Netter Fahrstil«, kommentierte sie nur, während sie den Ohrstöpsel einschob. »Du hast wohl schon eine Menge spezielles Fahrtraining hinter dir?«

»Ja.« Er jagte den Wagen um eine Ecke, erhaschte einen Blick auf das Bike und den grauen Mercedes, als beide Fahrzeuge hinter der nächsten Straßenkuppe verschwanden.

Lisanne setzte sich auf ihrem Sitz zurecht, öffnete die Karte auf ihrem Smartphone und warf Ryan mit gehobenen Augenbrauen einen fragenden Blick zu. Er nickte nur leicht. Er würde fahren, und sie sollte ihn mit der Lagebild-Karte auf dem Laufenden halten.

»Wir fahren immer noch auf der 1273 in nordwestlicher Richtung«, informierte sie Jack und die anderen. »Gaspards Bodyguards sind direkt hinter der Frau. Sie fahren eine dunkelgraue Mercedes-Limo, ein ziemlich neues Modell, ungefähr einen Kilometer vor uns. Die Frau hat mehrere Optionen. Schwer zu sagen, ob sie auf der 1273 ins Landesinnere bleibt oder auf die Küstenstraße Richtung Carvoeiro abbiegt.«

Jack zog den Wagen scharf nach links, wobei er nur knapp einem älteren Mann auswich, der neben einer Hecke mit seinem kleinen weißen Hund unterwegs war. Der Mann schrie wütend und schüttelte eine Hand voller Briefe hinter ihm her. Jack hielt sich fast in der Straßenmitte, während er laut über die verschiedenen Möglichkeiten nachdachte. »Jede

Wette, dass sie sich nach dem Hit so schnell wie möglich in Sicherheit bringen will. Aber wenn sie für die Russen arbeitet, wird sie vielleicht bei ihren Leuten Schutz suchen. Kann gut sein, dass wir in eure Richtung kommen, Mr. C.«

6

Schwer zu sagen, ob die zahlreichen Reihen weiß verputzter Hotels und Tapas-Bars von den Hügeln Carvoeiros zum Meer hinunter wucherten oder ob sie sich vom Meer aus immer weiter über die Hügel ausbreiteten.

Dominic Caruso und Adara Sherman saßen an einem gedeckten Tisch im Più Grand Café, einem der vielen Restaurants an der Straße, die zum Strand hinunterführte. Schwermütige Gitarrenmusik drang aus den Boxen über ihren Köpfen, traditioneller portugiesischer Fado, der Caruso ein Seufzen entlockte. »Die Leute hier sind wohl gerne traurig.«

»Mir gefällt es«, sagte Adara. »Sie nennen es *saudade* – man kann es nicht mit einem Wort übersetzen, es bedeutet eine Art Wehmut, Melancholie, Sehnsucht nach etwas, das unwiederbringlich verloren ist.«

»Echt? Wenn ich das höre, habe ich nur noch eine Sehnsucht, nämlich nach richtig klassischem Hardrock, AC/DC oder so.«

Die Chemie zwischen Dominic und Adara stimmte, nicht nur bei ihren Observationseinsätzen für den Campus, sondern auch privat. Sie mussten deshalb bei diesem Einsatz gar nicht so tun, als seien sie ein Paar. Caruso war eigentlich Special Agent beim FBI, jetzt allerdings »ausgeliehen« an den Campus. Er trug ein lose über den Gürtel hängendes Baumwollhemd, dessen Ärmel er auf den muskulösen Unterarmen fast bis zum Ellbogen aufgerollt hatte, dazu eine Kakihose und bequeme Rockford-Schnürschuhe, bestens geeignet für einen schnellen Spurt, wenn es sein musste.

Adara Sherman war Mitte dreißig, mit blondem Haar, das ihr nur knapp über die Ohren fiel. In ihren weißen Shorts und dem marineblauen Polohemd sah sie wie ein Model für CrossFit aus, die von ihr bevorzugte Trainingsmethode, die aus zehn verschiedenen Fitnessdisziplinen bestand. Adara hatte jahrelang als Logistik- und Transportmanagerin für Hendley Associates gearbeitet. Sie war dabei für die Reiselogistik zuständig gewesen, aber auch für die physische Sicherheit des Firmenjets, einer Gulfstream G550, solange er sich auf dem Boden befand. Ihre Position hatte Lisanne Robertson übernommen, was bei dieser die Hoffnung weckte, eines Tages ebenfalls wie Adara in eine operative Position »befördert« zu werden. Sherman war früher Sanitäterin bei der Navy gewesen und führte auch jetzt noch ständig eine kleine taktische Sanitätertasche mit sich. Die Beziehung zwischen ihr und Caruso hatte sich völlig natürlich entwickelt, und bisher hatten sie bewiesen, dass sie auch als Paar problemlos zusammenarbeiten konnten. Caruso dachte, dass ihre Beziehung bei manchen Einsätzen sogar ein Vorteil war, weil sie glaubwürdiger wirkten. Clark und Hendley waren über die Beziehung nicht allzu glücklich gewesen, hatten aber nichts unternommen, um sie zu unterbinden. Das Herz will, was es will, und das gilt sogar in der Welt der Spione. Sowohl beim FBI als auch bei der CIA gab es viele Kollegenpaare, auch wenn sie nur selten an denselben Fällen arbeiteten. Selbst Mary Pat Foley, die Direktorin der Nationalen Nachrichtendienste, und ihr Mann hatten früher als Spione zusammengearbeitet.

Ihr Sitzplatz im Café ermöglichte Sherman und Caruso den

direkten Blick auf den großen überdachten Balkon im Obergeschoss einer Tapas-Bar mit Restaurant, des Casa Ibérica. Sie hatten nicht genug Zeit gehabt, an strategischen Punkten Wanzen zu installieren, und es war auch nur schieres Glück gewesen, dass sie einen Tisch gefunden hatten, der ihnen diesen direkten Blick ermöglichte. Die beiden Russen waren vor knapp einer Stunde angekommen und hatten sich zuerst an einen Tisch vor einem kleinen Restaurant namens Bar Restaurante O Barco gesetzt, den beiden Campus-Agenten direkt gegenüber. John Clark war nahe an den Russen vorbeigeschlendert; er vermutete, dass sie nach Beschattern Ausschau hielten. Die Vermutung erwies sich als korrekt, denn keine fünf Minuten später warfen die Russen die Speisekarte auf den Tisch, als hätten sie darauf nichts nach ihrem Geschmack gefunden, und gingen das kurze Stück zum Strand hinunter, wobei sie nahe an Dom und Adara vorbeikamen. Kurz darauf waren sie zurückgekommen und hatten sich an einen Tisch auf dem großen Balkon des Casa Ibérica gesetzt, das ein kleines Stück höher an einer Straßenrampe lag, die auf den lang gestreckten Klippenhügel führte. Clark hatte sich in eines der anderen Cafés gesetzt, nicht weit von seinen beiden Agenten entfernt.

»Augen auf«, mahnte Clark über Funk, als murmelte er beim Lesen der Speisekarte vor sich hin.

Dom schob eine Garnele auf dem Teller herum. Er hatte sich *Cataplana Algarvia* kommen lassen, ein für die Algarve typisches Eintopfgericht mit Muscheln, Garnelen und Speck. »Verstanden. Unsere Freunde sitzen nur einfach vor ihrem Bier und plaudern miteinander.«

Adara wartete auf Clarks Reaktion oder auf einen Situationsbericht von Lisanne. Sie hatte allerdings ihre Zweifel, dass Jacks Auto auf der kurvenreichen Strecke mit einem Motorrad mithalten konnte.

»Ich denke, entweder kennen die Russen diesen Gaspard noch gar nicht, oder sie haben etwas mit seiner Ermordung zu tun.«

Jack meldete sich. »Sie fährt jetzt direkt in eure Richtung. Ich denke schon, dass eure beiden Russen etwas mit ihr zu tun haben.«

»Kann sein«, flüsterte Clark. »Ich sehe keine Gegenobservation, aber Burschen wie sie werden wahrscheinlich eine arrangiert haben. Wie wir auch.«

Adara holte ihr Smartphone heraus und nahm ein paar Fotos von Dom vor dem Hintergrund des Meeres auf. Sie gab ihm das Telefon, damit auch er ein paar Aufnahmen von ihr machen konnte. Und genau wie ein leicht überdrehtes Liebespaar, das an der portugiesischen Küste Urlaub machte, legten sie das Smartphone zwischen sich auf den Tisch und wischten durch die Urlaubsfotos, wobei sie aber besonders darauf achteten, ob irgendetwas um sie herum nicht normal aussah. Zwei Männer, die gerade nicht weit entfernt hinter Caruso Platz genommen hatten, weckten ihr Interesse. Beide waren jung, muskulös und hatten strubbelige blonde Haare. Die Klamotten passten ihnen nicht so recht, als seien sie von einer entfernten Tante gekauft worden, die ihre Neffen gar nicht persönlich kannte. Oder von einem Ausstatter des russischen Auslandsgeheimdienstes. Einer der Männer versteckte sich diskret hinter der Speisekarte, während der andere zu Caruso und Sherman herüberschaute.

»Pass auf, John«, sagte Adara. Sie winkte die Bedienung herbei und bat sie, ein Foto von ihr und ihrem Freund aufzunehmen. Dann schob sie ihren Stuhl direkt neben Dom. Und schon versteckten sich beide Männer hinter den Speisekarten.

»Ja, jetzt sehe ich sie«, sagte Clark. »Aber damit habt ihr euch die beiden nicht zu Freunden gemacht.«

Farrin Galle schlug mit der linken Hand auf das Armaturenbrett, die rechte lag auf dem Griff der Steyr-GB-Pistole im Holster an seinem Gürtel. Galle stammte aus Belgien, aber sieben Jahre in der Elitetruppe der französischen Fremdenlegion, dem 2. Fallschirmspringer-Regiment, hatten dem rohen Schläger genug taktisches Gespür eingebläut, dass er während einer Verfolgungsjagd die Waffe nicht ziehen sollte. Die Gefahr war zu groß, dass ihm die Pistole selbst bei einem geringfügigen Zusammenstoß aus der Hand geschleudert werden könnte. Und eine Kugel war ohnehin zu gut für diese Schlampe. Mit ihr wollte Galle etwas ganz anderes anstellen: Er wollte sie in winzig kleine Stücke schneiden und darauf herumtrampeln, bevor er sie an die Schweine verfütterte. Es ging ihm nicht darum, dass sie seinen Boss umgebracht hatte – Farrin hatte für Gaspard ohnehin nicht viel übriggehabt –, aber dass sie die Frechheit besessen hatte, ihn direkt unter Farrins Nase umzubringen, war zu viel. Unmöglich, so etwas geheim zu halten. Die Sache würde sich wie ein Lauffeuer verbreiten. Er würde keine guten Aufträge mehr bekommen und am Ende nur noch kleine Drogendealer oder, was noch schlimmer wäre, irgendeinen arroganten B-Klasse-Schauspieler beschützen dürfen. Nein, die brünette Schlampe war so gut wie tot. Wenn er es schaffte, sie umzulegen, könnte er vielleicht seinen guten Ruf retten, wenigstens teilweise.

»Soll ich sie über den Haufen fahren, Boss?«, fragte der Mann am Lenkrad.

»Das wäre wirklich das Beste«, knurrte Farrin und wies mit dem Kopf auf die fliehende Ducati, die in der Ferne davonraste. »Aber würdest du sie dafür nicht erst mal einholen müssen?«

Statt einer Antwort trat Yves das Gas voll durch.

Farrin warf einen Blick in den Rückspiegel. Ein dunkler

Audi kam rasch näher, kein Zweifel, dass er aufholen wollte. Wahrscheinlich die Helfershelfer der Mörderin. Aber mit ihnen würden Louis und Alain kurzen Prozess machen.

Und prompt kam Alains Stimme knisternd aus dem gelben Handfunkgerät, das auf dem Sitz zwischen Farrins Schenkeln lag. Er hob es sofort hoch.

»Ja?«

»Wir sind in Position, Boss«, meldete Alain.

»Nehmt sie auseinander«, befahl Farrin. »Aber gründlich.«

»Schwarzer Peugeot«, sagte Lisanne. »Holt schnell auf.«

»Schon gesehen«, sagte Jack zähneknirschend. Er schwenkte den Audi auf der Landstraße hin und her, um den Peugeot am Überholen zu hindern. Seine Smith & Wesson M&P 9-Millimeter steckte in seinem Rucksack, aber mit einer Pistole aus einem fahrenden Auto auf ein anderes fahrendes Auto zu schießen, war nicht nur die allerletzte Option, sondern vermutlich eine Verschwendung der knappen Munition. Außerdem gab es keinen Grund, sich auf 128 Grain Blei zu verlassen, wenn man tausendfünfhundert Kilo Stahl zur Verfügung hatte.

Die Burschen im Peugeot schienen dieses Konzept nicht zu kennen, denn der Beifahrer ließ das Seitenfenster herab, beugte sich hinaus und fasste den Audi durch eine dunkle Sonnenbrille mit einer Maschinenpistole ins Visier. Lisanne und Ryan duckten sich unwillkürlich, als ein paar Geschosse in die Heckklappe einschlugen.

»Unter Beschuss«, meldete Lisanne mit ruhiger Stimme und beschrieb die Aktion der Typen im Peugeot, um das ganze Team zu informieren.

Jack rollte die Schultern, um sie zu lockern, und zwang sich, die Hände nicht um das Lenkrad zu verkrampfen, als er den Audi über beide Fahrspuren hin und her schwenkte.

»Das war's wohl mit dem Nichtauffallen. Jemand wird bestimmt die Polizei rufen.«

»Macht so weiter«, kam Dings Stimme über Funk. »Wir sind einen Kilometer hinter euch und holen schnell auf.«

»Sie ballern einfach drauflos«, sagte Ryan. »Aber ihre Chancen stehen nicht schlecht, wenn sie genug Munition haben. Eine Kugel werden sie bestimmt versenken, bevor ihr uns einholt, Ding.« Er rutschte auf seinem Sitz ein wenig tiefer. »Ich werde mal was versuchen …«

Ding atmete so tief ein, dass es sich wie ein Stöhnen anhörte. »Jack, mach keinen …«

»Vertraue mir einfach.« Die Maschinenpistole ratterte erneut los, dieses Mal durchschlug ein Geschoss das Heckfenster des Audi. »Ich glaube, sie planen eine taktische Fahrzeugintervention.«

Lisanne blickte über die Schulter, dann schaute sie Ryan mit schief gelegtem Kopf an und hob die Augenbrauen. »Aha. Und was ist dein Plan?«

Jack zwinkerte ihr kurz zu.

»Ich erlaube es ihnen.«

Yves fuhr ein wenig langsamer, als sie den Ortsrand von Carvoeiro erreichten. »Sie ist verschwunden, Boss«, sagte er, schluckte enttäuscht und schob sich die blonde Mähne aus der Stirn.

»Das sehe ich selber!«, blaffte ihn Farrin an. Wieder schlug er mit der flachen Hand auf das Armaturenbrett, einen Schlag, den er eigentlich lieber Yves versetzt hätte, aber dann würde dieser Idiot den Mercedes wohl gegen den nächsten Telefonmast steuern. »Steig aus!«

»Boss?«

Farrins Stimme wurde gefährlich leise. »Steig aus! Ich übernehme.«

»Sie kriegen keine Gelegenheit für ihre taktische Intervention«, erklärte Jack. Lisanne starrte ihn buchstäblich mit offenem Mund an, während den anderen anscheinend der Atem stockte.

»Stimmt«, sagte sie, »weil sie uns vorher einfach ein paar Kugeln in den Schädel jagen.«

»Kann sein.« Jack sah im Rückspiegel, wie der Wagen hinter dem Audi erneut beschleunigte und aufholte, nachdem er in einer scharfen Linkskurve ein wenig zurückgefallen war. Den Burschen im Peugeot würde schon eine einzige Gelegenheit reichen. Aber Jacks Plan funktionierte nur, wenn er alles genau richtig machte.

Bei der taktischen Fahrzeugintervention, im Englischen Pursuit Intervention Technique oder kurz PIT genannt, versucht der Fahrer des Verfolgerfahrzeugs, bei hoher Geschwindigkeit mit dem vorderen Kotflügel die Hinterräder des Zielfahrzeugs aus der Spur zu rammen. Wird die Technik korrekt ausgeführt, gerät das verfolgte Fahrzeug ins Schleudern, während das Verfolgerfahrzeug die Fahrt fortsetzen kann. In diesem Fall allerdings würden die Verfolger wohl eher umdrehen und die hilflos in ihrem Audi im Straßengraben festsitzenden Campus-Agenten erschießen.

An der Kreuzung mit der 124-1 bremste Jack kurz ab. Lisanne spähte um ein weiß verputztes Gebäude herum. Lagoa lag rechts von ihnen; links lagen Carvoeiro und das Meer. »Nach links sehe ich nicht weit«, sagte sie. »Aber rechts sehe ich bis Lagoa, und das Bike ist nirgends zu erkennen.«

Ryan trat aufs Gas und jagte den Audi nach links. Sekunden später kam auch der Peugeot um die Ecke geschossen.

»Wir sind auf die 124-1 in Richtung Carvoeiro abgebogen«, meldete Lisanne mit ruhiger Stimme über Funk, riss aber die Augen auf, als Jack auf der relativ geraden Strecke das Gaspedal voll durchtrat. Häuser flogen vorbei, gefolgt von sanften Kalksteinhügeln mit lockerem Baumbestand. Wenn er etwas unternehmen wollte, bot sich jetzt die Gelegenheit dazu. »Weißt du, was der OODA-Loop ist?«, fragte er Lisanne.

»Natürlich.«

Der OODA-Loop bezeichnet die vier Schritte auf einer Entscheidungsschleife, die der menschliche Verstand durchlaufen muss, bevor eine neue Handlung eingeleitet werden kann: Beobachten (Observe), Orientieren (Orient), Entscheiden (Decide), Handeln (Act). Jede Unterbrechung der Schleife bedeutet, dass wieder von vorn begonnen werden muss – andernfalls kann der Fehler teuer zu stehen kommen. Gelingt es, den Gegner zu desorientieren, muss dieser erst wieder den Schritt der Beobachtung durchlaufen, bevor er zu einer neuen Entscheidung gelangen kann. Stört man den Ablauf im Augenblick der Entscheidung, wird oftmals die ursprüngliche Handlung ausgeführt, selbst wenn sie sich nunmehr als falsch erweist.

»Na schön«, sagte Jack. »Ich werde ihnen jetzt mal einen Knüppel in ihre Entscheidungsschleife werfen.«

Ding meldete sich wieder. »Schafft ihr es bis zum Ort? Auf meiner Karte seid ihr nur noch etwa einen Kilometer entfernt.«

Die Frage wurde durch mehrere Schüsse beantwortet, die vom Peugeot abgefeuert wurden und gegen den Kofferraum des Audi prallten.

»Wahrscheinlich nicht«, antwortete Jack.

Er bremste kurz ab, bis die Tachonadel nur noch knapp über hundertzehn stand. Die Strecke wies nur sanfte Kurven auf, sodass sich der Peugeot links neben das Heck des Audi schieben konnte.

Lisanne rutschte tiefer in ihren Sitz, sodass sie gerade noch in den Rückspiegel blicken konnte. »Jetzt geht's um die Wurst, Jack. Der Typ wird gleich auf dich schießen.«

»Damit rechne ich.« Jack behielt den Peugeot im Außenspiegel im Blickfeld und hielt den Atem an, als sich der Beifahrer aus dem Seitenfenster lehnte, um im starken Fahrwind genauer zielen zu können. Der Mann schien sich absolut sicher zu sein, dass Jack zu entkommen versuchte und einfach nur weiterrasen würde.

Sechs Meter, fünf Meter, drei Meter … Der Schütze hing jetzt mit dem gesamten Oberkörper aus dem Fenster.

Jack trat mit voller Wucht auf die Bremse; er wusste, das ABS würde verhindern, dass die Räder blockierten. Er gab das Bremspedal sofort wieder frei, um den Wagen unter Kontrolle zu halten, aber für die Verfolger war der Schaden bereits angerichtet. Der Peugeot schoss vorbei. Die Beifahrerseite des Peugeot scheuerte kreischend an der Fahrerseite des Audi entlang. Der Audi erwischte den unglückseligen Schützen, quetschte ihn mit widerlichem Geräusch gegen den Peugeot und riss ihn schließlich aus dem Fenster.

Ryans nächste Aktion war bereits beschlossen. Er gab Gas, bevor sich der Fahrer des Peugeot neu orientieren konnte. Der Audi schob sich neben das Hinterrad des Peugeot. Jack tippte kurz auf die Bremse, sodass der Audi nach vorn nickte, dann steuerte er abrupt nach links gegen das Hinterrad des anderen Fahrzeugs. Bei einer Geschwindigkeit von hundertzehn Stundenkilometern hätte schon ein kurzer Kuss der beiden Karosserien genügt, um den Peugeot aus der Spur zu werfen, aber Jack hatte sich für die aggressive Variante der taktischen Fahrzeugintervention entschieden und versetzte dem anderen Auto einen herzhaften Stoß. Nach dem Aufprall richtete er den Audi sofort wieder geradeaus. Das Heck des Peugeot brach aus, er geriet ins Schleudern, drehte sich direkt vor dem Audi um sich selbst, krachte in umgekehrter Richtung gegen eine niedrige, weiß verputzte Mauer und kippte auf die Seite. Weißer Dampf quoll unter der Motorhaube hervor.

»Verfolger ausgeschaltet«, meldete Lisanne den anderen über Funk. Sie reckte sich wieder hoch und warf einen Blick zurück, während Jack weiter in Richtung Carvoeiro raste.

»Auweia«, sagte Midas über Funk, offenbar fuhr er gerade an dem vorbei, was von dem Schützen im Peugeot noch übrig geblieben war. »Das hat ihm bestimmt wehgetan.«

»Status?«, erkundigte sich Ding, wie immer um seine Leute besorgt.

»Voll einsatzfähig«, gab Jack zurück und atmete zum ersten Mal seit fast einer Minute wieder voll durch. »Aber von der Ducati ist nichts mehr zu sehen.«

7

Ryan riss den Audi scharf nach rechts auf eine Straße mit Kopfsteinpflaster, die durch die sanften Hügel führte, hinter denen Carvoeiro lag. Aus verschiedenen Richtungen waren Polizeisirenen zu hören, offenbar reagierte die Guarda Nacional bereits auf den Unfall. Mit dem fehlenden Rückfenster und den zahlreichen Einschusslöchern in der Karosserie des Audi würde es ihnen schwerfallen, eine harmlos klingende Erklärung zu liefern, sollten sie gestoppt werden.

Lisanne nutzte den Augenblick relativer Ruhe dazu, ihre engen Kletterschuhe gegen ein Paar Brooks-Laufschuhe aus ihrem Rucksack auszutauschen. Schweigend fuhren sie weiter durch ein ruhiges Wohnviertel, das von Ferienmiethäusern beherrscht wurde, und den Hügel hinunter auf das Ortszentrum zu, ohne sich in den Funkverkehr des restlichen Teams einzumischen. Ryan schätzte, dass sie eine gute Viertelstunde hatten, bevor sich die zwei oder drei Einheiten der Guarda, die in Carvoeiro stationiert waren, vom Unfallort losreißen konnten, um nach einem dunklen Audi zu suchen. Vermutlich würden sie die verstümmelte Leiche eine Weile anstarren, das lag in der menschlichen Natur.

Ryan bog langsam in die Rua do Cerro ein. Die ruhige Nebenstraße war von Bäumen gesäumt, die dichtes, grünes

Frühlingslaub trugen. Niedrige Kalksteinmauern und dichte Hecken säumten die Grundstücke der blendend weißen Häuser. Jack wünschte sich, er sei hier mit Lisanne auf Urlaub statt mitten in einer plötzlich lebensgefährlich gewordenen Operation.

»Das ist unglaublich«, sagte Lisanne mit gedämpfter Stimme, als befänden sie sich in einer Kirche.

Am unteren Ende des Hügels hielt Ryan an. Hier mündete die Vorortstraße in die breitere Estrada do Farol. Midas und Ding standen weiter östlich und warteten darauf, Ryan und Lisanne abzuholen, sobald Ryan eine Stelle gefunden hatte, an der sie den Audi zurücklassen konnten. Da sie ihn unter falschen Namen gemietet hatten, konnte er nicht mit dem Campus in Verbindung gebracht werden.

»Was meinst du?«, fragte er Lisanne. »Weitersuchen oder nach links abbiegen?«

Statt Lisanne antwortete Ding. »Schiebt sofort eure Ärsche hier rüber!«

»Verstanden«, antwortete Ryan und bog ab. Er hatte noch nicht einmal einen halben Straßenblock hinter sich gebracht, als Lisanne in ihrem Sitz hochfuhr und aufgeregt nach links deutete.

»Links«, meldete sie. »Rote Ducati!«

Ryan bremste ab und spähte eine schmale, mit Kopfstein gepflasterte Zufahrt hinauf, die neben einem weißen dreistöckigen Gebäude den Hügel hinaufführte. Im Erdgeschoss befanden sich eine Bar und ein Restaurant; die beiden Stockwerke darüber schienen Wohnungen zu sein. Hinter einer weiter von der Straße entfernten Natursteinmauer ragten das Vorderrad und der Tank einer roten Ducati Monster heraus.

»Wir haben sie vielleicht«, meldete Ryan und gab den genauen Standort durch. »Sie wohnt möglicherweise in einem der Apartments im ersten oder zweiten Stock.«

»Oder im Nachbarhaus«, meinte Chavez. »Oder auf der anderen Straßenseite. Oder sie hat die Maschine einfach hier stehen lassen und ist bereits auf dem Weg nach Lissabon.«

»Deine Entscheidung, Boss«, sagte Ryan. »Aber wenn wir schon hier sind, möchte ich unauffällig das Kennzeichen der Ducati feststellen. Lisanne steigt aus und behält die Hausfront und den Eingang im Auge, während ich die schmale Straße hinauffahre und mir die Ducati anschaue. Komme dann sofort wieder zurück und sammle Lisanne auf. In zwei Minuten sind wir verschwunden, Maximum.«

»Zwei Minuten, nicht mehr«, antwortete Chavez. »Wir sind unterwegs zu euch.«

Dominic Caruso bat die Bedienung, sein Weinglas noch einmal aufzufüllen. Sie hatte ihm *Foral de Portimão* empfohlen, einen in dieser Gegend angebauten, nicht sehr teuren Rotwein. Adara griff über den Tisch und drückte kurz seine Hand. Sie blickte über Carusos Schulter.

»Unsere Aufpasser-Freunde werden ungeduldig«, sagte sie, nachdem die Bedienung wieder gegangen war.

Clark meldete sich prompt. »Ja, scheint mir auch so.«

Adara setzte lächelnd ihr Gespräch mit Dom fort, plauderte über das Wetter, den Strand und über alles, das nichts mit der Beobachtung zweier russischer Spione zu tun hatte. Nebenbei lieferte sie ihm detaillierte Informationen, damit er sich nicht umdrehen musste. »Einer sieht plötzlich noch mürrischer aus, als hätte er etwas Unangenehmes gesehen … jetzt steht er auf … Ich glaube, er will über die Straße … nein, vergiss es, er setzt sich wieder hin.«

»Könnte sein, dass er in Funkkontakt mit seinen russischen Freunden steht«, meinte Dom. Er schaute sich auf dem Balkon um, ob hier etwas ungewöhnlich war. »Ich glaube, ich weiß jetzt, was da abgeht.«

»Würde es dir etwas ausmachen, uns aufzuklären?«, fragte Clark leicht sarkastisch.

»Ein neuer Player ist aufgetaucht«, erklärte Dom. »Groß, Jeans, braune Sportjacke, Ärmel aufgekrempelt, als würde er sich für eine Rolle in *Miami Vice* bewerben. Dunkle Haare bis knapp über die Ohren. Protzige Uhr am Handgelenk, das sehe ich sogar von hier aus. Vor einer Minute stand er noch an der Tür und schaute sich um. Ich dachte zuerst, er sucht jemanden. Jetzt geht er auf den Tisch der Russen zu …«

»Einer von Gaspards Leuten?«, vermutete Clark.

»Könnte sein«, antwortete Dom. »Jetzt setzt er sich an den Tisch der Russen. Schwer zu sagen aus dieser Entfernung, aber sie scheinen sich nicht besonders zu freuen, ihn an ihrem Tisch zu sehen.«

Urbano da Rocha setzte sich in Bewegung, sobald er den Anruf von Lucile erhalten hatte. Er zweifelte zwar nicht an ihren Fähigkeiten, aber es konnte alles Mögliche passieren, und er hatte keine Lust, zwischen Hugo Gaspard und die beiden Russen zu geraten, mit denen er sich unbedingt anfreunden wollte.

»Hallo«, sagte er und bedachte die beiden Männer mit dem freundlichsten Lächeln, das ein Mann wie er zustande brachte. »Würde es Ihnen etwas ausmachen, wenn wir auf Englisch miteinander reden? Ich kann zwar ein wenig Russisch, aber bei solchen Verhandlungen könnten sich leicht Missverständnisse ergeben, die dann sehr unglückliche Folgen haben würden.«

Keiner der Russen erwiderte das Lächeln. Sie sahen keineswegs erschrocken aus, sondern eher wie Leute, die sich den Magen verdorben hatten – oder als sei ihnen eine Fliege in den Pudding geflogen, die gerade noch auf einem Kuhfladen gesessen hatte.

»Wer sind Sie?«, wollte der ältere Russe wissen und zog verächtlich die wulstige Oberlippe hoch.

»Mein Name ist da Rocha.«

»Kenne Sie nicht«, knurrte der Russe.

»Was Sie eigentlich sagen wollen, ist, dass Sie mich *noch nicht* kennen«, erwiderte da Rocha, immer noch lächelnd.

»Es wäre besser für Sie, wenn Sie uns in Ruhe lassen würden«, sagte der jüngere Russe mit einer verächtlichen Handbewegung. Er hatte eine lächerliche Topffrisur, trug einen schlecht sitzenden Anzug und wirkte ein wenig wie ein kleiner Junge, der aus dem Kindergarten abgehauen war.

Der Umgang mit Russen war immer schwierig, wie Urbano wusste, vor allem mit den brutaleren Typen – und welcher Russe hatte nicht ein wenig Brutalität in den Genen? Zarte Andeutungen würden diese beiden Idioten hier gar nicht kapieren, weshalb sich da Rocha entschloss, direkt zur Sache zu kommen.

»Hugo Gaspard ist tot.«

Die Russen warfen sich einen Blick zu. Topffrisur fuhr sich nervös mit der Zunge über die Lippen.

»Was geht uns dieser Gaspard an?«

Da Rocha zuckte die Schultern und überhörte die lahme Ausrede. »Ich trete sozusagen an seine Stelle. Und ich möchte gleich hinzufügen, dass ich Bedingungen anbieten kann, die viel günstiger sind als alles, was Gaspard hätte bieten können – Gott sei seiner schwarzen Seele gnädig. Ich kann Ihnen die gesamte Hardware liefern, die er zugesagt hatte, und außerdem …«

Wulstlippe nickte knapp und warf ein paar Geldscheine auf den Tisch, obwohl sie ihr Essen noch nicht fertig gegessen hatten. »Wenn Sie nicht gehen wollen, gehen eben wir.«

Da Rocha lächelte breit. »Ich habe Kontakte beim Militär,

die sich für mich verbürgen können, wenn Sie darauf Wert legen.«

Wulstlippe schob seinen Stuhl vom Tisch weg. »Mr. da Rocha, wir werden uns mit Ihnen in Verbindung setzen, wenn wir interessiert sind. Sollten Sie versuchen, mit uns Kontakt aufzunehmen, würde sich das für Sie als schwerer Fehler erweisen.«

»Nun gut«, seufzte da Rocha. »Ich hatte eigentlich gehofft, dass Sie vernünftiger wären.«

»Ich meine, was ich sage«, ergänzte Wulstlippe. »Versuchen Sie nicht, uns zu kontaktieren.«

Da Rocha nahm eines der streifenförmig geschnittenen Brotstücke und tunkte es in die Pastasoße auf einem der halb vollen Teller. »Ach«, sagte er schmunzelnd und mit vollem Mund, »wenn Sie sich da nur mal nicht täuschen. Wenn wir uns das nächste Mal begegnen, werden Sie mich auf Knien anflehen, Ihnen meine Bedingungen zu nennen.«

Da Rocha gab den Russen einen kleinen Vorsprung; im Moment lag ihm nichts daran, sie unter Druck zu setzen. Er hatte zwar nichts bestellt, ließ aber eine Zwanzig-Euro-Note auf dem Tisch liegen, um nicht das Missfallen der Bedienung auf sich zu ziehen, die ihn die ganze Zeit beobachtet hatte.

Er zwang sich, nicht vergnügt vor sich hin zu summen, als er durchs Restaurant ging und die Treppe zum Erdgeschoss hinunterstieg. Ein silberner Porsche 911 R kam von der Encarnação herab, fuhr an der Station der Guarda Nacional vorbei und hielt am Straßenrand an. Da Rocha setzte sich auf den Beifahrersitz und beugte sich hinüber, um die Blondine hinter dem Lenkrad zu küssen. Sie trug eine überdimensionale Sonnenbrille und ein einfaches weißes Wickelkleid über dem Bikini. Eine brünette Perücke lag auf der Mittelkonsole.

Lucile Fournier schaltete in den zweiten Gang und hielt

den röhrenden 4-Liter-Motor unter Kontrolle, während sie in nördlicher Richtung auf der 124-1 durch die Stadt fuhr. »Die Russen haben deinen Vorschlag nicht angenommen?«, fragte sie.

»Nein, haben sie nicht. Aber das überrascht mich nicht besonders. Sie kennen uns noch nicht. Es ist nur noch eine Frage der Zeit. Bald werde ich der Einzige sein, der ihnen die Verbindungen bieten kann, die sie brauchen.«

»Wenn ich meinen Job gut mache«, sagte sie.

»Genau.« Da Rocha stopfte die Perücke hinter seinen Sitz. »Wenn wir schon beim Thema sind – wie ist es bei dir gelaufen, Liebste?«

»Kinderspiel«, sagte sie und mimte ein verächtliches Ausspucken. »Hugo Gaspard war ein schlimmer Typ.«

Da Rocha hob eine Augenbraue. Er schob den Arm über das weiche schwarze Lederpolster und streichelte ihr den Nacken. »Und wenn nicht alle so schlimm sind? Wird es dir dann genauso leichtfallen?«

»Macht für mich keinen Unterschied, mein Liebling.« Sie zuckte die Schultern und schaltete in die höheren Gänge, als sie aus dem Ort herausfuhren. Der Motor des 911 brummte. »Ich bin ja auch selbst eine sehr schlimme Frau.«

»Das bist du wirklich«, sagte da Rocha und legte die Hand auf ihr nacktes Knie. »Wunderbar schlimm, in jeder Hinsicht.«

Lucile kratzte sich gedankenverloren am Kopf, wahrscheinlich ein Juckreiz, den das Perückennetz verursacht hatte. »Was ist es, was meinst du?«

»Was ist was?« Da Rocha schob spielerisch die Finger auf ihrem Schenkel ein wenig höher.

»Arrête!« Sie stieß seine Hand weg. »Lass das! Du musst dich jetzt konzentrieren. Ich meine den Job – was genau ist es, das die Russen haben wollen?«

»Ehrlich, ich habe keine Ahnung. Mir genügt es, dass Hugo Gaspard glaubte, nach dieser Sache hätte er für den Rest seines Lebens ausgesorgt. Die Russen haben offenbar irgendetwas Großes vor, etwas, das einen unglaublichen Profit abwirft.«

Oberst Mikhailow zu töten war ihm nicht leichtgefallen, war aber immer noch leichter zu ertragen als diese endlose Warterei. Tscherenko war schließlich Pilot und ein verdammt guter noch dazu. Er sollte eigentlich in der Luft sein, statt auf einem Bett in Oman unter einem ständig klappernden Deckenventilator zu liegen. Babysitten gehörte nicht zur Jobbeschreibung eines Piloten. Er hätte auch schwimmen gehen können, aber die Leute hier leiteten das Abwasser direkt ins Meer. Davon abgesehen hatte er für den Ozean ohnehin nicht viel übrig; gute Luftströmungen fand er viel interessanter als selbst die blauesten Meeresströmungen. Außerdem war das Wasser hier ein brauner, trüber, schäumender Schlamm, der ihn an nassen Beton erinnerte – unmöglich, aus dieser Entfernung zu erkennen, wo der Sandstrand endete und wo das Meer begann. Bei starkem Wind wurde so viel Sand aufgewirbelt, dass Luft, Erde und Wasser zu einem einzigen, hässlichen Element verschmolzen. Säße er jetzt im Flugzeug, könnte er über all diese Hässlichkeit einfach hinwegfliegen.

Und die Nachrichten konnte man auch nur bis zu einem gewissen Punkt ertragen. Die meisten waren ohnehin Lügen, sogar die, die aus seinem eigenen Land kamen. Er musste lachen – ja, verdammt, *vor allem* die aus seinem eigenen Land. Die wenigen Wahrheiten, die veröffentlicht wurden, waren in aller Regel bedrückend. Als ob sich Tscherenko nicht schon über Russland genug Sorgen machen müsste, wurde er auch noch Tag für Tag mit Storys über vermisste Kinder, vergewaltigte Frauen und irgendwelche Viren in allen Ecken der Welt konfrontiert. Vor allem das neueste tödliche Grippevirus in Nordamerika ließ Tscherenko schaudern – wenn die Berichte denn stimmten. Vielleicht wäre es gar keine so schlechte Idee, eine Weile auf dieser Insel vor der Küste von Oman zu bleiben.

Der ereignisreichste Teil seiner Mission war das Luftballett gewesen, das sie südlich von Moskau veranstaltet hatten. Danach hatte Tscherenko ein paar Zwischenlandungen eingelegt, um mögliche Beschatter zu verwirren. Eine Nacht hatten sie in Erbil, Irak, verbracht, wo ein paar Kisten entladen wurden, die aber nur als Vorwand für diesen Flug gedient hatten – und um den amerikanischen Nachrichtendiensten die Gelegenheit für ein paar Fotos des Flugzeugs zu bieten, während es auf dem Rollfeld stand. Russland verkaufte dem Irak viele Waffen, darunter auch T-90-Kampfpanzer, weshalb der Aufenthalt eines großen Transportflugzeugs kaum beachtet wurde. Die Kennzeichnung des Flugzeugs war in die der 2967 geändert worden, als sie in Saratow für einen »Systemcheck« zwischengelandet waren. Außerdem hatten sie die Zwischenlandung genutzt, um Mikhailows Leiche einem bereits wartenden Agenten des russischen Militär-Nachrichtendienstes zu übergeben, solange sie sich noch auf russischem Territorium befanden. Mikhailow würde später in einer entlegenen Berggegend in der Nähe der vermuteten Absturzstelle deponiert werden. Natürlich hätten sie ihn auch im Flug abwerfen können, aber das hätte ein Problem werden können, wenn irgendein Wanderer oder sogar eine Militärpatrouille die Leiche eines russischen Luftwaffenoffiziers gefunden hätte – gut tausend Kilometer von der Stelle entfernt, an der sein Flugzeug angeblich abgestürzt war. Verschwand ein Flugzeug, kamen schnell Verschwörungstheorien auf, vor allem, wenn es um Flugzeuge ging, die Atomwaffen mit sich führten. Sinnlos, da auch noch Öl ins Feuer zu gießen.

Die Landung auf der Insel Masira an der Ostküste des Oman war erstaunlich leicht gewesen, wenn man bedachte, wie lang die Liste der Probleme mit der Elektronik der Antonow in letzter Zeit geworden war. Es gab nur wenige Flughäfen auf der Welt, die einem Flugzeug die Landung verwehren würden, wenn es eine Notlage meldete. Oman und Russland waren nicht gerade befreundete Nationen, aber auch keine erklärten Feinde. Eine Million Dollar in Scheinen mit mittlerem Nennwert wogen ungefähr sieben oder acht Kilo. Es war auch nicht allzu schwierig, einen zehn Kilo schweren Aktenkoffer durch die Gepäckkontrolle zu bringen. Man musste nur ein paar Worte über seltene Antiquitäten flüstern und eine gewisse Großzügigkeit zeigen, um sich die vorübergehende Erblindung selbst von flüchtigen Bekanntschaften zu erkaufen. Was kümmerte es den Basiskommandanten in Oman, ob die Russen die eine oder andere kleine Statue oder sonstige Kunstobjekte aus dem Irak schmuggelten oder nicht? Tscherenko hatte halb gehofft, dass der omanische Oberst sie zum Weiterflug auffordern oder allzu neugierig werden würde, sodass sie von sich aus gezwungen gewesen wären, zu einem anderen Flughafen zu fliegen. Dann wäre er längst wieder in der Luft gewesen, statt in diesem Scheißloch herumhängen zu müssen. Aber der gierige alte Idiot war zu sehr damit beschäftigt gewesen, sein Bakschisch zu zählen.

Tscherenko grunzte vor sich hin, als ihm plötzlich eine Idee kam. Er rollte sich im Bett herum, wobei die ovale Kennmarke der russischen Streitkräfte, die er um den Hals trug, an der Seite herabrutschte, als er nach seinem schwarzen Aktenkoffer griff. Er zog einen kleinen Tablet-Computer heraus, steckte die Kennmarke unter sein T-Shirt und setzte sich aufrecht, den Rücken mit den dreckigen Kopfkissen abgestützt. Er würde sich ein wenig die Zeit vertreiben und seinen persönlichen Kontenstand überprüfen. In bar ausgezahlt, würde sein Geld weit mehr als sieben oder acht Kilo wiegen.

Dmitry Leskow pickte eine Brotkrume von seiner wulstigen Oberlippe und starrte die Dachverkleidung der gemieteten Toyota-Limousine an, froh, endlich wieder aus dem nach Fisch riechenden Restaurant heraus zu sein. Leskow war Major der 45. Garde-Spezialaufklärungsbrigade, einer Elite-Speznaz-Einheit, die zum russischen Militärgeheimdienst GRU gehörte. Meeresfrüchte und Fischgerichte gehörten nicht zu seinen Lieblingsspeisen. Er bevorzugte einen ordentlichen Topf Borschtsch und vielleicht ein paar Buchweizen-Blinis mit Sauerrahm und Zwiebeln. All das Zeug, das man aus irgendwelchen Muschelschalen pulen musste, bevor man es endlich in den Mund bekam, ließ ihn kalt. Zusammen mit Hauptmann Osin hatte er in Tschetschenien und Ossetien gedient. Bei der russischen Intervention in der Ukraine hatten sie sich als Zivilisten getarnt und im Namen des Vaterlands extrem heikle Missionen erfolgreich durchgeführt, was ihnen bei ihren GRU-Kommandanten höchstes Ansehen verschafft hatte.

»Dieser da Rocha wäre aber sicherlich aufgeblasen genug für unsere Zwecke«, meinte Osin und strich sich eine blonde Strähne aus der Stirn, während er den Motor anließ. Er war ein sehr fähiger Soldat, dieser Hauptmann Osin, auch wenn er seine Haare gern wie ein Bauernjunge trug.

»Kann sein.« Leskow zuckte nichtssagend die Schultern. »Aber er ist mir nicht sympathisch. Wir müssen erst einmal mit Don Felipe reden. Der ist vielleicht nicht smarter als da Rocha, aber sicherlich zuverlässiger. Erst sollten wir den

Spanier auf unserer Liste abhaken, bevor wir das Spiel mit diesem Typ riskieren.«

»Werden wir«, nickte Osin. »Du hast wirklich eine Nase für so was. Vielleicht gehört da Rocha zur CIA oder zum US-Militär.«

»Vielleicht. Aber ich bezweifle, dass sich die Amerikaner dazu herablassen würden, Gaspard umzulegen. Yuri behauptete, er sei von einer Frau ermordet worden, während er am Strand lag. Ist doch seltsam, dass sie ihn in aller Öffentlichkeit umgebracht haben.«

Osin verzog das Gesicht. »Na, wenigstens müssen wir uns jetzt nicht mehr mit diesem Schwein abgeben.« Er fädelte den Toyota in den Verkehr ein. »Aber kommt es dir nicht noch seltsamer vor, wie viel Mühe sich dieser da-Rocha-Typ gibt, in unser Projekt einzusteigen?«

Sein Partner zuckte erneut die Schultern. »Ja, seltsam ist es schon.«

Leskow ließ sich ein wenig tiefer in den Sitz gleiten und schloss die Augen. Plötzlich fühlte er sich müde und ausgelaugt. Diese Einsätze für das Vaterland wurden immer mühseliger und lästiger. Gerade bei der aktuellen Mission würde viel Aufräumarbeit anfallen – und weil sie sich dabei von niemandem in die Karten blicken lassen wollten, würde wohl auch das Aufräumen an ihnen hängen bleiben.

Lisanne Robertson überquerte die Estrada do Farol, nachdem Jack sie am Straßenrand abgesetzt hatte. Die Saison hatte gerade erst begonnen, sodass nur wenige Passanten unterwegs waren, die wie Ortsfremde aussahen, aber eine Bushaltestelle war eine gute Gelegenheit zu warten, ohne aufzufallen. Sie lehnte sich an einen der Pfosten der Haltestelle und behielt die Umgebung im Blick, versuchte aber auch, den Audi nicht aus den Augen zu verlieren, als Jack die schmale Durchfahrt zu dem abgestellten Motorrad hinauffuhr. Natürlich war es durchaus möglich, dass diese Ducati nichts mit der Maschine der Killerin zu tun hatte, aber sie musste Jack recht geben: Da sie nun schon mal hier waren, konnte es nicht schaden, die Sache zu überprüfen.

Jack war für Lisanne ein Rätsel. Er war ein netter Bursche. Clever, freundliche Augen, ein gutes Herz – genau die Eigenschaften, auf die sie bei einem Mann achten müsse, wie ihre Mutter ihr immer eingeschärft hatte. Dass er auch robust, hart und athletisch war, konnte ebenfalls nicht schaden. Aber er war eben auch ein Kollege …

Sie drehte den Kopf nach Süden, gerade rechtzeitig, um einen blonden Mann aus der Beifahrertür eines grauen Mercedes steigen zu sehen, gerade mal drei Meter von ihr entfernt. Er hielt eine schwarze Pistole dicht am Körper, halb unter einer Lederjacke verborgen. Mit dem Daumen der anderen Hand wies er hinter sich auf das Auto und befahl ihr grob, sofort einzusteigen.

Sie hob beide Hände und trat zwei Schritte vor, als würde sie dem Befehl Folge leisten. Damit verringerte sie den Abstand fast auf Armlänge. Sie war einen guten Kopf kleiner als er und wusste, dass er sie wahrscheinlich unterschätzte. Ein schwerer Fehler … zu seinem Nachteil.

Ihre Ausbildung im Trainingslager des U. S. Marine Corps auf Parris Island und auf der Polizeiakademie hatte Lisannes natürliche Begabung für Kampfsport noch weiter gefördert, die sie von ihrem Vater geerbt hatte. Als sich der Mann vor ihr aufbaute, riss sie ängstlich die Augen auf und senkte dann den Kopf, so unterwürfig wie ein kleines Mädchen.

»Ihr habt den Falschen umgelegt, du Schlampe!«, sagte der Blonde auf Französisch. Er streckte die Hand aus, um sie am Oberarm zu packen und zum Auto zu zerren.

Sie wich seitwärts aus und trat noch näher an ihn heran.

Mit der linken Hand wehrte sie die Pistole ab, die rechte rammte sie ihm mit der Handfläche unter die Nase. Sie wirbelte herum, entschlossen, dem großen Schläger die Nase zu zertrümmern. Er taumelte zurück und holte mit der Pistole zum Schlag aus, ohne sie abzufeuern. Lisanne verlor keine Zeit mit überflüssigen Bewegungen – sie ließ die rechte Faust mit voller Wucht auf den Rücken seiner ohnehin schon verletzten Nase krachen.

Die Schläge waren schmerzhaft, setzten ihn aber nicht außer Gefecht – und der Mann hatte auch selbst schon den einen oder anderen Faustkampf hinter sich. Er bekam ihr Handgelenk zu fassen, das dicht an seinem Gesicht vorbeifuhr, riss sie seitwärts herum und stieß sie heftig zurück. Sie schlug schwer auf dem Gehweg auf, landete auf dem Gesäß und versuchte dummerweise, den Sturz abzufangen. Etwas in ihrem Handgelenk knackte; der jähe Schmerz war so heftig, dass sie sich beinahe übergeben musste.

»Salope!«, bellte der Mann und richtete die Pistole auf ihr Gesicht – in genau diesem Augenblick röhrte Ryan im Audi quer über die Straße und pflügte über den Angreifer hinweg.

Ryan bremste nicht etwa ab, sondern schleppte den Körper an der Bushaltestelle vorbei, durch das Tor und in den Vorhof des Hotels. Der Motor des Mercedes brüllte auf, der Wagen schoss davon und überließ den großen Franzosen seinem Schicksal. Reifen quietschten, als Ryan den Rückwärtsgang hineinrammte und rückwärts wieder auf die Straße hinausschoss, wobei er gleichzeitig die Beifahrertür aufstieß. Kaum hatte sich Lisanne auf den Beifahrersitz geworfen, als Jack auch schon das Gaspedal durchtrat und die Estrada do Farol hinunterraste.

John Clarks Stimme kam über Funk, nachdem Jack das Team auf den neuesten Stand gebracht hatte.

»Dom und Adara, ihr bleibt hier bei mir. Wir bleiben an den Russen dran. Gaspard ist tot, die beiden Russen sind unser einziger Anhaltspunkt. Jack, du entsorgst den Audi. Ding und Midas, ihr sammelt Jack und Lisanne auf und kommt dann zu uns zurück.«

»Verstanden«, sagte Chavez. »Midas hat eine recht gute Drohnenaufnahme von der Frau am Strand. Wir schicken sie an Gavin, vielleicht kann er sie identifizieren.«

»Na, endlich mal eine gute Nachricht«, meinte Clark.

Lisanne schaltete ihr Funkgerät auf Push-to-Talk-Modus, sodass der Rest des Teams nicht mehr mithören konnte. Sie biss die Zähne zusammen und war blass im Gesicht, offensichtlich litt sie große Schmerzen. Die rechte Hand bettete sie vorsichtig in den Schoß, dann legte sie kurz die Hand auf Ryans Hand am Lenkrad. »Danke, Jack. Ich muss zugeben, es ist doch ganz nützlich, einen Burschen wie dich dabeizuhaben.«

8

Manche Leute werden als Spione geboren. Andere lassen sich durch die Reisen in nahe und ferne Länder verlocken, die dieser Beruf mit sich bringt. Erik Dowschenko wurde von seiner Mutter dazu getrieben.

Wie langsames, spöttisches Klatschen hallte das Geräusch seiner abgenutzten Lederschuhe von den nackten Betonwänden des Treppenhauses wider; so ähnlich klang es auch, wenn man Münzen in einen Wunschbrunnen warf. Aber hier im Evin-Gefängnis fragte niemand nach Wünschen. Dafür hatte das VAJA, das iranische Ministerium für Nachrichtenwesen, längst gesorgt. Und die IRGC, die Iranische Revolutionsgarde, auch kurz *Sepâh* oder *Pasdaran* genannt, trat jedes noch so schwache Flämmchen der Hoffnung erbarmungslos aus.

Dowschenko blieb auf dem nächsten Treppenabsatz kurz stehen, trank nachdenklich einen Schluck Kaffee – ein Drittel Milch – und nutzte die sterile Stille, um sich innerlich zu wappnen. Er war ohnehin schon erschöpft und hätte sich am liebsten hier auf die Stufen gesetzt, um sich auszuruhen, aber die Kamera beobachtete ihn, und es wäre nicht gut, wenn er Schwäche zeigte. Kurz stehen zu bleiben, um einen Schluck Kaffee zu trinken, war in Ordnung, aber sich hinzusetzen, um nachzudenken, würde unweigerlich zu Fragen führen, die er nicht beantworten wollte. Russland und der Iran waren zwar Verbündete, aber die Revolutionsgarde misstraute sogar ihren eigenen Leuten – vor allem jetzt. Ein Augenblick der Schwäche oder der Unentschlossenheit konnte ihnen genau das signalisieren, was bei ihm tatsächlich der Fall war – sein Mangel an Engagement und Verbundenheit mit der Sache. Und so trank Erik Dowschenko einen zweiten Schluck Kaffee und schleppte sich weiter die Treppe hinunter, wobei er sich am Stahlhandlauf abstützte. Im Moment war er für jede Hilfe dankbar, denn dieser Abstieg zur Sektion 2A im Untergeschoss 4 des Evin-Gefängnisses fiel ihm nicht leicht.

Dowschenko war ein erfahrener Profi, der seit 15 Jahren für den SWR arbeitete – wenn auch in letzter Zeit mit wachsendem Unbehagen. Der russische Auslandsnachrichtendienst *Sluschba Wneschnei Raswedki* war eine der beiden Nachfolgeorganisationen des alten sowjetischen KGB. Wenn der FSB, der Inlandsgeheimdienst der Russischen Föderation, das russische Gegenstück zur amerikanischen Bundespolizei FBI war, dann konnte man den SWR in etwa mit dem Auslandsgeheimdienst CIA vergleichen. Von seiner Aseri-Mutter hatte Dowschenko das dunkle, wellige Haar geerbt, das er mit Haargel streng zurückkämmte, von seinem Vater die regelmäßigen, wenn auch etwas mürrischen russischen Gesichtszüge. Das dunkle Haar und die olivfarbene Haut machten es schwer, seine Herkunft zu erraten. Für einen Geheimagenten war diese unbestimmbare ethnische Herkunft ein Vorteil, und Dowschenko fragte sich manchmal, ob seine Mutter seinen Vater nicht einzig und allein aus dem Grund geehelicht hatte, dass sich ihr Sohn eines Tages fast mühelos und völlig unauffällig in jeder beliebigen Menschenansammlung bewegen konnte. Dowschenko war fit, knapp ein Meter achtzig groß und wog ungefähr fünfundachtzig Kilo, mit breiten

Schultern und massiven Boxerhänden. Die Daumen waren etwas zu groß geraten, was einen seiner Trainer in der SWR-Akademie in Chelebityevo zu der Bemerkung veranlasst hatte, solche Daumen eigneten sich hervorragend, einem Kampfgegner die Augen einzudrücken. Dowschenko hatte in seinen fünfzehn Dienstjahren beim SWR zwar so manche grausigen Dinge getan, aber bisher hatte er noch niemandem mit den Daumen die Augen eingedrückt.

Eigentlich hätte er schon längst befördert werden und viel höher auf der Karriereleiter stehen müssen, wo er nicht mehr die Machenschaften von IRGC-Schlägern tief in den Eingeweiden eines iranischen Gefängnisses beobachten müsste. Der Knast stank nach Scheiße und verschimmeltem Brot. Seine Mutter war der Spion in der Familie gewesen; mit ihrer Muttersprache Aseri und ihrer Kenntnis auch anderer Turksprachen war sie in den frühen 1980er-Jahren in den Dienst des damaligen KGB getreten. Aus ihrer aktiven Zeit hatte sie so manche gute Story zu erzählen, was sie auch häufig tat, und witzelte manchmal, sie habe Erik den Schlapphutberuf schon eingeflößt, als er »noch an meinen Titten hing«.

Soweit Erik wusste, war sie seit der Auflösung des KGB nicht mehr aktiv gewesen, aber, wie sie oft sagte, gab es so etwas wie einen *ehemaligen* KGB-Agenten nicht. Man war immer in Bereitschaft, man wartete ständig darauf, wieder reaktiviert zu werden. Aber niemand rief an. Erik spürte, dass ihr das fehlte, die action, die Erregung. Er vermutete sogar, dass sie ihn aus diesem Grund zum SWR getrieben hatte – damit sie indirekt durch ihn an den gefährlichen Missionen teilhaben konnte. Sein Vater war Lehrer gewesen. Ein bescheidener, sanfter Mann, der mit der Nase in irgendeinem Buch in seinem Lehnstuhl saß, während seine Frau mit einer alten Makarow in der Schürzentasche im Haus herumschlich und einen aserbaidschanischen Maulbeerwodka namens

Tutovka trank – oder noch Schlimmeres, etwa einen billigen russischen Fusel aus einer Flasche mit einem Wegwerfverschluss aus Alu. Es lohnte sich nicht, die Flasche wieder zu verschließen, wenn Zahra Dowschenko sie schon angebrochen hatte.

Die Keifereien und Tiraden seiner ständig besoffenen Mutter hatten Erik schließlich aus dem Haus getrieben. Aber sie ließ ihre immer noch zahlreichen Beziehungen in der Szene spielen, damit ihr Sohn als Spion rekrutiert wurde. Er war athletisch gebaut und clever und stellte selbst irgendwann fest, dass er eine natürliche Begabung für den Beruf hatte, obwohl er diese Tätigkeiten nie wirklich genoss. Zum Job eines Geheimagenten gehört nun mal ein gewisses Maß an Ruchlosigkeit und Soziopathie, was ihm immer eine leichte Übelkeit verursachte. Zwar hatte er keine Probleme damit, sich einem Kriminellen in den Weg zu stellen und ihm die Nase breitzuschlagen – oder ihn sogar umzulegen, wenn es mal so weit kommen musste. Aber er hatte zu viel von seinem Vater in sich, um an dem Spiel mit Lügen und Geheimnissen so viel Spaß zu haben, wie das bei seiner Mutter offenbar der Fall war.

Wer sich den Lebensunterhalt durch Lug und Trug verdient, fühlt sich im Umgang mit aufrechten, wahrheitsliebenden Menschen nie völlig wohl. Man vertraute Erik Dowschenko, aber er war nicht wirklich beliebt – weder bei gleichrangigen Kollegen noch bei seinen Vorgesetzten. Und in einer Organisation wie dem SWR bedeutete Unbeliebtheit hauptsächlich eins: nicht befördert zu werden. Während viele aus seinem Jahrgang bereits Außenstellenleiter in Städten wie Prag oder Berlin geworden waren, steckte Erik Dowschenko auf der mittleren Ebene eines Agentenführers fest, gewissermaßen im ewigen Fegefeuer, von dem aus er immer wieder in die untersten Kreise der Hölle hinabsteigen musste – wie auch jetzt wieder hier in Teheran.

Sechs Meter über ihm war der Frühling in die Stadt zurückgekehrt. Spatzen flatterten eifrig herum und zwitscherten in den Sycamore- und Maulbeerbäumen. Aus dem braunen Gras spross fast über Nacht frisches Grün, und der Schnee, der den fast viertausend Meter hohen Totschāl nördlich der Stadt bedeckte, begann zu schmelzen. Doch sechs Meter unter ihm, in den tiefsten Eingeweiden der Sektion 2A, Untergeschoss 4, sah die Welt viel düsterer aus. Abwässer gurgelten durch offene Abflüsse. Der Gestank von Urin, Fäkalien und hoffnungsloser Verzweiflung vermischte sich mit schalem Zigarettenrauch und dem alles überlagernden Geruch aufdringlicher Rasierwässer, mit denen sich die Revolutionsgardisten im Übermaß bespritzten.

Im Evin-Gefängnis – manchmal auch Evin-Universität genannt, weil hier so viele Intellektuelle und Studenten einsaßen – konnte es im Sommer unerträglich heiß und im Winter bitterkalt werden, was das Elend der Insassen noch unerträglicher machte. Schon nach dem kurzen Gang vom Parkplatz durch den Regen zum Gefängniseingang war Dowschenkos weißes Hemd feucht vom Schweiß geworden. Normalerweise trug er eine braune Jacke aus Pferdeleder, obwohl er wusste, dass er darin noch mehr wie ein russischer Spion aussah, was er ja auch tatsächlich war. Aber gute Lederjacken brauchten lange, bis sie richtig eingetragen waren, deshalb hatte er die Jacke im Auto zurückgelassen – der Gefängnisgestank sollte sich nicht in dem teuren Leder festsetzen.

Maryam würde es riechen, sogar durch seinen Zigarettengeruch hindurch. Ihre Sinne waren für solche Dinge geschärft.

Auf dem untersten Stockwerk nahm er noch einmal einen kräftigen Schluck Kaffee und zog die schwere Stahltür auf. Sie war nicht verschlossen. Niemand, der seine sieben Sinne beieinander hatte, würde hier hinuntersteigen, wenn er nicht unbedingt musste. Bei diesem Gedanken musste Dowschenko beinahe lächeln. Major Parviz Sassani hielt sich gerne hier unten auf, aber dieser verbrecherische Gardist war nur die lebende Bestätigung für Dowschenkos Theorie. In seinem Job mochte der Mann gut sein, aber er war definitiv nicht ganz richtig im Kopf.

Noch bevor Dowschenko die Stahltür an der Treppe vollends geöffnet hatte, schallte ihm das Stöhnen und Wimmern der Gefangenen entgegen – und noch etwas anderes.

In Lefortowo, dem Gefängnis in Moskau, in dem diese Art von Arbeit ebenfalls verrichtet wurde, schirmte man die Gefangenen von allen Stimuli der Außenwelt ab. Aber die Iraner hatten eine Lektion aus dem Lehrbuch gelernt, an dem sich die argentinische Junta während des Schmutzigen Krieges orientiert hatte. Deshalb waren hier, tief unter Tage, ständig verschiedene Geräusche klar zu hören: der Verkehrslärm der Straßen, die zu den Skianlagen auf dem Totschāl führten, das Dröhnen von Flugzeugen und im Sommer auch das Rattern von Rasenmähern und Heckenscheren. So mussten die Gefangenen die Geräusche der Welt über ihnen ertragen, einer Welt, die sich weiterdrehte, als ob es die Gefangenen nicht mehr gäbe. Aber die Lärmkulisse war nur in einer Richtung zu hören – sie wurde elektronisch auf Lautsprecher übertragen, während oben niemand das Klagen, das Jammern, das Flehen und Weinen der Gefangenen und Gefolterten hören konnte. Die Ajatollahs hatten der Welt versichert, dass derartige Dinge im Evin nicht mehr praktiziert würden. Der Oberste Religionsführer hatte sogar behauptet, das Regime habe im Gefängnis einen Swimmingpool und Jacuzzis bauen lassen. Wie überall auf der Welt wurden auch im Iran die größten Lügen am leichtesten geschluckt.

Dowschenko stellte sich den Vernehmungsoffizier vor, noch bevor er ihn tatsächlich zu sehen bekam – seine glitzernden Augen, den Speichel, der ihm bei jedem Wort aus dem Mund schoss. Die Lautstärke des Verhörs änderte sich ständig, mal war es ein irres Gebrüll, mal ein kaum verständliches Zischen, aber die Intensität des Verhörs änderte sich nie. Am schlimmsten war das Flüstern, denn in dieser entsetzlichen Zwangslage schlug jedes geflüsterte Wort tiefe Wunden.

Und es waren immer dieselben Fragen, immer und immer wieder. *Wer gehört zu den Protestierenden? Wo sind die Protestierenden? Wo ist Reza Kazem?*

Dowschenko ging den durchdringenden, gequälten Schreien nach, die von rechts durch eine Tür zu hören waren. Sie war verschlossen; er musste kurz warten, bis der Öffner summte. Er atmete noch einmal tief ein, bevor er über die Schwelle trat, biss die Zähne zusammen und kniff die Augen halb zu, als könne er so den Anblick, die Geräusche und Gerüche der Verhörräume in Sektion 2A besser ertragen. Zwei Männer, die er vom Ministerium für Nachrichtenwesen her kannte, standen rauchend an der linken Betonwand des Flurs. Er hatte sie bei der Arbeit beobachtet und wusste, dass sie schwerste Foltermethoden anwandten, wobei sie aber in der Regel professionell vorgingen und im Allgemeinen nur folterten, wenn es anders nicht möglich war, die gewünschten Informationen zu bekommen oder einen Dissidenten mental unter Kontrolle zu bringen. Dowschenko wusste nicht, ob alle VAJA-Agenten so waren wie diese beiden, aber obwohl auch sie nicht davor zurückschreckten, die Rute oder das Stromkabel ausgiebig zu gebrauchen, wandten sie die Folterinstrumente völlig leidenschaftslos an. Das Gefängnis war dem Ministerium für das Nachrichtenwesen unterstellt, das als Geheimdienst- und Sicherheitsbehörde professioneller arbeitete als die Iranische Revolutionsgarde; dagegen war die Garde eindeutig mächtiger, sowohl innerhalb der Regierung als auch in der Wirtschaftswelt. Die Garde konnte sich bei ihrem Umgang mit den Dissidenten auf einen Erlass des Obersten Religionsführers berufen, der ihnen faktisch die Befugnis gab, das Ministerium auf Abstand zu halten und sich im Hinblick auf ihre Methoden nicht in die Karten blicken zu lassen.

Der IRGC-Major Parviz Sassani genoss seine Arbeit – das konnte man nur allzu deutlich sehen, wenn er das Gesicht zu seiner grauenhaften, maskenhaften Grimasse verzog, die ein Lächeln sein sollte – als ob es ihm selbst körperliche Schmerzen bereitete, anderen Schmerzen bereiten zu müssen. Oder als könne er sich damit von jeder Schuld freisprechen.

Zwei junge Männer hingen an Eisenringen, die in die Decke einbetoniert waren. Ihre Schultern waren ausgerenkt, ihre Hände violett angelaufen, wo sich das Blut an den dünnen Fesseln staute, die tief in ihre Handgelenke schnitten. Ihre Füße hingen eine Handbreit über dem Betonboden. Sie hatten mehr Ähnlichkeit mit aufgehängten Tierhälften in einem Schlachthaus als mit Menschen – nackt bis auf die grauen Gefängnisshorts, die wie abgeschnittene Jogginghosen aussahen und völlig mit Blut und Urin getränkt waren. Die beiden Jungen schwangen ein wenig hin und her, fast wie Hypnosependel; Dowschenko hatte keinen Zweifel, dass sie gerade noch von den drei Gardisten geprügelt worden waren. Blut tropfte von den Zehen des größeren Mannes, wo sich die Zehennägel befunden hatten, bevor Sassani sie ausgerissen hatte. Die Zangen und die Nägel lagen säuberlich aufgereiht auf einem Holztisch – und daneben lagen noch ein paar blutverschmierte Zähne.

Dowschenko schüttelte den Kopf. Das war neu.

Die Folterknechte hatten sich jetzt dem dritten Gefangenen zugewandt, der fast noch ein Kind war. Er hieß Javad, siebzehn Jahre alt, sah aber aus wie dreizehn. Er weinte und schrie mehr als die beiden anderen, rief lallend nach seiner Mutter, was aber Sassani offenbar nur noch wütender machte.

Javad lag mit auf dem Rücken gefesselten Händen auf dem Rücken, sodass er auf den Fäusten lag und nicht flach liegen konnte. Die Beine waren an den Knöcheln an ein schmales Holzbrett gebunden, das zwischen zwei Pfosten befestigt war. Straff gespannte Seile zwangen seine nackten Fußsohlen nach oben. Beide Füße waren stark geschwollen und die Haut von früheren »Behandlungen« schwarz und blau unterlaufen. Sassani selbst schwang eine meterlange Weiderute, ungefähr so stark wie sein kleiner Finger.

Die Bastonade gehört auf der ganzen Welt zu den Lieblingsmethoden der Geheimdienste. Schon aufgrund ihrer Funktion können manche Teile des menschlichen Fußes eine ganze Menge Stress aushalten. Andere Teile jedoch, wie kleine Knochen oder die Zehen, brechen sehr leicht. Wird die Bastonade von einem Experten ausgeführt, kann sie maximale Schmerzen hervorrufen, obwohl danach kaum Wunden zu sehen sind, von rosa angeschwollenem Gewebe abgesehen. Erhöht man jedoch die Schlagkraft, kann das Auspeitschen der Fußsohlen zur Verkrüppelung führen. Oft reagieren Gefangene erleichtert, wenn sie sehen, dass ihnen statt anderer Methoden, die mehr Wunden und Narben hervorrufen, vielleicht »nur« die Fußsohlen ausgepeitscht werden. »Vielleicht peitschen sie mir nur die Füße und lassen mich dann gehen…« Aber solche Hoffnungen verfliegen schnell, wenn die ersten schmerzhaften Schläge auf ihre Fußsohlen niedergehen.

Major Sassani nutzte die Methode, wenn er anderer Methoden überdrüssig wurde, etwa Rippen zu brechen oder Zigaretten auf nackter Haut auszudrücken. Er holte hoch über dem Kopf aus, sodass die Rute durch die Luft pfiff und der arme Junge genug Gelegenheit hatte, den Schlag kommen zu hören, was seine Qual noch steigerte.

Die drei Gefangenen waren fast die ganze Woche hier gewesen. Sassani hatte sich an die Arbeit gemacht, kaum dass die Gefängnistore hinter den dreien zugeschlagen waren. Schon in der ersten Stunde hatten sie ihm alles erzählt, was sie wussten. Selbst auf das Ertragen von Folter trainierte Profi-Agenten begannen irgendwann zu reden, aber diese Studenten hatten gesungen wie Nachtigallen, hatten alles herausströmen lassen, was sie wussten, kaum dass sie die Folterkammer zu sehen bekommen hatten. Durch Rotz und Tränen und unter entsetztem Schluchzen hatten sie alle ihre Sünden seit der Grundschule gebeichtet.

Aber am Ende machte das keinen Unterschied.

Nach dem fünften Schlag hörte Javad auf, sich hin und her zu werfen. Seine Füße glichen inzwischen großen roten Ballonen mit Zehen. Sassani schlug noch zweimal zu, um ganz sicherzugehen, dass der Junge wirklich bewusstlos war. Befriedigt warf er die Rute auf einen Tisch in der Ecke. Er nickte seinen beiden Gardisten zu und wies mit dem Daumen über die Schulter auf die beiden hängenden Männer.

»Dem hier geben wir eine Ruhepause. Nehmen wir zuerst den Dicken dran.«

Der schwerere der beiden Studenten begann zu wimmern. Er hieß Babak und war Anfang zwanzig. Ein verschwollenes Augenlid öffnete sich zitternd.

»Ah, Genosse Erik«, sagte Sassani, wobei er die Hände rieb wie eine Mücke. »Tut mir leid, aber wir konnten nicht auf Sie warten.«

Der Russe machte eine wegwerfende Handbewegung. Sassani wusste ganz genau, wie sehr Dowschenko ihn verabscheute. Das Gefühl beruhte sicherlich auf Gegenseitigkeit – wobei Sassani wohl jeden Menschen hasste.

Der Iraner war fünf oder sechs Jahre jünger als Dowschenko, wahrscheinlich Mitte dreißig. In der Revolutionsgarde hatte er einen rasanten Aufstieg hingelegt. Dowschenko vermutete, dass der Verein Grausamkeit belohnte, solange sie »zielführend« ausgeübt wurde. In dieser Hinsicht unterschied sich die Garde nicht sehr vom SWR, Dowschenkos eigener Organisation, und das war vermutlich einer der Gründe, warum Dowschenko in einem Job feststeckte, in dem er mit Typen wie diesem Parviz Sassani zusammenarbeiten musste. Seine Vorgesetzten glaubten offenbar, er brauche noch ein bisschen Nachhilfe in Sachen Grausamkeit.

Über Sassanis Herkunft und Hintergrund wusste Dowschenko nur sehr wenig. Sein Vater war im Krieg mit dem Irak anscheinend zum Märtyrer geworden, und sein Name genoss daher bei den Mullahs und führenden Kommandeuren der Garde hohes Ansehen. Sein Schwiegervater war ein führender General der IRGC. Sassani musste Englisch in Großbritannien oder in einem anderen Commonwealth-Land erlernt haben, denn er sprach mit britischem Akzent – wie der Teufel in einem Hollywoodfilm.

Sassani war ein wenig größer als Dowschenko, mit dunklem, welligem Haar und rabenschwarzen Bartstoppeln. Er bevorzugte edle Anzüge, sogar während der Verhöre, bei denen er das Jackett in einen Metallspind an der Wand neben der Tür hängte. Ein paar Blutflecken waren auf seinem kragenlosen weißen Hemd zu sehen, dessen Saum bei den heftigen Schlägen mit der Rute aus dem Hosenbund gerutscht war.

Er rollte die Ärmel herab und nahm zwei goldene Manschettenknöpfe aus einer Tasche seiner grauen Wollhose, aus der anderen holte er eine dunkelblaue Packung Gauloises. Er steckte sich eine Zigarette in den Mund, redete aber weiter, während er die Manschettenknöpfe schloss.

»Was haben Sie erfahren, mein Freund?« Er suchte noch tiefer in den Hosentaschen, bis er ein Wegwerf-Feuerzeug fand.

Dowschenko behielt die beiden Gardisten im Blick, die gerade Babaks Füße an das Brett banden.

»Gerüchte über einen Bombenanschlag auf irgendein Regierungsgebäude«, antwortete er.

Sassani knipste das Feuerzeug an, aber es kam keine Flamme. »Davon habe ich auch schon gehört.« Er schüttelte das Feuerzeug, versuchte es noch einmal und gab schließlich auf. »Wenigstens haben wir hier nicht die amerikanische Grippe. Eine Plage, die über den Großen Satan kommt, als Strafe für seinen Kampf gegen Gott.«

Dowschenko fragte sich, wem der Iraner wohl die Erdbeben und die Krankheiten in seinem eigenen Land zuschrieb, behielt aber diesen Gedanken für sich.

Sassani gestikulierte mit der nicht angezündeten Zigarette. »Was ist aus den Handytrackern und der Computersoftware geworden, die uns Ihre Regierung versprochen hat? Unsere eigene Technologie ist gut, aber eure funktioniert viel genauer. Ich muss Sie wohl nicht daran erinnern, dass wir uns in einer nationalen Krise befinden.«

»Werden bald kommen«, antwortete Dowschenko. Er fischte sein eigenes Feuerzeug heraus und knipste es an. Es war ein Geschenk seines Großvaters mütterlicherseits, vergoldet, mit dem achtzackigen Stern des aserbaidschanischen Wappens.

Sassanis Gesicht verschwand in einer Rauchwolke, als er die ersten Züge paffte. Er hielt die Zigarette zur Seite und betrachtete Dowschenko einen langen Moment nachdenklich. »Die Präzision eurer Technologie wäre extrem hilfreich, um die Verräter aus ihren Höhlen zu treiben.«

»Wie gesagt, die Lieferungen kommen bald.« Dowschenko wies mit dem Kopf auf die Gefangenen. »Diese drei haben Ihnen jetzt doch wohl alle nützlichen Informationen gegeben.«

Sassani zuckte die Schultern. »Vermutlich ja. Aber sie sind

schwach.« Der Iraner drehte sich abrupt um, ging zu dem dicken Mann, der jetzt auf der Liege festgebunden war, und drückte ihm die glühende Zigarettenspitze auf den Fuß. Er trat einen Schritt von dem sich wild aufbäumenden und vor Schmerzen brüllenden Mann zurück.

Blut rann dem Gefangenen aus den Mundwinkeln und über die Wangen und tropfte neben seinem Ohr auf den schmutzigen Betonboden hinab. Sassani beugte sich über ihn.

»Ich frage dich noch einmal«, sagte der Major. »Wo ist Reza Kazem?«

Der Gefangene stöhnte. »Ich weiß ni…«

Sassani drückte ihm die Zigarette auf das Augenlid. Wieder schrie der Mann und versuchte, sich aufzubäumen und dem Schmerz auszuweichen.

»Sag! Es! Mir! Wo?«

Der Gefangene hustete, keuchte, schluchzte.

»Ich weiß ni…«

Sassani brachte die Zigarette noch einmal direkt vor seine Augen.

»Isfahan!«, brüllte der Mann, wich aus, so gut es seine Fesseln zuließen, weg, nur weg von dem Schmerz, als wollte er sich im Betonboden verkriechen. Alles, um der entsetzlichen Qual der Glut in seinem Auge zu entkommen. »Er ist in Isfahan.« Er schluchzte. »Ich schwöre es. Isfahan.«

Ein junger, pickeliger Gardist in grüner Uniform und einer Baseballmütze kam herein, blieb neben dem Metallspind an der Tür stehen und blickte sich um. Dowschenko kannte ihn nicht, der Bursche war noch so jung, dass ihm kaum mehr als ein Bartflaum gewachsen war. Wenn ihn die Folter beunruhigte, war er jedenfalls clever genug, sich nichts anmerken zu lassen.

Sassani richtete sich auf und hob misstrauisch eine Augenbraue, als sei er von einem jüngeren Bruder bei irgendetwas Schmutzigem überrascht worden. »Was ist?«

Der Junge lehnte sich an die Wand. »Das Gericht hat ein Urteil gefällt.« Er hielt Sassani eine Aktenmappe hin, die ihm dieser aus der Hand riss.

Der Offizier schlug die Akte auf, las kurz darin und nickte zustimmend. »Öffentliche Hinrichtung durch Erhängen.«

Der Gardist, der neben dem Jungen, Javad, stand, warf ein: »Der hier hat den Henker ausgetrickst.« Er versetzte dem leblosen Körper einen Stoß.

Sassani schnaubte verächtlich. »Sehen Sie? Wie ich gesagt habe: Schwächlinge, allesamt. Aber wir werden ihn trotzdem zusammen mit seinen Komplizen aufknüpfen, als abschreckendes Beispiel.«

Wieder holte er die Gauloises aus der Tasche und steckte sich eine Zigarette in den Mund. Bei seinem gehässigen Grinsen drehte sich Dowschenko fast der Magen um. »Darf ich noch einmal um Feuer bitten?«

Dowschenko schaute gleichgültig zu, als er dem Iraner die Flamme an die Zigarette hielt. Hier ging etwas anderes vor sich. Etwas, das Dowschenko noch nicht klar war.

Natürlich stellte Reza Kazem für das Regime ein großes Problem dar. Er verlieh Zehntausenden Studenten und anderen unzufriedenen Iranern ein Gesicht, die in ständig wachsender Zahl auf die Straße gingen, nicht nur in Teheran, sondern im ganzen Land. Selbstverständlich war Sassani scharf darauf, seinen Aufenthaltsort zu erfahren – aber im Grunde war der Mann nicht schwer zu finden.

9

Präsident Jack Ryan schlug um 5.27 Uhr die Augen auf, kurz vor seiner normalen Weckzeit. Er war erschöpft; die zweieinhalb Minuten hätte er gern noch weitergeschlafen, aber Cathy war zu Hause. Neben ihm. Gerade jetzt. Und wach. Überlappende Termine und hochkarätige Jobs machten es nahezu unmöglich, ein paar Momente für sich selbst zu haben, gemeinsam. Solche Momente waren etwas ganz Besonderes. Er schüttelte das Kopfkissen auf – im Weißen Haus gab es wirklich großartige Kissen –, nahm seine Brille vom Nachttisch und schaltete den Wecker aus. Dann drehte er sich zu der Frau um, mit der er seit fast vierzig Jahren verheiratet war. Sie brauchte ihre Brille genauso sehr wie er, hatte sie aber noch nicht aufgesetzt, was gut war, weil sie sich so den Anblick seines verschlafenen, gealterten Gesichts ersparte. Er kuschelte sich an sie, wobei er den Duft von Mundwasser und Dioressence-Parfüm auffing. Das waren schon mal außerordentlich gute Vorzeichen.

Cathy Ryan hatte das Federbett mit dem Bezug aus reiner ägyptischer Baumwolle bis zum Kinn hochgezogen; ihr blondes Haar lag ausgebreitet auf dem Kissen. Sie blinzelte mit ihren langen Wimpern und begann leise zu singen, als sich Jack zu ihr umdrehte – mit einer Stimme, die irgendwo zwischen Minnie Maus und Marilyn Monroe lag.

»Happy Birthday, Mr. President ...«

Ryan kicherte und küsste sie auf die Nase, als sie zu singen aufhörte. »Du weißt aber, dass heute nicht mein Geburtstag ist, oder?«

Dr. Cathy Ryan riss die Augen weit auf und zog einen übertriebenen Schmollmund. »Wirklich?« Für eine der angesehensten Augenchirurginnen weltweit spielte sie die Rolle des atemlosen Dummchens unglaublich gut. Sie hielt die Bettdecke mit beiden Händen neben ihrem Schmollmund. Ihre perfekt manikürten Nägel waren tiefrot lackiert, ein Nagellack, der unter dem schönen Namen »I'm Not Really a Waitress« vermarktet wurde. Erstaunlicherweise war es dem Pressebüro des Weißen Hauses bisher gelungen, den Namen von Cathy Ryans Nagellack geheim zu halten.

Ihre Brust hob und senkte sich unter der Bettdecke, als sie einen hoffnungslos übertriebenen Seufzer ausstieß. »Oh, verdammt! Nicht dein Geburtstag? Was soll ich jetzt mit deinem Geschenk machen?«

Achtzehn Minuten später drehte sich Ryan ein wenig zur Seite, um auf die Nachttischuhr schauen zu können. Er seufzte. Cathys Arm rutschte über seine Brust, ihr Bein lag quer über seinen Schenkeln, und beiden war so warm, dass sie keine Decke mehr brauchten. Er spürte ihre leichten Atemzüge an seiner Wange.

Sie lachte leise.

»Was ist?«, fragte er.

Ryan konnte ihr Gesicht nicht sehen, aber er spürte die leichte Anspannung auf ihrer Wange und wusste, dass sie lächelte. »Hast du jemals überlegt, wie es wäre, wenn plötzlich Arnie und der Secret Service ins Zimmer stürzen würden, weil irgendwo eine Weltuntergangskrise ausgebrochen ist?«

»Besser jetzt als vor fünf Minuten«, meinte Ryan. Er persönlich zweifelte nicht daran, dass sein Stabschef tatsächlich in das Schlafzimmer des Präsidenten stürzen würde, wenn die Gefahrenlage groß genug war.

»Ein bisschen besser vielleicht«, sagte Cathy, »aber nicht viel.«

Ryan zuckte die Schultern. »Für dich ist das was anderes, Honey. Du wärst vielleicht verlegen und würdest die Decke über dich ziehen. Ich dagegen wäre sogar ein bisschen stolz. Es wäre eine völlig unverdächtige Art zu verkünden, ›Schaut her, Leute, der Führer der freien Welt hat es immer noch drauf.‹«

»Oh, du hast es tatsächlich noch drauf.« Sie schmiegte sich enger an ihn, aber die Wärme hatte nachgelassen, und sie schauderte ein wenig. »Aber ich kann nicht den ganzen Tag liegen bleiben. Ich muss ins Krankenhaus.«

»Ich weiß. Ich werde später aus dem Tagesbericht mehr über diese Epidemie erfahren, aber ihr Ärzte sprecht doch bestimmt auch darüber. Erzähl mir doch kurz, was eure Experten dazu meinen.«

Cathy zog die Bettdecke bis zum Hals hoch und ließ sich auf die Kissen zurückfallen.

»Es sterben viel zu viele. Mit virenhemmenden Medikamenten können wir die Ausbreitung verlangsamen, aber es ist noch zu früh, um von einem breiten Erfolg zu sprechen. Die Ersthelfergruppen, die Militärsanitäter, die Mitarbeiter in den Krankenhäusern und sonstiges wichtiges Personal werden bis Ende der Woche oder spätestens Anfang nächster Woche geimpft. Die Zentren für Seuchenkontrolle machen einen unglaublich guten Job, sie setzen alles ein, was sie haben, im Grunde ist das so, als würden sie eimerweise Sand auf das Feuer schütten, um es zu ersticken. Das Problem ist nur, Jack, dass jetzt der Sand knapp wird, zumindest auf mittlere Sicht. Normalerweise empfehlen wir, zuerst die Kinder und älteren Menschen zu impfen, aber diese Attacke greift vor allem gesunde Leute in der Lebensmitte an. Es ist so ungefähr wie die Pandemie von 1918.«

»Die Spanische Grippe«, sagte Ryan.

»Ja, die Spanische Grippe hat einen schlechten Ruf«, sagte Cathy. »Aus demselben Grund könnte man die jetzige Epidemie auch als Amerikanische Grippe bezeichnen, weil wir unsere Ergebnisse aller Welt mitteilen, in der Hoffnung, dass die anderen Länder sie aufhalten können. Damals gab es viele andere Länder, die starke Ausbrüche hatten, aber Spanien war das Land, das die Grippe zuerst meldete, deshalb wurde sie Spanische Grippe genannt.« Sie schaute ihn direkt an. »Wie gesagt, das Virus greift einen wichtigen Teil der arbeitenden Bevölkerung an, die Ärzte, Krankenschwestern, Apotheker, Pharmatechniker, genau die Personen also, die normalerweise den Kampf gegen das Virus anführen würden. Die Pandemie von 1918 hat weltweit zwischen fünfundzwanzig und fünfzig Millionen Menschen das Leben gekostet – weit mehr als der Erste Weltkrieg. Das war ein extrem aggressives Virus, Jack. Und dieses neue Virus hat das Potenzial, noch schlimmer zu wüten. Wenn es uns nicht gelingt, es einzudämmen, wird es einen wichtigen Teil unserer Bevölkerung innerhalb weniger Monate, vielleicht sogar Wochen, drastisch reduzieren.«

Ryan stöhnte auf.

Cathy boxte ihn leicht in den Oberarm. »Siehst du, was ich gerade gemacht habe?«

»Was?«

»Ich habe dich in Panik versetzt«, sagte sie. »Das, Jack, ist nämlich der wichtigste Grund, warum diese Grippewelle so schlimm ist. Ich will die Gefahr nicht herunterspielen, aber wir haben heute eine viel bessere Gesundheitsvorsorge und einen gesünderen Lebensstil. Wir sind in der Lage, gegen die Sekundärinfektionen wirksam anzukämpfen, die bei der Pandemie von 1918 viele Menschen das Leben kostete. Leider haben wir auch eine Medienpräsenz rund um die Uhr und eine Boulevardpresse, die schon beim geringsten Anlass durchdreht. Wer behauptet, das sei die schlimmste, tödlichste Krankheit der Geschichte – was eindeutig nicht der Fall ist –, betreibt Volksverdummung in reinster Form. Jede neue Erkrankung wird sofort als Breaking News am unteren Rand des Bildschirms angezeigt. Ehrlich, ich mache mir über die jüngsten Überschwemmungen in Louisiana und Mississippi mehr Sorgen als über dieses Grippevirus.«

Ryan nickte.

»Ich kann nur sagen, Jack, dass bei Unruhen mehr Leute ums Leben kommen als durch das Virus. Und dieses Miststück Michelle Chadwick gießt auch noch Öl ins Feuer.«

Ryan tätschelte seiner Frau den Oberschenkel. »Wird aber besser sein, wenn wir unsere Gefühle für die liebe Senatorin für uns behalten, meinst du nicht?«

Cathy hob die Bettdecke und betrachtete das, was darunter war, mit übertrieben weit aufgerissenen Augen. »Ja, es bleibt zwischen dir und mir, Kleiner. Aber davon abgesehen darf ich doch wohl ein bisschen Wut ablassen, wenn jemand ständig Gift und Galle auf meinen Mann spuckt. Gestern hielt sie eine Pressekonferenz ab und warf dir Untätigkeit vor. Dir! Ist das noch zu fassen?«

Er tätschelte ihr Bein noch einmal, dieses Mal eher beruhigend. »Ich gebe es nur ungern zu, aber allmählich gewöhne ich mich an die Politik. Selbst wenn der Müll bis zum Himmel stinkt, ich rieche ihn kaum noch.«

»Ist dir schon aufgefallen, dass es in den Nachrichten gar nicht mehr nur um die eigentliche Nachricht geht? Sondern darum, wie die sozialen Medien auf die Nachrichten reagieren.

Michelle Chadwick jagt den Leuten ständig neue Angst ein. Ist es nicht verboten, in einem voll besetzten Kino ›Feuer‹ zu schreien?«

Ryan zuckte die Schultern. »Sie würde behaupten, dass es tatsächlich brennt.«

»Mag sein. Aber sie schüttet ständig Öl ins Feuer.«

Ryan nickte, kam aber wieder auf das Grippethema zurück.

»Ich habe die öffentliche Erklärung gesehen, die du mit den Zentren für Seuchenkontrolle herausgegeben hast«, sagte er. »Es war sehr wichtig, dass sich die First Lady als öffentliches Gesicht für die Kampagne zur Verfügung stellt – das schafft Vertrauen bei den Menschen. Das sollte sie dazu veranlassen, zu Hause zu bleiben, wenn sie sich krank fühlen, und sich vielleicht auch impfen zu lassen, bevor die Grippe zuschlägt. Sag mal, ich hätte da eine Idee: Wie wär's, wenn du für mich arbeiten würdest?«

»Mein Gehalt kannst du dir doch gar nicht leisten.«

Ryan verzog abschätzig das Gesicht. »Kein Problem. Ich könnte die Wehrpflicht wieder einführen. Den gesamten Gesundheitssektor verstaatlichen. Sämtliche Ärzte für den staatlichen Dienst zwangsrekrutieren, vor allem die schönen Augenärztinnen.«

»Ja klar«, kicherte Cathy. »Das käme bei deinen Wählern sicherlich gut an. Ich habe mich aus zwei Gründen auf Augenchirurgie spezialisiert. Erstens, weil ich gut darin bin. Und zwei…«

Ryan unterbrach sie lächelnd. »Den zweiten Grund kenne ich schon längst – feuchte Hämorrhoiden.« Cathy war eine ungewöhnlich gute, begabte Ärztin, aber wie die meisten Medizinstudenten hatte auch sie beim Studium das verabscheut, was die Studenten untereinander recht salopp GBS – *Gooey Butt Sores* oder wörtlich Schleimige Arschwundheit – nannten, womit sie den gesamten proktologischen Teil der ärztlichen Ausbildung meinten. Die Liste der möglichen GBS war lang, und Ryan hatte im Laufe der Jahre so viele Fotos in den medizinischen Lehrbüchern gesehen, dass er bestens nachvollziehen konnte, warum sich seine Frau auf Augenchirurgie spezialisiert hatte.

Cathy schwang die Beine aus dem Bett, wobei sie ihren wunderbaren Rücken und den sanften Schwung ihrer Hüften enthüllte, die jetzt nicht mehr von den Bettlaken verhüllt wurden. »Ganz genau«, sagte sie über die Schulter. »Und ich mache mir auch nicht viel aus dem Wort ›übrigens‹.«

»Verstehe«, sagte Ryan, obwohl er offensichtlich nichts verstand.

Cathy stand auf, nahm ihren Morgenmantel und drehte sich langsam zu ihrem immer noch im Bett liegenden Ehemann um.

»Weißt du«, erklärte sie, während sie ihren Morgenmantel anzog, »manchmal kommt ein Patient wegen irgendwas, sagen wir wegen Bindehautentzündung, in die Sprechstunde, bleibt aber danach an der Tür noch kurz stehen und sagt: ›Übrigens, Frau Doktor, wenn ich schon mal hier bin, könnten Sie mir vielleicht noch die kleinen blauen Pillen verschreiben, von denen mir mein Freund Bob erzählt hat?‹«

»Kommt mir doch ziemlich clever vor?«, sagte Ryan grinsend.

Cathy schüttelte den Kopf. »Blaue Pillen brauchen Sie ganz bestimmt nicht, Mr. President. Außerdem haben Sie mich schon. Sie müssen mich nicht erst einstellen.«

Ryan wälzte sich über das Bett, bekam den Saum ihres Morgenmantels zu fassen und wollte sie zum Bett zurückziehen.

»Jaaack!«, rief sie und stemmte sich in die andere Richtung, ein halbherziger Versuch, ihm zu entkommen. »Ich muss jetzt wirklich gehen! Hast du nicht irgendeine Besprechung wegen Steuererhöhungen oder so?«

Er hielt sie noch einen Augenblick lang fest, lang genug, um ihr zu verstehen zu geben, dass er sie nur zu gern wieder bei sich im Bett hätte, dass sie aber wirklich keine Zeit mehr hatten. Es war ein kleiner Tanz, der sich häufig zwischen ihnen abspielte – einer so intelligenten Frau zu verstehen zu geben, dass er ohne sie nicht leben konnte, um dann genau das für lange Zeitabschnitte tun zu müssen.

Ryan warf einen Blick auf die Uhr. Es war ein trauriges Zeichen, dass er sich schon wie ein Faulpelz vorkam, nur weil er bis sechs Uhr im Bett blieb. Er ließ sich auf das Kissen zurückfallen. Cathy drehte sich noch einmal zu ihm um und sah, dass er sie anschaute.

Sie hielt den Morgenmantel über der Brust zusammen und schaute ihn ein wenig verlegen an. »Was ist?«

»Ich dachte gerade«, sagte Ryan, »dass ich nur hoffe, Jack findet ein Mädchen wie dich.«

10

Die Russen waren kaum eine Stunde in Sevilla, als sie auch schon beschlossen, schwimmen zu gehen.

Jack Ryan jr. hockte auf dem Boden in Midas' Hotelzimmer und lehnte sich gegen die Ecke, die von weiß gestrichenen Heizungsrohren und der Wand gebildet wurde. Eine leicht zerfledderte Taschenbuchausgabe von Peter Hopkirks *The Great Game* lag neben ihm auf dem Teppichboden. Das Zimmer war recht nett eingerichtet, roch aber so, wie die meisten Hotelzimmer weltweit rochen – nach Pulverkaffee und dem letzten Benutzer, in diesem Fall offenbar eine Frau, die ihr Coco-Chanel-Parfüm zu reichlich aufgetragen hatte. Auch in Boutique-Hotels wie diesem glichen sich die Räume so sehr, dass man irgendwo auf der Welt aufwachen konnte und nicht wissen würde, wo man war.

Es war fast Mittag; Midas hatte in Clarks Hotelzimmer Stellung bezogen, das ein paar Blocks entfernt war, um die Russen von dort aus zu überwachen. Er hatte soeben gemeldet, dass die Russen am Pool auf dem Dach abhingen, offenbar entschlossen, ihren bleichen Körpern ein wenig spanische Sonne zu gönnen. Sie schienen auf jemanden zu warten.

Beschattungsoperationen konnten von einem Moment zum anderen in hektische Aktivität umschlagen, deshalb bot dieser Augenblick der Ruhe dem Campus-Team die Gelegenheit, sich neu zu formieren und einen schnellen »After-Action Review« der Ereignisse in den letzten Tagen durchzuführen. Midas blieb auf seinem Posten und beteiligte sich über Funk.

Clark mochte diese AARs. Damit wurde ein von der US-Armee entwickeltes Lerninstrument bezeichnet, das den systematischen Erfahrungsaustausch innerhalb eines Teams nach einem Einsatz ermöglichte. Jack sah die Notwendigkeit dieser Teambesprechungen zwar ein, wusste aber auch, dass manche Dinge unterschiedlich bewertet werden mussten. Eine Aktion, die in der Hitze des Augenblicks unvermeidbar schien, mochte im Nachhinein betrachtet geradezu idiotisch erscheinen. Aber Clark war ein erfahrener und talentierter Agentenführer, dem in all den Jahren selbst schon viele Fehler unterlaufen waren. Er nutzte das AAR-Instrument nicht etwa, um andere bloßzustellen, auch wenn er sich ab und zu eine gutmütige Stichelei erlaubte, sondern sah darin eine Möglichkeit, ehrliche, offene Kritik vorzutragen, die dem ganzen Team nutzte. Ernsthafte Konsequenzen wurden nur unter vier Augen erörtert. Jack hatte schon frühzeitig bemerkt, dass sowohl Clark als auch Ding fast jeden Denk- oder Einschätzungsfehler tolerierten, der einem Agenten während des Einsatzes unterlaufen war – auch wenn sie das nicht oft zugaben. Fehler jedoch, die durch fehlgeleitete oder dem jeweiligen Augenblick unangemessene Gefühle verursacht wurden, waren in ihren Augen Anzeichen einer Charakterschwäche und durften auf keinen Fall geduldet werden.

Clark saß am Fußende des Bettes. Dom und Adara hatten sich auf das Zweiersofa gesetzt, während Ding sich auf dem Drehstuhl vor dem Schreibtisch zurücklehnte, das Notebook auf dem Schoß. Jack blätterte abwesend mit dem Daumen durch das Buch, als würde er ein Kartenspiel neu mischen. Sowohl Clark als auch Chavez waren überzeugt, dass Lesen wichtig war und zum Job gehörte, von geopolitischen, kulturellen und Management-Sachbüchern bis hin zu Romanen. Nichts wurde von vornherein ausgeschlossen, bevorzugte Themen waren allerdings nachrichtendienstlicher und taktischer Natur. DNI Foley, mit der beide Männer damals bei der CIA schon intensiv zusammengearbeitet hatten, hatte sogar eine tiefgreifende Studie mit dem Titel *Über die Arbeit mit russischen Agenten* geschrieben. Zu diesem Thema hatte sie selbst sehr viel Erfahrung sammeln können. Foley war als Mary Pat Kaminsky auf die Welt gekommen, die Enkelin eines Reitlehrers am Hof des Zaren Nikolaus II. In dem Buch wurde auch Jacks Dad ein paarmal erwähnt. Jack jr. konnte fast seine Stimme hören, wenn er die Passagen las.

Ding Chavez zufolge waren gute Geheimagenten mit Haien vergleichbar – sie schwammen immer weiter oder sie starben. Einmal erlernte Sprachen mussten ständig gepflegt werden, sonst versiegten sie wieder. Und auch Techniken und Methoden mussten immer wieder geübt werden – im Trainingsraum, auf dem Schießstand oder auf der Straße. Manche Fähigkeiten waren einem in die Wiege gelegt worden – aber selbst diese mussten durch ständiges Üben und Lernen verfeinert werden. *Don't practice until you get it right. Practice until you don't get it wrong. Tu es nicht, bevor du es richtig kannst. Übe, bis du es nicht mehr falsch machen kannst*. Diese Weisheit zu missachten, bekam eine völlig andere Bedeutung, wenn man sich darüber im Klaren war, dass man sterben konnte, wenn man sie nicht befolgte – oder ein Freund. Echte Geheimagenten waren eher Bücherwürmer als Playboys – obwohl sich Jack eingestehen musste, dass der zwischenmenschliche Aspekt des Jobs viel interessanter war als die Sprachlernkarten mit chinesischen oder kyrillischen Schriftzeichen, die Adara ständig mit sich herumschleppte.

Jack machte es nichts aus zu lesen. Vor allem nicht, wenn er sich damit während der langen Wartezeiten die Langeweile vertreiben konnte – und Langeweile gab es genug, immer wieder von kurzen, intensiven Aktivitätsphasen unterbrochen, die oft so heftig waren, dass sie einem normalen Herzen einen Infarkt bescheren würden.

Nach dem Treffen im Casa Ibérica waren die Russen zu einem kleinen Hotel in Lagoa gefahren, das nördlich von Carvoeiro lag, und waren dort für zwei Nächte abgestiegen. Lagoa war größer als die winzigen Weiler, die sich an der Küste entlang reihten. Hier fiel es Clark und dem Rest des Teams ein wenig leichter, sich zu bewegen, ohne sonderlich aufzufallen, sofern sie es mit der Observation der Russen nicht übertrieben. Am Nachmittag des zweiten Tages reisten die Russen ab. Zuerst führten sie eine komplizierte und verschlungene Gegenobservation durch. Für den Versuch, ihre Beschatter zu entdecken oder abzuschütteln, benötigten sie sechs Stunden, obwohl die direkte Fahrt zum östlichen Stadtrand von Sevilla nur zweieinhalb Stunden gedauert hätte. Der Mann mit der Topffrisur verbrachte die Zeit größtenteils im Whirlpool, während sein Partner am Rand des Swimmingpools saß und entweder las oder telefonierte. Die beiden anderen Männer, die ihnen den Rücken freihalten sollten, blieben die meiste Zeit in ihrem Zimmer; vielleicht waren sie nur einfach froh, dass ihre Dienste zwischen den Operationen nicht benötigt wurden.

Ding und Midas hatten sich schon in Portugal darüber gestritten, welchen Nutzen, vor allem aber welche Risiken es mit sich bringen würde, einen GPS-Tracker am Zielfahrzeug anzubringen. Das Gerät würde über ein GSM-Mobilfunknetz die Ortsdaten an die Campus-Operativen senden, sodass sie ihre Observation ein wenig lockern konnten. Der Streit wurde von den Russen selbst entschieden, als sie am Ende des ersten Tages aus dem Hotel kamen und beide Fahrzeuge mit einem Mobilfunk-Tracker checkten. Sie gingen dabei nicht besonders gründlich vor, aber da sie eine Richtantenne verwendeten, war das auch gar nicht nötig.

Das Campus-Team sah sich daher gezwungen, mindestens eines der Fahrzeuge dauerhaft im Blick behalten zu müssen.

Die drei Campus-Fahrzeuge wechselten sich ständig ab, tauschten also während der gesamten Fahrt immer wieder die Plätze, bis die Zielpersonen am EME Catedral Hotel in Sevilla ankamen, das in einer Fußgängerzone im Schatten des Giralda-Glockenturms lag, nur ein paar Straßenblocks von der Stierkampfarena am Kanal entfernt, der östlich vom Guadalquivir verlief.

Clark buchte ein Doppelzimmer im Hotel der Russen und auf demselben Stockwerk, nur ein paar Zimmer von ihnen entfernt. Die anderen suchten sich Zimmer in kleineren Hotels in der nahen Umgebung. Keines lag nahe genug, um den Eingang des Hotels der Russen ständig im Auge behalten zu können, aber daran ließ sich nichts ändern. Dom und Adara blieben außer Sicht, da die Möglichkeit bestand, dass die beiden Russen, die in Portugal für die Gegenobservation gesorgt hatten, sie vom Restaurant wiedererkennen könnten.

»Hörst du überhaupt noch zu, Junge?«, fragte Clark und holte Jack damit wieder in die Gegenwart zurück.

»Äh … ja?« Jack grinste ein wenig verlegen. Er konnte nur hoffen, dass Clark ihn jetzt nicht befragen würde, worüber gerade gesprochen worden war.

Clark durchschaute ihn natürlich. »Wunderbar«, sagte er ironisch. »Hugo Gaspard war eigentlich unsere Hauptzielperson bei dieser Op. Aber wenn wir schon hier sind, sollten wir für eine Weile auch die Russen im Auge behalten. Ding, würdest du bitte alle darüber aufklären, was Gavin herausgefunden hat?«

Die Kamera einer Snipe-Nano-Minidrohne verfügte zwar nicht über die hohe Auflösung und Schärfe, die selbst ein billigeres Modell aus dem Elektromarkt haben würde, aber sie glich dieses Manko durch eine viel höhere Auflösung im Nachtaufnahmemodus sowie durch eine bessere Zoomtechnologie aus. Midas hatte aus ihren Aufzeichnungen mehrere gute Fotos der Attentäterin herausgeholt. Auf Adaras zahlreichen Selfies aus dem Restaurant fanden sich mehrere körnige Bilder der Russen und des Burschen, der sich im Casa Ibérica zu ihnen gesellt hatte. Gavin und sein Team hatten die Fotoqualität verbessert und ihre Gesichtserkennungsprogramme darüber laufen lassen.

Ding Chavez blätterte in seinem Notizbuch eine Seite zurück.

»Die Frau, die Gaspard getötet hat, heißt Lucile Fournier. Französin, stammt aus einem kleinen Dorf bei Avignon. Ihr Vater war Apotheker, aber eines Tages verabreichte sie ihm eine Überdosis aus seinem eigenen Giftschrank und entsorgte die Leiche in der Rhone. Für den Mord wurde sie zwei Jahre lang in einem sogenannten ›geschlossenen Bildungszentrum‹ weggesperrt, einem Heim für schwererziehbare Mädchen, wo sie offenbar von den anderen Insassinnen einige wirklich schlimme Dinge lernte. Später kam sie in ein richtiges Gefängnis für große Mädchen, und noch später landete sie auf mehreren Beobachtungslisten für Terroristen. Gavin führte eine Link-Analyse durch und entdeckte, dass eine ihrer früheren Zellenmitbewohnerinnen die Halbschwester des Burschen war, den ihr bei einem Treffen mit den Russen beobachtet habt – ein portugiesischer Schmalspur-Waffenhändler namens Urbano da Rocha. Er wurde schon mehrfach in verschiedenen Ländern festgenommen, aber es kam nie zu einer Verurteilung. Das Cuerpo Nacional de Policía, eine spanische Polizeibehörde, vermutet, dass da Rocha Verbindungen zur Ochoa-Familie in Galizien hat, die wiederum einer der Hauptzweige des Medellín-Kartells ist, bekanntlich eines der größten Drogenkartelle der Welt. Aber diesem da Rocha konnte man die Verbindung nicht nachweisen. Davon abgesehen gibt es sehr wenige Informationen über den Burschen, außer dass er offenbar seine Geschäfte ständig ausweitet. Über die Russen konnte Gavin nichts herausfinden.«

Midas mischte sich über Funk ein. »Das heißt, wir haben es mit dem internationalen Waffenhändler und attraktiven Fettwanst Hugo Gaspard zu tun, der gerade einen noch nicht näher bekannten Handel mit ein paar Russen abschließen will, als er von der Begleiterin eines weiteren Waffendealers ermordet wird, der sich kurz darauf rein zufällig mit denselben Russen an einen Tisch setzt.«

»Das hast du prima zusammengefasst«, sagte Chavez nickend, obwohl das Midas in seinem Hotel, einen Block entfernt, nicht sehen konnte.

»Na schön.« Clark stand auf und hielt die Hände nahe beieinander vor seiner Brust. Im Strafvollzug nannte man die Haltung »field interview«; bei Clark sah sie eher so aus, als würde er gleich eine Waffe ziehen oder zuschlagen. Er hatte sein Leben lang zuschlagen müssen; es war ihm praktisch in Fleisch und Blut übergegangen.

»Das solltet ihr euch merken«, sagte er. »Ich sage es nur ungern, und ich sage es nur einmal. Wir sind eine kleine Einheit. Gegenseitiges Vertrauen ist ein Muss, sonst funktioniert es nicht. Ich weiß, dass sich manche von euch … oder alle … fragen, was genau bei der Magdalena-Rojas-Op in Texas abging. Es ist wohl kein Geheimnis, dass ich dabei unsere Einsatzregeln ein wenig, hm, *eigenwillig* interpretiert habe. Sozusagen.«

Caruso machte eine wegwerfende Handbewegung. »Ich habe allen schon klargemacht, dass es darüber nichts zu sagen gibt.«

»Das weiß ich«, sagte Clark. »Und ich bin dir dankbar dafür.

Aber wir beide, du und ich, wissen, dass das nicht stimmt. Ich will nicht auf die Einzelheiten eingehen. Ihr alle wisst wahrscheinlich alles über meine Vergangenheit, was ihr wissen müsst …«

»Legendär, Mr. C.«, warf Ding ein.

Clark schnaubte. »Ich meine es ernst.«

»Er auch«, sagte Midas.

»Worauf ich hinauswill, ist Folgendes«, fuhr Clark fort. »Ich will nicht lügen und euch weismachen, dass dort draußen nichts abging. Aber ich werde auch nicht auf die Details eingehen. Die Summe all der unangenehmen Dinge, die ich in der Vergangenheit getan habe, sollte geheim bleiben oder wenigstens nicht offen erwähnt werden, im Interesse aller. Was aber nicht bedeutet, dass ich alles abstreite. Dom weiß einiges davon, aber nicht alles. Es muss reichen, wenn ich sage, dass ich alles mit Gerry Hendley besprochen habe. Jetzt komme ich zum eigentlichen Grund, warum ich das hier und heute anspreche. Gerry Hendley ist mein Boss. Er hat getan, was ein Boss tun muss, und das bleibt zwischen ihm und mir. Ich bin euer Boss. Sollte jemand im Team glauben, er oder sie müsse bestimmte Grenzen überschreiten, dann muss er oder sie die Sache mit mir besprechen, nicht mit Gerry. Und ich muss euch sagen, er ist sehr viel verständnisvoller als ich.«

»Verdammt, Boss«, sagte Midas über Funk, der Einzige, der weit genug entfernt war, um sich von Clark keine Ohrfeige einzufangen, »bei so viel Gefühlsduselei kommen mir gleich die Tränen.«

Clark gehörte nicht zu den Leuten, die ihren Erklärungen immer noch weitere Erklärungen hinzufügten. Er ging einfach zum nächsten Thema über. »Wie geht es Lisanne?«

»Ich habe gerade mit ihr telefoniert«, antwortete Adara. »Sie sitzt gemütlich in einem Hotel in Lissabon und spült Schmerztabletten mit bestem portugiesischem Rotwein hinunter. Ihr

Handgelenk ist zweifach gebrochen, und sie ist sauer, dass sie nicht bei uns sein kann. Aber sonst geht's ihr gut. Übrigens habe ich mir den Screenshot von Lucile Fournier noch mal angeschaut, den wir von der Drohnenkamera bekommen haben. Ich glaube, dass Gaspards Bodyguards Lisanne mit der Killerin verwechselt haben. Gleiche Haarfarbe, durchtrainierte Figur.«

Ryan schaute sich die Fotos auf seinem Smartphone an. »Stimmt, jetzt sehe ich die Ähnlichkeit auch.«

»Ich hätte sie nicht hinausschicken dürfen«, sagte Ding bedrückt. »Meine Schuld. Sie ist keine Opera…«

»Solche Entscheidungen muss man manchmal treffen«, unterbrach ihn Clark lakonisch und hob die Hand zum Zeichen, dass er darüber nicht weiter diskutieren wollte. »Sie hat jede Menge Training, um mithalten zu können. Guter Job, Ryan, dass du sie herausgeholt hast.«

»Danke«, sagte Jack, machte sich aber selbst Vorwürfe, dass er sie überhaupt allein gelassen hatte.

11

Sarah Porter gab den Versuch auf, die Verstopfung im Abfluss der Küchenspüle selbst beseitigen zu wollen. Mit der Rohrzange in der Hand zog sie den Oberkörper unter der Spüle hervor, stand auf und blickte zu ihrem Handy hinüber, das auf dem Küchentisch dudelte. Als sie aus dem Fenster blickte, sah sie gerade noch drei gepanzerte MRAP-Personentransporter an ihrem Haus vorbeirumpeln – dieser Fahrzeugtyp sei gegen Minen und Anschläge aus dem Hinterhalt besonders geschützt und werde *Cougar* genannt, hatte ihr Rod erklärt, als die Fahrzeuge bei einer Parade des Militärs und der Polizeikräfte von Kamerun im Stadtzentrum von Jaunde vorbeigefahren waren.

Sie schüttelte verwundert den Kopf, als die schweren Fahrzeuge aus ihrem Blickfeld verschwunden waren. Im Laufe der einundzwanzigjährigen Dienstzeit ihres Mannes im diplomatischen Auslandsdienst der Vereinigten Staaten hatte sie schon viele Militärfahrzeuge zu sehen bekommen, aber man hatte ihr noch nie erklärt, dass sie *Cougar* genannt wurden, oder jedenfalls dieser Bautyp hier. Sie setzte die Information auf ihre mentale Liste »Was ich heute gelernt habe«, die jedes Mal, wenn Rod in ein anderes Land versetzt wurde, exponentiell anwuchs.

Kamerun war mit einer Beförderung verbunden gewesen –

jedenfalls auf dem Papier. Rod war jetzt DCM – Deputy Chief of Mission, also Stellvertreter des Botschafters. Zuvor war er Gesandter-Botschaftsrat für Politische Angelegenheiten der US-Botschaft in Kroatien gewesen. Der Posten in Kroatien war ausgesprochen angenehm gewesen – köstliches Essen, die Adria, keine Kobras. Aber so war Rods Karriere schon immer verlaufen: Man bewarb sich auf einen großartigen Posten, bekam ihn … und wurde dann beim nächsten Mal an eine Botschaft in einem weniger attraktiven Land versetzt. Sarah war nun mal nur das, was man in diplomatischen Kreisen *trailing spouse* nannte, eine der Ehefrauen, die von den Mitarbeitern des Diplomatischen Dienstes um den halben Globus mitgeschleppt wurden. Daran hatte sie sich längst gewöhnt. Mehr oder weniger.

Draußen war das Klappern und Rumpeln verstummt, aber Sarah entdeckte einen weiteren Cougar zwischen den Häusern an der übernächsten Straße. Sie war zufällig einmal mit dem Auto in eine Demonstration geraten, als die Kinder noch kleiner waren; jetzt fragte sie sich, ob das hier etwas Ähnliches sein mochte.

»Weißt du, was hier los ist, Rod?«, murmelte sie vor sich hin. Die schwere Rohrzange gab ihr das beruhigende Gefühl, nicht völlig wehrlos zu sein, als sie sich noch näher zum Fenster beugte, um weiter die Straße entlangblicken zu können. Trotzdem machte sie sich fast in die Hose, als plötzlich die Türklingel losschrillte.

Sie hielt die Rohrzange dicht am Oberschenkel und schob den Vorhang am Fenster neben der Tür beiseite. Draußen stand June Kim, eine der Ehefrauen von der südkoreanischen Botschaft. Das noble Wohnviertel Bastos in Jaunde war so etwas wie eine Mini-UNO; hier wohnten die Diplomatenfamilien zahlreicher Botschaften praktisch Tür an Tür.

Sie öffnete, und Junes Blick zuckte verängstigt zwischen

Sarah und den gepanzerten Fahrzeugen hin und her, die drohend am Ende der Straße standen. »Geht Ihr Telefon noch?«

Sarah legte die Rohrzange auf die Arbeitsfläche. Normalerweise war sie gern für sich, aber jetzt war sie doch froh, Besuch zu bekommen. »Kommen Sie rein. Ich schaue mal nach. Haben Sie eine Ahnung, was da draußen los ist?«

»Nein, keine Ahnung«, antwortete June. »Ich habe gerade mit meinem Mann telefoniert, aber dann wurden wir plötzlich unterbrochen. Seither ist die Leitung tot.« Sie blickte auf die Straße hinaus. »Erst dann habe ich die Truppentransporter gesehen. Mir gefällt die Sache überhaupt nicht.«

»In der Botschaft werden sie wohl Bescheid wissen.« Sarah warf einen Blick auf die Uhr. »Rod ist gerade in einer Besprechung. Aber ich rufe mal Post One an, mal sehen, ob ich etwas herausfinden kann.« Sie tippte die Schnellwahl der Sicherheitszentrale der Botschaft ein. Rod hatte ihr und den Kindern schon vor Jahren erklärt, dass das bei ihren Auslandsaufenthalten so etwas wie die Notrufnummer war. Sie musste lächeln, als sie auf die Verbindung wartete; sicherlich würde sie June gleich etwas Beruhigendes mitteilen können. »Es hat doch manchmal Vorteile, mit dem Stellvertretenden Botschafter verheiratet zu sein.« Ein schneller Rufton: besetzt. Sie wählte noch einmal. Wieder nichts.

Kim ging zur Tür. »Ich gehe zu unserer Botschaft. Wahrscheinlich hat das nichts zu bedeuten.«

»Wahrscheinlich«, nickte Sarah. »Aber warten Sie, ich komme mit.«

Die beiden Jungen rannten los, als sie die schweren Armeefahrzeuge heranrumpeln hörten. Sie rasten zwischen den Häusern hindurch und versteckten sich hinter einem spärlich belaubten Buchsbaumgestrüpp. Zuvor hatten sie durch den Zaun einem Fußballspiel zugeschaut, hatten sich aber nicht näher herangetraut, um nicht General Mbidas Soldaten vor Augen zu kommen, die am Tor postiert waren. Die US-Botschaft lag nordöstlich auf der anderen Straßenseite, westlich daneben die saudi-arabische, dem Versteck der Jungen genau gegenüber. Etwas weiter hinter ihnen befanden sich die Botschaften Südkoreas und Tunesiens. Jean-Claude war noch nicht ganz sechzehn Jahre alt, Lucien ein knappes Jahr älter. Ihre grellgelben T-Shirts waren mit Hühnerblutspritzern übersät, die von der Zubereitung ihrer letzten Mahlzeit stammten – keine sonderlich effektive Tarnkleidung, wenn man sich verstecken wollte.

In den Vororten amerikanischer Städte wären die weiß verputzten Häuser, die sich an der Westseite der schmalen Straße aneinanderreihten, als Behausungen der Mittelschicht durchgegangen, aber hier in Jaunde, wo die Einwohner im Durchschnitt weniger als zweitausend Dollar im Jahr verdienten, galten sie als Paläste.

»Bientôt«, flüsterte Lucien.

Jean-Claude lauschte angestrengt. Die laut rumpelnden Truppentransporter hatten angehalten und die Motoren ausgeschaltet, sodass es still geworden war und nur noch das in unregelmäßigen Abständen herüberschallende Jubeln oder Aufstöhnen vom Fußballfeld zu hören war. Eine Henne pickte und scharrte laut gackernd hinter den beiden Jungen im Dreck herum, ständig verfolgt von ihren Küken. Die Luft schien schwerer geworden zu sein, aufgeladen mit statischen Geräuschen. Lucien hatte recht: Bald würde etwas passieren – *sehr bald.*

JAUNDE, KAMERUN –
DIE BOTSCHAFT DER VEREINIGTEN STAATEN

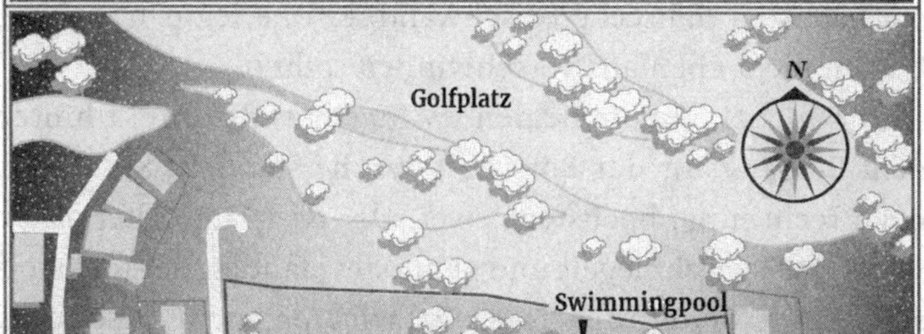

Die Motoren der Militärtrucks sprangen wieder an, und die Fahrzeuge rumpelten auf das Fußballfeld zu. Auf der anderen Straßenseite, hinter dem Zaun der US-Botschaft, fegte ein Kameruner, der ein einfaches, loses weißes T-Shirt trug, den mit Steinplatten gepflasterten Weg. Die Konsularabteilung in der Kanzlei war geöffnet und hielt wie üblich ihre Sprechstunde für Leute ab, die ein Visum für die Vereinigten Staaten beantragen wollten. Jean-Claude blickte sich um und sah gerade noch, wie die Henne mit ihren Küken hinter der nächsten Hausecke verschwand. Er überlegte, ob er und Lucien nicht ebenfalls verschwinden sollten.

Er beobachtete die beiden US-Marines, die direkt hinter dem Eingangstor der Botschaft Wache standen. Sie waren noch recht jung, höchstens zwei oder drei Jahre älter als er selbst. Wie geschniegelt und gebürstet standen sie stocksteif auf beiden Seiten des Tors. Sie wirkten nicht besonders furchteinflößend, aber in ihren Gesichtern lag eine Anspannung, die Jean-Claude Angst einjagte. Er duckte sich noch tiefer hinter den Busch, der zu wenig Laub trug, um sich dahinter wirklich verstecken zu können, überprüfte aber rasch den Boden, schließlich konnte sich hier auch eine giftige grüne Mamba oder eine Knopfspinne verbergen – und die würden ihm definitiv mehr Furcht einjagen als die Marines.

Jean-Claude spähte hinter dem Gebüsch hervor. Falls ihn die Marines bemerkten, ließen sie sich jedenfalls nichts anmerken. Allerdings gehörten sie sicherlich nicht zu den Typen, die irgendjemanden ignorieren würden, der sie beobachtete. Er wünschte sich, er hätte ein dunkleres T-Shirt angezogen.

»Was meinst du, was jetzt passiert?«

»Hab ich dir doch schon erklärt«, antwortete Lucien. »Mein Bruder wird mit seiner Kompanie General Mbida verhaften und ihn vor Gericht stellen.«

»Aber die Amerikaner sind doch auch noch da!«, wandte Jean-Claude ein. »Wenn Mbida so gut mit ihnen befreundet ist, werden sie ihn doch bestimmt verteidigen?«

»Vielleicht«, sagte Lucien. »Aber mein Bruder glaubt das nicht. Er sagt, die Amis hätten zu viel Angst um ihre eigene Haut und würden sich nicht mit unserem Militär anlegen.«

Luciens älterer Bruder war Fusilier, Kameruns Version der US-Marines. Er war dem Präsidenten treu ergeben, und dafür erhielt er einen guten Sold.

»Die Amerikaner stecken ihre Nasen überall hinein, sogar in Länder, in denen sie nicht willkommen sind«, meinte Lucien. »Der amerikanische Präsident hat sich auf die Seite von Mbida gestellt, um unseren gewählten Präsidenten zu stürzen. Mein Bruder hat das Video mit eigenen Augen gesehen.«

Jean-Claude runzelte die Stirn. »Wenn der General jetzt einen Umsturz veranstalten will, warum ist er dann mit seinen Kindern auf dem Fußballplatz? Das ergibt doch keinerlei Sinn!«

Lucien versetzte seinem jüngeren Freund einen leichten Klaps auf den Hinterkopf. »Du denkst zu viel. Pass auf, vielleicht können wir sehen, wie mein Bruder den Verräter verhaftet.«

Sekunden später hörten sie den entsetzten Aufschrei einer Frau von irgendwo um die Ecke, dann noch einen zweiten Schrei, schriller und höher. Jean-Claudes Schwester hatte so geschrien, als sie von einem vorbeifahrenden Taxi angefahren worden war und ihre Hüfte gebrochen hatte.

Lucien zitterte so sehr vor Aufregung und konnte kaum noch stillsitzen, sodass Jean-Claude Angst bekam, die Marines auf der anderen Straßenseite könnten den Busch wackeln sehen.

Dann knallte und knackte es laut durch die Straße. Gepanzerte Fahrzeuge pflügten geradewegs über den Holzzaun und rollten auf das Feld. Eine Lautsprecherstimme dröhnte herüber; sie befahl Mbidas Männern, sofort die Waffen niederzulegen. Geduckt rannten die beiden Jungen zwischen den Häusern hindurch bis zum niedergewalzten Zaun, von wo sie alles besser beobachten konnten.

Jean-Claude blickte sich um, als er Lärm aus einer anderen Richtung hörte. Mbida kam aus der Kanzlei der Botschaft gerannt. Wenigstens das ergab einen Sinn. Mbidas Kinder spielten Fußball auf der anderen Straßenseite, während ihr Vater und die Amerikaner die Köpfe zusammensteckten.

»Dein Bruder weiß offenbar doch nicht alles«, sagte Jean-Claude, immer noch sauer über die Kopfnuss. »Jedenfalls wusste er nicht, wo der General steckt.«

Lucien fluchte. »Spielt jetzt keine Rolle mehr. Er wird herauskommen müssen. Sie haben seine Kinder.«

Vom Fußballfeld her waren einzelne Schüsse zu hören. Frauen schrien und kreischten, Männer brüllten, noch mehr Befehle dröhnten aus dem Lautsprecher über den Platz.

Einen Augenblick später kamen drei junge Frauen um die Ecke gerannt und jagten auf das Tor des Botschaftsgeländes zu. Mit ihren angewinkelten Armen und den im Schnelllauf hochgerissenen Knien sahen sie aus, als würden sie von einem Raubtier gejagt. Was ihnen tatsächlich nachjagte, war nicht viel besser: Ein Trupp von ungefähr einem Dutzend Soldaten stürmte um die Ecke. Einer der Männer hob das Gewehr und zielte auf die fliehenden Frauen, aber ein anderer schlug ihm das Gewehr weg. Jean-Claude war kein Fusilier, aber clever genug, um eins zu wissen: Wer auf Personen feuerte, die sich in die amerikanische Botschaft retten wollten, konnte ebenso gut direkt auf die Botschaft feuern – der Zorn der am Tor Wache schiebenden Marines war ihm sicher.

General Mbida war von den Stufen am Eingang der Kanzlei zum Tor gerannt, von wo aus er den Mädchen zuwinkte, noch schneller zu laufen und sich zu ihm auf das Botschaftsgelände zu retten. Alle drei waren noch sehr jung, vielleicht vierzehn oder fünfzehn, und alle trugen eng anliegende T-Shirts und Shorts. Die Terrorgruppe Boko Haram, die weiter nördlich an der nigerianischen Grenze entlang operierte, benutzte gern Kinder mit Sprengstoffgürteln als Selbstmordattentäter. Und obwohl der General direkt neben ihnen stand, hätten die beiden Marines die herbeirennenden Mädchen niemals bis in die Nähe des Tors kommen lassen, wenn diese Kleider getragen hätten, unter denen sich ein Bombengürtel verstecken ließ. Das erste Mädchen blutete aus einer Schulterwunde. Als sie näher kam, sah Jean-Claude, dass ihr T-Shirt zerrissen war. Das musste Mbidas älteste Tochter sein.

Einer der Marines ging auf ein Knie und zielte mit dem Gewehr auf den Trupp der Verfolger, während der andere Marine die Mädchen durch das Tor winkte.

Lucien hämmerte wütend mit der Faust auf die Erde. »Die Amerikaner müssen doch immer die großen Helden spielen!«

Nun bog eines der beiden gepanzerten MRAP-Fahrzeuge um die Ecke und drehte sich so, dass es der Botschaft direkt gegenüberstand. In der oberen Schützenluke stand ein Mann in der Uniform eines Obersten und hob ein Megafon an den Mund.

»General Mbida ist ein Verbrecher und wird wegen Volksverrats gesucht. Schicken Sie ihn sofort heraus!«

Die Amerikaner antworteten nicht darauf, weshalb der Oberst die Aufforderung noch einmal wiederholte. Die Marines am Tor gingen hinter den mächtigen, gemauerten Zaunsäulen in Deckung. Sie hielten die Gewehre schussbereit, zielten aber auf niemanden.

Der Oberst schwenkte einen Feldstecher über die Szene, dann gab er jemandem im Innern des MRAP einen Befehl – und hielt sich die Ohren zu.

Sekunden später feuerte das auf dem Dach des Cougar montierte schwere Maschinengewehr, ein Browning M2 Kaliber .50, drei kurze Feuerstöße auf das Dach der Botschaft, wodurch die Antennenanlage zerstört wurde.

Der Oberst sprach erneut durch das Megafon. »Sie beherbergen einen gesuchten Verbrecher. Überstellen Sie ihn sofort. Sobald Sie ihn überstellt haben, werden wir wieder abrücken.«

Als Nächstes hörte Jean-Claude Frauenstimmen, mindestens eine schrie in wütendem Englisch, eine weitere Stimme schrie in einer anderen Sprache, vielleicht Koreanisch. Eine Männerstimme bellte Befehle, Türen wurden zugeschlagen. Der Oberst ging kurz in seinem MRAP in Deckung, tauchte aber gleich darauf wieder auf und setzte erneut das Megafon an. »Letzte Aufforderung! Überstellen Sie General Mbida unverzüglich!« Er machte eine kleine, genussvolle Pause, als sei er sicher, jetzt die Oberhand zu haben. »Und bitte geben Sie eine Nachricht an den Stellvertretenden Botschafter Porter weiter: Seiner Frau geht es gut. Im Moment jedenfalls.«

12

Während der US-Präsident duschte und sich umzog, servierte ihm der Butler das Frühstück – Porridge mit frischen Blaubeeren. Die türkisfarbene Krawatte war für seinen Geschmack ein wenig zu grell, zu aufdringlich, deshalb entschied er sich, sie vorerst auf dem Bett liegen zu lassen und erst in letzter Minute anzulegen. Cathy hatte ihm versichert, dass diese Krawatte besonders gut zu seinem anthrazitfarbenen Anzug aus feinem Kammgarn passte. Ein edler Füller und ein nettes Paar Manschettenknöpfe waren das Äußerste, was ihm sein Sinn für Kleidungsstil als Schmuckstücke erlaubte.

Ryan legte die heutige Ausgabe des *Wall Street Journal* quer gefaltet auf den Schoß und las, während er aß. Für Ryan waren Lesen und Essen natürliche Partner, Nahrung für Geist und Körper, aber das galt nicht, wenn Cathy am Tisch saß. Nur saß sie gerade nicht am Tisch, da sie gerade einen Anruf von ihrem Krankenhaus entgegennahm, weshalb sich Jack erlaubte, sie ein wenig zu hintergehen und sein Frühstück nicht nur mit Kaffee, sondern auch mit den neuesten Wirtschaftsnachrichten hinunterzuspülen. Sein verstorbener Vater, der Police Detective in Baltimore gewesen war, hatte ihm ein unerbittliches Arbeitsethos eingepflanzt, während ihm seine Mutter ebenso unerbittliche Schuldgefühle für alles mitgegeben hatte, das auch nur entfernt nach Zeitverschwendung aussah.

Als er hörte, dass Cathy wieder vom Schlafzimmer hereinkam, legte er die Zeitung schnell weg. Sie hob misstrauisch die Augenbrauen, gerade genug, um ihm klarzumachen, dass er zwar Präsident der Vereinigten Staaten sein mochte, sie jedoch unangefochtene Befehlshaberin der Tischsitten beim Frühstück war.

Der Special Agent des Secret Service, der in der Center Hall, dem großen Mittelgang des Wohnbereichs, positioniert war, meldete bereits weiter, dass POTUS auf dem Weg sei, noch bevor Ryan die Tür geöffnet hatte.

»SWORDSMAN auf dem Weg ins Oval«, sagte der Agent leise in das am Hemdkragen geklemmte Mikro, als der Präsident in den Flur trat, einen ledernen Aktenkoffer in der Hand. Die Bestätigung der USSS-Befehlszentrale bekam der Agent sofort über seinen Ohrhörer, war aber für Ryan unhörbar.

»Guten Morgen, Nick«, begrüßte ihn Ryan. »Wie geht's den Kindern?«

»Bestens, Mr. President«, antwortete der Agent, überquerte den Flur und trat in die Liftkabine. Ryan wusste, dass das die ganze Antwort war, die ihm der Agent geben durfte, aber dem Agenten bedeutete es viel, dass der Präsident wusste, dass er Kinder hatte und dass seine Frau als Krankenschwester arbeitete. Jack Ryan war von Natur aus ein freundlicher, umgänglicher Mensch, der keine Gegenleistung für seine Freundlichkeit erwartete, aber auf einer rein strategischen Ebene war es eine kluge Taktik, die Leute in seiner Umgebung, die ihm den Rücken freihielten, nicht wie Möbelstücke zu behandeln.

Ryan nickte Andrea Young freundlich zu. Die Agentin gehörte der Uniformierten Division des Secret Service an und war vor dem Lift im Erdgeschoss postiert. Agenten der Uniformierten Division waren überall im Weißen Haus anzutreffen.

Officer Young hatte bereits Rear Admiral Jason Bailey, dem Arzt des Präsidenten, den Hinweis gegeben, dass Ryan auf dem Weg nach unten war. Dr. Bailey trat aus seinem Büro, das sich dem Lift gegenüber und neben dem Kartenzimmer befand. Er war ein jovialer Mann mit dunklem Haar, rosigen Wangen und tiefen Krähenfüßen an den Augen, als würde er fast den ganzen Tag lang lächeln. Bailey war der Boss des halben Dutzend Ärzte und Krankenpflegerinnen, aus denen die Sanitätseinheit des Weißen Hauses bestand, aber Aufgaben, bei denen es um den Präsidenten selbst ging, delegierte er nur ungern an seine Untergebenen. Stand eine Präsidentenreise an, war es Bailey, der Ryan begleitete und ihm immer so nahe blieb, dass er jederzeit erreichbar war, aber auch fern genug, um nicht von irgendwelchen katastrophalen Ereignissen betroffen zu sein, die ihn daran hindern würden, seinen Job zu machen. Solange Ryan im Weißen Haus anwesend war, trotzte Bailey Tag für Tag dem Pendlerverkehr auf dem Highway 50, auf dem er von seinem Haus in Annapolis zum Weißen Haus fuhr, um seinen Patienten gleich frühmorgens genau ins Auge fassen zu können, sobald dieser aus dem Lift trat.

»Guten Morgen, Mr. President.« Bailey hob seine Tasse Minztee ein wenig an, als wollte er dem Präsidenten zuprosten. Er legte den Kopf ein wenig schief, musterte Ryan mit kritisch zusammengekniffenen Augen, als würde er einen CT-Scan durchführen. »Ein wenig mehr Schwung in Ihrem Schritt heute Morgen.«

»Tatsächlich?« Ryan zuckte die Schultern und bemühte sich, keine Miene zu verziehen, als er kurz an Cathy dachte. Die Präsidentschaft fand praktisch auf einem Präsentierteller statt.

Ryan bog nach rechts ab und machte sich auf seinen üblichen Morgenspaziergang unter dem westlichen Säulengang am Rosengarten entlang zum Oval Office. Er freute sich immer auf diese ein bis zwei Minuten an der frischen Luft und in der leichten Brise. Die Secret-Service-Agentin öffnete die Tür, trat hinaus und bezog neben der Tür Stellung.

Ryans Chefsekretärin meldete sich über die Gegensprechanlage, kaum dass er sich an den Schreibtisch gesetzt hatte.

»Guten Morgen, Betty«, sagte er nach kurzem Zögern. Normalerweise gab sie ihm eine oder zwei Minuten Zeit, um richtig anzukommen, bevor sie sich meldete, also musste heute etwas geschehen sein.

»Mr. Montgomery ist hier, Mr. President. Er möchte kurz mit Ihnen sprechen, möglichst noch vor dem Neun-Uhr-Briefing.«

»Unbedingt«, sagte Ryan, stieß sich vom Schreibtisch ab und stand auf. Normalerweise standen die Leute auf, wenn *er* einen Raum betrat, aber Gary Montgomery war der SAIC, der Leitende Spezialagent des Personenschutzes des Präsidenten, und somit der Chef von mehreren Hundert Männern und Frauen, die Ryan und seine Familie schützten. Wenn sich Ryan jemandem fügte, dann war es Montgomery.

Sofort trat der SAIC durch die Tür. Er war achtundvierzig Jahre alt, ein Meter neunzig groß und wie ein Linebacker gebaut. Sein dunkler Anzug war eher von der teureren Sorte und so geschnitten, dass er Montgomery den schnellen Griff an die SIG-Sauer-Pistole und die Reservemagazine im Gürtel ermöglichte. Er war kein Schreibtisch-Boss, sondern einer, der sich wie jeder unerfahrene Postensteher auf alle Eventualitäten vorbereitete – und vielleicht noch intensiver als jeder andere. Als Student an der Universität Michigan hatte Montgomery geboxt, galt aber als sanftmütiger Mann, solange es nicht um irgendeinen athletischen Wettkampf ging, an dem sein Heimatstaat Ohio teilnahm. Er besaß das, was Ryans Vater »ruhige Hände« genannt hatte, und bewegte sich mit der Gelassenheit eines Mannes, dessen Fähigkeiten hart geprüft und der Aufgabe angemessen befunden worden waren. Kompetent. Ruhig. Unerschütterlich.

Und heute lächelte er nicht.

Ryan wies auf einen der Besucherstühle vor seinem Schreibtisch. »Guten Morgen, Gary.«

»Guten Morgen, Mr. President.« Montgomery setzte sich nicht, sondern kam sofort zur Sache. »Wie Sie wissen, hält der Nachrichtendienst des Secret Service durch Suchmaschinen-Alerts für Sie, Ihre Familie sowie die wichtigsten Regierungsmitglieder das Internet ständig unter Beobachtung.«

»Macht bestimmt Spaß, dieses Zeug ständig lesen zu müssen«, sagte Ryan kopfschüttelnd.

Montgomery warf einen Blick auf die Uhr, die Art von Blick, die besagte, dass er momentan nicht in der Stimmung für Geplänkel war. »Vor etwas mehr als einer Stunde stellten nicht weniger als sieben verschiedene Websites, die sich alle als neue Organisationen ausgaben, vier im Grunde nur leicht voneinander abweichende Versionen desselben …«

Betty meldete sich wieder über die Sprechanlage. »Tut mir leid, unterbrechen zu müssen, Mr. President, aber DNI Foley ist gerade angekommen, zusammen mit den Ministern Burgess und Dehart. Der Justizminister hat telefonisch mitgeteilt, dass er unterwegs sei.«

Die Westtür des Oval Office fiel fast aus den Angeln, als Arnie van Damm hereinstürmte. Er trug zwar einen Anzug, aber sein Gesicht war stark gerötet, und seine Glatze glänzte schweißnass, als sei er gerade erst vom Heimtrainer gestiegen. Es war schon viel nötig, um diesen ausgebufften politischen Berater derart zu erschüttern.

Van Damm warf Montgomery einen scharfen Blick zu. »Ich nehme an, Sie sind wegen derselben Sache …«

»Ja, bin ich«, nickte der Agent.

Jack Ryan lehnte sich zurück und legte die Hände kirchendachförmig auf der Brust zusammen, die Zeigefinger unter das Kinn gestützt. Er war der Einzige im Raum, der saß, und nach dem unruhigen Füßescharren der anderen zu urteilen, würde sich daran in den nächsten Minuten nicht viel ändern.

»Sie alle kennen Gary Montgomery, den Leiter meines Secret-Service-Schutzteams«, sagte Ryan. »Er wollte mich gerade über etwas informieren, das sein Nachrichtenteam entdeckt hat.«

Die Direktorin der Nachrichtendienste wandte sich an Montgomery. »Sie meinen diesen Mist im Internet?«

»Ja, Ma'am«, antwortete Montgomery.

DNI Mary Pat Foley war dem Präsidenten durch und durch loyal ergeben und zählte zum kleinen Kreis seiner engsten Vertrauten und Freunde. Als solche verhielt sie sich manchmal auch ein wenig wie eine Glucke. Sie war die Einzige unter den Anwesenden, die sofort direkt an Ryans Schreibtisch getreten war, als müsse sie ihre Flügel über ihn breiten. Als Direktorin der Nationalen Nachrichtendienste war es ihre Aufgabe, einen Kommunikationsschirm über die sechzehn US-Nachrichtendienste zu spannen. Damals, als Ryan noch als Analyst gearbeitet hatte, war sie Führungsoffizierin bei der CIA gewesen und hatte sich einen Ruf als hervorragende Geheimdienst-Operative erworben, die nicht davor zurückschreckte, sich die Hände schmutzig zu machen, sofern das Risiko kalkulierbar war. Sie bedachte den Secret-Service-Agenten mit einem langen, bedeutungsvollen Blick, seufzte und trat einen halben Schritt von Ryans Schreibtisch zurück, womit sie Montgomery symbolisch das Feld überließ.

Montgomery zögerte keine Sekunde. »Sir, vor einer Stunde stellten mehrere quasi-neue Websites ein Video ins Netz, das Sie angeblich bei einem Gespräch mit einer kleinen Gruppe von Anhängern in einem Washingtoner Hotel zeigt.«

»Angeblich?«, fragte Ryan.

»Ja, Sir. Die Stimme klingt wie Ihre, und auch die Person im Bild sieht Ihnen ähnlich, aber Sie sind es definitiv nicht.«

»Das müsste der Secret Service recht gut beurteilen können«, meinte Ryan. »Und was sage ich *angeblich?*«

»Sie versichern den Anwesenden, Sie hätten genug Impfstoff für alle beiseiteschaffen lassen, die Ihrem innersten Kreis angehören, einschließlich der Anwesenden. Das Video ist nur ein *snippet*, es ist nur vierundzwanzig Sekunden lang, aber die meisten dieser Websites zitieren ungenannte Quellen, die behaupten, dass weitere bösartige Videos schon bald erscheinen würden.« Montgomery blinzelte heftig, als hätte er Zahnschmerzen. »Auf den Websites werden Sie beschuldigt, die Überschwemmungen in Louisiana und den Ausbruch der Cholera völlig ignoriert zu haben, den sie …«

Ryan richtete sich auf. »Ich muss Sie kurz unterbrechen, Gary.« Er wandte sich an Dehart, den Minister für Innere Sicherheit. »Ein Cholera-Ausbruch?«

»Deshalb bin ich hier, Mr. President. Wir haben drei Fälle, Stand fünf Uhr Central Time.«

Bob Burgess, der Verteidigungsminister, verzog das Gesicht. »Cholera? Ich dachte, die sei in den Staaten längst fast völlig ausgerottet?«

»Sie kommt nur noch selten vor«, bestätigte Dehart. »Eigentlich nicht mehr, seit wir Trinkwasserversorgung und Abwasserleitungen voneinander trennen. Trotzdem stellt natürlich jede Überschwemmung oder jeder Hurrikan ein gewisses Risiko dar. Die Gegend, in der die neuen Fälle auftraten, ist extrem arm, viele Häuser haben noch kein fließendes Wasser, und die Toiletten stehen häufig außerhalb der Häuser.«

Burgess rümpfte die Nase. »Klos im Freien – das kann ja wohl nicht mehr sein.«

»Sie wären überrascht, wie oft das noch vorkommt«, antwortete Dehart. Er wandte sich wieder an den Präsidenten. »FEMA-Personal aus Baton Rouge ist jetzt im Krankenhaus, und ein CDC-Team ist dorthin unterwegs. In etwa einer Stunde werde ich mehr Informationen haben.« Die Centers for Disease Control and Prevention sind eine Behörde des US-Gesundheitsministeriums und für die Kontrolle und Prävention von Krankheiten, insbesondere von Infektionskrankheiten, zuständig.

»Aber niemand ist bislang gestorben?«, erkundigte sich Ryan.

»Noch nicht.« Dehart kniff verbittert die Lippen zusammen. »Aber zwei der Fälle sind Kinder. Ihre Chancen stehen nicht gut.«

Ryan schloss die Augen. »Ein Cholera-Ausbruch …«

»Von einem Ausbruch kann man nicht sprechen«, sagte van Damm, wobei er Montgomery vorwurfsvoll anschaute, weil dieser das Wort verwendet hatte. »Bisher handelt es sich nur um drei Fälle.«

»Ich habe nur wörtlich zitiert, was die sozialen Netzwerke berichten, Sir«, wehrte sich Montgomery.

»Zitieren Sie weiter, Gary«, sagte Ryan. »Was steht sonst noch da?«

»Weitere Anschuldigungen. Angeblich sollen Sie ein Team von Attentätern beauftragt haben, entsprechend der Ryan-Doktrin außergerichtliche Tötungen durchzuführen. Es gibt eine Menge aufgeregte Diskussionen über Ihre ›kaltschnäuzige Weigerung‹, die Studenten im Iran gegen ihr repressives Regime zu unterstützen. Aber nach Einschätzung des Secret Service ist das Video über die Impfung das schädlichste.«

»Weil es in den Leuten am ehesten den Wunsch weckt, mich umzubringen?«

»Ja, Mr. President, wenn man es so drastisch ausdrücken will.«

Van Damm schob einen Tablet-Computer über den Schreibtisch. »Ich habe das Video hochgeladen, wenn Sie es sich mal kurz anschauen wollen.«

Ryan schaute sich den 24-Sekunden-Clip viermal an. Natürlich wusste er, dass er diese Rede nie gehalten hatte, aber selbst er musste zugeben, dass alles verblüffend echt wirkte.

»Dieses Video ist ein kleiner Ausschnitt aus einer Rede, die ich vor ein oder zwei Jahren vor einer Gruppe von Politikstudenten der Universität Maryland gehalten habe. Bestimmt hat das jemand auf YouTube ins Netz gestellt.« Er schob das Tablet wieder zurück. »Die Stimme klingt wie meine, und die Lippenbewegungen stimmen mit den Wörtern überein, aber soweit ich mich erinnere, ging es damals um unseren Außenhandel mit Europa.«

»Leider«, warf Mary Pat ein, »ist es heutzutage allzu leicht, Audio- und Videoaufzeichnungen zu manipulieren. Deepfake oder FakeApp nennen sie es. Es gibt mehrere Arten von Software, die glaubwürdige Ergebnisse liefern. Mit diesen Techniken haben wir schon vor Jahren in der Agency herumgespielt. Man braucht dafür nur ein echtes Video und ein paar Audiodateien, die als Muster dienen können. Dann setzt sich ein Schauspieler vor Kamera und Mikrofon und liest einen Text von einem vorbereiteten Skript ab. Das Programm überträgt die Mundbewegungen, den Gesichtsausdruck und die synthetisierte Stimme auf das Zielvideo. Es ist Computeranimation und künstliche Intelligenz, alles in einem.«

»Sollte eigentlich leicht zu widerlegen sein«, meinte Ryan. »Schließlich steht das Originalvideo ja immer noch auf YouTube.«

»Genau das ist das Problem«, erklärte Foley. »Das echte Video lässt Sie in gutem Licht erscheinen. Während Sie im manipulierten Video schlecht rüberkommen.«

»Und Sie glauben, die Leute werden eher an das schlechte glauben?«, fragte Ryan.

»So läuft das heutzutage, Sir«, nickte van Damm. »Mischt man Scheiße mit Wahrheit, schwimmt die Scheiße immer oben.« Er schaute den Präsidenten mit grimmiger Miene an. »Die Börse öffnet erst in einer Stunde oder so, aber schon ist die London Stock Exchange im freien Fall. Es wird immer Leute geben, die so etwas glauben. Und Senatorin Chadwick schürt mit ihren fantasievollen Kommentaren die Sache weiter. Jeder giftige Tweet von ihr wird Tausende Male weiterverbreitet. Der ganze Shitstorm hat inzwischen gigantische Dimensionen angenommen.«

DNI Foley verzog das Gesicht, als hätte sie gerade eine ganze Zitrone gegessen. »Würde mich nicht überraschen, wenn sie hinter allem steckt. Chadwick, meine ich.«

»Na, ich bezweifle, dass sie sich so tief herablassen würde«, meinte Ryan.

»Wie auch immer, jedenfalls gießt sie immer weiter Öl ins Feuer«, sagte Foley. »Vor allem in der Sache mit dem Persischen Frühling.«

»Nennen wir es jetzt so?«, fragte Ryan mit gequälter Miene.

»Sie nennt es so«, antwortete Foley. »Und so wird es auch in fast allen anderen Kommentaren bezeichnet.«

»Bitte setzen Sie sich«, sagte Ryan. »Ich möchte diese Angelegenheit genauer besprechen.«

Special Agent Montgomery nahm Haltung an. »Danke, Mr. President. Ich bin für heute Morgen mit einem FBI-Kollegen drüben im Hoover Building verabredet. Wir wollen dieser Sache gemeinsam nachgehen. Special Agent Langford wird hier die Leitung übernehmen.«

»Gary«, sagte Ryan, stützte die Ellbogen auf den Schreibtisch und lehnte sich vor. »Und das gilt auch für alle anderen hier im Raum. Ich verstehe ja, dass bei Ihnen allen wegen dieser Twitter … Tweets der Blutdruck steigt. Sie sind verärgert. Verdammt, ich ärgere mich genauso. Aber ich möchte Sie alle darauf hinweisen, dass Fehler viel leichter unterlaufen, wenn man wütend ist, Fehler, die das amerikanische Volk nicht verdient. Ich brauche das vermutlich nicht eigens zu erwähnen, trotz dieses Mists, der da im Internet verbreitet wird, aber weder das FBI noch der Secret Service sind meine Privatpolizei. Wir können nicht irgendwelche Senatoren ins Gefängnis stecken – oder von Balkonen schubsen –, nur weil sie gemeine Dinge über mich verbreiten.«

Alle starrten ihn mit grimmigen Mienen an.

»Haben wir uns verstanden?«

Gemurmel, aber es klang nicht sehr überzeugend.

»Verstanden, Sir«, antwortete schließlich Montgomery. »Aber meine Pflicht ist, Sie zu schützen, Mr. President. Und um das tun zu können, brauche ich *alle* Fakten. Bei den Ermittlungen, die wir im Personenschutz anstellen, stößt man mitunter an gewisse Grenzen … und es kann vorkommen, dass die andere Seite diese Grenzen nicht respektiert.«

Ryan hob beide Hände. »Solange Ihnen selbst immer bewusst ist, wo die roten Linien verlaufen … Aber ich vertraue Ihnen, Gary.«

Montgomery verließ das Oval Office durch die Tür zum Sekretariat, die er leise hinter sich schloss.

Ryan bestellte Kaffee und setzte sich auf seinen gewöhnlichen Sessel vor dem Kamin, während die anderen auf den beiden Couches in der Mitte des Raums Platz genommen hatten.

»Dann also keine Balkone, Mr. President?«, fragte Mary Pat Foley. Die kleine Gruppe hielt sich an die unausgesprochene Hackordnung, und als Präsident Ryans älteste Freundin im

Raum hatte sie es sich am Ende der Couch bequem gemacht, die dem Präsidenten am nächsten stand. Obwohl sie und van Damm auch persönlich mit dem Präsidenten befreundet waren, kehrten sie bei Besprechungen immer zu den formellen Anredeformen zurück.

Ryan wandte sich an Dehart, das neueste Mitglied seines Kabinetts. »Sie müssen Nachsicht mit Mary Pat haben, Mark.«

»War nur ein Scherz«, grinste Foley. »Aber im Ernst: Was meinen Sie, sollten wir ihr nicht die Daumenschrauben anlegen?«

Ryan lächelte matt. »Reden wir erst mal über den Iran. Die meisten Sachen im Internet über mich sind natürlich Mist. Das wissen wir alle. Aber in einer Hinsicht hat Senatorin Chadwick recht: Ich habe wirklich ernsthafte Probleme mit diesem sogenannten Persischen Frühling.«

Sein Stabschef verdrehte die Augen. »Bei allem Respekt, Sir, aber darüber haben wir doch schon gesprochen. Das derzeitige Regime macht kein Geheimnis daraus, dass sie uns hassen. Dass wir die systemkritischen Demonstrationen unterstützen, muss doch jedem sofort einleuchten.«

»Da muss ich Arnie recht geben«, meinte der Verteidigungsminister. »Aber nur in dieser Sache.«

Ryan, der mit übergeschlagenen Beinen dasaß, klopfte sich nachdenklich mit dem Bleistift auf das Knie. »Ich habe immer ein Problem mit Dingen, die uns völlig selbstverständlich erscheinen – sie gaukeln uns vor, dass es nicht mehr nötig ist, unser Gehirn einzuschalten. Ich bin kein großer Fan von ausgeschalteten Gehirnen.«

»Dagegen ist nichts einzuwenden«, meinte Burgess. »Ich sage ja auch gar nicht, dass wir blind hinterherstolpern sollten, aber alle unsere Verbündeten stellen sich hinter die Protestbewegung.«

»Das ist ein gutes Argument, Sir«, fügte Foley hinzu.

Aber Ryan schüttelte den Kopf. »Dieser Reza Kazem weckt bei mir ungute Gefühle. Er kommt mir ein bisschen zu sehr wie ein … Rasputin vor. Ich möchte, dass Ihre Leute bei diesem Burschen ein wenig tiefer graben, Mary Pat.«

»Wir machen uns sofort daran, Sir«, nickte Foley und notierte sich diesen Auftrag. »Und wenn wir schon über Kazem sprechen: das FBI hat ihn vor vier Tagen bei einem Treffen mit einer russischen SWR-Agentin in Crystal City beobachtet.«

Ryan dachte kurz über die neue Information nach. »Kennen wir schon den Namen der Agentin?«

»Ja, sie heißt Elizaweta Bobkowa«, antwortete Foley. »Sie ist als Handelsattaché akkreditiert, aber wir haben nicht den geringsten Zweifel, dass sie zum russischen Auslandsgeheimdienst gehört. Soweit ich gehört habe, gilt sie im Sluschba Wneschnei Raswedki als neuer Star.« Mary Pat Kaminsky Foley sprach exzellentes Russisch, und genauso exzellent war ihre Intuition, wenn es um russische Spione ging. »Die Jungs von der Gegenspionage des FBI haben berichtet, dass Senatorin Chadwicks engster Mitarbeiter das Treffen beobachtet hat.«

»Nahm der Mitarbeiter selbst daran teil?«, erkundigte sich Ryan.

Foley schüttelte den Kopf. »Nein, er war nur Zeuge. Unsere Agenten meinen, er sei genauso überrascht gewesen wie sie selbst. Aber er habe das Treffen definitiv bemerkt. Scheint mir handwerklich eine ziemlich schlampige Leistung zu sein, jedenfalls für eine Agentin von Bobkowas Kaliber. Aber möglicherweise hat sie es bewusst darauf angelegt, dass wir sie sehen.«

»Und vom Büro der guten Senatorin gibt es keine Erklärung dazu?«, fragte Ryan.

Foley schüttelte den Kopf.

»Na, das überrascht mich nicht besonders.«

»Moskau unterstützt das derzeitige Regime in Teheran«, warf Dehart ein. »Was also hätte eine russische Agentin mit diesem Kazem zu besprechen?«

»Vielleicht nur, um sich nach allen Seiten abzusichern«, vermutete Verteidigungsminister Burgess. »Ein paar gemäßigte Mullahs wollen sich mit den demonstrierenden Studenten treffen, hört man.«

»Ich weiß, das ist jetzt sehr ins Unreine gesprochen«, sagte Ryan, »aber nach meiner Erfahrung gibt es keine gemäßigten Mullahs im Iran. Es gibt nur Hardliner-Mullahs und praktisch denkende Mullahs – und die sind trotzdem Hardliner, verstehen aber genug von Realpolitik, um zu wissen, dass gewisse Zugeständnisse unumgänglich sind, wenn das Regime auf mittlere Sicht überleben will.«

»Es gibt da allerdings noch eine weitere mögliche Erklärung für Bobkowas Treffen mit Kazem«, meinte Mary Pat. »Sie wollen, dass wir sehen, wie nett Russland mit Reza Kazems Gruppe umgeht, damit wir eher bereit sind, auf den Zug aufzuspringen. Ich bin nicht sicher, warum sie uns dazu bringen wollen, aber das würde zu Ihrer Vermutung passen, Mr. President, dass da noch irgendetwas im Hintergrund am Köcheln ist, von dem wir nichts wissen.«

»Das könnte gut sein«, nickte Ryan. »Bleiben Sie an der Sache dran und halten Sie mich auf dem Laufenden.«

Foley nickte. »Selbstverständlich, Sir.«

»Wenn Sie gestatten, Mr. President«, sagte van Damm, »würde ich gerne für morgen eine weitere Besprechung über diese Sache anberaumen. So, wie die Dinge im Iran stehen, könnten sie schon sehr bald überkochen. Wir sollten die Entwicklung sehr genau im Auge behalten.«

»Gute Idee«, nickte Ryan. »Währenddessen sollten Sie, Mark, die Cholera-Sache in Louisiana von Ihren Leuten vor Ort genauer überprüfen lassen, und Sie, Mary Pat, beschaffen mir bitte noch mehr Informationen über Kazem und diese russische Verbindung. Ich glaube, da ist etwas am Laufen, das wir noch nicht völlig …«

Betty meldete sich über die Sprechanlage, zum dritten Mal innerhalb einer Viertelstunde. »Commander Robert Forrestal ist hier, Mr. President. Er sagt, es sei dringend.«

»Na gut«, sagte Ryan ins Intercom. »Schicken Sie ihn rein.«

Der Stellvertretende Nationale Sicherheitsberater trat ein und nahm Haltung an, wie immer, wenn er das Oval Office betrat.

»Guten Morgen, Robby«, begrüßte ihn Ryan. »Und das gilt auch für Sie, Scott.«

Außenminister Scott Adler war hinter Commander Forrestal eingetreten. »Vermutlich kommen Sie beide wegen der Sache mit dem Video?«, fragte Ryan.

Die beiden Männer wechselten einen kurzen Blick, von der Frage offenbar überrascht. Beide nickten.

»Arnie hat es mir schon gezeigt«, fuhr Ryan fort. »Bestimmt haben es jetzt auch die Medien schon aufgegriffen.«

»CNN bringt es in den Nachrichten«, bestätigte Adler.

Forrestal ergänzte: »Wir haben Personal in Garoua, das liegt im Nordteil von Kamerun, und Luftbeobachtung über Agadez im Niger. Alle wissen über die Situation Bescheid und …«

Ryan runzelte die Stirn und hob die Hand. »Moment mal. Ich glaube, wir reden hier aneinander vorbei. Fangen Sie noch mal ganz von vorn an, als wüsste ich nichts darüber. Was offenbar ja auch der Fall ist, verdammt.«

»Kamerun, Mr. President«, sagte Forrestal. »Präsident Njayas Truppen haben unsere Botschaft in Jaunde eingekesselt.«

»Eingekesselt?« Arnie van Damm schlug sich auf den kahlen Schädel. »Was zum Teufel meinen Sie mit eingekesselt?«

Adler zuckte entnervt die Schultern. »Eingekreist. Umzingelt. Überfallen.« Er schaute Ryan an. Ein Briefing im Oval Office sollte dazu dienen, den Präsidenten zu informieren, nicht seinen Stabschef. »Die Botschaft wurde angegriffen, Sir. Den Berichten zufolge wurde niemand verletzt, aber wir glauben, dass ein kamerunischer General mit seiner Familie in der Kanzlei Zuflucht gesucht hat.«

»Wir *glauben* es?«, fragte Ryan, wobei seine Stimme zu einem wütenden Flüstern absank.

»Die kamerunischen Truppen haben sämtliche Satellitenantennen vernichtet und blockieren offenbar auch alle Mobilfunknetze. Wir sind im Moment dabei, die Kommunikationsverbindung wiederherzustellen.«

Ryan dachte über all diese Informationen nach, die er in den letzten Minuten empfangen hatte. Durchdringend blickte er zuerst Forrestal, dann Adler an. »Es gab da ein kleines Missverständnis über ein Video, als Sie beide hereinkamen. Welches Video haben Sie beide gemeint?«

Der Außenminister antwortete: »Ein Video, das Sie, Sir, im Gespräch mit General Mbida von der kamerunischen Armee zeigt.«

Ryan nickte. »Mbida war vor drei Monaten in Washington, als er sich für seine älteste Tochter ein paar Colleges anschaute. Wir haben uns kurz bei einer Veranstaltung getroffen … Ich kann mich nicht mehr genau erinnern, wo das war.«

»Im Kennedy Center«, sagte Adler. »Sie nahmen beide an einer Aufführung von *Rigoletto* teil.«

»Stimmt.« Ryan stöhnte ein wenig. »Das war Cathys Idee. In der Pause habe ich kurz mit ihm gesprochen.«

»Es ist natürlich klar, dass das Video gefakt ist, aber Sie sind darin zu sehen und zu hören, wie Sie General Mbida zusichern, ihn bei einem Putsch gegen Präsident Njaya zu unterstützen.«

»Na schön«, seufzte Ryan, »dann sollten wir auch die übrigen *Principals* in die Runde holen.« Damit waren die wichtigsten Mitglieder des Nationalen Sicherheitsrats gemeint. Alle Anwesenden gehörten dazu, aber ein derart schwerwiegendes Ereignis erforderte außerdem auch die Anwesenheit des Vorsitzenden der Vereinigten Generalstäbe, des Direktors der CIA sowie mindestens eines Rechtsberaters des Weißen Hauses. Ryan wandte sich an Foley. »Wie hieß das noch mal … Deepfake?«

»Ja, genau, Sir.«

Ryan klopfte sich wieder mit dem Bleistift auf das Knie, während er laut über die möglichen Erklärungen nachdachte. »Zwei dieser Videos werden innerhalb weniger Stunden veröffentlicht. Das kann kein Zufall sein. Dahinter steckt ein staatlicher Akteur – und ich wette, es ist nicht Kamerun.«

13

Offenbar war ein ziemlich großer Aufwand nötig, damit dieser Mann angeln gehen konnte.

Ein Konvoi von schwarzen ZiL-Limousinen und eine BMW-Motorrad-Eskorte in den Polizeifarben Weiß und Blau sperrten die beiden Enden der *Bolschoi Kamenny most* (Große Stein-Brücke) und der *Bolschoi Moskworezki most* (Große Moskwa-Brücke) ab. Beide Brücken führten direkt ins Moskauer Stadtzentrum; ihre Vollsperrung ließ den ohnehin schon grauenhaften Nachmittagsverkehr noch chaotischer werden, da er nun zu einem Umweg über die Krim-Brücke im Westen oder die Ustjinski-Brücke im Osten gezwungen wurde. Von den umherstreifenden Agenten des Sicherheitsdienstes des Präsidenten abgesehen waren jetzt im obersten Bogenteil der Moskwa südlich des Kreml so gut wie keine Fahrzeuge mehr zu sehen. Auf beiden Brücken lagen Scharfschützen, bewaffnet mit modernsten Orsis-T-5000-Präzisionsgewehren, und überwachten durch ihre starken Zielfernrohre den Fluss und die umstehenden Gebäude, als ob ihr eigenes Leben von ihrer Wachsamkeit abhinge. Auf dem Fluss blockierten Polizeiboote im Osten und Westen jeden Schiffsverkehr.

Ein Haufen genauestens überprüfter Reporter stand mit ihren Kameras, Aufnahmegeräten und Mikrofonen hinter einem Sperrband, das ungefähr dreißig Meter östlich an der Betonbrüstung am Ufer aufgestellt worden war. Der Russe lächelt nie ohne Grund, das käme ihm völlig absurd vor, weshalb sich auch auf den Gesichtern dieser Männer und Frauen die Begeisterung von Journalisten spiegelte, denen es völlig freistand zu berichten, was und wie es ihnen beliebte, solange es genau das war, was man ihnen befohlen hatte. Heute lautete ihr Auftrag, den Präsidenten der Russischen Föderation beim Angeln zu beobachten und darüber zu berichten. Die meisten Medienleute tranken starken Schwarztee aus Thermosflaschen, achteten aber nur beiläufig auf die beiden Angler unten am Fluss.

Maksim Dudko stand auf der untersten Stufe der Treppe, die vom Sofiyskaya-Damm herabführte, und warf mit gut geübter Handbewegung seine Leine aus. Er holte sie sofort wieder ein, was ihm einen Seitenblick von Präsident Nikita Jermilow einbrachte, der sich mit seiner achthundert Dollar teuren Orvis-Fliegenrute für einen Puristen hielt.

Dudko war sich im Klaren, dass er immer im Schatten seines gleichaltrigen früheren KGB-Kollegen stehen würde – aber auch im Schatten des mächtigsten Russen ließ sich ein sehr angenehmes Leben führen. Zum einen hatte es den Vorteil, dass er in Sichtweite der mächtigen goldenen Kuppel des großen Zwiebelturms der Erzengel-Michael-Kathedrale angeln durfte, ohne sich mit einem der Idioten, die hier normalerweise mit einem primitiven Holzstab und einer Schnur das Ufer belagerten, um die besten Plätze streiten zu müssen. Dudko holte seinen Köder ein, warf einen Blick über die Schulter, um sich zu vergewissern, dass er nicht einen der herumstreunenden Sicherheitsleute traf, holte aus und warf die Leine erneut in das schäumende braune Wasser. Beim Einholen hielt er kurz inne, um seine Augen mit einem Taschentuch trocken zu tupfen. An diesem Nachmittag blies ein starker Wind vom Süden herauf, der den säuerlichen Gestank von Schwefeldioxid und etwas, das fast wie verbranntes Popcorn roch, von der Gazprom-Raffinerie herantrug, die knapp zehn Kilometer entfernt auf der Innenseite des Moskauer Rings lag.

Jermilow gab noch ein wenig Leine nach und warf sie so aus, dass seine Fliege genau in der Mitte der strudelnden Wassermassen landete, sieben oder acht Meter weiter stromaufwärts. Purist oder nicht, man musste zugeben, dass der Präsident extrem geschickt war, wenn es um die künstlerische Seite des Angelsports ging. Zum Bedauern aller bedeutete das allerdings nicht, dass er tatsächlich Fische fangen konnte.

»Was benutzen Sie heute, Herr Präsident?«

Jermilow zuckte kurz mit der Rute, sodass die Spitze hin und her gerissen wurde. Jedes Mal ließ er die Fliege ein paar Sekunden lang auf dem Wasser – ganz sicher nicht lange genug, dass ein Fisch das Ding überhaupt hätte bemerken können. »Meinen Lieblingsköder – medizinische Blutegel«, antwortete er. »Für diese Jahreszeit gibt es nichts Besseres.«

»Hervorragend«, nickte Dudko, der bereits seinen dritten Barsch an diesem Nachmittag an der Angel hatte. Der Präsident bedachte ihn mit einem vernichtenden Blick und schaute dann verstohlen zu den Medienleuten hinauf. Sie schienen jedes Mal, wenn ein Fisch hereingeholt wurde, ein wenig Interesse zu zeigen.

»Und Sie?«, fragte Jermilow. »Immer noch mit der alten Spinnrute! Und mit welchem monströsen Gerät peitschen Sie heute das Wasser auf?«

Dudko lächelte. Er hätte nicht so lange überlebt, wenn er die versteckten Andeutungen des Präsidenten nicht genau verstehen würde. Manchmal waren sie so tief verborgen, dass sie fast unterirdisch waren. Verlegen zuckte er die Schultern. »Ich benutze einen Forellenblinker. Und ich gebe zu, dass das nicht besonders sportlich ist.« Er holte die Leine wieder ein, hielt aber kurz inne, als müsse er über etwas nachdenken. »Um ehrlich zu sein, ich würde ganz gerne mal so einen Egelköder ausprobieren … Wenn ich Sie darum bitten dürfte, alter Freund.« Er hielt dem Präsidenten seine Spinnrute hin, an deren Leine ein silbern schimmernder Blinker baumelte, von dem das Wasser tropfte – und an dem noch der winzige Kieferknochen des letzten Fangs hing.

Jermilow reichte ihm die Fliegenrute, ohne die Leine einzuholen, was bei Dudko die keineswegs geringe Sorge auslöste, dass er zufällig etwas an den Haken bekommen würde, bevor der Präsident den Spinner im Wasser hatte. Aber die Sorge erwies sich als unbegründet.

Jermilow brüllte vor Genugtuung, wann immer er einen Fisch hereinholen konnte, und ging sogar so weit, Dudko über die Art und Weise zu belehren, wie man eine Brachse oder ein Rotauge hereinholen müsse. »Hervorragend, Maksim Timofejewitsch. Ich werde diesen Blinker auf jeden Fall im Juli in Irkutsk benutzen. Dort ist das Felchenfischen dieses Jahr besonders gut.«

»Und es hat den Vorteil, dass man den Fisch tatsächlich essen kann«, fügte Dudko hinzu.

Jermilows Miene wurde düster. »Was wollen Sie damit sagen?«

»PCB, Herr Präsident«, sagte Dudko mit weit aufgerissenen Augen. »Quecksilber und all die übrigen Giftstoffe. Jeder Fisch, den man aus der Moskwa holt, ist voller gefährlicher Chemikalien.«

»Das ist blanker Unfug, und das wissen Sie auch!«, schnaubte Jermilow verächtlich und fügte zu den Giften im Fluss noch einen tief aus dem Rachen hochgerotzten Schleimklumpen hinzu. »Man kann jeden Fisch essen, der in Russland gefangen wird, egal aus welchem Gewässer!«

Dudko nickte wie einer, der sich seiner Machtlosigkeit bewusst ist. »Natürlich, Herr Präsident.« Er hatte Jermilow während der letzten acht Jahre immer auf dessen jährlicher Angeltour nach Irkutsk begleitet, wo sie gemeinsam im Baikalsee fischten. Es war ihm ein Rätsel, warum er dieses Jahr nicht eingeladen worden war – aber wenn der Präsident geplant hätte, ihn doch noch einzuladen, hätte sich jetzt die perfekte Gelegenheit geboten. Doch ausgerechnet in diesem Moment musste Dudko eine derart unbedachte Bemerkung über die Fische aus der Moskwa machen! Wie dumm, wie einfältig das doch war! Er wusste doch, wie stolz Jermilow darauf war, Mütterchen Russland zu einem idealen Heimatland gemacht zu haben – und das galt sogar für seine giftigen Fische.

Vom Haufen der Presseleute war nun Gemurmel zu hören, was Dudko kurzfristig weitere wütende Blicke des Präsidenten ersparte. Ein paar Journalisten blickten auf ihre Smartphones. Manche nahmen Anrufe entgegen, nickten ernst und taten so, als gebe es nichts Interessanteres auf der Welt, als dem Präsidenten der Russischen Föderation beim Angeln von Fischen zuzuschauen, die er niemals selbst essen würde.

Jermilow holte einen weiteren Fisch herein, dieses Mal eine kränklich aussehende Brachse mit verkrüppelter Rückenflosse. Mit einer Kopfbewegung wies er auf die Presseleute. »Was ist dort oben los?«

Einer der Sicherheitsleute, der den Medienleuten am nächsten stand, unterhielt sich kurz mit einer Kamerafrau und ging dann zielstrebig zu einem der Offiziere, der zum Personenschutzteam des Präsidenten gehörte. Der Offizier trug einen dunklen Zivilanzug und hatte einen extrem kurzen Bürstenhaarschnitt, sodass die dicken Wülste der rosa Kopfhaut über seinen Ohren deutlich zu sehen waren. Dudko hatte noch nie einen Mann gesehen, der so viele Muskeln am Kopf hatte wie Jermilows Leitender Personenschützer. Der Offizier hörte aufmerksam zu, was ihm der jüngere Mann ins Ohr flüsterte, behielt aber währenddessen die Umgebung genau im Blick. Schließlich drehte er sich um und näherte sich dem Präsidenten. Er blieb etwa drei Meter entfernt stehen und wartete, bis der Präsident eine Hand kurz von der Angelrute löste und ihn näher heranwinkte. Der Bodyguard reichte ihm ein Smartphone, flüsterte ein paar Worte und trat wieder zwei Schritte zurück.

Jermilow hielt das Telefon mit der freien Hand so weit wie möglich von seinen Augen entfernt, wandte sich dabei aber von den Presseleuten ab, damit niemand sehen konnte, dass er die Augen zusammenkneifen musste, um das Display sehen zu können. Mit der anderen Hand angelte er weiter. Schließlich breitete sich ein Lächeln auf seinem Gesicht aus – eher ungewöhnlich für einen Mann, der Lächeln für ein Zeichen von Geistesschwäche hielt. Schließlich reichte er die Spinnrute seinem Bodyguard und wandte sich wieder an Dudko.

»Kommen Sie – gehen wir ein paar Schritte.«

Dudko folgte dem Befehl sofort. Er übergab Jermilows Orvis-Rute ebenfalls dem Bodyguard, der beide Ruten prompt an einen Untergebenen weiterreichte.

Jermilow ließ Dudko auf das Display blicken, während sie auf der Uferpromenade nach Westen in Richtung der Großen Stein-Brücke spazierten. »Was halten Sie davon?«

Dudko scrollte durch den Artikel; er ließ sich mehr Zeit als nötig, weil er darauf wartete, dass der Präsident seine Einschätzung zuerst abgab, bevor er – Dudko – sich dazu äußerte. Von einem Fehltritt mochte er sich erholen, aber einen zweiten konnte er sich nicht leisten.

»Die Vereinigten Staaten haben derzeit viele Probleme«, meinte Jermilow schließlich.

Dudko gab das Telefon zurück, aber der Präsident hatte genug gelesen und winkte ab. Dudko ließ es in die eigene Westentasche gleiten. »Präsident Ryan hat im Moment alle Hände voll zu tun«, nickte er.

Jermilow blieb stehen und blickte nachdenklich und mit halb geschlossenen Augen über den Fluss, wie er es immer tat, wenn er eine Entscheidung zu treffen hatte.

»Operation ANIVA«, sagte er.

»Das ist ein sehr wagemutiger Schritt, Herr Präsident«, meinte Dudko. Er wusste, dass er jetzt vorsichtig sein musste; andererseits musste er ein Mindestmaß an Rat bieten, wenn er weiterhin Ratgeber des Präsidenten bleiben wollte.

»Unfug«, antwortete Jermilow knapp, drehte sich um und schlug den Rückweg zu seinem Sicherheitsteam und dem Pressehaufen ein, womit klar war, dass es keine weitere Diskussion mehr geben würde. Dudko hatte genau das Falsche gesagt.

»Denken Sie doch mal richtig nach«, fuhr Jermilow fort. »Überschwemmungen, Infektionskrankheiten, eine Botschaft unter Belagerung, Bürger, denen endlich klar wird, wie doppelbödig Jack Ryans Politik ist. Sogar einer der Senatoren wirft ihm vor, politische Gegner gnadenlos zu verfolgen. Er hat einfach zu viel zu tun, als dass er sich um eine kleine spezielle Militäroperation kümmern könnte, auch wenn es dabei zufällig um die Ukraine geht. Und wer kann schon was dagegen tun, wenn wir uns erst einmal die Kontrolle verschafft haben? Die Ukraine steht uns ohnehin rechtmäßig zu. Wir müssen auch an unsere russischen Mitbürger im Donbass denken.«

»Das ist richtig«, nickte Dudko.

Jermilow blieb stehen und starrte Dudko geradewegs in die Augen. »Sie glauben, *ich* sei für das alles verantwortlich, nicht wahr?«

Soweit es Jermilow anging, waren »Ich« und die »Rodina« – das Vaterland, also Russland – ein und dasselbe.

»Es … es steht mir nicht zu, so … so etwas auch nur zu denken«, stotterte Dudko, der fast schon die eisernen Tore des Lefortowo-Gefängnisses hinter sich zuschlagen hörte.

»Nein«, sagte Jermilow und ging mit einem kaum bemerkbaren Schulterzucken weiter. »Nein, das steht Ihnen nicht zu. Aber ich sage Ihnen eins: Unsere Schwarzmeer-Bots werden mit Ryans Ruf und Ansehen kurzen Prozess machen. Und es spielt auch keine große Rolle, ob wir es sind oder nicht, ich werde jedenfalls die Situation nur allzu gern ausnutzen.«

Dudko spürte förmlich, dass ihm das Wasser schon bis zum Hals stand. In seiner Verzweiflung ließ er jede Vorsicht fahren. »Aber … aber Präsident Ryan … hat uns doch schon lange im Verdacht, für die Aktivitäten im Internet verantwortlich zu sein…«

Jermilow wiegte den Kopf hin und her. »Jack Ryan macht das, was Jack Ryan immer macht …«

Wäre die Armee russischer Internet-Bots, die von verschiedenen ehemaligen Lagerhäusern am Schwarzen Meer aus agierten, tatsächlich involviert gewesen, hätte Jermilow sicherlich darüber Bescheid gewusst, denn es gab nicht viel, was in Russland und außerhalb Russlands vor sich ging, ohne dass er davon erfuhr.

»Byla ne byla«, sagte Jermilow mit einem Schulterzucken. Sinngemäß hieß das etwa »Es kommt, wie es kommt« – eine für den mächtigsten Mann Russlands recht schnoddrige Bemerkung, die ihm aber bisher immer gut gedient hatte. »Außerdem stehen seine eigenen Landsleute der sogenannten Ryan-Doktrin kritisch gegenüber und erkennen allmählich, was sie wirklich ist: staatlich angestifteter Mord.«

Langsam gingen sie am Fluss entlang, bis sie wieder bei

Jermilows Sicherheitsleuten ankamen. Der Präsident mochte einmal ein KGB-Straßenköter gewesen sein, jetzt war er vor allem ein politisches Tier. Deshalb blieb er kurz stehen und winkte den Presseleuten jovial zu, bevor er seine Fliegenrute wieder an sich nahm.

»Ich glaube, ein Fisch hat angebissen, Herr Präsident«, meinte der junge Sicherheitsmann, als er Jermilow die Fliegenrute zurückgab.

»Nein«, sagte Jermilow mit süffisantem Lächeln, »ganz bestimmt nicht.«

Einen Augenblick später musste er schon einige Kraft aufwenden, um den Fisch hereinzuholen. »Schauen Sie«, sagte er zu Dudko, wobei er den verblüfften Sicherheitsmann gänzlich ignorierte, »ich habe schon wieder einen an der Leine! Tut mir leid, aber das muss für heute der letzte Fang sein. Ich muss mich jetzt um andere Dinge kümmern.«

»Selbstverständlich«, sagte Dudko zum mindestens hundertsten Mal in den letzten sechzig Minuten. »Das ist ein sehr guter Fang, Herr Präsident.«

»Sie können ihn haben«, sagte Jermilow, hielt den Fang hoch und warf ihn dann seinem Berater zu, damit die Medienleute nicht nur seine Großzügigkeit, sondern auch seinen Glauben an die Reinheit der Moskwa sehen konnten. »Und morgen können Sie mir dann erzählen, wie er geschmeckt hat.«

»Ich werde ein paar Telefonate führen«, sagte Dudko.

Jermilow zog den Kopf ein wenig zurück, als sei er erstaunt. »Mit wem?«

»Mit den Generalen«, antwortete Dudko. »Um die Operation ANIVA anlaufen zu lassen.«

Jermilow winkte lässig ab. »Die Mühe können Sie sich sparen, Maksim Timofejewitsch. Oberst Grokin wird alle nötigen Akteure kontaktieren.«

»Ich…« Dudko brach ab und blickte in hilfloser Verzweiflung in Jermilows Gesicht, das plötzlich zu einer steinernen Maske geworden war. Dann nickte er unterwürfig. »Selbstverständlich, Herr Präsident.«

Aber in Dudkos Gedärm begann es zu brodeln. Auch seine Gesichtsmuskeln zuckten unkontrollierbar; er versuchte, sie durch knirschende Kieferbewegungen wieder unter Kontrolle zu bringen. Plötzlich sah er sich als Zuschauer, der von außen beobachtete, wie dieser Trottel Grokin die nötigen Akteure kontaktierte. Und dass dieser verschlagene alte Jasager und Speichellecker nun wahrscheinlich an Dudkos Stelle zu der Angeltour nach Irkutsk eingeladen würde. Dudko musste etwas tun. Irgendeine großartige Strategie entwickeln, die ihm wieder das Wohlwollen des Präsidenten verschaffen würde. Das war es doch, was er am besten konnte – Strategien entwickeln. Darin war er doch immer ein Meister gewesen, oder nicht? War das nicht der Grund, warum ihn Jermilow als Berater seit so vielen Jahren in seiner Nähe behalten hatte? Das hier war nur eine kurze Durststrecke, nichts weiter. Aber was sollte er jetzt tun? Diese Sache mit dem amerikanischen Präsidenten klang vielversprechend. Man würde darauf jede Menge russische Fingerabdrücke entdecken, aber sicherlich hatten auch viele Amerikaner, die Ryan hassten, dafür gesorgt, dass der Ball weiterrollte, um es mal so auszudrücken. Ja, diese Sache konnte Dudko wieder Jermilows Wohlwollen zurückbringen, wenn er bei diesem Pokerspiel sein Blatt gut ausspielte. Aber als sie die steinerne Treppe zum Sofiyskaya-Damm hinaufstiegen, wo Jermilows ZiL wartete, sah Dudko immer klarer, was ihm bevorstand. Die Rücksitze der gepanzerten Limousine waren in Konferenzstellung eingerichtet; Jermilow stieg ein, und Dudko wollte sich wie gewohnt auf seinen üblichen Platz setzen, dem Präsidenten gegenüber.

Aber Jermilow hob abwehrend die Hand. »Sie müssen Ihren Fang nach Hause bringen«, sagte er. »Einer meiner Männer wird Sie fahren.«

Jermilow machte eine kurze, lässige Handbewegung, mit der er den Aufbruch befahl, und schon raste der ZiL mit der Eskorte davon. Dudko blieb auf dem Gehweg zurück, den Plastikeimer mit den Fischen in der Hand. Nur ein Agent der Präsidentenleibwache stand neben ihm.

»Zu Ihrem Haus, Genosse Dudko?«, fragte der junge Mann.

»Ja, natürlich«, murmelte Dudko, wie benebelt von dem unfertigen, unausgegorenen Plan, der ihm durch den Kopf wirbelte.

Das könnte funktionieren. Er würde den Anruf tätigen, sobald er die Giftfische nach Hause gebracht hatte und wieder in sein Büro zurückgekehrt war. Es hatte seine Vorteile, so lange schon zum inneren Kreis der Macht zu gehören – man erfuhr eine Menge über manche Leute.

Elizaweta Bobkowa würde von seinem Vorschlag nicht sehr begeistert sein. Nein, sie würde jaulen wie eine Katze, die man über die volle Badewanne hielt, sie würde mit Krallen und Zähnen versuchen, sich aus der Sache herauszuwinden. Aber was konnte sie schon tun? Er wusste zu viel über sie, und als Leitende Agentin des Washingtoner SWR-Büros hatte sie zu viel zu verlieren.

14

Präsident Ryan beschloss, die Zeit bis zum Eintreffen der übrigen Mitglieder des Nationalen Sicherheitsrats zu nutzen und sich für die bevorstehende Sitzung genauer informieren zu lassen. Er lehnte sich in seinem Stuhl im Oval Office zurück und schloss die Augen. Das half ihm, sich die Karte von Westafrika besser in Erinnerung zu rufen. Er hatte zwar schon immer eine gewisse Vorliebe für Geografie gehabt, aber seit der Entsendung von immer weiteren amerikanischen Truppen, die die Jagd auf die Boko-Haram-Terroristen unterstützen sollten, hatten sich die Ländergrenzen und die Topografie der Region seinem Gedächtnis kristallklar eingeprägt. Kamerun hatte im Laufe der Jahre mehr Gewalt und Korruption erlebt als viele andere Länder, ganz zu schweigen von einem Präsidenten, der die Amtszeitbegrenzung aufgehoben und sich in den letzten zwei Jahrzehnten zum absoluten Sieger jeder Wahl erklärt hatte. Aber in der Region war das Land noch immer mit den Vereinigten Staaten verbündet – jedenfalls dem Anschein nach.

»Wie viele Leute haben wir in der Botschaft?«

»Der Personalliste zufolge einundfünfzig Beamte und Angestellte«, antwortete der Außenminister. »Manche werden wohl gerade abwesend sein, bei Konferenzen, auf Auslands-Dienstreisen oder auf Heimaturlaub. Vom diplomatischen

Corps wohnen viele in der Nähe der Botschaft, und vielleicht sind einige auch zum Mittagessen nach Hause gegangen. Da wir nicht direkt mit der Botschaft kommunizieren können, versuche ich, auf anderen Wegen herauszufinden, wie viele amerikanische Familien sich im Land befinden. Dazu werde ich noch vor dem Mittagessen mehr sagen können.«

»Sagen wir in einer Stunde«, sagte Ryan.

Adler faltete die Hände vor dem Bauch. »Jawohl, Sir.« Es gab hier kein »Ich werde mich bemühen« oder Ähnliches. Das wurde als selbstverständlich angesehen. Ryans Drängen bedeutete, dass Adler seinen Beamten im Auswärtigen Dienst weitermelden konnte, dass der Präsident der Vereinigten Staaten dem Wohlergehen seiner Leute, einschließlich ihrer Familien, höchste Priorität einräumte.

Ryan stöhnte. »In Ordnung. Sagen Sie uns alles, was Sie wissen, Robby.«

Der Stellvertretende Sicherheitsberater blickte auf seine Notizen, um bei diesem kurzen, zusammenfassenden Bericht sämtliche Fakten korrekt vortragen zu können.

»Um 12.58 Uhr Ortszeit erhielt das Operative Zentrum des Außenministeriums einen Anruf von einem unserer Verwaltungsbeamten in der Botschaft in Jaunde, wonach die Botschaft von kamerunischen Truppen belagert werde. Nach ungefähr fünfundvierzig Sekunden brach die Verbindung ab. Die Ehefrau des Stellvertretenden Botschafters befand sich zu diesem Zeitpunkt zu Hause, ein paar Straßenblocks von der Botschaft entfernt. Ihr Name ist Sarah Porter. Sie wurde anscheinend von den beteiligten kamerunischen Truppen als Geisel genommen. Ihr Zustand und ihr Aufenthaltsort sind derzeit nicht bekannt. Zuvor hatte sich offenbar General Mbida zusammen mit mindestens einer seiner Töchter auf das Botschaftsgelände geflüchtet. Die Flüchtenden wurden von sechs Militärfahrzeugen der kamerunischen Armee verfolgt, die jedoch außerhalb des Zaunes stehen blieben. Das ist alles, was wir an Informationen bekommen konnten, bevor die Telefonverbindung abbrach. Bislang sind alle Bemühungen gescheitert, wieder Kontakt zur Botschaft aufzunehmen.«

Ryan beugte sich vor und wappnete sich innerlich für das, was jetzt kommen musste. »Opfer?«

»Bislang nicht bekannt, Mr. President. Kontaktpersonen in der südkoreanischen Botschaft berichten von Schüssen mit kleinkalibrigen Waffen. Die Südkoreaner geben sich im Moment noch wortkarg, haben aber einen Analysten beauftragt, die Situation zu beobachten und uns laufend zu berichten, was sie sehen – aber das war bis jetzt nicht sehr viel.«

Ryan nickte. »Wir müssen weitere Informationskanäle in den Nachbarländern erschließen. Machen Sie sich sofort daran.«

»Wir haben Personal von der Drogenvollzugsbehörde in Lagos und vom Ministerium für Innere Sicherheit in Akkra«, sagte Forrestal. »Und einer meiner Klassenkameraden aus Annapolis ist NCIS-Spezialagent und derzeit in Douala stationiert, also an der Küste. Ich habe bereits versucht, ihn zu kontaktieren, ihn aber noch nicht erreichen können. Und vergessen wir nicht unsere zweihundertsiebzig Mann in Garoua im Norden.«

»Gute Arbeit, Robby«, sagte Ryan und unterdrückte ein frustriertes Aufstöhnen. Überhaupt stöhnte er in letzter Zeit viel zu oft, ohne daran zu denken, ob irgendwelche Kameras mit eingeschalteten Mikrofonen in der Nähe waren. »Das wäre also das, was wir über das *Was* wissen. Aber was ist mit dem *Warum*? Eine derart drastische Reaktion auf ein zweifelhaftes Video scheint mir doch reichlich übertrieben.«

Forrestal blickte Scott Adler an. Sein Job war es, den Präsidenten und die Gruppe zu informieren und seine Analyse vorzutragen, wenn er darum gebeten wurde, aber die Botschaft fiel in den Zuständigkeitsbereich von Foggy Bottom, wie der Spitzname des Außenministeriums lautete – weshalb der Commander absolut nichts dagegen hatte, dem Außenminister die Antwort zu überlassen.

»Wir befinden uns noch im Stadium der Vermutungen«, erklärte Adler. »Aber Präsident Njaya versucht ständig, uns unter Druck zu setzen – wir sollen uns öffentlich auf seine Seite stellen und uns von der Separatistenbewegung in den englischsprachigen Landesteilen abgrenzen.«

»Okay«, sagte Ryan. »Mir ist vollkommen klar, dass wir uns in dieser Angelegenheit noch ganz am Anfang befinden, aber ich brauche aktuelle Informationen, direkt vom Schauplatz. Irgendwelche nachrichtendienstlichen Erkenntnisse. Wie viel Mann hat unsere Schutzgruppe in der Botschaft?«

Forrestal blickte auf seine Notizen. Er hatte langjährige Erfahrungen mit dieser Art von Berichterstattung und hatte schon vorab gewusst, dass sich Ryan nach seinen Marines erkundigen würde. »Ein Unteroffizier und fünf Wachsoldaten.«

»Möglicherweise haben sie den Wachdienst in Schichten eingeteilt«, überlegte Ryan. »Könnte also sein, dass momentan nicht alle im Dienst sind. Suchen Sie doch mal die Telefonnummern des Offiziers und der Kaserne unserer Marines in Kamerun heraus.« Er wandte sich an Burgess. »Oder besser, Sie übernehmen das, Bob. Ich möchte, dass jemand, der ganz oben in der Befehlskette steht, die Marines anruft und ihnen klarmacht, dass sie auf keinen Fall den Belagerungsring frontal angreifen dürfen – sie würden doch nur getötet werden. Wir brauchen keine Märtyrer, sondern Aufklärung über die Situation vor Ort. Es wäre töricht, Soldaten dafür zu opfern.«

Mobiltelefone mussten grundsätzlich vor dem Betreten des Oval Office in einen Korb im Vorzimmer gelegt werden, weshalb Burgess nun eine Schublade unter seinem Sitz hervorzog und ein Festnetztelefon herausnahm, um den Anruf zu tätigen. Er legte die Hand um den Mund und erteilte seine Befehle in leisem, aber drängendem Ton, um den Ernst der Lage und die Dringlichkeit unmissverständlich klarzumachen. Nach kaum einer Minute legte er auf und nickte dem Präsidenten knapp zu, dass alles veranlasst sei.

Forrestal sagte: »Zwei MQ-9-Drohnen sind soeben in Garoua gestartet. Sie dürften in den nächsten zehn Minuten über dem Schauplatz eintreffen.«

»Das höre ich gern«, nickte Ryan. »Bitte sorgen Sie dafür, dass die Videofeeds direkt in den Situation Room übertragen werden.«

»Ist bereits veranlasst, Mr. President«, antwortete Burgess.

»Bob«, sagte Ryan ernst, »wenn einer dieser Schurken, die amerikanischen Boden angreifen, auch nur mit einer einzigen Flugabwehrwaffe über die Baumwipfelhöhe zielt, wird er pulverisicrt.«

»Verstanden, Sir.«

»Der Befehlshabende Offizier der Task Force Darby« – Forrestal blickte kurz auf seine Notizen – »ist ein gewisser Major Workman. Er bespricht die Lage bereits mit seinen kamerunischen Ansprechpartnern im Nordteil des Landes.«

»Für den Schauplatz an der nigerianischen Grenze ist die 87. Infanterie aus Fort Drum im Einsatz«, ergänzte Burgess.

Ryan nickte zustimmend. »10. Gebirgsdivision. Gut.«

Burgess fuhr fort: »Major Workman ist zuversichtlich, dass mindestens einige Offiziere der kamerunischen Interventionseinheiten seine Fragen aufrichtig beantworten werden. Diese Männer haben gemeinsam mit unseren Marines gegen Boko Haram gekämpft und Kameraden sterben sehen. Das verbindet – zwischen ihnen herrscht ein hohes Maß an Vertrauen.«

»Sofern sie überhaupt Bescheid wissen«, meinte Ryan. »Die Interventionseinheiten, die tagtäglich mit dem US-Militär zusammenarbeiten, sind höchstwahrscheinlich gar nicht über den Angriff informiert worden. Wollen Sie mir etwa erklären, dass das kamerunische Militär einen seiner eigenen Generale in unsere Botschaft jagte, ohne dass auch nur ein einziger unserer Tripwires ausgelöst wurde?«

Für jede US-Botschaft im Ausland gelten bestimmte Notfallpläne. Dazu gehören hochgeheime Ermessensrichtlinien, die jeweils spezifische Reaktionen auslösen können. Im internen Sprachgebrauch werden diese Richtlinien als »Tripwires«, Stolperdrähte, bezeichnet. Würde beispielsweise ein Molotowcocktail auf ein gegenüber der Botschaft geparktes Auto geworfen, würde das Wachpersonal der Botschaft sofort verstärkt. Würde jedoch ein Molotowcocktail über den Zaun der Botschaft geworfen, wären viel drastischere Reaktionsformen die Folge. Weitere Tripwires – zum Beispiel ein Terroranschlag in der Nähe der Botschaft oder ein Staatsstreich im Gastland – würden Reaktionen veranlassen, die von der Evakuierung des nicht funktionsrelevanten Botschaftspersonals bis hin zur Vernichtung von Dokumenten und zur Schließung der Botschaft reichen können.

»Kein einziger, Mr. President«, antwortete Außenminister Adler. »Das alles geschah praktisch gleichzeitig. Es gab keinerlei Warnzeichen. Und daher auch keine Tripwires.«

Forrestal ergänzte: »Den ersten Berichten zufolge zogen sich die meisten von uns angeheuerten örtlichen Sicherheitsleute zurück, als die Militärfahrzeuge auftauchten.«

»Die ›meisten‹?«, hakte Ryan nach.

»Unsere koreanischen Zeugen berichten, dass mindestens zwei von ihnen noch immer bei unseren Marines am Zaun stehen.«

Ryan atmete tief ein und aus. »Ich überlege gerade, aus

welchem Grund unsere Marines einfach zuließen, dass diese Leute auf das Botschaftsgelände fliehen konnten, auch wenn es um einen General ging.«

Forrestal zögerte einen Augenblick lang, als hätte er eine unangenehme Nachricht mitzuteilen. »Der koreanische Diplomat, mit dem ich sprach, deutete an, dass die Marines einen großen Selbstverteidigungskurs für kamerunische Frauen und Mädchen durchführten. Im Moment ist das noch eine wilde Vermutung, aber es könnte sein, dass eine der Töchter General Mbidas an dem Kurs teilgenommen hat. Dem Südkoreaner zufolge schien es, als hätten die Marines das Mädchen erkannt, bemerkt, dass sich die Leute in Gefahr befanden, und sie durch das Tor hereingelassen.«

Jetzt ließ Ryan ein gewaltiges Aufstöhnen hören.

»Was ist mit dem Diplomatischen Sicherheitsdienst?«, fragte er. Die Hauptaufgabe des Diplomatic Security Service besteht darin, Bürger, Diplomaten und Gebäude der Vereinigten Staaten weltweit vor Terrorismus zu schützen. An allen US-Botschaften ist daher ein DSS-Sicherheitsbeamter stationiert, Regional Security Officer (RSO) genannt, der nicht nur als leitender Sicherheitsexperte, sondern auch als ranghöchster Polizeibeamter der Botschaft fungiert.

»Der RSO ist ein Bursche namens Carr«, antwortete Adler. »Er diente in der Taktischen Spezialeinheit der Polizei von Albuquerque, bevor er in den Dienst des Außenministeriums trat. Ich habe mir seine Personalakte beschafft, bevor ich hierherkam. Anscheinend ist er ein harter Hund. Dient seit vierzehn Jahren beim DSS.«

»Im Moment könnten wir noch mehr harte Hunde gebrauchen«, murmelte Ryan. »Kamerun – das ist doch Botschafter Burlingame, nicht wahr?«

»Richtig, Mr. President«, antwortete Adler. »Chance Burlingame. War vor seiner Berufung vor ein paar Monaten bei

USAID. Er arbeitete schon seit Langem bei unseren Auslandsdiensten in Afrika.«

»Wie ist sein aktueller Status?«

»Er hält sich momentan nicht in der Botschaft auf«, erklärte Adler, wobei er ein wenig verlegen auf seinem Stuhl hin und her rutschte. Keiner der Anwesenden gestand gerne ein, auf eine Frage des Präsidenten keine klare Antwort geben zu können. »Wir sind noch dabei, das zu überprüfen. Aber von dem Anrufer aus der Botschaft, der das Operative Zentrum zuerst kontaktierte, haben wir erfahren, dass der Botschafter vom RSO begleitet wird.«

15

Adin Carr mochte seinen Job, war aber nicht besonders scharf auf den Titel »Regional Security Officer«. Sein Vater war ein Cop, genau wie sein Bruder, und auch er selbst war letztlich ein Cop und kein Sicherheitsbeamter. Deshalb war der Titel RSO auf Carrs Visitenkarten nicht zu finden, und er stellte sich normalerweise einfach als Special Agent Carr vor. In Afrika interessierte das ohnehin niemanden – im Unterschied zu den diplomatischen Wichtigtuern in Foggy Bottom.

»Herr Botschafter«, sagte Carr und wich einem Hundertfüßer aus, der quer über den unbefestigten Pfad kroch und fast so groß war wie Carrs Hand, »Sie sind ein verdammt guter Läufer.«

Er zog den Gurt seiner Gürteltasche fester an, damit sie beim Abwärtslauf auf dem Waldpfad nicht gegen seinen Hüftknochen schlug. Die Glock 19, die er in der kleinen Nylontasche mitführte, war zwar keine sonderlich große Waffe, aber die Tasche war nicht besonders gut gepolstert. Auf der zehn Kilometer langen Joggingroute – sie führte auf den Hügel hinter der Botschaft hinauf, umrundete ihn und verlief hinter dem Hotel Mont Fébé vorbei – würde ihm die Pistole einen ordentlichen Bluterguss auf dem Hüftknochen bescheren, wenn er die Tasche zu locker trug. Carr war groß gewachsen, eher ein wenig hager, und hatte seine dunkelkupferne Hautfarbe von seiner Mutter, einer Navajo, geerbt. Aufgewachsen im Navajo-Reservat in der Nähe von Blanding, Utah, war Carr im Herzen immer ein Wüstensohn geblieben und konnte sich nicht an die Schwüle gewöhnen, die in Westafrika herrschte. Carr hing zwar der Maxime an, Golf sei nichts anderes als ein misslungener Spaziergang, hatte aber gegen den Golfplatz hinter der Botschaft nichts einzuwenden, da er genug Platz für einen wunderbaren Morgenlauf bot, ohne ständig befürchten zu müssen, von einem durchgeknallten Taxifahrer über den Haufen gefahren zu werden. Und was noch besser war: Auf dem herrlich gepflegten Golfplatz war das Wasser nach dem Dauerregen der vergangenen Woche wieder relativ gut abgeflossen. Trotzdem bestand immer noch die Chance, dass ihn auf dem Lauf irgendein Halunke überfallen und ausrauben wollte, was der Grund dafür war, dass er die Glock immer bei sich trug.

Böse Jungs »Halunken« zu nennen, hatte er sich in seiner Zeit als RSO in Papua-Neuguinea angewöhnt, wo er vor seinem Einsatz in Kamerun stationiert gewesen war. In den Staaten hatte das Wort einen leicht drolligen, fast schon ein wenig idyllischen Beiklang – irgendwie altmodisch und lausbubenhaft. Aber an den Halunken in PNG war nichts drollig; die maskierten Banditen würden dich mit ihren Macheten in handliche Koteletts zerhacken, wenn sie dich nicht gleich mit einem Schuss aus ihren selbst gebastelten Schrotflinten direkt ins Gesicht umlegten.

Carrs Mutter gehörte dem *Two Rocks Sit*-Clan an und war die Tochter eines Navajo-Medizinmannes, der auf eine lange Reihe von Medizinmännern zurückblicken konnte. Sie glaubte an Verwünschungen, an alle möglichen Hexen und Geister und auch an Skinwalker, eine mythische Figur der Navajo, aber manche der Stämme im Hochland, denen Carr in PNG begegnete, trieben die Sache noch auf eine ganz andere Ebene. Diese »Halunken« verbrannten Frauen, die der Zauberei verdächtigt wurden, regelmäßig auf dem Scheiterhaufen. Wie an den meisten Einsatzorten hatten er und Linda auch in PNG viele neue Freunde gefunden, aber die drei Jahre in der Hauptstadt Port Moresby waren ihm endlos vorgekommen, eine Zeit, in der er sich jedes Mal, wenn Linda einkaufen ging, Sorgen um seine Frau machen musste. Auch Kamerun war ein armes Land, die Korruption war hier weitverbreitet, und die Landschaft sah aus, als sei sie gerade mit einem Bombenteppich überzogen worden. Aber im Vergleich zu PNG war das hier ein friedlicher Stadtpark. Und es war tausendmal besser, als wieder in die Staaten zurückversetzt zu werden. Man hatte ihn bereits wissen lassen, dass er nach seiner Rückkehr für eine leitende Position im WFO – im Washington Field Office – vorgesehen war, und deshalb wollte er sich so lange wie möglich von D. C. fernhalten. Außerdem ging es ihm und Linda auch um das Abenteuer. Und das bot Afrika im Überfluss. Schwarze Mambas, Echte Kobras, herumstreunende Elefanten, Boko-Haram-Terroristen – dieser Kontinent bot einem jede Menge Dinge, die das Leben nie langweilig werden ließen.

Carr hatte gehört, dass die Halunken in Kamerun ein wenig zivilisierter seien als die in PNG, aber die paar, die er schon zu sehen bekommen hatte, trugen trotzdem große Buschmesser mit sich herum, und er war keineswegs scharf darauf herauszufinden, wie bereitwillig sie diese einsetzten. Schon gar nicht, wenn man einen Botschafter im Schlepptau hatte.

Der letzte Missionschef in Kamerun hatte sich Malaria zugezogen und war nach Iowa zurückversetzt worden. Burlingame war erst seit zwei Monaten in Kamerun, aber kein Neuling in Afrika, da er zuvor für die US-Entwicklungshilfsorganisation USAID in mehreren anderen Ländern des Kontinents gearbeitet hatte. Er war gut über ein Meter achtzig groß und damit ein paar Zentimeter größer als Carr, mit natürlichem sandblondem Haar, das er gerade lang genug trug, um es scheiteln zu können. Burlingame hielt sich fit und aufrecht, und wie jeder, der längere Zeit auf dem Kontinent zugebracht hatte, war ihm völlig bewusst, dass hier jederzeit alles passieren konnte, aus einem einfachen Grund: *TIA*.

This Is Africa.

»Adin«, sagte Burlingame, der auch nach acht der zehn Kilometer langen Laufstrecke kaum außer Atem war, »was meinen Sie, sollen wir morgen nicht noch ein paar Klicks an unseren Lauf dranhängen?«

Carr grinste in sich hinein – der Botschafter hatte sich offenbar ein wenig Militärjargon angewöhnt: Nicht viele Diplomaten würden einen Kilometer als »Klick« bezeichnen.

»Sorry – morgen fliege ich nach Botswana, wo ich an der Polizeiakademie unterrichten muss. Aber am Freitag bin ich dabei.« Carr warf seinem Boss ein schiefes Grinsen zu. »Aber Sie sollten nicht vergessen, dass ich nicht nur mitlaufen, sondern auch fit genug bleiben muss, um eine tödlich giftige Waldkobra abzuwehren, während Sie sich in Sicherheit bringen – sollten wir in Schwierigkeiten geraten.«

Burlingame schmunzelte – das war etwas, das sein Vorgänger kaum jemals getan hatte, nicht mal vor seiner Malariaerkrankung. »Mit wem soll ich dann laufen, während Sie in Botswana sind?«

»Sie sollten in der Botschaft bleiben, wo Ihnen nichts …«

Alarmsirenen schrillten los und brachten die beiden Männer abrupt zum Stillstand. Carr hatte die Alarmanlage persönlich an den Mauern der Botschaft installieren lassen. Ihre Lautstärke war jenseits der Schmerzgrenze, ein durchdringendes Heulen, das jedem auf dem Botschaftsgelände unmissverständlich klarmachte, dass etwas Schlimmes geschah, und außerdem jeden Halunken abschrecken sollte, der glaubte, er könne hier eine Show wie damals in Teheran abziehen.

Carr sprang vom Pfad in den Baumschatten hinüber, wobei er Botschafter Burlingame am T-Shirt zu fassen bekam und mit sich zerrte.

»Eine Übung?«, fragte der Botschafter.

Um einen besseren Blick auf das Botschaftsgelände zu bekommen, schlich Carr ein paar Schritte weiter und schob das Gestrüpp beiseite, wobei er sich aber aufmerksam nach Giftschlangen umsah, vor allem nach der lang gestreckten, tödlich giftigen Jameson-Mamba.

»Nein, keine Übung«, sagte er knapp.

»Wie wollen Sie das wissen?«

»Weil ich derjenige bin, der die Übungen anordnet.«

Beide Männer bekamen die Szene fast gleichzeitig zu sehen, reagierten aber völlig unterschiedlich. Burlingame stöhnte auf, sprang vor und wäre geradewegs den Abhang hinunter und auf den Zaun der Botschaft zugestürmt. Carr bekam ihn gerade noch zu fassen und zerrte ihn in die relative Sicherheit zwischen den Bäumen zurück.

Burlingame versuchte, sich loszureißen. »Ich muss sofort dort runter!«

»Warten Sie!«, zischte Carr und packte den Botschafter mit festem Griff am Oberarm. Er rechnete fast schon damit, den Mann notfalls niederzuringen, wenn es sein musste. »Wir tun niemandem einen Gefallen, wenn Sie selbst in die Sache verwickelt werden – was immer dort unten los ist.«

Burlingame keuchte heftig. »Ihre Leute haben keinerlei Vorwarnung bekommen?«

»Nein, nichts.« Carr starrte mit voller Konzentration auf das Durcheinander, das auf dem Botschaftsgelände herrschte. Drei Frauen, in denen er die Ehefrauen von Botschaftsangestellten erkannte, schwammen gerade im Pool, der nicht weit vom rückwärtigen Zaun entfernt war, als die Sirenen losheulten. Botschaftsangehörige mitsamt ihren Familien werden informiert und trainiert, wie sie auf alle Arten von Katastrophen und Notlagen zu reagieren haben. Auch die Kinder waren sofort aus dem Pool gestiegen und rannten nun zur Kanzlei hinüber. Sechs schwere, minengeschützte Cougars der kamerunischen Armee waren in strategischen Positionen außerhalb des Zauns in Stellung gegangen.

»Eine Belagerung«, flüsterte der Botschafter fassungslos.

Eine Botschaftsangestellte, die Carr erkannte – Karen von der Personalabteilung –, lehnte sich mit einem Mobiltelefon in der Hand aus einem der Fenster im Obergeschoss, zog sich aber sofort wieder zurück, als sie die MRAPs vor dem Zaun erblickte. Carr kam es seltsam vor, dass sie das Risiko eingegangen war, sich für ein Telefonat aus dem Fenster zu lehnen, doch dann sah er, dass alle Antennen auf dem Dach zerstört worden waren. Tatsächlich erinnerte er sich jetzt, dass sie zwei Mal dicht hintereinander ein dumpfes BUMM! gehört hatten, als sie an der Rückseite des Hügels entlanggejoggt waren, aber der Lärm war vom dichten Laub und durch die Entfernung gedämpft gewesen, sodass Carr ihn einem Flugzeug oder einer weit entfernten Militärübung zugeschrieben hatte.

Automatisch zuckte seine Hand zur Gürteltasche, um sich zu vergewissern, dass die Glock noch darin steckte. Er hatte ein Reservemagazin mit fünfzehn Schuss dabei, sodass er insgesamt über einunddreißig Schuss verfügte. Mit der Pistole fühlte er sich ein wenig besser, aber natürlich reichte sie nicht aus, um einen Gegenangriff zu starten. Von der Schusswaffe abgesehen, trug er noch ein Benchmade-Klappmesser, eine kleine Streamlight-Taschenlampe und ein Handy mit sich. Er zog das Telefon heraus.

»Gute Idee«, nickte Burlingame. »Vielleicht kann uns jemand in der Kanzlei erklären, was los ist.«

Carr versuchte es zuerst im Sicherheitsbüro, bekam aber nur das Besetztzeichen zu hören. Vermutlich hatten die Angriffstruppen die Sendemasten blockiert. Und wahrscheinlich hatten sie auch das Festnetz unterbrochen.

Carr senkte das Handy.

»Keine Verbindung«, sagte er. »Wir müssen Sie an einen sicheren Ort bringen und ein Festnetztelefon oder ein Satellitentelefon finden, damit ich den Angriff weitermelden kann.«

Der Botschafter atmete ein paarmal tief ein und aus, um sich zu beruhigen. »Was soll der Scheiß, Adin? Hat Kamerun den Vereinigten Staaten gerade den Krieg erklärt oder wie?«

»Sieht so aus, Sir«, antwortete Carr. »Wir müssen von hier weg.«

»Wir können doch nicht einfach verschwinden!«

»Genau das werden wir tun, Mr. Ambassador.«

Burlingame stöhnte erneut auf und deutete den Hügel hinunter.

»Verdammt!«, fluchte Carr.

Sarah Porter, die Ehefrau des Stellvertretenden Missionschefs, wurde aus einem der Cougars gezerrt und in einen vor dem Tor geparkten Jeep verfrachtet. Ihre Hände waren auf dem Rücken gefesselt.

»Mrs. Porter …«

Burlingame packte Carr am Handgelenk. »Wir müssen den Jeep verfolgen!«

»Sir«, sagte Carr, »Mrs. Porter ist eine bemerkenswerte Person. Wie eine total coole Nachbarin oder Tante, in die man sich als Junge verknallt. Aber meine erste Priorität ist Ihre Sicherheit, Sir.«

Burlingame schoss ihm einen zornigen Seitenblick zu. »Ich sehe doch, dass Sie sie unbedingt verfolgen wollen! Ich gebe Ihnen die Ausrede – oder eher den Befehl!«

Carr dachte kurz über die Optionen nach, die ihm blieben. In der Umgebung lagen mehrere befreundete Botschaften, aber es patrouillierten auch viele unfreundlich aussehende Militärfahrzeuge durch die Straßen um die Botschaften. Nein, die Büros des Friedenscorps waren die beste Wahl. Sie waren zwar auch nicht sicher, aber in erreichbarer Nähe, keine zwei Kilometer entfernt auf der Ostseite des Golfplatzes. Sie würden alle Hebel in Bewegung setzen, um herauszufinden, wohin Mrs. Porter gebracht wurde, und er könnte den Botschafter im Gebäude des Friedenscorps unterbringen, bis er herausgefunden hatte, was eigentlich los war – oder bis die Kavallerie eintraf.

»Okay. Sie sind der Boss«, sagte er schließlich.

»Könnte es sein, dass Boko Haram das Militär infiltriert hat, was meinen Sie?«, fragte Burlingame, als sie sich auf den Weg machten, wobei sie das Botschaftsgelände durch Büsche und Laub im Blick behielten.

»Nein.« Carr schüttelte den Kopf. »Das sieht eher nach einem Putsch oder so aus. Wenn es Boko Haram wäre, hätten wir eine höllische Schießerei hören müssen.«

»Dann ist es wenigstens politisch und nicht religiös.«

Carr sprang über einen halb vermoderten Baumstamm, unter dem sich sicherlich jede Giftschlange gern wohnlich einrichten würde. »Mr. Ambassador«, sagte er grimmig, »für manche Leute sind Politik und Religion ein und dasselbe.«

16

Reza Kazem und seine Männer – insgesamt sieben – kämpften sich durch die schwere, sumpfige Brühe. Sie hielten die MPs über die Wasseroberfläche, die Schultern gegen den unerbittlich auf sie niederprasselnden Frühlingsregen hochgezogen. An den Berghängen rauschten zahllose kleine silberne Wasserfälle und Rinnsale über die stumpfgrauen Felsen und vereinigten sich zu Bächen und Strömen.

Die regennass glänzenden Gesichter der Männer zeigten höchste Anspannung und Nervosität. Sie waren mit langen Messern und verschiedenen Versionen der ehrwürdigen russischen Kalaschnikow bewaffnet, ein paar mit Klappkolben, die übrigen mit Kolben aus Polymer oder aus hellbraunem Holz. Maschinengewehre waren nicht leicht zu bekommen, und Schießübungen zogen unerwünschte Aufmerksamkeit auf sich, selbst dann, wenn sie weit außerhalb der Siedlungen stattfanden. Ihre Ausrüstung schien von jemandem zusammengestückelt worden zu sein, der Fotos von Aufständischen in irgendwelchen Magazinen als Vorlage genommen hatte. Ein paar Dinge ihrer Ausrüstung, wie etwa die olivfarbene Fallschirmleine, die am Gürtel eines der Männer hing, waren völlig überflüssig. Andere, wie die drei Metall-Karabiner, die an Rahims taktischer Weste eingehakt waren, wirkten schlicht lächerlich und konnten durch ihr Geklimper die gesamte Mission gefährden. Trotzdem hatte Kazem seinen Männern in Bezug auf die Ausrüstung freie Hand gelassen. Schließlich floss in den Adern jedes Iraners das Blut eines Revolutionärs – und das galt sogar, oder ganz besonders, für die Iraner, die von dem Leben genug hatten, das ihnen seit der letzten Revolution aufgezwungen wurde.

Kazem hatte sich schlechtes Wetter gewünscht. Bei derart starkem Regen würde keiner, der Wachdienst schieben musste, gern aus dem Auto steigen. Das Lagerhaus lag außerhalb von Teheran und war ein ideales Einsatzziel, da es in dieser Gegend, anders als im weiter südlich gelegenen iranischen Teil Belutschistans, nur selten zu gewaltsamen Auseinandersetzungen kam. Der laut rauschende Regen und das Geräusch der kleinen Steinlawinen, die der sintflutartige Regen an den Hängen auslöste, übertönten die unvermeidlichen Geräusche, die die Männer beim Vorrücken verursachten; trotzdem war gelegentlich noch rohes Gelächter aus dem Wellblech-Wärterhäuschen hinter dem Tor zu hören.

»Das ergibt irgendwie keinen Sinn«, sagte Rahim, der links von Kazem stand. Seine Stimme klang ein wenig weinerlich, und Kazem vergewisserte sich mit einem kurzen Seitenblick, dass Rahims Wangen vom Regen und nicht von Tränen glänzten. »Ich zähle nur vier Wärter.«

»Hattest du denn mehr Wärter erhofft, Bruder?«, fragte Kazem und starrte den jungen Mann durchdringend an.

»Nein … ich …« Rahim wandte den Blick ab und schüttelte den Kopf, als wollte er einen schlechten Albtraum loswerden. »Aber irgendetwas stimmt hier nicht. Nach unseren Informationen sollten acht bis zehn Mann Wachdienst schieben.«

»Dann danken wir doch Allah, dass es ein paar weniger sind«, sagte Kazem. »Macht uns nur den Job leichter.«

Er blickte sich nach den übrigen Männern um. Zwar waren sie alle frisch und eifrig bei der Sache, aber viel wichtiger war, dass sie ihm blind vertrauten. Rahim wurde vor einer Kundgebung oder einem größeren Ereignis immer nervös, das war nichts Neues, doch hatte er sich bisher immer als mutig genug erwiesen. Aber allzu unabhängig und selbstständig sollten seine Männer nicht sein.

Die Wahrscheinlichkeit, dass die Mission erfolgreich verlaufen würde, hing direkt mit der Kühnheit des ganzen Plans zusammen – und mit der Tatsache, dass Kazem mehr als nur ein bisschen Hilfe aus dem Anschlagsziel selbst bekommen hatte.

»Was meinst du – steht der Zaun unter Strom?«, fragte Rahim.

Der rechts von Kazem stehende Mann schnaubte verächtlich. Sein Mund befand sich so knapp über Wasser, dass sich beim Sprechen beinahe Blasen bildeten. Basir war älter als die anderen und hatte schon sechs Jahre Dienst in der Armee hinter sich. Er war der Einzige in der Gruppe, sogar einschließlich Kazem, der militärische Erfahrung mitbrachte. Und er war unglaublich stark, mit mächtigen Oberarmen und einem dicken, wulstigen Nacken. Seine Körperkraft hatte er den unzähligen Stunden Training im *Pahlevani* zu verdanken, dem uralten persischen Sportwettkampf, der aus einer Mischung von gymnastischen Bewegungen, Kampfübungen und Tanz bestand. »Warum sollten sie sich die Mühe machen, den Zaun unter Strom zu setzen? Hier gibt's doch nichts zu klauen außer ein paar Trucks und Uniformen.«

»Aber genau deshalb sind wir doch hier – um Uniformen zu klauen«, murrte Rahim. Er schob seine MP beiseite und wischte sich den Regen aus den Augen, ohne zu bemerken, dass er dabei seine Waffe in die schlammige Brühe tauchte.

Kazem und Basir warfen sich vielsagende Blicke zu. Sie waren sich einig: Diesen Mann würden sie als ersten hineinschicken.

»Wer würde schon eine Uniform klauen, wenn er weiß, dass er dafür ins Evin gesperrt wird?«, fragte Kazem.

»Aber genau das machen wir doch!«, wandte Rahim ein. »Also könnten auch andere auf die Idee kommen. Und das könnte ein Grund sein, dass sie den Zaun eben doch unter Strom setzen. Vielleicht haben auch andere schon geglaubt, es wäre kinderleicht, in einen Lagerschuppen wie diesen hier einzubrechen. Vielleicht haben sie deshalb Selbstschussanlagen am Zaun entlang installiert.«

»Oder vielleicht lassen sie den Zaun von Drachen bewachen, Bruder«, sagte Kazem grinsend. Aber er spürte, dass seine Geduld in diesem erbarmungslosen Regen bald zu Ende sein würde. Er schob sein Nachtsicht-Monokular vor das Auge und blickte in beiden Richtungen am Zaun entlang. Dutzende Fahrzeuge in allen Formen und Größen, manche weiß, die meisten olivgrün oder sandfarben, standen in ordentlichen Reihen unter den Tarn-Abdeckplanen, die über hohe Metallgerüste gespannt waren, damit die Fahrzeuge für die Aufklärungssatelliten unsichtbar blieben.

Rahims Flüstern klang fast panisch; er zitterte so heftig, dass das Wasser um ihn herum zu brodeln schien. »Ich sage doch nur, dass wir uns mehr Zeit lassen sollten. Die Soldaten werden uns irgendwann bemerken.«

»Sollen sie doch«, sagte Kazem. »Aber wir müssen mutig sein und unseren Plan entschlossen ausführen. Auch in diesem Augenblick zahlen unsere Brüder im Evin einen hohen Preis. Das solltest du nicht vergessen.«

Die übrigen Männer nickten ernst und flüsterten kurze Gebete.

»Gut – dann also los«, sagte Kazem und ließ den Blick durch das Nachtsichtgerät noch ein letztes Mal über den Zaun gleiten. »Es ist Zeit zu …«

Er brach ab, als zwei Wärter in sein Blickfeld gerieten. Sie kamen hinter einem lang gestreckten Schuppen hervor und gingen langsam am Zaun entlang. Sie hielten die Köpfe gegen den strömenden Regen gesenkt, aber unter ihren tief herabgezogenen Kapuzen glommen Zigaretten. »Anscheinend hast du doch recht, Rahim«, sagte Kazem und gab ihm das Monokular. »Sie haben tatsächlich genug Verstand, Wachpersonal einzusetzen.«

Rahims befriedigtes Grinsen verschwand sofort wieder, als er Kazems nächsten Befehl hörte.

»Bruder Rahim, du kommst mit mir. Basir, du führst den Angriff durch das Haupttor. Sie werden glauben, dass dein Truck im Regen liegen geblieben ist, und dich hereinlassen. Während sie eure Papiere überprüfen, mäht ihr sie nieder, aber achtet darauf, dass keiner den Alarm auslösen kann.« Er wandte sich nach links.

Mit zitternder Hand fasste Rahim Kazem am Arm. »Mit … mit dir?«

»Ja«, nickte Kazem stolz. »Zur Belohnung, weil du bei den Wärtern das richtige Gespür hattest. Deshalb steht dir natürlich die Ehre zu, sie auszuschalten.«

Basir und die übrigen Männer waren bereits unterwegs, bevor Rahim es schaffte, den Schlamm von seinem Gewehr zu wischen. Kazem zwang sich ein Lächeln ab und legte dem Jungen die Hände auf die Schultern, um ihm ein wenig Mut einzuflößen, denn auf Vernunft konnte man bei diesem Idioten nicht hoffen. Eine AK-47 blieb zwar unter extremsten Bedingungen funktionsfähig, aber Schlamm im Lauf war selbst bei dieser Waffe ein ernstes Problem.

Allerdings war das jetzt nicht mehr wichtig. Dieser Dummkopf würde ohnehin keine Gelegenheit mehr bekommen, die Waffe abzufeuern. Er würde heute als Märtyrer sterben. Dafür würde Reza Kazem persönlich sorgen.

17

Ruth Garcia, Assistant Director der FBI-Division Strafverfolgung, warf, ohne den Kopf zu drehen, Gary Montgomery einen kurzen Seitenblick zu. Ihr schulterlanges schwarzes Haar wippte auf und nieder, als sie ihr Lauftempo beschleunigte und in die kurze Gerade auf der Kunststofflaufbahn einbog, die unter dem weit vorragenden Zwischengeschoss des J.-Edgar-Hoover-Gebäudes verlief.

Herausforderung angenommen, murmelte der Secret-Service-Agent in sich hinein – oder hätte er gemurmelt, wenn er nicht so sehr außer Atem gewesen wäre. Seine Frau versicherte ihm immer wieder, er sei eher für Gemütlichkeit gebaut als für Schnelligkeit, und damit hatte sie sicherlich recht. Ein großer Mann wie er musste sich ziemlich verausgaben, um mit einer verdammten Gazelle wie Ruth Garcia Schritt halten zu können.

Beide Agenten trugen Laufshorts und T-Shirts. Garcias dunkelblaues T-Shirt gehörte zur Arbeitskleidung, weshalb darauf das FBI-Logo in riesigen gelben Lettern prangte, während Montgomery ein einfaches graues Shirt mit einem recht bescheidenen fünfzackigen USSS-Stern trug. Die Shirts waren so etwas wie Avatare des Charakters ihrer jeweiligen Behörden – und der Agenten, die sie trugen. Während sich Montgomery gern im Hintergrund hielt, war Garcia offen und geradeheraus. Sie beherrschte vier Sprachen, neben Englisch

Vietnamesisch, die Sprache ihrer Großeltern mütterlicherseits, außerdem von väterlicher Seite Tagalog, die am weitesten verbreitete Sprache auf den Philippinen, sowie Spanisch. Ihr unglaubliches Ermittlungstalent, gepaart mit dem nötigen ruppigen Durchsetzungsvermögen, hatte entscheidend zu ihrem schnellen Aufstieg in der FBI-Hierarchie beigetragen, sodass sie noch vor ihrem vierzigsten Geburtstag Special Agent in Charge (SAC) der FBI-Außenstelle in Tampa, Florida, geworden war. Schon fünf Jahre später war sie zum Assistant Director ernannt worden – keine geringe Leistung für eine Mutter zweier Kinder.

Montgomery hatte Garcia vor zwei Jahren bei einem Pistolenschießwettkampf der verschiedenen Strafverfolgungsbehörden in Florida kennengelernt. Sie war ungefähr um ein halbes Einschussloch besser gewesen als er – der Durchmesser des gezackten inneren Kreises ihres Schusses hatte einen halben Zentimeter näher am Zielpunkt gelegen.

Montgomerys eigentlicher Ansprechpartner beim FBI war der SAC des Washington Field Office. Das WFO war gemeinsam mit dem Secret Service für die Ermittlung aller Gefahrenlagen zuständig, die den Präsidenten betrafen. Der SAC war ein kompetenter Bursche, aber Garcia war eine langjährige Freundin. Freundschaft plus Kompetenz plus Zugriff auf den riesigen Ermittlungsapparat des FBI waren schwer zu toppen. Sogar Montgomerys Frau wusste, dass ihr Mann in Garcia gewissermaßen professionell verknallt war. Garcia war clever und konnte hervorragend schießen. Und auch verdammt gut laufen. Sicher, sie stand in der Hierarchie über ihm, aber als SAC des Personenschutzes des Präsidenten verfügte auch er über nicht geringen Einfluss, sogar über Behördengrenzen hinweg. Deshalb heulte auch niemand in den beiden Behörden auf, wenn er sich über die offiziellen Befehlsketten hinwegsetzte, das WFO umging und sich direkt an seine Freundin wandte. Es lohnte sich einfach nicht, sich mit einem Burschen anzulegen, der sich jeden Tag direkt neben dem Präsidenten auf dem Schwinn Airdyne im Gymnastikraum des Weißen Hauses abstrampelte.

»Der Große Boss macht es Ihnen zu leicht«, sagte Garcia, als hätte sie Montgomerys Gedanken gehört. Sie verkürzte die Schrittlänge und steigerte die Laufgeschwindigkeit. »Der bequeme Job verweichlicht Sie.«

Montgomery zog die breiten Schultern hoch und beugte sich ein wenig weiter nach vorn, um sich ihrem neuen Tempo anzupassen. Er hatte sie an diesem Morgen angerufen, in der Hoffnung, sich mit ihr über die Posts und Mails im Internet austauschen zu können, die den Ruf des Präsidenten beschädigten und ihn auch persönlich bedrohten. Sie hatte vorgeschlagen, darüber bei ihrem vormittäglichen »Jog« zu plaudern. Er hätte wissen müssen, was ihm bevorstand. Noch ein paar Runden in diesem Tempo, und er würde einen stillen Winkel zum Kotzen suchen müssen.

Auch die Zentrale des Secret Service verfügte über ein ordentliches Fitnesscenter, das sogar besser war als in vielen anderen Behörden, aber wie immer trieben die Feds auch diese Sache auf eine völlig neue Ebene. Kletterseile, freie Gewichte, Maschinen, Sandsäcke, Matten für Selbstverteidigungstaktiken und auch die Tartanlaufbahn, auf der Montgomerys schwerer werdende Füße nun vermutlich tiefe Abdrücke hinterließen, beanspruchten fast die gesamte Freiluftfläche auf dem Zwischengeschoss, das auf die 9th Street im Zentrum von Washington, D. C., hinausging. Weil der Track zwar gegen Regen geschützt, aber dem Wind und den Temperaturen draußen ausgesetzt war, trainierte man dort unter beinahe lebensechten Bedingungen, statt in einem geschlossenen Fitnesscenter auf einem Laufband zu traben und nebenher die TV-Nachrichten zu verfolgen.

Gnädigerweise begnügte sich Garcia mit zwei weiteren Runden und ging dann in einen gemächlicheren Laufschritt über.

»Ich vermute mal, dass Sie Ihre eigenen Theorien über diese Vorkommnisse haben?«, sagte sie, anscheinend kaum außer Atem.

»Habe ich«, brachte Montgomery keuchend hervor. »Mit solchen … Angriffen … haben wir öfters … zu tun. Aber … das hier … fühlt sich anders an.«

Garcia warf ihm einen weiteren kritischen Seitenblick zu und lief noch langsamer. »Sagen Sie es mir, wenn Sie aufhören …«

»Jetzt«, platzte Montgomery heraus. Er versuchte weiterzugehen, musste dann aber doch stehen bleiben. Nach vorn gebeugt, stützte er die Hände auf die Knie. »Wie … weit war das?«

»Nicht mal sechseinhalb Kilometer«, antwortete sie grinsend.

»Scheiße«, keuchte Montgomery. »Sechseinhalb sollte ich doch wohl ohne Probleme noch schaffen.«

»Bei dreizehn Kilometern in der Stunde? Das ist verdammt schnell für einen Sechzigjährigen.«

»Ich bin achtundvierzig … danke vielmals.« Montgomerys Lunge ging allmählich wieder in normalere Atemfrequenz über. »Können wir uns bitte wieder mit der Frage befassen, wie wir den Präsidenten retten?«

»Ich weiß nicht, was ich Ihnen dazu sagen könnte«, meinte Garcia. »Zur Cyberkriminalität gibt es eine Unmenge Erkenntnisse über Bots und diese Propaganda-Lagerschuppen überall in China, Osteuropa und um den Persischen Golf. Das Internet ist zum Schlachtfeld eines neuen Kalten Krieges geworden. Diese Form von Audio- und Video-Manipulation ist allerdings relativ neu – jedenfalls auf dem technischen Entwicklungsniveau, das wir hier zu sehen bekommen. Vor fünf Jahren hätte ich Ihnen sagen können, dass höchstwahrscheinlich ein staatlicher Akteur hinter diesem Video steckt, aber mit den heutigen technischen Möglichkeiten könnte es genauso von einem Mittelschüler gebastelt worden sein, der in seinem Hobbyraum in Bethesda oder sonst wo sitzt.«

Montgomery rieb sich die Augen und vertrieb damit die letzten Sterne, die ihm seine Erschöpfung vorgegaukelt hatte. »Das haben mir auch die Jungs von unserer Cybercrime-Abwehr klargemacht.« Er schüttelte den Kopf. »Aber würde ein Jugendlicher so etwas aus reinem Spaß machen? Schon das bloße Gerücht, dass der Präsident einen Impfstoff gegen die Grippe horten lässt, schickt die Aktienkurse auf Talfahrt und jagt den Menschen Angst und Schrecken ein.«

»Vielleicht ist Ihnen nicht ganz klar, wie Jugendliche heutzutage ticken«, sagte Garcia. »Sie amüsieren sich köstlich darüber, wenn andere Leute leiden.« Sie warf ihm einen schrägen, schelmischen Blick zu, als würde sie solche Kids persönlich kennen. »Jedenfalls habe ich gleich heute Morgen mit unserer Rechtsabteilung gesprochen. Sie werden die Sache dem Staatsanwalt von Virginia vortragen, aber im Moment sehen sie hier kein Vergehen. Öffentliche Persönlichkeiten müssen es aushalten können, dass sie ab und zu mit faulen Eiern beworfen werden.«

»Ist mir klar«, sagte Montgomery bedrückt.

Eine unheimlich vertraute Stimme lenkte seine Aufmerksamkeit ab. Sie kam von einem Fernseher, der an einem der Betonpfeiler über dem Gewichtheber-Areal installiert war. Eine Frauenstimme, rauchig wie Anne Bancrofts Drei-Packungen-am-Tag-Stimme in *Die Reifeprüfung*. Montgomery war schon nach einer Sekunde klar, wer da sprach: Michelle Chadwick, die dienstältere Senatorin von Arizona.

»… zum jetzigen Zeitpunkt nicht möglich zu sagen, ob diese

Behauptungen stimmen, aber ich darf Ihnen versichern, dass mein Büro die Angelegenheit untersucht. Attentate zu genehmigen, eine Epidemie zu vertuschen, Impfstoffe für die Elite zu horten ... jede einzelne dieser Maßnahmen stellt einen schwerwiegenden Bruch des öffentlichen Vertrauens dar ...«

Die beiden Agenten bogen um die Ecke und blieben stehen, um die Sendung zu verfolgen.

Der eingeblendete Balken am unteren Bildschirmrand meldete, dass es sich um die Aufzeichnung einer Pressekonferenz handle, die die Senatorin vor einer Stunde abgehalten hatte.

»Hören Sie sich nur mal diese Frau an«, sagte Montgomery. »Die Storys im Internet kommen ihr doch verdammt gelegen.«

Garcia blickte zu ihm auf und zog die Augenbrauen zusammen. »Sie glauben doch nicht etwa, dass sie dahintersteckt?«

»Wahrscheinlich nicht«, gab Montgomery zu, »aber sie ist auf jeden Fall sehr erfreut darüber.«

»Und häuft noch mehr Dreck darauf.«

Senatorin Chadwick befand sich bereits in ihrer dritten Wahlperiode im Senat, obwohl sie erst sechsundvierzig Jahre alt war. Sie war eine knochige, sogar hagere Frau, mit hohen Wangenknochen und einer Hakennase. Das kastanienbraune Haar trug sie helmartig aufgetürmt. Doch die Welt innerhalb des »Beltway«, des um den District of Columbia führenden Autobahnrings, der als Synonym für den »Washingtoner Politikbetrieb« der Politiker, Berater, Lobbyisten und Medienvertreter galt, war klein: Hier war allgemein bekannt, dass sich die zweifach geschiedene Senatorin mit einem ihrer Angestellten namens Corey Fite über die Grenzen des Schicklichen hinwegsetzte – offenbar glaubte sie, die #MeToo-Debatte beziehe sich nur auf mächtige Männer und deren

Untergebene. Fite hatte Chadwick jedoch noch nicht öffentlich eines Übergriffs bezichtigt, und ihre Senatskollegen hatten natürlich kein Interesse daran, mit Blick auf ihre eigenen quasi-einvernehmlichen Affären schlafende Hunde zu wecken.

Ihr Großvater hatte nach seiner Rückkehr aus dem Zweiten Weltkrieg als Immobilienagent in Scottsdale seine erste Million gemacht. Aber in den Augen der Ostküstenaristokratie stammte sie noch immer vom »Neuen Geld« ab, was ihr einen schweren Komplex mitgab. Auch Jack Ryan war reich – viel reicher als sie. Der Präsident stammte allerdings aus einer Familie mit Wurzeln in der Arbeiterklasse und hatte sein Geld mit eigenen Händen verdient, statt es nur zu erben – Umstände, die Chadwick nur noch wütender machten. Ständig bezeichnete sie ihn als »Blaublütigen aus Washington« und schreckte nicht einmal davor zurück, einen Eliteschüler-Akzent zu affektieren, wenn sie über ihn sprach, was so klang, als hätte sie Roosevelts Zigarettenspitze zwischen den Zähnen.

»… in der Vergangenheit immer beschuldigt, den Kongress belogen zu haben. Und er leistete sich eine außereheliche Affäre und Insiderhandel, auch wenn diese Dinge bisher nicht bewiesen werden konnten.«

»In der Vergangenheit beschuldigt.« Montgomery streckte sich, als wollte er den Fernseher vom Betonpfeiler reißen. »Wie wär's mit ›entlastet‹?«, fauchte er. »Und ›nicht bewiesen‹ … bedeutet nichts anderes, als zu behaupten, dass er etwas zu verbergen habe.«

»Gehen wir weiter«, sagte Garcia.

»Noch einen Moment.«

»… Vorwürfe, dass er jemanden zum Schweigen bringen wollte, der ihm in die Quere kam, ob in einer politischen oder anderen Sache, wiegen unglaublich schwer«, fuhr Chadwick fort. *»Aber noch schlimmer ist, dass Ryan unsere Verbündeten*

am Persischen Golf vollkommen missachtet. Meine Kollegen im Senat und ich beabsichtigen, entschlossene Maßnahmen vorzuschlagen, um die brutale Unterdrückung friedlich demonstrierender Studenten durch das Ajatollah-Regime auf das Schärfste zu verurteilen – Studenten, die doch nur für ein besseres Leben demonstrieren.« Chadwick blickte direkt in die Kamera, die sie, eine begnadete Schauspielerin, für ihre Zwecke zu nutzen verstand. *»Ich fordere Sie auf, Mr. President: Schauen Sie nicht einfach tatenlos zu. Tun Sie endlich etwas …«*

Ein Knurren stieg tief aus Montgomerys Kehle. »Du willst, dass jemand etwas tut? Wie wär's, wenn ich dir …«

Garcia stieß ihn mit dem Ellbogen in die Rippen. »Ich glaube nicht, dass Sie in Anwesenheit einer FBI-Vizedirektorin Drohungen gegen eine Senatorin der Vereinigten Staaten aussprechen wollen.«

Montgomery zwang sich ein Grinsen ab. »Ich berufe mich auf die Meinungsfreiheit, Ma'am.«

Arnie van Damm ließ sich im Privatbüro des Präsidenten direkt neben dem Oval Office auf die Couch sinken. Aber kaum hatte er sich neben Mary Pat Foley gesetzt, als er auch schon wieder aufsprang und fluchend vor den geöffnet auf einer Schreibtischecke stehenden Laptop trat. Für heute war die Besprechung der »Principals« des Nationalen Sicherheitsrates zu Ende; alle außer van Damm und Foley, die engsten Freunde des Präsidenten, waren wieder zu ihrer Arbeit zurückgekehrt, um noch mehr Informationen zu sammeln, Optionen und Pläne zu entwickeln – alles, was dem Präsidenten bei seinen Entscheidungen helfen konnte.

Dieser fläzte sich in einen der weichen Sessel, die der Couch gegenüberstanden, die Beine weit ausgestreckt. Cathy hatte ihm mehr als nur einmal erklärt, ein Präsident dürfe sich nicht in einen Sessel »fläzen«, aber das hier war sein Fläzzimmer, zu dem die Medien keinen Zutritt hatten und das auch keinen Türspion hatte – im Gegensatz zu der Tür zwischen dem Oval Office und dem Sekretariat. Hier konnte er sich mit seinen engsten Mitarbeitern ungestört und vertraulich austauschen.

Die Sache in Kamerun gab ihm das Gefühl, hilflos zuschauen zu müssen. Noch immer hatten sie keine Nachricht, was mit der Frau des Vize-Botschafters geschehen war – was vermutlich bedeutete, dass sie immer noch als Geisel gefangen gehalten wurde. Verdammt, die ganze Botschaft war von Truppen umzingelt, was genau genommen bedeutete, dass alle, die sich darin aufhielten, Geiseln waren. Ryan hätte am liebsten ein Bataillon Marines losgeschickt und jeden Hundesohn, der sich ihnen in die Quere stellte, auf Bajonette spießen lassen – aber genau das war der Grund, warum Geiseln genommen wurden, nicht wahr. Um nicht gleich am Anfang von Bajonetten aufgespießt zu werden. Allerdings wurde dadurch in den meisten Fällen das Unvermeidliche nur hinausgezögert.

Auf der anderen Seite des Büros ließ van Damm ein wenig Dampf ab, indem er den Laptopmonitor, auf dem ein Video von Chadwicks jüngster Pressekonferenz lief, mit der Faust bedrohte. Als er sich ein wenig beruhigt hatte, setzte er sich wieder, aber die Adern am Hals traten immer noch deutlich über dem Hemdkragen hervor. »Sie überschreitet die Grenzen, Jack.«

Ryan blickte auf, jäh aus seinen Gedanken über die Ereignisse in Afrika gerissen. »Nicht ganz. Fällt dir nicht auf, dass sie ihre Kommentare und Tweets immer sorgfältig als Suche nach der Wahrheit verkleidet?«

Foley spähte ebenfalls auf van Damms Monitor. »Einschüchterung des politischen Gegners? Woher hat sie das nur?«

Ryan zuckte die Schultern. »Keine Ahnung.«

»Was hat sie gegen die Regierung in der Hand?«, fragte Foley weiter.

»Ich sage dir doch: Es geht um mich persönlich«, antwortete Ryan. »Aus irgendeinem Grund hält sie mich für den ultimativen Bösewicht, der unbedingt ausgebremst werden muss. Manchmal denke ich, sie ist nur einfach böse – aber manchmal denke ich auch, sie hält mich wirklich für die Verkörperung des Bösen.«

Van Damm lehnte den Kopf weit zurück und seufzte frustriert. »Yeah, aber dass du einen eigenen privaten Schlägertrupp beschäftigst!?«

Ryan rieb sich das Gesicht, plötzlich unendlich müde. »Damit hat sie ja nicht ganz unrecht. Na gut, es ist zwar kein Schlägertrupp, aber ihr wisst schon, was ich meine.«

Foley schüttelte den Kopf. »Mit allem Respekt, Jack, aber das meint sie nicht. Der Campus ist so etwas wie ein Skalpell. Sie meint quasi-kriminelle Killer – so etwas wie Rogers' Rangers.« Damit spielte Foley auf eine Militäreinheit an, die durch ihre irreguläre Kriegsführung aufseiten der Loyalisten in die Geschichte des Amerikanischen Unabhängigkeitskriegs eingegangen war. »Und überhaupt sollten wir gar nicht darüber reden.«

»Warum eigentlich nicht?«, fragte Ryan. »Damit ich einen Grund habe, jede Verantwortung abzustreiten? Das passt nicht zu mir, und das weißt du auch, Mary Pat. Ich bin jederzeit dafür, mich nicht in die Alltagsoperationen einzumischen, aber ich werde niemals meine Verantwortung dafür abstreiten, dass es den Campus gibt.«

»Jack.« Foleys Stimme stieg um ein paar Noten höher, denn diese Richtung des Gesprächs passte ihr in keiner Weise. »Geheimhaltung muss über alle ...«

Ryan hob die Hand. »Verstehe mich bitte nicht falsch, Mary Pat. Ich begreife vollkommen, wie wichtig Geheimhaltung ist. Aber du und ich … wir können nicht einfach so tun, als sei mir nicht bekannt, was wirklich vor sich geht. Es gibt einen Unterschied zwischen dem Exekutivprivileg und einer Lüge – auch vor uns selbst.«

Foley wollte etwas entgegnen, doch dann schüttelte sie nur den Kopf. Ihr war völlig klar, dass sich das sogenannte Exekutivprivileg auf das ungeklärte Spannungsverhältnis zwischen Exekutive und Legislative bezog – und auf die Frage, inwieweit der Präsident das Recht hat, dem Kongress wichtige Informationen vorzuenthalten. »Ja, Mr. President.«

»Wenn ihr zwei eure existenziellen Probleme geklärt habt«, mischte sich van Damm wieder ein, »sollten wir uns vielleicht doch wieder mit der Frage befassen, was wir im Blick auf Senatorin Chadwick unternehmen wollen. Ich sage es zwar nur höchst ungern, aber vielleicht solltest du darauf reagieren. Um deinen Namen nicht noch weiter in den Schmutz ziehen zu lassen.«

»Damit kommst du bei mir nicht durch, alter Freund«, sagte Ryan. »Chadwick will doch nur, dass ich direkt darauf eingehe, aber ich werde mich nicht an ihrer Schlammschlacht beteiligen. Aber ich werde selbst eine Pressekonferenz abhalten, um die Ängste wegen der Grippeimpfung zu zerstreuen.«

»Sie erhebt wieder die müden alten Vorwürfe über deine Investitionen und über die Börsenaufsichtsbehörde«, wandte van Damm ein. »Jeder weiß doch, dass dich die SEC von jedem Fehlverhalten freigesprochen hat.«

»Das weiß eben nicht jeder«, entgegnete Ryan.

»Aber Chadwick weiß es«, sagte Mary Pat. »Sie kramt diese alte Geschichte wieder hervor, sagt aber nicht, dass dir kein Fehlverhalten nachgewiesen werden konnte. Sie will, dass die Leute etwas anderes glauben, und das ist genauso schädlich wie eine direkte Lüge. Man sollte sie verklagen.«

»Wofür denn?«, schnaubte Ryan. »Weil sie mich zum Weinen gebracht hat?«

»Okay, dann eben wegen der Impfsache«, sagte van Damm. »Es ist doch sicherlich illegal, durch Halbwahrheiten Ängste zu schüren.«

Ryan schaute seinen Stabschef missbilligend an und schüttelte den Kopf. »Jetzt hör dir nur mal selbst zu, Arnie. Siehst du denn die Ironie oder vielmehr den Widerspruch nicht? Auf der einen Seite willst du eine Revolution unterstützen, die sich für mehr Meinungsfreiheit im Iran einsetzt, und auf der anderen Seite möchtest du Chadwick ins Gefängnis werfen, weil sie eine eigene Meinung äußert?«

18

Die Menschenmenge auf dem Keshavarz-Boulevard, westlich des riesigen Kreisverkehrs, der als Valiasr-Platz bekannt ist, zählte mehr als zweitausend Personen. Mindestens ein Drittel von ihnen protestierte gegen die Hinrichtungen. Die NAJA – *nīrū-ye entezâmī-ye jomhūrī-ye eslâmī-ye īrân* –, die uniformierte Polizei des Landes, positionierte sich in lockerer Abwehrlinie vor den Demonstranten, die mutig oder töricht genug waren, ihren Protest öffentlich und direkt auszudrücken. Allerdings war sich Erik Dowschenko sicher, dass sich noch weitere Polizisten in Zivil unter die zahlreichen Zuschauer gemischt hatten. Er bezweifelte, dass die Demonstranten Gewalt anwenden würden, denn alle wussten, dass sie damit der NAJA nur noch eine zusätzliche Begründung verschaffen würden, auch ihrerseits gewaltsam zurückzuschlagen – als ob die NAJA dazu überhaupt noch eine Ausrede benötigen würde. Im Iran wurde nicht mit Gummigeschossen in die Menge gefeuert. Schon der geringste Akt zivilen Ungehorsams wurde als Kapitalverbrechen angesehen. Die Spezialkommandos für diese Art von Straßenkampf waren genau dafür gekleidet und ausgerüstet – »Hats and Bats«, Hüte und Stöcke, wie es die Amerikaner verniedlichend nannten. Hier im Iran genügte schon ein falsches Wort oder ein drohender Blick, um die zweihundert

Polizisten mit ihren schwarzen »Hats« dazu zu bringen, ihre Hickory-Schlagstöcke auf die Köpfe der Demonstranten niedergehen zu lassen – ein »Holzshampoo«, noch so eine typisch amerikanische Wortschöpfung. Dowschenko kannte kein russisches Wort, das derart anschaulich gewesen wäre.

Drei Hydraulik-Kranwagen der japanischen Firma Tadano standen mit laufenden Motoren im grauen Nieselregen. Blaue Plastikschlingen baumelten von den Kranauslegern, im Moment waren sie noch leer. Dowschenko stand auf dem Dach eines Kinos auf der anderen Straßenseite, zwei Aufpasser von der Revolutionsgarde neben sich, und beobachtete die Szene unten auf der Straße durch sein eigenes Fernglas. Der Nieselregen klatschte dem Russen das Haar auf den Schädel und tropfte von der Nasenspitze, sodass er den Kragen seiner Pferdelederjacke hochstellte und eng um den Hals schloss. Er brachte nicht genug inneren Antrieb auf, um sich auch noch den Regen aus den Augen zu wischen.

Unten auf der Straße stellte das Henkerkommando der Revolutionsgarde die Verurteilten hinter einem wartenden Kleintransporter in Reih und Glied auf. Wegen der anhaltenden Proteste hatten die Politiker ernsthaft darüber nachgedacht, die Hinrichtungen hinter den sicheren Mauern des Evin-Gefängnisses durchzuführen. Aber am Ende wollte man eher die Gefahr in Kauf nehmen, dass es zu zivilem Ungehorsam kommen würde, als die Gelegenheit zu einer weiteren öffentlichen Machtdemonstration ungenutzt vorbeigehen zu lassen. Der Wächterrat und der Oberste Führer persönlich hatten zugestimmt. Es würde allen, die den Hinrichtungen beiwohnten, guttun zu sehen, wie Recht und Gerechtigkeit durchgesetzt wurden. Wer gegen das Regime protestierte, bekam den Strick. In aller Öffentlichkeit. Vor den Augen seiner Freunde. Vor seinen Eltern. Der Westen mochte den freizügigen Gebrauch der Henkerschlinge verteufeln, so viel und so lange er wollte, wenn es ihm nicht gefiel. Ändern würde es nichts daran.

Fast jeder Park oder jedes Stadion in der Umgebung hätte mehr Platz für die Zuschauer geboten, die die heutigen Hinrichtungen sehen wollten, aber obwohl der theokratische Staat seine Herrschaft grausam und starrköpfig ausübte, waren seine Behörden doch nicht naiv. Die Kreuzung am Valiasr-Platz bot die nötigen Engstellen, die ihre Einsatztrupps zum eigenen Vorteil ausnutzen konnten, und sie bot auch hoch gelegene Positionen, an denen die Scharfschützen und Beobachter in Stellung gehen konnten, sodass die ganze Show viel leichter zu kontrollieren sein würde.

Dowschenkos Auftrag lautete, gemeinsam mit den beiden Revolutionsgardisten, die neben ihm auf dem Dach standen, die mehreren Tausend Menschen zu beobachten, die unten auf dem Platz und in den Straßen umhergingen, und nach Protestierenden in der Menge Ausschau zu halten. Der Oberste Rat für den Cyberspace hatte Twitter und Facebook bereits blockiert und war erst jüngst dem russischen Beispiel gefolgt, auch die populäre Message-App Telegram zu blockieren. Weitere Plattformen der sozialen Medien waren technisch so sehr verlangsamt worden, dass sie kaum noch nutzbar waren. Auf Instagram waren zwar noch immer die Posts des Ajatollah zu sehen, aber das war dann auch schon alles. Die Mobilfunknetze im Stadtkern von Teheran waren abgeschaltet worden, sodass potenzielle Demonstranten zwei Stunden vor den Hinrichtungen nicht mehr miteinander kommunizieren konnten.

Nach der jüngsten Zählung hatten die Polizei und die Schlägertrupps der Iranischen Revolutionsgarde in den letzten drei Wochen bei verschiedenen Kundgebungen und Demonstrationen im ganzen Land mehr als tausend Dissidenten getötet. Der Oberste Religionsführer rief zwar öffentlich zum

Frieden auf, machte aber im Privatgespräch unmissverständlich klar, dass er durchaus bereit sei, noch weitere Zehntausende ausmerzen zu lassen, um das Überleben der Theokratie zu sichern. Im Iran sind Gottes Wege wirklich unergründlich.

Dowschenko ließ den Blick durch das Fernglas von einem Gesicht in der Menge zum nächsten gleiten. Auf manchen Gesichtern spiegelte sich ganz offensichtlich blankes Entsetzen über das, was in ihrem Land geschah. Andere starrten wie benommen auf die einfachen Aluminiumstühle und die schwarzen Leichensäcke, die man unter den Kranauslegern bereitgelegt hatte. Das waren die halb betäubten, halb interessierten Zuschauer, für die das hier nur ein kurzer Zwischenstopp auf dem Weg zum Park oder zum Abendgebet war. Denn schließlich waren es nicht sie selbst, die gehenkt wurden.

Der Oberste Richter, ein Mudschtahid, also ein islamischer Rechtsgelehrter, der die Befähigung zur selbstständigen Urteilsbildung besaß und vom Obersten Führer ernannt worden war, stand auf einem hölzernen Podest und verlas das Urteil über ein Lautsprechersystem. Er war aus einem bestimmten Grund damit beauftragt worden: Er wusste, worauf er achten musste, um die Menge richtig aufzuhetzen. Alle Angeklagten hatten sich des *Mofsed-e-filarz* schuldig gemacht, des Kapitalverbrechens der Verbreitung von Korruption auf der Erde, ein Vergehen, das häufig auch Zuhältern und Kinderschändern zugeschrieben wurde. Welcher gute Bürger oder welche gute Bürgerin würde nicht wollen, dass ihre Straßen von Korruption befreit würden? Mehrere Zuschauer in der Menge, viele wahrscheinlich Mitglieder der Basidsch, einer als inoffizielle Hilfspolizei eingesetzten paramilitärischen Miliz, die zur Teilnahme abkommandiert worden waren, bejubelten das Urteil, das im Stil einer Predigt vorgetragen wurde. Die Basidsch-Leute sollten andere Zuschauer in der Menge zum Mitjubeln anspornen. Der gläubige Mudschtahid hob beide Arme zum Himmel und nahm den Applaus freudig entgegen.

Babak, Javad und Jusef hatten ihre Zellen nicht mal verlassen müssen, um von einem formellen Gericht verurteilt zu werden. Das Verbrechen allein genügte für das Todesurteil, aber der Rat der Mullahs hatte bei der Urteilsbegründung sicherheitshalber noch das Kapitalverbrechen der Gotteslästerung draufgepackt. Javad konnte das Urteil egal sein. Sein Herz hatte schon im Keller des Evin unter der brutalen Hand von Major Sassani zu schlagen aufgehört.

Mitglieder der dem Ajatollah treu ergebenen Iranischen Revolutionsgarde würden die Hinrichtung durchführen. Sassani hatte entschieden, dass auch Javad zusammen mit seinen Kameraden gehenkt werden solle, als grausige Mahnung, dass ein vom Obersten Führer ausgesprochenes Todesurteil selbst dann unerbittlich ausgeführt werden müsse, wenn man schon tot war.

Dowschenko senkte das Fernglas. In seinem Magen rumorte es. Selbst der erbarmungslose KGB in Zeiten der Sowjetunion hatte die zum Tode Verurteilten mit ihrer Hinrichtung überrascht – nur eine weitere Vernehmung, ein Gang durch einen langen Flur, an dessen Ende man unvermittelt nach rechts statt wie sonst nach links abbog – und die Sache mit einem Schuss hinter das Ohr beendet, bevor die arme verwirrte Seele überhaupt merkte, dass an diesem Tag etwas anders war als sonst. Die Wände wurden kurz abgespritzt, dann kam schon der Nächste an die Reihe. Alles ordentlich und sauber und bei aller Brutalität fast human. Aber diese Revolutionsgardisten hier im Iran waren Tiere, mit Methoden, die aus dem Mittelalter stammten. Da gab es keinen barmherzigen Genickbruch, wie er eintrat, wenn einem der Stuhl unter den

Füßen weggekickt wurde. Die Amerikaner bezeichneten manche Leute gern als Nazis – aber was die Iraner hier taten, war genau das: die Nazi-Methode des Henkens. Ein dickes Seil oder ein blauer Plastikstrick wurde am Ausleger eines Baukrans festgebunden und die Schlinge um den Hals des oder der Verurteilten gelegt. Dann wurde er oder sie langsam in die Höhe gezogen und so langsam erwürgt. Mit etwas Glück presste das Seil ziemlich schnell die Halsschlagader und damit die Blutzufuhr zum Gehirn ab. Aber sehr häufig kickte das Opfer auf dem langen Weg nach oben heftig um sich und kämpfte manchmal noch minutenlang um sein Leben.

Brutale Taktiken waren Dowschenko nichts Neues. Der Herr im Himmel mochte wissen, dass er in seinem Leben an vielem beteiligt gewesen war, für das er vielleicht irgendwann einmal geradestehen musste. Die beiden zitternden Studenten, die auf der offenen Pritsche des Vans saßen – und der eine, der bereits neben dem Leichensack lag, der ihn in ein paar Minuten aufnehmen würde –, waren von jemandem verraten worden. Überall im Land waren Dissidenten getötet worden, aber meistens war das in direkten Konfrontationen mit der Polizei geschehen. Man hatte viele verhaftet, Hunderte waren zusammengetrieben worden, aber Dowschenko kannte die Statistiken, und soweit er wusste, hatte es bisher keine weiteren Gerichtsverfahren gegeben. Nein, man hatte diese drei jungen Männer explizit ausgewählt, unter tausend anderen. Aber warum? Um ein Exempel zu statuieren? In Reza Kazems Protestbewegung hatten diese drei Jungen nicht mal einen mittleren Rang. Jemand musste den Obersten Führer davon überzeugt haben, dass ihr Tod schwerer wog als der Propagandanutzen, den ihr gemeinsames Martyrium der Dissidentenbewegung einbringen würde. Es musste einen Grund geben, etwas, das er, Dowschenko, bislang noch nicht durchschaute.

Er hatte selbst mehr als nur ein paar Menschen dazu gebracht, ihre Freunde zu verraten. Obwohl ihn seine Mutter in die Geheimdienstwelt gedrängt hatte, verfügte er auch selbst über eine natürliche Begabung für diese Arbeit. Und andere zum Verrat zu bewegen, gehörte nun mal zum Grundgeschäft dieser Arbeit, entweder durch glattzüngiges Überreden oder durch robusten Zwang. Lügen, Erpressung, Drohungen, es spielte keine Rolle, wie man es machte, solange die Geheimnisse nach Moskau ins Präsidium weitergereicht werden konnten – und Erik hatte sich in jeder Hinsicht als äußerst geschickt erwiesen. Natürlich gehörte auch die nötige Kaltherzigkeit dazu, die Bereitschaft, den Geist und den Verstand eines anderen Menschen gewissermaßen zu vergewaltigen, jedoch ohne dabei Amok zu laufen. Begrenzte Soziopathie nannten sie es, ein steriler, medizinisch klingender Begriff, der ihnen gewissermaßen einen Freibrief verschaffte. Jeder SWR-Agent, der noch über ein Minimum an Gewissen verfügte, verkam in kürzester Zeit zu einer ausgetrockneten, leeren Hülse. Bei denen, die kein Gewissen mehr hatten, dauerte es ein klein wenig länger.

Bevor Dowschenkos philosophische Grübeleien mit ihm durchgehen konnten, brachte ihn das Quietschen der Kranwagen unten auf dem Platz wieder auf den Boden der Tatsachen zurück, und er konzentrierte sich wieder auf die Straßenszene. Er musste sich zwingen hinzuschauen, als die drei Männer mit verbundenen Augen hochgezogen wurden und die beiden, die noch lebten, sich wanden und zuckten und nach allen Richtungen kickten und strampelten, als wollten sie fliehen. Dowschenko schwenkte das Fernglas auf die Stühle hinunter, neben denen die Henker in entspannter Haltung standen, direkt neben den Gefängnispantoffeln, die den Gefangenen bei ihren verzweifelten Zuckungen von den Füßen gerutscht waren. Parviz Sassani stand am Rand der

Menge, aber in Zivilkleidung, um nicht aufzufallen. Die Menschen um ihn herum riefen halbherzig *»Allahu Akbar«*, aber der Major beteiligte sich nicht an den Rufen. Er hatte genug damit zu tun, sein Grinsen nicht zu breit werden zu lassen.

Wieder schwenkte Dowschenko ein paar Meter weiter und fokussierte das Fernglas auf das Gesicht eines kahlköpfigen Mannes, der hinter dem IRGC-Kommandanten stand. Unwillkürlich sog er die Luft scharf ein, sodass ihm der neben ihm stehende Gardist einen verwunderten Blick zuwarf. Dowschenko hüstelte, um das überraschte Aufstöhnen zu überspielen, das ihm entfahren war. Niemals hätte er erwartet, diesen Mann hier zu sehen. General Vitali Alow von der GRU, dem Militärnachrichtendienst Russlands. In keiner Mitteilung der Zentrale war erwähnt worden, dass der General nach Teheran kommen würde. SWR und GRU verfolgten vordergründig zwar dieselben Ziele, kamen sich aber oft in die Quere, auch wenn es dabei häufig nur um Eifersüchteleien und Revierkämpfe ging. Der Besuch eines Generals der GRU würde unweigerlich dafür sorgen, dass Dowschenkos Stationschef der Kamm schwoll, und trotzdem hatte er Dowschenko nicht darüber informiert. Das war wirklich seltsam. Alow zeigte sich hier frei und unbekümmert in aller Öffentlichkeit. Sein kahler, vom Regen glänzender Schädel war in diesem Meer von schwarzen Haaren und Kopftüchern kaum zu übersehen.

Dowschenko reichte das Fernglas an den IRGC-Schlägertypen weiter, der rechts von ihm stand. Es war ein gutes Fernglas mit fünfzehnfacher Vergrößerung. Er besaß es seit vielen Jahren, ein Geschenk, das er sich selbst nach seinem ersten Einsatz im russischen Konsulat in Los Angeles gemacht hatte. Doch durch das, was er gerade durch das Fernglas beobachtet hatte, war es gewissermaßen entweiht worden. Nie mehr wollte er durch dieses Fernglas schauen.

»Wohin gehen Sie?«, fragte der jüngere Gardist.

»Unter die Leute mischen«, gab Dowschenko knapp zurück. »Informationen sammeln. Geheimagenten machen das so.«

Er grinste, als sei er ein Mitverschworener bei dieser ganzen Idiotie, und schluckte seinen Ekel hinunter. Rasch drehte er sich um und fluchte auf Russisch vor sich hin, als er die Tür zum Treppenhaus öffnete. Mit dem Ärmel wischte er sich den Regen aus den Augen; es kam ihm so vor, als könne er sein Gesicht erst wieder berühren, nachdem er sich die Hände gründlich geschrubbt hatte. In solchen Momenten gab es nur eine einzige Person auf der Welt, die ihm das Gefühl zurückgeben konnte, ein Mensch zu sein. Maryam Farhad war die intelligenteste und zärtlichste Frau, die er je kennengelernt hatte. In diesem Meer von Scheiße war sie sein Rettungsboot – und er war im Begriff, sie mit sich in die Tiefe zu ziehen.

19

Das Töten würde im Sand der mächtigen Stierkampfarena von Sevilla erfolgen, keinen Straßenblock von John Clark entfernt, der in einem Straßencafé in der Calle Adriano saß. Clark war völlig entspannt, saß lässig in seinen Stuhl zurückgelehnt, eine zusammengefaltete Ausgabe der *El País* neben sich auf dem kleinen runden Tisch. Jack Ryan jr. saß ihm gegenüber, nicht ganz so abgebrüht wie Clark, um sich mit dem Gedanken des sinnlosen Tötens in der Arena abfinden zu können, aber doch erfahren genug, dass ihn auch das nicht mehr so sehr entsetzte. Hier draußen war es so ruhig, dass sich Clark an eine Seitenstraße in Manhattan oder eine Vorortstraße im Norden Virginias erinnert fühlte – wenn da nicht der Gestank der Stiere und Pferde gewesen wäre.

El sol es el mejor torero, sagen die Spanier: Die Sonne ist der beste Stierkämpfer. Und recht hatten sie. Clark beobachtete die Russen aus dem sicheren Schatten, während die Sonne direkt über die Straße schien und sie beinahe blendete. Soeben hatte sich ein neuer Mann an ihren Tisch gesetzt. Clark konnte sein Gesicht nicht sehen, aber er hatte ihn auch nicht erkannt, als er zum Tisch gekommen war, um sich zu dem Russen mit der wulstigen Oberlippe und dessen Kumpel mit dem Topfhaarschnitt zu gesellen. Der Neuankömmling war groß und dickbäuchig und hatte nicht viel Kinn. Schmutzigblonde Locken quollen unter einer hellbraunen Baskenmütze hervor. Er hatte sein taubenblaues Sakko lässig um die Schultern gehängt und die Ärmel vor der Brust sauber ineinander gesteckt, wie Clark es oft bei Männern in Südamerika und in Europa sah, aber nur selten in den Vereinigten Staaten. Der Mann gebärdete sich wie ein Einheimischer und setzte sich mit dem Rücken zur Sonne, sodass die Russen geblendet wurden, wenn sie ihn anschauten. Er war vor knapp zwanzig Minuten angekommen, und die beiden Russen hatten ihn begrüßt, als hätten sie ihn erwartet. Clark vermutete, dass er den Treffpunkt selbst bestimmt hatte – er benutzte die Sonne, um die Russen ein wenig zu verwirren. Für das Abendessen war es noch zu früh, aber das Café war gut geeignet, um sich noch für einen Drink zu treffen, bevor man sich zum Stierkampf in die Arena begab – denn drinnen kosteten Erfrischungsgetränke doppelt so viel wie hier draußen.

Ding und Midas saßen eine Querstraße entfernt vor dem Hotel Adriano; jeder hatte ein Bier vor sich stehen. Dom und Adara warteten als Reservetrupp in einer irischen Bar um die Ecke und hielten sich außer Sicht, um nicht von einem der Russen erkannt zu werden, der sie vielleicht schon in Portugal gesehen hatte.

Alle waren über Funk und Ohrstöpsel miteinander verbunden, benutzten aber die Sprechtasten statt der Sprachsteuerung, sodass sie sich auch untereinander austauschen konnten, ohne sich ständig das Funkgeplapper anhören zu müssen. Aber mit einer Taste am Funkgerät konnten sie auch die Mikrofone, die sie um den Hals trugen, auf ständige Sendebereitschaft schalten, sodass es nicht nötig war, immer wieder in die Tasche zu greifen und den PTT-Schalter zu betätigen, wenn sie etwas mitzuteilen hatten.

Sowohl Clark als auch Ryan trugen khakifarbene Hosen

und bequeme Schnürschuhe mit Gummisohlen, die guten Halt boten. Nach Clarks langjähriger Erfahrung musste er häufiger rennen als schießen. Seine einfachen Desert Boots aus Veloursleder waren vermutlich halb so alt wie Ryan. Beide trugen langärmelige Hemden, leicht tailliert, um nicht ganz so amerikanisch auszusehen – Ryans Hemd war anthrazit, Clarks weiß. Johns Frau Sandy witzelte immer, dass er wohl besonders mutig sein müsse, um bei einer Operation weiße Hemden zu tragen, weil die Burschen mit weißen Hemden in den Hollywoodfilmen am Schluss immer starben, bevor die Show vorbei war. Eigentlich war es erstaunlich, dass sie über solche Dinge überhaupt noch scherzen konnte – aber Clark dachte, dass das wohl ihre Art war, mit seinem Beruf zurechtzukommen. Jeder brauchte irgendeinen Mechanismus oder ein Ventil, um die Anspannung abzubauen, und Sandys Ventil war eben ihr Humor.

Die Calle Adriano wurde von knorrigen Platanen gesäumt, die sich vor den in gedämpften Rost- und Beigetönen verputzten Häusern in die Höhe reckten. Die purpurfarbene Blütenpracht der Jacaranda-Bäume, die nur zwei Querstraßen entfernt das Ufer des Canal de Alfonso XIII säumten, fehlte hier völlig. Die Siesta war bereits vorüber, die Straßen waren wieder belebt, und viele Passanten bereiteten sich vielleicht schon auf die Stierkämpfe vor, die in weniger als zwei Stunden beginnen sollten. Die Arena fasste ungefähr zwölftausend Zuschauer, aber im Moment waren es vor allem die Einheimischen des Viertels, die durch die Straßen und Gassen rings um die ehrwürdige Plaza de Toros de la Real Maestranza de Caballería de Sevilla eilten. Straßenverkäufer boten geröstete Nüsse, Bier und *Gaseosa*, eine gesüßte Zitronenlimonade, an. Manche vermieteten Sitzkissen für die Steinbänke. Schwarzmarkthändler feilschten mit einfachen Ortsbewohnern um Ticketpreise, konnten aber jeden Preisnachlass problemlos bei den nach Tickets gierenden Touristen wiedergutmachen. Die Kutscher überprüften die Hufe ihrer Pferde und falteten die Decken ordentlich zusammen, mit denen sich ihre Fahrgäste nach dem Sonnenuntergang gegen die abendliche Kühle schützen konnten.

Sonnenstrahlen schnitten wie Schwerter durch die in Ost-West-Richtung verlaufenden Gassen, sodass an den Ostseiten der Straßen noch Sonnenbrillen und tief herabgezogene Hüte oder Mützen getragen wurden, während Clark – und alle, die erfahren genug waren, um sich einen Tisch auf der Westseite der Straße zu sichern – den Schatten genießen konnten. Drinnen in der Arena zahlten die *aficionados* sehr viel höhere Preise für Sitze auf der Schattenseite, *sombra* genannt, als für *sol*-Sitze auf der Ostseite.

Clark hatte bereits zwei Karten für *sombra* gekauft, in den oberen Rängen, die jeweils hundertzwanzig Euro gekostet hatten. Die hoch gelegenen Sitze würden ihnen einen guten Blick auf die Russen ermöglichen, auf welche Plätze auch immer sich diese setzen würden. Kein Teammitglied war scharf darauf gewesen, sich den Stierkampf anzuschauen – aus ganz unterschiedlichen Gründen. Adara hatte ihre Abscheu gegen derartige Veranstaltungen unmissverständlich klargemacht und war offenbar bereit, jeden in Stücke zu hacken, der anderer Meinung war. Die anderen hatten sich weniger drastisch ausgedrückt, aber niemand war begeistert von der Aufgabe. Für Clark waren nicht die Stiere das Problem, sondern die Pferde. Seine Vernunft sagte ihm zwar, dass Pferde nicht höher bewertet werden sollten als andere Tiere, aber vielen Leuten waren sie nun mal besonders wertvoll. Beobachten zu müssen, dass man Pferden die Augen verband und zuließ, dass sie vom Stier aufgeschlitzt wurden, während die *Picadores* ihre Speere in die Schultern der Stiere rammten, war etwas, auf das er nur allzu gern verzichten konnte. Aber die Russen und der neu eingetroffene Spanier hatten den Eindruck erweckt, dass sie den Stierkampf besuchen wollten. Und das hieß, dass ihnen jemand folgen musste.

Clark war ganz zufrieden damit, dass Jack junior das kürzeste Streichholz gezogen hatte und ihn zum Stierkampf begleiten musste. Clark und Ryan Sr. kannten sich schon sehr lange, länger, als beide gerne zugeben würden, aber bei den bisherigen Campus-Aktivitäten hatte es sich noch nicht sehr oft ergeben, dass er direkt mit Jack junior zusammengearbeitet hatte. In mancher Hinsicht glich Junior seinem Vater. Vielleicht war der Junior ein wenig impulsiver als der Senior, der wohl eher zur gründlichen Analyse neigte. Manchmal. Aber beide waren unglaublich mutig, was noch bedeutsamer war, wenn man bedachte, wie intelligent sie waren. Mutig zu erscheinen war einfach, wenn man zu blöd war zu registrieren, in welcher Gefahr man sich befand.

Clark trank einen Schluck Bier, San Miguel 1516. Es hatte weniger Alkohol als die übrigen Biere auf der Getränkekarte, sodass er ein wenig mehr trinken konnte und trotzdem uneingeschränkt einsatzbereit blieb.

»Muss hart sein, der Sohn eines solchen Vaters zu sein«, meinte er beiläufig. Plötzlich fühlte er sich ein wenig wehmütig an die alten Zeiten erinnert.

Ryan deutete nur ein halb schiefes Lächeln an und trank ebenfalls einen Schluck Bier. In letzter Zeit schien der Junge nicht mehr so leicht und schnell zu grinsen wie früher. Das Leben hatte ihm das Grinsen wohl ausgetrieben. »Ich weiß nicht …«

»Doch, das weißt du genau.« Clark zuckte die Schultern. »Unser Beruf ist schon hart genug, sogar für einen, der nicht der Erstgeborene des unsterblichen Jack Ryan ist. Geht's dir gut?«

»Super«, log Jack. Denn ganz offensichtlich war das nicht der Fall.

»Musst es mir nicht sagen«, sagte Clark. »Aber dass ich danach frage, gehört zu meinem Job – als dein Boss und dein Freund. Ich sage ja nur, du bist ein bisschen zu jung, um schon wie eine tote Spinne durch den Abfluss weggespült zu werden.«

»Ah – du denkst, das trifft für mich zu?«

»Ich habe eine Nase für so was. Du musst wieder in die Gleise kommen, mein Junge.«

Jack beobachtete die Männer auf der anderen Straßenseite. »Was meinst du – ist die Baskenmütze ebenfalls ein Waffenhändler?«

»Das würde ins Muster passen«, sagte Clark. Er ließ es dem Jungen durchgehen, dass er das Thema so abrupt wechselte, beschloss aber, später noch einmal darauf zurückzukommen, um die Ursachen für Jacks Kummer herauszufinden – wenn das überhaupt möglich war.

»Die Russen wollen vielleicht etwas irgendwohin verschieben«, überlegte Jack. »Oder vielleicht wollen sie etwas kaufen.«

»Sie kommen mir offiziell vor«, sagte Clark. »Daher würde ich eher auf die erste Möglichkeit tippen.«

Jack nippte wieder an seinem Bier und blickte die Straße hinauf und hinunter. Die meisten Passanten strömten zum Eingang der Arena. »Warst du schon mal bei einem Stierkampf?«

»War ich«, nickte Clark. »War keine sehr schöne Erfahrung.«

»Ich habe online gelesen, dass sie den Stieren irgendwelche Drogen verabreichen und ihnen vor dem Kampf Vaseline und anderes Zeug in die Augen streichen, um sie verwirrt und desorientiert zu machen.«

Clark atmete tief und langsam ein. »Das hast du *online* gelesen …« Er trank einen Schluck und richtete den Hals der Bierflasche auf Jack. »Ich hätte da mal eine Frage. Wenn du mit fünf- oder sechshundert Kilo Gemeinheit in die Arena gehst und absolut sicher sein willst, dass dich das Biest genau aus der Richtung angreift, die du haben willst – möchtest du dann nicht, dass dieses Tier sehen kann?«

»Ich denke schon«, antwortete Ryan.

»Ich sage ja nicht, dass sie den armen Teufeln nichts verabreichen«, fuhr Clark fort. »Aber ich würde nicht jeden verdammten Mist glauben, den ich im Internet lese.«

»Aber du *hast* Probleme damit?«, fragte Jack. »Mit Stierkämpfen, meine ich.«

»Du kennst mich doch, Ryan«, gab Clark zurück. »Ich beteilige mich nicht gern an langen philosophischen Debatten. Aber über diese Sache habe ich wirklich mal gründlich nachgedacht. Mastrinder werden normalerweise in Laufstallhaltung oder in engen Gitterboxen gehalten, wo sie nichts zu tun haben, außer zu fressen und auf ihrer eigenen Scheiße herumzutrampeln, bis sie ihr Date mit dem Bolzenschussapparat im Schlachthaus haben, was gewöhnlich im Alter zwischen achtzehn und zwanzig Monaten der Fall ist. Der spanische Kampfstier, der für die Arena ausgewählt wird, lebt als fast wildes Tier auf der Weide, bis er mit ungefähr vier Jahren in den Kampf geht. Dann allerdings erlebt er einen schlimmen Tag.«

»Willst du damit behaupten, diese Bullen hätten noch eine Chance?«

»Nicht die geringste.« Nachdrücklich schüttelte Clark den Kopf. »Oder vielleicht steht seine Chance eins zu tausend, wenn er derart unglaublichen Kampfesmut zeigt, dass die Zuschauer den Cheftorero auffordern, ihn zu begnadigen. Aber ganz nüchtern betrachtet, endet der Stierkampf mit ein paar langen Speerspitzen zwischen die Schulterblätter des Stiers, dann wird der Kadaver von ein paar Mauleseln aus dem Ring geschleppt – von solchen Eseln, wie sie gerade vorhin vorbeigekommen sind.« Er beugte sich vor und schwenkte den letzten Rest des Biers in der Flasche herum. »Hast du schon mal *Die Hunde des Krieges* gelesen?«

»Klar. Du hast es uns als Pflichtlektüre aufgebrummt.«

Clark grinste. »Habe ich vermutlich. Jedenfalls darfst du es einem alten Mann glauben, der sich langsam seinem Ablaufdatum nähert: Forsyth hat das sehr gut zusammengefasst. *Lieber sterbe ich mit einer Waffe in der Hand, Blut im Mund und einer Kugel in der Brust.* Wenn ich ein Stier wäre, hätte ich lieber ein paar Speere in der Schulter, wenn ich dafür ein Extrajahr auf der Weide bekomme und meine Hörner einsetzen darf. Das wäre allemal besser, als in einen engen Durchgang getrieben zu werden, wo sie mir erst eine Betäubungsspritze in den Arsch geben und mir dann den Bolzen ins Genick jagen.« Er lehnte sich wieder zurück und trank den letzten Schluck. »Aber das ist nur meine persönliche Meinung.«

»Ich würde mich eher für den Job als Herdenbulle entscheiden«, meinte Jack. »Wenn ich die Wahl hätte. Ein paar Jahre mit dem zusätzlichen Vorteil, einen ganzen Harem von Kühen um mich zu haben.«

»Ihr jungen Burschen«, sagte Clark kopfschüttelnd. »Ich denke mal, davon hat auch jeder Ochse mal geträumt, als er noch Bulle war. Aber die Chancen dafür stehen ziemlich schlecht. Bei meiner Option darf ich wenigstens meine Eier behalten und bekomme eine Chance, den Burschen noch auf die Hörner zu spießen, bevor er mich töten kann …« Er verstummte plötzlich und kippte die Flasche leicht in Richtung der Straße. Jacks Blick folgte langsam und unauffällig.

»Das kann nichts Gutes bedeuten«, meinte Ryan.

Clark griff in die Tasche und drückte auf die Sprechtaste des Funkgeräts. »Aufpassen. Wir bekommen Gesellschaft – Lucile Fournier, jetzt so blond wie Adara. Sie ist noch zwanzig Meter von den Russen entfernt und geht direkt auf sie zu.«

20

Normalerweise war das Überqueren einer Straße in Teheran so gefährlich, dass die Einheimischen es mit einer »Reise nach Tschetschenien« verglichen. Heute allerdings hatten die Behörden alle Straßen in der näheren Umgebung abgeriegelt, um die Protestierenden während der Hinrichtungen besser unter Kontrolle halten zu können, weshalb Dowschenko die Straße ungehindert überqueren konnte, was in einer Stadt, in der normalerweise das Leben der Fußgänger nichts galt, ein völlig ungewohntes Gefühl war. Er ging vier Straßenblocks nach Süden, unter den großen Platanen hindurch, die bei Sonnenschein die Gehwege der Valiasr-Straße beschatteten. Die Straße war nach einem schiitischen Imam benannt, der im 12. Jahrhundert gelebt hatte. Die Menge hatte sich allmählich wieder verstreut, sodass nun wieder der übliche Nachmittagsverkehr einsetzte, Menschen, die nach der Arbeit durch den Regen nach Hause hetzten. Hätte Dowschenko nicht immer noch die entsetzlichen Bilder der kickenden, strampelnden Jungen vor Augen gehabt, die sich seinem Gedächtnis förmlich eingebrannt hatten, wäre er niemals auf die Idee gekommen, dass gerade eben ein paar Straßen weiter Menschen gehenkt worden waren. Sein Frühstück hatte nur aus Tee und ein wenig Brot bestanden; seither hatte er nichts mehr gegessen, aber selbst der verführerische Duft von Safran und Fünfgewürz, der aus den Läden auf die Straße wehte, konnte ihn nicht in Versuchung bringen.

Bis er zu dem weißen Kleinwagen kam, der ihm von der Botschaft zur Verfügung gestellt worden war, hatte der Nieselregen ein wenig nachgelassen. Dowschenko warf seine Lederjacke auf den Rücksitz, der kaum groß genug für einen Aktenkoffer war und erst recht nicht für eine Person mit Beinen. Er nahm sich einen Moment Zeit, um sich eine Zigarette anzuzünden, bevor er sich hinter das Lenkrad klemmte. Im Iran war es verboten, beim Fahren zu rauchen, aber kontrolliert wurde das kaum, und Dowschenko fühlte sich ohnehin derart beschissen, dass es ihm völlig egal war. Auch dieses armselige kleine Vehikel konnte seine Stimmung nicht aufhellen.

Der Saipa Tiba – Persisch für »Gazelle« – war alles, nur nicht schnell. Der Wagen erinnerte an eine aufgeblähte Erdnuss oder vielleicht auch an einen alten VW-Käfer, der in der heißen Sonne geschmolzen war. Die SWR-Ausbilder beschrieben den Anfängern gern ein allzu romantisches Bild vom Leben als verdeckt arbeitende Geheimagenten, aber Dowschenko wusste es mittlerweile besser: Das Leben als Geheimagent war nur selten glamourös. Maßgefertigte Anzüge von der Savile Row in London und Aston-Martin-Sportwagen wären viel zu auffällig und waren daher unerwünscht. Im Alltag eines Agenten herrschte zwangsläufig das Prinzip der Zweckmäßigkeit und Unauffälligkeit, aber dieser Dienstwagen hier war einfach nur lächerlich und absolut unzumutbar – sogar für einen russischen Spion. Mit dieser Einschätzung stand Dowschenko keineswegs allein. Der Verwaltungsangestellte, der für den Dienstwagenpark der Botschaft zuständig war und ein wenig Englisch sprach, hatte die kleinen Tibas als »die Achsen des Bösen« bezeichnet, eine ziemlich witzige Anspielung auf den berühmten Ausspruch des früheren US-Präsidenten George W. Bush.

Aber das Auto würde ihn zu Maryam bringen, also schluckte Dowschenko seinen Frust hinunter.

Maryam Farhad wohnte in Shahrak-e Gharb, einem der besseren Wohnviertel im Norden Teherans, weit entfernt von dem Drogenrehabilitationszentrum im Süden, wo sie arbeitete und wo obdachlose Drogenabhängige im Häuserschatten herumhingen und ständig »dāru, dāru …« flüsterten, Arznei, Arznei. Der Verkauf von Drogen, sogar von Cannabis, war ein höchst gewagtes Spiel. Eine kleine Packung Cannabis für den Eigenbedarf mochte von den Behörden noch gnädig übersehen werden, aber schon fünf Gramm Haschischöl galten als Kapitalverbrechen. Soweit Dowschenko wusste, hatte die Regierung beschlossen, dem sich explosionsartig ausbreitenden Opioid-Problem den Kampf anzusagen, indem man so viel Methadon ausgab, dass auch dieses nun illegitim vertickt wurde. Was auch immer Teherans Masterplan sein mochte, Dowschenko war jedenfalls froh, dass Maryam nicht mitten unter den verlorenen Seelen wohnte, denen sie ihr berufliches Leben gewidmet hatte.

Dowschenko hätte die Valiasr-Straße nach Norden nehmen und dann auf dem Hakim Expressway nach Westen fahren können, was ihn direkt vor ihre Haustür gebracht hätte – aber er hatte einfach nicht mehr den Nerv, noch einmal an der Hinrichtungsstätte vorbeizufahren, und außerdem wollte er mögliche Verfolger abschütteln, die ihm Sassani vielleicht angehängt hatte. Die Revolutionsgarde vertraute niemandem. Das lag in der Natur aller Spione. Niemand misstraute anderen Menschen so sehr wie Lügner. Und in diesem Fall hatte Sassani sogar einen guten Grund. Maryam war alleinstehend und Muslima – und Dowschenko war kein Moslem. Seine Position beim SWR würde ihn zwar vor der Hinrichtung bewahren, aber ihre Affäre würde genügen, um ihn auszuweisen, ganz zu schweigen von dem schwarzen Fleck in seiner Personalakte. Dowschenko redete sich zwar ein, dass es keine Rolle spiele, was mit ihm geschah, aber für Maryam würde es schnelle und äußerst gewaltsame Folgen haben. Eine brutale Auspeitschung, Umerziehung oder, sollte es sich ein Richter in den Kopf gesetzt haben, dass sie die Erde beschmutze … Dowschenko hatte die Grube hinter den Mauern von Evin gesehen, das Loch, in dem Männer bis zur Hüfte und Frauen bis zum Hals eingegraben wurden, und die Haufen glatter, apfelgroßer Steine, die in handlichen Pyramiden in der Nähe aufgestapelt waren. Und das, obwohl der Iran die Steinigung offiziell abgeschafft hatte. Was für ein Witz. Die Mitglieder des Wächterrats taten ohnehin, wie es ihnen beliebte. Wenn die Steinigung einem offiziellen Edikt widersprach, nun, dann erfanden sie eben ein neues Edikt und erteilten sich selbst die Erlaubnis. Die Weltmeinung konnte sie sowieso nicht davon abhalten. Sie verlagerten den Vorgang einfach ins Innere eines Gebäudes.

Dowschenko kämpfte sich durch den Verkehr nach Norden und verdrängte die Bilder dessen, was seiner Freundin geschehen könnte. Sie waren beide Risiken gewohnt. Der SWR hatte keine Verordnungen, die den Konsum von Alkohol verboten, nicht einmal in einem muslimischen Land, sofern man nur privat trank und es nicht übertrieb. Aber an einer der zahlreichen Underground-Partys in Teheran teilzunehmen, würde nicht mit einem Stirnrunzeln hingenommen, sondern war verboten, sofern man es nicht in einer offiziellen Funktion tat. Das Verbot wurde sogar in der schriftlichen Erklärung eigens erwähnt, die neue Mitglieder der russischen Delegation bei ihrer Ankunft im Land unterschreiben mussten.

Dowschenko hatte eine dieser Partys schon an seinem

zweiten Wochenende entdeckt, im Keller eines Blumenladens direkt in Shahrak-e Gharb, keine zwei Kilometer von Maryams Apartment entfernt. Die Islamische Religionspolizei ging nur sporadisch, aber völlig unvorhersehbar gegen solche Partys vor, bei denen der Alkohol frei floss und sich die Leiber im Takt westlicher Musik drehten und wanden – manchmal kamen die Razzien urplötzlich, dann wieder lange Zeit gar nicht. Zwei der jungen Menschen auf Dowschenkos erster Party waren angeblich Söhne führender Mullahs gewesen. Aber weil niemand den Mullahs in die Quere kommen wollte, blieben die geheimen Partys größtenteils frei von Belästigungen.

Bei diesem ersten Besuch war Dowschenko schon nach einer Viertelstunde auf Maryam aufmerksam geworden. Sie war ungefähr in seinem Alter, jedenfalls ein paar Jahre älter als die meisten anderen Partygäste, die im Studentenalter sein mochten und die rauchten und Absinth tranken und sich dem berauschenden Gefühl freier Gedanken hingaben, selbst wenn sie nur im Geheimen ausgetauscht werden durften. Dowschenko hatte sein bestes Hemd angezogen und den Kragen einen Knopf weiter geöffnet. Im Unterschied zu den meisten anderen jungen Männern bei der Party war er alt genug, um zu wissen, dass er mit weniger Rasierwasser und ohne Goldkettchen reifer aussehen und somit mehr auffallen würde. Maryam hatte ihn angelächelt, kaum dass sie ihren Mantel abgelegt hatte. Ihre Hüften hatten zu schwingen begonnen, bevor sie auch nur zwei Schritte näher gekommen war – als hätte sie sie kaum noch beherrschen können. Sie trug eine Seidenbluse, die eng genug war, dass sie sich ein wenig über der Brust spannte, sodass sie an den Knöpfen leicht auseinandergezogen wurde und einen Fingerbreit ihrer spitzenbesetzten Unterwäsche freigab. Das mochte in den Vereinigten Staaten oder in Russland gang und gäbe sein, aber im

Iran, wo Frauen die gesetzlich verordneten Kopftücher und schlecht sitzende Kleider tragen mussten, galt so ein Outfit als skandalös.

Einer der männlichen Botschaftsangehörigen hatte sich einmal über etwas beklagt, das er *nos-grudi paradoks* genannt hatte – die Beobachtung, dass in seinem Bekanntenkreis die iranischen Frauen mit attraktivem Busen leider auch extrem große Nasen hätten. Umgekehrt gelte, je kleiner und schöner die Nase, desto flacher sei die Busenlandschaft. Dowschenko hatte diese Einschätzung als *nekulturny* – ungebildet – abgelehnt, hatte sich aber verschämt eingestehen müssen, dass Maryam Farhad eine schöne Ausnahme von dem »Nase-Busen-Paradox« war, das sich der Botschafts-Apparatschik zurechtgezimmert hatte. Und so ungebildet es auch sein mochte, schon der Gedanke an ihren Körper trieb ihn dazu, immer öfters mit ihr zusammen sein zu wollen.

Aber sie mussten vorsichtig sein.

Er nutzte den zähfließenden Verkehr, um sorgfältig nach Anzeichen für eine mögliche Beschattung Ausschau zu halten. Als er nach Westen in den Hakim Expressway einbog, war er sich ziemlich sicher, dass er sauber war, nahm sich aber trotzdem die Zeit, zweimal auf den Highway rauf und wieder runter zu fahren, stets ein Auge auf den Rückspiegel, das andere auf den abendlichen Stoßverkehr gerichtet. Anscheinend war hier jeder zweite Wagen ein Porsche, und jedes einzelne dieser Autos war ein Beweis für das Geschick der Iraner, die vom Westen verhängten Sanktionen zu umgehen.

Seit er von der Valiasr abgebogen war, hatte er nichts Auffälliges bemerkt. Für eine mobile Observation brauchte man mehrere Autos, selbst wenn die Zielperson unerfahren und unausgebildet war. Und Dowschenko kannte sämtliche Tricks. Für ihn wäre es kein Problem, jeden dieser Gorillas von der

Revolutionsgarde wie eine billige Zigarettenkippe wegzuschnippen.

Er fuhr am Pardisan Park zum zweiten Mal vom Hakim Expressway ab, einem Gebiet voller Waldwege und nicht völlig ausgebeuteter Kiesgruben, die einer Unzahl von Affen, Kaninchen und vielleicht sogar der einen oder anderen Pallaskatze, einer seltenen, kleinohrigen Wildkatze, ein ungestörtes Revier boten. Maryam fand die Wildkatzen »süß«, aber Dowschenko kamen sie seltsam und fremdartig vor. Sie waren hier schon mal spazieren gegangen, ohne sich an den Händen zu halten, aber eng nebeneinander gehend. Die Vorstellung, hier als unverheiratetes Paar in solcher Vertraulichkeit ertappt zu werden, war aufregend und beängstigend zugleich gewesen. Sie hatten sich über Maryams Liebe zu Opern, großartiger Literatur und Rom unterhalten, die Stadt, in der er eine Weile gewohnt hatte, die sie jedoch nicht kannte.

Er umkreiste den Park zweimal, als hätte er sich verfahren, und hielt dann auf einem der Kieshügel an, vorgeblich, um einen der Hinterreifen zu überprüfen, tatsächlich aber, weil sich von dort ein hervorragender Rundumblick bot.

Sauber. Oder jedenfalls so sauber, wie man in einer Stadt sein konnte, in der giftige Abgase und Staubwolken ein weißes Hemd in kürzester Zeit gelb färbten.

Maryams Apartment befand sich in einem Wohnblock in der 2nd Street, einer Sackgasse. Dowschenko parkte den Tiba auf einem Firmenparkplatz in der 5th Street, wo sich mehr Fluchtwege boten, und ging zu Fuß eineinhalb Straßenblocks zurück. Er genoss den kurzen Spaziergang. Der Regen und eine ständige Brise sorgten dafür, dass die Luft hier im Norden sauberer war als in den anderen Stadtteilen.

Er schloss mit seinem Schlüssel die Wohnungstür auf. Das Apartment war gut gelegen, wie die meisten Wohnungen hier am Hügel. Abwasser und Abfälle wurden hügelabwärts gespült, weshalb es hier im Norden Teherans verhältnismäßig sauber war. Ohne die Lederjacke abzulegen, ließ er sich in einen Sessel im Wohnzimmer fallen und zündete eine Zigarette an. Eine Treibholzskulptur beherrschte den kleinen gläsernen Couchtisch. Bilder von Meereslandschaften bedeckten einen Teil der frisch gestrichenen Wände. Anfangs war ihm das recht eigenartig vorgekommen. Maryam machte sich anscheinend nicht viel aus Wasser, und im Laufe seiner Besuche waren ihm auch andere Unstimmigkeiten aufgefallen. Einmal hatte sie mehrere Minuten gebraucht, bis sie den Vorratsschrank gefunden hatte, in dem sie die Reserverollen Toilettenpapier aufbewahrte. Und ein anderes Mal konnte sie die Advieh-Gewürzmischung nicht finden. Die Mischung enthielt auch Rosenblätter und eine Reihe anderer Zutaten und durfte in keiner iranischen Küche fehlen. Das Advieh-Gewürz nicht finden zu können war ungefähr so, als könne eine russische Hausfrau den Tee nicht finden.

Maryam hatte schließlich zugegeben, dass das Apartment nicht ihr, sondern einer Freundin gehöre, die ihr erlaubt habe, die Wohnung zu benutzen, solange sie selbst verreist sei. Als ihm jetzt dieses Gespräch wieder einfiel, wurde ihm klar, dass er hier nicht rauchen sollte, und drückte rasch die Zigarette in einem Tonaschenbecher aus, der neben der Skulptur auf dem Tisch stand. Die gelöschte Kippe steckte er in die Jackentasche, eine Angewohnheit, die ihm seine Mutter beigebracht hatte, lange bevor er mit der Ausbildung begonnen hatte. Sie hätte ihn auch ganz allgemein vor dem Rauchen warnen können, statt ihm nur beizubringen, jede Spur seiner Anwesenheit, seines Speichels, seiner Zigarettenmarke zu beseitigen – aber das waren nun mal die Lektionen, die ein Sohn von seiner Mutter erteilt bekam, die Spionin war.

TEHERAN – MARYAM FARHADS APARTMENT
N
Pardisan-Park
HAKIM-EXPRESSWAY
Parkplatz
5th Street
4th Street
3rd Street
2nd Street
Apartment
© 2018 Jeffrey L. Ward

Ein metallisches Klimpern lenkte seine Aufmerksamkeit zur Wohnungstür. Automatisch zuckte seine Hand zu der 9x18 Makarow in seiner Tasche. Damit fühlte er sich zwar gegenüber der größeren SIG Sauer .45, die die Gardisten mitführten, waffentaktisch unterlegen, aber die kleine Makarow gab es nun mal schon seit dem Kalten Krieg und wurde immer noch produziert – und mit ihr konnte er absolut wirkungsvolle, tödliche Schüsse abfeuern.

Er entspannte sich ein wenig, als Maryam hereinkam und die Tür mit ihrem unvergleichlichen Hüftschwung zuschob. Sie schob den Sicherheitsriegel vor, während sie mit einem Aktenkoffer und einer Leinentasche jonglierte, aus der Brot und Gemüse herausragten. Mit ihren siebenunddreißig Jahren war sie ein Jahr jünger als Dowschenko. Heute trug sie einen modischen dunkelblauen Hosenanzug, weit genug, um die Rundungen und Kurven zu verbergen, die sich darunter befanden und die Dowschenko so genau kannte. Da der größte Teil ihres Körpers verhüllt war, wurde sein Blick sofort zu ihren Augen gelenkt – und was für Augen es waren, weit und rund und von herrlich grüner Farbe wie Moosachat, aber mit leichten braunen Sprenkeln. Maryam erinnerte ihn an die amerikanische Schauspielerin Natalie Wood. Strähnen von dunklem Haar, feucht vom Regen, stahlen sich unter dem obligatorischen Kopftuch hervor, das perfekt zu ihrem blauen Hosenanzug passte. *Ya rusari ya tusari*, wie sie oft sagte. Entweder Kopftuch oder Schläge.

Er sprang auf und nahm ihr die Tasche ab.

»Probleme?«, fragte er.

Sie musste nicht weit zu Fuß gehen, aber die Religionspolizei patrouillierte um diese Abendzeit oft die Umgebung der Metro-Stationen und die Lebensmittelläden.

»Nein«, antwortete sie mit leicht heiserer Stimme, die

perfekt zu ihren moos- und erdfarbenen Augen passte. »Gershad hat mir geholfen und mich an den Idioten vorbeigeschleust. Sie haben mich in Ruhe gelassen.«

Dowschenko hätte darüber lachen können, wäre es nicht so tragisch gewesen. »Gershad« war eine App, mit der man der Gashte Ershad, der Religions- oder Sittenpolizei, aus dem Weg gehen konnte. Sie funktionierte so ähnlich wie eine Radarwarn-App: Die Nutzer konnten mithilfe der App melden, wo sie Frauen im Tschador und uniformierte Polizisten gesehen hatten. Auf einer Stadtkarte erschienen die Sittenidioten als kleine, bärtige, ansonsten kahle Männlein. Für Maryam und andere Frauen, die ihre Kopftücher gern ein paar Fingerbreit zurückschoben oder mit einem männlichen Bekannten einen Tee oder Kaffee trinken wollten, war die Benutzung der App inzwischen so alltäglich geworden wie die eines Navi-Geräts im Auto.

»Ich habe frische Gurken und Tomaten bekommen – so früh im Jahr natürlich aus dem Treibhaus, aber sie sehen recht gut aus.« Sie küsste ihn und hielt ihn an der Gürtelschnalle fest, als er zur Küche gehen wollte.

»Wie eiskalt ist dies Händchen«, zitierte er aus ihrer Lieblingsoper *La Bohème*.

Sie schnaubte. »Dir ist aber schon klar, dass Mimi am Schluss stirbt?«

»Ich weiß. Aber heute fühle ich mich alles andere als glücklich.«

Sie zog ihn an sich. »Aber fühlst du dich wenigstens hungrig?«

»Nicht besonders.«

»Ich auch nicht. Jedenfalls nicht auf Treibhaustomaten.«

Sie ging zum Bad, wie immer, wenn sie nach Hause kam. Er witzelte manchmal, sie sei so programmiert, dass sie pissen müsse, sobald sie ihre Wohnungstür sehe. Als sie wenige

Augenblicke später wieder herauskam, hatte sie das *rusari* und das Jackett abgelegt.

»Fühlt sich gleich so viel besser an«, seufzte sie, trat aus den Schuhen und führte ihn an der Hand zum Schlafzimmer.

21

Später, viel später, lag Dowschenko mit einer Hand hinter dem Kopf, während er mit der anderen sanft die kleinen Hügel auf Maryams Rückgrat liebkoste. Sie saß nach vorn gebeugt, die Arme um das Gewirr der Bettdecken geschlungen, die sie um die Knie aufgebauscht hatte. Mit nackten Schultern und nacktem Rücken waren die beiden kleinen, wunderbaren Grübchen am unteren Ende des Rückgrats deutlich sichtbar. Ein gravierter Kettenanhänger hing an einer dünnen Silberkette zwischen ihren Brüsten herab. Normalerweise liebte sie das scherzhafte Geplauder, aber im Moment schwieg sie, was bedeutete, dass ihr etwas Wichtiges durch den Kopf ging. Dowschenko streichelte weiter ihren Rücken und gab ihr Zeit zum Nachdenken.

Nach einer Weile lehnte sie sich an das Kopfteil des Bettes und nahm die Kette vom Hals. Sie ließ den Anhänger vor seinen Augen baumeln, als wollte sie ihn hypnotisieren. »Weißt du, was das ist?«

»Eine Blume?« Er zuckte leicht die Schultern. Seine Hand glitt nach unten und strich nun über ihr Knie.

»Es ist eine umgekehrte Tulpe«, erklärte sie. »Oder genauer, es ist eine Lilie. Sie wächst ganz in der Nähe, auf dem Gebirge nördlich von Teheran. Wir nennen sie *ashk-e-Maryam* – Maryams Tränen.« Sie atmete tief ein und, am ganzen

Körper zitternd, wieder aus. »Ich erzähle dir das, damit du weißt, wer ich bin.«

Dowschenko setzte sich auf und legte ihr einen Finger über die Lippen. »Was ich weiß, reicht mir, um glücklich zu sein.«

Sie seufzte. »Ach, ihr Russen. Ihr mögt eure Märchen zu sehr, deshalb lauft ihr vor dem wirklichen Leben davon.«

»Ich meine es ernst«, sagte Dowschenko. »Ich kenne dich gut genug.«

»Nein.« Sie wich ein wenig zurück. »Nein, das tust du nicht. Aber ich kenne dich … und ich weiß, was du tust.« Sie rollte sich seitwärts, um das Zigarettenetui vom Nachttisch zu nehmen. Sie öffnete es und hielt ihm eine bebende Hand hin.

Er gab ihr sein Feuerzeug, lehnte sich an das Kopfteil zurück und betrachtete sie aufmerksam. »Gut, okay … Was mache ich?«

»Hältst du mich wirklich für so dumm?« Sie pickte eine winzige Tabakflocke von den Lippen und blies ihm eine Rauchwolke ins Gesicht. Geistesabwesend klickte sie das Feuerzeug an und aus, an und aus. »Ein Russe, der so lange wie du in dieser Stadt wohnt, ist entweder Wissenschaftler oder Spion.« Sie lächelte ihn schwach an. »Und für einen Wissenschaftler bist du nicht langweilig genug.«

»Maryam …« Dowschenko fuhr mit dem Zeigefinger kreisförmig um ihren Hüftknochen. »Ich arbeite als Berater für wissenschaftliche Programme deiner Regierung. Und ich sage dir die …«

Sie unterbrach ihn, mit sanfter Stimme, die wie das Zwitschern eines weit entfernten Vogels klang, aber vielleicht brachte ihn genau das zum Schweigen. »Du könntest ein wunderbarer Mann sein, wenn du nicht ständig lügen würdest.«

Sie ließ sich plötzlich zwischen die Decken gleiten und wälzte sich auf die Seite, sodass sie mehr auf ihnen lag als zwischen ihnen. Die Zigarette hielt sie in der hochgestützten Hand über die Schulter und blickte ihm direkt in die Augen. »Ach, du Feuer meines Herzens, du trägst eine Pistole in der Jackentasche, ein kleines Funkgerät und einen ledernen Schlagstock. Keine sehr alltägliche Ausstattung für einen Berater, würde ich sagen, nicht mal hier im Iran.«

Dowschenko starrte sie geschockt an.

»Und – was heißt das jetzt?«

Maryams Brust streifte leicht über seinen Arm, als sie sich wieder zurückfallen ließ. Sie sog an der Zigarette und blickte zur Decke.

»Besser mit der Wahrheit geschlagen als mit einer Lüge geküsst zu werden«, zitierte sie.

Dowschenko stöhnte. »Stimmt wohl.«

Sie ließ den Kopf auf das Kissen sinken und blickte ihn von schräg unten an. »Gut. Jetzt kommt der Schlag.«

»Maryam …«

»Was weißt du über mich?«

»Du bist ein freundlicher Mensch«, flüsterte er. »Du arbeitest mit Drogenabhängigen …«

Sie legte ihm den Finger über die Lippen. »Hör auf damit. Sei nur einmal ganz ehrlich, wenn das für einen Mann in deinem Beruf überhaupt möglich ist. Wo warst du heute Abend, bevor du hierhergekommen bist?«

»Bei … den Hinrichtungen«, flüsterte er.

Sie nickte nachdenklich; ihre Augenlider flatterten, als sie einen weiteren Zug an der Zigarette nahm. »Das dachte ich mir«, flüsterte sie. »Sie waren meine Freunde, musst du wissen. Diese drei Jungen.« Tränen traten ihr in die Augen. Sie starrte an die Decke, legte sich plötzlich den Arm über die Augen. »Jetzt musst du mich festnehmen – mich in diesen Evin-Kerker bringen, mich an die Decke fesseln und dein Verhör durchführen.«

»Jemanden nur zu kennen ist kein Verbrechen«, sagte Dowschenko, wobei ihm aber völlig klar war, dass das im Prinzip weder im Iran noch in Russland eine Rolle spielte.

»Ich gehöre dazu«, flüsterte sie in ihre Armbeuge. »Voll und ganz … Ich bin weit genug in die Pläne der Bewegung verwickelt, um jederzeit gehenkt werden zu können. Eine Weile sah es so aus, als würden sich die Freiheiten wieder durchsetzen lassen, aber mithilfe dieser bissigen Köter von der Revolutionsgarde wird der Wächterrat immer siegen … egal, was wir auch tun. Ich bin so müde, mein Geliebter. Diese Ungeheuer haben meine Freunde ermordet, und wofür? Weil sie das taten, was Tausende andere tun. Also, geh schon und verrate mich, verhafte mich … oder noch besser: Erschieß mich jetzt gleich. Mir ist alles egal.«

Dowschenko schwang die Beine vom Bett und ging nackt zu dem Sessel, auf dem seine Lederjacke lag. Er nahm das Funkgerät heraus und schaltete es an. Statisches Stimmengewirr klang aus dem kleinen Lautsprecher – Sassani und seine Operativen streiften durch die Straßen, auf der Jagd nach Dissidenten.

»Sepâh!« Maryam schnappte entsetzt nach Luft. Sepâh war der umgangssprachliche Name für die Revolutionsgarde. Ihr Gesicht war plötzlich sehr angespannt, als sei sie sich bisher nicht ganz sicher gewesen, wie tief er in die Machenschaften der iranischen Behörden verwickelt war.

Er legte das Funkgerät vor ihr auf die Bettdecke. »Nimm es. Du kannst dich selbst stellen, wenn du willst, aber ich würde dich niemals diesen Bestien ausliefern.«

Sie drückte die Zigarette im Aschenbecher auf dem Nachttisch aus und ließ sich auf das Kissen zurückfallen, von heftigem Schluchzen geschüttelt.

Er schmiegte sich eng an sie. »Es tut mir sehr leid um deine Freunde.«

»Hast du sie …?«

Er schüttelte den Kopf. »Nein. Ich bin nicht für Verhöre zuständig.« Aber er erwähnte nicht, dass er fast jede einzelne, blutige, knochensplitternde Sekunde des Verhörs miterlebt hatte. Sie war so zerbrechlich – jedenfalls im Moment. Manche Schläge mit der Wahrheit waren einfach zu brutal. »Woher kanntest du sie?«

»Das habe ich dir schon erzählt.« Sie seufzte. »Ich gehöre dazu. Du hast alle Beweise, die du brauchst, um mich an den Galgen zu bringen. Wenn ich mich in dir getäuscht habe und du mich auslieferst, werde ich ohnehin an gebrochenem Herzen sterben, bevor die Schlinge auch nur meinen Hals berührt.«

»Das würde ich niemals tun.« Überrascht stellte er fest, dass diese Wahrheit so ähnlich klang wie die Lügen in seiner Vergangenheit.

»Es spielt keine Rolle. Diese jungen Leute sind ungewöhnlich mutig, aber sie brauchen Führung, jemand, der ihnen sagt, wohin die Reise gehen soll.«

»Einen wie Reza Kazem?«, fragte Dowschenko.

Sie verdrehte die Augen. »Reza Kazem. Er sagt immer genau das Richtige, aber was er sagt, ist meistens nur Schall und Rauch und bedeutet wenig. Etwas stimmt nicht mit ihm, ich bin mir ziemlich sicher.«

»Kennst du ihn persönlich?«

Sie reckte sich über das Bett, um ihr Handy vom Nachttisch zu nehmen, ein wunderbar ausgestreckter, perfekter Körper, und Dowschenko hielt unwillkürlich den Atem an, als die Decke wegrutschte. Sie rollte sich wieder zu ihm zurück und gab mit den Daumen ein Passwort ein, gefolgt von einem längeren Code, durch den sie ihre Fotos aufrief.

Er wies mit einer Kopfbewegung auf das Handy. »Dir ist aber klar, dass die Behörden solche Passwörter leicht umgehen können?«

Sie zuckte die Schultern und schob ihm das Handy hin. »Ich sage dir doch: Ich bin müde. Mir ist es egal.«

Dowschenko brauchte eine Zigarette, aber zuerst wollte er die Fotos sehen. Nicht als Beweise, sondern weil er neugierig war. Er lag auf dem Rücken, das Handy über dem Gesicht, Schulter an Schulter mit Maryam, während er ein Foto nach dem anderen betrachtete. Lachende Studenten, ein bunter Strauß von Frühlingsblumen, noch mehr Blumen. Beim fünften Foto setzte er sich jäh aufrecht und lehnte sich an das Kopfteil. Er zoomte einen Ausschnitt näher heran, um ihn besser betrachten zu können, dann drehte er sich zu Maryam um und starrte auf sie hinab.

»Was ist?«, fragte sie verwundert. »Ich habe dir doch gesagt, dass ich sie kannte. Bist du jetzt plötzlich wütend mit …«

Er legte ihr rasch die Hand auf den Arm, zärtlich, wie er hoffte. Aber damit erschreckte er sie nur; sie zuckte zurück.

»Dieser Mann.« Dowschenko drehte das Display so, dass sie das Foto sehen konnte. »Bist du ihm schon vorher einmal begegnet?«

Sie zuckte die Schultern. »Kazem? Ja, natürlich. Mehrmals.«

»Nicht Kazem! Der andere! Der, der hinter Javad steht.«

Sie schüttelte den Kopf. »Erik, du machst mir Angst …«

»Dieser Mann ist Vitali Alow, ein hochrangiger Offizier der Glawnoje Raswedywatelnoje Uprawlenije, kurz GRU – des leitenden Zentralorgans des Russischen Militärnachrichtendienstes.«

»Ihr Russen seid doch überall«, sagte sie. »Ich habe damals nicht besonders auf ihn geachtet, als ich das Foto aufnahm.«

»Darf ich eine Kopie an mich weiterleiten?«

»Natürlich. Aber das scheint mir nicht sehr klug – würde

dann nicht eine digitale Spur zurückbleiben, die dich mit meinem Account in Verbindung bringt?«

Er lächelte auf sie hinab. »Sehr gut. Ich habe nicht vor, es direkt an mich zu schicken. Ich werde es auf einem Dummy-Account auf eBay posten, es kann dann weder zu mir noch zu jemand anderem rückverfolgt werden. Aber ich kann jederzeit darauf zugreifen, ohne es downloaden zu müssen und Spuren zu hinterlassen.«

»Das klingt schon mehr nach Spion«, sagte Maryam. Sie setzte sich aufrecht neben ihn, lehnte sich näher, schlang ihren Arm um seinen Ellbogen und strich leicht mit den Lippen über seine Schulter. »Ist dieser General Alow dein Boss?«

Er schüttelte den Kopf, während er das Foto von Alow und Kazem postete. »Nein. Ich bin beim SWR. Die GRU ist eine ganz andere Einheit.« Er tippte nachdenklich mit dem Handy auf die Handfläche. »Ich begreife nicht, was ein russischer Offizier mit dem Anführer eurer Protestbewegung zu tun hat. Offiziell unterstützt meine Regierung das Regi…«

Auf dem Nachttisch gab Dowschenkos Funkgerät plötzlich lautes statisches Knistern von sich, sodass beide zusammenzuckten. Selbst über Funk schien Parviz Sassanis Stimme vor Gift zu triefen.

Dowschenko verstand Farsi im Allgemeinen recht gut, aber Maryam übersetzte trotzdem.

»… Einheiten drei und vier, ihr nähert euch Pirouzan vom Norden. Wir kommen von Süden und schneiden die Fluchtroute ab … Dritter Stock, Nummer …«

Sie blickte zu Dowschenko auf, und beide flüsterten dieselben Worte.

»Sie sind auf dem Weg hierher.«

22

Sie ist jetzt fünfzehn Meter entfernt«, meldete Clark über Funk. »Blondes Haar, kürzer als Adaras. Weiße, knielange Shorts, schwarzes T-Shirt. Sie zieht jede Menge Blicke auf sich.«

»Und sie trägt Sandalen«, ergänzte Jack. »Sie rechnet also nicht damit, schnell laufen oder rennen zu müssen.«

»Okay.« Clarks Mund befand sich beim Sprechen nur einen Fingerbreit von seinem Bierglas entfernt. Ahnungslose Passanten würden glauben, er redete nur mit Ryan. »Ich sehe jetzt auch da Rocha. Er kommt aus der anderen Richtung. Keine Waffen, soweit ich sehen kann. Ding, Midas, schlendert ihm entgegen, falls sich die beiden voneinander trennen, wenn wir auf die Plaza kommen. Ich möchte da Rocha im Auge behalten. Adara und Dom, ihr kommt langsam in diese Richtung, aber bleibt ein kleines Stück zurück. Ich habe noch keine Gegenobservation der Russen bemerkt, aber sie sind irgendwo da draußen. Ich bin mir ganz sicher.«

Jack klopfte leicht auf den Tisch, um Clark auf sich aufmerksam zu machen. »Fournier trägt was bei sich.«

»Freunde!«, rief da Rocha und ging mit entschlossenem Schritt auf die Russen am Tisch zu. Dabei hielt er die Hände gut sichtbar, damit niemand, der im Schatten lauerte, misstrauisch würde. »Wie klein die Welt doch ist, dass wir uns zweimal innerhalb einer Woche über den Weg laufen!«

Die beiden Russen schoben die Stühle zurück und standen auf; der Spanier tat es ihnen nach.

Da Rocha riss in schlecht gespielter Verblüffung den Mund auf. »Täuschen mich meine Augen, oder ist das tatsächlich Don Felipe Montes?« Dabei trat er einen halben Schritt weiter in die Straße hinaus, sodass der Spanier gezwungen war, gegen die Sonne zu blicken, um ihn anzuschauen.

Montes warf den Russen einen misstrauischen Seitenblick zu. »Dieser Mann … ist er einer eurer Freunde?«

»Ich bin nur ein Bekannter«, antwortete da Rocha anstelle der Russen, offenbar entschlossen, das Gespräch zu beherrschen. »Und ein potenzieller Geschäftspartner, wie ich hoffe.« Er drehte sich halb zu Lucile um, die ein paar Schritte hinter dem Spanier stehen geblieben war. »Aber wie auch immer. Ich will Sie nicht länger behelligen. Ich bin rein zufällig vorbeigekommen. Anscheinend hat mich der Taxifahrer an der falschen Stelle aussteigen lassen. Ist die Stierkampfarena irgendwo in der Nähe?«

Der Spanier unterdrückte ein Grinsen und deutete nach Westen. »Sie stehen direkt davor, Señor.«

Da Rocha blickte über die Straße und kratzte sich am Kopf. »Ach? Ich hatte sie mir größer vorgestellt. Sind Sie sicher? Wo finden wir den Eingang?«

Montes schaute die Russen an und verdrehte die Augen. Diese hatten sich bisher mit keinem Wort am Gespräch beteiligt. Der Spanier trat vom Tisch weg, legte da Rocha die Hand auf die Schulter und wies mit der anderen Hand auf eine schmale, mit Kopfstein gepflasterte Straße, die in Richtung der Arena führte.

»Dort entlang?«, fragte da Rocha.

»Folgen Sie einfach den Leuten.«

Da Rocha machte ein paar kleine Schritte in die Richtung, wobei er den Russen einen Blick zuwarf, als wollte er sagen: »Passt auf, was jetzt passiert.«

Lucile Fournier kam näher heran, an einer kleinen Gruppe von Passanten vorbei, die auf dem Gehweg stand, und berührte Don Felipe flüchtig mit ihrem Smartphone.

Der Spanier zuckte zusammen, als hätte sie ihm einen Schlag versetzt. Er schien nach Luft zu schnappen; die Hand schoss zum Kragen, und er versuchte, ihn zu lockern, um besser atmen zu können. Da Rocha sprang vor und stützte ihn, als er rückwärts taumelte und schließlich auf seinen Stuhl zurückfiel. Dort blieb er aufrecht und mit offenen Augen sitzen, aber die Arme hingen schlaff an den Seiten herab. Wer an den anderen Tischen in der Nähe saß, mochte glauben, der arme Mann habe einen leichten Schwindelanfall erlitten oder einfach nur zu viel Sonne abbekommen.

Da Rocha tätschelte den Arm des Spaniers, als sorgte er sich um einen alten Freund.

»Was haben Sie getan?«, fragte der Russe mit der wulstigen Oberlippe. Da Rocha hatte ihn korrekt als Anführer der beiden Russen eingeschätzt.

»Eine kleine Demonstration«, erklärte da Rocha. »Die neueste Entwicklung auf der Grundlage von Saxitoxin – eine Muschelvergiftung. Nicht alle Waffen müssen mit Gesichtserkennung oder dem neuesten GPS zu tun haben – obwohl ich das natürlich auch anbieten kann, sollten Sie so etwas haben wollen.«

Nervös blickten sich die Russen um, vermutlich wollten sie sich so schnell und so weit wie möglich von dem toten Spanier entfernen, wussten aber nicht, was als Nächstes kommen würde.

»Muschelvergiftung?«, fragte der Russe mit dem seltsamen

Haarschnitt. »Sie konnten doch gar nicht wissen, ob er dagegen allergisch ist.«

Lucile lachte laut auf. »Monsieur, gegen dieses Muschelgift ist jeder allergisch.«

»Wirklich erstaunlich«, ergänzte da Rocha, »wie schnell es wirkt. Meinen Sie nicht auch?« Er warf eine Visitenkarte vor dem Anführer der Russen auf den Tisch. »Wir wissen beide, dass Sie auf dem Markt nach gewissen Kompetenzen und Kontakten suchen. Ich versichere Ihnen, eine Geschäftsverbindung mit mir würde für Sie keine Enttäuschung sein.« Er klopfte dem toten Spanier auf die Schulter. »Wie Sie sehen, bin ich sehr einfallsreich.«

Clark musste sich beherrschen, um nicht unwillkürlich aufzuspringen. »Alle bleiben an Ort und Stelle. Der Bursche mit der Baskenmütze wurde gerade getötet. Hat jemand einen Schuss gehört?«

Niemand hatte etwas gehört.

»Das muss etwas anderes gewesen sein«, vermutete Jack. »Gift vielleicht?«

»Rizin?«, fügte Midas hinzu.

»Dafür war es ein bisschen zu schnell«, sagte Clark. »Aber auf jeden Fall hat sie ihn mit irgendetwas gestochen. Achtung: Die Russen stehen auf. Da Rocha und die Frau kommen auf euch zu, Adara. Versucht herauszufinden, wo sie abgestiegen sind. Aber seid vorsichtig.«

»Ziemlich dreist, die Frau«, meinte Ding. »Das ist jetzt schon der Zweite, den sie direkt vor den Augen ihrer Gegner umgebracht hat.«

»Yeah«, sagte Clark. »Wie ich schon sagte: Alle müssen äußerst vorsichtig sein.«

Er nickte Ryan zu, der ein paar Euro für die Biere auf den Tisch warf. Die Russen gingen bereits die Calle Adriano in östlicher Richtung entlang, zurück zu ihrem Hotel, und ließen den toten Spanier und die Stierkampfarena hinter sich. Im Moment hatten sie anscheinend keine Lust mehr auf ein weiteres blutiges Schauspiel.

23

Dowschenko sprang aus dem Bett und zog, auf einem Bein hüpfend, die Hose an. Erst als er das Hemd zuknöpfte, bemerkte er, dass sich Maryam nicht gerührt hatte.

»Was ist denn?!« Er schob die Vostok-Armbanduhr auf das Handgelenk und stieg hastig in die Schuhe; die Socken stopfte er in die Hosentasche – keine Zeit, sie anzuziehen. »Steh auf! Wir müssen verschwinden!«

Eine dunkle Haarlocke fiel ihr über eines der achatfarbenen Augen. »Du bist die Glut meines Herzens. Aber wenn sie uns zusammen finden, sind wir beide tot. Wenn ich alleine hierbleibe, werden sie mich nur verhören.«

»Nein!« Dowschenko packte sie am Arm und zerrte sie über die Bettdecke. Sie kämpfte nicht dagegen an, aber sie half ihm auch nicht. Es war, als zöge er eine Tote aus dem Bett. Er fühlte sich den Tränen nahe vor Verzweiflung. »Sie werden es nicht wagen, einem russischen Agenten etwas anzutun. Wir sind Verbündete.«

Ihre Augen waren halb geschlossen, schläfrig, fast wie in Trance. »Du kannst ihnen sagen, du hättest mich gefangen genommen. Zum Beweis kannst du mir ein paar Schläge auf die Beine mit deinem Schlagstock geben – aber nicht zu hart, bitte.«

»Warum machst du das?« Er schluckte mühsam den Kloß

in der Kehle hinunter, der ihm fast den Atem nahm. »Bitte komm mit mir!«

»Wohin?« Sie nahm die Kette mit dem Anhänger vom Hals und gab sie ihm. »Bitte geh, sofort. Du musst ihnen entkommen, damit wir uns wiedersehen können, auch wenn ich dann in einer Zelle sitze.«

»Ich werde dich nicht im Stich lassen.«

Sie seufzte. »Mein Geliebter – wenn du nicht gehst, werden sie uns beide töten. Unsere einzige Chance ist, dass du verschwindest. Jetzt sofort.«

Dowschenko schob die Silberkette in die Tasche. Frustriert küsste er sie leidenschaftlich, dann rannte er zur Balkontür und schob sie auf.

»Ich komme so schnell wie möglich zurück.«

Er schaltete das Funkgerät aus, warf einen schnellen Blick über das Geländer, stieg darüber hinweg und ließ sich in voller Länge vom Geländer hängen, bis er sich auf den Balkon im zweiten Stock fallen lassen konnte. Das tat er noch zweimal, wobei der Sprung vom Balkon im ersten Stock nur noch einen Meter betrug. Er landete mitten in einer dornigen Hecke im Garten auf der Rückseite des Hauses. Von der Straße auf der Vorderseite des Hauses war herannahender Motorenlärm zu hören; ein Auto raste um die Ecke und kam mit quietschenden Reifen bei den Parkplätzen vor dem Haus zum Stillstand.

Dowschenko rannte in südlicher Richtung los, ohne sich umzublicken. Er jagte zwischen dunklen Wohnblocks hindurch und sprang über mehrere Zäune, um sich so weit wie möglich von Sassani und seinen Männern zu entfernen. Zwei Minuten später bog er nach Osten ab und kam durch ein Viertel mit großen Einfamilienhäusern; hier in der Nähe hatte er sein Auto geparkt. Bewegungsmelder sorgten dafür, dass fast an jedem Garten die Beleuchtung ansprang und ihn so sehr blendete, dass er einmal beinahe kopfüber in einen Gartenteich gestürzt wäre. Nach weniger als fünf Minuten kam er bei seinem Auto an und rang mit auf die Knie gestützten Händen keuchend um Atem. Er sollte wirklich mit dem Rauchen aufhören. Seine Hand zuckte zur Hosentasche.

Das Feuerzeug!

Hastig durchsuchte er die Jackentaschen. Kalte Erkenntnis packte ihn – er musste das Feuerzeug im Apartment liegen gelassen haben. Sassani würde natürlich das Wappen von Aserbaidschan sofort erkennen.

Schüsse zerrissen die Stille der Nacht.

Dowschenko unterdrückte mühsam einen Aufschrei. Er sprang in den Tiba, rammte den ersten Gang ein und jagte den Wagen, so schnell es der schlappe Motor erlaubte, zu Maryams Apartment zurück – von wo er die Schüsse gehört hatte. Es nutzte nicht viel, dass er den Wagen anflehte, schneller zu fahren.

Er musste in das Apartment zurück und das Feuerzeug holen, bevor Sassani es fand. Aber selbst wenn ihm das nicht gelang, würde er wenigstens das Vergnügen haben, diesem elenden Hundesohn eine Kugel mitten ins Gesicht zu jagen, bevor sie ihn verhaften konnten.

Dowschenko parkte, sprang aus dem Tiba und sprintete die Treppen zum dritten Stock hinauf.

Ein junger Gardist stellte sich ihm an der Wohnungstür in den Weg. »Was haben Sie hier zu suchen?« Es war derselbe Typ, dem Dowschenko das Fernglas gegeben hatte, eine törichte Geste, die ihn nun nur noch seltsamer erscheinen ließ – und in der Welt der Spione bedeutete *seltsam* fast dasselbe wie *schuldig*.

»Ich habe einen Tipp bekommen«, sagte Dowschenko und

zwang sich, ruhiger zu atmen. »Und diese Frage könnte ich auch euch stellen.«

»Wir haben ebenfalls einen Tipp bekommen.« Sassani kam um die Ecke. Er hatte die Ärmel seines kragenlosen grauen T-Shirts hochgerollt und trug enge schwarze Lederhandschuhe.

Dowschenko drängte sich an dem Gardisten vorbei in die Wohnung und biss die Zähne zusammen, als er durch die offene Schlafzimmertür Maryams Arm vom Bett hängen sah. Ein schmaler Blutstrom rann von der Armbeuge bis zu den Fingerspitzen. Er musste sich auf die Innenseite der Wangen beißen, um sich nicht zu verraten.

»Das erstaunt mich nun aber wirklich, Genosse«, sagte Sassani und betrachtete ihn mit schief gelegtem Kopf. »Warum haben Sie uns nicht gleich angerufen?«

»Es war nur ein Tipp«, gab Dowschenko zurück. »Ich bin genauso überrascht wie Sie, dass wir hier aufeinandertreffen.« Er achtete darauf, möglichst viele Möbel und Gegenstände zu berühren, aber so, dass es nicht allzu auffällig erschien. Seine Fingerabdrücke waren ohnehin überall in der Wohnung. Sogar die leichte Delle auf dem Couchpolster, wo er gesessen hatte, um zu rauchen, war noch zu sehen. Er blickte zum Aschenbecher – und dachte an die Zigarettenkippe in seiner Tasche. Er und Maryam hatten sich zweimal geliebt – und sie war seither nicht mehr aus dem Bett aufgestanden. *Er* war überall in dieser Wohnung.

Sassani betrachtete Dowschenko nachdenklich von unten bis oben, wie ein Hund, der ein Stück Fleisch vor sich liegen sieht, es aber nicht ganz erreichen kann.

»Hat sie Widerstand geleistet?«, hörte sich Dowschenko fragen. Seine Stimme klang hohl, selbst ihm kam sie fremdartig vor. Erst jetzt bemerkte er, dass sich einer von Sassanis Männern eine blutdurchtränkte Binde auf den Arm drückte.

»Die Schlampe hat auf mich geschossen!«, sagte der Mann.

Bravo, dachte Dowschenko. Er hatte nicht gewusst, dass Maryam eine Waffe besaß. Er betrat das Schlafzimmer, als gehöre ihm die Wohnung – darin waren Russen ganz besonders geübt. Bei der Ausbildung zum Agenten war ihm beigebracht worden, seine eigenen Gefühle zu unterdrücken und selbst mit den Augen zu lügen, um das, was er sagte, glaubwürdiger erscheinen zu lassen. Es fiel ihm unglaublich schwer, den Anschein beizubehalten, als er Maryams von Kugeln durchsiebten Körper sah, aber er stählte sich innerlich und brachte genug Geistesgegenwart auf, um bei dieser Szene angemessen geschockt zu wirken und nicht vollständig zusammenzubrechen.

»Was für eine Verschwendung«, sagte er und zwang sich, näher an das Bett zu treten; hier irgendwo musste das Feuerzeug zu finden sein. Wenn es irgendwo auf dem Boden lag, würde er sich eine Ausrede einfallen lassen können. Aber wenn es zwischen den zerknüllten Bettlaken lag, war er geliefert.

Ein flüchtiger Blick ringsum erbrachte nichts, deshalb beugte er sich über das Bett. Grenzenlose Wut stieg in ihm auf und drohte ihn zu überwältigen.

Die meisten Schüsse hatten Maryam in die Brust getroffen, aber zwei hatten ihren Hals durchschlagen. Blut war durch die Bettlaken in die Matratze gesickert. Aber wenn er die Augen zukniff und das Schlimmste ausblendete, mochte er fast glauben, dass sie nur schlief.

Sassanis Blicke brannten ihm förmlich Löcher in den Nacken. Er schloss die Augen und brachte mühsam seine Atmung wieder unter Kontrolle, bevor er sich zu dem mörderischen Agenten umdrehte.

»Die Hure war mit jemandem zusammen«, sagte Sassani. »Und zwar kurz bevor wir ankamen.«

Dowschenko starrte den Mann an und versuchte, sich die Szene vorzustellen. Die Makarow hatte acht Schuss im Magazin und ein Geschoss in der Kammer. Die kleine 9x18 mochte zwar eine gute Alltagswaffe sein, aber nur wenige Pistolenkaliber waren in Offensivsituationen das Optimum. Oft brauchte man damit eine gewisse Zeit, um eine Bedrohung zu neutralisieren. Im Schlafzimmer hielten sich Sassani und drei seiner Männer auf. Bei zwei Schuss für jeden würde ihm nur noch ein Schuss übrig bleiben. Sassani würde er natürlich zuerst erschießen, direkt ins Gesicht, gefolgt von jeweils zwei Schüssen auf die drei anderen Gardisten. Dann würde er Sassani noch eine Kugel ins Gemächt jagen, auch wenn der es nicht mehr brauchte, weil er Maryam als Hure bezeichnet hatte. Er würde nicht nachladen, sondern einem der Toten die SIG Sauer .45 abnehmen und damit die drei anderen Gorillas umlegen, wenn sie, durch die Schüsse alarmiert, hereinstürzten. Denkbar, dass er es sogar bis zur russischen Botschaft schaffen würde – wo ihn seine eigenen Leute in Gewahrsam nehmen würden.

»Sir«, sagte einer der Männer, der auf der anderen Bettseite stand, »schauen Sie sich das hier mal an.« Er hielt das goldene Feuerzeug in die Höhe.

»Danke«, sagte Dowschenko und riss ihm das Feuerzeug aus der Hand. Jetzt halfen nur noch Dreistigkeit und der Mut der Verzweiflung. »Muss mir aus der Tasche gefallen sein, als ich mir die Leiche anschaute.«

Sassani starrte ihn misstrauisch an. Aber er sagte nichts, sondern nickte dem Gardisten nur knapp zu, als wollte er sagen: »Mach weiter. Wir reden später darüber.«

»Natürlich werden wir eine Autopsie durchführen, das gehört zum Standardverfahren«, sagte Sassani, wieder an Dowschenko gewandt, wobei er den Mund zu einem dünnlippigen Grinsen verzog. »Wie gesagt, sie war gerade noch mit jemandem zusammen. Sicherlich werden uns die DNA-Tests auch etwas über die ethnische Herkunft ihres Liebhabers verraten.«

»Ja, das würde ich auch so machen«, kommentierte Dowschenko lakonisch.

Er blickte auf Maryams leblosen Körper hinab. Ein trotz allem gütiges Schicksal hatte ihr die Foltermethoden erspart, die Sassani und seine Männer an ihr verübt hätten. Vergewaltigung, Bastonade, glühende Zigaretten – nichts war diesen Bestien gemein und brutal genug.

»Wissen Sie«, fuhr Sassani fort, »sie war nicht mal die Mieterin dieser Wohnung hier.« Er drehte sich zu einem seiner Männer um, der neben der Tür stand. »Wie heißt die Frau?«

»Maryam Farhad, Herr Major.«

»Ach ja, Maryam. Ein frommer Name für eine Hure.«

Dowschenko fühlte sich plötzlich unendlich müde. »Wie haben Sie sie gefunden?«

»Wie ich schon sagte – wir haben einen Tipp bekommen, genau wie Sie. Wir hatten einfach nur Glück. Ich denke, als Nächstes werden wir wohl mit der eigentlichen Mieterin der Wohnung sprechen müssen, meinen Sie nicht auch?«

»Das wäre ein kluger Schritt«, stimmte Dowschenko zu, stöhnte aber innerlich auf. Er war zwar Maryams Freundin nie begegnet, wusste aber jetzt, dass er sie aufspüren und warnen musste. »Ich muss mal pissen«, sagte er. »Ich rühre auch nichts an, versprochen.«

»Nur zu«, gab Sassani zurück. »Pissen Sie, so viel Sie wollen – ist mir egal.«

Dowschenko ging zur Tür, zögerte aber, als wisse er nicht, wo das Badezimmer war.

Im Bad lag Maryams Jacke auf dem Boden, wo sie sie früher am Abend fallen gelassen hatte. Dowschenko nutzte das

Geräusch der Spülung, um das Klirren der Schlüssel zu übertönen, als er das Gesicht in die Jacke drückte, um noch einmal ihren Geruch einzuatmen. Mühsam drängte er die Tränen zurück, riss sich zusammen und zwang sich, die Jackentaschen zu durchsuchen. Er fand, was er suchte, und ließ die Jacke wieder sanft auf den Boden gleiten.

»Was ist los mit Ihnen?«, fragte Sassani, als Dowschenko wieder aus dem Bad kam. Er grinste immer noch. »Sie sehen aus, als müssten Sie die Last der Welt auf den Schultern tragen, mein Freund.«

»Wir sind keine Freunde«, entgegnete Dowschenko kalt.

»Das«, sagte Sassani, »wird mir von Minute zu Minute klarer. Aber wenn wir schon darüber sprechen: Warum ist das so? Weil ich eine Hure getötet habe?«

»Die hier?« Dowschenko erinnerte sich gerade noch rechtzeitig daran, dass er ein Spion war, und schnaubte verächtlich. »Wir haben einen unangenehmen Job, und manchmal muss man schlimme Dinge tun. Der Unterschied zwischen uns beiden ist, dass Ihnen genau das zu viel Spaß macht.«

Er drehte dem Major und seinen Henkersknechten den Rücken zu und ging zur Tür. Für ihn gab es jetzt nur noch einen Ausweg – und wenn er ganz ehrlich mit sich selbst war, war das der Weg, der ihm schon seit einiger Zeit durch den Kopf gegangen war. Aber zuerst musste er Maryams Freundin aufspüren und warnen – eine Frau namens Ysabel Kashani.

24

Mandy Cruz überlegte, ob sie das blaue Blinklicht an der Außenwand des winzigen Toilettenhäuschens draußen vor dem Gebäude aktivieren müsse, um die anderen vierundvierzig »Aufpasser« wissen zu lassen, dass sie mal schnell zur Toilette musste und dass sie deshalb auf ihren Posten bleiben müssten. Das Ops, wie das Operationszentrum des Außenministeriums kurz genannt wurde, befand sich nicht weit von den Büroräumen des Ministers entfernt am Ende des Korridors, hinter einer Doppeltür aus Mattglas, die von zwei bewaffneten Soldaten bewacht wurde. In der Schattenwelt, in der Diplomatie und Geheimdienste zusammenflossen, wurden Geheimnisse hinter zahllosen Schlössern und Sicherungen streng abgeschottet verwahrt, und für den Zugang zum Ops war nun mal ein besonders großer Schlüsselbund erforderlich, einer der größten, die es in der gesamten Staatsverwaltung gab. Wer hier als Spezialist arbeitete, nahm Anrufe entgegen, erteilte Anweisungen, organisierte Aktivitäten oder löste Probleme – und musste auch ein unerschütterlicher Ermittler sein, darauf trainiert, einer Aufgabe unnachgiebig nachzugehen, bis sie abgeschlossen war. Wenn der Außenminister dringend mit einem Botschafter sprechen musste, der momentan nicht auffindbar war, musste sich jemand im Ops sofort daranmachen herauszufinden, wo der Botschafter gerade Golf oder Squash spielte oder mit einer wichtigen anderen Person ein bisschen länger als üblich beim Mittagessen im Hotel saß. Mehr als nur einmal hatte Mandy am Telefon heftiges Atmen gehört, wenn sie endlich die gesuchte Person erreichte. Aber das war ihr egal. Jeder und jede lebte sein oder ihr eigenes Leben. Mandys Job war es, Anrufe entgegen zu nehmen, die dringend gesuchte Person aufzuspüren und sie umgehend mit dem Boss zu verbinden.

Vor gerade mal einer Viertelstunde hatte Cruz auf ihrem Monitor das S-Icon angeklickt, das den Außenminister symbolisierte, und es in eine Box geschoben, die das Icon des südkoreanischen Außenministers repräsentierte. Damit hatte sie die Telefonverbindung hergestellt. Jemand anders war für die Protokollierung des Gesprächs zuständig, aber im Allgemeinen konnte sich Cruz anhand der Informationen, die über ihren Schreibtisch gingen, ungefähr zusammenreimen, worum es ging. Fünf Minuten nach dem Telefonat mit Korea war das Icon des Außenministers Tinubu von Nigeria in Außenminister Adlers Box geschoben worden. Und weitere zwei Minuten später hatte Cruz' Gruppenleiter eine Sonderarbeitsgruppe eingerichtet, die Task Force Kamerun, und alle Ops-Mitarbeiter darüber informiert. Cruz wurde von ihren regulären Tätigkeiten abgezogen und sollte sich ab sofort nur noch auf die belagerte Botschaft in Kamerun konzentrieren.

Neun Minuten, nachdem die Task Force zu arbeiten begonnen hatte, meldete Cruz' Headset einen Anruf. Sie klickte mit ihrer Maus auf das neu erschienene Icon auf ihrem Monitor, um den Anruf entgegenzunehmen.

»Hallo, Ops!«, meldete sich eine Stimme. Der Anrufer schien erleichtert aufzuatmen. »Hier ist Special Agent Adin Carr in Jaunde, Kamerun. Der Botschafter ist in Sicherheit. Ich rufe von einem gestohlenen Mobiltelefon an, der Anruf ist also nicht, wiederhole: nicht sicher.«

Cruz klickte hastig auf ein anderes Icon auf dem Monitor, womit sie ihren Gruppenleiter informierte, dass sie einen prioritären Anrufer in der Leitung hatte und dass der Anruf die Task Force Kamerun betraf.

»Special Agent Carr«, sagte Cruz, »ich verbinde Sie sofort mit dem Minister.« Sie schob das Anruf-Icon in die Ministerbox, behielt aber auch selbst die Verbindung aufrecht. Der Anruf würde zwar aufgezeichnet, aber in einer solchen Situation blieben alle, die mit dem Vorgang befasst waren, in der Leitung, um sicherzustellen, dass der Anruf nicht fehlgeleitet oder unterbrochen wurde.

Der Außenminister meldete sich Sekunden später und stellte als Erstes die Frage, die der Agent mit Sicherheit erwartet hatte. »Adin, hier ist Scott Adler. Was brauchen Sie am dringendsten?«

Der Stabschef, die Minister für Verteidigung und Äußeres sowie die Direktorin der Nationalen Nachrichtendienste standen mitten im Oval Office, ihre ledernen Arbeitsmappen in den Händen, und bemühten sich, nicht allzu angespannt zu wirken.

»Sie bringen sie woandershin«, erklärte Adler. »Carr wird sich wieder melden, sobald er kann.«

Das Telefon auf Ryans Schreibtisch summte; Bettys Stimme kam über den Lautsprecher.

»Mr. President, ich habe jetzt Präsident Njaya von Kamerun in der Leitung.«

Ryan legte den Anruf auf Lautsprecher. »François, danke, dass Sie meinen Anruf entgegennehmen.«

»Das ist doch selbstverständlich, Mr. President. Ich habe höchst besorgniserregende Informationen erhalten.«

»Das ist sehr milde ausgedrückt, François.« Ryan kam sofort auf den Punkt. »Mrs. Porter muss unverzüglich freigelassen werden. Über die Botschaft reden wir, sobald sie in Sicherheit ist.«

»Ich verstehe, Jack«, antwortete Njaya. »Auch ich sorge mich um Mrs. Porters Sicherheit. Die Offiziere, die sie gefangen genommen haben, zeigten bisher Zurückhaltung, aber ich bin nicht sicher, wie lange das so bleiben wird.«

»Was erhoffen sich diese Leute von der Entführung?«, fragte Ryan und spielte damit vorerst die Farce mit. »Ihr Militär hat einen Angriff auf amerikanischen Boden durchgeführt.«

Njaya schnaubte verächtlich. »Jack, ich würde nicht so weit gehen wollen, es als einen Angriff auf ...«

»Sehen Sie es mal von der anderen Seite.«

»Na gut, ich verstehe«, sagte Njaya. »Ich bestreite nicht, dass das Botschaftsgelände amerikanischer Boden ist. Die Männer, die um die Botschaft stehen, sind lediglich wütend über die Aggression gegen die Souveränität Kameruns. Ich bin sicher, dass wir eine Lösung finden werden.«

»Haben Sie schon herausfinden können, warum es geschah?«, fragte Ryan. Natürlich wusste Njaya genau warum. Zwar mochte die Sache inzwischen eine eigene Dynamik gewonnen haben – was gewöhnlich der Fall war, wenn abtrünnige oder böswillige Militärs mitmischten –, aber Njaya hatte mit Sicherheit den Befehl gegeben. Ryan wollte nicht alle Karten auf den Tisch legen. Noch nicht.

»Ich denke, dass ich die Frage beantworten kann«, sagte Njaya. »Ein Lehrer an einer Sekundarschule hier in Jaunde hat Ihr sehr verstörendes Video im Internet entdeckt.« Jetzt schlich sich zum ersten Mal ein harter, feindseliger Ton in seine Stimme. »Sie sind doch sicherlich ein kluger Mann, Jack, deshalb sollten wir mit diesen Spielchen aufhören. In dem Video sichern Sie General Mbida und den anglophonen Separatisten Ihre Unterstützung zu. Wie konnten Sie denn so etwas tun, Mr. President? Ich hätte direkt mit Ihnen Kontakt aufgenommen, aber als meine Anhänger das Video zu sehen bekamen, reagierten sie auf eigene Faust. Ich werde sicherlich eine Weile brauchen, bis ich die Lage wieder beruhigen kann.«

»Das Video ist ganz offenkundig eine Fälschung«, sagte Ryan. »Sie sollten nicht alles glauben, was Sie online zu sehen bekommen. Aber das wissen Sie doch auch selbst, François.«

»Ach, kommen Sie, Mr. President«, gab Njaya zurück. »Es ist Ihr Gesicht. Und Ihre Stimme.«

»Ihre Leute sollen sich mal die Metadaten genauer anschauen. Dort werden sie den Beweis dafür finden.«

»Das werde ich tun«, antwortete Njaya.

»Und was ist mit Ihrem Militär?«, fragte Ryan. »Was haben diese Leute vor? Und bevor Sie antworten, möchte ich Sie daran erinnern, dass die Vereinigten Staaten seit vielen Jahren Ihr Partner im Kampf gegen Boko Haram sind.«

»Wie ich schon sagte, Mr. President … Ich bin sicher, dass wir … dass Sie schon bald eine Lösung finden werden. Aber Sie könnten die Sache beschleunigen, wenn Sie Ihrem Botschaftspersonal die Anweisung erteilen würden, Mbida aus der Botschaft zu weisen.«

»Es gibt einen großen Unterschied zwischen einem Asylsuchenden und jemandem, der gegen den eigenen Willen festgehalten wird. Bevor wir in dieser Angelegenheit weiter miteinander sprechen, muss Mrs. Porter freigelassen werden.«

»Aber ich weiß doch gar nicht, wo sie sich befindet!«, sagte Njaya, wobei er seine Doppelzüngigkeit kaum verhehlen konnte. »Oder wissen Sie es vielleicht, Mr. President?«

»François«, erwiderte Ryan durch zusammengebissene Zähne, »ich glaube wirklich nicht, dass sich diese … kriminellen Elemente in Ihrer Armee die Vereinigten Staaten zum Feind machen wollen.«

»Mir scheint«, gab Njaya zurück, »dass Sie es sind, der sich keinen weiteren Feind leisten kann. Sie sind derzeit mit genügend anderen Problemen konfrontiert – die Grippeepidemie, Ihr Ansehensverlust in der Öffentlichkeit … Ich denke, Sie sollten diesen unglückseligen Zwischenfall so schnell wie möglich beseitigen, bevor er Menschenleben kostet.«

»François«, sagte Ryan, der innerlich kochte, »diese Leute sollten mich lieber nicht auf die Probe stellen.«

»Ach, Mr. President.« Das schadenfrohe Grinsen war in Njayas Stimme förmlich zu hören. »Sogar eine Ihrer Senatorinnen wirft Ihnen vor, dass Sie andere Leute gern schikanieren, die nicht Ihrer Meinung sind.«

Ryans Gesicht verzerrte sich vor Wut. Mary Pat Foley, in diesem Moment die einzige Person im Raum, die es wagen durfte, sich ihm zu nähern, legte ihm beschwichtigend die Hand auf den Arm. Aber er winkte nur ab und bedeutete ihr, dass er sich im Griff habe.

Njaya, den das Schweigen offenbar beunruhigte, redete weiter. »Ich versichere Ihnen, Jack, dass das nicht von mir veranlasst wurde.«

»Verstanden«, antwortete Ryan. »Und ich versichere Ihnen, François, dass Abhilfe bereits veranlasst ist. Sie müssen sich nicht allein darum kümmern.«

»Jack«, sagte Njaya hastig, »Sie sollten auf keinen Fall einseitige Schritte unternehmen …«

»Oh, das mache ich doch gar nicht«, antwortete Ryan. »In keiner Weise! Wie gesagt, unsere Länder haben schon seit vielen Jahren eine gegenseitige Beistandsvereinbarung beim

Kampf gegen Boko Haram. Sie haben uns also bereits eingeladen.«

»Kommen Sie, Jack …«

»Die Verbindung wird immer schlechter, François.«

Ryan beendete das Telefonat, atmete tief ein und legte die Hände flach vor sich auf den Schreibtisch.

»Was haben wir – fünf Stunden nach dem Angriff? Zwei Drohnen und einen einzigen Sicherheitsagenten vor Ort? Ich will, dass ihr alle über die Optionen nachdenkt. Alles kommt auf den Tisch. DevGru, Delta, die 82. Luftlandedivision … verdammt, wir könnten ein ganzes Expeditionskorps unserer Marines losschicken. Wir sollten die Task Force Derby auf den Weg bringen. Was immer nötig ist, um diese Frau sicher herauszuholen und unsere Botschaft zu schützen. Habe ich mich klar genug ausgedrückt?«

Van Damm wandte ein: »Die fusionierte Geiselbefreiungsgruppe würde …«

Ryan wusste, dass damit die Hostage Response Group Fusion Cell gemeint war, eine auf Geiselbefreiung spezialisierte Gruppe, die sich aus mehreren Diensten unter der Leitung des FBI rekrutierte. Der Präsident stieß sich vom Schreibtisch zurück und stand auf. »Arnie«, sagte er, nachdem er tief eingeatmet hatte, »ich verstehe vollkommen, dass hier eigentlich die HRG eingesetzt werden sollte. Aber ich will eine konkrete Aktion sehen. Koordiniert, ja, aber nicht nur koordinierte Planungen.«

»Verstanden«, nickte van Damm.

»Gut.« Ryan zog sein Jackett an. »Ich komme in einer Minute nach.«

Foley blieb ein wenig zurück, als die anderen den Raum verließen, um zum Situation Room zu gehen. »Noch eine Sekunde … auf ein Wort?«

Ryan lächelte. »Wir sind schon lange genug befreundet,

dass ich sofort merke, wenn du Einspruch erheben willst. Du willst mich davon abbringen, nach Kamerun zu gehen und diese Schurken vor der Botschaft in Grund und Boden zu bomben, weil Njaya ein schmieriger Scheißkerl ist, richtig?«

»Der Gedanke ist mir flüchtig durch den Kopf gegangen, Jack«, gab Foley zu. »Und wenn ich ganz ehrlich bin, würde ich dir keine Vorwürfe machen können. Aber in dieser Lage wäre es nicht das Richtige.«

Ryan unterdrückte ein Schmunzeln. »Mein alter Herr sagte immer, Ärger in den Griff zu bekommen, sei wie Treppensteigen. Man kommt dabei unweigerlich außer Atem, egal wie fit man ist. Wichtig ist nur, wie schnell man sich davon wieder erholt. In meinem Fall: Es brodelt zwar in mir, aber ich koche nicht über.« Er kniff die Augen zusammen und schaute sie ernst an. »Eins kann ich dir versprechen: Sollte ich tatsächlich Gewalt gegen François Njaya und seine Armee anwenden müssen, wird es sehr viel Gewalt sein … aber vollkommen leidenschaftslos.« Er wies sie zur Tür. »Und nun geh und diskutiere weiter mit den anderen über die Geiselbefreiungsgruppe. Ich komme gleich nach.«

Wieder allein, drehte sich Ryan um und schaute an seinem Spiegelbild im mittleren Fenster vorbei, das ihn hinter seinem Schreibtisch zeigte. Diese Haltung vermied er instinktiv, wenn sich andere Personen im Oval Office aufhielten, und erst recht, wenn der Fotograf des Weißen Hauses anwesend war. Die ganze Szene wirkte zu unecht, zu sehr wie eine John-F.-Kennedy-Imitation, aber genau diese Haltung – der Blick vom Resolute Desk auf den South Lawn – war nun mal zum Nachdenken verdammt gut geeignet.

Außer dem Vergleich mit dem Treppensteigen und dem Wütendwerden hatte Ryans Vater seinem Sohn noch andere Lebensweisheiten mitgegeben. Dazu gehörte auch, die

Ursache seiner Wut genau und tief zu analysieren und sich einzugestehen, dass diese Ursache meistens in ihm selbst zu finden war. Die schlichte Wahrheit lautete, dass Njaya bei aller Schadenfreude wohl recht hatte: Ryan befand sich tatsächlich in einer Zwickmühle. Die Grippeepidemie, die Überschwemmungen mit all ihren Problemen für die öffentliche Gesundheit, die Sache mit Michelle Chadwick – und jetzt auch noch eine Botschaft im Belagerungszustand – kamen zu einem ohnehin schon dramatischen Bedrohungsszenario hinzu. Die Vereinigten Staaten hatten viele Feinde, die liebend gern zusehen würden, wie das Land auseinandergerissen wurde – um sich dann darauf zu stürzen und sich die Filetstücke zu sichern…

»Eins nach dem anderen, Jack«, sagte Ryan zu seinem Spiegelbild im Fenster. Er hatte kompetente Leute, die sich mit der Grippeepidemie und mit den Überschwemmungen befassten. Dehart, der Minister für Innere Sicherheit, war auf dem Weg nach Louisiana, um sich persönlich einen genaueren Überblick über die Situation zu verschaffen. Damit blieb Kamerun als dringlichstes Problem übrig – wo sich ein Sicherheitsagent des Diplomatischen Dienstes buchstäblich im Unterholz verstecken musste und zwei MQ-9-Reaper-Drohnen über dem Schauplatz schwebten.

»Unbemannte Luftfahrzeuge«, murmelte Ryan. Sie mochten langsam sein und nur niedrig fliegen können, aber sie waren nützlich.

Kritische Stimmen sagten, die Drohnen würden kriegerische Handlungen gewissermaßen »sterilisieren« und sie den Politikern allzu leicht machen. Aber wenn sie Amerikanern das Leben retteten, hatte Ryan kein Problem damit. Amerikanern zu befehlen, sich in lebensgefährliche Situationen zu begeben, würde man niemals »sterilisieren« können. Jede abgeworfene Bombe, jeder durchgedrückte Abzug richtete

Schaden an, und zwar sowohl vor als auch hinter der Waffe. Es sollte niemals leicht sein, einen Befehl zu erteilen, der den Tod vieler Menschen, nicht einmal eines einzigen, zur Folge haben konnte. Manche Menschen verdienten den Tod, aber Ryan neigte nicht dazu, solche Entscheidungen lange mit sich herumzuschleppen. Nein, Jack Ryan war keiner, der vor einem Problem zurückscheute. Er wollte es lösen und dann hinter sich lassen, was immer es sein mochte.

Adin Carr kauerte hinter der verrosteten Karosserie eines alten Sattelschleppers; der Mann, den er beschützen sollte, kauerte neben ihm. Gemeinsam beobachteten sie die vier mit französischen FAMAS-Gewehren bewaffneten Soldaten, die Mrs. Porter in einen halb verfallenen Lagerschuppen am westlichen Stadtrand führten. Für den Transport zum Versteck hatten sie ihr eine Stofftasche über den Kopf gezogen und die Hände auf dem Rücken gefesselt. Der vermutliche Anführer des kleinen Trupps, ein Mann mit einer kahlen runden Stelle auf dem Schädel, die auf Carr so verlockend wie eine Zielscheibe wirkte, versetzte ihr einen brutalen Stoß, sodass sie auf die Knie fiel. Carr musste Botschafter Burlingame am Arm packen, um ihn davon abzuhalten, aus dem Versteck hervorzustürmen.

»Geduld, Sir«, flüsterte er.

»Haben Sie nicht gesagt, Sie wollten etwas unternehmen?«, zischte Burlingame wütend. »Also unternehmen wir endlich etwas!«

»Das werden wir auch, Sir. Aber wir müssen klug vorgehen. Die Burschen sind uns nach Zahl und Waffen überlegen. Womöglich würde Mrs. Porter umkommen, wenn wir ohne Plan und ohne Unterstützung angreifen würden. Natürlich würde ich lieber aus allen Rohren feuernd losstürmen, aber wir müssen zuerst einmal das Ops informieren, wo sie gefangen gehalten wird, damit sie die Kavallerie losschicken können.«

»Wer wird das sein?«, fragte Burlingame, ohne den Lagerschuppen auch nur eine Sekunde aus den Augen zu lassen. »Das Geiselbefreiungsteam vom FBI? Oder die Navy SEALs?«

»Kennen Sie die alte Story, wie das FBI-Geiselrettungsteam gegründet wurde?«

Burlingame schüttelte den Kopf.

»Der FBI-Direktor hat einmal eine Einsatzdemonstration eines Delta-Teams beobachtet. Er schaute sich ihre Ausrüstung an und stellte fest, dass kein einziger Soldat Handfesseln mitführte. Als er fragte warum, sagte einer der Delta-Burschen: ›Handschellen brauchen wir nicht. Zwei Kugeln in den Kopf genügen völlig.‹ Das FBI stellte später ein eigenes Geiselbefreiungsteam auf, aber sie haben immer Handfesseln dabei.«

»Wenn das so ist«, sagte Burlingame wütend, als er zusehen musste, wie der Typ mit der Hinterkopfglatze Mrs. Porter grob auf die Beine zerrte, »sollten sie uns lieber das Delta-Team schicken.«

25

Der kleine Tiba hatte keine Scheibenwischer-Intervallschaltung. Die Scheibenwischer funktionierten nur, wenn sie Lust dazu hatten, aber immerhin wischten sie ab und zu genug Regen weg, dass Dowschenko wenigstens ein wenig sehen konnte.

Müde rieb er sich mit Daumen und Zeigefinger die Augen und versuchte, den Nebel zu vertreiben, in den sein Verstand gehüllt schien. Von Maryams Apartment war er geradewegs zum International Airport Imam Chomeini geflohen, hatte unterwegs auf das Lenkrad eingehämmert und die Windschutzscheibe angebrüllt, wenn er nicht gerade versuchte, Kashani anzurufen, um sie zu warnen.

Sie reagierte nicht.

Der Highway 7, die wichtige Nord-Süd-Achse durch Teheran, war trotz der späten Stunde noch recht belebt. Dowschenko drückte das Gaspedal bis zum Anschlag durch und versuchte, sich in den dichten Strom roter Lichter und vorbeirasender Autos einzufädeln. Am Ende erbarmte sich der Fahrer eines Kranwagens – so ähnlich wie die Kräne, an denen die Studenten gehenkt worden waren – und fuhr ein wenig langsamer, um ihn einscheren zu lassen.

Dowschenko hatte die Frau nie kennengelernt, hatte aber manchmal Maryam mit ihr telefonieren gehört. Und er wusste, dass er die richtige Nummer anzurufen versuchte. Die Revolutionsgarde würde die Nummer sicherlich schon bald auf der Liste der Telefonate, die Maryam geführt hatte, entdecken. In Russland wäre es nicht schwierig, solche Informationen zu beschaffen; Dowschenko konnte sich nicht vorstellen, dass es im Iran anders war. Wenn es um Aufzeichnungen und Berichte ging, waren die Iraner außerordentlich penibel. Wieder schlug er auf das Lenkrad, so hart, dass ihm die Hand wehtat. Vor einem Krebsgeschwür wie der Sepâh konnte man nicht davonlaufen. Sie hatte ihre Verbindungsleute in praktisch jeder Behörde, in den meisten Unternehmen und, durch die untereinander verschlungenen Kreise der iranischen Gesellschaft, die man *dowreh* nannte, sogar bis in die meisten Clans und Großfamilien hinein. Die Tentakeln der Sepâh erstreckten sich überallhin.

Es war sinnlos, in seine Wohnung zurückzukehren. Dowschenko hatte alles dabei, was er brauchte – seinen Diplomatenpass und Geld. Den Rest konnte er kaufen oder klauen.

Viel besser war es, in Bewegung zu bleiben und so schnell wie möglich aus dem Land zu verschwinden. Das bedeutete allerdings, dass er seine Position aufgeben musste. Er würde eine Erkrankung als Begründung nachschieben.

Lieber Missionschef, mir geht's einfach momentan zu schlecht, um weiterarbeiten zu können, weil meine iranische Dissidentenfreundin von unseren korrupten Verbündeten ermordet wurde.

Nein, unmöglich. Spione meldeten sich nicht krank.

Und dann war da noch diese Sache mit General Alow, was immer das sein mochte, die alles noch komplizierter machte – ein hochrangiger GRU-Stabsoffizier trifft sich mit genau den Leuten, die planten, die herrschenden Mullahs zu stürzen. Man hatte schon Leute erschossen, weil sie versehentlich Zeugen von Ereignissen geworden waren, die viel weniger seltsam waren als dieses.

Im Grunde war sich Dowschenko schon seit einer Weile im Klaren darüber, dass es für ihn Zeit war zu gehen. Nicht nur weg aus dem Iran, sondern weg vom SWR. Aus Russland. Aber einer wie er konnte sich nicht so einfach absetzen. Ganz abgesehen von der traumatischen Erfahrung, sein eigenes Heimatland für immer hinter sich zu lassen, würden ihm auch die Amerikaner nicht vertrauen. Sie würden ihn für einen *dangle* halten – einen Doppelagenten, der es bewusst darauf anlegte, Falschinformationen zu liefern. Und was hätte er denn schon anzubieten? Die Amerikaner würden jemanden haben wollen, der ihnen nützlich sein konnte, keinen verbrannten Spion, der wegen einer Affäre mit einer iranischen Dissidentin aufgeflogen war.

Wildes Hupen riss ihn jäh aus seiner qualvollen Benommenheit. Ein Blick aus dem Seitenfenster: Der Fahrer einer schwarzen Limousine fletschte wütend die Zähne und schüttelte drohend die Faust. So schuldbewusst, wie er sich fühlte, sah er überall nur noch Agenten der Revolutionsgarde. Unwillkürlich verkrampften sich seine Hände am Lenkrad, voller Entsetzen, dass sie ihn so schnell gefunden hatten. Doch dann gab der Fahrer des schwarzen Autos wieder Gas, nur ein ganz normaler Fahrer auf dem Highway, der sich über Dowschenko geärgert hatte, weil dieser auf seine Fahrspur geraten war.

Er wischte sich den Schweiß von der Stirn, rutschte ein wenig tiefer in den Sitz und konzentrierte sich darauf, den Tiba in der Fahrspur zu halten. Auf keinen Fall konnte er es sich leisten, in einen Unfall verwickelt oder wegen unberechenbarer Fahrweise von einem Verkehrspolizisten gestoppt zu werden. Und unter keinen Umständen durfte er anhalten. Ein Spürhund wie Sassani würde sich erbarmungslos an seine Spur heften. Wenn Dowschenko untertauchte, auch nur für kurze Zeit, um nachzudenken und einen Plan zu entwickeln, würde er damit nur Zeit verlieren und Sassani in die Hände spielen.

Für ein paar Stunden würde Sassani mit den restlichen Ermittlungsarbeiten in Maryams Apartment beschäftigt sein. Sie war nackt, und das war ein Anblick, den die meisten dieser bigotten Männer nur höchst selten zu sehen bekamen. Ein schmerzliches Schluchzen zerriss ihm fast die Brust. Sie würden sich bei der Beweissicherung so viel Zeit wie nur möglich lassen, würden schmierige Fotos aufnehmen und so tun, als sei das alles für eine gründliche Ermittlungsarbeit erforderlich. Nach Dowschenkos Erfahrung waren die Frömmsten in jeder Religion auch die Letzten, denen die eigene Perversion auffiel.

Er schloss die Makarow und sein Zwei-Wege-Funkgerät im Kofferraum des Tiba ein, den er unter Hunderten ähnlich hässlicher Autos auf dem Parkplatz 3 stehen ließ, der ein Stück weit westlich des gleißend hell erleuchteten Novotel-Airporthotels lag. Von der dem Hotel benachbarten Metrostation führte eine Brücke über die Straße und Gleisanlage zum Abflugterminal, wo ein müde aussehender Angestellter am Emirates-Ticketschalter auf die erlösenden Tasten drückte und ihn für den nächsten Flug nach Dubai einbuchte.

Flugbuchungen durch Leute, die bar zahlten und kein Gepäck eincheckten, waren ein klarer Hinweis auf etwas Illegales, weshalb Dowschenko vom Gejagten zum Jäger umschaltete – als müsse er dringend diesen Flug erreichen, weil er jemanden beschattete. Dabei trat er mit der selbstgefälligen Großspurigkeit auf, die ihm während der Ausbildung beim SWR so gut antrainiert worden war – sein Auftreten signalisierte höchste Dringlichkeit und dass es extrem gefährlich sein könne, mehr zu wissen als unbedingt nötig. Der Mann hinter dem Ticketschalter betrachtete Dowschenkos Diplomatenpass, las zwischen den Zeilen, was er wissen musste –

allerdings fälschlich –, und stellte unverzüglich den Boarding-Pass aus, damit Dowschenko den Übeltäter weiter beschatten konnte, wer immer es sein mochte.

Auch die Sicherheitskontrollen brachte er schnell hinter sich, obwohl die Beamten auf höchster Alarmstufe arbeiteten, keineswegs nur wegen der jüngsten Studentenunruhen, sondern besonders auch wegen der ständig präsenten Gefahr, die von den Dschundollah-Terroristen ausging. Diese islamistische Organisation war in den Südprovinzen des Iran aktiv, stand der Terrororganisation Islamischer Staat nahe und kämpfte für die Unabhängigkeit der Provinz Belutschistan.

Der Flug nach Dubai sollte kurz nach ein Uhr starten; dort würde er zwei Stunden auf den Anschlussflug nach Kabul warten müssen. Er konnte sich nicht mehr daran erinnern, wann er zuletzt etwas gegessen hatte; er hatte sich nur mit Zigaretten auf den Beinen halten können. Schon bei den Hinrichtungen der Studenten hatte sich sein Magen so sehr verkrampft, dass ihm schon der bloße Gedanke an Essen unerträglich schien. Er und Maryam hatten erst später am Abend essen wollen, aber dann …

Er musste etwas in den Magen bekommen, auch wenn ihm nicht danach zumute war. Doch hier waren die meisten Läden ohnehin geschlossen, deshalb beschloss er zu warten, bis er in Dubai ankam. Der Flughafen von Dubai war ein riesiger internationaler Knotenpunkt, ein einziges Wirrwarr von Kulturen, eine Fassade, die fast, aber nicht ganz muslimisch war. So ungefähr, wie Las Vegas fast, aber nicht ganz amerikanisch war. Oder vielleicht zeigten Dubai und Vegas das wahre Gesicht ihrer jeweiligen Kultur, und der Rest der Vereinigten Arabischen Emirate und der Vereinigten Staaten waren die Fassaden.

Mit seinem Diplomatenpass würde Dowschenko ohne

Visum in die meisten Länder einreisen können, aber die Einreisedaten würden trotzdem registriert werden. Und in Dubai waren Videokameras allgegenwärtig. Scanner für die Gesichtserkennung waren überall installiert, ganz offen sichtbar oder auch versteckt, wie zum Beispiel hinter dem virtuellen Aquarium an der Passkontrolle. Dowschenko musste äußerst vorsichtig sein, aber im Grunde blieb ihm nichts weiter übrig, als auf das Beste zu hoffen. Sassani würde eine gewisse Zeit brauchen, bis er von seinen Vorgesetzten die Genehmigung bekam, formelle Ermittlungen gegen einen russischen Agenten einzuleiten, und dafür würde er Beweise vorlegen müssen. Oder nicht? Sofern der russische Missionschef in Dowschenkos unerklärter Abwesenheit nicht selbst einen glaubhaften Beweis sah, dass sich sein Agent in irgendeiner Sache schuldig gemacht hatte. Wenn das der Fall war, würde Dowschenko verhaftet werden, sobald er aus dem Flugzeug stieg, oder vielleicht sogar noch vor dem Start der Maschine.

Dagegen konnte man nichts machen. Aber es war ein weiterer Grund, keine Zeit zu verlieren.

Er verfluchte sich innerlich, dass er Sassani nicht die Kugel gegeben hatte, als sich die Gelegenheit bot, und tröstete sich dann gleich danach damit, dass er selbst am Leben bleiben müsse, um Ysabel Kashani zu warnen. Sassani würde Himmel und Hölle in Bewegung setzen, um sie zu jagen und zu verhaften, und er würde nicht lange brauchen, um ihre Verbindung zu Maryam herauszufinden. Das war seine Arbeitsmethode, von Freundin zu Freundin, von einem Bekannten zum nächsten zu springen und ihnen mit Peitschen und Gasbrennern so lange zuzusetzen, bis er den Namen der nächsten Person herausgefoltert hatte, die vielleicht etwas mit diesem Aufstand zu tun hatte. Anscheinend waren es vor allem Frauen, die in der letzten Zeit die Menge anführten. Ysabel Kashani war eng mit Maryam befreundet gewesen und war daher doppelt verdächtig, obwohl sie nichts weiter getan hatte, als ihrer Freundin die Benutzung ihrer Wohnung zu gestatten.

Dowschenko hatte ein paar Fotos von Kashani gesehen, wusste aber sehr wenig über sie, abgesehen davon, dass sie aus einer wohlhabenden Familie stammte. Er vermutete, dass sich die beiden Frauen an der Uni kennengelernt hatten, oder vielleicht in der Entzugsklinik, wo beide den Drogenabhängigen halfen, ihre Sucht zu überwinden, Menschen, die von der Welle der Opiate mitgerissen worden waren, die aus Afghanistan eingeschmuggelt wurden und das Land überschwemmten. Kashani hielt sich im Moment nicht im Iran auf, offenbar war sie zurzeit in einer Außenstelle des UNODC tätig, des Büros der Vereinten Nationen für Drogen- und Verbrechensbekämpfung. Aber für die IRGC war sie trotzdem nicht außer Reichweite. Die Agenten der Sepâh waren überall, im Nahen Osten, in Afrika und Asien – auch in Dubai, in Damaskus, in Pakistan und ganz sicherlich auch im Westen Afghanistans. Die Sepâh unterhielt riesige Netzwerke bezahlter Informanten, die sie mit buchstäblich jedem Grenzwächter im Nahen Osten und in Zentralasien verbanden.

Aber was sie nicht hatten, war Maryams Notizbuch.

Ysabel Kashanis Adresse stand fett und deutlich schon auf Seite 2, daneben mehrere Telefonnummern. Ihr UNODC-Büro befand sich in einem Außenbezirk von Herat, einer Stadt im Westen Afghanistans, keine hundertfünfzig Kilometer von der iranischen Grenze entfernt. Staatliche Stellen in Teheran würden mit Sicherheit Kenntnis von ihrer derzeitigen Beschäftigung haben, aber wie bei jedem bürokratischen Apparat würde Sassani erst einmal herausfinden müssen, wo er nach diesen Informationen suchen musste. Solange Dowschenko es schaffte, zu ihr zu gelangen, bevor sie eine Grenze überschritt oder in irgendeine Kontrolle geriet, bei der ihr Pass in einen Computer eingelesen wurde, hatte er eine reale Chance, sie herauszuholen.

Dowschenko setzte sich auf einen der Sitze in der Nähe des Gates und wartete auf den Boarding-Aufruf für seinen Flug. Es konnte nicht mehr lange dauern. In Kabul würde er trotz seines Diplomatenpasses eine Erklärung abgeben müssen, bevor er den einstündigen Flug nach Herat antrat. Er kannte das Verfahren, denn er war schon mehrmals nach Herat geflogen, um im Auftrag der russischen Regierung die Übergabe von Waffen an die Taliban zu beaufsichtigen.

In Afghanistan konnte es oft schwierig sein, an Nahrungsmittel oder Medikamente heranzukommen, aber mit Waffen war das nach all den Kriegsjahren eine andere Geschichte. Dowschenko hatte jedenfalls nicht den geringsten Zweifel, dass er sich schon recht bald eine Pistole beschaffen konnte. Vielleicht sogar von den Taliban. Guerillakämpfer bevorzugten im Allgemeinen Gewehre, aber von den Taliban konnte man praktisch alles bekommen, von alten chinesischen Granaten bis zu Claymore-Antipersonenminen, wenn man ihnen genug dafür bot. Und bestimmt hatten sie auch ein paar Pistolen – vielleicht sogar eine amerikanische Beretta, aber notfalls würde er sich auch mit einer alten Tokarew zufriedengeben.

Dowschenko schloss die Augen. Er war einfach zu erschöpft, um klar denken zu können, aber gleichzeitig in einem emotional derart aufgewühlten Zustand, dass an Schlaf nicht zu denken war. Er wischte die Tränen weg und wappnete sich innerlich, bevor er sich daranmachte, das Notizbuch durchzublättern. Wieder bildete sich ein Kloß in seinem Hals, sodass er kaum noch atmen konnte, als er Maryams klare Handschrift sah – so präzise wie die einer Architektin oder vielleicht auch einer Lehrerin. Mit dem Finger fuhr er über Ysabel Kashanis Handynummer. Direkt darunter stand etwas in schwungvoller persischer Schrift, was so etwas wie *Ersatzkontakt* bedeuten mochte. Ihre Mutter? Dowschenko schlug das Notizbuch zu und zuckte nervös mit dem Knie auf und ab. Sicherlich würde es Sassani nicht schwerfallen, Ysabel aufzuspüren. Er musste nur einfach die Adresse ihrer Familie herausfinden und sie unter irgendeinem Vorwand fragen, wo sich ihre Tochter aufhielt. Er konnte behaupten, er müsse sie in irgendeiner Angelegenheit dringend sprechen. Sie war nicht untergetaucht, versteckte sich nicht. Sie hatte nichts Unrechtes getan, also hatte sie auch nichts zu befürchten. Das konnte sogar eine der Gardistinnen in Sassanis Truppe übernehmen, um weniger Misstrauen zu erregen, etwa, indem sie behauptete, mit Ysabel befreundet zu sein.

Die Lautsprecher knackten, dann war eine kaum verständliche Durchsage vom Bodenpersonal am Gate zu hören, dass das Boarding jetzt beginne. Wenn Dowschenko Kashanis »Ersatzkontakt« warnen wollte, musste es schon sehr bald geschehen. Er war so sehr in diesen Gedanken versunken, dass er beinahe das Handy fallen ließ, als es plötzlich zu summen begann.

Sassani.

Dowschenko meldete sich in gereiztem Ton, um so normal wie möglich zu wirken. »Es ist spät!«

»Ja, in der Tat«, gab der Major zurück. »Aber es war nun mal viel zu tun heute Abend, nicht wahr?«

»Stimmt.« Dowschenko blickte sich rasch im Terminal um und spürte plötzlich tausend Augen, die ihn aus allen Richtungen musterten. Er rechnete sogar damit, einen roten Laserzielpunkt auf der Brust zu sehen, und blickte unwillkürlich an sich hinab.

»Wo sind Sie?«, wollte Sassani wissen. »Ich hatte gehofft, dass Sie mir bei etwas helfen können.«

Das war was völlig Neues.

Es war mehr als nur wahrscheinlich, dass Sassani in genau diesem Augenblick mitten in Dowschenkos Wohnzimmer stand, deshalb entschied sich Dowschenko für eine Ausrede, die schwieriger zu überprüfen war.

»Bin unterwegs.«

Am Gateschalter hob der Bodenstewart das Mikrofon wieder hoch, um eine weitere Aufforderung zum Boarding durchzugeben. Dowschenko drückte eine Sekunde, bevor die Ansage aus dem Lautsprecher dröhnte, auf die Stummschaltung.

»Das ist gar nicht gut«, sagte Sassani, offenbar hatte er nichts mitbekommen. »Ich bin auf dem Weg zur Gerichtsmedizin. Ich hätte Sie gern bei der Autopsie der Hure dabei, es wäre eine gute Gelegenheit, Ihre wissenschaftliche Erfahrung zu nutzen.«

Maryams Autopsie. Der Terminal schien über Dowschenko einzustürzen. Für einen Augenblick versagte ihm die Stimme.

»Sind Sie noch da?«

Dowschenko schaltete die Stummschaltung ab. »Tut mir leid.« Er schaffte es, sich so weit zu konzentrieren, dass seine Stimme seine wahren Gefühle nicht verriet. »Das Netz ist hier ziemlich schlecht. Eine Gelegenheit … wofür?«

»Um Ihr Wissen und Ihre Erfahrung zu nutzen«, sagte Sassani beiläufig. »Aber wir kommen auch ohne Sie zurecht. Ich wollte Sie nur einladen, dabei zu sein. Falls Sie daran interessiert sind. Die Autopsie wird im Krankenhaus hinter der Valiasr-Straße durchgeführt, falls Sie sich entschließen, doch noch dabei sein zu wollen. Ich persönlich finde, dass Autopsien extrem aufschlussreich sein können.«

»Ich bin zu müde«, brachte Dowschenko mühsam heraus.

»Na, dann vielleicht beim nächsten Mal«, sagte Sassani. »Schlafen Sie gut, Genosse Erik.«

Dowschenko beendete das Gespräch. Die IRGC war zwar nicht darauf angewiesen, dass die Verbindung noch länger bestehen blieb, aber es würde ihnen die Nachverfolgung erleichtern.

Während er müde zum Gate ging, gab er Ysabel Kashanis Ersatzkontaktnummer ein. Er fragte sich, ob Sassani genug Befugnisse hatte, ein Flugzeug zum Flughafen zurück zu beordern, wenn es schon gestartet war.

Eine weibliche Stimme meldete sich beim dritten Klingelton.

»Balay«, murmelte sie. Es klang ungehalten, als sei sie aus dem Schlaf gerissen worden.

Dowschenko sprach passables Farsi, aber mit hartem russischem Akzent, was ihn besonders barsch und unfreundlich klingen ließ.

»Ysabel Kashani?«

Die Stimme wurde ein wenig weicher. »Ysabel ist nicht da.«

»Wo ist sie?«, verlangte Dowschenko zu wissen. Er konnte nur hoffen, dass sich die Frau über seinen ruppigen Ton und den späten nächtlichen Anruf ärgerte. »Ich muss sie sehr dringend sprechen.«

Die Frau flüsterte jemandem ein paar aufgeregte Worte zu, wobei ihre Stimme jetzt heiser und angespannt klang, genau wie Dowschenko gehofft hatte. »Er will Ysabel sprechen.«

Eine Männerstimme meldete sich. »Was soll das? Wer sind Sie, und warum rufen Sie uns so spät nachts an?«

»Wer ich bin, braucht Sie nicht zu interessieren«, gab Dowschenko zurück. »Wo ist Ysabel?«

Ohne ein weiteres Wort legte der Mann auf. Mit ein wenig Glück würde ihm der rätselhafte Anruf so viel Schrecken einjagen, dass er den Mund hielt, sollte sich jemand nach dem Aufenthaltsort seiner Tochter oder Nichte – oder was auch immer Ysabel Kashani für ihn sein mochte – erkundigen, wenigstens so lange, bis Dowschenko sie aufspüren und warnen konnte.

26

Lucile Fournier starrte da Rochas Spiegelbild in den verspiegelten Wänden der Hotellobby an, während sie auf den Lift warteten. Aufzüge gehörten offenbar zu den wenigen Orten auf der Welt, an denen sie nicht vollkommen gelassen und ruhig wirkte. Sie hatte die Hand unter das hauchdünne schwarze Jackett geschoben, das sie über ihrer Bluse trug, und stand rechts neben da Rocha, sodass sie die Waffenhand frei bewegen konnte. Unruhig wippte sie auf den Zehenballen, absurd außer Takt mit der Musik, die gedämpft aus dem Lautsprechersystem kam. Die Liftkabine wurde durch einen deutlichen Gongton angekündigt. Da Rocha trat höflich zur Seite, um Lucile den Vortritt zu lassen.

Sie trug dieselben Shorts und das T-Shirt, das sie auch schon vor ein paar Stunden während der Sache mit Don Felipe getragen hatte. Da Rocha wog gut fünfunddreißig Kilo mehr als seine wohlgeformte Attentäterin und wirkte mit seinen eins neunzig neben ihr fast wie ein Riese. Trotzdem verspürte er immer eine gewisse innere Unruhe, wenn sie so dicht neben ihm stand. Sie hatte ihm einmal erklärt, sie habe sich von seinem struppigen, bürstenartigen Haar angezogen gefühlt, das in allen Richtungen abstand, wenn er es nicht sehr kurz geschnitten trug. Aber er wusste es besser. Wenn Lucile Fournier überhaupt von etwas angezogen wurde, dann war es die Aussicht, einen gewaltsamen Tod miterleben zu dürfen. Anscheinend spielte es keine große Rolle, ob es der Tod einer anderen Person oder gar ihr eigener war; es war die Anspannung vor dem Ereignis, die sie faszinierte, und je gewaltsamer die Sache ablief, desto besser. Wie ein Nachtfalter vom Licht schien Lucile von dem Leben angelockt zu werden, das ihr da Rocha bot, und bettelte förmlich um Aufträge, die bestenfalls als nicht ungefährlich beschrieben werden konnten. Doch viele ihrer Einsätze mussten einem geradezu selbstmörderisch vorkommen, sofern man nicht wusste, wie penibel sie ihre Operationen plante. Aber es gab natürlich immer gewisse Variablen. Offenbar waren es genau diese Unwägbarkeiten, nach denen sie förmlich zu hungern schien.

Und da Rocha bot ihr jede Menge Gelegenheiten, ihren Hunger zu stillen.

Urbano da Rocha war gewissermaßen von seinem Vater persönlich in das große Gebiet der Gewaltanwendung eingeführt worden, als er diesem Bastard bei einem Streit um das Auto mit dem Stiel einer Axt das Genick zertrümmert hatte. Danach kam ihm sein damaliger Job als Auslieferer für einen Lebensmittelladen vergleichsweise eintönig vor, weshalb er sich als Kurier für die Ochoas verdingte, einen Clan von mittlerer Bedeutung, der zur galizischen Mafia zählte und sich vor allem im Mädchen- und Drogenhandel von Nordspanien bis hinunter nach Lissabon betätigte. Durch die Schlagkraft seiner Fäuste und seinen Ruf als Brutalo stieg da Rocha in der Hierarchie der Organisation schnell auf. Als er ein Mitglied eines rivalisierenden Clans erstach, weil der Typ versucht hatte, einige Ochoa-Mädchen in Porto für den eigenen Clan zu rekrutieren, brachte ihm das ein wohlwollendes Nicken des alten Ochoa persönlich ein. Der Clan-Boss wurde zu einer Art Ersatz für den leiblichen Vater, den Urbano erschlagen hatte, und führte den jungen Mann in die tieferen Geheimnisse der Familiengeschäfte ein. Im Alter von sechsundzwanzig verfügte Urbano bereits über eine eigene Crew, mit der er sich auf den Import von Kokainlieferungen aus Kolumbien und deren Weiterverarbeitung zu marktüblichen Portionierungen für den unersättlichen europäischen Markt spezialisierte.

Jetzt war Urbano ein Führer, umgeben von Männern, die ihn respektierten, und von Frauen, die jede seiner Marotten willig befriedigten – und davon hatte er eine Menge. Das Leben meinte es gut mit ihm. Doch dann stieß er auf einem Schiff, das eine seiner Kokainlieferungen gebracht hatte, zufällig auf eine Ladung 9K38-Iglas aus russischer Produktion, die das Schiff auf der Rückfahrt nach Kolumbien mitnehmen sollte. Da er mit einigen Burschen aus seiner Crew oft genug Battlefield 2 gespielt hatte, erkannte er die schlanken Waffen sofort, die wie Bazookas aussahen. Für Waffen jeder Art hatte er schon immer etwas übriggehabt, aber hätte die Ladung nur einfach aus Kalaschnikows bestanden, hätte er sie, ohne weiter darauf zu achten, nach Kolumbien weiterfahren lassen. Doch diese Iglas waren ein ganz anderes Kaliber. Igla bedeutet »Nadel« oder auch »Stachel«; bei der 9K38-Igla handelte es sich um das verbesserte Modell einer schultergestützten Kurzstrecken-Boden-Luft-Rakete, auch MANPAD genannt. Es gab neuere Nachfolgemodelle, aber auch diese Variante, deren NATO-Codename »SA-18 Grouse« lautete, war schon ein sehr modernes, hochentwickeltes Waffensystem. Im Nahen Osten und anderswo gab es Leute, die dafür sehr hübsche Summen auf den Tisch blättern würden. Da Rocha rechnete völlig korrekt damit, dass er für jede Igla bis zu fünfundzwanzigtausend US-Dollar bekommen könnte, nach Abzug seiner Unkosten wäre das auf die Schnelle eine halbe Million. Zumal in diesem Fall kaum Kosten anfielen, wenn man vom Zeitaufwand absah, der nötig war, um die

Leichen der Waffenschmuggler vor dem Leuchtturm Felgueiras an der Mündung des Douro zu entsorgen.

Den Glamour und die gefährliche Spannung, die mit dem Waffenhandel verbunden war, fand er schon nach kurzer Zeit aufregender, als Drogen zu verschieben oder Huren zu verkuppeln. Es war ein berauschendes Gefühl, in der hohen Politik mitzumischen. Natürlich hatte es gewisse Nachteile, mit Regierungen zusammenzuarbeiten, aber auf lange Sicht war selbst die wackeligste Regierung immer noch stabiler als das beste Drogenkartell – und man musste sich nicht so viele Sorgen machen, irgendwann in einem Säurefass zu enden, wenn man in einem Konflikt beide Seiten mit Waffen belieferte. Obwohl auch dabei das Säurefass keineswegs außerhalb des Möglichen lag.

Anfangs musste da Rocha allerdings einen Tribut an den alten Ochoa zahlen, weil er in dessen Territorium wilderte. Aber das waren Peanuts im Vergleich zu dem, was er dabei verdiente, und er zahlte es aus demselben Grund, aus dem man eine Fliege wegwedelt, statt das Problem mit einer gefalteten Zeitung ein für alle Mal loszuwerden – es hätte ihn einfach zu viel Mühe gekostet. Aber nach einer Weile war der alte Mann gierig geworden und hatte einen eigenen Anteil an dem Geschäft gefordert. Da Rocha tötete ihn und sämtliche Mitglieder seiner Familie, aber statt nun das gesamte Ochoa-Geschäft zu übernehmen, überließ er es den drei führenden Stellvertretern, um das Erbe des Alten zu kämpfen – ein Kampf, der sie sicherlich einige Jahre beschäftigen würde.

Danach nahm er sich die Konkurrenten vor. Lucile hatte für einen kleineren Händler in Südfrankreich gearbeitet, einen Dreckskerl, der weder Charme noch Charisma besaß. Es war kaum mehr als ein Augenzwinkern nötig gewesen, um Lucile dazu zu bringen, dem Burschen die Kehle durchzuschneiden und fortan für da Rocha zu arbeiten.

Es bestand natürlich, wie er annahm, immer die Möglichkeit, dass sie dasselbe mit ihm machen würde. Dazu fähig war sie auf jeden Fall. Aber genau das machte die Sache interessant und spannend.

Der Lift war unglaublich langsam, die Musik aus den Lautsprechern wurde vom Geklapper der Kabel und Gegengewichte begleitet. Lucile schien während der gesamten Fahrt den Atem anzuhalten, jedenfalls schnappte sie hörbar nach Luft, als die Lifttür im zweiten Stock endlich zischend zur Seite glitt. Vor dem Lift wartete ein dicker Russe. Ein Metallgeländer direkt hinter dem Mann reichte ihm knapp bis zum Gürtel. Lucile summte sehr leise vor sich hin, eine Melodie, die sie, wie da Rocha wusste, immer summte, wenn sie überlegte, wie sie jemanden am besten umbringen konnte. Sie schenkte dem Russen ein boshaftes Lächeln, bestimmt ging ihr dabei durch den Kopf, dass nur ein kleiner Schubs nötig war, um ihn auf das Stockwerk darunter zu befördern. Er lächelte zurück, vermutlich ebenfalls mit mörderischen Gedanken. Ein Tattoo – eine von einem Dolch aufgespießte Rose – ragte unter seinem Hemdkragen hervor und wies ihn als Mitglied der *Bratwa* – der russischen Mafia – aus. Da Rocha hatte keinen Zweifel, dass Männer wie er noch unzählige weitere Tintenbilder unter dem Hemd trugen. Die aufgespießte Rose war eine Art Ehrenmal, das andere nicht nur einschüchtern sollte, sondern ihnen auch signalisierte, dass sein Träger schon vor seinem achtzehnten Geburtstag im Knast gesessen hatte.

Der Mann grunzte und warf einen Blick über die Schulter, bevor er sich wortlos umdrehte und den Flur entlangging.

Da Rocha und Lucile wechselten einen schnellen Blick und folgten ihm brav. Schließlich hatten sie die letzten drei Monate damit verbracht, diese Begegnung zu arrangieren.

Der Rosennacken blieb vor der Zimmertür Nummer 314

stehen, eine Suite, wie einem Messingschild zu entnehmen war, und klopfte in einem bestimmten Code – dreimal zwei scharfe Klopftöne schnell nacheinander. Da Rocha war überrascht gewesen, dass der Mann die beiden Besucher nicht auf Waffen gefilzt hatte, sobald sie aus dem Lift getreten waren, aber als die Tür aufging, begriff er, warum.

Der Russe mit dem Topfhaarschnitt winkte sie mit knapper Handbewegung in den Raum.

»Ausziehen«, befahl er, als sie in dem engen, nischenartigen Vorraum der Suite standen, direkt neben einem winzigen Garderobentisch und einem Mini-Kühlschrank. Am anderen Ende des schmalen Vorraums hing eine Art Vorhang, der anscheinend aus einem Bettüberwurf bestand und da Rochas Blick auf den eigentlichen Raum versperrte. Er fing den Geruch von etwas auf, das er nicht sofort identifizieren konnte, aber der Befehl, sich nackt auszuziehen, lenkte seine Gedanken ab.

»Wenn wir uns schon ausziehen müssen«, sagte er, »wäre es vielleicht an der Zeit, dass Sie sich vorstellen.«

»Sie können mich Gregor nennen«, sagte der Mann mit dem schlechten Haarschnitt. Durch seinen harten Akzent klang sein Englisch, als hätte er sich zu viel Essen in den Mund gestopft.

Da Rocha kniff die Augen misstrauisch zusammen. »Sie heißen wirklich so?«

»Nein, aber Sie können mich trotzdem Gregor nennen. Und jetzt ziehen Sie sich endlich aus. Sie bekommen einen Bademantel.«

Da Rocha griff nach dem Gürtel, hielt aber wieder inne und legte den Kopf ein wenig schief.

»Und warum?«

»Waffen, Wanzen, alle möglichen Gründe«, sagte Gregor. »Sie haben bereits mit durchschlagender Wirkung bewiesen, dass Sie in Ihrer Branche Zugang zu allen möglichen Geräten haben. Vielleicht auch zu einer Technologie, die unseren Scannern überlegen ist.«

»Ach so«, sagte da Rocha und wandte sich lächelnd an Lucile. »Meine Liebe, möchtest du zuerst ins Bad?«

Der Russe trat schnell vor die Tür. »Sie werden sich hier ausziehen. Das ist sicherer für uns alle.«

Lucile schob eine Haarlocke aus der Stirn. »Darf ich meine Pistole herausnehmen?«

Der Russe zog einen großen, gepolsterten Umschlag hervor und hielt ihn ihr geöffnet hin. Da Rocha wusste, dass es sich um einen Faraday-Beutel handelte, mit dem sich elektronische Signale blockieren ließen. »Legen Sie sie hier hinein«, befahl Gregor mit misstrauischem Blick. »Aber ganz langsam.«

Lucile zog eine winzige Beretta Nano aus einem Holster, das unter dem Gürtel steckte und vom T-Shirt überdeckt war. Sie hielt die Waffe zwischen Daumen und Zeigefinger und ließ sie in den Umschlag fallen.

»Ich brauche keine Pistole, um Sie zu töten«, sagte Lucile mit gelassenem Lächeln.

»Ich denke, das wissen diese Männer, meine Liebe«, meinte da Rocha milde.

»Sie machen das Töten zu einer sehr umständlichen Angelegenheit«, sagte Gregor und beugte sich näher, wodurch er ein klein wenig in Luciles Körpersphäre eindrang. »Schallgedämpfte Pistolen, spezielle Gifte … warum machen Sie sich so viel Mühe?«

»Oh, mon petit nounours«, lächelte Lucile und ließ die Wimpern flattern, »so etwas macht mir keine Mühe.«

Der Russe starrte auf sie hinab und mahlte mit den Zähnen, als kaute er auf dem nächsten Wort. Wenn er überhaupt verstanden hatte, dass sie ihn ihren »kleinen Teddybär« genannt hatte, ließ er es sich nicht anmerken.

»Handys«, befahl er schließlich, und nachdem sie ihre Telefone in den Beutel geworfen hatten, legte er ihn in den Kühlschrank. »Und jetzt die Klamotten, bitte. Auch die Schuhe.«

Sowohl Rosennacken als auch Gregor beobachteten Lucile höchst fasziniert, als sie ohne das geringste Getue ihr T-Shirt, die Shorts und die Unterwäsche auszog. Besonderes Interesse erregten die schmalen weißen Linien, die sich über ihre Beine zogen: neun Narben, die sich parallel, ungefähr eine Daumenbreite voneinander entfernt, auf beiden Seiten von ihrer Hüfte weit über ihre Schenkel hinabzogen. Man mochte vermuten, sie hätte sich die Schnitte selbst beigebracht, aber da Rocha hatte die Narben schon früher gesehen und wusste, dass ihr die Wunden mit gerade mal vierzehn Jahren mit einer Rasierklinge beigebracht worden waren. Damit hatte ihr eigener Vater Lucile als seinen persönlichen Besitz markieren wollen. Lucile hatte daraufhin seine Rindfleischbrühe mit ein paar Schlaftabletten gewürzt, die sie in seiner Nachttischschublade gefunden hatte – und ihn dann ein wenig bearbeitet, bevor sie ihn mithilfe eines guten Freundes im nahen Fluss entsorgt hatte. Ihre Minderjährigkeit und die schrecklichen Wunden an ihren Beinen waren der Grund, warum sie nur eineinhalb Jahre in einer Institution aufgebrummt bekam, die die Franzosen »Geschlossene Erziehungsanstalt« oder kurz CEF nennen.

Als sie völlig nackt war, drehte sie sich kokett um sich selbst, um den Russen klarzumachen, dass sie die Situation unter Kontrolle hatte. »Seht ihr? Keine Waffen, nur meine unartigen kleinen Geheimnisse.« Gregor wich einen halben Schritt zurück, als sie ihm ihr schwarzes Höschen als einen zusammengeknüllten Seidenball hinhielt. »Soll ich das in den Beutel werfen, oder wollen Sie persönlich darauf aufpassen?«

Rosennacken grinste sie schief an. Gregor wies mit dem Daumen auf die Minibar. »Das dürfte reichen.«

Da Roche warf ihr einen Seitenblick zu, den sie mit einem Schulterzucken à la *Es ist Krieg* beantwortete.

Gregor ging ihnen in die Suite voran, Rosennacken bildete die Nachhut.

Erst als Gregor den provisorischen Vorhang beiseiteschob, erkannte da Rocha endlich den Geruch, den er zuvor nicht hatte einordnen können.

Der blumige Duft von Orangen, vermischt mit dem Aroma von Pferdemist von den Kutschen im Barrio Santa Cruz, trieb in der heißen Abendluft zu Ding Chavez' Versteck hinter einem Fenster im zweiten Stock von La Giralda hinauf, einen Straßenblock südlich des Hotels, in dem die Russen abgestiegen waren. La Giralda, ein ehemaliges Minarett, das in einen katholischen Glockenturm verwandelt worden war, gehörte zu den am meisten besuchten Sehenswürdigkeiten Sevillas – und vielleicht sogar ganz Spaniens. Die Führungen endeten jedoch um siebzehn Uhr, sodass Chavez und Caruso nun das Treppenhaus ganz für sich allein hatten. Der Nachtwächter war ein dickbäuchiger Mann, der zu glauben schien, solange er den unteren Zugang zur Treppe im Auge behielt, gebe es keinen Grund nachzuschauen, ob sich weiter oben noch jemand aufhielt. Die größte Gefahr, entdeckt zu werden, der sich die beiden Operativen ausgesetzt sahen, waren Hunderte Touristen, die weit unter ihnen über das Kopfsteinpflaster schlenderten und in der Abenddämmerung Hunderte Fotos schossen, die sie größtenteils später wieder löschen würden. Um nicht so leicht entdeckt zu werden, trug Chavez dunkle Kleider und hielt sich so weit wie möglich von der Fensteröffnung entfernt.

Er stand hinter einem Gerät, das wie eine Spiegelreflexkamera auf einem Dreifuß aussah. Dominic Caruso stand knapp einen Meter weiter links, ebenfalls einen Schritt vom benachbarten Fenster entfernt, mit einem ähnlichen Gerät vor sich. Der Infrarotstrahl von Carusos Lasermikrofon war direkt auf das Terrassenfenster des Hotelzimmers der Russen gerichtet. Wenn alles so funktionierte, wie es sich die beiden erhofften, würden die Gespräche, die im Hotelzimmer geführt wurden, die Fensterscheiben in Schwingungen versetzen; der Laserstrahl würde die Vibrationen auffangen und in einem bestimmten Winkel zu Chavez' Empfänger und Digitalrekorder zurückwerfen. Vor zwanzig Minuten hatte er bereits ein paar knappe Sätze aufgefangen, als die Russen ins Zimmer zurückgekehrt waren, vor allem anzügliche Witze über die spanischen Frauen und Genörgel über die Hitze in Sevilla. Dann war ein weiteres Geräusch zu hören gewesen, etwa wie das Quietschen, wenn man mit den Händen einen Ballon drückte oder wenn man ein Stück Klebeband von einer Rolle riss. Danach war es still geblieben.

Clark und Adara hatten ihren Observationspunkt in einem Zimmer zwei Stockwerke unter den Russen eingerichtet. Adara trug nun eine kastanienbraune Lockenperücke und eine unauffällige Brille. Ihre Aufgabe bestand darin, die Kameras und GSM-Abhörwanzen zu überwachen, die sie unter dem Metallgeländer, einen knappen Meter von der Zimmertür der Russen entfernt, und am Glas eines Feuerlöschers angebracht hatten, der sich etwa auf halber Länge des Flurs an der Wand neben dem Lift befand.

Midas und Jack saßen an einem der kleinen Tische einer Tapas-Bar in der Nähe des Hoteleingangs, ein spanisches Bier vor sich, und aßen hauchdünne Scheiben Ibérico-Schinken.

»Okay«, meldete sich Clark über Funk. »Jack, Midas, es wird Zeit, dass ihr euch in da Rochas Zimmer hinüberschleicht und euch ein bisschen umschaut. Aber seid wachsam – könnte sein, dass er das Zimmer überwachen lässt.«

»Verstanden«, antwortete Ryan. »Sind schon unterwegs.«

»Wir geben euch ein Zeichen, sobald sie das Zimmer verlassen«, sagte Clark. »Ding, wie wär's mit einem Statusbericht?«

»Komisch, dass sie so still sind«, flüsterte Chavez in sein Halsmikrofon. Er schaute zu Caruso hinüber. »Fängt der Laser etwas auf?«

»Nichts.« Carusos Stimme klang gedämpft hinter dem Fernglas hervor, das er auf das Fenster der Russen gerichtet hielt. »Aber ich habe gerade einen Spalt in den Jalousien entdeckt, durch den ich ins Innere schauen kann. Ihr werdet nicht glauben, was diese Typen im Moment gerade machen.«

27

Da Rochas Hand zuckte unwillkürlich zum Gesicht, als müsse er einen Schlag abwehren. Ein gutturaler, animalischer Aufschrei entfuhr ihm.

Klarsichtfolien bedeckten die Wände und hingen an der hinteren Wand von der Decke, am Boden mit schwarzem Klebeband befestigt. Lucile prallte gegen da Rochas Rücken, er spürte ihre erhitzte Haut.

»Merde!«, stieß sie hervor, als sie die Folien sah.

Gregor trat beiseite und ließ ein unheilvolles Kichern hören.

»Entspannt euch«, sagte der Russe mit der wulstigen Oberlippe, der mitten im Raum stand. »Das ist nicht das, was ihr glaubt. Es ist eine Art Blase, kein Mordzimmer. Die Folie verhindert, dass wir abgehört werden. Aber sie kann natürlich auch für gewisse andere Zwecke umgewidmet werden, solltet ihr euch entschließen, doch nicht mit uns zusammenarbeiten zu wollen – und wir uns dann beispielsweise gezwungen sehen würden, eure Leichen zu entsorgen.«

»Nein«, sagte da Rocha und hoffte, dass seine Miene gelassener aussah, als er sich tatsächlich fühlte. »Das wird wohl nicht nötig sein. Es ist meine tiefste Hoffnung, mit Ihnen zusammenzuarbeiten. Schließlich bin ich Ihnen nachgelaufen wie ein liebeskranker Teenager. Oder nicht?« Der Schock hatte seinen Puls in die Höhe getrieben; er atmete ein paarmal tief ein und aus, um ihn wieder zu normalisieren. Einen Augenblick lang war er tatsächlich sicher gewesen, dass die Russen sein Gehirn über die Folienbahnen verspritzen würden. Denn diese Technik hatte er auch selbst schon hin und wieder angewandt, um den Teppich und die Möbel in seiner Wohnung vor den Blutspritzern der einen oder anderen untreuen Geliebten zu schützen.

Eigentlich war die Idee mit der Blase geradezu genial. Viele hochgesicherte Einrichtungen der Nachrichtendienste, darunter auch das neueste CIA-Gebäude in Virginia, waren nach demselben Prinzip gebaut worden – praktisch ein Gebäude innerhalb des Gebäudes. Im toten Raum zwischen den beiden Gebäudeschalen konnte man Musik oder Rauschen abspielen, sodass das Abhören mit Laser- oder Mikrowellengeräten nahezu unmöglich war und selbst die technisch fortschrittlichsten Wand- oder Gerätewanzen unwirksam wurden.

Die Russen hatten sämtliche Möbel an die Wände geschoben, sodass sie sich außerhalb der folienverhängten Sektion befanden. Das große Doppelbett hatten sie gegen die Innenwand gekippt, wodurch ein abhörsicherer Plastikverschlag entstanden war, in den sie nur vier lose Sofakissen geworfen hatten. Das durch die Folien schimmernde Licht war trübe und matt, was den sterilen »Raum« irreal und außerirdisch wirken ließ. Die drei Russen in ihren dunklen Sportjacken und da Rocha und Lucile, die völlig nackt vor ihnen standen, hätten vielleicht lächerlich ausgesehen, wenn die Russen die Besucher nicht so drohend angestarrt hätten.

Der Russe mit der wulstigen Oberlippe reichte da Rocha und Lucile weiße Frottee-Bademäntel. »Bitte. Sie können mich Wladimir nennen.«

Da Rocha zog den Mantel an, der ihm an den Schultern ein wenig zu eng war, und band ihn zu. Lucile zog ihren Mantel ebenfalls an, ließ ihn aber vorne offen, sodass ihre Brüste den Mantel offen hielten wie einen Theatervorhang.

»Bitte nehmen Sie Platz«, sagte Wladimir und wies mit fast entschuldigender Geste auf die Kissen auf dem Boden. »Zuerst muss ich Ihnen gestehen, dass mich Ihre Fähigkeit, Ihre Konkurrenten zu neutralisieren, nun … beeindruckt hat, auch wenn wir um diesen Beweis nicht gebeten hatten. Denn natürlich haben auch wir unsere Recherchen angestellt, Mr. da Rocha. Mir scheint, dass Sie für meine Auftraggeber durchaus nützlich sein könnten. Ich muss Ihnen aber eindringlich nahelegen, dass wir hier über sehr heikle Dinge sprechen … und dass es gefährlich wäre, unser Vertrauen zu missbrauchen.«

»Ich verstehe«, sagte da Rocha ohne das geringste Zögern. »Ich hatte gehofft, damit Ihre Aufmerksamkeit zu wecken. Meine Methode sollte Ihnen beweisen, dass es mir ernst ist und dass auch ich kein Freund staatlicher Behörden bin.«

»Das ist Ihnen gelungen«, gab der Russe zurück, »aber manchmal tritt eben jemand mit einem höheren Gebot auf, dann geht es, wenn Sie so wollen, einfach nur um mehr Geld. Und das kann dazu führen, dass sich die Grenzen des Vertrauens verschieben.«

»Nun, ich hoffe, dass unsere Geschäftsbeziehungen weit in die Zukunft fortbestehen«, erklärte da Rocha. Dass Gregor dabei verstohlen die Augen verdrehte, entging ihm keineswegs. Es war ein mimischer Mikro-Ausdruck, für den der Mann eine Kugel eingefangen hätte, wäre er da Rochas Angestellter gewesen. Der Mann mit der wulstigen Oberlippe, der sich Wladimir nannte, war offensichtlich der Entscheider in der Gruppe, deshalb konzentrierte sich da Rocha nur auf ihn. »Auch mir bedeutet Vertrauen sehr viel. In dieser Hinsicht brauchen Sie sich keine Sorgen zu machen.«

»Hervorragend«, antwortete Wladimir. »Sollen wir nun direkt zur Sache kommen?«

Da Rochas Schultern entspannten sich ein klein wenig, während es in seinen Eingeweiden vor Aufregung zu rumoren begann. Er stand kurz davor, einen Mega-Deal abzuschließen. »Das wäre mir sehr recht.«

Der Russe wiegte den Kopf nachdenklich hin und her, als müsse er sorgfältig überlegen, wie er die nächsten Sätze formulieren sollte. »Nun gut. Ich repräsentiere eine Gruppe von Geschäftsleuten, die ein … sensitives Produkt zu einer anderen Gruppe von Personen in einer … sagen wir einfach, politisch brisanten Weltregion transportieren wollen.«

»Ich verfüge über die Logistik für derartige Transporte«, sagte da Rocha. »Manche Routen sind besser als andere, das hängt vom Ziel ab.«

»Iran«, antwortete Wladimir, wobei er da Rocha durchdringend anstarrte, um dessen Reaktion zu beobachten.

»Das ist kein Problem. Ich kenne mehrere geheime Landebahnen im westlichen Iran, auf denen die IRGC die Landung bestimmter Frachtarten zulässt, sofern ihnen ein hübscher Betrag …«

»Die Revolutionsgarde – oder überhaupt jemand im iranischen Regime – darf keinesfalls damit zu tun haben.«

»Das ist auch nicht nötig«, antwortete da Rocha prompt. »Wir zahlen sie, damit sie uns in Ruhe lassen.«

Wladimir schüttelte den Kopf. »Es handelt sich um eine große Fracht. Ein Seetransport wäre besser.«

»Auch das ist möglich«, sagte da Rocha unbeirrt. »Wo befindet sich die Fracht jetzt?«

Wladimir blickte ihn sekundenlang schweigend an. »Maskat«, antwortete er schließlich knapp.

»Okay.« Da Rocha rief sich den Golf von Oman in Erinnerung. Um welche Fracht es auch ging, Schmuggler wie er waren immer auch Sprach- und Geografie-Experten. »Der Transport von Maskat nach Bandar-e Dschask ist ohne Probleme möglich, es sind weniger als zweihundertfünfzig Kilometer, denke ich. Aber ich habe auch Zugriff auf große Frachtflugzeuge. Ich könnte beispielsweise eine Iljuschin 76 schon in ein paar Stunden in Maskat stehen haben.«

Die Russen schauten sich an.

»In Ordnung«, sagte Wladimir. »Wie Sie die Fracht transportieren, ist mir im Grunde egal, solange sie transportiert wird. Die Käufer werden sie übernehmen, sobald sie sich auf iranischem Boden befindet.«

»Wir haben noch nicht über Geld gesprochen«, sagte da Rocha.

»Stimmt, haben wir nicht.« Der Russe zögerte kurz. »Die Fracht besteht aus zwei … Teilen. Wir schätzen den Großhandelspreis für jedes Teil auf rund fünfzehn Millionen Dollar.«

Da Rocha blinzelte ein paarmal, um das immer nervöser werdende Zucken seiner Augenlider zu verbergen. Die unaufhörliche Nachfrage nach Waffen auf dem Schwarzmarkt und die Unwägbarkeiten des Angebots und der Lieferwege sorgten dafür, dass oft exorbitante Preise gezahlt wurden. Die Käufer zahlten hübsche Prämien an Leute, die das Risiko auf sich nahmen, dafür ins Gefängnis zu gehen. So konnte eine bosnische Kalaschnikow für zweihundert Dollar beispielsweise in Mexiko über zweitausend Dollar einbringen. Trotzdem fiel es da Rocha schwer, sich einen Deal vorzustellen, bei dem für ihn noch ein guter Gewinn heraussprang, wenn er dreißig Millionen Dollar als Vorschuss aufbringen musste.

»Das ist sehr viel Geld, die ich für unbesehene Ware auslegen müsste«, sagte da Rocha. »Zumal ich nicht einmal weiß, zu welchem Preis mir die Käufer die Ware abnehmen würden.«

Wladimir hob die geöffnete Hand. »Verzeihen Sie, mein Englisch ist vielleicht nicht ganz perfekt. ›Großhandel‹ war anscheinend nicht das richtige Wort. *Sie*, Mr. da Rocha, würden das Geld natürlich direkt von meinem Auftraggeber erhalten, nicht anders herum.«

Da Rocha hatte Mühe, nicht die Fassung zu verlieren. »Sie wollen mich dafür bezahlen, dass ich Ihnen diese ... Waren abnehme? Was hätten Sie denn davon?«

Wladimir rieb sich die Hände. »Der Nutzen braucht Sie nicht zu interessieren, mein Freund. Sagen wir einfach, dass mein Auftraggeber damit das Anliegen eines guten Freundes unterstützen will, ohne persönlich involviert zu werden.«

»Ich verstehe«, sagte da Rocha, obwohl das nicht stimmte – oder jedenfalls nicht ganz. Schon vor Jahren, als er noch für Ochoa mit Frauen und Drogen handelte, hatte er gelernt, dass sich nichts wirklich kostenlos verkaufen ließ – es wurde immer eine Gegenleistung erwartet.

»Wir bezahlen Sie für den Transport der Waren«, erklärte Wladimir. »Sie sind sozusagen der Zwischenhändler. Das ... hm, Gesicht ... der Transaktion.«

Da Rocha stützte sich auf einen Arm, wobei er beinahe mit der schweißnassen Hand auf der Plastikfolie ausgerutscht wäre. Durch das lange Sitzen auf dem Boden schliefen seine Beine allmählich ein. »Ich verfüge über viele Seetransportwege und die nötigen Arrangements«, erklärte er mit all der Prahlerei, die ein Geschäftsmann wie er perfekt beherrschte. »Ich kann alles transportieren, von Gewehrkisten auf Paletten bis zum größten Kampfhubschrauber. Egal, was Ihre Fracht ist, sie ist jedenfalls kein Problem. Aber woher soll ich wissen, wie hoch der Verkaufspreis ist, wenn ich nicht weiß, was ich transportieren soll?«

Wladimir ließ ein kurzes Schnauben hören. »Zwei Dinge, Mr. da Rocha: Der Kaufpreis wurde ebenfalls auf fünfzehn Millionen pro Stück festgelegt. Sie erhalten also diesen Betrag zweimal.«

Da Rocha bemühte sich, gleichmütig zu wirken, war aber sicher, dass sein Auge bei dem Gedanken an sechzig Millionen Dollar noch schlimmer zuckte als je zuvor. Eine Zeit lang hatte er angenommen, es hier mit irgendeiner gefährlichen Separatistengruppe zu tun zu haben, aber derartige Summen deuteten eher auf einen staatlichen Akteur hin, und vermutlich ging es dabei nicht um konventionelle Waffen. »Verzeihen Sie, dass ich jetzt eine direkte Frage stellen muss: Handelt es sich um eine … eine nukleare Fracht?«

»Wäre das ein Problem?«, fragte Wladimir herablassend.

»Nein«, antwortete da Rocha aufrichtig. Tod war Tod, ob er nun Atomsprengköpfe verkaufte oder den Kampfstoff Sarin oder computergesteuerte Lenkwaffensysteme.

»Wunderbar«, sagte Wladimir und hob noch einmal die Hand. »Sie werden gut bezahlt, aber ich kann nicht eindringlich genug darauf hinweisen, wie wichtig Ihre absolute Diskretion ist. Ohne sie wird es keine zukünftigen Geschäfte mehr geben.«

Zukünftige Geschäfte, dachte da Rocha. Das war ein vielversprechendes Signal. »Sie werden nicht enttäuscht sein. Dieser französische Narr Gaspard redete manchmal ein bisschen zu viel, um sich damit wichtigzumachen. Von ihm habe ich zuerst erfahren, dass Sie an bestimmten Geschäften interessiert sind.«

Wladimir lächelte gleichmütig, aber es sah ein wenig widerlich aus. »Dann war das wohl ein Glück für Sie und für uns.« Er wies mit einer Handbewegung zur Tür. »Sie sollten sofort damit anfangen. Bitte geben Sie Gregor Ihre Bankverbindungen, bevor Sie gehen. Er wird Sie über die Einzelheiten informieren.«

Da Rocha rappelte sich mühsam hoch; seine Beine waren vom langen unbequemen Sitzen steif geworden. Er griff nach unten, um Lucile hochzuhelfen, aber sie übersah die

Geste geflissentlich, nicht aus Trotz, sondern aus praktischen Gründen, um beide Hände frei zu haben.

»Wann kommt die Fracht in Maskat an?«, fragte sie.

»Sie ist schon dort«, antwortete Wladimir. »Der Transfer muss sehr bald erfolgen.«

»Ich fange gleich morgen früh mit den nötigen Arrangements an«, sagte da Rocha.

»Heute Abend«, sagte der Russe.

»Sagten Sie nicht, es gebe zwei Dinge zu besprechen?«, erkundigte sich da Rocha.

»Ach so, ja.« Wladimir stellte sich neben die beiden anderen Russen. »Ich muss Ihnen noch den zweiten Grund nennen, weshalb mein Auftraggeber bereit ist, eine derart hohe Summe zu zahlen. Es besteht eine sehr große Wahrscheinlichkeit, dass Ihre spezifische Transportroute danach von den Behörden entdeckt wird.«

»Entdeckt?«

»Ja«, nickte Wladimir. »Sie wird vielleicht auffliegen. Sie wäre dann verbrannt und nicht mehr nutzbar. Ist das für Sie ein Problem?«

»Überhaupt nicht«, sagte da Rocha, der schon jetzt spürte, dass sein Geldbeutel immer schwerer wurde.

28

Midas machte sich als Erster auf den Weg zu da Rochas Hotel und überließ es Jack, die Rechnung für die Tapas und Biere zu bezahlen. Jack sollte ihm zwei Minuten später folgen und nach Anzeichen für eine Gegenobservation Ausschau halten.

Die Russen waren Profis; sie hatten sich für ein einfaches Hotel entschieden, das so klein und eigenartig war, dass dem Campus eine engmaschige Observation erschwert wurde. Da Rocha wiederum mischte in dieser Sache nicht für sein Vaterland mit. Gott und Vaterland rangierten im Lifestyle dieses internationalen Playboy-Waffenhändlers ziemlich weit hinten. Je extravaganter, desto besser: Goldschmuck, schnelle Autos, Fünf-Sterne-Hotels. Deshalb waren er und Fournier im Alfonso XIII abgestiegen, das keine zehn Minuten südlich des Alcázar-Palasts und seiner Gärten lag.

»Wir sind jetzt in Position«, meldete Midas über Funk. »Wie sieht es bei dir aus, Kumpel?«

»Bisher ist alles sauber«, antwortete Ryan. Er umging eine Gruppe ältlicher Paare, die sich von einem Kutscher den Weg weisen ließen. Die Kutsche stand mitten auf der Avenida de la Constitución; das Pferd wirkte müde und ließ den Kopf hängen. Das gab Ryan die Gelegenheit, langsamer zu gehen und sich beim Überqueren der Straße unauffällig nach möglichen Beschattern umzublicken, gleichzeitig aber auch Midas nicht aus dem Blick zu verlieren. Einmal ging Midas langsamer, sodass Jack in einen kleinen Laden treten konnte, um sich genauer umblicken zu können, während er einen Packen Kaugummi kaufte. Er hatte keine Ahnung, wie viele Minipackungen Snacks er im Laufe der Jahre gekauft hatte, nur um unauffällig langsamer gehen und nach einer Gegenobservation Ausschau halten zu können.

»Gut«, bestätigte Midas. »Ich hänge mal für eine Minute oder so in der Lobby rum, um zu sehen, ob jemand nach mir hereinkommt. Gerade kam ein Typ aus dem Security-Büro am Eingang. Sieht eher so aus, als würde das Hotel im Moment nur von den Videosystemen überwacht und nicht von den Wärtern. Vielleicht haben wir zufällig einen besonders günstigen Augenblick erwischt.«

»Kann sein.« Aber Jack bezweifelte es; solche Momente konnten auch vorgetäuscht werden. Außerdem verlief eine Mission selten so, wie sie geplant gewesen war. »Ich komme jetzt durch den Eingang.«

Ryan schlenderte an Midas vorbei, als sei er nur ein weiterer Hotelgast, stieg die Marmorstufen hinauf und ging durch den gewölbten und gefliesten Durchgang, der zur oberen Lobby führte, die im maurischen Stil gestaltet war. Hier roch es sehr stark nach Tabak und Bodenwachs, und die gedämpfte Beleuchtung erinnerte Jack an einen altertümlichen Palast. Ryan drückte den Liftknopf auf der edlen Mahagonitäfelung und nutzte die Wartezeit, um sich ein wenig umzusehen. Das Hotel wirkte auf ihn wie das Weiße Haus, nur größer, und es fehlte ihm die ernste Atmosphäre. Die Lifttür glitt auf, und Ryan trat ein, froh, die Kabine für sich allein zu haben. Er fuhr zu da Rochas Suite im 2. Stock hinauf. Spanier essen spät zu Abend, weshalb die meisten Gäste vermutlich draußen die warmen Nächte Sevillas erkundeten oder den *Patxaran* probierten, einen Anis-Schlehen-Likör, dem manchmal auch ein paar Kaffeebohnen zugesetzt werden. Spanier trinken ihn als einen Digestif. Bei dem Gedanken verzog Jack das Gesicht. Seine Mutter trank im Winter gern mal ein Gläschen Schlehengin, aber er hatte ihre Vorliebe für das Zeug nicht geerbt.

»Sicher«, meldete Jack, als er aus dem Lift in einen menschenleeren Flur trat. Die polierte Wandtäfelung, die Gewölbedecke und die glänzenden Bodenfliesen erinnerten ihn an die alten Regierungsgebäude in Washington, D. C., die noch vor der Zeit geschmackloser Büronischen und billiger selbstklebender Teppichfliesen errichtet worden waren. »Zum Zimmer unseres Burschen geht es nach rechts ab. Es ist dann der fünfte Raum auf der rechten Flurseite.«

»Verstanden«, antwortete Midas. »Steige jetzt in den leeren Lift. Bin in drei …«

»Kontakt!«, schnitt ihm Jack das Wort ab und zwang sich, ein wenig zu lächeln, während er so tat, als telefonierte er über die Handy-Buds, deren Kabel von seinem Ohr herabhingen. Zwei Männer kamen gerade aus da Rochas Suite und zogen die Tür leise hinter sich zu. Wahrscheinlich hatten sie kurz zuvor einen Blick in den Flur geworfen, weshalb sie nun förmlich zusammenzuckten, als sie ihn in ihre Richtung kommen sahen. Aber Jack nickte ihnen nur beiläufig flüchtig zu und schaute wieder geradeaus, als suchte er nach seinem Zimmer. Er stolperte sogar ein wenig, als hätte er ein wenig zu viel guten spanischen Wein getrunken. Die beiden Männer blickten sich rasch in beiden Richtungen um, schätzten die Situation ein und kamen Jack entgegen. Sie waren noch ungefähr fünfzehn Meter entfernt, als Ryan die Hand hob, als müsse er husten, und hastig in das Mikrofon flüsterte, das ihm um den Hals hing. »Zwei Typen. Wird heftig.«

»Zwanzig Sekunden«, gab Midas zurück.

»Gaspards Männer«, flüsterte Jack noch schnell und räusperte sich, bevor er die Hand wieder senkte. Er nickte den entgegenkommenden Männern noch einmal freundlich zu. Sie völlig zu ignorieren wäre verdächtig gewesen, und das Nicken erlaubte ihm den direkten Augenkontakt, um herauszufinden, ob sie ihn erkannten. Einer von ihnen trug einen Laptop, der andere war der Typ mit der platt geschlagenen Nase, den er schon in Gaspards Mercedes in Portugal gesehen hatte. Jack nahm an, dass dieser Mann das Sagen hatte. Egal, ob es eine Gangsterlimo war oder ob der Wagen dem Secret Service gehörte, der große Boss saß immer auf dem Rücksitz. Der Fahrer war ein Spezialist, gut in seinem Job, aber nicht besonders weit oben in der Hierarchie. Die Führer von Sicherheitsteams beanspruchten im Allgemeinen den Beifahrersitz für sich. Plattnase warf seinem Freund einen schnellen Seitenblick zu, ein kaum bemerkbares Signal, dass Jack ein unerwünschter Zeuge sei, ob er nun Hotelgast war oder nicht, und daher eine potenzielle Bedrohung.

Jack verspürte den vertrauten Adrenalinschub, wie immer, wenn ein Kampf unmittelbar bevorstand. In Sevilla waren in der Umgebung verschiedener Sehenswürdigkeiten Metalldetektoren installiert, was bedeutete, dass eines der Campus-Beschatterpaare »leicht« unterwegs sein musste, also ohne Waffen, wenn es nicht riskieren wollte, die Zielpersonen aus den Augen zu verlieren, sollten diese plötzlich in einem Restaurant oder Café verschwinden. Das war eine wirkungsvolle und erprobte Maßnahme, um einen Verfolger abzuschütteln. Heute Abend war es Jack und Midas zugefallen, unbewaffnet unterwegs zu sein.

Beide Gaspard-Männer trugen ein T-Shirt, darüber ein kurzärmeliges Hemd, das lose über den Gürtel hing und vorne offen stand, perfekt geeignet, um die Ausbeulung einer unter dem T-Shirt verborgenen Pistole zu verbergen. Der Kahle ließ sich ein wenig zurückfallen, wohl um den Laptop zu schützen. Plattnase schob die Hand unauffällig hinter den Rücken und beschleunigte ein wenig. Inzwischen war er keine sechs Meter von Jack entfernt.

Clarks Stimme knisterte in Jacks Ohrstöpsel. Das Comms-Netz war gut für höchstens achthundert Meter Reichweite, aber bei größeren Entfernungen funktionierte es nur noch unzureichend. In diesem Augenblick betrug die Entfernung mehr als einen Kilometer, und Jack befand sich im Innern eines Gebäudes, weshalb Clarks Botschaft nur lückenhaft bei Jack ankam: »... dein Bursch... verlässt uns. Mögli... umkehr... zweiter Ort...«

Ryan war den Gaspard-Männern inzwischen zu nahe, um antworten zu können, und zu sehr auf die herannahende Gefahr konzentriert. Selbst wenn da Rocha geradewegs in sein Hotelzimmer zurückkehrte, würde er noch acht bis zehn Minuten brauchen.

Was immer Jack bevorstand, es würde bis dahin längst vorüber sein.

»Ding und Caruso«, sagte Clark, »geht zum Alfonso.« Auf Adaras iPad beobachtete er da Rocha und Lucile Fournier, als sie aus dem Zimmer der Russen kamen.

Chavez meldete sich sofort, er klang ein wenig atemlos, da er gerade die Treppe von La Giralda hinuntergerannt war. »Wir sind unterwegs.«

Das gesamte Team hatte gehört, dass Jack zwei Männer aus da Rochas Suite hatte kommen sehen, vermutlich Hugo Gaspards Bodyguards, die immer noch den Tod ihres Chefs rächen wollten.

»Adara und ich bleiben auf Station«, sagte Clark. »Ding, dort drüben besteht kein guter Funkkontakt mehr. Gib mir einen Statusbericht über mein Handy, sobald ihr dort seid.«

»Verstanden.« Chavez joggte über die Straße. »Wir sollten vor da Rocha bei seinem Hotel sein. Aber statt direkt die Constitución entlangzulaufen, gehen wir im Zickzack südlich um den Plaza del Triunfo und nähern uns dann dem Hotel über die Miguel Mañara.«

»Die Technik?«, fragte Clark. Der Aktenkoffer mit dem Laser und dem Mikrofon war eine Sonderanfertigung aus unauffälligem Leder, aber wenn jemand mit einem Aktenkoffer durch die Straßen rannte, würde das sicherlich die unerwünschte Aufmerksamkeit der Polizei wecken.

»Haben wir im zweiten Stock zurückgelassen, an der nördlichen Ecke hinter dem Reliquienschrein«, sagte Caruso.

Es ging nicht so sehr darum, dass das Distanz-Abhörgerät ein sehr teures Instrument war. Aber es würde sicherlich große Aufmerksamkeit erregen, wenn ein so ungewöhnliches technisches Gerät gefunden würde, und Clark wollte die Russen nicht aufschrecken, wenn es sich vermeiden ließ.

»Ich hole den Laser«, sagte Adara. Es kam oft vor, dass Adara Ausrüstungsgegenstände einsammeln musste, die das Team irgendwo hatte zurücklassen müssen. So sexistisch es auch klingen mag, fiel es einer hübschen Frau doch immer noch leichter, an einsamen, gelangweilten Sicherheitsposten vorbeizukommen.

Clark blieb im Hotelzimmer und behielt das iPad im Auge. Während andere in solchen Situationen im Zimmer im Kreis liefen, um ihre überschüssige nervöse Energie abzureagieren, saß Clark reglos auf der Stuhlkante, mit den Händen auf den Knien leicht nach vorn gebeugt, lauernd, als wolle er sich gleich auf jemanden stürzen. Ein Dutzend unterschiedlicher Befehle, die er seinen Leuten erteilen könnte, schwirrten ihm durch den Kopf, Dinge, die er selbst tun würde, Methoden, die er anwenden könnte, wenn er an ihrer Stelle wäre. Aber er hielt den Mund und hörte nur zu. Seine Leute waren gut. Es war leicht, ihnen zu vertrauen. Aber Geduld zu haben … das war eine ganz andere Sache.

Die meisten Kämpfe, in die Jack im Laufe der Jahre verwickelt gewesen war, hatten nur ein paar Sekunden gedauert – aber ein paar auch ein wenig länger. Sechs Minuten – vergiss es. Adara, der CrossFit-Star des Teams, hatte sie in den letzten Jahren immer wieder die »Fight Gone Bad« genannten Standard-Routinen üben lassen. Diese »Killer Cardio«-Workouts wurden zwar unterschiedlich definiert, umfassten jedoch immer mehrere ein- bis fünfminütige Übungseinheiten wie Springen, Heben und Werfen, die in der Summe angeblich sämtliche körpermimischen Bewegungen eines tatsächlichen Kampfs nachahmten. Aber auch diesen schwindelerregenden Routineübungen, bei denen man sich vor Anstrengung fast übergeben muss, fehlt der Schuss Adrenalin und Angst, der dir durch den Körper jagt, wenn du einem Burschen gegenüberstehst, der nur eins im Sinn hat: dir das Messer in die Leber zu rammen.

Jack driftete scheinbar beiläufig nach rechts, als er sich Gaspards Männern näherte. Im selben Moment ertönte der Liftgong, was die beiden für einen Moment ablenkte. Hinter Jack bellte Midas etwas Unverständliches, sodass sie ihre Aufmerksamkeit nun teilen mussten, wodurch Jack die Chance hatte, blitzschnell auf Plattnase zuzustürmen. Er prallte mit voller Wucht gegen die Brust des großen Burschen, bevor dieser den Arm mit der Pistole nach vorn schwingen konnte. Die Japaner nennen diese Technik *butsukari* – gegen einen Widerstand anrennen.

Jack duckte sich, noch bevor er gegen den Franzosen prallte, sodass sein Körper konzentriert mit der Mitte des Gegners kollidierte, wodurch Jack die Schulter nach oben in den Solarplexus des Burschen rammen konnte. Der zweite Mann hatte wahrscheinlich inzwischen ebenfalls eine Waffe gezogen, aber Jack benutzte Plattnase als Schutzschild für den Fall, dass der andere den Laptop fallen ließ und sich einmischte.

Plattnase war ein paar Zentimeter kleiner als Jack, wog aber gut zehn Kilo mehr – und sehr wenig davon war Fett. Der Franzose taumelte rückwärts, aber nur einen halben Schritt, wie ein Baum, der beim ersten Axtschlag ein wenig bebte, aber noch lange nicht fiel.

Ryan hatte bereits mit der Faust ausgeholt und trieb sie ihm nun mit der Wucht eines Hammers in die Leistenbeuge, womit er ihn gegen die Wand trieb und gleichzeitig die Waffenhand für einen Moment fixierte – gerade lange genug, um dem Laptop-Mann einen Seitenkick gegen das Knie zu verpassen, als dieser einen halbherzigen Angriffsversuch einleitete.

Midas kam im selben Augenblick herangestürmt und führte seine eigene *butsukari*-Version vor – er rammte den Laptop-Mann mit voller Wucht an die Wand.

Ryans Hand schoss nach oben und fixierte die Pistolenhand des Gegners, während er dem Hammerfaustschlag drei schnelle Kniestöße zwischen die Schenkel folgen ließ. Plattnase schwang wild die linke Faust herum und erwischte Jack mit einem brutalen Schlag am Ohr. Jack taumelte zurück, weit genug, dass der andere Mann die Pistolenhand frei bekam und sie auf Jack richten konnte. Die Pistole war ein kleines schwarzes Ding mit einem kurzen, dicken Schalldämpfer. Plattnase war ein Profi-Schlägertyp; mit taktischen Feinheiten hatte er nicht viel im Sinn, beherrschte dafür aber die Grobmotorik perfekt. Mit Präzision hielt er sich nicht groß auf, auch nicht mit der Frage, wen er da erschießen wollte – er drückte einfach den Abzug durch, noch während er die Waffe zu Jack herumschwang. Zwei Geschosse pfiffen den

Flur entlang in Richtung des Lifts. Jack bekam die Hände noch rechtzeitig hoch, um die Pistolenhand hochzustoßen, sodass der dritte Schuss über ihn hinwegging und eine der Wandleuchten traf. Heiße Austrittsgase aus der Pistolenmündung brannten über Jacks Wange und verfehlten sein Auge nur knapp.

Plattnase gelang es, sich von der Wand abzustoßen und mehr Bewegungsfreiheit für die Waffenhand zu bekommen. Jack ignorierte die linke Faust, die der Mann in seine Niere rammte, packte die Waffenhand mit beiden Händen, schwang das Knie herum und herein, wobei er den bogenförmigen Schwung nutzte, um mit einem brutalen Kniestoß die Nerven am Außenschenkel des Mannes momentan zu lähmen. Aber Ryans anderer Fuß rutschte auf dem glatten Fliesenboden aus. Das zwang ihn, ein wenig nachzugeben, aber auch, sich mit dem ganzen Gewicht an den Waffenarm zu klammern. Der zusätzliche Druck und die durch den Kniestoß bewirkte sekundenlange Lähmung eines Beins zwang Jacks Gegner, ein wenig nachzugeben, gerade weit genug, dass Jack die Pistole zur Seite stoßen und versuchen konnte, sie Plattnase aus der Hand zu winden. Der Franzose fluchte und packte die Waffe noch stärker, wobei sich sein Finger unwillkürlich am Abzug krümmte – genau in dem Moment, als die Mündung an seiner eigenen Stirn vorüberfuhr. Die Kugel traf ihn knapp über der Nasenwurzel.

Plattnase glitt an der Wand entlang zu Boden; Jack entriss der schlaffen Hand die Pistole. Er wirbelte herum: Midas stand neben dem anderen Franzosen, der bewusstlos auf dem Boden lag. Der Laptop lag neben ihm.

Midas tupfte ein wenig Blut von seiner geschwollenen Nase.

»Tausche Kopfstoß gegen Kehlschlag«, murmelte er. »Kein schlechter Tausch.« Er warf einen Blick auf den Toten hinter

Jack. »Du solltest dich auf die Kehle konzentrieren, Ryan. Dich wild an eine Pistolenhand zu klammern, ist keine besonders feine Taktik.«

Der Schlag auf ein Ohr und der direkt neben dem anderen Ohr abgefeuerte Schuss hatten Jacks Hörvermögen stark beeinträchtigt, über dem schrillen Pfeifen in seinen Ohren verstand er kaum etwas, aber er erriet, was Midas meinte.

Er bewegte den schmerzenden Unterkiefer hin und her. Zwar konnte er sich nicht an einen direkten Kinnhaken erinnern, aber die Schmerzen sagten ihm, dass er einen eingefangen hatte. »Wir müssen die beiden wegschaffen.«

»Verstanden«, sagte Midas. »Acht Minuten.«

»Was ist mit acht Minuten?«

Midas tippte sich auf das Ohr. »Dein Ohrstöpsel ist herausgefallen.« Dann gab er Ding und Caruso einen hastigen Statusbericht.

Ryan tastete nach dem Ohrstöpsel, suchte rasch den Boden ab und entdeckte das kleine fleischfarbene Ohrpassstück an der Bodenleiste, nur eine Handbreit von Plattnases Ellbogen entfernt.

»... in zwei oben sein«, hörte er Ding gerade noch sagen, als er das kleine Gerät wieder ins Ohr steckte. »Sie können nicht weit hinter uns sein. Ruft Gavin an und fragt ihn, ob er remote auf den Laptop zugreifen kann. Wäre am besten, ihn in das Zimmer zurückzuschaffen.«

Ryan half Midas, die beiden Franzosen ins Treppenhaus zu schleppen, bevor jemand aus einem der anderen Zimmer oder aus dem Lift kam. Dann rannte er den Flur entlang zu da Rochas Suite. Unterwegs kam er an einem Zimmerservice-Rollwagen vorbei, auf dem ein halb gegessenes Essen stand. Während sich Midas am Schloss der Suite zu schaffen machte, schob Jack den Wagen über die Blutflecken und Glasscherben, sodass von dem Kampf fast nichts mehr zu sehen war.

Da Rocha würde hoffentlich nichts merken. Dann rief er Gavin an.

»Hey«, meldete sich Gavin flüsternd. Jack hörte eine andere Stimme im Hintergrund.

»Bist du im Büro?«, fragte er.

»Nein. Bei einer Konferenz über Nachrichtendienstliche Datenerfassung in Omaha«, flüsterte Biery. »Noch nie im Leben so viele blonde Menschen auf einem …«

Ryan unterbrach ihn mit einem halbminütigen Statusbericht.

»Du verlangst von mir, in nur sechs Minuten ein Remote-Systemabbild zu erstellen?«, fragte Gavin fassungslos.

»Kannst du es denn?«

»Nein!«, schnaubte Biery. »Aber du könntest die Malware einbetten, die sich auf dem USB-Stick befindet, den ich euch letzten Monat gegeben habe. Du hast ihn doch hoffentlich bei dir?«

Jack zog seinen Schlüsselbund aus der Tasche und nahm die Schutzkappe von der kurzen Schlüssellampe, die am Ring hing und in der ein USB-Stick verborgen war.

Ding kam aus dem Lift und lief rasch auf da Rochas Suite zu. »Caruso ist in der Lobby, er warnt uns rechtzeitig.«

Midas richtete sich wieder auf. »Tür ist auf.«

Ding blieb im Flur und ging langsam zum Lift zurück, um sie rechtzeitig warnen zu können, während Jack und Midas in da Rochas Suite beschäftigt waren.

Biery gab ihnen Anweisungen. Ryan fuhr die Lautstärke herunter und schaltete auf Lautsprecher, damit er beide Hände frei hatte. »Wir brauchen sein Passwort«, sagte Biery.

»Das könnte ein Problem sein«, meinte Jack.

»Vielleicht ein Geburtstag?«, schlug Biery vor. »Ein alter Kumpel, eine Freundin? Vielleicht hat er es notiert und neben den Computer gelegt?«

Jack blickte sich nach dem wahrscheinlichsten Platz um, an dem der Laptop gestanden haben könnte, bevor ihn Gaspards Männer mitgenommen hatten; da Rocha sollte den Computer wieder an derselben Stelle und im selben Zustand vorfinden. Nur wenn da Rocha nichts von dem Diebstahl und dem Kampf bemerkte, konnte das Campus-Team hoffen, mehr Informationen über seinen Deal mit den Russen herauszufinden. Tatsächlich lag das Ladekabel noch auf dem Schreibtisch, und das Ladegerät steckte in der Steckdose. Man konnte daher annehmen, dass ihn Gaspards Männer von dort mitgenommen hatten. Ryan schloss den Laptop wieder an und hob den Alu-Aktenkoffer vom Boden auf. Mit dem Clip seines Kugelschreibers versuchte er, die kleinen Kerben zu ertasten, während er die Ziffern des Zahlenschlosses drehte. Er brauchte nicht einmal eine halbe Minute, um die Kombination zu entschlüsseln. Glücklicherweise war die Kombination an beiden Schlössern dieselbe. Und tatsächlich fand er im Aktenkoffer ein kleines rotes Notizbuch, in dem sich da Rocha Notizen gemacht und Passwörter vermerkt hatte. Ryan konnte noch immer nicht fassen, wie viel Mühe sich manche Leute gaben, ein extrasicheres Passwort festzulegen, es dann aber in einem Heft zu notieren, das sie in der Schreibtischschublade oder gar unter dem Computer aufbewahrten. Als ob ein Aktenkoffer aus Flugzeug-Alu mit zwei Zahlenschlössern ein unüberwindliches Hindernis darstellte! Ryan warf Midas das Notizbuch zu. »Lies mir vor, was drin steht, und mach Fotos davon.«

Während Midas las, setzte sich Ryan vor den Laptop. Er blickte nicht mehr auf die Uhr, sondern verließ sich darauf, dass Caruso und Ding ihn rechtzeitig warnen würden.

Der Computer summte leise, als Ryan das richtige Passwort eingab.

Auch über Telefon erkannte Biery das Geräusch sofort.

»Schieb den Stick hinein. Er lädt das Programm automatisch hoch.«

»Okay. Wie lange braucht er dafür?«

»Drei oder vier Minuten.«

»Mach es in drei Minuten«, sagte Midas.

»Als ob ich das bestimmen könnte«, gab Biery zurück.

»Es funktioniert!«, meldete Ryan.

»Ein GSM-Mikro wäre jetzt ganz nützlich«, meinte Midas, ein ehemaliger Delta-Offizier, während er die Notizbuchseiten abfotografierte.

»Aber echt«, nickte Ryan. Es gab jede Menge Dinge, die jetzt gerade nützlich gewesen wären, aber die Taschen der Operativen waren auch so schon mit den üblichen Gerätschaften, die bei einer Observation benötigt wurden, gut gefüllt. Wenn sie keinen Dietrich dabeihatten, musste auch ein Taschenmesser genügen, und als Waffe musste auch mal ein Stahlrohr herhalten. Neben einer Taschenlampe war eine Kreditkarte das nützlichste Werkzeug.

»Ein GSM-Mikro? Ihr macht wohl Witze«, sagte Biery. »Habt ihr Burschen bei unserer Besprechung denn gar nicht aufgepasst? Diese Malware ist eine kleine Schönheit – ein Meisterstück der Telemetrie …«

»Der was?«, fragte Jack.

»Telemetrie – das ist eine Softwaretechnik, die im Hintergrund läuft und Datenübertragung ermöglicht, ohne dass der Nutzer des Computers es bemerkt. In unserem Fall hier handelt es sich also um Spyware. Das Programm versteckt sich als unscheinbare Systemdatei; es meldet sich, sobald euer Mann sich einloggt, und erscheint dann im Netzwerk. Ihr braucht keine GSM-Wanze im Raum zu verstecken. Ihr werdet das eingebaute Mikro und die Kamera des Laptops nutzen können. Wir bekommen jeden Tastendruck in Echtzeit, sehen, was er sieht, lesen, was er liest … und ihr könnt sogar auf seine Dateien zugreifen und sie verändern, wenn er nicht vor dem Monitor sitzt.«

»Er ist in der Lobby!«, meldete Caruso. »Geht gerade zum Lift.«

Midas ging zur Tür. »Zeit zu verschwinden, Jack.«

»Ich habe beide Lifte stecken lassen«, sagte Ding. »Aber das bringt euch nur ein paar Sekunden.«

»Danke, Gav«, sagte Ryan. »Muss los.« Er schob das Handy in die Tasche und wischte einen Blutspritzer vom Laptop, während er zusah, wie sich der Ladebalken dem Ende näherte. »In diesem Zimmer ist bestimmt jede Menge Abhörtechnik versteckt«, sagte er.

»Keine Zeit dafür«, antwortete Midas.

Er warf Ryan das Notizbuch zu, der es wieder in den Alu-Aktenkoffer zurücklegte und die Zahlenschlösser wieder auf dieselben Ziffern zurückdrehte, die zuvor angezeigt gewesen waren. Wie Clark immer sagte: *Wenn es um Sicherheit geht, kommt es auf jede Kleinigkeit an. Übertriebene Vorsicht verlängert dein Leben.* Ryan hatte sich angewöhnt, sich immer die Zifferncodes seines Aktenkoffers zu merken, wenn er ihn unbewacht zurückließ, deshalb nahm er an, dass auch andere Leute so misstrauisch waren wie er selbst. Er ließ den Blick noch einmal über den Schreibtisch gleiten, bevor er den USB-Stick herauszog und den Laptop zuklappte. »Zeit zu verschwinden.«

»Hoffentlich haben wir ihn an die richtige Stelle zurückgelegt«, sagte Midas, als sie die Tür hinter sich zuzogen und zum Treppenausgang hasteten.

»Es war die nächstliegende Vermutung. Wenn es nicht stimmt, denkt er vielleicht, er hätte sich geirrt.«

Midas zog die Tür zum Treppenhaus auf; im selben Augenblick ertönte der Gong des Lifts, und die Lifttür glitt mit deutlich hörbarem Rumpeln auf.

Sie stiegen gerade über die beiden Gaspard-Männer, als Ryans Handy vibrierte. Gavin meldete sich.

»Vergesst nicht, die Liste ›Letzte Geräte‹ aus der Geräteliste zu löschen.«

Im Flüsterton fragte Jack zurück: »Die was?«

»Der Computer führt eine Liste der Geräte und Peripheriegeräte, mit denen er zuletzt verbunden war – Videokameras, DVD-Player oder auch Memorysticks. Die Zielperson wird sehen können, dass ihr im System wart, wenn ihr den Eintrag nicht löscht.«

»Der Zug ist abgefahren, Gav«, sagte Ryan. »Er ist bereits wieder im Zimmer, und wir sind auf dem Rückzug. Wie wahrscheinlich ist es, dass er es bemerkt?«

Gavin schwieg ein paar Sekunden lang. »Das kommt drauf an, ob er eher wie du oder eher wie ich tickt.«

»Okay«, seufzte Ryan. »Was müsste er tun, um es herauszufinden?«

»Ein Klick auf die rechte Maustaste würde reichen«, gab Gav trocken zurück.

»Sind alle einsatzbereit?«, fragte Clark eine halbe Stunde später. Er saß in einem Straßencafé an der Avenida del Cid, ungefähr drei Querstraßen vom Hotel Alfonso XIII entfernt. Die vielen Tausend Stierkampfbesucher, größtenteils Einheimische, waren wieder nach Hause gegangen, aber in den Straßen rund um den Royal-Alcázar-Park waren immer noch unverdrossene Touristen unterwegs, die das lebhafte spanische Nachtleben bis zur letzten Minute auskosten wollten.

Adara und Caruso saßen an Clarks Tisch; die anderen hingen an verschiedenen Standorten rings um das Hotel herum, also nahe genug, dass Clark eine virtuelle Lagebesprechung abhalten konnte. Adara behielt mit ihrer Webcam das Zimmer der Russen im Blick. Auch Gavin war über Funk mit dem Team verbunden.

»Einsatzbereit« hatte Clark durchaus wörtlich gemeint. Er wusste, dass Ryan und Midas in eine kritische Situation geraten waren, hatte sie aber seither nicht direkt zu Gesicht bekommen. Sie hatten ihm zwar mitgeteilt, dass bei ihnen alles in Ordnung sei – sie also einsatzbereit seien –, aber Clark wusste nur zu gut, dass manche Verletzungen Einschränkungen bewirkten, die erst erkennbar wurden, wenn der Adrenalinschub, den ein Kampf gewöhnlich mit sich brachte, wieder abflaute. Lucile Fournier hatte bereits bewiesen, wie verdammt gut sie darin war, Menschen umzubringen. Clark wollte, dass alle doppelt und dreifach vorsichtig waren.

Midas sagte: »Meine Nase hat ordentlich was abgekommen, aber das ist sie inzwischen gewöhnt. Ich kann immer noch durch die Nase atmen, und hässlicher kann ich sowieso nicht mehr werden.« Das sagte er in leichtem Ton, aber alle Teammitglieder waren schon oft genug verwundet worden, teilweise auch schwer. Deshalb nahm niemand solche Berichte auf die leichte Schulter. Wenn jemand nur noch eingeschränkt einsatzfähig war, mussten alle darüber informiert sein.

»Bei mir ist alles okay«, sagte Jack. »Ein paar Rippen haben leichte Prellungen abbekommen, und es klingelt in einem Ohr, aber gebrochen ist nichts, denke ich mal.«

»Verstanden.« Clark verließ sich auf ihre Auskünfte und fuhr mit der Besprechung fort. »Wir werden es also sofort erfahren, sobald da Rocha den Laptop hochfährt?«

»Wenn er sich in einem Netzwerk einloggt«, korrigierte Gavin. »Dann schickt uns der Laptop eine Nachricht. Die Malware ist so programmiert, dass sie die Nachricht an mein System schickt, aber zeitgleich auch an denjenigen, der das Programm auf den Rechner der Zielperson geladen hat. In diesem Fall ist es Jack. Ich melde mich, sobald ich einen Alert erhalte, für den Fall, dass Jack gerade irgendeinem hübschen Ding nachjagt, in … wo immer ihr gerade seid.«

»Scheiße, Mann«, gab Ryan zurück. »Glaubst du wirklich, wir hätten nichts Besseres zu tun?«

»Na ja«, kicherte Gavin, »natürlich nicht alle.«

»Schluss jetzt«, mischte sich Clark wieder ein. »Gut, dass es die doppelte Absicherung gibt. Bisher haben wir nämlich noch keine telemetrischen Signale von da Rochas Computer bekommen. Vielleicht gibt es ein Problem mit der Malware?«

»Das bezweifle ich, Boss«, sagte Midas. »Was Gavin macht, funktioniert immer so, wie es sein soll, und ist auch fast unauffindbar. Und es ist schon spät. Vielleicht ist da Rocha sofort schlafen gegangen.«

Im Unterschied zur vorherrschenden Meinung, dass sogar die Top-Operateure der Special Forces im Allgemeinen recht primitive Burschen seien, verfügten Midas und die meisten Kameraden seines Jahrgangs über höhere Bildungsabschlüsse, sprachen mindestens zwei Fremdsprachen und hatten sich vertiefte Kenntnisse und Erfahrungen über Computerforensik, das Anzapfen von Telefonen und andere Überwachungstechniken angeeignet. Und obwohl die Campus-Operativen daran gewöhnt waren, eine Vielzahl unterschiedlicher technischer Mittel einzusetzen, war Midas derjenige, der am meisten auf die Technik vertraute.

»Midas hat recht«, sagte Caruso. »Soviel ich erkennen konnte, hängten die Russen Plastikfolien auf. Im Nachhinein können wir wohl annehmen, dass sie damit Abhörangriffe verhindern wollten, aber da Rocha muss zu Tode erschrocken sein, als er das Zimmer betrat – er muss das für ein vorbereitetes Mordzimmer gehalten haben. Könnte für ihn eine Nahtoderfahrung gewesen sein, und das löst oft das Verlangen aus, der Nachwelt eine Kleinigkeit zu hinterlassen, wenn ihr wisst, was ich meine. Durchaus möglich, dass da Rocha und Fournier im Moment nur mit sich selbst beschäftigt sind, um sich zu vergewissern, dass sie noch am Leben sind.«

Adaras verächtliches Schnauben war auch über Funk unüberhörbar.

»Was denn?«, fragte Caruso. »Es stimmt, das weiß doch jeder.«

Ding brachte das Gespräch wieder auf den Punkt zurück. »Wir müssen ein paar Entscheidungen treffen. Wie du gesagt hast, Mr. C., sind alle, die wir im Moment observieren, in irgendeine Scheiße verwickelt.«

»Ich teile das Team nicht gern auf«, sagte Clark.

Eine länger dauernde Observation da Rochas oder des Russen, den sie für den Anführer hielten, würde doppelt so viele Leute erfordern, als zur Verfügung standen. Ein relativ kleines, gut vernetztes Team hatte den Vorteil, dass man schnell und flexibel reagieren oder das Team herausholen und neu positionieren konnte, aber natürlich bedeutete das auch Einschränkungen.

»Schwer zu sagen, ob jetzt die Russen oder da Rocha am Ball sind«, meinte Ding. »Wir müssen uns an die Leute hängen, die den Anschein erwecken.«

»Stimmt«, antwortete Clark. »Wo immer dieser da Rocha auftaucht, wird es blutig. Wir sehen im Moment nur die Spitze des Eisbergs. Ich möchte herausfinden, was wir noch nicht zu sehen bekommen haben.«

29

Die Gerichtsmedizin befand sich im Untergeschoss am Ende eines langen Flurs – genau der richtige Ort, dachte Sassani, um Tote auseinanderzunehmen, vor allem tote Verräter.

Sie hatten Maryam Farhads Leiche genau dort liegen gelassen, wo sie gestorben war, bis der Major und seine Männer die Wohnung gründlich durchsucht hatten. Ali – der Frömmste in Sassanis Team – hatte zwar ihre Blößen bedeckt, aber jemand anders hatte das blutgetränkte Laken wieder weggezogen, sodass sie während der ganzen Durchsuchung nackt dalag. Sassani konnte das nur recht sein. Es würde seine Männer noch wütender machen, ihnen zeigen, was für eine Hure sie gewesen war, sie inspirieren, sich noch mehr anzustrengen, um Mitverschworene der Schlampe auffliegen zu lassen.

Zweieinhalb Stunden hatte es gedauert, um alles zu fotografieren und unzählige Fingerabdrücke aufzunehmen; dann hatte Sassani den Abtransport der Leiche zu einem kleinen Krankenhaus befohlen, keine fünf Kilometer nördlich des Platzes, an dem er persönlich die Hinrichtung der Studenten befehligt hatte. Er war kein Ungeheuer, aber sie waren nun mal Verräter, und ihre deutlich hörbaren Würggeräusche, als sie von den Kränen himmelwärts gezogen wurden, hatten bei ihm keinerlei Bedauern oder gar Trauer ausgelöst.

Sassani war mit der Leiche zum Krankenhaus gefahren, froh, sein Team endlich wieder los zu sein. Sicher, das waren gute Leute, aber manchmal empfand er sie wie eine Last, die er mit sich schleppen musste. Denn im Grunde wollte er lieber für sich bleiben, als ständig mit anderen Menschen zusammen sein zu müssen, und das galt sogar für seine Frau, die ständig wegen dieser oder jener lächerlichen Kleinigkeit herumnörgelte.

Der Geruch von frischer Wandfarbe und Desinfektionsmitteln schlug ihm entgegen, als die Tür des Frachtlifts aufglitt. Die Neonbeleuchtung im Flur hatte schon bessere Tage gesehen. Mehrere Röhren flackerten, was Sassani in den Isolationszellen im Evin-Gefängnis als sehr wirkungsvolle Maßnahme diente. Aber hier waren ein paar Röhren durchgebrannt, wodurch der Flur geradezu geisterhaft wirkte.

Sassani ging nachdenklich den Flur entlang. Dachte über den Tag nach, der vor ihm lag.

Die Geschichte mit dem Russen war ihm ein Rätsel. Dowschenko hatte die tote Frau wahrscheinlich gekannt. Die Anzeichen dafür waren eindeutig gewesen – seine eingefallenen Wangen, das flüchtige, nicht ganz unterdrückte Aufblitzen von Wut in seinen Augen. Und wohin war er dann verschwunden? Der Russe war ein Spion, und Spione handelten mit Informationen. Ein paar von Sassanis Männern waren noch irgendwo Tee trinken gegangen, nachdem sie die Untersuchung der Wohnung abgeschlossen hatten. Jeder Spion, der sein Geld wert war, wusste, dass das Geplauder beim Tee hervorragend geeignet war, Informationen zu sammeln. Aber Dowschenko war verschwunden, wahrscheinlich, um seine Wunden zu lecken, oder vielleicht auch nur, um sich eine clevere Lüge für seine Vorgesetzten auszudenken, mit der er sich aus der Sache herauswinden konnte. Sassani wäre jede Wette eingegangen, dass der Russe Maryam Farhads

Liebhaber gewesen war. Er war einfach zu schnell aufgetaucht, hatte zu schuldbewusst und zugleich zu erregt gewirkt. Wohin würde ein Spion mit gebrochenem Herzen in einer fremden Stadt wohl gehen? Er war weder in die Botschaft noch in seine Wohnung zurückgekehrt. Das wusste Sassani, weil er sowohl sein Apartment als auch die russische Botschaft observieren ließ. Aber eigentlich war es egal, denn er würde früher oder später wieder auftauchen müssen, und wenn es so weit war, würde Sassani alle notwendigen Beweise parat haben, um den Russen der IRGC zu überstellen oder ihn nach Russland zurückrufen zu lassen, wo er sich dann gegen die Vorwürfe verteidigen müsste. Ein köstlicher Gedanke brachte ein Lächeln in Sassanis Gesicht: Vielleicht konnte er die Russen dazu überreden, einen ihrer Verhörspezialisten nach Teheran zu schicken, damit sie Dowschenko gemeinsam verhören könnten.

Am Ende des Flurs angekommen, stieß Sassani die Doppeltür auf. Er klopfte nicht an, was ihm einen gereizten Blick von einer Frau einbrachte, die sich gerade über Maryam Farhads Leiche beugte. Im Iran gab es weniger als fünfhundert Rechtsmediziner, und nur sehr wenige dieser Experten genossen das vorbehaltlose Vertrauen der IRGC. Und in dieser ohnehin sehr kleinen Gruppe konnte man die Ärztinnen an einer Hand abzählen. Sassani kannte Dr. Nuri, und er wusste auch, wie wichtig Leute wie sie waren. Und Nuri selbst wusste, wie wichtig sie war, und das ließ sie Sassani in einem Maße spüren, das er nicht gewöhnt war, schon gar nicht vonseiten einer Frau.

Im Vergleich zum Flur war der Untersuchungsraum gut beleuchtet, machte aber auf Sassani trotzdem einen beklemmenden Eindruck, mit langen Edelstahlspülbecken und Tischen, die an der hinteren und linken Wand zu einem langen L aufgestellt waren. An der rechten Wand befanden sich schachbrettartig angeordnete Edelstahltüren, die wie kleine Kühlschränke aussahen. Hinter dreien dieser Türen mussten sich die Leichen der drei Verräter befinden, die er an den Galgen gebracht hatte, und nun darauf warten, dass einer der männlichen Ärzte einen kurzen Blick auf sie warf, bevor sie hastig beerdigt wurden.

Maryam Farhad lag ausgestreckt auf einem der Untersuchungstische, der eher wie ein riesiges Tablett aussah, umgeben von einer Metallrinne, in der sich die Körperflüssigkeiten und andere Beweismaterialien sammeln würden, die vom Untersuchungspapier herunterrannen. Ein weißes Laken bedeckte ihren Körper von der Mitte der Oberschenkel bis knapp unter den Nabel. Nach den Schüssen hatte sie viel Blut verloren, aber das Blut, das noch in ihrem Körper war, hatte sich bereits in den tiefliegenden Stellen angesammelt, sodass ihr Gesäß und die Schultern eine bläuliche Färbung angenommen hatten, die sich deutlich von ihrem kreideweißen Gesicht und dem Rest ihres Körpers abhob. An einem Zeh hatte man ein Papieretikett mit einem Stück Bindfaden befestigt. Die Einschusslöcher – und es gab viele davon – waren jetzt sauberer, als Sassani sie zuletzt gesehen hatte, was wohl den Zellstofftupfern zu verdanken war, die Nuri bei der äußeren Untersuchung benutzt hatte. Man hatte ihr ein zusammengerolltes Handtuch unter den Kopf geschoben, sodass ihr Kinn angehoben war. Das rechte Augenlid war halb geöffnet, als ob sie verstohlen nachschauen wollte, wer gerade in den Raum gekommen war. Sassani wich unwillkürlich einen Schritt zurück. Selbst ihm kam es seltsam vor, dass er zwar ein Sandwich kauend in den Folterkeller im Evin-Gefängnis spazieren konnte, hier jedoch, in diesem Untersuchungsraum, jedes Mal förmlich spürte, wie ihm der Tod in die Schuhe kroch.

Licht blitzte von dem Skalpell auf, mit dem sich Dr. Nuri

gerade über die Brust der toten Frau beugte. Nuri war eine kleine Frau und wirkte fast wie ein Kind, als sie neben Maryam Farhad stand, die fast ein Meter siebzig groß gewesen war und deren Körper die Rundungen einer reifen Frau Ende dreißig aufwies, die eher Wert auf gutes Essen statt auf strenge Diät gelegt hatte.

Die Papiermütze und der Gesichtsschutz deckten Dr. Nuris Gesicht zum größten Teil ab, mehr, als es ein *rusari* getan hätte, was Sassani nur recht war, weil sie ohnehin ein ungutes Gefühl in ihm weckte. Der blaue Operationskittel und die dunkle gummierte Schürze verhüllten ihre Körperform. Eine unattraktive, graue Erscheinung, was aber durch ihre bösartige Zunge mehr als nur ausgeglichen wurde.

»Sie haben hier nichts zu suchen!«, blaffte sie ihn an.

»Dieser Fall hat höchste Dringlichkeit!«, gab Sassani gereizt zurück, weil er sich grundsätzlich vor niemandem rechtfertigen wollte, schon gar nicht vor einer Frau. Dass sie eine mindestens doppelt so gute Ausbildung hatte, spielte dabei keine Rolle.

»Haben Sie denn überhaupt kein Schamgefühl? Bestimmt gibt es in der Sepâh-e Pasdaran auch Agentinnen, die die Autopsie einer Frau beobachten können!«

Sassani atmete tief ein, einschließlich Tod und Desinfektionsgeruch und allem anderen. »Wie gesagt: Es ist eine höchst dringliche Angelegenheit.«

Nuri, die immer noch mit dem Skalpell in der Hand über der Toten hing, warf ihm einen Blick zu, als wollte sie etwas anderes sagen. Doch dann wandte sie sich wieder ihrer Arbeit zu. Sie senkte die Klinge in das blutleere Fleisch an der linken Schulter und begann mit dem großen V-förmigen Schnitt, mit dem sie Farhads Brust öffnen wollte.

Sassani hüstelte. »Die Todesursache ist wohl mehr als offenkundig«, sagte er. »Ist das wirklich nötig?«

Dr. Nuri hielt mit dem Schnitt über dem Brustbein inne. »Nur eine Obduktion kann die gesamte Geschichte erzählen.« Sie blickte zu den Metalltüren an der hinteren Wand, hinter denen die übrigen Leichen aufbewahrt wurden. Es waren zwanzig Türen, fünf nebeneinander in vier Reihen übereinander. Jede Tür hatte einen Griff wie an den Tiefkühltruhen des Supermarkts in der Nähe von Sassanis Wohnung.

»Wenn wir zum Beispiel denken«, fuhr die Ärztin fort, »dass die Todesursache die Hinrichtung durch Hängen war, zeigt sich bei einer Autopsie der inneren Organe, wodurch der Tod tatsächlich eintrat. Hat der Strick dazu geführt, dass der Verstorbene erstickt ist, oder wurde durch den unterbrochenen Blutstrom zum Gehirn zuerst ein Hirnschlag ausgelöst? Bei einer solchen Untersuchung können wir auch feststellen, ob einundvierzig der zweiundvierzig Knochen im Fuß des Toten gebrochen oder angeknackt waren. Oder ob er einfach nur an Herzversagen starb, mindestens zwei Tage, bevor seine Leiche gehenkt wurde. Es steht geschrieben, dass die Knochen eines lebenden oder toten Ungläubigen nicht gebrochen werden dürfen.«

Sassanis Blick schweifte kurz zu der Knochenfräse und der Stahlsäge, die neben Nuri auf einem Tablett lagen. »Und trotzdem sind Sie gerade dabei, einer Toten die Knochen zu brechen – im Dienste der Sicherheit unserer Revolution. Ich frage Sie noch einmal: Ist die innere Untersuchung von Maryam Farhad wirklich nötig?«

Nuri ließ das Skalpell auf das Tablett fallen. »Wenn ich mich nicht irre, wurde die Autopsie von Ihnen selbst angeordnet.«

»Sagen Sie mir, was Sie bisher herausgefunden haben«, befahl Sassani, zufrieden, dass er wieder ein wenig die Oberhand gewonnen hatte.

Dr. Nuri trat von der Leiche zurück und blickte auf einen

Ordner, der offen auf dem Arbeitstisch neben dem Spülbecken hinter ihr lag.

»Ich habe die Tote von allen Seiten fotografiert.« Sie blickte kurz zu Sassani auf. »Ich kann Ihnen sagen, dass sie eine sehr schöne Frau war. Sie können die Fotos dort drüben ausdrucken, wenn Sie gern Fotos von nackten, toten Frauen mit sich herumtragen möchten – als Beweismittel natürlich. Ich würde behaupten, dass das sogar bei einem Major der Sepâh ein wenig anstößig wirken würde.«

Sassani überging die sarkastische Bemerkung. »Was noch?«

»Die Röntgenbilder zeigen vier Projektile, die sich noch im Körper befinden, und stimmen mit den zwölf Einschusswunden und sieben Austrittswunden über…«

»Sieben?«

»Ja«, nickte Nuri. »Zwei Projektile traten vermutlich durch dieselbe Wunde aus.« Sie deutete auf zwei kleine Löcher an einer Seite von Farhads Hals. »Sehen Sie, hier? Diese Wunden kann ich mit einer Fingerspitze abdecken.« Sie hob den Kopf mit beiden Händen an und legte damit eine klaffende Wunde am Nacken frei, knapp unterhalb des Schädels. »Und diese Wunde könnte ich nicht einmal mit der Faust abdecken. Ihre Geschosse verursachen beim Austritt gewaltige Schäden.«

»Richtig«, sagte Sassani. »Und damit erfüllen sie nur ihren Zweck. Oder etwa nicht? Haben Sie auch noch irgendwelche wertvolleren Informationen?«

»Sie hatte kurz vor dem Tod Geschlechtsverkehr.«

Sassani versuchte gar nicht erst, sein Lächeln zu unterdrücken. »Dafür gibt es … Beweise?«

»Natürlich. Das hier sagt mir, dass es stimmt.« Sie nickte zu mehreren Proberöhrchen hinüber, die in einem Metallständer auf dem Arbeitstisch standen. Jedes enthielt ein Wattestäbchen. »Es sind keine Blutergüsse zu sehen und auch nichts anderes, das auf einen Abwehrkampf hindeutet. Aber ich muss Sie darauf hinweisen, dass das kein Beweis für einvernehmlichen Geschlechtsverkehr ist.«

»Oh«, sagte Sassani, »ich bin absolut sicher, dass er einvernehmlich war. Sie war nackt und rauchte eine Zigarette, als wir sie fanden.«

»Und das ist natürlich ein Kapitalverbrechen«, bemerkte Nuri sarkastisch.

»Der DNA-Beweis!«, sagte Sassani hart. Er hatte nicht vor, dieser Frau seine Befehle zu erklären. »Ich brauche ihn. Sofort.«

»Das dauert eine Weile«, antwortete sie.

Sassani knirschte mit den Zähnen. »Ich wiederhole: Diese Sache ist höchst dringlich. Ich muss unbedingt die ethnische Herkunft des Mannes wissen.«

»Das kann ich machen.«

»Dann machen Sie es!«

»Ich fange damit an, sobald ich die innere Untersuchung abgeschlossen habe.«

»So viel Zeit haben wir nicht. Ich brauche diese Information sofort!«

»Major.« Nuri legte den Kopf ein wenig schief, als müsse sie einem kleinen Jungen erklären, warum er heute keine Eiscreme haben durfte. »Unsere wissenschaftlichen Vorschriften sagen etwas anderes. Im Unterschied zu dem, was Sie in Kinofilmen zu sehen bekommen, kann man einen DNA-Test nicht innerhalb einer Stunde durchführen, auch nicht in zwei Stunden. Das Extrahieren, das Herausfiltern von Salzen und anderen Verunreinigungen, die Quantifizierung und schließlich die Amplifikation durch die Polymerase-Kettenreaktion wird auf jeden …«

»Ersparen Sie mir Ihr Kauderwelsch!«, bellte Sassani. »Wie lange brauchen Sie dafür?«

Hinter ihrem klaren Gesichtsschild spitzte Nuri die Lippen und atmete tief durch die Nase ein. »Ich werde versuchen, es Ihnen so einfach wie möglich zu erklären, damit Sie begreifen, worüber wir hier reden. Wir werden zuerst eine Reihe von notwendigen wissenschaftlichen Schritten ausführen, die nicht überstürzt erfolgen dürfen, wenn man nicht das gesamte Verfahren ruinieren will. Erst danach werde ich separate Kopien von genügend DNA haben, um die Informationen zu bekommen, die Sie benötigen. Diese einzelnen Schritte werden insgesamt ungefähr zwölf Stunden beanspruchen.«

Sassani nickte. »Ich erwarte Ihren Bericht in zwölf Stun…«

Sie fiel ihm ins Wort. »Lesen Sie?«

»Natürlich kann ich lesen!«

»Die Frage ist durchaus berechtigt«, sagte sie und täuschte ein fast echt wirkendes Lächeln vor. »Ich meine nicht, ob Sie lesen gelernt haben, sondern ob Sie Bücher lesen. Sie sind ein vielbeschäftigter Mann. Stellen Sie sich ein Buch vor, in dem alles auf durchsichtigem Papier gedruckt wurde, sämtliche Buchstaben vermischt und übereinander gedruckt wurden und die Blätter dann aufeinander gestapelt wurden. So ungefähr wird die DNA an diesem Punkt der Analyse aussehen. Wir haben hier die nötige Ausrüstung, um die … die Bruchstücke der DNA entsprechend ihrer Größe herauszusieben. Das ermöglicht es mir, die Daten zu analysieren und Ihnen die Antwort zu geben.«

»Schon gut, schon gut!«, winkte Sassani sichtlich ermattet ab. »Im Moment reicht es mir, wenn ich die ethnische Herkunft erfahre.«

»Auch wenn ich nur das Innere eines Kuchens mag«, sagte sie, »muss ich trotzdem den ganzen Kuchen backen, um es zu bekommen.«

»Sie wären gut beraten, besser auf Ihr Verhalten zu achten,

Dr. Nuri«, sagte Sassani. »Denken Sie immer daran, dass ich den Schlüssel zum Evin-Gefängnis besitze.«

»Und ich besitze den Schlüssel zum Leichenhaus.«

»Ich erwarte Ihren Anruf, sobald Sie die Information haben.« Er wandte sich zum Gehen, drehte sich aber noch einmal abrupt herum. »Sonst werden Sie bald keinen Schlüssel mehr brauchen, um hier hereinzukommen.«

30

Der Präsident der Russischen Föderation atmete tief und nachdenklich ein und blickte jedem der fünf Generale, die vor ihm saßen, direkt in die Augen. Während das Weiße Haus nur über ein kurioses kleines Oval Office mit altmodischer Möblierung verfügte, das allenfalls für ruhige Kamingespräche taugte, war Jermilows Arbeitszimmer im Kreml ein großer, rechteckiger Raum, der so möbliert war, wie es sich für einen solchen Raum gehörte – mit einem richtigen, extralangen Konferenztisch aus Eiche, bestens geeignet, um Dinge zu regeln.

Realistisch betrachtet, gehörte ein großer Teil der östlichen Ukraine bereits zu Russland. Ein Gebiet, das ohnehin *russisch* war. Alle guten Bürger dort mussten nur eins wissen: dass der Kreml ihren Widerstand gegen das schwerfällige Regime in Kiew unterstützte. Und wenn man Jermilow fragte, half er nur den Freiheitskämpfern, in den Schoß ihres Mutterlandes zurückzukehren – so, wie er es schon auf der Krim getan hatte. Aber natürlich war es auch kein Nachteil, dass beide Regionen auf reichen Reserven fossiler Brennstoffe saßen.

»Generaloberst Gulin«, sagte Jermilow und gab dem Mann mit einer Handbewegung zu verstehen, dass er das Wort habe. »Bitte.«

Der Offizier stand auf und zog seine tadellos gebügelte Uniformjacke zurecht. An seiner Uniform reihten sich die Medaillen aneinander, darunter auch der Orden »Held der Sowjetunion«, ein goldener Stern an rotem Band, die höchste Auszeichnung des untergegangenen Staates, der ihm während des Feldzugs in Afghanistan verliehen worden war. Generaloberst Gulin war inzwischen Anfang siebzig, hatte aber seine stramme militärische Haltung stets beibehalten. Dichtes Haar stand von seinem Kopf ab, als hätte er gerade seine Uniformmütze abgenommen. Mit seinen durchdringenden dunklen Augen und den dicken schwarzen Augenbrauen glich er ein wenig dem Genossen Breschnew, dem früheren Generalsekretär der KPdSU, der immer wie ein wütender Onkel ausgesehen hatte – und das machte aus Gulin genau den richtigen Mann, der es schaffen würde, die übrigen Generale und Admirale für die Operation ANIVA hinter sich zu scharen.

Der Generaloberst räusperte sich und schaute Jermilow noch einmal direkt an, bevor er zu sprechen anfing.

»Verschiedene Schlüsselbereiche des ukrainischen Bankensektors und ein großer Teil der Versorgungsbetriebe wurden bereits mit der Malware infiziert. Die ukrainische Marine ist nicht viel mehr als eine Flotte rostiger Eimer, sodass wir mit wenig Widerstand rechnen müssen, wenn wir unseren Druck im Asowschen Meer erhöhen. Admiral Bylinkin hat bereits die Fregatte *Grigorowitsch* im Asowschen Meer auf Position gebracht. Die Fregatten *Essen* und *Makarow* unserer Schwarzmeerflotte sowie der Zerstörer *Smetliwi* sind auf dem Weg aus Noworossijsk dorthin. Weiterhin sind derzeit vier weitere Korvetten und drei Fregatten, die zur Baltischen Flotte gehören, durch die Türkischen Meerengen unterwegs, um an unserer Übung teilzunehmen. Innerhalb weniger Tage werden wir die Kampfstärke unserer mechanisierten Infanterie in Klinzy und Waluiki verdoppeln. Außerdem werden sich auch russlandtreue Kräfte in der Ukraine an der Übung beteiligen und in nördlicher und westlicher Richtung auf Kiew vorstoßen.«

Der General hielt kurz inne und blickte den Präsidenten ernst an.

»Sie werden zweifellos von ukrainischen Kampfverbänden angegriffen werden. Auf Ihren Befehl hin werden unsere eigenen Verbände über die Grenze nach Süden vorstoßen, um einzugreifen und angesichts all dieser Gewalt als Friedenstruppen …«

Jermilows Gedanken schweiften ab, während dieser Held der Sowjetunion mit dem Rest des Stabs über die Einzelheiten von ANIVA beriet. Diese Details waren allen längst bekannt, aber Jermilow wollte ihnen damit klarmachen, dass auch ihm sämtliche Einzelheiten vertraut waren – und dass er unbeirrbar hinter der Operation stand. Der sowjetische Versuch Anfang der 1960er-Jahre, Atomraketen nach Kuba zu schaffen, hatte den Codenamen ANADYR erhalten, nach einer nördlichen Stadt am Beringmeer, die fast auf der anderen Seite des Globus lag, also sehr weit von Kuba entfernt. Für die geplante Operation, um die es hier ging, hatte er den Namen ANIVA gewählt, nach einem kleinen Dorf auf der Insel Sachalin nördlich von Japan – sehr weit von der Ukraine entfernt.

Das amerikanische Spionagesatellitensystem Keyhole und andere Spionagesatelliten würden natürlich die Truppenverstärkungen und Bewegungen der Kriegsschiffe bemerken, aber darüber machte sich Jermilow keine Gedanken. Schließlich betrieben sie diese Art von Spielchen schon seit Jahren, und Jermilow war ein besserer Schachspieler als seine Vorgänger. Schon jetzt war er Ryan zwei oder drei Züge voraus – und mit allem, was verdeckt abging, gewissermaßen außerhalb des Schachbretts, würden die Amerikaner nicht einmal merken, dass er sie schachmatt gesetzt hatte, bevor das Spiel aus war.

»Mir ist klar, dass manche von Ihnen gewisse Bedenken haben«, sagte Jermilow, als Generaloberst Gulin seine Erläuterungen beendet hatte. »Aber ich denke, sie sind unbegründet. Russland hat ein naturgegebenes Recht, militärische Manöver durchzuführen, wo und wann es uns angebracht erscheint. Sie tun es. Wir tun es. Alle sind glücklich und zufrieden. Alle sind vorbereitet und rechnen damit. Unsere russischen Brüder und Schwestern in der Ukraine erwarten, dass wir sie aus dem Joch der Unterdrückung befreien. Das ist unsere Pflicht, oder etwa nicht?«

Am Tisch ertönte ein Chor von »Ja«-Rufen.

Nur Admiral Bylinkin, der Befehlshaber der Schwarzmeerflotte, lehnte sich zurück und verzog den Mund, als hätte er in eine saure Zitrone gebissen.

Jermilows über die Runde schweifender Blick blieb an dem Mann hängen.

»Was ist, mein Freund? Gibt es noch etwas?«

»Nein, Herr Präsident«, antwortete der Admiral. »Ich möchte nur darauf hinweisen …«

»Dann haben Sie also doch noch etwas anzumerken?«, unterbrach ihn Jermilow.

Der Admiral sackte sichtlich in sich zusammen. »Nein, Herr Präsident.«

»Aber, aber – sagen Sie ruhig, was Sie sagen wollten«, sagte Jermilow, nachdem er den Mann aus der Fassung gebracht hatte.

»Mir ist bewusst, dass die Ukraine kein Mitgliedstaat der NATO ist«, sagte der Admiral zögernd. »Aber Präsident Ryan scheint das nicht klar zu sein, so, wie er bei jeder Gelegenheit prahlt und poltert.«

»Das mag sein«, nickte Jermilow. »Und Ryan hat auch die nötige Entschlossenheit. Außerdem hätte er militärisch die Möglichkeit dazu. Aber ich glaube nicht, dass er dafür die Zeit finden wird. Auf der Weltbühne entfalten sich derzeit Ereignisse, gerade in diesem Moment und nicht zuletzt auch in seinem eigenen Land, mit denen Jack Ryan alle Hände voll zu tun haben wird. Er wird gar keine Zeit haben, sich über Ereignisse im Ausland den Kopf zu zerbrechen oder sich um ein Land zu kümmern, das nicht einmal Mitglied der NATO ist. Nein – er hat genügend mit anderen Dingen zu tun.« Jermilow lächelte breit und stieß sich vom Tisch zurück, um anzudeuten, dass die Besprechung zu Ende war. »Und unter dieser schweren Last wird er schon sehr bald einknicken.«

Am anderen Ende des Raums saß Maksim Dudko auf einem Stuhl an der Wand, jedoch nicht am Konferenztisch, und klopfte mit einem Kugelschreiber auf seine lederne Schreibmappe. Unter seinem rechten Auge zuckte ein Muskel in finsterer Vorfreude.

Du hast keine Ahnung, mein Freund, dachte er. *Ich werde doch noch zu deinem kleinen Angelausflug eingeladen …*

Dieses Gespräch war viel zu heikel, um in Elizaweta Bobkowas Büro in der russischen Botschaft geführt werden zu können, nicht einmal jetzt, in den frühesten Morgenstunden. Es gab hier einfach zu viele Ohren. Zu viele Spione, die das taten, was sie am besten konnten.

Bobkowa selbst arbeitete schon lange genug für den russischen Geheimdienst, um gelernt zu haben, dass Spione nicht gewohnheitsmäßig Mitglieder der gegnerischen Teams ermordeten und erst recht nicht in deren Heimatland. Bei Verrätern mochte das vielleicht anders sein, aber das passierte einfach nicht, jedenfalls nicht absichtlich. Trotzdem hatte sie glasklare Anweisungen – entweder zog sie die Sache durch oder sie würde nach Moskau zurückbeordert. Und danach? Dieses Wiesel Maksim Dudko hatte behauptet, er sei im Besitz von *kompromat* – einem Ordner voller kompromittierender Informationen in Form von Fotos, Kontoauszügen und anderen Beweisen, dass Bobkowa in ihre eigene Tasche arbeitete, genau wie es alle anderen auch machten. Ein wenig Geld auf die Seite zu schaffen war kein Verbrechen, über das sich der Präsident sonderlich aufregen würde. Doch wenn eine derartige Indiskretion durchsickerte, würde es den Präsidenten persönlich in Verlegenheit bringen. Zu Stalins Zeiten hatte es Folgen, wenn man einen Befehl nicht befolgte – oder wenn man ihn zwar befolgte, dabei aber den Boss schlecht aussehen ließ: Man wurde in die Kerker der Lubjanka gesperrt und musste lange, brutale »Gespräche« mit dem NKWD – dem sowjetischen Innenministerium – erdulden. Und nach einem kurzen, aber detaillierten Geständnis, Verrat begangen zu haben, wurde man durch die Tore des Kommunarka-Schießplatzes geführt, der dem NKWD als Hinrichtungsort diente – sofern die Beine noch genügend intakt waren, um humpeln zu können. Kein Wunder, dass solche Dinge auch im modernen Russland zwar nicht ganz so direkt, aber doch gleichermaßen brutal erledigt wurden.

Bobkowa sah definitiv keine Möglichkeit, einen von Dudko direkt erteilten Befehl zu verweigern, so verrückt er auch sein mochte. Sie würde die Sache so professionell erledigen, wie sie auch alles andere erledigte, und sich mit Dudko befassen, wenn diese Angelegenheit vorbei war. Zum *kompromat*-Spiel gehörten immer zwei. Ein Mann wie Dudko stank förmlich nach faulen Verschwörungen. Bei ihm würden sich Berge von schmutziger Wäsche finden lassen. Dieses Wiesel hatte es tatsächlich gewagt, sie Lizon'ka zu nennen, die geläufige Koseform von Elizaweta. Nur ihr Großvater durfte sie so nennen.

Aber um so weit zu kommen, durfte sie sich keinesfalls erwischen lassen – und die Amerikaner waren sehr gut darin, Leute wie sie zu erwischen.

Nach ihrem abgesicherten Videogespräch mit Dudko hatte sie zuerst einmal einen langen Lauf durch den Glover-Park gemacht. Jogging beruhigte die Nerven und gab ihr die Gelegenheit, in Ruhe über die Einzelheiten eines Plans nachzudenken – und wen sie für ihr Team auswählen sollte.

Das Treffen heute Abend musste an einem neutralen Ort stattfinden. Ein Hotel, in dem sie sich noch nie mit einem anderen Operativen getroffen oder einen potenziellen Auslandsagenten mit dem Lügendetektor überprüft hatte. Außerdem musste es ein Ort sein, der von anderen Spionen nicht genutzt wurde – im Umfeld von Washington und dem District of Columbia, wo Spionage fast so etwas wie eine Volksbeschäftigung darstellte, war so eine Örtlichkeit nicht leicht zu finden.

Elizaweta hatte sich drei Stunden Zeit genommen, um weit über den Bundesdistrikt hinaus kreuz und quer bis nach Front Royal und sogar durch den Shenandoah-Nationalpark zu fahren, bis sie ganz sicher war, die FBI-Agenten, die sie routinemäßig beschatteten, abgeschüttelt zu haben. Davon gab es mehrere, die sich ablösten, aber sie nannte sie immer Bullwinkle und Rocky, egal wer gerade ihr Schatten war.

Schließlich hatte sie sich für das Hampton-Inn-Hotel in Winchester entschieden, das unweit der Interstate 81 lag. Sie benutzte ihr Prepaid-Handy, um die beiden Männer, denen sie am meisten vertraute, zu informieren. Das Treffen hatte sie weder genau geplant noch vorbereitet; die Amerikaner würden daher ebenfalls nichts vorbereiten und folglich auch keine Abhörwanzen installieren können. Trotzdem sprach sie im Code und benutzte dabei ein One-Time-Pad oder OTP, eine Einmalverschlüsselung, sodass nur ihre Männer sie verstehen konnten. Das FBI könnte sich den OTP-Schlüssel nur beschaffen, wenn es ihnen gelänge (oder bereits gelungen war), einen dieser beiden Männer ihres Teams auf die eigene Seite zu ziehen. Sollte das bereits geschehen sein, wäre Bobkowa ohnehin verloren. Sobald sie im Hotelzimmer war, würde sie ihre Handys in die Minibar legen und die Stecker sämtlicher elektrischen Geräte ziehen.

Wenn es möglich gewesen wäre, das Treffen auf dem Mond stattfinden zu lassen, hätte sie auch das getan. Denn die anstehende Aufgabe war mehr als nur heikel.

Sie war reiner Wahnsinn.

Bobkowa hatte keinerlei moralische Skrupel zu töten. Es gab Leute, die sogar behaupteten, sie besäße weder Moral noch Skrupel. Sie hatte kein Problem damit, einem allzu neugierigen Reporter einen kleinen Schubs zu geben oder bei einem Verräter eine toxische Reaktion herbeizuführen. Eine Sache im Spionagegeschäft war jedoch so dreist, dass sie in jedem Operations-Lehrbuch dreimal rot unterstrichen werden sollte: Ein Mitglied des gegnerischen Teams zu ermorden, galt als sehr üble Angelegenheit. Verlor ein Team eines seiner Mitglieder, würde der Rest des Teams unweigerlich dazu angespornt, Maulwürfe zu enttarnen und nun auch selbst gegnerische Spione auszumerzen. In solchen Fällen würde das FBI Hunderte, mitunter sogar Tausende Agenten eigens dafür abstellen, den Schuldigen ausfindig zu machen. *Smert schpionam* – Stalins Motto für den NKWD bedeutete »Tod den Spionen« – wurde dann zu einer nur allzu realistischen Möglichkeit. Die Überzeugung, dass die Rache berechtigt war, führte dazu, dass die Finger auf den Abzügen nervös zuckten. Außerdem kam dadurch die eigentliche Arbeit praktisch zum Erliegen. Die Aktivitäten würden so stark überwacht, dass das Sammeln von relevanten nachrichtendienstlichen Informationen so gut wie unmöglich wurde. Selbst wenn Bobkowa es irgendwie schaffte, ihre eigene Verwicklung in ein Attentat zu verbergen, musste sie wie jeder andere, der auch nur entfernt unter Verdacht geriet, damit rechnen, ausgewiesen zu werden – und sie wollte auf keinen Fall den Westen verlassen müssen. Der Kapitalismus mochte zwar immer noch der »Hauptfeind« sein, aber er ermöglichte immerhin ein komfortables Apartment und sorgte das ganze Jahr über für frisches Obst.

Allerdings gab es noch andere Methoden, im Land zu bleiben, aber sie waren praktisch undenkbar. Oder etwa nicht?

Sie schaute die beiden Männer an, die ihr jetzt im schwach beleuchteten Hotelzimmer gegenübersaßen, schob ein Blatt Dünndruckpapier über die Kunstleder-Ottomane und lehnte sich im Schreibtischrollstuhl wieder zurück. Die beiden Männer würden einen Moment brauchen, bis sie die Anweisungen gelesen hatten. Bobkowa war zu neunundneunzig Prozent sicher, dass sich keine Wanzen im Raum befanden, aber auch bei einem Prozent Unsicherheit konnte ihr die Operation um die Ohren fliegen, also blieb sie lieber vorsichtig. Je weniger über den aktuellen Plan gesprochen wurde, desto besser.

Die Männer rochen nach schwer parfümierter russischer Seife und einer überreichlichen Anwendung von amerikanischem Rasierwasser. Die Duftmischung hätte vielleicht in einer anderen Umgebung besser gewirkt, aber in dem engen Hotelzimmer kam sie ihr wie der aufdringliche Geruch eines Duty-free-Shops in einem Flughafen vor. Beide Männer waren ein wenig in Bobkowa verknallt, weshalb sie annahm, dass sie das Rasierwasser ihretwegen aufgelegt hatten. Aber das hätten sie sich auch sparen können. Sie würden ohnehin nicht mehr lange hier sein. Und Bobkowa hatte nicht die geringste Absicht, dem einen oder dem anderen näher zu kommen, als es hier schon der Fall war. Allenfalls Gorew. Er war jung und muskulös, und wenigstens rasierte er sich die Ohren. Aber das musste bis später warten. Jetzt aktiv zu werden, würde bedeuten, dass sie ihn gegenüber Pugin bevorzugte, worüber dieser sicherlich sauer sein würde. Obwohl auch er nicht wirklich schlecht aussah, war er doch kein schöner Mann, aber mit ein wenig Nachhilfe hätte man noch etwas aus ihm machen können.

Beide waren durchtrainierte, kampferprobte und gewiefte Männer. Als erfahrene Geheimdienstagenten verfügten sie außerdem über ein gewisses Maß an Brutalität, was sie für diese idiotische Mission ausgesprochen wertvoll machte. Bobkowa würde diesem Trottel Dudko noch die Scheiße aus dem Gedärm prügeln, weil er sie zu dieser Sache gezwungen hatte. Und sollte er daran schuld sein, dass sie nach Russland zurückbeordert wurde, würde sie ihn umbringen. Oder vielleicht würde sie ihn auf jeden Fall umbringen.

Gorew stand wortlos auf und ging ins Bad. Er hatte kurz geschnittenes blondes Haar und ein trauriges Lächeln, das über seine Fähigkeiten als brutaler Schläger hinwegtäuschte. Sie hörte die Toilettenspülung rauschen. Aber das war eigentlich gar nicht nötig. Das dünne Papier würde sich auflösen, sobald es mit irgendeiner Feuchtigkeit in Berührung kam. Selbst die feuchtschwüle Luft in Washington würde genügen, um es innerhalb weniger Tage unlesbar zu machen. Gorew blieb in dem kurzen Flur an die Wand gelehnt stehen, bis sein Partner seine eigenen Anweisungen ein zweites Mal gründlich durchgelesen hatte. Viktor Pugin war um die vierzig und damit rund zehn Jahre älter als Gorew, mit dunklen Augen in einem absolut flachen Gesicht. Für Elizawetas Geschmack sprossen ihm zwar viel zu viele schwarze Härchen aus den Ohren, aber sein höheres Alter hatte ihm eine gewisse Nachdenklichkeit verschafft, die sie respektierte. Außerdem war er schnell und doch vorsichtig, beides im genau richtigen Maß.

Sie lehnte sich zurück und verschränkte die Arme vor der Brust, wobei sie beide Männer nacheinander genau beobachtete, um ihre Reaktion einzuschätzen.

»Eine interessante Wahl von Zielen«, meinte Gorew und schlug lässig mit dem Hinterkopf an die Zarge der Badezimmertür.

Pugin schaute sie über den Rand des Papiers hinweg an und sprach die feineren Aspekte an. »Der Plan dürfte funktionieren, aber das Ziel ist blanker Wahnsinn. Darf ich fragen, von wem dieser Einsatzbefehl kommt?«

Bobkowa stieß sich mit einem Fuß ab und drehte sich mit dem Schreibtischstuhl ein wenig hin und her, während sie überlegte, wie viel sie ihnen sagen durfte oder sollte.

»Er kommt von höchster Stelle«, sagte sie schließlich.

Pugin schmunzelte ein wenig. »Die *höchste* Stelle kann natürlich jede Verantwortung abstreiten.«

Sie hätte dem Mann am liebsten die widerlich wuchernden Augenbrauen gekämmt, aber seine Direktheit fand sie erfrischend. Die Zeit des sowjetischen Attentäters und Meuchelmörders war längst vorüber, der blindlings losmarschierte und jeden »feuchten Job« erledigte, den die Rodina, Mütterchen Russland, verlangte, ohne Fragen zu stellen, und der, wenn er die Sache vermasselte, pflichtschuldigst darauf wartete, von einem anderen sowjetischen Attentäter mundtot gemacht zu werden – oder auch dann, wenn er die Sache *nicht* vermasselt hatte. War es inzwischen schwieriger geworden, jemanden umzubringen? Nein, das war es nicht. Aber man konnte heutzutage leichter erwischt werden.

»Er kommt jedenfalls von hoch genug«, sagte sie.

31

Nicht gerade sehr unauffällig.« Präsident Ryan warf den dünnen Stapel Fotos im Format 20x25 Zentimeter auf seinen Schreibtisch im Oval Office und rieb sich die müden Augen. Er trug eine ausgewaschene Jeans und das graue T-Shirt, in dem er geschlafen hatte, darüber eine dunkelblaue Jacke mit dem Präsidentensiegel auf der Brust.

Bob Burgess, Mary Pat, Scott Adler und Arnie van Damm waren ebenfalls anwesend. Die übrigen Mitglieder des Nationalen Sicherheitsrates würden in Kürze zu dieser Besprechung eintreffen, die mitten in der Nacht angesetzt worden war, aber Burgess hatte Ryan bereits früher aus dem Bett holen lassen, um ihn über die neuesten Entwicklungen in Russland zu informieren.

»Das müssen sie auch nicht sein«, sagte der Verteidigungsminister. »Es ist kein großes Geheimnis, dass die Ostukraine de facto russisches Territorium ist. Die Krim hat Moskau eine um fünfzig Prozent längere Küstenlinie am Asowschen Meer verschafft und damit eine noch bessere Ausrede, im Meer zu patrouillieren. In der Ostukraine haben Jermilows Anhänger in gegnerischen Uniformen ein paar Operationen gegen russlandstämmige Zivilisten vorgetäuscht, die er nun als Ausrede benutzt, Truppen zu ihrem Schutz hinzuschicken.«

»Das ergibt einen Sinn«, meinte Scott Adler. »Das russische

Verteidigungsministerium hat heute Morgen eine Stellungnahme herausgegeben, dass es sich um eine Kombination von militärischem Manöver und Friedenssicherung handle. Ich habe ebenfalls heute Morgen mit Außenminister Zubow telefoniert. Er hat mir versichert, dass es nichts gebe, worüber wir uns Sorgen machen müssten.«

Burgess schnaubte verächtlich. »Natürlich hat er das.«

Ryan blätterte noch einmal durch die Satellitenfotos. Seit Jahren standen russische Truppen an der Grenze zur Ukraine, aber in den vergangenen zehn Stunden waren noch weitere Soldaten eingetroffen, und zwar Tausende, außerdem gepanzerte Truppentransporter und Artillerieeinheiten. Zahlreiche Zerstörer und Fregatten waren im Asowschen Meer in Küstennähe zusammengezogen worden, und weitere schienen auf dem Weg dorthin zu sein. Ein Foto zeigte den Lenkwaffenkreuzer *Moskwa* und das Aufklärungsschiff *Priasowje* von der Schwarzmeerflotte, ein weiteres den Zerstörer *Admiral Pantelejew* von der Mittelmeerflotte auf dem Weg durch die Türkischen Meerengen zum Schwarzen Meer.

»Was ist mit HUMINT?«, fragte Ryan, warf die Fotos wieder auf den Tisch zurück und schaute Foley an.

»Unsere Agenten vor Ort berichten dasselbe Szenario, das auch Bob schildert. Söldner, die Russland treu ergeben sind …«

»Speznaz-Truppen ohne reguläre Hoheitszeichen an den Uniformen, verkleidet als Grüne Männchen«, warf Burgess ein.

»Ja«, bestätigte Foley, warf aber Burgess einen strafenden Blick zu, weil er sie unterbrochen hatte. »Wir denken, die Grünen Männchen werden sich wahrscheinlich nach Westen und Norden in Bewegung setzen und die Radio- und Polizeistationen besetzen, bis diese Einrichtungen dann später von regulären russischen Truppen ›befreit‹ werden können. Jermilows Friedenssicherungstruppen werden also einmarschieren und die Bevölkerung beschützen – und können später nach Belieben auch manipulierte Abstimmungen durchführen, bei denen sich natürlich ergeben wird, dass der überwältigende Teil der Bevölkerung in die liebevollen Arme von Mütterchen Russland zurückkehren möchte. Unsere Station in Odessa hat zwar noch keine Bewegungen beobachtet, aber sie hat eine Menge Funkverkehr aufgefangen.«

»Mr. President«, sagte Burgess, »Jermilow glaubt, dass wir zu sehr abgelenkt sind, um uns einzumischen. Es ist keineswegs unwahrscheinlich, dass russische Militärkolonnen schon Ende dieser Woche durch Kiew rollen. Die ganzen Videos, die Internetbots, alles deutet auf Jermilow.«

»Ich glaube nicht gern an Zufälle«, sagte Ryan. »Und deshalb kann ich den Gedanken nicht abschütteln, dass dieses Treffen von Elizaweta Bobkowa mit dem Anführer der iranischen Protestbewegung etwas mit diesen anderen Ereignissen zu tun hat.« Wieder schaute er Foley direkt an. »Mary Pat?«

»Es gibt nichts Neues zu berichten, Mr. President«, antwortete sie. »Aber wir haben alle Fühler ausgestreckt und legen Köder aus.«

»Ich empfehle eine kleine Machtdemonstration«, schlug Burgess vor. »Bevor sich Jermilow zu gut verschanzen kann.«

Ryan nickte. »So weit könnte es kommen. Wo stehen wir in Kamerun?«

Burgess blickte auf die Uhr. »Achtzig Mann von der Task Force Darby sind gestern Abend von Norden her in Bewegung gesetzt worden. Die kamerunische Schnelle Eingreiftruppe macht sich natürlich Sorgen um die eigene Sicherheit, deshalb blieb sie in Garoua zurück, damit sie sich nicht entscheiden muss, wen sie im Falle von Feindseligkeiten unterstützen soll.«

Ryan hob die Augenbrauen. »Ich denke, Njaya wird schon das als eine Art von Entscheidung ansehen.«

»Ganz bestimmt«, nickte Foley. »Vor allem, wenn man sein eigenes Verhalten in der Vergangenheit in Betracht zieht.«

Ryan blickte auf seinen Notizblock. Es war wichtig, die Menschen, die in solche Vorfälle verwickelt wurden, beim Namen zu nennen. »Und was ist mit Mrs. Porter?«

Dieser Vorgang fiel in Scott Adlers Zuständigkeitsbereich. »Im Moment wird sie noch immer von denselben vier Soldaten der kamerunischen Armee bewacht. Sie ist unverletzt, aber die Soldaten gehen offenbar recht grob mit ihr um, wie Adin Carr und Botschafter Burlingame berichten. Wasser, aber keine Nahrung, unregelmäßige Toilettengänge. Eine Menge verbale Beleidigungen. Carr würde am liebsten aus allen Rohren feuernd angreifen, und das gilt auch für Burlingame. Ich kann den beiden keinen Vorwurf machen, sitze ich doch in meinem bequemen Büro und schlafe in meinem eigenen Bett, während sie die ganze Tortur direkt vor Ort miterleben.«

Burgess mischte sich wieder ein. »Zwei Aufklärungsteams von der Sabre Squadron B sind vor drei Stunden in Jaunde eingetroffen. Sie versuchen derzeit, mit Special Agent Carr Kontakt aufzunehmen.« Der Verteidigungsminister verdrehte die Augen und schüttelte den Kopf. »Delta-Force-Soldaten gegen vier erschöpfte kamerunische Schlägertypen – das sollte nach höchstens einer Millisekunde vorbei sein. Sie warten nur darauf, dass Sie ihnen die Entscheidungsgewalt übertragen, Sir.«

»Verstanden«, nickte Ryan. »Wenn Mrs. Porter in irgendeiner Weise eine Gefahr droht, haben sie meine Ermächtigung einzugreifen.« Er seufzte. »Dann werden wir ja sehen, ob Njaya weiß, was bei der Schlacht von Pharsalos geschah.«

»Bei der Schlacht von Pharsalos, Sir?«, fragte Foley und gab damit als Einzige in der Runde zu, dass ihre Geschichtskenntnisse nicht mithalten konnten.

»Im Römischen Bürgerkrieg standen Caesars Truppen denen des Pompeius gegenüber. Pompeius glaubte, er habe die Oberhand. Aber Caesar befahl seinen Legionären, ihre *pila*« – er lächelte Mary Pat entschuldigend an –, »also ihre Wurfspieße nicht, wie sie es gewohnt waren, aus einer gewissen Entfernung auf die Feinde zu schleudern, sondern vorzurücken und sie den Feinden direkt ins Gesicht zu stoßen. Die grausame Taktik demoralisierte Pompeius' Truppen so sehr, dass sie die Flucht ergriffen.« Ryan wandte sich an Burgess. »Wie sieht es mit unseren Einheiten im Atlantik aus?«

»Sie sind unterwegs, Mr. President«, antwortete Burgess.

»Gut«, nickte Ryan. »Wir verlegen die Besprechung in den Situation Room. Höchste Zeit, Njaya ins Gesicht zu stoßen.«

Die U. S. Navy Carrier Strike Group Two, kurz CSG 2 genannt, lag zu diesem Zeitpunkt rund fünfhundertsiebzehn Seemeilen vor der Küste Liberias. Diese Flugzeugträgerkampfgruppe war der amerikanische »Muskel« von signifikanter Größe, der Kamerun am nächsten war. CSG 2 bestand aus dem Flugzeugträger USS *George H. W. Bush* (CVN 77) der Nimitz-Klasse sowie einem Kreuzer und zwei Zerstörern als Begleitschiffen. Insgesamt hatte die Gruppe 7542 Mann Besatzung und verfügte über achtzig Flugzeuge. Nach einem kurzen Besuch im Hafen von Dakar, Senegal, war sie auf dem Weg nach São Paulo in Brasilien gewesen, als der Kommandant der Sechsten Flotte die Gruppe nach Osten zurückbeorderte.

Auf dem dreihundertdreißig Meter langen Flugdeck des Trägers saß Lieutenant Sean Jolivette in seinem F/A-18 und führte einen letzten Check seines Cockpits durch. Bei der Navy und im Marine Corps gab es nur knapp über tausend Hornet- und Super-Hornet-Piloten. Der Wettbewerb um jede frei werdende Position war mehr als nur heftig, auch aufgrund der Tatsache, dass die Männer und Frauen, die die Gelegenheit bekamen, diese Maschinen zu fliegen, durchaus das Recht hatten, ein wenig angeberisch aufzutreten. Jolivette war siebenundzwanzig, ein Meter fünfundsiebzig groß und erfüllte sich, wie auch alle anderen in seiner Staffel, als Hornet-Pilot einen Lebenstraum.

Die beiden Triebwerke vom Typ General Electric F404 liefen bereits. Jedes der Turbofan-Triebwerke mit Nachbrenner hatte eine Schubkraft von etwa fünfundachtzig Kilonewton – ungefähr ein Viertel der Schubkraft einer Mercury-Rakete. Heute saß Jolivette in seinem eigenen Flugzeug – womit er aber nie sicher rechnen konnte, weil die Piloten aufgrund der rotierenden Einsatzpläne sowie der Wartungsanforderungen jeden Vogel fliegen können mussten, dessen Kennnummer aufgerufen wurde. Heute hatte Jolivette die 420 gezogen, an deren Nase sein eigener Name, sein Rang und sein Rufzeichen standen. Während bei der Air Force anscheinend Wert auf cool klingende Rufzeichen gelegt wurde, schrieb die Navy ihren Piloten bescheidene Rufzeichen vor. Ziemlich oft bezogen sich die Rufzeichen auf irgendeinen peinlichen Zwischenfall während der Ausbildung. Leutenant Jolivette beispielsweise war der Spitzname »Swipe« angehängt worden: Während seiner Zeit auf der Naval Air Station Lemoore hatte er sich über die Dating-App Tinder zu einem Date verabredet – mit einem Girl, das sich ausgerechnet als die Tochter des Stationskommandanten entpuppte. Der Alte hatte ihm den Spitznamen persönlich verliehen, als ständige Mahnung, dass der berühmte »Rechts-Swipe« auf der App nicht immer zu dem Ergebnis führte, das man sich vorgestellt hatte.

Wie die anderen zwölf Flugzeugträger der U. S. Navy hatte CVN 77 die Aufgabe, die außenpolitischen Interessen der USA rund um die Welt durchzusetzen – und dabei bildeten die vier F/A-18 in Lieutenant Jolivettes Division die Speerspitze.

Lieutenant Commander Mike »Gramps« Wertin, das älteste Mitglied der Division, flog die 406 vom Steuerbord-Katapult an Jolivettes rechtem Flügel. Als Einsatzführer hatte Wertin die Division im Einsatzraum bereits vorbereitet und die Männer auch über die Fakten informiert, die nicht im Intel O erwähnt waren, das die Beschreibung der Mission enthielt.

Jede der F/A-18 trug die maximale Waffenlast, darunter AIM-120 AM-RAAM, eine radargelenkte Luft-Luft-Lenkwaffe, AIM-9 Sidewinder, eine wärmesuchende Kurzstrecken-Luft-Luft-Lenkwaffe, und die GBU-24 Paveway III, eine lasergesteuerte Bombe. Außerdem waren ihre Unterflächen- beziehungsweise Flügeltanks sowie die Unterrumpftanks maximal gefüllt. Kamerun verfügte über ein paar veraltete Flakgeschütze, doch der Agent des Nachrichtendienstes hatte erklärt, es sei nicht mit starker Boden-Luft-Abwehr zu rechnen. Aber wenn es um Treibstoff und Waffen ging, war Jolivette Anhänger der Philosophie »Besser mehr als nötig«, bis hin zu seiner SIG Sauer 228 9-mm-Pistole, die in seiner Überlebensweste steckte.

Der Assistant Air Boss im Tower – gemeinhin als »Mini-Boss« bezeichnet – befehligte die Katapulte, aber die Startfreigabe, den »Schuss«, erteilte ein Offizier in gelber Jacke. Katapult-Offiziere waren durch den Film *Top Gun* für ihre tanzähnliche nichtverbale Kommunikation mit Kenny Loggins berühmt geworden. Ein moderner Flugzeugträger verfügte über drei bis vier Katapulte, die unabhängig voneinander arbeiten konnten, und Gramps' Flugzeug wurde als nächstes mit gewaltigem Getöse und Rauch über das Deck geschleudert. Alle vier F/A-18 der Division – Gramps, Swipe, Minion und Frodo – würden sich bei einem Air Force KC-135

Stratotanker an bereits festgelegten Koordinaten treffen, ungefähr hundert Meilen vor der Küste Kameruns. Von dort würden sie »inlands« fliegen, wie es die Navy-Piloten nannten. Inzwischen war auch Jolivettes Flugzeug durch die sogenannte »Launch Bar«, eine Art Haken am Bugfahrwerk, in das »Catapult Shuttle« eingerastet, das den Jet dann auf der Katapultschiene beschleunigen würde. Er war startbereit. Die britische Firma Martin-Baker bietet eine Mitgliedschaft im »Ejection Tie Club« an, zu der auch ein Gedächtnis-Halstuch gehörte, eine Erinnerung an die Piloten, die ihr Leben einem von dem Unternehmen produzierten Schleudersitz zu verdanken haben. Es war ein recht cooles Halstuch, aber es gehörte nicht zu den Dingen, die Jolivette unbedingt besitzen wollte. Trotzdem vergewisserte er sich gründlich, dass der Sitz ordnungsgemäß aktiviert war.

Er schaute nach links zum Katapult-Offizier hinüber, dann führte er einen »Wipeout« der Kontrollinstrumente durch, um sicherzugehen, dass das Fly-by-Wire, die elektronische Flugzeugsteuerung, und die Hydrauliksysteme an den Steuerflächen ordnungsgemäß funktionierten. Das war der Fall; Jolivette salutierte dem Katapult-Offizier; der vergewisserte sich mit einem letzten Blick, dass alles so war, wie es sein sollte, salutierte zurück, ging auf ein Knie und wies mit ausgestrecktem Arm die Katapultschiene entlang.

Jolivette legte die linke Hand an den Schubhebel und packte mit der rechten einen an der oberen rechten Seite des Kabinendachs angebrachten Metallgriff. Sechs Sekunden danach begann das Dampfkatapult zu arbeiten; im Zusammenwirken mit den Triebwerken des Flugzeugs wurde der Jet in knapp zwei Sekunden von null auf 150 Knoten beschleunigt und über das Ende des Startdecks der CVN 77 über die Meeresoberfläche hinausgeschleudert. Das Flugzeugheck kippte ein wenig nach unten, als der Bordcomputer im selben Moment, in dem das Flugzeug das Deck verließ, die Steuerung übernahm. Jolivette spürte das plötzliche Nachlassen der Beschleunigung und ergriff mit der rechten Hand den Steuerknüppel, während er mit der linken gleichzeitig den Schubhebel vorschob.

Die Crew auf dem Flugdeck konnte alle paar Minuten ein Flugzeug starten lassen. Minion und Frodo würden daher innerhalb kürzester Zeit folgen. Einschließlich der Zeit, die das Lufttankmanöver beanspruchte, würde das vierköpfige Strike Team in weniger als neunzig Minuten in den kamerunischen Luftraum eindringen und die Mission durchziehen.

32

Präsident Ryan bemühte sich, so versöhnlich wie möglich zu klingen und seine wahren Gefühle zu verbergen, zumal er wusste, was sich schon bald ereignen würde.

»Das Problem, das wir, die Vereinigten Staaten, bei unseren Kämpfen haben, kann man mit einer Abkürzung auf den Punkt bringen. Sie lautet ROE. Ist Ihnen der Begriff bekannt, François?«

»Selbstverständlich, Mr. President«, antwortete Njaya. »Rules of Engagement. Die Einsatzregeln.«

»Ganz genau. Die Regeln, die wir in einem Konfliktfall beachten müssen, wenn unsere Kampfeinheiten praktisch auf Knopfdruck ungeheure Kräfte entfesseln. Das Problem ist nun, dass diese Regeln leicht durcheinandergeraten können. Wir haben den Ehrgeiz, als eine Art Weltpolizist aufzutreten und die Schwächsten zu schützen. Wir geben uns dabei immer größte Mühe zu vermeiden, dass Zivilisten zu Schaden kommen, und nur so zu reagieren, wie es der jeweiligen Situation angemessen erscheint. Deshalb müssen unsere Piloten, Soldaten, Seeleute und sogar die Marines oft sozusagen mit einer Hand auf den Rücken gebunden in den Kampf ziehen. Sie sind als Berater tätig, als Ausbilder oder was auch immer – obwohl sie eigentlich bestens ausgebildet und fähig sind, den Feinden der Vereinigten Staaten maximalen Schaden zuzufügen.«

»Mr. President, ich versichere Ihnen, dass …«

»Lassen Sie mich bitte ausreden«, unterbrach ihn Ryan. »Die Vereinigten Staaten bemühen sich dabei immer, fair zu kämpfen. Aber das wissen Sie ja schon.« Jetzt legte er einen drohenden, entschlossenen, unnachgiebigen Ton in die Stimme – den Ton, den Jack junior zu hören bekommen hatte, wenn er ohne Erlaubnis das Auto benutzt hatte. Den Ton, den jeder neue Boyfriend unweigerlich zu hören bekommen hatte, den Jacks Schwester Sally ihren Eltern vorgestellt hatte. Cathy behauptete, er klinge dann, als hätte er mit Kieselsteinen gegurgelt. »Ich will Ihnen damit eins klarmachen, François: Ein Krieg gegen die Vereinigten Staaten wird hochgradig asymmetrisch verlaufen. Unsere Männer und Frauen gehen mit klaren Zielen in einen Kampf; sie wanken nicht und werden nicht verlieren. Verstehen Sie, was ich damit sagen will, François?«

»Ich verstehe, aber auch Sie müssen verstehen …«

»Männer, die Ihnen treu ergeben sind, haben auf eine Botschaft der Vereinigten Staaten gefeuert«, fuhr Ryan unbeirrt fort. »Sie haben unschuldige Amerikaner als Geiseln genommen. Ich bin sicher, dass Sie an dieser … Farce nicht beteiligt sind. Deshalb bin ich entschlossen, Sie nach Kräften dabei zu unterstützen, den Frieden in Ihrem Land wiederherzustellen. Ich kann Ihnen die genauen Zahlen später nennen, aber spät gestern Abend sind unsere US-Marines in Niger eingetroffen. Ungefähr um die gleiche Zeit ist eine zusätzliche Einheit im Tschad gelandet. Außerdem wurde eine derzeit noch geheim gehaltene Zahl von Special Forces eingeflogen. Am Himmel über Ihnen, François, schweben nicht weniger als elf MQ-90-Reaper-Drohnen, jede bestückt mit Hellfire-Luft-Boden-Raketen. Allerdings habe ich längst eine wirksamere Methode entdeckt, mit Tyrannen umzugehen, nämlich mithilfe ihres Geldbeutels. Vor zehn Stunden habe ich daher ein

Dekret erlassen, mit dem ich OFAC, unsere Behörde zur Kontrolle von Auslandsvermögen, anweise, die ...«

»Mr. President – ich bitte Sie ...«

»François, wie Sie vielleicht wissen, gibt es nur sehr wenige finanzielle Transaktionen auf der Welt, an denen amerikanische Banken nicht in irgendeiner Weise beteiligt sind. OFAC hat bereits eine Reihe größerer Konten eingefroren. Aber mit all den Decknamen, die Ihre Generale verwenden, wird es eine Weile dauern, bis mögliche Fehler korrigiert werden können. Bisher beläuft sich die Summe der gesperrten Konten auf ... lassen Sie mich die genaue Zahl nachschauen ... ah, ja, hier steht es ... auf einhundertneun Millionen dreihunderteinundachtzigtausendneunhundertdreiundfünfzig Dollar und siebzehn Cents.«

Ryan lehnte sich zurück und ließ seinem Gesprächspartner Zeit, selbst nachzurechnen. Wie die meisten Tyrannen hatte auch Njaya eine sehr genaue Vorstellung davon, wie viel Geld er im Laufe der Zeit von den staatlichen Konten für sich abgezweigt hatte.

»Mr. President«, schnaubte Njaya, »Ihre Verhandlungstaktik ist bestialisch ...«

»Wir verhandeln nicht mit Terroristen«, sagte Ryan in sachlichem Ton. »Sie haben selbst gesagt, François, dass diese Männer aus eigenem Antrieb handeln, dass sie sich außerhalb Ihres Machtbereichs befänden – und außerhalb von Recht und Gesetz. Wenn Sie eine Möglichkeit haben, sich mit diesen Leuten in Verbindung zu setzen, sollten Sie ihnen unmissverständlich klarmachen, dass sie ihre Operation sofort beenden müssen. Sie können ihnen erklären, Sie hätten die Vereinigten Staaten um Unterstützung gebeten.«

»Aber das habe ich doch gar nicht ...«

»Wirklich nicht?«, fragte Ryan verächtlich. »Ich bin sicher, dass Sie genau das getan haben. Aber die Würfel sind längst gefallen. Machen Sie das Ihren Leuten absolut klar.« Ryans Tonfall wurde noch unheilvoller. »Denn sonst, Herr Präsident, und Gott sei mein Zeuge, werden sie den entfesselten Zorn der Vereinigten Staaten von Amerika zu spüren bekommen. Es wird keine Invasion sein. Es wird eine Strafaktion sein. Habe ich mich klar genug ausgedrückt?«

»Jack …« Njayas Ton wurde jetzt flehend, als könne er kaum noch die Tränen zurückhalten.

Ein Offizier in Air-Force-Uniform flüsterte dem Vorsitzenden der Vereinigten Stabschefs etwas zu, der die Nachricht wiederum an Bob Burgess weitergab. Der Verteidigungsminister nickte Ryan bestätigend zu, wobei er beide Hände in die Höhe hielt und alle Finger zweimal einbog und ausstreckte.

»François«, sagte Ryan, »ich rate Ihnen dringend, Ihre Männer jetzt sofort zu kontaktieren. Sie haben noch genau zwanzig Sekunden …«

Kein einziger der zwölf Männer hatte Adin Carr erklärt, zu welcher Einheit oder Organisation sie gehörten – obwohl er vermutete, dass sie normalerweise nicht zu den Typen gehörten, die Handschellen mit sich führten. »Special Forces« stand ihnen förmlich ins Gesicht geschrieben, aber im Grunde war es dem Sicherheitsagenten des Diplomatischen Dienstes auch völlig egal, wer sie waren. Sie waren Amerikaner, die ihm sein Boss zu Hilfe geschickt hatte und zwar innerhalb weniger Stunden, nachdem der sprichwörtliche Signalballon aufgestiegen war.

Die D-Boys, wie Carr sie insgeheim nannte, trugen Zivilkleidung – eine Mischung von 5.11-Taktikhosen oder Blue Jeans, muskelbetonenden T-Shirts oder lose getragenen Freizeithemden aus Baumwolle. In nicht einmal einer Stunde hatten sie es geschafft, vier Kameras zu installieren, von denen drei durch winzige Spalten und Löcher in den Wellblechwänden in das Innere des Lagerschuppens spähten, während die vierte durch ein zerbrochenes Fenster an der Rückseite des Schuppens blickte. Zwei Kameras zeigten ein sehr klares Bild von Mrs. Porter, die mit einer Papiertüte über dem Kopf und gefesselten Händen trotzig, aber ruhig auf einem Stuhl saß.

In den letzten Stunden hatte sich Carrs Stimmung geändert. Die rot glühende Wut, die er beim Kidnapping empfunden hatte, war einer tief in ihm brodelnden Verärgerung gewichen. Aber jetzt, als er Mrs. Porter und den Zehn-Liter-Eimer sah, den sie ihr als Toilettenersatz hingestellt hatten, kehrte seine Wut zurück. Sie hatten nicht versucht, sie zu vergewaltigen; sie hatten sie nicht einmal begrabscht. Anscheinend waren sie nur einfach zu faul, um sie zu einer richtigen Toilette zu bringen. Aber sie machten sich bei jeder Gelegenheit über ihre Zwangslage lustig, wie kleine Schuljungen, die andere schikanierten, die sich nicht wehren konnten.

Die bärtigen D-Boys taten das, was sie tun mussten, mit beherrschter Effizienz und Perfektion, aber auch in ihren Augen sah Carr immer wieder Wut aufblitzen und wusste, dass sie dasselbe empfanden wie er selbst – dass sie den Entführern am liebsten den Kopf von den Schultern schlagen wollten.

Die meisten Männer des kleinen Trupps führten HK MP5-Subguns mit sich, aber zwei waren mit Remington-700-Kurzgewehren mit starken Leica-Zielfernrohren bewaffnet, mit Kaliber .308, wie Carr vermutete. Er erhaschte auch einen Blick auf ein paar Pistolen und stellte fest, dass sie unterschiedliche Kleinwaffen mitführten, von 1911 .45ern bis hin zu Glocks wie er selbst.

Der Mann, den Carr für den Anführer des Teams hielt, war ein bärtiger Typ mit der Statur eines Grizzlys, der sich ihm nur knapp als »Gizzard« vorgestellt hatte. Carr entdeckte zwei Blendgranaten in der Taktikweste, die Gizzard über dem T-Shirt trug. Mit einem Augenzwinkern reichte er Carr eine MP5. »Mein Grundsatz ist, jede Unterstützung anzunehmen, die ich kriegen kann. Ihr Boss meinte, Sie könnten gut mit diesem Ding umgehen.«

Der Botschafter selbst war mehr als nur ein wenig verstimmt, weil man ihm keine Waffe gab, aber er war darüber hinweggekommen. Gizzard befahl den beiden Männern, sich eine Weile auszuruhen, was dringend nötig war. Er erklärte, sie hätten den Befehl, zunächst stillzuhalten und abzuwarten.

Carr kam es nur wie Sekunden vor, als er von Gizzard bereits wieder aus dem Halbschlaf gerissen wurde. Der Anführer rüttelte ihn mit einer behandschuhten Hand an der Schulter.

»Es geht bald los«, sagte Gizzard. »Achten Sie auf das Signal.«

»Was ist das Signal?«, wollte Burlingame wissen.

Carr und Burlingame konnten ein zufriedenes Grinsen nicht unterdrücken, als ihnen Gizzard das Signal erklärte.

Carr bezog hinter einem verrosteten Sattelzuganhänger Position, während zwei jeweils vierköpfige Teams rechts und links vom Tor des Lagerhauses in Stellung gingen. Die übrigen vier Männer gingen an den wichtigsten taktischen Punkten in Deckung, aber vom eigentlichen Schauplatz abgewandt, um die Umgebung zu sichern. Die Kidnapper fühlten sich offenbar in ihrem eigenen Land so sicher, dass sie bisher noch kein einziges Mal die Lage außerhalb des Lagerschuppens sondiert hatten.

Drei Minuten, nachdem die D-Boys ihre Positionen eingenommen hatten, wurde die große Lagerhaustür einen Spaltbreit geöffnet, und einer der Kidnapper – anscheinend der Jüngste – streckte den Kopf heraus. Er war höchstens einen halben Meter von Gizzard entfernt, der hinter dem schmalen Torvorbau stand. Hätte der Mann den Kopf nur eine Handbreit weiter vorgeschoben, hätte Gizzard ihn packen können.

Stattdessen warf der Kidnapper nur einen kurzen, eher beiläufigen Blick auf die Umgebung, als erwartete er etwas. Ohne die Anwesenheit der Amerikaner auch nur zu ahnen, schnüffelte er kurz in der Luft und zog den Kopf wieder zurück.

Keine dreißig Sekunden später erschütterte ein gewaltiges Brüllen die Szene. Boden, Bäume, das gesamte Lagerhaus erbebten, als vier F/A-18-Kampfjets in Vier-Finger-Formation im Tiefflug über das Lagerhaus hinwegdonnerten, mit weit geöffneten Düsenringen, den »Turkey-feather exhaust nozzles«. Sie donnerten mit über 1100 Stundenkilometern in weniger als 150 Metern Höhe über den Schauplatz hinweg – fast, aber nicht ganz Schallgeschwindigkeit. Die Schallmauer zu durchbrechen hätte bei dieser geringen Flughöhe sämtliche Fensterscheiben in der Umgebung zersplittern lassen, aber der Überschallknall wäre auch zu schnell vorbei gewesen. Die Piloten wollten die Lärmwirkung, die ihre röhrenden Triebwerke erzeugten, so gut wie möglich in die Länge ziehen. Selbst Carr, der gewusst hatte, was kommen würde, fuhr fast aus der Haut. Zu sehen und zu hören, wie die vier Jets über dem eigenen Kopf hinwegdonnerten, so tief, dass man fast glaubte, sie berühren zu können, war der Inbegriff dessen, was man unter der »Schockmethode« verstehen musste.

Drei Kidnapper kamen aus dem Schuppen gerannt, um zu sehen, was der entsetzliche Lärm zu bedeuten hatte. Der Mann mit der Hinterkopfglatze blieb im Schuppen.

Gizzard versetzte dem ersten der drei Männer einen Nackenschlag, packte ihn an der Schulter, schwang ihn herum und warf ihn wie den Umhang eines Matadors zu Boden. Die beiden anderen Kameruner erlitten eine ähnliche Behandlung. Alle drei lagen gefesselt mit dem Gesicht im Dreck, bevor sie auch nur schreien konnten.

Gizzard winkte Carr und Burlingame mit der Messerhand hinter dem Sattelanhänger hervor, hinter dem sie lagen. Der Botschafter blieb einen Schritt hinter Carr, als sie über den zehn Meter breiten Vorplatz zur Ecke des Lagerschuppens hinüberliefen.

Gizzard hielt den Arm hoch, an dem ein kleiner Tablet-Computer festgeschnallt war; er zeigte die Videoaufnahmen vom Innern des Schuppens.

Glatze hatte seine Waffe an die Wand gestellt und schritt vor Mrs. Porter auf und ab. Drei D-Boys rissen das Schuppentor auf, stürmten hinein und warfen den völlig verblüfften kamerunischen Soldaten zu Boden. Carr hörte einen der D-Boys brüllen: »U. S. Army! Wir holen Sie heraus, Mrs. Porter!«

Gizzard nickte Carr zu. »Es ist weniger traumatisch für sie, wenn sie denjenigen kennt, der ihr die Tüte vom Kopf nimmt.«

Carr und Botschafter Burlingame rannten in den Schuppen.

»Sarah!«, sagte Burlingame. »Ich bin's, Chance.«

»Herr Botschafter«, sagte sie durch die Haube. Jetzt erst erschütterte ein Schluchzen ihren Körper.

Burlingame nahm ihr sanft die Haube vom Kopf.

Carr knirschte mit den Zähnen, als er ihr Gesicht sah. Ein hässlicher Bluterguss hatte sich unter ihrem linken Auge ausgebreitet.

Der Sicherheitsagent wirbelte zu dem gefangenen Kidnapper herum, kickte ihn hart in die Seite und rollte ihn auf den Rücken. »Du verdammter Bastard!«, brüllte Carr, stürzte sich auf ihn und bearbeitete sein Gesicht mit den Fäusten, Schlag auf Schlag. Er hatte halb erwartet, dass ihn einer der D-Boys wegziehen würde, aber keine Hand regte sich. Also hieb er weiter auf den Kidnapper ein, bis er müde wurde – und er war durchtrainiert und ermüdete nicht sehr schnell.

»Das dürfen Sie nicht!«, wimmerte der Glatzköpfige, als Carr endlich von ihm abließ. »Dafür werden Sie eingesperrt!«

Carr versetzte ihm einen letzten Hieb. »Nö«, sagte er. »Bin ziemlich sicher, dass ich diplomatische Immunität genieße.«

Sean Jolivette hatte mal gehört, was ein Ingenieur in den Lockheed Skunk Works ein paar SR-71-Piloten erklärt hatte: Mit einer nachlässig geflogenen Schleife, die in Atlanta begann, könne das Flugzeug bereits über Chattanooga sein, bis die Schleife vollendet sei. Mit einer Geschwindigkeit von 1,7 Mach war die Hornet etwas mehr als halb so schnell wie die ehrwürdige Blackbird, aber es brauchte immer noch ein ordentliches Maß an Geschick, um eine Wende zu fliegen. Jolivette hatte die Geschwindigkeit auf die Manövergeschwindigkeit von dreihundertdreißig Knoten, etwas über sechshundert Stundenkilometer, gedrosselt, sobald er die Koordinaten des Lagerhauses überflogen hatte. Er spannte die Muskeln in den Schenkeln und am Bauch an und konnte nur hoffen, dass die Blutzufuhr zum Gehirn uneingeschränkt funktionierte, als er die Hornet in eine 180-Grad-Horizontalwende zog, wobei fast 7,5 g auf seinen Körper einwirkten, während er über lange Häuserreihen hinwegschoss. Noch höhere g-Kräfte hätten den Jet womöglich beschädigt, und dann würden die Jungs von der Wartung wirklich sauer sein.

Nach der Wende schoben die vier Piloten die Schubhebel wieder vor und donnerten ein zweites Mal im Tiefflug über das Lagerhaus. Keiner von ihnen hatte eine Ahnung, was dort unten auf dem Boden vor sich ging. Die vier Jets flogen erneut eine horizontale Kurve und nahmen dann Kurs auf die Residenz des Präsidenten, über der sie das Tiefflugmanöver erneut durchführten, aber mit noch geringerer Flughöhe.

Njaya bekam fast einen Anfall. »Sie greifen uns an!«

Wie durch Zauberhand schaltete Ryan auf sein ruhigeres, diplomatisches Ich um. »Wovon reden Sie denn, François? Meine Leute wollen Ihnen doch nur helfen, die Kontrolle über die Situation zurückzugewinnen. Sobald die Geiseln unverletzt freikommen, werden wir uns wieder zurückziehen. Die ganze Sache wird dann vergeben sein, aber ich möchte Sie warnen: Vergessen werden wir sie nicht.«

»Und was ist mit dem Geld?«, fragte Njaya.

»Ach, das werden wir irgendwie regeln«, sagte Ryan. »Ich bin sicher, dass die Konten wieder freigegeben werden, sobald sämtliche Amerikaner freigelassen wurden und Ihre Truppen sich von unserer Botschaft zurückgezogen haben. Was Sie dann mit den Männern machen, die diese Verbrechen begangen haben, bleibt Ihnen überlassen.«

Njaya schluckte hörbar. »Ich werde dafür sorgen, dass die Männer, die Ihre Botschaft belagern, sofort abrücken.«

»Das ist alles, was ich verlange.«

»Aber was ist mit Mbida?«

»Er bekommt sicheres Geleit und verlässt das Land.«

Danach trat eine lange Pause ein. Ryan und seine Berater im Situation Room konnten ein zufriedenes Grinsen nicht unterdrücken, als plötzlich der brüllende Lärm überfliegender Düsenjets aus den Lautsprechern drang.

»Ich … ich verstehe«, stammelte Njaya. »Aber, Mr. President … Dieser ganze Zwischenfall kommt mich politisch teuer zu stehen. Ich bitte Sie: Schicken Sie keine Truppen in mein Land. Das würde mich schwach aussehen lassen.«

Ryans Ton wurde wieder drohend. Sehr deutlich und langsam sagte er: »Sie haben die Situation immer noch nicht verstanden, François. Ich schicke niemanden irgendwohin. Sie sind schon da, über Ihrem Kopf, in Ihren Läden, auf Ihren Straßen, hinter jedem Gebäude und jedem Baum. Sie sind in

Ihre Schnelle Eingreiftruppe eingebettet, mit denen sie schon seit Jahren gemeinsam gegen Boko Haram kämpfen.«

Wieder ein längeres Schweigen.

Burgess signalisierte mit erhobenem Daumen, dass Mrs. Porter befreit worden und in Sicherheit sei.

»Nun gut«, sagte Ryan. »Lassen Sie es mich wissen, wenn ich sonst noch etwas für Sie tun kann.«

Er beendete das Gespräch, bevor Njaya auch nur ein weiteres Wort hervorbringen konnte.

Erschöpft wartete Ryan im Situation Room, bis die Nachricht eintraf, dass die kamerunischen Truppen von der Botschaft abzogen. Dann wünschte er allen eine gute Nacht, obwohl er wusste, dass ihn sein Wecker aufwecken würde, bevor er auch nur wusste, ob er überhaupt geschlafen hatte. Auf dem Weg ging er noch kurz ins Oval Office und nahm ein paar Papiere mit, die er am nächsten Morgen durchgehen wollte, bevor er ins Büro ging. Als er hinter dem Schreibtisch stand, streckte er sich müde und warf einen Blick auf die Uhr. Er war daran gewöhnt, so oft in unterschiedlichen Räumen aufzuwachen, dass sein circadianer Rhythmus sozusagen ständig im Neustart-Modus war. Im Grunde achtete er nur deshalb auf die Zeit, um seiner Umgebung nicht zur Last zu fallen.

Vor der Tür des Oval Office stand Darren Huang, der heute die Leitung der Nachtschicht des Secret Service hatte. Er wartete auf Ryan, um ihn zur Residenz zu begleiten. Ryan winkte ihn mit sich in das Oval.

»Was kann ich für Sie tun, Mr. President?«

»Hey, Darren«, sagte Ryan. »Spielen Sie am Samstag wieder? Und immer noch als Pitcher?«

Ryan wusste gerne über manche Dinge im Leben der Agenten Bescheid, die ihn beschützten. Huang war Team Captain und Pitcher im Baseball-Team seines Wohnorts Great Falls,

Virginia. Der Agent brauchte nicht zu wissen, dass zwei weitere Spieler seines Teams als Agentenführer für die CIA arbeiteten – und dass einer von diesen zufällig ein Neffe von Mary Pat Foley war. So lief das eben manchmal in D. C. Entweder war man selbst ein Spion, oder man hatte einen Spion im Bekanntenkreis – selbst wenn man darüber nicht Bescheid wusste.

Der Agent lächelte seinen Boss an. »Ja, richtig, Sir. Wir sind ziemlich gut in die neue Saison gestartet.«

»Freut mich zu hören«, sagte Ryan. »Ich nehme nur noch ein paar Papiere für morgen früh mit, gehe kurz auf die Toilette, dann gehe ich schlafen. Würden Sie mir den Gefallen tun und Special Agent Montgomery sagen, dass ich ihn gleich morgen früh sprechen möchte?«

»Wird gemacht, Mr. President.« Huang trat wieder vor die Tür, schloss sie hinter sich und richtete seinen pantherähnlichen Blick auf den Flur, von wo eine Gefahr drohen mochte.

Ryan bekam es nicht mit, dass der Agent nun auf eine Taste drückte, von der ein Kabel durch seinen Ärmel bis zu einem winzigen Mikrofon führte, das an seinem Revers befestigt war, und damit die Verbindung zu CROWN herstellte – der Codebezeichnung des Secret Service für die Kommandozentrale des Weißen Hauses –, um den Wachhabenden der Uniformierten Division zu informieren, dass SWORDSMAN den SAIC sprechen wolle.

Ryan hatte gerade genug Zeit, die letzten beiden Tassen Kaffee wieder auszuscheiden und die Toilette zu spülen, als sein privates Handy klingelte.

Da er sich gerade die Hände wusch, ließ er es ein paarmal klingeln, bevor er sich meldete.

»Jack Ryan.« Er schob das Telefon zwischen Ohr und Schulter, während er sich die Hände trocknete.

»Guten Abend, Mr. President.«

Mist – offenbar hatte er Gary Montgomery ohne Not aus dem Bett geholt.

»Mein Fehler, Gary. Ich meinte eigentlich erst morgen früh.«

»Kein Problem, Sir.« Der Special Agent in Charge unterdrückte ein Gähnen. »Ich komme sofort.«

»Nein, nein, nein. Bitte! Es hat Zeit bis morgen früh.«

Eine kurze Pause trat ein. Dann: »Sie haben das Kommando, Sir, aber um ehrlich zu sein, falls es wichtig ist, würde ich mich lieber jetzt schon damit befassen.«

Ryan überlegte kurz, schließlich nickte er vor sich hin. So ging es ihm selbst auch immer. »Na gut. Ich habe einen besonderen Auftrag für Sie, Gary. Es ist eine heikle Sache, von der Art, die eine Karriere vernichten könnte. Und ich muss Sie gleich warnen, dass uns beiden diese Angelegenheit höchstwahrscheinlich ins Gesicht explodieren könnte.«

»Sagen wir mal so, Mr. President«, antwortete Montgomery. »Ich bin zu hundert Prozent dabei.«

»Gut. Ich gebe Ihnen jetzt eine kurze Zusammenfassung über das, was ich mir überlegt habe. Über die Details sprechen wir dann, wenn wir uns sehen – gleich morgen früh.«

33

Erik Dowschenko ging noch ein wenig shoppen im Airport Dubai, bevor er zum ein wenig heruntergekommenen Terminal 2 hinüberging, um seinen Anschlussflug mit Ariana Afghan Airlines nach Kabul zu erwischen. Er hatte noch knapp über eine Stunde Zeit, lange genug jedenfalls, um noch ein paar notwendige Dinge einzukaufen, wie Ibuprofen, Imodium und Wick-Hustenpastillen. Die Logistiker beim Militär, selbst die in der notorisch stoischen russischen Armee, sorgten immer dafür, dass ihre Soldaten Zugang zu allem hatten, was die Amerikaner mit »Kugeln, Bohnen und Wundpflaster« bezeichneten. Aber Geheimdienstagenten, vor allem solche, die sich absetzen mussten, waren normalerweise auf sich selbst gestellt. Außer der äußerst mageren Erste-Hilfe-Ausrüstung kaufte Dowschenko auch zwei Edelstahl-Wasserflaschen mit je einem Liter Volumen, eine blaue Baseballmütze ohne Logo – erstaunlich schwer, so etwas zu finden – und eine billig aussehende, erdfarbene Reisetasche. Die Tasche sollte angeblich militärische Qualität haben, hatte aber zu viele Gurte, Schnallen und Seitentaschen, die Dowschenko wegschneiden würde, sobald er durch keine Sicherheitsschleuse mehr musste, sodass er ein Messer kaufen konnte. Noch immer war er nicht hungrig, kaufte aber dennoch ein paar Schokoriegel, da ihm klar war, dass er schon bald die Energie brauchen würde.

Er füllte die beiden Wasserflaschen an einem Trinkwasserspender und schaffte es gerade noch rechtzeitig zum Gate. Von der billigen Vostok Amphibia an seinem Handgelenk konnte er nicht erwarten, dass er sie verpfänden oder verkaufen konnte, um ihm aus einer finanziellen Notlage zu helfen, wie das bei einer der modischen Taucheruhren der Fall wäre, die Spione im Film immer trugen, aber sie war so stark wie ein Panzer und lief auch einigermaßen genau. Sein Diplomatenpass, eine Sonnenbrille, zwei Kugelschreiber und Maryams Notizbuch machten den Rest seiner Ausrüstung aus.

Er hatte sich schon immer darüber geärgert, dass die amerikanische Währung praktisch allgegenwärtig war, der russische Rubel jedoch nicht. Aber man musste sich eben anpassen und tun, was nötig war, deshalb führte er aus Gewohnheit immer zweitausend Dollar mit sich, die er zu gleichen Teilen unter dem Gürtel und im Futter seiner Lederjacke verwahrte. In Kabul würde er ein wenig Geld in Afghani umtauschen, aber normalerweise kam man in Afghanistan mit einem Bündel amerikanischer Zwanzigdollarnoten viel besser zurecht.

Im Flugzeug wurde er von einer jungen Frau begrüßt, deren schwarze Haarsträhnen unter einem blauen Hidschab hervorlugten. Er verstaute die Reisetasche im Gepäckfach, behielt aber das Notizbuch bei sich und zwängte sich in den unmöglich schmalen Sitz. Glücklicherweise war nur ungefähr ein Drittel der Plätze besetzt, sodass fast jeder Passagier eine Sitzreihe für sich hatte. Als der Fettgeruch von aufgewärmtem Lammfleisch aus der Bordküche durch die Kabine driftete, wünschte er sich, er hätte schon vor dem Boarding ein paar Imodium-Pillen eingenommen. So gut es ging, machte er es sich bequem, setzte die Sonnenbrille auf und war schon eingeschlafen, bevor das Fahrwerk eingezogen wurde. Im

Traum sah er Maryams Gesicht, geisterhaft bleich, mit einem auch im Tod geöffneten Auge, als wollte sie sich vergewissern, dass er sich in Sicherheit gebracht hatte.

34

Der afghanische Zollbeamte in Kabul war ein kleiner, dicker Mann, der sich offenbar nicht recht entschließen konnte, ob er sich einen Bart wachsen lassen sollte oder nicht. Misstrauisch beäugte er Dowschenkos Diplomatenpass und schob ihn dann an seinen Vorgesetzten ab. Der zweite Zollbeamte schien Russen genauso wenig zu mögen wie der erste, winkte ihn aber dennoch durch. Es war ein kleiner Airport, und Dowschenkos Zwischenaufenthalt sollte auch nur kurz sein, war aber doch lang genug, dass seine Kleider den Gestank von Dreck und brennendem Müll aufnehmen konnten, den er sicherlich während des ganzen Aufenthalts in dem Land nicht mehr loswerden würde. Er tauschte zweihundert Dollar gegen etwas mehr als fünzehntausend Afghanis ein – ungefähr ein Drittel des Monatslohns eines Durchschnittsafghanen. Eine halbe Stunde später war er bereits wieder in der Luft und flog über Gebirge hinweg, deren Farbe fast mit seiner neuen Reisetasche übereinstimmte.

Auf dem Ariana-Flug nach Herat gab es nur eine Stewardess. Im Unterschied zu ihrer Kollegin beim Flug von Dubai hatte diese junge Frau dafür gesorgt, dass keine einzige Haarsträhne unter dem blauen Hidschab hervorlugte.

Furcht und Ermüdung verbrennen bekanntlich jede Menge Kalorien, und als Dowschenko in Herat aus dem Flugzeug stieg, fühlten sich seine Knie butterweich an. Afghanische Piloten hatten sich angewöhnt, ihre Maschinen in engen, schnellen Spiralanflügen auf den Boden zu bringen, um nicht so leicht abgeschossen werden zu können. Doch sogar hier in der Provinz Herat, wo die Gefahr nur sehr gering war, war eine Flugzeuglandung eine Erfahrung, die nicht nur Druck in den Ohren hervorrief, sondern einem auch den Angstschweiß auf die Stirn trieb.

Der Duft von warmem *Naan*-Fladenbrot und würzigem Lammfleisch, der von den Imbissständen vor dem Terminal herüberwehte, ließ ihm das Wasser im Mund zusammenlaufen, aber er entschied sich, nur einen der Schokoriegel zu essen. Es war noch ein bisschen zu früh, etwas zu essen, das die Wirkung der Imodium-Tablette vermindert hätte. Der Zucker wirkte sich anscheinend sofort auf seine Blutzuckerwerte aus, sodass er sich schon nach kurzer Zeit zwar nicht glücklicher fühlte, aber doch ein wenig sicherer auf den Beinen halten konnte, ohne den Eindruck zu erwecken, jeden Moment umzukippen. Der neue Energieschub gab ihm die Kraft, im Terminal und auf dem Platz davor nach möglichen Gefahren Ausschau zu halten.

Dowschenko hatte viele Jahre an gefährlichen Orten gelebt und wusste, dass an Orten wie diesem eine Gefahr unvermittelt aus jeder denkbaren Richtung drohen konnte. Wer früher ein Feind gewesen war, mochte sich plötzlich wie ein Freund verhalten, um dann wieder ohne jede Vorwarnung in die früheren feindseligen Gewohnheiten zurückzufallen, etwa wenn ihm irgendeine nicht verziehene Beleidigung wieder einfiel. Wenn Dowschenko in Afghanistan überleben wollte, musste er einen klaren Kopf behalten. Keinesfalls durfte er in seiner Trauer versinken.

Seine Mutter hatte ihm oft eine Geschichte von Tolstoi erzählt. Sie handelte von einem Bauern, der Gurken vom Acker seines Nachbarn stehlen wollte. Der Gurkendieb gab sich so sehr seiner Tagträumerei hin, er könne durch das Aussäen der Samen der gestohlenen Gurken ein reicher Mann werden, dass er sich irgendwann einzubilden begann, er sei es, der bestohlen würde. Er steigerte sich so sehr in diese Einbildung hinein, dass er eines Nachts seinen unsichtbaren Wächtern zuschrie: »Passt auf, hier sind Diebe!« – wodurch er allerdings die echten Wächter auf sich, den echten Dieb, aufmerksam machte. Es war eine der Lieblingsgeschichten seiner Mutter, die sie ihm jedes Mal erzählte, wenn sie glaubte, Dowschenko hätte wieder mal den Kopf in den Wolken. Ein Spion, hatte sie ihm dann immer erklärt, könne sich Tagträumereien nicht leisten.

In Afghanistan hätte sie auf jeden Fall recht behalten.

Herat zählte zwar zu den relativ sicheren Städten im Land, aber das bedeutete nur, dass man in Herat eher erwarten durfte, von einem Blindgänger einer Clusterbombe in Stücke gerissen zu werden, statt auf gewöhnliche Weise ermordet oder von einem Selbstmordattentäter in die Luft gejagt zu werden – obwohl auch dies immer im Bereich des Möglichen lag. Die Taliban beschränkten sich mit ihren Aktivitäten im Allgemeinen auf andere Landesteile. Herat lag im Westen, weiter südlich die Provinz Shindand mit ihren von Gestrüpp bewachsenen Wadis und damit nicht sehr weit östlich der Hauptrouten ihres Opiumschmuggels in den Iran. Oder jedenfalls waren sie damals dort aktiv gewesen, als es Dowschenkos Job gewesen war, sie mit russischen Kalaschnikows und F1-Handgranaten zu beliefern.

Dowschenkos Taxifahrer war ungefähr Mitte dreißig und sah aus wie ein Mann, der früher einmal muskulös und fit gewesen sein mochte, jetzt jedoch nur noch muskulös und fett war. Über Politik redete er so, wie alle Afghanen nach einem halben Jahrhundert Krieg und Besatzung darüber redeten. Die Fahrt vom Flughafen in die Stadt hätte ungefähr acht US-Dollar gekostet, aber Dowschenko bot dem Mann 20 Dollar, wenn er ihn durch die Stadt und weitere fünf Kilometer nach Nordwesten in das staubige Dorf Jebrael fahren würde, durch Felder, auf denen Safrankrokusse und Pistazienbäume wuchsen.

Der Fahrer vermied den Kandahar-Herat-Highway und hielt sich lieber an die Nebenstraßen, was er damit begründete, dass der Stützpunkt seiner alten Einheit der Afghanischen Nationalarmee direkt am Highway liege. Dowschenko fragte nicht nach, was der Grund für den Zorn des Fahrers auf seine alte Einheit war; dass der Fahrer auf den Boden spuckte, als er die 4. Panzerbrigade erwähnte, war aussagekräftig genug.

Der Fahrer kannte die Adresse des UN-Büros für Drogen und Verbrechen, und obwohl er fast so viel böses Blut für die Russen in den Adern hatte wie für seine frühere Militäreinheit, fuhr er Dowschenko zu dem staubig-gelben Gebäude am Rande der Ortschaft. Der Wind blies recht stark; als Dowschenko aus dem Fahrzeug stieg, wurden ihm die Geldscheine fast aus der Hand gerissen, und es war, als würden Kleidung und Haut mit Schmirgelpapier behandelt. Der Fahrer riss ihm den Zwanzigdollarschein aus der Hand und fuhr ohne ein weiteres Wort davon.

Vor dem Gebäude lehnte ein etwa zwölfjähriger Junge an der Wand. Er trug einen Salwar Kamiz, die auch in Afghanistan übliche traditionelle Kleidung, die aus einer weiten, pyjamaähnlichen Hose und einem langen Überhemd bestand. Ein kleines Mädchen, wohl seine Schwester, stand neben ihm, direkt unter dem hin und her schwingenden UNODC-Holzschild. Sie starrten den Fremden mit gegen den starken

Wind zusammengekniffenen Augen an. Einen Augenblick später kam eine Frau in schwarzem Tschador aus der Tür und sagte etwas zu den Kindern. Mit gesenktem Kopf trieb sie ihre Kinder an Dowschenko vorbei. Das kleine Mädchen blickte kurz mit grünen Augen zu ihm auf und lächelte.

Dowschenko hängte die Reisetasche über die Schulter und betrat das Gebäude. In dem kahlen Vorraum stand ein Holzschreibtisch, sauber und aufgeräumt, mit einem einzigen Ordner in der Mitte. Daneben, auf einem Tonuntersetzer, stand eine halb volle Tasse Tee, als sei jemand gerade kurz weggegangen. Das einzige andere Einrichtungsstück war ein drehbarer Prospektständer mit Informationsmaterialien über Landwirtschaft und Drogenabhängigkeit.

Der Wind schlug die Tür mit lautem Krachen hinter ihm zu, sodass er die Tasche fallen ließ und instinktiv herumwirbelte. Erleichtert stieß er die aufgestaute Atemluft aus und verfluchte den Wind.

Von irgendwo im Gebäude war eine Männerstimme zu hören, unwirsch und streitlustig. Dowschenko öffnete schon den Mund, um zu rufen, überlegte es sich aber noch einmal. Wieder waren die Stimmen zu hören, jetzt klangen sie noch wütender, dann hörte er eine Frau aufschreien, kurz danach polterten Möbel.

Dowschenko spürte Wut in sich aufsteigen. Er ging an dem Schreibtisch vorbei und trat in einen dunklen Flur. Instinktiv zuckte seine Hand zur Makarow und griff sogar in die Innentasche seiner Jacke, bevor ihm einfiel, dass er keine Waffe mehr hatte. Er bog um eine Ecke und gelangte in einen Lagerraum aus Beton, wo zwei Männer eine weibliche Gestalt bedrängten. Die Männer blockierten seine Sicht, aber er konnte ein blaues Kopftuch ausmachen. Einer der Männer stieß die Frau gegen ein Stahlregal, was ihm eine kräftige Ohrfeige einbrachte. Der andere schlug die Frau hart in den Nacken, wofür sie ihm das Knie in die Hoden rammte.

Dowschenko stieß einen schrillen Pfiff aus, stürmte mit zwei riesigen Schritten heran und stieß dem nächststehenden Mann, als der herumfuhr, den Kopf brutal gegen die Nase. Der zweite Mann, der seinen dichten Bart grellrot gefärbt hatte, schwang wild herum; seine massige Faust verfehlte die Schläfe des Russen nur um Haaresbreite. Dowschenko verpasste dem Mann, den er mit dem Kopfstoß angegriffen hatte, einen schnellen Eselstritt in das Knie und gewann damit ein wenig Zeit. Aus dem Bewegungsschwung heraus ließ er den Ellbogen in Rotbarts Gesicht krachen. Der große Afghane fiel auf den Rücken. Dowschenko versetzte ihm zwei harte Fußtritte, den ersten in den Nacken, den zweiten gegen die Schläfe. Damit war Rotbart vorerst ausgeschaltet, aber sein Partner stand noch aufrecht, allerdings schleppte er ein Bein nach und blutete stark aus der Platzwunde auf dem Nasenrücken, sodass er mit jedem Ausatmen Blut versprühte. Er legte den Kopf in den Nacken, um den Blutfluss einzudämmen, was Dowschenko Gelegenheit gab, ihm einen brutalen Schlag auf den Adamsapfel zu versetzen. Dann umfasste er sein Gesicht mit offener Hand und stieß den Kopf nach oben und zurück, sodass der Mann rückwärts stürzte. Dowschenko rammte seinen Kopf hart auf den Betonboden. Der Afghane verdrehte die Augen, sodass fast nur noch das Augenweiß zu sehen war. Die Blutspritzer versiegten, stattdessen begann der Mann zu röcheln. Dowschenko nahm an, dass beide Männer Gehirnerschütterungen erlitten hatten, der eine vielleicht sogar einen Schädelbruch, aber das kümmerte ihn nicht weiter. Aufgeputscht durch den Kampf und seine Wut, packte er den zweiten Mann an den Ohren und rammte seinen Kopf immer wieder auf den Betonboden. Diese Männer hatten Maryam angegriffen …

Halb benommen schüttelte er den Kopf. Nein, das stimmte nicht. *Ysabel*. Sie hatten Ysabel angegriffen.

Er richtete sich auf, um nach ihr zu sehen, doch im selben Moment stürzte sich etwas Dunkles auf ihn. Etwas Schweres prallte hart gegen seine Brust, sodass er rückwärts stürzte. Er streckte beide Hände aus, um einen weiteren Angriff abzuwehren, kam auf die Füße, und als er an sich herabblickte, entdeckte er den Griff eines Dolchs, der in seinem Lederjackett steckte.

Ysabel kreischte wie eine Irre, ließ sich auf den Boden fallen und fegte Dowschenko mit kräftigem Beinschwung von den Füßen. Dowschenko stürzte, schlug neben Rotbart auf und wunderte sich flüchtig, warum er das Messer kaum spürte. Im Herumdrehen zog er es heraus und versuchte gleichzeitig, der Frau auszuweichen, die es offenbar darauf abgesehen hatte, ihm mit ihren Kickstößen den Schädel zu zertrümmern.

Dowschenko war schon mehrfach von Leuten angegriffen worden, die sehr gut Bescheid wussten, wie man fatale Kickstöße austeilen konnte. Statt sich von ihr wegzuwälzen, rollte er sich gegen sie und fing ihren führenden Fuß ein, mit dem sie ihm gerade einen weiteren Stoß versetzen wollte. Er rollte weiter und nutzte die Hebelwirkung seines Körpers, um sie rückwärts umzustoßen. Sie schlug mit scheußlichem, dumpfem Geräusch auf dem Boden auf. Sie wollte schreien, brachte aber nur ein Krächzen heraus.

Erst jetzt, als ihr Zwerchfell so gelähmt war, dass sie kaum noch atmen konnte, blieb sie lange genug still, sodass Dowschenko sie genauer betrachten konnte.

Langes schwarzes Haar quoll unter einem blauen Hidschab hervor. Schwarze Augen über ausgeprägten Wangenknochen starrten ihn wütend an. Ihre Nase war nicht zu groß, obwohl sie das wahrscheinlich glaubte, und hatte einen ganz leichten Haken. Aber das Auffälligste an ihr waren die Narben. Da sich der Hidschab um den Hals gelöst hatte, konnte Dowschenko viele Narben auf der bronzenen Haut an Hals und Nacken sehen. Sie waren weder hässlich noch entstellend, überhaupt nicht. Eine feine weiße Linie rechts neben einem perfekten Amorbogen ließ ihren Mund wie einen Schmollmund erscheinen. Die übrigen Narben verstärkten den Eindruck einer dicht unter der Oberfläche siedenden Wut.

Dowschenko fiel das Messer wieder ein. Er kickte es rasch aus ihrer Reichweite, dann tastete er nach der Wunde unter der Lederjacke.

»Sie hätten mich beinahe umgebracht!«, stieß er hervor. Keuchend zog er Maryams Notizbuch aus der Tasche. Die Messerspitze hatte eine Rippe gestreift, aber das mit dickem lederbezogenem Karton gebundene Buch hatte verhindert, dass das Messer bis zu seinem Herzen eindringen konnte. Er blutete nicht sehr stark, oder jedenfalls konnte er momentan keine starke Blutung feststellen.

»Meine Tante hat mich angerufen. Sie sagte, ein Russe habe nach mir gefragt.« Ihr Englisch war perfekt. Fast, aber nicht ganz britisch.

»Ich habe ihr nicht gesagt, dass ich Russe bin«, erwiderte Dowschenko. »Ihre Tante hat offenbar ein gutes Gehör.« Sein aggressiver Ton bei dem Anruf hatte die Tante wahrscheinlich alarmiert – und ihn beinahe das Leben gekostet.

»Warum haben Sie Maryams Notizbuch?«, wollte sie wissen.

Dowschenko schloss die Augen. »Ich fürchte, ich bringe schlimme Nachrichten. Maryam …«

Die Hintertür ging knarrend auf, und ein Windstoß drang heulend herein.

Dowschenko riss die Augen auf. Ein großer Afghane stand

auf der Schwelle. Der Wind bauschte den Shemagh auf, den er um den Hals gewickelt hatte. Der Neuankömmling ließ den Blick rasch über die bewusstlosen Afghanen gleiten, die auf dem Boden lagen, dann schaute er Ysabel fragend an.

Sie hielt eine Hand hoch. »Alles in Ordnung, Hamid.«

Er richtete den Blick auf Dowschenko.

Der Afghane trug das Haar sehr kurz geschnitten, sodass die Kopfhaut überall durchschimmerte, aber den Bart hatte er lang wachsen lassen, zur Spitze hin in perfekter Säbelform getrimmt. Kleine Lachfalten prägten sein Gesicht – eine Seltenheit in einem Land, das seit Generationen unter Kriegen litt. Im breiten Ledergürtel steckten eine Pistole und ein langes Messer. Eine Kalaschnikow hing an einem Dreipunktgurt über der Schulter, war aber entsichert und zielte genau auf Dowschenkos Brust. Dass er mit einem Gewehr bewaffnet war, überraschte Dowschenko nicht, wohl aber der relativ hochentwickelte taktische Drei-Punkte-Gewehrgurt, der in einem Land ungewöhnlich war, in dem die meisten Männer ihre Waffen mit einem Stück Seil oder mit einem schmalen Teppichstreifen über die Schulter hängten. Dowschenko schloss daraus, dass der Mann mit der Waffe gut umzugehen wusste. Wahrscheinlich ein ehemaliger Soldat, aber das war nicht schwer zu erraten, denn in den letzten vier Jahrzehnten hatte hierzulande praktisch jeder Mann im kampffähigen Alter auf der einen oder anderen Seite in irgendwelchen Schlachten gekämpft.

Hamid strich sich mit der Hand über den langen Bart. »Der Generator läuft wieder«, meldete er. »Wahrscheinlich haben sie ihn beschädigt, um mich aus dem Haus zu locken.« Mit einer kleinen Bewegung der Waffe signalisierte er Ysabel, aus der Schusslinie zu gehen. Es war klar, dass sie seine Vorgesetzte war, aber er war für ihre Sicherheit verantwortlich.

Jetzt konzentrierte er sich auf Dowschenko. »Was haben Sie hier zu suchen?«, fragte er auf Farsi, wobei er die Augen gegen den starken Wind zusammenkniff, der jetzt durch den ganzen Lagerraum fegte. Dowschenko rappelte sich auf die Füße und starrte ihn mit ebenfalls zusammengekniffenen Augen an, gab aber keine Antwort.

»Was wollen Sie hier?«, fragte Hamid noch einmal, dieses Mal auf Englisch.

»Ich muss mit Mrs. Kashani sprechen.«

Hamid legte den Kopf schief. »Sie sind Ruski?«

»Ja«, nickte Dowschenko, immer noch auf Englisch. Er hob beide Hände.

»Sie müssen jetzt gehen.«

Dowschenko atmete tief ein und aus. »Das kann ich nicht.«

Sand und Staub wirbelten hinter dem Afghanen durch die Türöffnung, sodass er fast wie eine überirdische Erscheinung aussah.

Jetzt mischte sich Ysabel ein. »Er hat das Notizbuch meiner Freundin.« Sie starrte Dowschenko mit schmalen Augen an, schwarz wie Teer. »Wie … woher haben Sie es?«

Als er ihr Maryams Geschichte erzählte, fiel Ysabel Kashani auf die Knie und weinte.

35

Die Couch in Major Sassanis Büro war bequemer als sein Bett zu Hause, vor allem deshalb, weil er die Couch nicht mit einer ständig nörgelnden Frau teilen musste. Friya war einmal eine schöne Frau gewesen, wenn auch nie warmherzig. Jetzt war sie auch nicht mehr schön. Ihr Vater war General im Corps, was bedeutete, dass Sassani dafür sorgen musste, dass sie im Allgemeinen zufrieden war. Aber sogar dem General war klar, dass seine Tochter eine zänkische Person war. Doch solange Sassani nichts tat, das die Ehre der Familie und damit den guten Namen des Generals besudelte, gab es keinen Grund, sich vor Freundlichkeit zu überschlagen oder sich überhaupt mehr als unbedingt nötig mit ihr abzugeben. Diese Art des Umgangs pflegte sie natürlich auch mit ihm, weshalb sich Sassani in diesen Tagen recht häufig auf der Bürocouch schlafen legte.

Sassani war nach seinem Besuch in der Gerichtsmedizin sofort zu Dowschenkos Apartment gefahren und hatte mit dem Gardisten geredet, der die Wohnung des Russen beobachtete. Der Russe war bisher nicht aufgetaucht, aber irgendwann würde er sich ja mal ausruhen müssen. Sassani spielte kurz mit dem Gedanken, den SWR-Agenten offiziell des Verrats zu bezichtigen, und stellte sich den köstlichen Angstschauder vor, das schuldbewusste Gestammel, mit dem der

Russe auf seine Fragen antworten würde. Dowschenko blickte auf ihn herab, hielt ihn für eine Bestie, weil er Techniken anwandte, die die Russen nicht mehr ertragen konnten. Dowschenkos Verachtung für Sassanis Methoden war in seinen Augen klar zu lesen.

Sassani erwachte aus einem traumlosen Schlaf, aufgeweckt durch den Lärm seiner Leute, die draußen im Großraumbüro bereits an der Arbeit waren. Seine Männer wussten, dass Sassani zu ungewöhnlichen Zeiten arbeitete oder schlief, und wenn nicht gerade ein Besuch des Generals anstand, ließen sie ihn schlafen, bis er von selbst aufwachte. Sechs Stunden waren das Maximum, das er auf der Couch aushielt. Er streckte sich und rollte sich auf den Boden, um seine täglichen dreißig Liegestützen auszuführen. Er mogelte sich an den letzten acht vorbei, aber da die Vorhänge zum Hauptraum zugezogen waren, spielte es keine Rolle. Halbherzige Liegestützen waren immer noch besser als gar keine.

Er zog die Vorhänge zurück, dann wandte er sich nach Osten und nahm sich Zeit für ein Gebet. Nachdem er seine Frömmigkeit, wie sie sich für einen guten Anführer ziemte, öffentlich zur Schau gestellt hatte, setzte er sich an den Schreibtisch, um den Tag zu planen.

Er gierte förmlich danach, jeder nur denkbaren Spur nachzugehen, die sich mit Maryam Farhad in Verbindung bringen ließ und durch sie auch mit dem Russen. Sie war bis zu ihrem kleinen schlanken Hals in den Verrat am Regime verwickelt gewesen. Er wollte auch ihre Freundin aufspüren, die Frau, die ihr die Wohnung überlassen hatte. Er blickte auf seinen Notizblock: Ysabel Kashani, so hieß sie. Allerdings wusste er, dass es nicht gut war, einem einzigen Fall seine ganze Aufmerksamkeit zu schenken.

Auch dieser Reza Kazem war eine Schlange und ein Scharlatan, der mit seinen bösartigen Absichten Tausende an sich zog. Aus irgendeinem Grund wollte der Ajatollah nicht, dass der Mann jetzt schon verhaftet wurde. Es ergab sogar einen gewissen Sinn, Kazem als Lockvogel zu benutzen, um zu sehen, wer zu offener Rebellion für Kazems Sache bereit war. Sassani sprach es nie laut aus, aber er fragte sich, wie viele wohl noch weiter rebellieren würden, wenn man Kazem einfach verschwinden ließe. Es gab jede Menge Verräter, mit denen man sich befassen musste. Die Zahl der Demonstranten, die man bei den letzten Hinrichtungen hatte identifizieren können, ging in die Hunderte und würde noch weiter anwachsen, wenn man erst einmal die Videoaufzeichnungen ausgewertet hatte. Damit würde er sich mit seinen Leuten nach dem Mittagessen befassen, nachdem sie den Hintergrund jedes bekannten Protestteilnehmers vollständig und genauestens durchleuchtet hatten. Je nachdem, welche familiären Beziehungen sie hatten und in welchen Kreisen sie verkehrten, würden manche nur verhört und wieder auf freien Fuß gesetzt werden, jedoch mit der strengen Ermahnung, ihr Verhalten den Anforderungen des Regimes anzupassen. Andere jedoch, die keine einflussreichen Väter oder Onkel in den *dowreh*-Kreisen hatten, würden als abschreckende Beispiele behandelt. Schließlich waren im Evin gerade erst mindestens drei Haken an der Decke wieder frei geworden.

Sassani hatte soeben seinen kleinen Rasierapparat aus der Schreibtischschublade geholt, als das Telefon klingelte.

Er griff nach dem Hörer. *»Balay.«*

»Major«, sagte eine Frauenstimme.

»Dr. Nuri«, antwortete Sassani. »Ich warte schon eine ganze Weile auf Ihren Anruf!«

»Unfug«, sagte Nuri. »Ich habe Ihnen erklärt, dass es mindestens zwölf Stunden dauern würde, und die sind noch lange nicht vorbei.«

»Sie versuchen ständig, meine Erwartungen zu beeinflussen. Ziemlich clever von Ihnen, wie ich zugeben muss.«

»Keineswegs. Soll ich Ihnen die vorläufigen Ergebnisse per Email oder per Fax schicken?«

»E-Mail ist gut.« Sassani blickte auf die Uhr. »Sagen Sie mir kurz, was Sie herausgefunden haben.«

»Ihr unbekanntes Subjekt ist wahrscheinlich Aseri …«

»Nutzlose Information.« Sassani sah seine Hoffnungen schwinden. »Ein Viertel der Bevölkerung dieser Stadt ist Aseri.«

»Wenn Sie mich ausreden lassen würden«, sagte Nuri gereizt. »Der Mann, den Sie suchen, ist wahrscheinlich von gemischter Herkunft. Aseri und slawisch – osteuropäisch.«

»Ein Russe?«

»Aus der DNA ergibt sich vielleicht die ethnische Abstammung, aber nicht die Staatsangehörigkeit.«

»Aber er könnte Russe sein?«

»Ja, könnte er.« Nuri stöhnte. »Das habe ich ja schon gesagt. Slawisch. Wenn Sie mir eine DNA-Probe von einer bestimmten Person schicken, kann ich eine Vergleichsanalyse durchführen. Haare, Speichel, irgendetwas in dieser Art würde reichen.«

»Danke, Frau Doktor«, sagte er und vergaß sogar für einen Moment, wie sehr er sie hasste.

Kaum hatte er das Gespräch beendet, als er schon wieder nach dem Hörer griff. Er befahl dem Mann, der Dowschenkos Wohnung observierte, einzubrechen und nach irgendetwas zu suchen, das Dowschenkos DNA enthielt, und die Probe sofort zur Gerichtsmedizin zu bringen.

Der Major lächelte in sich hinein, als er einen grünen Aktenumschlag auf den Tisch legte und in Großbuchstaben YSABEL KASHANI in das Schriftfeld schrieb. Ihren Profilen in den sozialen Medien zufolge hielt sie sich derzeit in

London auf. Das würde er durch einen seiner dort stationierten Männer überprüfen lassen. Als Nächstes füllte er die erforderlichen Formulare für eine vollumfängliche Überprüfung ihres Hintergrunds sowie für ihre sofortige Ergreifung aus. Kurz spielte er mit dem Gedanken, Dowschenkos Vorgesetzte in der russischen Botschaft anzurufen, entschied sich aber dagegen. Das Letzte, was er wollte, war, dass die Russen ihren Spion sofort nach Moskau zurückschickten. Dowschenko hatte mehr verdient, als nur durch irgendeinen Verwaltungsakt abgemahnt zu werden – eine viel, viel strengere Strafe.

Sassani war entschlossen, eigenhändig dafür zu sorgen, dass der Russe diese Strafe erhielt.

36

Wadek Tscherenko entschuldigte sich – er müsse noch etwas aus seinem Zimmer holen. In der Zwischenzeit, befahl er seinen Männern, sollten sie ein Dutzend Holzkisten aus dem hochklappbaren Rumpfbug der Antonow 124 in die wartende Iljuschin-76 umladen. Der omanische Basiskommandant glaubte, sie schmuggelten Antiquitäten, deshalb war es wichtig, dass er auch tatsächlich zu sehen bekam, dass Antiquitäten von einem Flugzeug in das andere umgeladen wurden. Die Raketen jedoch wären leicht zu erkennen gewesen, deshalb blieben sie einfach in dem Flugzeug, in dem sie hierher transportiert worden waren. Lediglich die Crews wurden ausgetauscht; die Crew, die mit der Iljuschin angekommen war, übernahm nun die Antonow für den Weiterflug.

Tscherenko hätte auch das neue Flugzeug fliegen können, hatte aber seinen Vorgesetzten erklärt, es sei ihm lieber, wenn ein anderer Pilot, der mehr Erfahrung mit diesem spezifischen Fluggerät hatte, den Weiterflug übernehmen würde. In dem Moment, in dem man ihm befohlen hatte, Oberst Mikhailow zu töten, war ihm klar geworden, dass am Ende dieser Operation keine Fragen offenbleiben durften. Sicherlich war da auch jemand – wahrscheinlich einer der Leute, die mit der Iljuschin angekommen waren –, der den Befehl hatte, sich um ihn zu kümmern. So wurde das gewöhnlich geregelt. Man tötete genug Leute, bis man bei einem Killer ankam, der nichts über die ursprüngliche Operation wusste. Nur wer keine Ahnung hatte, warum er jemand anders töten musste, konnte sich einigermaßen sicher fühlen.

Aber Tscherenko plante, sich aus dieser Gleichung herauszunehmen. Er stopfte die letzten Kleidungsstücke in seine kleine Reisetasche, während er mit einem Ohr auf das Heulen der Triebwerke der Antonow lauschte, deren Vibrationen die dünnen Wände erbeben ließen, als das riesige Flugzeug zur Startbahn rollte. Die Iljuschin würde bald darauf ebenfalls starten, aber Tscherenko hatte nicht vor mitzufliegen.

Die zweite Hälfte seines »Honorars« würde auf seinem Konto eingehen, sobald die Antonow mit den Raketen und deren Lenk- und Kontrollsystemen in der Luft war. Gier, dachten sie – wer immer sie auch sein mochten –, würde ihn brav mitspielen lassen, bis sie eine Gelegenheit fanden, auch ihn zum Schweigen zu bringen. Aber Tscherenko war nur halb so gierig, wie sie glaubten. Es fiel ihm relativ leicht, auf den Anblick einer halben Million Dollar auf dem Kontoauszug zu verzichten, wenn er dafür eine Kugel ins Ohr in Kauf nehmen müsste. Die erste Hälfte des Geldes hatte er bereits auf ein neues Konto transferiert, von dem die Idioten von der GRU nichts wussten. Er hatte ohnehin schon ein substanzielles finanzielles Polster aufgebaut, und zusammen mit der ersten halben Million für den derzeitigen Auftrag hatte er mehr als genug Geld, um sich für eine Art Halbruhestand nach Thailand abzusetzen. Mit Gelegenheitsjobs als Pilot würde er es dort für den Rest seines Lebens gut aushalten können.

Die anderen Männer waren sich selbst überlassen, aber auch sie kannten die Risiken. Juri Scherdew, sein Kommunikationsoffizier von der Antonow, hatte eigenhändig die Kugel in Oberst Mikhailows Nacken gejagt und war daher wohl am meisten gefährdet. Er war noch jung, unbekümmert und im Hinblick auf die Verschlagenheit anderer Menschen ziemlich naiv. Tscherenko hatte kurz überlegt, ihn zu warnen, es dann aber doch bleiben lassen.

»Herr Major.«

Tscherenko zuckte heftig zusammen, als er plötzlich angesprochen wurde. Er hatte nicht einmal gehört, dass die Tür aufgegangen war.

Er drehte sich um.

»Ach, Sie sind es, Juri«, sagte er und entspannte sich ein wenig, als er sah, dass es nur der junge Kommunikationsoffizier war. »Ist unsere kostbare Fracht gut gestartet?«

»Ja, das ist sie«, antwortete Scherdew. »Und bereits auf dem Weg in den Iran.«

»Das wissen wir nicht mit Sicherheit«, sagte Tscherenko in tadelndem Tonfall. »Russland wird sich doch nicht daran beteiligen, die Ajatollahs mit Atomraketen zu bewaffnen!«

»Aber trotzdem ist es genau das, was wir machen.«

Tscherenko zog den Reißverschluss der Reisetasche zu und schüttelte den Kopf. »Seien Sie vorsichtig, Kamerad. So etwas dürfen Sie niemandem sagen außer mir. Und jetzt gehen Sie und richten Sie den anderen aus, dass ich gleich komme. Ich muss nur noch schnell ein Telefonat führen.«

»Werden Sie das?«

Tscherenko hob lässig eine Augenbraue. »Werde ich was?«

»Gleich nachkommen«, sagte der junge Mann. »Anscheinend haben Sie doch Ihr Geld längst auf ein anderes Konto transferiert.«

»Wie kommen Sie auf diese absurde Idee?«

Scherdew seufzte. »Spielt jetzt keine Rolle mehr.« Er zog eine Pistole mit Schalldämpfer hinter dem Rücken aus dem Gürtel und richtete sie auf Tscherenkos Brust.

»Juri, warten Sie!« Tscherenko streckte abwehrend die

Hände aus. »Sie werden uns alle töten, damit diese Operation geheim bleibt. Das wissen Sie doch genauso gut wie ich. Keiner von uns ist jetzt noch sicher.«

Scherdew zuckte halbherzig die Schultern. »Ich schon, denke ich mal.«

»Sie … Sie haben alles gesehen«, stammelte Tscherenko. »Das bedeutet, dass auch Sie zum Schweigen gebracht werden müssen!«

»Das glaube ich nicht. Aber soweit es alle anderen angeht, haben Sie recht. Denn, schauen Sie, diesen Auftrag hat mir mein Onkel gegeben. Und ich glaube nicht, dass sein Bruder – also mein Vater, der im Politbüro sitzt – es ihm verzeihen würde, wenn er mich eliminieren würde. Das ist auch der Grund, warum man mir den Job gegeben hat, Sie zum Schweigen zu bringen.«

Tscherenkos Mund blieb offen stehen. Keuchend stieß er hervor: »Ich … Juri …« Er hätte versuchen können, sich zu verteidigen, aber er war Pilot, kein Kämpfer.

Scherdew winkte ihm mit der Waffe, sich umzudrehen. »Tut mir leid, dass ich Ihnen keinen Wodka anbieten kann. Ich habe gehört, dass er diese Sache viel … leichter machen würde.«

Urbano da Rocha legte das Handy auf den Nachttisch neben dem Bett und drehte sich zu Lucile um, die nackt neben ihm lag.

»Bald schlafen wir wieder in unserem eigenen Bett, Liebste«, sagte er. »So schlecht es auch sein mag …«

»Unser eigenes Bett ist prima«, widersprach Lucile. »Das hier ist reine Dummheit, und das weißt du auch.«

»Ganz und gar nicht«, schnaubte er. »Ich verkaufe Waffen, mal an Splittergruppen, mal an Regierungen – und in manchen Kriegen sogar an beide Seiten. So läuft das eben, ma chérie. Wenn ich immer erst überlegen würde, wem ich Waffen verkaufe und wem nicht, würde ich schon bald keine Kunden mehr haben.«

»Aber bei dieser Lieferung geht es um nukleares Zeug«, wandte Lucile ein. »Und diese Art von Geschäft ist sehr gefährlich.«

Da Rocha strich mit dem Finger über ihr Schlüsselbein. »Du hast dir doch noch nie Sorgen über die Gefahren gemacht. Entschuldige, aber es macht dir recht wenig aus, einen Menschen zu töten. Tausend Menschen zu töten macht keinen großen Unterschied.«

»Na gut«, sagte sie gedehnt, »aber was ist, wenn wir selbst getötet werden? Das ist dann doch etwas anderes, oder nicht?«

Da Rocha nickte nachdenklich. »Die Russen brauchen uns. Ich glaube, sie wollen eine Lieferroute in den Iran einrichten. Sie benutzen uns als Sicherung, damit sie ihre Beteiligung jederzeit abstreiten können. Du hast doch gehört, was sie gesagt haben. Sie probieren es mit uns, auch für zukünftige Aufträge.«

Lucile drehte sich zu ihm und stützte sich auf einen Ellbogen. »Woher willst du das wissen? Ich glaube, das haben sie nur gesagt, damit wir nicht auf andere Gedanken kommen. Du hast auch gehört, was sie noch weiter gesagt haben. Sie rechnen damit, dass die Route nach diesem Auftrag verbrannt sein wird.«

»Stimmt«, nickte da Rocha. »Und die Tatsache, dass sie uns das gesagt haben, ist ein Zeichen, dass sie uns vertrauen. Die Route wird verbrannt sein, aber wir werden einfach andere Transportwege arrangieren. Die Welt ist groß und weit. Wenn Russland den Iran mit Atomwaffen beliefern will, werden sie eine Pipeline brauchen. Zwei Raketen fordern den Westen zu einer Vergeltungsmaßnahme heraus. Das ist sogar den Dummköpfen in Teheran klar.«

Lucile ließ sich auf das Kissen zurückfallen, starrte an die Decke und atmete tief ein und aus. »Das ist reiner Wahnsinn.«

»Notwendiger Wahnsinn«, berichtigte da Rocha. »Wir haben den Russen unmissverständlich klargemacht, dass an der Seitenlinie immer ein Ersatzspieler auf seinen Einsatz wartet. Hätten wir den Transport nicht zugesichert, hätte eben jemand anders den Auftrag übernommen. Ich sehe nicht ein, warum wir nicht davon profitieren sollen. Verstehst du das denn nicht, meine Liebe? Unser Profit bei dieser Sache gibt uns die Chance, bei anderen Geschäften unsere Konkurrenten zu unterbieten, bis ich am Schluss als Einziger übrig bleibe.«

»Klingt so, als würdest du dann sehr einsam sein.«

Da Rocha spielte zärtlich mit einer ihrer Haarlocken, versuchte aber nicht weiter, sie zu überzeugen. Sie mochte tödlich und schön sein – aber sie hatte keinerlei Geschäftssinn.

37

Dowschenko verschwieg nichts, auch nicht die Foltermethoden im Evin und dass Sassani sogar die Leiche des dabei gestorbenen Jungen öffentlich hatte hängen lassen. Er beschrieb Maryams Tod, wobei er mehr Details als nötig schilderte, aber weniger, als er immer noch sah, wenn er die Augen schloss. Sie sollte begreifen, wie bestialisch dieser Mann war, und er musste ihr klarmachen, dass auch sie in großer Gefahr schwebte.

Hamid fesselte und knebelte die beiden Afghanen, obwohl sie noch bewusstlos waren und es nicht unbedingt nötig schien. Danach bezog er dicht neben Ysabel Stellung. Das Gewehr hing am Gurt quer über seiner Brust, doch seine Hände spielten dauernd damit, jederzeit schussbereit, während er Dowschenko misstrauisch beäugte. Es war mehr als nur ungewöhnlich, einen afghanischen Mann zusammen mit einer Frau zu sehen, die nicht seine Ehefrau war, vor allem im ultrakonservativen Herat. Aber Hamid erweckte den Eindruck, dass ihm seine Pflicht wichtiger war als traditioneller Anstand. Ysabel brauchte Schutz, und er bot ihn ihr, mit aller Entschlossenheit.

Der Afghane hörte sich Dowschenkos Story mit sichtlichem Widerwillen an und verdrehte die Augen. Offenbar glaubte er dem Russen kein Wort.

»Warum nehmen Sie eine so lange Reise auf sich«, fragte Hamid, »wenn doch ein Telefonanruf genügt hätte?«

»Hätte er wirklich genügt?«, fragte Dowschenko zurück. »Sie glauben mir nicht einmal jetzt. Hätten Sie denn geglaubt, was Ihnen ein Fremder am Telefon erzählt?«

Ysabel wischte sich die Tränen mit dem Hidschab aus den Augen; sie trug ihn jetzt wie einen Schal und nicht wie ein Kopftuch. »Dann waren Sie es, der meine Tante angerufen hat?«

»Ja«, nickte Dowschenko. »Ich wollte ihr genug Angst einjagen, damit sie vorsichtig war, falls sie Besuch von der Garde bekommen sollte.«

Ysabel strich ihren Kamiz mit beiden Händen glatt, atmete tief ein und aus und versuchte, sich unter Kontrolle zu bekommen. »Niemand muss gewarnt werden, sich vor der Sepâh in Acht zu nehmen.« Wieder rollte eine Träne über ihre Wangen, sicherlich nicht die letzte.

In der Ecke stöhnte Rotbart auf, kam aber noch nicht zu sich.

Dowschenko nickte zu den beiden Afghanen hinüber. »Schmuggler?«

»Ja«, antwortete Ysabel. »Sie müssen an Fatima vorbeigekommen sein, als Sie hierherkamen. Sie ist sieben Kilometer zu Fuß hierhergelaufen, nur um mich zu warnen, dass ein paar örtliche … Geschäftsleute … sehr unglücklich darüber sind, dass wir vom UNODC versuchen, auf noch mehr Feldern Safrankrokusse statt Schlafmohn anzubauen.« Ysabel seufzte, als ob sich derartige Angriffe schon öfters ereignet hätten.

»Die Schmuggler sind jetzt unsere geringste Sorge«, sagte Dowschenko. »Sie müssen weg von hier. Gehen Sie irgendwohin, wo die IRGC Sie nicht aufspüren kann.«

Hamid grunzte misstrauisch. »Ich verstehe immer noch nicht, was Sie davon haben.«

Dowschenko redete weiter mit Ysabel und ignorierte den Leibwächter. »Sassani wird Sie hier finden, da bin ich absolut sicher.«

Ysabel hob eine Hand, um ihm zu signalisieren, dass sie genug gehört habe. »Sie müssen einsehen, dass es uns sehr seltsam vorkommt, dass Sie hier auftauchen – ein Mann, der bei den Folterungen im Evin-Gefängnis zuschaute, der bei öffentlichen Hinrichtungen Schulter an Schulter neben den Revolutionsgardisten stand … aber der dann sogar nach Afghanistan fliegt, um eine Frau zu warnen, die er gar nicht kennt.«

»Ich sage Ihnen doch: Er wird auch mich ins Gefängnis bringen. Wir haben beide dasselbe Problem!«

»Ich habe immer noch ein paar Freunde in staatlichen Behörden«, sagte Ysabel. »Ich reise in den Iran zurück und bringe die Sache wieder in …«

»Bitte!«, sagte Dowschenko so scharf, dass Hamid sofort das Gewehr anhob. Ysabel winkte ab, wie eine Herrin, die ihrem Schutzhund befahl stillzuhalten – für den Moment.

Dowschenko fuhr genauso eindringlich fort wie zuvor. »Sie müssen mir glauben! Wir müssen sofort von hier verschwinden!«

Hamid trat einen Schritt näher. »*Wir* müssen hier gar nichts.«

Ysabel sagte: »Ich habe mich nicht schuldig gemacht, außer Maryams Freundin zu sein.«

»Wenn Sie Sassani in die Hände fallen, werden Sie alles Mögliche gestehen«, sagte Dowschenko. »Dafür wird er sorgen.«

»In Ordnung«, sagte sie zögernd. »Nehmen wir mal an, ich glaube Ihnen. Wohin sollen wir gehen?«

Dowschenko stand auf und schaute sie verblüfft an. »Ich … ehrlich, ich weiß es nicht. Nur eins ist sicher: Ich kann nicht mehr zurück.«

»Weil man Sie mit Maryam in Verbindung bringen könnte?«

Dowschenko nickte stumm.

»Ich kannte Maryam besser als jeder andere Mensch. Sie haben mir schon sehr viel erzählt, und den Rest kann ich mir zusammenreimen. Die Gardisten haben Beweise, dass Sie mit ihr … in der Nacht zusammen waren, als sie ermordet wurde?«

»Sie werden sie bald haben«, flüsterte Dowschenko. »Sehr bald.«

Ysabel senkte den Kopf für einen Moment, dann blickte sie zur Decke und presste die Augen zusammen. Sie schien mit sich zu kämpfen, schien kurz davor, eine schmerzliche Entscheidung zu treffen. Schließlich seufzte sie tief auf. »Hören Sie mir genau zu. Maryam hat mir ein paarmal von einem mysteriösen Gentleman erzählt, mit dem sie befreundet sei. Ich hatte früher auch einmal einen Freund, der, sagen wir mal so, im selben … Geschäft tätig war wie Sie, deshalb weiß ich einiges darüber. Außerdem bin ich clever genug, um zu wissen, was mit Ihnen passieren wird … ich meine, wenn Sie als russischer Operativer im Iran die Revolutionsgarde beraten sollen, sich dann aber nach Afghanistan absetzen. Ihre Vorgesetzten in Moskau werden darin eine schwere Pflichtverletzung sehen, wenn nicht sogar einen Verrat.«

Dowschenko schloss die Augen und nickte. »Das stimmt wohl.«

»Also«, fuhr Ysabel fort, »sind auch Sie auf der Flucht.«

»Ja, das bin ich.«

»Und? Wollen Sie zum Westen überlaufen?«

»Im Moment bin ich einfach nur todmüde.«

Sie nickte nachdenklich. »Ich nehme an, das war ein Ja.«

Ysabel lehnte sich an die Wand, die Augen nachdenklich zusammengekniffen. Stress und Trauer hatten ihr das Blut ins Gesicht getrieben, als hätte sie einen Sonnenbrand, sodass sich ihre Narben an Gesicht und Hals noch deutlicher abhoben. Dowschenko fragte sich unwillkürlich, welche psychologischen Wunden ihr zusätzlich zu diesen äußeren Narben geschlagen worden waren.

Er warf einen Blick auf die Vostok am Handgelenk. Seit er das Haus betreten hatte, waren noch keine zehn Minuten vergangen. Ysabel brauchte Zeit, um das alles zu verarbeiten, aber zuerst mussten sie von hier verschwinden.

Ysabel stöhnte; anscheinend rang sie sich zu einer Entscheidung durch. »Sie können nicht nach Russland zurück und ganz gewiss auch nicht in den Iran.«

»Er könnte bei den Italienern um Asyl bitten«, schlug Hamid vor. »Im Moment haben sie die Führung der NATO-Truppen.«

»Was immer ich tun muss, werde ich tun«, sagte Dowschenko, »aber keinesfalls, solange wir noch hier sind. Und sei es nur, um Rotbarts Freunden aus dem Weg zu gehen.«

»Jetzt sagen Sie endlich mal was Vernünftiges«, gab Hamid zurück.

Die beiden Männer folgten Ysabel in das Empfangsbüro, wo sie einen kleinen Rucksack deponiert hatte.

Sie zog den Hidschab wieder über den Kopf, um nach draußen zu gehen, doch dann blieb sie stehen und starrte Dowschenko so intensiv ins Gesicht, als wollte sie seinen Kopf durchleuchten. »Wollen Sie nur einfach fliehen, oder wollen Sie wirklich überlaufen?«

»Überlaufen?« Er wusste genau, was das bedeutete, aber vielleicht war es ihr nicht völlig klar.

»Ja. Zu den Amerikanern. Ihr Insiderwissen über das, was in der IRGC und in der iranischen Politik vor sich geht, Ihren Gegenspielern im Westen zur Verfügung stellen.«

Ein kalter Schauder lief Dowschenko über den Rücken. Die Frau redete jetzt nicht mehr wie die Mitarbeiterin einer

Hilfsorganisation, die versuchte, die Opiumlieferungen aus Afghanistan in den Iran einzudämmen, sondern wie eine Frau, die über Geheimdienste und ihre Arbeitsweisen genau Bescheid wusste. Plötzlich bekamen die Narben eine ganz andere Bedeutung.

Dowschenko wählte seine nächsten Worte mit Bedacht. »Wie Sie sich sicherlich denken können, ist es bei meiner Art von Arbeit extrem schwierig zu wissen, wem ich vertrauen kann.«

»Das gilt auch für jede andere Art von Arbeit«, korrigierte ihn Ysabel. »Jedenfalls in wichtigen Angelegenheiten. Aber ich kenne jemanden, der uns beiden helfen könnte. Er ist zwar ein *khar*, aber ich bin hundertprozentig sicher, dass wir ihm vertrauen können, obwohl er ein Esel ist. Ich rufe ihn von unterwegs an.«

Weiter unten an der Straße, hundert Meter von dem gelbbraunen Gebäude entfernt, das als lokales UNODC-Büro diente, lag ein Paschtune auf dem Dach eines unauffälligen Lehmhauses, im herumwirbelnden Staub fast unsichtbar. Er trug den üblichen, weit geschnittenen Salwar Kamiz. Den Pakol, eine flache Mütze, hatte er tief über die Brauen gezogen und gegen den starken Wind mit einem grauen Kopftuch gesichert. Er hatte keine Ahnung, wie alt er war, vermutete aber, dass er um die fünfzig sein müsse. Seine dunklen, wettergegerbten Gesichtszüge gaben ihm das Aussehen eines weit über Sechzigjährigen, aber er verfügte immer noch über die Muskulatur und den Kampfwillen eines Mannes, der zu Fuß unzählige Kilometer zwischen dem Iran und Afghanistan zurückgelegt hatte und seit Langem an schwere Lasten und ein raues Leben gewöhnt war. Er hielt ein altes Fernglas aus sowjetischer Produktion an die Augen. Noch hatte er die Pilgerreise nach Mekka nicht hinter sich gebracht; sein struppiger, ergrauender Bart konnte daher nicht als Zeichen der Weisheit gelten, weshalb er ihn orangerot gefärbt hatte. Seine Weisheit reichte jedoch aus, um sich im Klaren zu sein, dass sich der neue Mann, der die iranische Schlampe besuchte, wie ein Russe benahm. Seit Jahrzehnten war sein Land von fremden Truppen besetzt gewesen; jeder Afghane konnte schon von Weitem die feinen Unterschiede im Verhalten von Russen und Amerikanern erkennen. Russen benahmen sich, als gehörte ihnen die Welt. Den Amerikanern gehörte sie einfach.

Er beobachtete, wie der Bodyguard der Iranerin aus dem Haus trat und den alten Van so vor dem Haus parkte, dass der Eingang verdeckt war.

Das kleine Funkgerät mit der Stabantenne knisterte, das neben dem Ellbogen des Afghanen lag.

»Sollen wir sie hochnehmen?«

»Abwarten«, gab der Afghane zurück. Als Schmuggler hatte er all die Jahrzehnte nur deshalb überlebt, weil er niemals überstürzt handelte. Sie waren hier, um die Frau gefangen zu nehmen, aber dass nun plötzlich dieser Russe aufgetaucht war, gab der Sache eine neue Dimension. In seinem Kopf nahm ein alternativer Plan allmählich Gestalt an. Er wäre lukrativ, aber die Vorbereitung würde mehr Zeit kosten. Der Russe musste die beiden Männer ausgeschaltet haben, die er ins Haus geschickt hatte, um die Frau gefangen zu nehmen. Und das hieß, dass man ihn nicht unterschätzen durfte.

Die Iranerin war den Bewohnern dieser Gegend schon lange ein Dorn im Auge. Ständig heizte sie Konflikte mit den Opiumbauern an, stachelte andere Frauen auf, dass sie mehr verdienten, als man ihnen bereits zugestand, und trug ihren Hidschab die meiste Zeit so weit zurückgeschoben, dass ihr Kopf halb frei war. Sie war nicht einfach eine Hure, sondern eine lästige Hure. Mit ihr würde der Afghane einen doppelten Gewinn einstreichen können – gewisse Leute würden ihn belohnen, weil er sie aus dem Verkehr gezogen hatte, andere wiederum würden sie ihm abkaufen, um sich mit ihr zu vergnügen – oder um sie weiterzuverkaufen. Er fuhr mit der Zunge über die staubverkrusteten Lippen, als er an all das Geld dachte.

Die Frau und der Russe kamen aus dem Haus, und der Van fuhr davon.

»*Sie hauen ab!*«, zischte die Stimme aus dem Funkgerät.

»Verfolge sie«, befahl der Afghane. »Finde heraus, wohin sie fahren. Wir haben noch viel zu tun.«

Weiter unten an der Straße sprang stotternd ein Motorrad an, dann ein zweites. Beide bogen aus einer Seitengasse in die Straße ein und rasten in einer Staubwolke den Rücklichtern von Ysabel Kashanis Van hinterher.

38

Was ist los?« Ding Chavez nahm seine Lesebrille ab, als Jack in Clarks Hotelzimmer trat. »Du siehst aus, als hätte dich einer in die Eier gekickt.«

Ryan ging zur Couch und ließ sich in die Polster fallen, nur um sofort wieder aufzuspringen und eine Flasche Wasser aus der Minibar zu holen.

Die Russen waren verschwunden, deshalb diente das Hotelzimmer im EME Catedral jetzt als Kommandozentrale, wo sich die Teammitglieder treffen konnten, um ihre Pläne zu besprechen. Sie hatten das operative Tempo verringert und lösten sich bei der Beobachtung von da Rocha gegenseitig ab. Im Moment holte Adara gerade etwas Schlaf nach, während Caruso und Midas in der Lobby des Alfonso XIII saßen. Sie würden sich sofort melden, sollten da Rocha oder Fournier das Haus verlassen.

»Im Ernst, Junge«, sagte auch Clark. »Geht's dir nicht gut?«

Ryan atmete ein paarmal schnell ein und aus, trank einen Schluck Wasser und wischte sich den Mund mit dem Ärmel ab. Doch dann platzte er heraus: »Ysabel Kashani.«

Sein Blick wirkte leer, wie in eine unbestimmte Ferne gerichtet, oder als starrte er nicht an die Wand, sondern durch sie hindurch.

Clark warf Ding schnell einen Seitenblick zu, dann konzentrierte er sich wieder auf Ryan. »Was ist mit ihr?«

»Sie ist in Schwierigkeiten, John.«

»In London?«

Ryan schüttelte den Kopf. »Nach ihrem Facebook-Profil lebt sie mit Mann und Baby in London, aber sie ist zu clever, um echte Fotos ihrer Familie ins Netz zu stellen. Das war nur zur Tarnung. Sie ist in Afghanistan und steckt in Schwierigkeiten.«

»Verdammt«, sagte Chavez, als Ryan Kashanis Anruf geschildert hatte. »Glaubst du ihr das?«

»Natürlich glaube ich ihr!«, sagte Jack gereizt. »Sie weiß, was wir machen. Verdammt, sie hat mir sogar das Leben gerettet!«

»Ich habe mich falsch ausgedrückt, *›mano‹*«, sagte Chavez. »Was ich gemeint habe, war, ob du das glaubst, was sie über diesen Burschen sagt – dass er ein russischer Spion ist?«

»Wenn es jemand wissen kann, dann sie«, antwortete Jack. »Als wir damals … als ich sie damals kennenlernte, arbeitete sie an der Universität, und ihre Forschung beschäftigte sich mit Russland.«

Clark rieb sich nachdenklich das Kinn. »Wenn dieser Russe tatsächlich überlaufen will, warum geht er dann nicht einfach zur Botschaft in Kabul? Die Agency hat jede Menge Agentenführer, die sich mit ihm befassen könnten.«

»Es klingt so, als hätte er kein Vertrauen in andere Menschen«, meinte Ryan. »Aber anscheinend vertraut er Ysabel, und sie vertraut mir. Sie hofft, dass ich mich persönlich darum kümmere.«

»Ach, scheiße, nein«, stöhnte Chavez. »Das geht zu weit. Wir können doch nicht dulden, dass sich ein gegnerischer Agent seinen Agentenführer selbst aussucht! Außerdem würde die CIA mehr als nur sauer sein, wenn wir in ihrem Revier wildern würden.«

»Wir wildern doch ständig in ihrem Revier, Ding«, widersprach Ryan. »Außerdem geht die Initiative von *ihr* aus, nicht von uns!«

Chavez schnaubte verächtlich und ahmte die Stimme eines Anrufbeantworters nach. »Piep. Wenn Sie einen Überläufer melden wollen, legen Sie bitte auf und wählen Sie die kostenfreie 001-800 für die CIA oder gehen Sie direkt zur nächstgelegenen US-Botschaft.«

Ryan winkte unwirsch ab und wandte sich an Clark. »John, dieser Russe lebte seit Monaten im Iran. Er könnte eine Schatzgrube von Informationen sein. Du weißt genauso gut wie ich, wie schwer es ist, Agenten im Iran zu platzieren und mit ihnen zu arbeiten.«

Clark schaute Ding an. »Lässt du uns einen Moment allein?«

Chavez zuckte die Schultern und starrte Ryan für einen langen Moment durchdringend an. »Okay, ich schaue mal nach den anderen, während du gewissen Schwachköpfen ins Gewissen redest.«

»Ich hätte es sofort merken müssen, als ich ihre Facebook-Seite sah«, sagte Ryan, kaum dass Chavez das Zimmer verlassen und die Tür hinter sich zugezogen hatte.

»Das heißt, sie ist nicht verheiratet?«, fragte Clark.

Ein paar Monate zuvor hatte Jack Ysabels Facebook-Seite aufgerufen und ein Foto von ihr mit einem Mann und einem Baby entdeckt. Das Paar sah glücklich verheiratet aus und lebte in London. Jetzt hätte er sich in den Hintern treten können, dass er blindlings einem sozialen Netzwerk geglaubt hatte.

»Es gibt keinen Ehemann und kein Baby. Am Telefon konnte oder wollte sie nicht viel über sich sagen, aber für mich ergibt das einen Sinn. Zum Teufel, jeder, den ich in unserem

Geschäft kenne, hat ein Fake-Profil in den sozialen Medien. Ich benutzte mein eigenes, als ich ihre Seite aufrief. Hör mal …«

»Nein«, unterbrach ihn Clark. »Tu dir selbst einen Gefallen und hör zu, bevor du mit halb gezogener Pistole losstürmst. Ich weiß, dass du glaubst, dieser Frau etwas schuldig zu sein, weil du sie damals in Gefahr gebracht hattest.«

»Sie haben sie fast tot geprügelt, John. Ihr beinahe das Genick gebrochen, um mich zu finden. Sie hat sich zwar wieder erholt, aber das ist weit mehr als ›in Gefahr bringen‹, meinst du nicht auch?«

»Was ich damit sagen will«, fuhr Clark in sachlichem Ton fort, »ist, dass du dich für Dinge verantwortlich fühlst, über die du keine Kontrolle hattest. Seit du zuletzt im Iran warst, hat die iranische Regierung eine Menge getan, um die Freiheitsrechte wieder weitgehend einzuschränken. Die Mullahs klammern sich stärker an die Macht als jemals zuvor, sie kämpfen mit allem, was sie haben, um den Fortbestand ihres Regimes zu sichern. Niemand kann genau sagen, wer mit wem verbündet ist. Ich brauche nicht viel Fantasie, mir vorzustellen, was in dir vorgeht, Jack: Du warst ihr Geliebter und glaubst, ihr etwas schuldig zu sein. Und das könnte bedeuten, dass du die Möglichkeit nicht wahrhaben willst, dass es eine Falle sein könnte.«

Jack schwieg fast eine Minute lang und starrte nachdenklich vor sich hin. Die Stimmung in dem Raum war so angespannt, dass ihm das Atmen so schwerfiel, als sei er mehrere Treppen hinaufgerannt. Schließlich blickte er mit verbissener Miene auf, als ihm etwas klar geworden war, das ihm selbst nicht gefiel. »Ja, das ist möglich, das kann ich nicht abstreiten.«

»Gut«, sagte Clark. »Denn wenn du ernsthaft bestritten hättest, dass es eine Falle sein könnte, hätte ich dich nicht gehen lassen können.«

Jack blieb förmlich der Mund offen stehen. »Du genehmigst es?«

Clark seufzte. »Jack. Schon die Tatsache, dass du zu mir kommst, um mich über das Telefonat zu informieren, ist Lichtjahre von deinem früheren eigenmächtigen Verhalten entfernt, zum Beispiel in der Zeit, als du mit Ysabel zusammen warst. Es gefällt mir nicht, das Team aufzuteilen, aber soweit wir wissen, könnte da Rocha noch einen weiteren Monat hier in Sevilla sitzen bleiben. Während dieser Russe, wie du selbst sagst, eine Scheißmenge Informationen liefern könnte.«

»Du glaubst also nicht, dass es eine Falle sein könnte?«

»Bist du denn völlig sicher, dass Ysabel selbst am Telefon war?«

»Daran habe ich auch sofort gedacht. Aber sie wusste ein paar Dinge, die nur Ysabel wissen kann.« Jack schloss kurz die Augen. »Persönliche Dinge.«

»Na gut, okay«, nickte Clark. »Ich habe Ysabel Kashani kennengelernt. Ich bin ziemlich sicher, dass sie eher sterben würde, als dich wissentlich in eine Falle zu locken. Aber bitte beachte, dass ich *wissentlich* gesagt habe. Nur weil sie sauber ist, heißt das noch lange nicht, dass auch der Russe sauber ist. Ich muss diese Sache erst noch mit Gerry besprechen und auch durch gewisse Kanäle DNI Foley informieren, um sicherzustellen, dass wir dabei nicht in Konflikt mit etwas geraten, was andere Behörden am Laufen haben. Aber ich denke mal, sie werden vermutlich meiner Einschätzung zustimmen.«

»Und wie lautet deine Einschätzung?«

»Dass du deinen Hintern so schnell wie möglich nach Herat in Bewegung setzen solltest. Möglicherweise ist Ysabel selbst sogar eine bessere Quelle als der Russe. Sie scheint mir ein sehr cleveres Mädchen zu sein. Wenn sie dich zu Hilfe ruft, hat sie dafür einen guten Grund.«

»Du wirst es nicht bereuen, John«, sagte Ryan.

»Ach«, winkte Clark ab, »ich bin ziemlich sicher, dass ich es bereuen werde. Und du selbst wahrscheinlich auch. In all den Jahren, in denen ich nun schon für den Staat arbeite, habe ich ein paar Dinge gelernt. Zum Beispiel: Kein Plan überlebt den ersten Feindkontakt, und alles, was komplizierter ist als ein Dosenöffner, wird bestimmt kaputtgehen, wenn du es am dringendsten brauchst. Selbst einfache Dinge wie diese Sache hier laufen nur selten wie geplant. Und überhaupt wird das kein Ferienaufenthalt in Herat, weshalb ich dich nicht allein hinschicke. Ysabel kennt Caruso und weiß, dass sie von ihm nichts zu befürchten hat. Er wird dir den Rücken freihalten. Ich möchte, dass du mit deinem Alias-Diplomatenpass reist. Deine Familie ist in Afghanistan zu bekannt. Und jetzt geh und pack deine Sachen. Für dich ist es höchste Zeit für einen Ortswechsel – und sei es auch nur, um dir Lisanne aus dem Kopf zu treiben.«

»Lisanne?«, fragte Jack. »Keine Ahnung, was du damit meinst.«

»Komm schon«, gab Clark zurück. »Ich bin ein alter Spion. Ich werde dafür bezahlt, dass mir auch die kleinen Nuancen auffallen. Und jetzt verschwinde endlich. Ich muss ein paar Telefongespräche führen. Du wirst wahrscheinlich von Madrid über Dubai fliegen müssen, also kümmere dich um die Flüge. Ich will, dass du so schnell wie möglich abreist. Wecke Sherman und sage ihr, sie solle Dom an seinem Posten ablösen. Er soll sofort zu mir kommen.«

»Scheiße«, murmelte Ryan. »Das läuft schon jetzt anders, als ich dachte. Adara aufwecken zu müssen macht mir mehr Angst, als nach Afghanistan zu fliegen.«

Jack erfuhr nicht, was Clark mit Gerry Hendley und Mary Pat Foley besprach. Für ihn war nur wichtig, dass Clark ihm grünes Licht für die Reise gegeben hatte. Foley zog es vor, ihre Behörde so gut wie möglich vom Campus zu distanzieren, aber manchmal mussten sie eben doch miteinander reden, um zu verhindern, dass sich das Campus-Team kopfüber in eine Operation stürzte, ohne genauer darüber Bescheid zu wissen. Konflikte zu verhindern war schließlich einer der Hauptgründe, warum es Foleys Behörde, das Büro der Direktorin der Nationalen Nachrichtendienste, überhaupt gab.

Caruso und Ryan nahmen einen einstündigen Flug von Sevilla nach Madrid, wo sie ein paar Stunden Aufenthalt bis zum Flug nach Dubai hatten. Sie deckten sich mit Snacks ein, bevor sie an Bord der Emirates-Maschine gingen. Beide reisten mit schwarzen Diplomatenpässen, was ihnen in den meisten Ländern Scherereien mit dem Einreisevisum ersparte. Caruso benutzte seinen Klarnamen, aber Ryan reiste unter einem Pseudonym, aus offenkundigen Gründen. Eine Legende mit demselben Vornamen war normalerweise Standard, da es eine zusätzliche Sicherheit bot, falls man unerwartet einem Bekannten begegnete, der einen beim Vornamen ansprach. Aufgrund der familiären Verbindungen zog Jack es allerdings vor, sich Joseph »Joe« Peterson zu nennen – »Jack« wäre einfach zu offensichtlich gewesen.

Die Flugverbindung über Dubai würde den beiden Operativen genug Zeit geben, den Flughafen zu erkunden und etwas zu essen, das nicht in einer Mikrowelle im Flugzeug aufgewärmt worden war. Emirates bot zwar einen recht angenehmen Bordservice, aber das Campus-Team war durch die Hendley-Gulfstream verwöhnt. Kommerzielle Flüge schränkten außerdem ihre normale Ausrüstung ein. Keine Waffen, überhaupt keine technische Ausrüstung, nur ihre Kleider, ein paar Müsliriegel als Notverpflegung und ein Satellitentelefon. Beide Männer reisten daher mit einem kleinen Rucksack, den sie als Handgepäck ins Flugzeug nahmen. Sie trugen robuste Schuhe und leichte Jacken. In der Wüste konnte es nachts recht kühl werden, außerdem ließen sich die Jacken als zusätzliche Kissen auf ihren billigen Economy-Plätzen verwenden.

Ryan hatte noch nie in einem Emirates-Flieger gesessen, der nicht wie ein neues Auto gerochen hätte. Die Flugzeuge waren bequem eingerichtet, gut ausgestattet und boten exzellenten Service. Leider war die A380 fast völlig ausgebucht. Jack und Dom mussten sich mit zwei Economy-Plätzen in der hintersten Sitzreihe begnügen, direkt an der Kabinenwand, sodass sich ihre Sitzlehnen nur begrenzt neigen ließen.

»Tut mir leid«, sagte Jack, als sich Dom an ihm vorbei auf den Fensterplatz schob.

»Kein Problem.« Die Falten um seine Augen zeigten aber, dass er nicht sehr begeistert war. »Du kennst mich doch, Cousin. Bin immer bereit, dir zu helfen, ein Mädchen zu retten.«

Jack schmunzelte über die Bemerkung, als er sich das Feuer in Ysabels Augen vorstellte. »Na ja, gut, aber dieses Mädchen ist schon ein knallharter Typ.«

Caruso gähnte. »Auch harte Typen müssen ab und zu gerettet werden.« Er rollte seine Jacke zusammen und stopfte sie zwischen seinen Kopf und das Fenster, wobei ihm bereits die Augen zufielen. »Adara und ich haben uns abgesprochen. Mal rette ich sie, mal rettet sie mich.«

39

Ding Chavez entdeckte etwas, das ihm Probleme machte. Er hatte keine Ahnung, ob da Rocha und seine gruselige Killerfreundin einfach nur unerfahren waren oder ob sie sich für unbesiegbar hielten. Da Rocha blickte immer wieder auf die Uhr, was seltsam genug war, aber auch nicht übermäßig. Was auch immer vor sich ging, beide schienen nicht nach Beschattern Ausschau zu halten. Vor etwas mehr als einer halben Stunde waren sie aus dem Hotel gekommen, gekleidet wie für einen gemütlichen Abendspaziergang. Fournier trug ein dunkles T-Shirt, darüber ein leichtes Jackett, das weit genug geschnitten war, um eine kleine Pistole verbergen zu können. Da Rocha trug über der Hose nur ein Hemd mit Paisley-Muster, dazu eine lederne Kuriertasche, deren Gurt er quer über die Brust gelegt hatte.

Nette Herrenhandtasche, dachte Chavez.

Der gerissene Schurke hatte sich den ganzen Tag lang kein einziges Mal auf seinem Laptop eingeloggt. Wer tat denn so was? Niemand. Das Team war der Meinung, wenn er sich an diesem Abend nicht mehr einloggte, musste mit Gavins Malware etwas schiefgelaufen sein. Aber so, wie die Dinge standen, arbeiteten sie momentan blind und hatten keine Ahnung, was da Rocha plante.

Eine Straßenbahn mit zwei Waggons rumpelte quietschend

mitten auf der Calle San Fernando daher und fuhr nördlich am Hotel Alfonso XIII und an dem Hard Rock Café vorbei, in dem sich da Rocha und Fournier anscheinend für einen Drink niedergelassen hatten. Sie blieben nur eine halbe Stunde im Restaurant. Hand in Hand kamen sie wieder heraus und bogen nach links ab, für alle Welt zwei harmlose Touristen. Chavez kam es ein wenig seltsam vor, dass jemand in einer Stadt wie Sevilla, die von Geschichte und Kultur praktisch überquoll, ausgerechnet in ein Hard Rock Café ging, aber vielleicht war ein Hard Rock Café für Europäer mal was anderes – und man konnte dort sogar coole T-Shirts kaufen.

Es war später Abend, und in den Straßen rund um die Universität Sevilla und den Real-Alcázar-Park wimmelte es von Leuten, die sich auf den Weg gemacht hatten, um vor dem Abendessen noch einen Drink zu nehmen. Horden von Touristen genossen das angenehme Frühlingswetter, das schon bald der unglaublichen Hitze des andalusischen Sommers weichen würde. Die Plaza de Toros lag knapp einen Kilometer weiter nordwestlich. Auch an diesem Abend hatte ein Stierkampf stattgefunden, was die Menschenmenge weiter aufblähte.

Hunderte Menschen flanierten lässig durch die Straßen und Gassen, aber manche hatten es auch eilig und bahnten sich hastig den Weg. Es herrschte ein dichtes, stetes Gewimmel, das es Chavez leichter machte, die beiden Zielpersonen unauffällig zu beschatten. Aber das war so oder so kein Problem, denn da Rocha und Fournier schienen ihren Abendbummel so sehr zu genießen, dass sie sich kein einziges Mal umblickten.

»Aufpassen«, sagte Chavez über Funk. »Sie haben bestimmt eine Gegenobservation arrangiert.«

»Kann sein«, meinte Clark.

»Oder vielleicht sind sie einfach zu blöd dafür«, meinte

Midas. Er stand hinter der nächsten Ecke bereit, die Beschattung zu übernehmen, sollte das Paar an der Universität vorbeigehen und in die Avenida del Cid einbiegen.

»Oder«, fuhr Clark fort, »sie sind Profikriminelle, aber keine Spionageexperten. Vielleicht glauben sie, dass sie zwar ab und zu beschattet würden, dass sie sich aber um ihre persönliche Sicherheit keine Sorgen machen müssen, solange es keinen konkreten Anlass gibt. Möglicherweise rechnen sie nicht damit, dass jemand systematisch über längere Zeit Informationen über sie sammelt.«

»Das wäre zwar nicht sehr clever«, sagte Adara, »aber gereicht uns zum Vorteil.«

»Na, wir werden sehen«, sagte Clark abschließend. »Kann sein, dass sie in unserem Geschäft nicht viel Erfahrung haben, aber ich habe nicht den Eindruck, dass die beiden dumm sind.«

Da Rocha blickte zum fünften Mal auf die Uhr, seit er aus dem Hotel gekommen war.

Chavez gab das an das Team weiter. »Unser Kumpel muss eine Verabredung haben. Er scheint es zwar nicht eilig zu haben, achtet aber genau auf die Zeit.«

»Oder vielleicht vertreibt er sich einfach nur die Zeit«, meinte Adara.

»Sie biegen nach rechts in die del Cid ein«, meldete Chavez. »Sie überqueren sie zur Westseite, als wollten sie um die Plaza de España oder den kleinen Park direkt daneben herumgehen. Dort gibt es jede Menge Wege, wenn ich die Karte richtig im Kopf habe.«

»Habe Sichtkontakt«, sagte Midas. Er überquerte die San Fernando auf der Seite, die der Avenida del Cid gegenüberlag. Chavez ging geradeaus weiter und passierte ihn an der Kreuzung, ohne ihn anzublicken.

»Verstanden«, sagte Adara. Sie klang ein wenig außer Atem.

Sie trug Joggingshorts und ein T-Shirt, das so lose geschnitten war, dass es das Halsband mit dem Mikrofon verbarg. Das Funkgerät steckte in einer kleinen Gürteltasche. »Ich bin einen Straßenblock weiter östlich von euch. Ich jogge zum Park hinunter und bin dann ein kleines Stück voraus.«

»Sie gehen jetzt schneller«, meldete Midas. »Sie rennen nicht, aber sie gehen in strengem Tempo.«

»Bist du aufgeflogen?«, fragte Clark.

»Glaube ich nicht«, antwortete Midas. »Sie reden miteinander, aber sie haben es jetzt definitiv eilig.«

Chavez bog an der nächsten Kreuzung nach rechts ab und drängte sich zwischen den Imbissständen und durch den Rummel am San-Sebastian-Nachtmarkt. Der Duft von gegrilltem Fleisch und frisch gebackenem Brot löste ein Magenknurren aus, aber er eilte weiter zur Ostseite des Parks. Im Moment beschattete er das Paar nicht, wollte aber bereitstehen, sollte die Operation mit dem jetzt stark verkleinerten Team schieflaufen. Er ärgerte sich zwar nicht darüber, dass Ryan und Caruso plötzlich nach Afghanistan abgereist waren, aber er war Realist. Für eine längere Beschattungsoperation war schon die volle Teamstärke von sechs Operativen suboptimal. Aber mit vier Leuten konnte man nur noch hoffen und beten. So war es eben manchmal bei Feldeinsätzen. Man kämpfte einfach weiter, tat mehr mit weniger Ressourcen und grinste trotzdem vor sich hin, weil es am Ende doch der beste Job der Welt war, Bösewichte von ihren beschissenen Übeltaten abzuhalten.

»Sie sind in den Park eingebogen«, sagte Midas. »Knapp südlich der Plaza de España.«

»Ich laufe im Kreis«, sagte Adara. »Ich komme dann in die Richtung zurück und übernehme.«

»Nein, warte noch ab«, gab Midas zurück. »Ich bin mitten in einer Touristengruppe, die anscheinend denselben Weg nimmt wie unsere Ziele. Im Moment brauchst du noch nicht zu übernehmen.«

Zahlreiche Wege wanden sich zwischen Orangenhainen, Palmen und Jacarandabäumen hindurch, sodass es dem Team leichtfiel, ein wenig dichter an ihre Observationsziele heranzukommen. Das Paar ging kreuz und quer durch den Park und blieb ab und zu stehen, um Wegweiser zu lesen oder den Enten zuzuschauen – wie Midas vermutet hatte, vertrieben sich die beiden die Zeit.

Da Rocha blickte wieder auf die Uhr.

Inzwischen waren sie am westlichen Rand des Parks angekommen. Da Rocha deutete nach Norden, die sechsspurige Paseo de las Delicias entlang.

»Sieht so aus, als wollte er zum Hotel zurück«, meinte Midas.

»Ich laufe parallel und bleibe zwischen den Bäumen«, sagte Adara.

»Verstanden«, sagte Midas. »Immer noch in nördlicher Richtung … Jetzt überqueren sie die Straße, Ost nach West.«

Einen halben Straßenblock hinter Midas hastete Chavez aus dem Park heraus. Er musste sich beeilen, wenn er die Beschattung übernehmen wollte. Aber schon jetzt war ihm klar, dass es anders kommen würde.

Es war, als hätte jemand einen Schalter umgelegt. Da Rocha und Fournier schienen plötzlich lebhafter zu werden. Chavez sah, dass sie eine Lücke im Verkehr abwarteten und dann eilig die Straße überquerten. Jetzt war nichts mehr mit Händchenhalten und Sehenswürdigkeiten bestaunen. Sie hatten ein Ziel, und sie waren in Eile.

»Drehen sie um?«, fragte Clark, aber in einem Ton, als wüsste er die Antwort bereits.

Auch Chavez wurde es im selben Augenblick klar.

»Scheiße«, sagte er, als ihre Zielpersonen eilig am Ufer des

Guadalquivir entlanghasteten und dann plötzlich behände in ein wartendes Schlauchboot sprangen. Sekunden später sprang ein starker Außenbordmotor an, und das kleine Boot schoss in südlicher Richtung in die Dunkelheit.

Chavez berichtete, was er beobachtet hatte.

»Das«, meinte Midas, »war verdammt clever.«

»Ich hätte an den Fluss denken müssen!«, schimpfte Clark. »Midas, wie viele Gepäckstücke standen gestern im Hotelzimmer?«

»Nicht viele, wenn ich es mir recht überlege. Soll ich das Zimmer noch einmal überprüfen, solange er nicht dort ist?«

»Nein«, antwortete Clark. »Wenn die Malware funktioniert, möchte ich ihn nicht aufschrecken, falls er sein Zimmer von jemandem bewachen lässt. Wir können nur noch beten, dass er sich in den Computer einloggt, denn sonst könnte er sich praktisch in Luft auflösen. Bis zum Ozean sind es gerade mal achtzig Kilometer. Wenn er wollte, könnte er schon morgen früh in Nordafrika sein.«

40

Elizaweta Bobkowa nahm einen Schluck Mineralwasser und schloss die Augen. Ihre Glieder fühlten sich steif an, ganz allgemein fühlte sie sich wie gelähmt. Vermutlich musste sie nur einfach den aufdringlichen Geruch von Pugins Rasierwasser loswerden und eine lange, entspannende Joggingrunde drehen. Gorew schlief leise schnarchend auf der Couch. Pugin schob Wachdienst mit dem Laser-Mikrofon, das auf eines der Fenster von Senatorin Chadwicks Apartment auf der anderen Straßenseite in Arlington, Virginia, gerichtet war. Chadwicks Stimme war zu hören, und nach den Geräuschen zu urteilen, hatte ihr junger Assistent, Mr. Fite, beträchtliche Probleme mitzuhalten.

Pugin verzog den Mund zu einem lasziven Grinsen. »Diese Amerikaner sind wirklich seltsame Tiere.«

»Alle Tiere sind seltsam«, sagte Bobkowa, nachdem sie noch einen Schluck Wasser genommen hatte. »Wenn man sie längere Zeit beobachtet.«

Pugin tippte mit dem Kugelschreiber auf den Notizblock, der neben seinem Laptop lag. »Nach dieser Nummer werden sie bestimmt hungrig sein.«

Auf dem Tisch, an dem Pugin saß, war eine breite Auswahl von Ausrüstungsgegenständen ausgebreitet, alle dazu bestimmt, zu schnüffeln, zu lauschen, zu spähen. Das Lasermikro und der Empfänger waren auf das Fenster gegenüber gerichtet und auf einen Dreifuß montiert, der links neben Pugin stand. Rechts stand eine leiterähnliche Yagi-Richtantenne, ebenfalls montiert auf einen kurzen Dreifuß und auf dieselbe Wohnung gerichtet. Die Antenne sollte alle möglichen drahtlosen und digitalen Signale abfangen, also Smartphones, Wireless-Router, Computerinfos und die beiden IP-Adressen, die, wie Bobkowa annahm, zu Chadwicks »Smart-TV« und ihrem Geschirrspüler gehörten. Die Antenne fing auch Informationen aus anderen Wohnungen in dem Apartmentblock auf und sogar die IP-Adressen vorbeifahrender Autos mit GPS oder anderen Vernetzungen, ein Phänomen, das heutzutage immer häufiger auftrat. Bobkowa fragte sich, wie der durchschnittliche Amerikaner wohl reagieren würde, wenn ihm die gewaltige digitale Wolke plötzlich bewusst würde, die ihm ständig überallhin folgte. Viele würden wahrscheinlich durchdrehen, wenn sie es wüssten. Trägt ein Kunde ein Smartphone in der Tasche, kann heutzutage jeder Ladenbesitzer feststellen, vor welchen Produkten dieser Kunde länger als üblich stehen bleibt. Werbeagenturen für den Onlinehandel können herausfinden, ob sich eine Frau für eine bestimmte BH-Marke interessiert – und können sie dann mit Angeboten für genau diesen BH bombardieren, sollte sie die Frechheit haben, sich auch für eine andere Marke zu interessieren. Autohändler können feststellen, ob jemand den Ölwechsel ein paar Tausend Kilometer später durchführen lässt als vom Hersteller empfohlen, und könnten damit Garantieansprüche zurückweisen. Wahrscheinlich war es gesünder, wenn man über den permanenten Eingriff in die Privatsphäre nicht Bescheid wusste oder das alles einfach ignorierte. Bobkowa hatte sich aus der digitalen Vernetzung ausgeklinkt, kurz nachdem sie beim SWR angefangen hatte, und schon während der Ausbildung ein kurzes Stück Isolierband auf die

Kamera ihres Laptops geklebt. Lügnern fiel es schwer, anderen Menschen zu vertrauen, und Spione waren geradezu krankhaft misstrauisch.

Bobkowa war besonders stolz darauf – man könnte allerdings auch sagen: angewidert –, wie leicht es gewesen war, die Mobilnummer der Senatorin herauszufinden. Chadwick war nicht nur Politikerin, sondern auch eine narzisstische Persönlichkeit. Beides führte dazu, dass sie in den sozialen Netzwerken außerordentlich aktiv war. In ihren Profilen fand Bobkowa mehr Nahaufnahmen von Chadwicks Gesicht, perfekt eingerahmt von einem sorgfältig gestylten Haarhelm, als sie jemals in derartigen Profilen gesehen hatte. Es war, als hätte sich Chadwick in eine dieser Fotokabinen in einem Shoppingcenter gesetzt und die Kamera hätte dann im Dauerbetrieb Streifen auf Streifen des immer gleichen machtgierigen Gesichts ausgespuckt. Chadwick achtete sorgfältig darauf, ihr Gesicht stets in Verbindung mit irgendwelchen hochlöblichen Anliegen zu präsentieren, um wählbarer zu erscheinen, zumindest nach Einschätzung ihrer PR-Regisseure. Obdachlosenheime, Krisenzentren, Museumseröffnungen lieferten die passenden Hintergründe für ihr perfektes Zahncreme-Lächeln. Nur eins musste man ihr lassen: Über ihr Privatleben gab sie nichts preis – mit einer einzigen Ausnahme: ihr Hund.

Es war ein hübsches kleines Ding, jedenfalls für einen Hund, eine Mischung aus Border Collie und einer anderen Rasse mit lockigem Schwanz. In Afghanistan hatte Bobkowa einmal einen Straßenhund zu sich genommen, in einem Land also, in dem die Einheimischen schier undenkbare Dinge mit den Hunden anstellten. Sie hatte in das Tier eine Menge Gefühle investiert, nur um dann erleben zu müssen, dass das dumme Vieh kurz nach ihrer Rückkehr nach Russland starb. Chadwick liebte ihren derzeitigen kleinen Köter offenbar so sehr, dass sie sogar bei einigen Gelegenheiten mit ihm vor der Kamera posierte – und auch so sehr, dass sie ihn registrieren ließ und ihm eine Hundemarke mit Ortungssender umhängte für den Fall, dass er verloren ging. Für Bobkowa war es ein Kinderspiel, das Hündchen auf einem der zahlreichen Fotos in den sozialen Netzwerken heranzuzoomen, bis die Hundemarke lesbar war, auf der Chadwicks Mobilnummer eingraviert war. Und als sie die Nummer erst einmal hatte, fiel es ihr fast genauso leicht, einen »Man-in-the-Middle«-Angriff einzuleiten. MITM ist eine Angriffsform, bei der sich der Angreifer gewissermaßen zwischen zwei Kommunikationspartner stellt und so den gesamten Datenverkehr beliebig einsehen und sogar manipulieren kann, wobei er den Kommunikationspartnern vortäuschen kann, der jeweils andere Partner zu sein. Nach nicht einmal einer Stunde hatte sie sich in Chadwicks Smartphone eingeklinkt und konnte nun sämtliche ankommenden und abgehenden Telefonate abhören und jede Menge Informationspakete sammeln, wann immer Chadwick im Internet surfte. Sie zeichnete Log-in-Daten auf, Passwörter, die die Senatorin sicherlich mehr als nur einmal benutzte, und konstruierte daraus ein Lebensmuster, das zweifellos eine sehr nützliche Information darstellte – vor allem, wenn man die betreffende Person zu Tode bringen wollte.

All das tat Bobkowa jedoch widerwillig und mit grimmig zusammengebissenen Zähnen. Der schleimige Teigklumpen Dudko würde sich in die Hose pissen, wenn er auch nur eine Minute mit Bobkowa im Feld arbeiten müsste. Und trotzdem trieb er sie unnachgiebig an, die Sache noch schneller voranzutreiben. Bobkowa musste ihn darauf hinweisen, dass sie sehr genau wisse, was sie zu tun habe. Sie sei gründlich, sie sei geradezu pedantisch genau und sie sei gut in ihrem Job. Aber das war ihm egal. Es müsse noch heute Abend geschehen. Und es dürfe auf keinen Fall zu jemandem in Russland zurückverfolgt werden können.

Pugin hob die Arme hoch über den Kopf, als hätte er gerade ein Tor geschossen. »Und … schon sind sie fertig.«

Bobkowa schüttelte angewidert den Kopf, nicht nur, weil sie gerade an Dudko gedacht hatte, sondern auch über diesen Bauerntölpel mit seinen haarigen Ohren.

Pugin stieß den Schreibtischstuhl vom Tisch zurück und deutete mit dem Kugelschreiber auf die Internet-Informationen, die über den Monitor liefen. »Genau wie ich gesagt habe: Jetzt ist sie hungrig.«

Bobkowa ging zu ihm hinüber und beugte sich näher, um die Daten besser lesen zu können. Pugins Rasierwasser war eigentlich gar nicht so übel, wenn es erst einmal ein wenig verflogen war – oder vielleicht war ihr Geruchsnerv inzwischen einfach abgestumpft.

»Siehst du? Ein Tisch für zwei Personen im Morton's Steakhouse.« Pugin notierte sich den Benutzernamen und das Passwort, das Chadwick auf der Webseite des Restaurants für die Tischreservierung benutzt hatte. Später würden sie versuchen, sich mit diesen Log-in-Daten auch Zugang zu Chadwicks anderen Apps zu verschaffen.

Bobkowa konnte in Echtzeit zuschauen, wie Michelle Chadwick – oder vielleicht ihr fischlippiger Lustknabe – telefonisch die Restaurant-Reservierung für neunzehn Uhr in Crystal City vornahm. Sie kannte das Restaurant gut. Morton's Steakhouse lag direkt an der Straße, hatte aber auch einen weiteren Eingang im Untergrund-Einkaufszentrum. Ihr Treffen mit Reza Kazem hatte in der Starbucks-Filiale nicht weit vom Restaurant stattgefunden. Außerdem joggte sie oft auf dem Mount Vernon Trail, der in der Nähe am Ufer des Potomac entlang verlief.

Bobkowa verschränkte die Arme und ging mehrmals im Hotelzimmer auf und ab, während sie über die Besonderheiten der Örtlichkeit nachdachte.

Es würden sich genügend Gäste im Restaurant aufhalten,

um die nötige Panik und das allgemeine Chaos zu verursachen, sodass alle die Ermordung mitansehen konnten – genau wie Dudko befohlen hatte. Außerdem gab es mehrere andere Restaurants in der näheren Umgebung – für Fischgerichte, Tapas, Pasta und sogar ein Lokal, das sich auf Büffelfleischgerichte spezialisiert hatte. Zwar würden viele Menschen mit dem Auto hinfahren, aber die vielen anderen, die mit der Metro unterwegs waren, würden auf dem Weg von oder zu der Metrostration direkt am Morton's vorbei müssen. Die vielen Menschen würden nicht nur die nötigen Augenzeugen sein, sondern sie würden auch am Tatort zusammenströmen und es damit den Attentätern erleichtern, unerkannt zu verschwinden.

Bobkowa hatte schon vor ihrem Treffen mit Reza Kazem die Sicherheitskameras im Crystal City Underground erkundet. Damals hatte sie gewollt, dass sie gesehen wurde, aber die Vorbereitung war auch aus reiner Gewohnheit erfolgt. Inzwischen hatte sie Gorew losgeschickt, damit er die Umgebung noch einmal überprüfte und die Kamera, die direkt vor dem Restaurant installiert war, außer Betrieb setzte.

Idealerweise hätte sich Bobkowa ein wenig mehr Zeit gelassen, um ihren Einsatz vorzubereiten, aber Dudko hatte darauf bestanden, dass sie die Sache möglichst schnell durchzog. Sie war clever genug, um zu durchschauen, was er plante. Gewisse Storys wurden bereits geschrieben, kleine Flämmchen, die Tausende von Internet-Bots zu größeren Feuern anfachen und im ganzen Internet verbreiten würden, Tweets würden »gelikt«, geteilt und kommentiert werden. Auch der morgendliche Verkehrsfunk verbreitete gern gute Verschwörungsstorys. Und weitere Tweets würden folgen, viele davon sogar verfasst von echten Menschen und nicht von Robots, aber auch die riesige Bot-Armee würde nach Kräften mitmischen. Eine Story würde die nächste aufblähen, bis selbst die zynischsten Menschen an ihren eigenen Überzeugungen zu zweifeln begannen.

Mundus vult decipi – die Welt will betrogen sein.

Heute Abend würde Senatorin Chadwick sterben, und das amerikanische Volk – oder jedenfalls ein großer Teil davon – würde dem Mann die Schuld zuweisen, dem die Senatorin erst kürzlich vorgeworfen hatte, er unterhalte eine eigene, private Killertruppe, dem Mann, dem ihr Tod den größten Seelenfrieden bescheren würde: Präsident Jack Ryan.

41

Reza Kazem saß hinter dem Lenkrad eines gestohlenen Fath Safir – der iranischen Antwort auf den Jeep CJ 4x4 – und schirmte die Augen gegen die Sonne ab, als das gigantische Flugzeug gegen den starken Wind auf die provisorische Landebahn herabschwebte. Eine Frau in den Fünfzigern saß auf dem Beifahrersitz, über ein kleines Notizbuch gebeugt, in das sie mit einem Bleistift, den sie hinter das Ohr steckte, häufig Notizen eintrug. Sie hatte roten Lippenstift und einen dunklen Eyeliner aufgetragen, aber der Bleistift schien das einzige »Schmuckstück« zu sein. Eine stahlgraue Haarsträhne hatte sich unter dem Kopftuch hervorgestohlen und wedelte im Wind über ihr Gesicht, aber sie unternahm nichts dagegen, offenbar zu sehr in ihre Tätigkeit vertieft. Sie redete nicht viel mit Kazem, führte aber ständig lebhafte Selbstgespräche, die sie sich in ihrem kleinen Notizbuch notierte.

Die mächtigen Triebwerke der Iljuschin röhrten über sie hinweg, als die Maschine zur Landung ansetzte. Die Landebahn, die man östlich von Maschhad aus dem Wüstenboden gescharrt hatte, bot der Il-76 eine zwar hinreichende, aber keineswegs ideale Landemöglichkeit. Als Startrollstrecke wäre sie mit ihren fünfzehnhundert Metern jedoch definitiv zu kurz, wenn die Maschine mit maximaler Nutzlast von hier starten müsste.

Aber das konnte Reza Kazem egal sein. Schon sehr bald würde das Flugzeug um rund 74 000 Kilogramm leichter sein.

Als die Maschine dröhnend auf der Landebahn aufsetzte, blickte die Frau auf dem Beifahrersitz plötzlich auf, als würde sie aus ihrer Trance gerissen.

»Weisen Sie Ihre Leute an, die Raketen mit allergrößter Vorsicht in die Startrampen zu schieben.«

Kazem trommelte mit den Fingern auf das Lenkrad. »Es sind noch zwei Stunden und sechsunddreißig Minuten, bis der nächste amerikanische Satellit über uns hinwegzieht. Der Große Satan sollte nicht sehen, was wir vorhaben, meinen Sie nicht auch?«

»Richtig«, sagte die Frau mit vor Herablassung triefender Stimme. »Aber unser Plan erfordert höchste Genauigkeit, und die wird nicht möglich sein, wenn den Komponenten auch nur die geringsten Schäden zugefügt werden. Und die Geheimhaltung wird ohnehin keine Rolle mehr spielen, wenn wir unser Ziel nicht genau treffen.« Sie wandte sich wieder kurz ihrem Notizbuch zu, blickte aber plötzlich wieder auf. »Können Sie schießen?«

Kazem nickte. »Ich habe gelegentlich auch schon mal geschossen.«

»Und? Sind Sie gut?« Sie war Ingenieurin und redete geradeheraus, offensichtlich waren ihr die Konsequenzen nicht klar, die unbedachte Worte auslösen mochten.

»Ich denke schon.«

»Stellen Sie sich Folgendes vor. Einer Ihrer Freunde feuert eine gewöhnliche Granate über Ihren Kopf hinweg. Das Geschoss fliegt mit, sagen wir mal, sechzehnhundert Metern pro Sekunde. Und Sie hätten die Aufgabe, das Geschoss mit Ihrer Kalaschnikow abzuschießen, deren Projektile ungefähr siebenhundert Meter pro Sekunde erreichen. Die Granate ist das größere Ziel, fliegt aber mit mehr als doppelter Geschwindigkeit. Sie würden dann doch sicherlich das allerbeste Geschoss im Gewehr haben wollen, nicht wahr?«

»Genau das würde ich wollen«, nickte Kazem.

»Also bitte«, sagte die Frau, »seien Sie vorsichtig mit diesen Raketen.«

42

Unmittelbar nachdem Special Agent Montgomery das Telefonat mit Präsident Ryan beendet hatte, schickte er zwei Agenten in verschiedenen Fahrzeugen zu Senatorin Michelle Chadwicks Apartment. Sie sollten ein kleines Stück von ihrem Wohnblock entfernt parken. Und erst nachdem er diese erste Maßnahme ergriffen hatte, rief er seine Vorgesetzten an. Es dauerte keine zehn Minuten, um eine Konferenzschaltung mit Direktor Howe, dessen Stellvertreterin Kenna Mendez und einem Anwalt des Secret Service einzurichten. Ein Anwalt musste immer dabei sein.

Wie üblich gab es die Besorgnis um den guten Ruf des Secret Service. Nach Auffassung des Anwalts gab es bei dieser Operation drei mögliche Ergebnisse: Wenn nichts passierte, wäre alles bestens. Wenn der Secret Service das Attentat auf Senatorin Chadwick verhinderte, wäre ebenfalls alles bestens. Würde jedoch die Sache vermasselt und Chadwick käme ums Leben, würde der Service inkompetent erscheinen, oder, was noch schlimmer wäre, mitschuldig an ihrem Tod. Direktor Howe und die Stellvertretende Direktorin Mendez hatten gemeinsam fast fünfzig Jahre Erfahrung. Beide hatten sich als Postensteher die Beine in den Leib gestanden, hatten als Ermittler, als Personenschützer, Vorgesetzte und schließlich als Leiter großer Regionalbüros gearbeitet. Sie kannten die

Unwägbarkeiten genau, mit denen sich ein Feldagent auseinandersetzen musste. Die Tatsache, dass es sich hier um eine verdeckte Operation handelte – Chadwick hatte nicht um Schutz gebeten und sollte gar nicht bemerken, dass sie beschützt wurde –, fügte der ohnehin schwierigen Angelegenheit noch eine weitere Dimension hinzu. Da sie ihre Tagesplanung nicht kannten, mussten sie auch darauf verzichten, ihre jeweiligen Aufenthaltsorte schon vor ihrem Eintreffen auszukundschaften. Sie mussten gewissermaßen aus dem Bauch heraus agieren und reagieren. Diese Sache fehlerfrei durchzuführen – und der Secret Service war stolz auf seinen Ruf, fehlerlosen Personenschutz zu gewährleisten – war nahezu unmöglich.

Der Anwalt wies darauf hin, dass nichts Illegales dabei sei, wenn Secret-Service-Agenten ohne Vorankündigung einer Senatorin oder einem Senator folgten, solange sie ihn oder sie nicht ausspionierten; andererseits gebe es aber auch keine gesetzliche Pflicht, dies zu tun. Die Operation würde möglicherweise in verschiedener Hinsicht gegen gewisse Leitlinien des Service verstoßen, oder vielleicht auch gegen bundesweite Regeln in Bezug auf die Zulagen für die dabei anfallenden Überstunden der Agenten, aber diese Fragen müsse er erst noch genauer prüfen. Montgomery stöhnte, als er das hörte. Wenn man ihnen nur genug Zeit für derartige Überprüfungen gab, würden die Anwälte der Regierung immer einen Weg finden, die Vorschriften zu umgehen.

Am Ende wies Montgomery den Direktor darauf hin, dass noch ein viertes Szenario denkbar sei. Der Service könne das Ersuchen ablehnen, Chadwick würde ermordet und das Vertrauen und der Ruf von POTUS würden unwiederbringlich beschädigt.

Direktor Howe betonte, die Telefonkonferenz diene nur dazu, alle auf denselben Informationsstand zu bringen; es sei aber überhaupt keine Frage, dass man tun werde, was der Präsident fordere, solange es nicht illegal, unmoralisch oder unethisch sei. Nichts davon treffe auf diesen Sachverhalt zu, auch wenn es lästig sei, verdeckt operieren zu müssen, um eine verhasste Frau vor ihrer potenziellen Ermordung zu bewahren.

Das Telefonat endete damit, dass der Anwalt Direktor Howe ermahnte, sich die Sache noch einmal genau zu überlegen – womit sich der Anwalt nach beiden Richtungen absicherte, weil seine Mahnung in dem Moment vergessen sein würde, in dem die Operation gut gegangen war, er aber auch aus dem Schneider sein würde, sollte die Sache schieflaufen. Montgomery jedoch spürte, dass er selbst in eine gefährliche Situation geriet. Zwar sprach es niemand direkt aus, aber es war klar, dass ihm die ganze Schuld angelastet werden würde, sollte die Operation in die Binsen gehen. Selbst Präsident Ryan würde ihn nicht mehr schützen können, wenn er dann selbst um seinen Job kämpfen müsste.

Während alle anderen Beamten im Gesetzesvollzug speziell trainiert wurden, bei einem Schusswechsel sofort in Deckung zu gehen, galt für die Männer und Frauen des United States Secret Service das Gegenteil: Sie mussten sich als Ziel darbieten und sich dem Kampf stellen, damit ihre Teamkollegen die Schutzperson aus der Gefahrenzone schaffen konnten. Ob das nun eine beschissene Situation war oder nicht, war für Montgomery nicht wichtig: Er kannte nichts anderes. Der Präsident hatte ihn persönlich gebeten, sich diesem Kampf zu stellen, und mehr gab es dazu nicht zu sagen.

Der Personenschutz des Secret Service wurde mehreren Mitgliedern der Regierung zugeteilt, darunter auch dem Stabschef des Weißen Hauses, doch waren diese Schutzteams relativ klein; sie bestanden nur aus einer Handvoll Agenten, und wenn auch nur einer abgezogen wurde, konnte das eine entscheidende Schwächung bedeuten. Montgomery plünderte zunächst sein eigenes Team und zog Agenten von den Schutzteams des Vizepräsidenten und des Finanzministers ab, ferner einen Agenten vom Washingtoner Außenbüro und einen weiteren vom Hauptquartier des Secret Service. Am Ende verfügte er über ein Team von fünf Agentinnen und sieben Agenten. Die meisten kamen ihm so jung vor, dass sie seine Kinder hätten sein können, aber alle waren von ihren Vorgesetzten mit glühenden Worten empfohlen worden.

Drei sollten die Nachtschicht übernehmen, im Grunde ein stationärer Posten, da sie nur das Apartmentgebäude im Auge behalten mussten. Die übrigen neun waren für den Tageseinsatz vorgesehen und sollten die Senatorin auf Schritt und Tritt beschatten.

Die erste Einsatzbesprechung hielt Montgomery in dem unauffälligen hellroten Backsteinbau an der H Street ab, der als Hauptquartier des Secret Service diente. Er war allen gegenüber ehrlich gewesen, auch gegenüber dem Anwalt, der am Ende des langen Konferenztisches saß.

»Es gibt noch keine akute Bedrohungslage«, sagte er.

»Ja, klar«, sagte Mike Ayers. »Ich will nicht übertreiben, aber haben Sie der Senatorin schon mal genau zugehört? Ich bin sicher, dass eine Million Leute ihr gern das liebevolle Herz herausreißen würden. Sorry, Boss, ich sage ja nur, was alle denken. Meistens sind es die, die kein großes Getöse machen, über die wir uns Sorgen machen müssen.«

Der Leitende Agent des Washingtoner Außenbüros hatte einen messerscharfen Verstand und war für Montgomery der ideale Stellvertreter.

»Ich hab verstanden, was du sagst, Mike«, erwiderte Montgomery, »aber das muss in diesem Raum bleiben.«

»Verstanden, Boss«, nickte Ayers.

»Noch eins«, fuhr Montgomery fort, bevor er jedem Agenten eine Aufgabe zuwies. »Normalerweise bewahren wir unsere Schutzpersonen vor Gefahren und Peinlichkeiten. In diesem Fall ist es mir scheißegal, wenn sich die Senatorin in peinliche Situationen manövriert – aber sie darf auf keinen Fall zu Schaden kommen. Wenn ihr seht, dass sich etwas zusammenbraut, müsst ihr sofort einschreiten. Wenn sie euch dabei nicht bemerkt, umso besser – aber lasst euch nicht in die Sache verwickeln.«

Der Abend erwies sich als angenehm warm, was für das, was Elizaweta Bobkowa im Sinn hatte, ein sehr wichtiger Umstand war. Die Sonne stand tief hinter den Hotels und Bürogebäuden von Arlington und warf lange Schatten über den Crystal Drive und einen großen Teil des Water Park auf der anderen Straßenseite. Bobkowa setzte sich auf eine Parkbank; auf den anderen Bänken saßen fünf oder sechs Leute. Die meisten wohnten wahrscheinlich in einem der vielen Apartmenthäuser in der Nähe des Reagan National Airports. Ein paar machten den Eindruck, als hätten sie gerade einen Lauf auf dem Mount Vernon Trail hinter sich, andere schienen einfach nur den angenehmen Abend genießen zu wollen. Wenn sie lange genug sitzen blieben, würde sich dieser Abend allerdings zu einem für sie unvergesslichen Erlebnis entwickeln. Wenn Chadwick eineinhalb Stunden im Restaurant blieb, würde sie ungefähr bei Sonnenuntergang herauskommen, was nach Bobkowas Meinung der perfekte Zeitpunkt wäre.

Von Washington beziehungsweise vom District of Columbia aus gesehen lag Morton's Steakhouse im Südwesten auf der anderen Seite des Potomac, in der Nähe der 14th St Bridge. Bobkowa wäre daher nicht erstaunt gewesen, hier einigen der vielen Reichen und Berühmten Washingtons zu begegnen. Die Restaurants in und um Crystal City waren beliebte

Orte für Lobbyisten und deren politische Ansprechpartner, aber auch, um Anleger für Fonds zu akquirieren oder Investoren zu risikoreichen Deals zu überreden. Politik war ein schmutziges Geschäft, sogar noch schmutziger als Spionage, dachte Bobkowa, also konnte man es genauso gut bei einem netten Abendessen tätigen.

Sie war nicht sonderlich überrascht gewesen, als Chadwick nicht mit ihrem teiggesichtigen Assistenten, sondern mit jemand anders auftauchte. Fite war zwar auch da, aber nicht als Date, sondern als Chauffeur. Er setzte die Senatorin und ihren Gast vor dem Restaurant ab und fuhr dann schnell in ihrem schwarzen BMW X5 in nördlicher Richtung weiter, wahrscheinlich, um irgendwo zu warten, bis sie wieder abgeholt werden wollte. Ein glücklicher Umstand. Denn damit war zu erwarten, dass sich der Prozess in umgekehrter Folge wiederholen würde – Fite würde beim Restaurant vorfahren und Chadwick würde beim Einsteigen ein wenig mehr Zeit brauchen, da sie erst die Straße überqueren musste, was Gorew eine bessere Gelegenheit verschaffte zuzuschlagen.

Heute Abend traf sich die Senatorin mit einem strammen Holzfällertypen, der als Lobbyist für eine große Pharmafirma arbeitete. Bobkowa konnte sich momentan nicht mehr an seinen Namen erinnern, aber sie erinnerte sich an sein bärtiges Gesicht, das sie nicht nur einmal bei einer der vielen Washingtoner Cocktailpartys gesehen hatte, über die zwar alle jammerten, die aber niemand verpassen wollte.

Sowohl Chadwick als auch der Lobbyist hatten auf die Uhr geblickt, als sie vom BMW zum Restaurant gingen, woraus Bobkowa folgerte, dass beide nach dem Abendessen noch eine weitere Verabredung hatten.

»Kann jeden Augenblick losgehen«, sagte Bobkowa in das winzige Mikrofon, das unter ihrem Blusenkragen befestigt war. Dass jemand auf einer Parkbank leise vor sich hinredete, wirkte heutzutage nicht mehr so bizarr wie früher, als es noch keine Handys gegeben hatte.

Beide Männer bestätigten die Meldung. Pugin saß auf einer Bank im Untergrund-Einkaufszentrum, dem kleinen Postamt genau gegenüber. Von seiner Position aus konnte er den unterirdischen Hinterausgang des Restaurants beobachten, sollten Chadwick und der Lobbyist unerwartet beschließen, noch ein wenig in der riesigen unterirdischen Shoppingmall herumzuschlendern, ohne dass Bobkowa oder Gorew es oben auf der Straße bemerkt hätten. Und von hier aus konnte er auch den Ausgang zur Straße im Auge behalten und war nahe genug, um Gorew zu unterstützen, falls es nötig wurde.

Gorew war der Mann, der den Abzug durchdrücken sollte. Sein jungenhaftes Gesicht verriet es nicht, aber tief im Innern war er viel skrupelloser als Pugin, und genau das war es, was Bobkowa für diesen Job brauchte. Gorew sollte auf dem Crystal Drive herumhängen, als wartete er darauf, abgeholt zu werden, wobei er sich aber stets außerhalb des Sichtbereichs der Überwachungskameras halten sollte. Bobkowa, die den Haupteingang im Auge behielt, würde ihn informieren, sobald Chadwick aus dem Restaurant kam. In diesem Moment sollte sich Gorew der Senatorin nähern und ihr eine Kugel direkt ins Gesicht jagen. Sekunden später würde Pugin aus der Mall stürmen, sich wie ein aufgeregter Augenzeuge aufführen und herumbrüllen, er habe den Schützen auf einem der Dächer gesehen. Der menschliche Verstand braucht immer ein paar Sekunden, um eine Überraschung zu verarbeiten, vor allem eine derart blutige und brutale. Die meisten Passanten würden instinktiv zu den leeren Dächern hinaufblicken, auf die Pugin aufgeregt mit ausgestrecktem Zeigefinger deutete, während sie versuchten, die Situation zu begreifen, aber vermutlich würden ein paar Leute beobachtet haben, wie Gorew auf die Frau feuerte. Andere würden reglos und geschockt auf den zerschmetterten Schädel und die Blut- und Gehirnspritzer starren, die so gar nicht mehr der Frau glichen, die sie aus den Nachrichten kannten. Ihr Wahrnehmungssinn würde vom plötzlichen Ansturm der Eindrücke – der laute Knall, Blut, Gehirn, Pulvergestank – schlicht überwältigt werden. Ach, und irgendein guter Samariter würde vielleicht sogar versuchen, Gorew zu überwältigen, aber der Mann war schnell und stark. Auch Pugin würde sich einmischen und so tun, als wollte er den Attentäter packen, dabei aber mögliche andere Angreifer abblocken.

Das war ein guter Plan. Mit dem nötigen Quäntchen Glück würde die Sache bald vorbei sein.

Bobkowa richtete sich auf ihrer Bank ein wenig auf und kämpfte den Zwang nieder, nervös mit dem Knie zu zucken. In Arlington wimmelte es förmlich von Polizisten und Bundesagenten. Sobald ein Schuss zu hören war, würden sie zu Dutzenden wie Termiten zwischen den Parkbäumen und aus der Mall hervorwuseln. Sie wollte sofort nach dem Anschlag verschwinden, bevor irgendjemand auf sie aufmerksam werden konnte.

»CAROUSEL ist immer noch stationär«, meldete Special Agent Soong aus dem Restaurant. Die Agenten hatten eine ganze Reihe weit weniger schmeichelhafter Codenamen vorgeschlagen, aber Montgomery hatte darauf hingewiesen, dass solche Dinge irgendwann unweigerlich ans Licht kommen würden, und hatte daher das harmlose Wort CAROUSEL als Codenamen für Chadwick festgelegt.

»Alpha ist stationär«, sagte die Secret-Service-Agentin vom Dach des Crystal-Place-Wohngebäudes. Sie lag hinter ihrem Remington 700 auf dem Bauch und spähte durch das

Nachtsicht-Zielfernrohr, die Wange an den verstellbaren Kolben des Accuracy-International-Chassis gepresst.

»Behalte sie im Visier, Christie«, hörte Montgomery Ayers sagen.

Auch zwei weitere Agenten, Miller und Woodruff, meldeten sich auf Position.

»Bravo immer noch stationär.«

»Charlie immer noch stationär.«

Montgomery, der zweihundert Meter entfernt allein in seinem kastanienbraunen Dodge Durango saß, nickte zufrieden. Es wäre ihm lieber gewesen, wenn sich das Team nur wegen der realen Bedrohungslage so sehr engagiert hätte, aber es war ihm auch klar, was der eigentliche Grund war: Mit einigen verband ihn eine Freundschaft, die bis in seine ersten Tage beim Service zurückreichte.

Ein Nachwuchsagent namens Josh Parker, der im Ausbildungszentrum der Bundespolizeibehörden bei der Grundausbildung in Ermittlungstechniken, CI genannt, neben Montgomery gesessen hatte, war schon damals, in den frühen Neunzigern, überzeugt gewesen, dass die Polizeiarbeit in Zukunft immer stärker von den technischen Möglichkeiten bestimmt würde. Josh schleppte ständig Ordner voller Informationen über dieses völlig neuartige technische Zeug mit sich herum – über Handys, Digitalkameras und das damals gerade erst aufblühende Internet. Montgomery, der mit seinen Hammerfäusten eher wie ein Mickey-Spillane-Typ aussah, allerdings mit sauberer Frisur und besseren Klamotten, vertraute dagegen mehr auf gutes Schuhzeug als auf unsichtbare binäre Codes. Trotzdem hatte er schon damals gespürt, dass Josh damit richtiglag. Während ihrer gemeinsamen Zeit im CI-Kurs und später auch in der Spezialausbildung für den Secret Service in Beltsville blieben sie gute Freunde. Mittlerweile war Special Agent Parker zum Leiter der Protective

Intelligence Division des Secret Service aufgestiegen und saß in einem mit getönten Scheiben verglasten Büro im obersten Stock des Hauptquartiers.

Es war eine von Parkers Drohnen gewesen, die den ersten Hinweis geliefert hatte.

Genaugenommen galt im Umkreis von fünfzehn Meilen um den Reagan Airport ein striktes Drohnenflugverbot. Es hatte bereits einmal einen Zwischenfall gegeben, als ein kleines, kommerzielles unbemanntes Flugobjekt auf den Rasen vor dem Weißen Haus gestürzt war. Außer Schüssen gab es kaum etwas, worüber sich Secret-Service-Agenten so sehr aufregen konnten wie über ferngesteuerte Luftfahrzeuge, die bis vor die Fenster der Präsidentenwohnung fliegen konnten. Der Service führte zahlreiche Tests durch und erarbeitete Methoden, um das Eindringen von Flugobjekten zu verhindern, aber ein willkommener zusätzlicher Effekt war, dass man dabei auch lernte, wie man derartige Fluggeräte zur Unterstützung eigener Missionen einsetzen konnte.

Und Josh Parker leitete diese Forschungen.

Er hatte seine neueste Drohne in einem Park gestartet, der zwei Straßenblocks von Chadwicks Apartment entfernt lag, einfach nur, um ein paar aktuelle Luftvideos aus der Umgebung zu bekommen – von möglichen Beobachtungsfahrzeugen oder überhaupt von allem, was nicht normal erschien. Und er hatte einen stündlichen Drohnenüberflug vorgeschlagen, um nach bestimmten Mustern Ausschau zu halten – und nach Veränderungen dieser Muster.

Fünf Minuten nach achtzehn Uhr war die Drohne zum dritten Mal aufgestiegen, gerade noch rechtzeitig, um eine brünette Frau zu erfassen, die aus dem Hintereingang des Wohngebäudes kam, das Senatorin Chadwicks Apartmenthaus direkt gegenüberlag. Die Frau war in einen metallicblauen Ford Taurus gestiegen. Das wäre an sich nichts Ungewöhnliches gewesen, wäre da nicht die Tatsache gewesen, dass sie zwar in das Auto eingestiegen, aber nicht weggefahren war. Zwei Minuten später war ein Weißer Mitte zwanzig aus demselben Gebäude gekommen und zu einer anderen Limousine gegangen. Er und die Frau waren gleichzeitig und in derselben Richtung losgefahren.

Parker hatte die Drohne dreißig Meter höher steigen lassen und die beiden Fahrzeuge verfolgt, als sie den Bezirk verließen. Beide waren in östlicher Richtung auf die Interstate 66 aufgefahren. Die Abfahrt der beiden Personen wäre vermutlich vom Kommandoposten als unbedeutender Vorgang verzeichnet worden, wäre nicht kurz darauf noch eine dritte Person, ein kleinerer, etwas älterer Mann mit dunklerer Hautfarbe, aus derselben Hintertür gekommen und auf genau derselben Route davongefahren. Einer der Agenten bezeichnete diesen Mann als »zwielichtig«.

Senatorin Chadwick verließ ihre Wohnung kurz vor halb sieben. Sie fuhr in ihrem BMW mit ihrem Assistenten Corey Fite als Fahrer davon. Sieben Secret-Service-Fahrzeuge hängten sich dran, mit genügend Abstand, um nicht entdeckt zu werden, aber doch nahe genug, um ihn nicht aus den Augen zu verlieren – keine leichte Aufgabe, da es sich um einen der häufigsten Fahrzeugtypen auf den Straßen im Beltway handelte. Am Park-&-Ride-Parkplatz neben der Clarendon Metro Station ließ sie jemanden einsteigen und fuhr dann weiter auf den Clarendon Boulevard, womit sie ungefähr parallel zu der Strecke fuhr, auf der kurz zuvor die drei unbekannten Personen unterwegs gewesen waren.

Parker lud die wichtigsten Abschnitte der Videoaufzeichnungen hoch, die die klarsten Bilder der drei Personen enthielten, und schickte sie an alle Teammitglieder. Der Blickwinkel war auf keiner Aufnahme ideal, aber sie waren trotzdem gut genug, dass das Team, als es vor Ort ankam, den »zwielichtigen« Typ sofort identifizieren konnte. Er saß auf einer Bank in der Crystal City Underground Mall.

Montgomery und sein Team hatten nicht gewusst, wohin Chadwick fahren würde, bis sie endlich vor dem Steakhouse ankam, weshalb sie ein paar Minuten brauchten, um ihre Positionen einzunehmen. Eine Agentin folgte der Senatorin und ihrem männlichen Begleiter in das Lokal. Dafür wurde eine Frau gewählt, weil sie der Senatorin ohne aufzufallen sogar in den WC-Bereich folgen konnte. Sie zeigte dem Oberkellner heimlich ihren Ausweis – der auf Secret Service Special Agent Madeline Soong lautete – und erklärte ihm, dass sie einen Vorabcheck für den Restaurantbesuch eines Würdenträgers durchführen müsse. Da Personenschützer ständig in und um Washington präsent waren, gab ihr der Oberkellner freien Zutritt zum gesamten Restaurant. Die Beleuchtung war gedämpft, sodass Soong in ihrem eleganten marineblauen Anzug und dem offenen Hemd mit Knopfkragen unter den übrigen Angestellten kaum auffiel. Chadwick war ohnehin so sehr in ihr Gespräch vertieft, dass sie die durchtrainierte Asiatin nicht beachtete, die keine zehn Meter entfernt nach möglichen Bedrohungen Ausschau hielt.

Die Anwesenheit des »zwielichtigen« Mannes auf einer Sitzbank, die dem Mall-Ausgang des Restaurants direkt gegenüberstand, reichte Montgomery aus, um sofort Scharfschützen auf den Dächern der nächsten Apartmentgebäude nördlich und südlich des Crystal Drive zu positionieren. Damit wurden die möglichen Ankunfts- und Abfahrtspunkte durch zwei Gewehre und zwei Augenpaare gedeckt. Parkers Drohne hätte hier ganz nützlich sein können, aber durch die Nähe zum Reagan Airport wäre ihr Einsatz problematisch gewesen.

Die Agenten vor Ort identifizierten den jüngeren Mann und die Frau aus Chadwicks Nachbarschaft, noch bevor die

Scharfschützen in Stellung gegangen waren. Sie gaben ihnen die Codenamen Alpha, Bravo und Charlie in der Reihenfolge, in der sie aus dem Apartment gekommen waren. Inzwischen waren Montgomerys Sinne aufs Äußerste angespannt.

Soong meldete sich über Funk. *»CAROUSEL wird in Kürze aufbrechen. Sie zahlen gerade die Rechnung.«*

»Okay, Boys und Girls«, sagte Special Agent Ayers, »haltet Augen und Ohren offen.«

43

Montgomery packte das Lenkrad mit beiden Händen und kämpfte den Drang nieder, sich einzumischen.

Chadwicks BMW X5 hielt vor dem Eingang an, kurz bevor sie aus dem Restaurant kam.

»Bravo bewegt sich«, meldete ein Agent.

Auch ein anderer funkte: »Charlie steht auf und geht zur Straße.«

Dann: *»Bravo, Pistole! Bravo, Pistole!«*

Vor dem Restaurant stieß Delray Witherspoon Bravos Kopf gegen eine Betonsäule, noch bevor dieser die Pistole in Anschlag bringen konnte. Witherspoon war eins neunzig groß und hatte als Tight End bei Mizzou gespielt, dem Missouri-Tigers-Footballteam, bevor er zum Secret Service kam; der Stoß war daher kein besonders sanfter. Bravo brach denn auch sofort zusammen.

Special Agent Soong schwenkte nach rechts, blockierte die Zielperson Charlie im selben Moment, als dieser durch die Glastür gehen wollte, und stieß ihn rückwärts direkt in die Arme der beiden Agenten, die hinter ihm herangesprintet waren.

Chadwick und ihr Date stiegen in den BMW und fuhren davon, anscheinend hatte die Senatorin gar nicht mitbekommen, dass sie um ein Haar ermordet worden wäre.

»Subjekt Alpha flieht nach Osten«, meldete einer der Schützen auf dem Dach mit ruhiger Stimme, wie es sich für einen Scharfschützen gehörte. Seine Stimme wirkte nur ein wenig dumpf, da er die Wange gegen den Gewehrkolben presste. »Sie läuft auf dem geteerten Weg in Richtung Flughafen.«

Montgomery schlug auf das Lenkrad. Ayers würde Chadwicks Fahrzeug folgen und besonders auf mögliche Sekundärangriffe achten. Da die übrigen Agenten entweder auf den Dächern lagen oder auf der anderen Straßenseite vor dem Restaurant gebunden waren, würde Alpha wohl ungehindert entkommen können.

»Verdammt, nein«, murmelte Montgomery vor sich hin und rammte den Schalthebel des Durango auf Drive. Er stieg auf das Gaspedal, bog schnell vom Crystal Drive in den rechts liegenden Parkplatz ein und jagte zwischen den beiden Apartmentgebäuden hindurch. Er hatte genug von Alpha zu sehen bekommen, um zu wissen, dass sie lange Beine hatte und leichtfüßig unterwegs war. Wahrscheinlich hatte sie Dutzende Joggingschuhe im Schrank stehen. Unmöglich, dass er sie zu Fuß einholen könnte. Aber er war Boxer, und Boxer beherrschten nun mal gewisse Tricks.

Der Mount Vernon Trail führt rund siebenundzwanzig Kilometer am Potomac entlang, von George Washingtons Landsitz Mount Vernon bis zu Roosevelt Island im Norden. Von Crystal City verläuft ein Nebenpfad in östlicher Richtung zunächst durch einen schmalen, dicht bewaldeten Parkabschnitt und unter beziehungsweise über die beiden großen Straßen, schwenkt dann fast direkt nach Süden ab, führt schließlich in großem Bogen über eine betonierte Rampe, von der aus man den Flughafen überblicken kann, wo er in den eigentlichen Trail mündet. Mit anderen Worten: Wenn sich Alpha auf dem Trail nach Norden absetzen wollte, musste sie zwangsläufig zuerst noch ein Stück weit nach Süden laufen. Montgomery war früher mit einigen Freunden vom U.S. Marshals Service, dessen Hauptquartier sich in Crystal City befand, oft auf diesem Abschnitt des Trails gelaufen und konnte sich nur allzu lebhaft an jeden schweißtreibenden Meter erinnern.

Er jagte mit dem Durango über Wege und Pfade, so weit es ging, bis er schließlich von einem Swimmingpool hinter den Wohnblocks gestoppt wurde. Im Nu war er aus dem Fahrzeug und lief los. An den Gleisen musste er über eine rostige Metallwand klettern und riss sich ein Loch in das Knie der Hose, als er unsanft auf dem Kiesbelag landete, aber sein Raubtierinstinkt war geweckt und sorgte dafür, dass er das kaum bemerkte. Er jagte in vollem Lauf durch den schmalen Waldabschnitt, brach durch ein dicht gewachsenes Gestrüpp von Eichen- und Sassafrasbäumen und lief, halb rutschend, halb springend, den Hügel hinunter. Der Verkehrslärm vom George Washington Parkway übertönte die Geräusche, die er durch seinen wilden Lauf verursachte.

Als die Bäume nicht mehr so dicht standen, lief er ein klein wenig langsamer. Alpha befand sich nun links von ihm; sie rannte, als würde sie von Dämonen verfolgt, und würde in wenigen Sekunden unter der Brücke verschwinden. Statt ihr dorthin zu folgen, legte Montgomery wieder einen Zacken zu und sprintete die grasbewachsene Böschung zum GW Parkway hinauf, wo er den heranbrausenden Fahrzeugen wie ein Irrer mit beiden Armen signalisierte, ihn durchzulassen. Der Verkehr innerhalb des Beltway war nie besonders günstig, aber heute war Sonntagabend, sodass er es in wilden Sprüngen und im Zickzacklauf, etwa wie ein Frosch in einem Computerspiel, tatsächlich über die breite Straße schaffte, ohne plattgemacht zu werden. Die Tatsache, dass er den Scheitel der Rampe noch vor seiner Zielperson erreicht hatte, jagte ihm einen neuen Energiestoß durch die Adern. Er stellte sich zwischen den Bäumen in Position, genau an der Einmündung des Crystal-City-Anschlusspfads in den Hauptpfad, und wartete darauf, dass ihm Alpha geradewegs in die Arme lief.

Er zog die SIG Sauer, aber das war nicht nötig.

Alpha blieb abrupt stehen und hob die Hände über den Kopf, als sie den Ausweis sah, der an einem Band um Montgomerys Hals hing.

»Mein Name ist Elizaweta Bobkowa. Ich bin Wirtschaftsattaché an der russischen Botschaft und besitze diplomatische Immunität.«

Montgomery hielt die Waffe auf sie gerichtet, näherte sich ihr aber nicht.

Ohne dazu aufgefordert worden zu sein, kniete sich Bobkowa ins Gras, legte die Hände hinter dem Kopf zusammen und überkreuzte die Fußgelenke. Sie wusste genau, was sie zu tun hatte. Ein Streifenwagen der Polizei von Arlington hielt am Straßenrand an; die Polizisten zogen die Waffen, gingen hinter der Motorhaube in Deckung und versuchten, die Situation einzuschätzen.

Montgomery tippte auf seinen Ausweis. »Secret Service. Ich könnte ein wenig Unterstützung gebrauchen.«

Innerhalb von zwei Minuten tauchten noch zwei weitere Streifenwagen auf. Die Polizisten gingen jetzt, da sie sich in der Überzahl befanden, deutlich entspannter mit der Situation um. Montgomery schob die Waffe ins Holster zurück und wies die Polizisten an, die an derartige Einsätze gewohnt waren, Elizaweta Bobkowa festzunehmen.

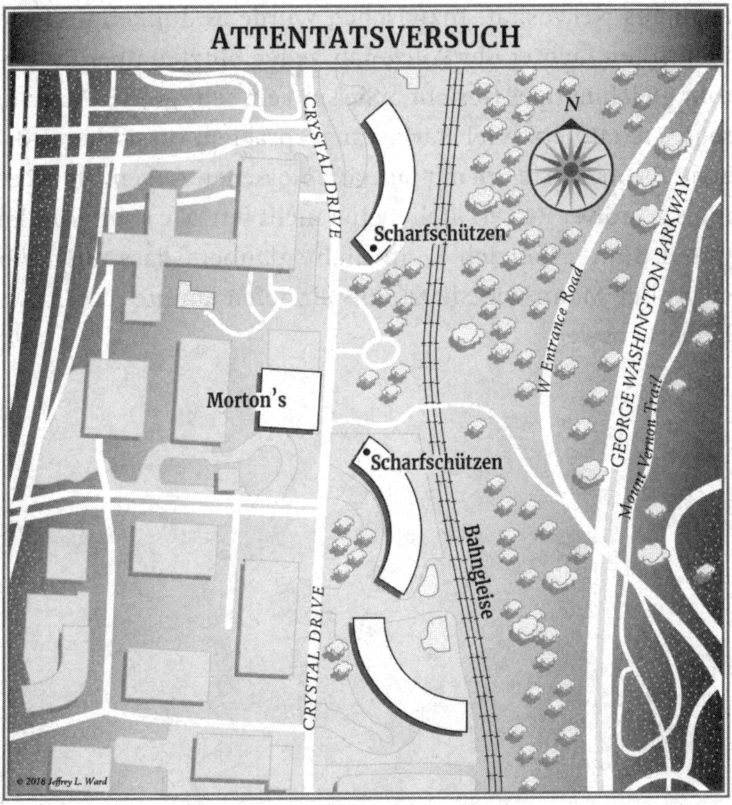
ATTENTATSVERSUCH
N
CRYSTAL DRIVE
Scharfschützen
Morton's
Scharfschützen
Bahngleise
CRYSTAL DRIVE
W Entrance Road
GEORGE WASHINGTON PARKWAY
Mount Vernon Trail
© 2018 Jeffrey L. Ward

»Hübsche Glock«, sagte Montgomery, als ihm einer der Polizisten die G43 übergab, die er aus ihrem Gürtel gezogen hatte. »Klein und handlich, aber braucht man als Wirtschaftsattaché wirklich so eine Waffe?«

Bobkowa legte den Kopf ein wenig schief. Schweißperlen glitzerten auf ihrer Oberlippe, und ihre Brust hob und senkte sich, nicht nur aufgrund des kräftezehrenden Laufs, sondern auch aus Nervosität. Inzwischen wurde es dunkel, und die blau-roten Lichter der Polizeifahrzeuge blitzten über ihr betont gleichmütiges Gesicht. »Sie sind ein sehr großer Mann«, sagte sie mit jetzt viel stärker ausgeprägtem russischem Akzent. Sie musterte ihn mit fast geschlossenen Augen, als sei er ihr ein großes Rätsel. »Ich meine nicht fett. Sie sind groß im guten Sinn. Aber ich kann nicht glauben, dass mich ein so großer Mann wie Sie zu Fuß einholen konnte. Das ist … bemerkenswert …«

44

Urbano da Rocha lag auf einer Plastik-Sonnenliege, blätterte in einem Automagazin und tagträumte von dem neuen Bugatti, den er sich nun leisten konnte. Die grelle Mittagssonne strahlte von den weiß gestrichenen Dielen der Poolumrandung zurück und funkelte im blauen Poolwasser. Auf da Rochas enthaarter Brust lag eine schwere Goldkette, die mit der goldenen Zierschnalle an seiner Badehose um die Wette glitzerte. Die hautenge Hose bestand aus Seide, bestickt mit goldenem Brokat, und war einer *taleguilla* nachempfunden, der traditionellen Hose der Matadore. Sie wies sogar ein paar kleine Quasten auf, *machos* genannt. Da Rocha fand die Hose einfach lächerlich, aber Lucile hatte sie ihm in Sevilla gekauft. Wie ein Matador in einer echten *taleguilla* sah sich auch da Rocha gezwungen, seine *partes nobles* rechts oder links zu tragen. Ein Matador trägt sein Gemächt gewöhnlich gegenüber der Seite, mit der er sich dem Stier entgegenstellt. Eine kluge Entscheidung, wenn man bedenkt, was die spitzen Hörner eines spanischen Kampfstiers mit den »edlen Teilen« des Mannes anstellen konnten. Da Rochas Badehose mochte zwar idiotisch aussehen, aber sie führte auch oft zu interessanten Spielchen im Schlafzimmer. Seit er den Deal mit den Russen abgeschlossen hatte, war er kaum noch zum Schlafen gekommen.

Töten brachte bei Lucile Fournier immer die besten Eigenschaften zum Vorschein.

Da Rocha stöhnte, legte das Magazin weg und schnüffelte in der Luft, atmete tief den Duft von frisch gemähtem Gras ein, der in der zunehmenden Hitze von den Feldern unterhalb der Villa aus dem 18. Jahrhundert heraufwehte – seine Villa, seine Felder. Er schaute den Hügel hinunter auf den Olivenhain weiter unten – auf *seinen* Olivenhain. Und das war nur der Anfang. O ja, dieses Anwesen war gut und schön, jedenfalls nach portugiesischem Standard, aber jetzt könnte er sich sogar eine Insel kaufen, wenn er wollte. Und Villen oder Apartments überall auf dem Globus. Wenn man den Russen vertrauen durfte, dass sie ihr Wort hielten – und warum sollten sie das nicht tun? –, würde es noch viele weitere Aufträge dieser Art geben. Nicht schlecht für einen ehemaligen Drogenkurier des Ochoa-Kartells, oder?

Aus dem Augenwinkel bemerkte er eine Bewegung, ließ den Kopf lässig zur Seite rollen und beobachtete Lucile. Ihr schlanker, gebräunter Körper schnellte vom Sprungbrett ab und tauchte fast ohne Aufspritzen in das Wasser. Auch in dieser Hinsicht war sie perfekt und präzise, wie mit fast allem. Sie schien auch kaum trainieren zu müssen. Es genügte, dass sie sich vorstellte, was sie tun wollte, es sich immer und immer wieder durch den Kopf gehen ließ, bis sie auch das kleinste Detail glasklar vor Augen hatte – und dann tat sie es einfach. Hugo Gaspard zu töten war da Rochas Idee gewesen. Aber Lucile hatte sich ausgedacht, wie die Sache durchgeführt werden konnte. Es war ihr Vorschlag gewesen, es in aller Öffentlichkeit zu tun, um der Konkurrenz klarzumachen, dass ein neuer Akteur auf den Plan getreten war, den man nicht unterschätzen sollte. Wer den gefürchteten Franzosen in hellem Tageslicht ermorden konnte – und noch dazu vor den Augen seiner bewaffneten Bodyguards –, musste jemand sein, mit dem man rechnen musste. Und so lief es dann auch mit Don Felipe. Sie hatte das Gift mit größter Umsicht beschafft und sich eine Anwendungsmethode ausgedacht, die vor den Augen der Russen durchgeführt werden konnte, ohne diese besonders nervös werden zu lassen.

Da Rocha schirmte die Augen gegen die grelle Sonne ab und ließ einen Pfiff hören. Er galt Lucile, aber es war kein anzüglicher oder befehlender Pfiff. Sie gehörte nicht zu den Frauen, die auf Pfiffe oder Fingerschnippen reagierten. Es war ein Pfiff der Bewunderung.

Sie legte die Hände flach auf den Beckenrand und stieß sich aus dem Pool, wobei sie die Beine in einer fließenden Bewegung hinaufschwang, die nur wenige Menschen hätten nachmachen können, und streckte sich mit einer perfekten Darbietung von Stärke und Anmut. Wie eine Göttin, die gerade den Meeresfluten entstieg, mit nass glänzender Haut, die im goldenen Abendlicht förmlich zu glühen schien. Mit einer kurzen Kopfbewegung warf sie das Haar zur Seite, sodass sie es mit beiden Händen auswringen konnte. Heute trug sie denselben zweiteiligen Badeanzug, den sie auch bei Gaspards Ermordung getragen hatte, mit demselben verführerischen Riss auf einer Pobacke.

»Viel zu heiß heute«, sagte sie. »Warum kommst du nicht ins Wasser?«

»Später«, sagte er.

Sie verzog schmollend die vollen Lippen, stampfte wie ein Kind mit dem Fuß auf und drehte sich am Beckenrand um, wobei sie den Rücken bog und über die Schulter zu ihm zurückblickte, um ihm aufreizend den kleinen Riss darzubieten. »Warte nicht zu lange. Im Wasser bekomme ich Runzelhaut.«

»Ich muss erst noch ein wenig arbeiten, meine kleine runzlige Pflaume. Du weißt schon, wichtige Bankgeschäfte.« Er nahm den Laptop von dem kleinen Teaktisch, der neben dem Liegestuhl stand, und öffnete ihn. Lucile hatte ihn so sehr beschäftigt gehalten, dass er sich seit der Rückkehr nach Hause noch nicht eingeloggt hatte. Es dauerte nur ein paar Sekunden, um die Wi-Fi-Verbindung herzustellen.

45

Nach sechzehn Stunden und drei Zwischenaufenthalten auf der langen Flugstrecke von Sevilla nach Afghanistan senkte sich die altersschwache Ariana 737 mit Jack Ryan jr. und Dom Caruso an Bord in einem schnellen Landeanflug auf den Flughafen von Herat herab. Der Flughafen lag südlich der Stadt, und obwohl es in letzter Zeit nur wenige Raketenangriffe gegeben hatte, wollten die Piloten ihr Glück nicht mit langen Landeanflügen in niedriger Flughöhe auf die Probe stellen. Die übrigen Passagiere wurden kräftig durchgeschüttelt, aber da sie entweder weiterschliefen, lasen oder lebhaft miteinander redeten, waren sie wohl an derart steile Landeanflüge gewöhnt. Selbst als das Fahrwerk den Boden berührte, wurde das Flugzeug noch vom starken Wind hin und her gestoßen und auch weiter geschüttelt, als es über die Startbahn zu dem armseligen Terminal zurückrollte.

Ryan rollte den Kopf hin und her, aber das half wenig, um die Nackenmuskeln zu lockern, die sich beim stundenlangen Sitzen verspannt hatten und noch mehr durch die innere Anspannung, dass er bald wieder Ysabel Kashani sehen würde. Er schlug ein paarmal den Kopf gegen die zerschlissene Kopfstütze.

»Ich könnte schwören, dass bei der Landung eine Staubwolke aus den Sitzen aufgestiegen ist«, murmelte er.

Caruso rieb sich das Gesicht und beugte sich vor, um aus dem Fenster blicken zu können. »Die ganze Gegend hier besteht nur aus Staub. Ich spüre schon jetzt den Sand zwischen den Zähnen. Was meinst du, gibt es hier auch eine andere Farbe außer Braun?«

Die einzige Stewardess der Ariana-Fluggesellschaft stand recht weit zurück in der Bordküche, als die Passagiere ausstiegen. Sie lächelte zwar recht freundlich, sagte aber kein Wort des Abschieds, als die Passagiere, hauptsächlich afghanische Männer, an ihr vorbeigingen.

Von den ständigen Windstößen abgesehen, die eher aus Staub denn aus Luft zu bestehen schienen, fiel Ryan besonders der Geruch auf. Es roch nach gebratenem Fleisch und verbranntem Plastik, das ihn plötzlich an seine Kindheit erinnerte – damals hatte er eine seiner G.I.-Joe-Spielfiguren im Grill versteckt. Sein Dad hatte den Brenner angezündet, ohne unter dem Deckel nachzuschauen.

Jack schoss der Gedanke an mögliche Scharfschützen durch den Kopf, als sie über den Vorplatz gingen, vergaß aber jede Gefahr sofort wieder, als er in den ungewöhnlich stillen Terminal kam und Ysabel erblickte. Sie trug weite anthrazitgraue Kleidung und einen blauen Hidschab. Er hatte sie in T-Shirt und engen Jeans erwartet, die sie bei ihrem letzten Zusammentreffen getragen hatte, aber für den ultrakonservativen Westen Afghanistans war ihr Kleidungsstil relativ modern, da hier die meisten Frauen eine Burka trugen.

Zwei Männer standen neben ihr und starrten den Ankömmlingen finster entgegen. Der eine war etwas dunkler als der andere, mit fast bis auf die Kopfhaut rasiertem Haar und einem langen, spitz zulaufenden Bart, der Jack unwillkürlich an einen Ziegenbock erinnerte. Er hielt den Kopf hochgereckt, die Hände hingen locker an den Seiten herab, die Schultern waren jedoch leicht nach vorn geneigt, als suchte er Streit. Der andere war etwas größer, wirkte besser genährt, aber seine Augen wirkten tieftraurig. Wie der andere Mann hatte auch er olivfarbene Haut, aber einen vollen, dunklen Haarschopf, den er straff zurückgekämmt trug, der aber im künstlichen Licht leicht rostbraun schimmerte. Dieser Mann war vermutlich der Russe, dachte Ryan. Keiner der beiden Männer lächelte. Aber auch Ysabel lächelte nicht.

Zur Begrüßung nickte sie ihnen einfach zu.

»Danke, dass ihr so schnell kommen konntet«, sagte sie. »Wir gehen direkt zum Auto.«

Caruso und Ryan wurden zu einem stark lädiert aussehenden Minivan geführt, der auf einem kleinen Parkplatz auf der anderen Seite der Zufahrtsstraße geparkt war. Der warme, staubige Wind zerrte unablässig an ihren Kleidern. Der Mann mit dem Kurzhaarschnitt stellte sich kurz als Hamid vor, als er die Schiebetür aufschob. Er half niemandem beim Einsteigen, sondern setzte sich sofort hinter das Lenkrad und schien auch ihre Namen nicht wissen zu wollen. Ysabel schob sich auf den Beifahrersitz. Der Hebel an der Lehne des Mittelsitzes war abgebrochen, sodass niemand auf die hintere Sitzbank steigen konnte, weshalb sich die drei Männer nebeneinander auf die zerschlissene mittlere Sitzbank zwängen mussten. Dowschenko setzte sich ans Fenster, direkt hinter Hamid, während Jack auf dem ungepolsterten Spalt zwischen den beiden Sitzen Platz nehmen musste. Aber das machte ihm nichts aus, denn so konnte er Ysabel ohne störende Kopfstützen von schräg hinten betrachten.

Er beugte sich vor, die Hände auf die Knie gestützt. Er schwitzte, aber nicht nur, weil es im Auto so heiß war; er war auch nervös, nach so langer Zeit Ysabel wiederzusehen.

»Ich staune ein wenig, dass du mich nicht mit einer Ohrfeige begrüßt hast, wie in einem dieser Indiana-Jones-Filme.«

Ysabel warf ihm einen beleidigten Seitenblick zu, ohne den

Kopf zu drehen. »Hätte ich gern gemacht«, sagte sie völlig ernst, »aber hier in Afghanistan werden Zärtlichkeiten in der Öffentlichkeit nicht gern gesehen.«

Hamid nahm den Kandahar-Herat-Highway, der nördlich am regionalen Stützpunkt der Afghanischen Nationalarmee vorbeiführte, und fuhr noch vor der eigentlichen Stadtgrenze vom Highway ab. Sie fuhren an weiten Feldern vorbei, die mit Safrankrokus und Mohnblumen bewachsen waren, und an Obstplantagen mit Mandel- und Pistazienbäumen oder Dattelpalmen. Im Tal waren viele kleine Auwälder mit Pappeln und Weiden zu sehen, die einen starken Farbkontrast zu den kahlen, braunen Hügeln bildeten.

Jack versuchte eine Weile, ein wenig Small Talk in Gang zu bringen, aber Ysabel gab nur einsilbige Antworten, weshalb er bald aufgab. Ihm fiel auf, dass sie ihn kaum anblicken wollte und auch jeden direkten Augenkontakt vermied.

»Du bist seit einem Jahr hier?«, fragte er.

Sie nickte, ohne eine weitere Erklärung zu geben.

»Wie geht es Avram?«

»Mein Vater ist gestorben«, sagte sie. »Jack, hör bitte gut zu. Wir beide haben nichts nachzuholen. Du musst nicht so tun, als würde dich interessieren, wo und wie ich lebe.«

»Ysabel …«

Sie fiel ihm sofort ins Wort. »Ich hätte dich niemals angerufen und dich von deinen dringenden Angelegenheiten weggeholt, wenn es nicht absolut unumgänglich gewesen wäre.«

Caruso schlug Jack mit der Faust leicht auf das Knie, um seine brüderliche Unterstützung zu zeigen.

»Hör mal«, sagte Ryan, »ich habe begriffen, dass du wütend auf mich bist. Aber willst du das wirklich hier zeigen, vor allen anderen?«

»Was zeigen?«, fragte sie, ohne den Blick von der Straße abzuwenden. »Ich habe mich nur entschuldigt, dass ich dich hierherrufen musste, obwohl du bestimmt viel zu tun hast.«

Jack lehnte sich wieder zurück, wobei er sich zwischen die beiden anderen Männer drängen musste. »Wie du willst. Auch ich freue mich, dich wiederzusehen.« Er wandte sich an den Russen. »Und was haben Sie mit dieser Sache hier zu tun? Haben Sie Probleme bekommen, wo immer Sie vorher …«

Ysabel drehte sich abrupt um und schaute Ryan zum ersten Mal direkt an. »Was war ich für dich, Jack? Kamen noch andere iranische Frauen nach mir? Oder sind persische Frauen für dich eine Art Fetisch?«

»Ich dachte, wir hätten uns friedlich und einvernehmlich getrennt«, sagte Jack leise. »Dein Vater hat mir unmissverständlich klargemacht, dass deine Sicherheit Vorrang hat – und dass jeder Kontakt mit mir für dich eine Gefahr sei.«

»Mein Vater?«, fauchte sie, nun fast außer sich vor Wut. »Du gibst meinem Vater die Schuld? Ja, klar, er ist tot und kann sich nicht mehr verteidigen!«

Jack warf Caruso einen Hilfe suchenden Blick zu, aber der blickte nur zum Seitenfenster hinaus. Danach herrschte eisiges Schweigen, bis sich Dowschenko räusperte.

»Ich bin dankbar, dass Sie gekommen sind«, sagte er. »Ich habe Informationen, die Sie vielleicht nützlich finden werden.«

»Darauf bin ich gespannt«, gab Ryan zurück.

Danach herrschte wieder Schweigen.

Hamid warf immer wieder einen Blick in den Rückspiegel, was Ryan aus irgendeinem Grund noch wütender machte.

»Möchten Sie was von mir?«, fragte er gereizt.

Hamid schüttelte den Kopf. »Nein.«

»Aber Sie schauen mich ständig an, als wollten Sie mich etwas fragen.«

»Nein. Mir ist nur gerade etwas aufgefallen.«

»Und das wäre?«

»Ich bin von Invasoren umgeben.«

Ysabel schaute ihn von der Seite an. »Wie meinst du das?«

Hamid zuckte die Schultern. »Na ja, Perser, Russen, Amerikaner … alle sind irgendwann schon mal in Afghanistan einmarschiert und haben mein Land besetzt. Und ihr sitzt hier und streitet euch, als ginge mich das alles nichts an. Das ist die Geschichte und das Schicksal meines Landes als Mikrokosmos.«

»Ich falle nicht in das Land ein«, sagte Jack. »Ich wurde gebeten hierherzukommen.«

»Wie konntest du nur, Jack?«, fragte Ysabel, ohne auf die Bemerkung ihres Bodyguards einzugehen. »Du und mein Vater, ihr seid doch aufgeklärte Männer! Wie konntest du es wagen, solche Entscheidungen für mich zu treffen?«

»Wegen mir wärst du beinahe getötet worden«, verteidigte sich Jack.

»Das glaubst nur du«, gab Ysabel zurück. »Ich war …«

Hamid fiel ihr ins Wort. »Tut mir leid, euch unterbrechen zu müssen«, wobei aber sein Ton klarmachte, dass es ihm keineswegs leidtat, »aber hinter uns nähern sich drei Motorräder mit hoher Geschwindigkeit.«

Die drei Männer auf dem Rücksitz drehten sich um. Der Minivan wirbelte allerdings eine so dichte Staubwolke auf, dass sie fast nichts sehen konnten.

»Bewaffnet?«, fragte Jack.

Hamid nickte grunzend. »Hier ist jeder bewaffnet. Wir sind hier mitten im Opiumland. Und nicht viel weiter südlich sind die Taliban aktiv. Es wimmelt hier nur so von Schmugglern und Banditen.«

»Ist es nicht seltsam«, sagte Jack, »dass uns ein Bodyguard mitten durch eine Gegend führt, in der es von Opiumschmugglern nur so wimmelt?«

Hamid lachte, wie jemand über ein neunmalkluges Kind lachen würde. »Sie sind hier in Afghanistan. Hier ist jede Gegend entweder unsicher oder sehr unsicher, etwas anderes gibt es nicht.«

»Haben Sie Waffen dabei?«, erkundigte sich Caruso.

Ysabel beugte sich vor und zog eine Uzi unter ihrem Sitz hervor. Sie reichte sie an Jack weiter, die Mündung nach unten gerichtet.

Hamid blickte in den Außenrückspiegel. »Wissen Sie, wie man damit umgeht?«

Jack schnaubte. »Ja, weiß ich.«

»Ich frage ja nur«, sagte Hamid, »weil diese Waffe zu einer der frühen Versionen gehört, die noch keine Sicherung hatten. Bei ihr kann sich jederzeit ein Schuss lösen.«

»Danke«, sagte Jack. »Ich weiß, wie man mit einer Uzi umgehen muss.«

»Ich will ja nicht jammern«, sagte Caruso und beugte sich an Jack vorbei zwischen die beiden Vordersitze. »Aber hättet ihr auch eine Waffe für mich?«

Ysabel reichte ihm eine Beretta 92, behielt aber eine Kalaschnikow für sich, die sie mit der Mündung nach unten zwischen die Beine klemmte. Sie wandte den Kopf ein wenig seitwärts und sagte zu Dowschenko: »Tut mir leid, aber mehr Waffen haben wir nicht.«

Der Russe hob eine Hand. »Kein Problem. Wenn es ganz hart kommt, nehme ich einem der Amis hier die Waffe ab, je nachdem, wer zuerst draufgeht.«

»Sie setzen zum Überholen an«, meldete Hamid, der den Blick fast nicht mehr vom Außenspiegel löste. »Aber die Gewehre hängen immer noch an ihren Schultern.«

Eines der Motorräder röhrte vorbei; ein Hagel von Steinchen und Sand prasselte auf die Windschutzscheibe, aber der Motorradfahrer achtete nicht weiter auf den Minivan.

Auch das zweite Motorrad überholte und raste hinter dem ersten her. Der Fahrer trug eine AK-47 diagonal auf dem Rücken.

Die Straße verengte sich ein wenig und bog kurz danach scharf nach Norden ab. Sie folgte dem mäandernden Lauf des Hari Rud, eines über tausend Kilometer langen Flusses. Der dritte Motorradfahrer blieb hinter dem Van und wartete ab, während sich seine Freunde immer weiter entfernten. Als sich der Flusslauf und damit auch die Straße wieder begradigten, schoss das Bike plötzlich heran und wurde ein wenig langsamer, als es sich gleichauf mit der Fahrertür des Vans befand.

Ryan hörte ein schwaches Klicken, als sei ein kleiner Stein gegen den Radkasten geschleudert worden. Der Biker drehte den Gasgriff und raste davon.

»Magnetbombe!«, brüllte Hamid und stieß die Fahrertür weit auf, ein Versuch, die Bombe abzuschütteln.

Es nützte nichts.

Die Explosion schleuderte die Vorderseite des Vans in die Luft. Im einen Moment saß Hamid noch hinter dem Lenkrad, einen Sekundenbruchteil später war sein Sitz leer und zerfetzt. Der Van schleuderte brutal herum, das rechte Rad geriet in den Straßengraben, der Van kippte um und rutschte mit dem durchdringenden Kreischen von Metall auf Stein über den Straßenschotter.

Die Reste des Fahrersitzes konnten nicht verhindern, dass Jack zwischen den Sitzen nach vorn auf Ysabel geschleudert wurde. Beide wurden in einem Gewirr von Armen, Beinen und Maschinenpistolen in den Winkel zwischen den zerschmetterten Resten der Windschutzscheibe und dem Schalensitz gepresst. Da der Van auf dem Dach zu liegen kam, ragten Jacks Beine nach oben, sein Gewicht ruhte auf den Schultern, und er lag praktisch mit dem Rücken in Ysabels Schoß.

»Alles okay bei dir?«, fragte er.

Sie stöhnte. »Wäre es, wenn du mir nicht die Brust eindrücken würdest.«

»Gib mir die Uzi!«, bellte Dowschenko von hinten. Er schaffte es, die Seitentür aufzuschieben, die sich über ihm befand. Ein heller Abschnitt des Himmels wurde sichtbar.

Jack schob ohne Widerrede die Uzi nach hinten. Er konnte sie im Moment ohnehin nicht gebrauchen.

»Dom!«, rief er. »Alles gut?«

Staub und Rauch quollen in das Fahrzeug.

»Dom!«, rief Jack noch einmal.

Keine Antwort.

Dowschenko war inzwischen aus dem Wagen geklettert und blickte von oben wieder herein. Er hatte die Uzi über die Schulter gehängt. »Schieb die Frau zu mir hoch! Der Motor brennt. Ihr müsst sofort raus!«

Jack stemmte sich gegen die Sitze und half Ysabel, über den Sitz nach hinten zu steigen. Sie schaute auf ihn herab.

»Du blutest!«, sagte sie.

»Mir geht's gut. Steig raus, beeil dich!«

Sie blickte ihn mit vor Entsetzen geweiteten Augen an.

»Nein«, sagte sie, »das stimmt nicht.«

Ryan stützte sich mit den Knien ab und schob ihren Hintern nach oben, während Dowschenko sie an den Armen herauszog.

»Wir müssen uns beeilen«, schrie der Russe. »Die Bikes kommen zurück!«

»Komme sofort!«, rief Ryan zurück.

Caruso war nur halb bei Bewusstsein. Er stöhnte, schaute Jack an, als hätte er alles begriffen, und schloss die Augen.

»Komm schon, Kumpel«, stieß Jack zwischen den Zähnen hervor. Er kauerte sich nieder, schlang sich Carusos Arm über die Schulter und presste sich mit den Beinen nach oben, um Caruso zur Schiebetür zu heben. »Dowschenko!«, keuchte er. »Ich brauche Hilfe!«

Keine Antwort.

»Dowschenko!«

Caruso regte sich, sein Kopf rollte seitwärts, sodass er nun Jack direkt anschauen konnte. Doch sein Blick wirkte benommen und ohne Fokus. »Du blutest«, brachte er hervor.

»Alles prima«, antwortete Jack.

»Nein, glaub ich dir nicht, Kumpel. Bring dich in Sich…«

»Mir geht's gut.« Ryan rief erneut nach dem Russen, dann auch nach Ysabel, bekam aber keine Antwort.

»Ich kann dich nicht allein durch die Tür heben«, sagte er. »Hast du die Pistole noch?«

Caruso schüttelte schwach den Kopf. »Nein.«

Von draußen waren über dem Wind röhrende Bikemotoren zu hören, die sich rasch näherten.

Jack ließ Caruso wieder gegen die Sitzlehne gleiten. Das hatte so keinen Zweck. Er blickte sich rasch im Van um, suchte nach einem anderen Ausweg. Er könnte unter den Sitzen hindurchkriechen und versuchen, die Hecktür aufzustoßen, aber Caruso war ein zu schwerer Ballast.

Jetzt war von draußen das Klack-klack der Uzi zu hören, gefolgt vom unverkennbaren Knacken von Kalaschnikows. Beißender Rauch drang durch das Armaturenbrett herein, als die Magnesium-Bauteile des Motors Feuer fingen. Ryan wusste, dass sie noch maximal eine Minute hatten, bevor der Wagen vollkommen vom Feuer erfasst würde, und noch weniger, wenn die Flammen zuerst den Benzintank erreichten.

»Dom«, sagte Jack, dessen Herz inzwischen fast panisch zu rasen begonnen hatte, »wir müssen sofort hier raus!«

Caruso deutete unter sich. »Hier!«

»Ich sag dir doch, wir müssen raus!«

Caruso schüttelte den Kopf und presste die Augen zusammen, als der anfängliche Adrenalinschub nachließ und den Schmerzen Platz machte. »Hier!« Er stieß mit dem Fuß gegen das Fenster. »Wir sind über einem Graben. Rauskriechen!«

Jack erblickte den Griff der Beretta, die zwischen dem Sitz und dem Rahmen der Schiebetür eingeklemmt war. Er lehnte Caruso gegen die Rücklehne und schob sich an die Stelle, an der Caruso gelegen hatte, sodass er nun halb unter ihm lag. Es würde viel leichter sein, wenn er zuerst aus dem Fahrzeug kroch und dann seinen Cousin herauszog. Die Alternative wäre ungefähr so schwierig, wie eine Handvoll weich gekochte Spaghetti durch ein winziges Loch zu schieben. Jack griff nach der Pistole, stemmte die Füße gegen den Metallrahmen und feuerte einen Schuss durch das Fenster. Glücklicherweise war der Van mit bruchsicherem Glas ausgestattet und die Scheibe zersplitterte nicht in tödliche Scherben, sondern in winzige Bruchstücke.

Der Van war mit den Rädern auf dem Straßenrand und der Dachkante auf der anderen Seite des Grabens zu liegen gekommen, sodass er praktisch den Graben überbrückte. Mit der Pistole in der Hand und den Füßen voraus schob sich Jack durch das zerbrochene Fenster und versank fast bis zur Brust in einer schlammigen Brühe. Caruso folgte ihm aus eigener Kraft, schnappte aber keuchend nach Luft, als er plötzlich in den Schlamm sank.

»Kannst du den Kopf über Wasser halten?«, fragte Jack.

»Alles prima«, stöhnte Caruso. »Aber mein Kopf fühlt sich beschissen an.«

»Sieht auch so aus.« Jack war erleichtert, dass Dom im Moment genug bei Bewusstsein war, um bei seiner Rettung zu helfen.

»Echt? Dann warte mal ab, bis du dich selber im Spiegel siehst.«

Jack kroch bäuchlings nach hinten, wobei sein Rücken am Fahrzeug entlangschrammte und sein Körper bis zum Hals im Schlamm lag. Doms Bruder Brian war bei einem Einsatz getötet worden, und Jack würde nicht zulassen, dass er nun auch seinen zweiten Cousin verlor. Caruso kam ihm entgegengekrochen, so gut er konnte, hustete gegen den dichter werdenden Rauch an und spuckte die üble Brühe aus, die ihm bei jeder Bewegung in Mund und Nase schwappte.

Jack hörte immer wieder Schüsse, die aber nur gedämpft zu ihm durchdrangen und irgendwo vor dem Fahrzeug abgefeuert wurden. Eher instinktiv beschloss er, vorerst noch so tief wie möglich im Graben liegen zu bleiben, sich rückwärts unter dem Fahrzeug hervorzuschieben und dafür zu sorgen, dass Caruso nicht ertrank oder verbrannte.

»Bleib bei mir, D…«

Starke Hände packten Jack an den Knöcheln. Er kickte und versuchte, sich aus den Griffen zu winden, aber er steckte praktisch in dem tunnelähnlichen, engen Raum zwischen dem Fahrzeug und dem Graben und hatte nicht viel Bewegungsfreiheit. Jetzt hörte er gedämpfte Stimmen und spürte noch weitere Hände, die nach ihm griffen; vermutlich zogen ihn zwei Personen an den Beinen aus dem Schlamm. Das Bild seines Cousins drang durch seine halb betäubten Gedanken. Seine verschleierten Augen, der schmerzverzerrte Mund, die Flammen, die an ihm züngelten.

46

Ding Chavez presste sich mit dem Rücken gegen den Stamm eines knorrigen alten Olivenbaums, die Remington-Kurzlaufflinte schussbereit. Grashüpfer stoben hoch, sobald er den Fuß bewegte; ihre Flügel klickten leise in der dunstigen Abendluft. Vögel zwitscherten in den Zweigen. Keine fünf Meter entfernt lag ein toter Mann im niedrigen Gestrüpp, wahrscheinlich einer der Wächter, dessen Killer sich irgendwo weiter oben am Hügel befinden musste, zwischen Chavez und dem Haus.

Ding war eigentlich kein Jammerlappen, aber ab und zu wünschte er sich, er könne in irgendeine schöne Ecke der Welt reisen, einfach nur, um sich in Ruhe ein wenig umzuschauen – und zwar mit seiner Frau statt einer Bande bewaffneter Operativer. Sie hatte es verdient, ein wenig von der Welt zu sehen, zumal sie keine Ahnung hatte, was er tat, und erst recht nicht, wo er es tat. Als Tochter eines Vaters wie John Clark aufzuwachsen, vermittelte einem ein gewisses Verständnis für eine bestimmte Lebensart. Deshalb hatten sie und Ding schon am Anfang ihrer Ehe vereinbart, dass er ihr erzählen würde, was er erzählen durfte, und dass sie keine weiteren Fragen stellen würde. Das führte manchmal dazu, dass sich das Gespräch beim Abendessen zu einem Eiertanz entwickelte, vor allem, als JP noch jünger war, aber Patsy hatte gelernt, das Gespräch immer sehr geschickt in eine andere Richtung zu lenken, damit Ding nicht lügen musste.

Zum Beispiel wäre es doch wirklich super, wenn er jetzt mit den beiden durch dieses kleine portugiesische Dorf spazieren könnte. Aber im Moment musste er sich zuerst einmal um dieses Mörderpaar kümmern und um die Leute, die gerade hier auf einem der niedrigen Hügel im Osten des Ortes versuchten, das Paar umzunieten, wer immer diese Leute sein mochten. Chavez hätte gewettet, dass es die Russen waren, höchstwahrscheinlich von der GRU. Sie hatten einen Deal mit da Rocha geschlossen und wollten jetzt, aus welchem Grund auch immer, aussteigen.

Clarks Plan war gewesen, da Rocha und Fournier vorerst nur zu observieren und Informationen über da Rochas Aktivitäten von seinem Computer abzufangen. Da sie jetzt wussten, wo er sich aufhielt, würden sie einfach nur ein paar Zimmer anmieten, sich wie Touristen aufführen und abwarten, was sich ergab.

Bis vor zehn Minuten war ihnen das wie ein guter Plan erschienen – bis sie auf die Leiche gestoßen waren.

Gavin hatte noch ein wenig an der Malware herumgedoktert, die auf da Rochas Computer im Hintergrund lief, damit sie sich bei ihm und bei Midas statt bei Jack meldete, da Jack ja nun in Afghanistan herumflirtete. Mit der Software konnten sie die E-Mails, Dokumente und sogar Bankdaten abfischen und sie manipulieren, solange da Rocha nicht gleichzeitig vor dem Monitor saß. Mit der Keystroke-Logging-Software ließen sich da Rochas Eingaben auf der Tastatur protokollieren, sodass sie ihn praktisch in Echtzeit bei allem beobachten konnten, was er tat – und wie es schien, hatte er eine Menge mit Waffen zu tun. Aber was noch wichtiger war: Das versteckte Programm hatte ihnen auch gesagt, wo er sich gerade aufhielt.

Das Team war am Nachmittag in Alpalhão mitten in Portugal in der Nähe der spanischen Grenze angekommen. Der Ort war von fruchtbaren Weizenfeldern und Olivenhainen umgeben und hatte knapp fünfzehnhundert Einwohner.

Clark hatte entschieden, dass das Team unmittelbar nach der Ankunft das kleine Städtchen zuerst einmal erkunden solle, um ein Gespür für die Örtlichkeit zu entwickeln, bevor sie sich um die Unterkunft kümmerten. Das GPS in da Rochas Computer zeigte an, dass er sich in einem Haus am Ende eines von Bäumen gesäumten, unbefestigten Feldwegs aufhielt. Das Haus war von dichten Pinien umgeben, sodass vom Weg aus nur der Dachfirst und kleine Ausschnitte der weißen Hausmauern zu sehen waren. Adara entdeckte das Paar Beine zuerst, das zwischen den Pinienstämmen hervorragte, als sie mit Midas aus südlicher Richtung am Eingangstor der Villa vorbeifuhr.

»Das ändert alles«, erklärte Clark über Funk. »Ich möchte dringend mit diesem Burschen reden, aber wenn ihm die Russen bereits einen Besuch abgestattet haben, habe ich nicht mehr viel Hoffnung.«

»Soll ich die Drohne starten?«, fragte Midas.

»Damit warten wir, bis wir in Position sind.«

Midas und Adara fuhren in nördlicher Richtung weiter, während Chavez und Clark im Schatten einer großen Korkeiche in Deckung gingen. Alle waren nun schwer bewaffnet unterwegs; die Waffen hatten sie an Bord der Hendley Gulfstream ins Land geschmuggelt, als sie in Portugal ankamen, um Hugo Gaspard zu observieren. Clark trug seine altgediente Wilson Combat .45 im Holster, mit deren Single-Action-Abzug er besser zurechtkam, obwohl die schweren Sehnenverletzungen seiner dominanten Hand inzwischen wieder verheilt waren. Alle anderen trugen Smith & Wesson M&P Shields. Die kleinen 9-mm-Pistolen waren aufgrund ihrer auf neun

Patronen begrenzten Kapazität, einschließlich der Patrone in der Kammer, nicht gerade eine optimale Bewaffnung für einen Frontalangriff. Aber Ding wusste aus eigener leidvoller Erfahrung, dass eine Pistole für einen Jäger niemals eine ideale Waffe sein konnte. In einer Offensivsituation würde man sich immer für eine Langwaffe entscheiden, wenn man die Wahl hatte.

Sowohl Clark als auch Adara trugen Colt-M4-Karabiner, ein leichtes Sturmgewehr mit kurzem Lauf an einer Ein-Punkt-Schlinge quer über der Brust. Die NATO-Munition mit Kaliber 5.56 ermöglichte einen Schussbereich von gut über vierhundert Metern. Midas trug eine Maschinenpistole MP7 von Heckler und Koch mit drei Magazinen zu je vierzig Schuss im Kaliber 4.6x30, eine kleine, aber schnelle Patrone, die hauptsächlich entwickelt worden war, um durch den kleineren Querschnitt des Geschosses den Durchschlag von moderner Körperpanzerung zu ermöglichen, was die 9-mm-Patronen der schwereren HK MP5 nicht schafften. Chavez trug die Remington Pumpgun Tac-14 12-Gauge mit einem kugelförmigen Raptor-Griff und 14 Zoll langem Lauf. Diese Waffe war sehr gut zu handhaben und aus kurzer Entfernung absolut verheerend.

Zusätzlich zu diesen Feuerwaffen trug jedes Teammitglied eine kleine, aber dennoch geräumige Brieftasche aus Cordura, in der sich ein kleiner Erste-Hilfe-Pack befand, bestehend aus sterilem Verbandsmull, einem Notverband »Israeli Bandage«, einem SWAT-T-Druckverband und einer 14-Gauge-Kanüle.

Midas startete die Snipe-Nano-Drohne sechs Minuten nach ihrer Ankunft und ließ sie auf rund hundert Meter steigen, sodass sie vom Boden aus kaum noch zu hören war.

Adara behielt die Zufahrt und die Umgebung im Auge, während die übrigen Teammitglieder die Drohnenbilder auf dem Monitor verfolgten. Fast sofort entdeckten sie vier Männer in dunkler Kleidung, die sich an die weiß verputzte Villa anschlichen. Ein Mann und eine Frau, vermutlich da Rocha und Fournier, faulenzten an einem Swimmingpool. Anscheinend gab es mindestens zwei Leibwächter, die hinter dem Haus an beiden Enden des Pooldecks positioniert waren.

»Wir gehen rein«, befahl Clark. »Ich will da Rocha lebend haben.«

Midas holte die Drohne wieder herunter. Zwei Minuten später schwärmte das Team zwischen den Pinien aus, weit genug auseinander, dass sie eine viel breitere Sicht auf das Anwesen hatten, aber nahe genug, um einander in den langen Baumschatten sehen zu können. Die Russen, wenn es Russen waren, begingen den klassischen Fehler, sich nicht nach hinten umzublicken. Um diesen Fehler zu vermeiden, konzentrierten sich Clark, Adara und Ding mit überlappenden Schussbereichen auf die vor ihnen liegende Umgebung, während Midas mit der MP7 das hinter ihnen liegende Feld überwachte.

Bevor sie den Rand des Pinienhains oben am Hügel erreichten, hatten sie bereits drei tote Wächter entdeckt – aber noch keinen einzigen Schuss gehört.

DA ROCHAS VILLA
Villa
Pool
Kieszufahrt
Pinienhain
Straße
Olivenhain
© 2018 Jeffrey L. Ward

Da Rocha schlug so hart auf die Armlehne seines Liegestuhls, dass das Bier aus dem Glas spritzte. »Das kann doch nicht sein! Wir haben das Produkt geliefert, genau wie vereinbart!«

Lucile lag im Pool, die Arme auf dem Poolrand. »Was? Haben sie vergessen, dir das Geld zu überweisen?«

»Sie haben es mir gestern überwiesen.« Er fuhr sich mit der Hand durch die Haare, dann rief er ein anderes Konto auf. Vielleicht hatte er nur das falsche Konto überprüft. »Oder jedenfalls die Hälfte. Heute hätte ich den Rest bekommen sollen, aber jetzt ist auch die erste Überweisung wieder verschwunden!«

»Seltsam«, sagte Lucile. »Wie haben sie es geschafft, auf deine Konten zuzugreifen?«

Da Rocha hörte ein gedämpftes Grunzen und blickte über die Schulter. Ramirez stand nicht mehr auf seinem Posten. Da Rochas Magen verkrampfte sich; er wurde plötzlich von einer Angst überwältigt, die er seit seiner Zeit an den Docks nicht mehr verspürt hatte. Etwas lauerte zwischen den Bäumen. Etwas Gefährliches.

Auch Lucile spürte es jetzt. Sie schwang sich aus dem Pool und zog eine Wasserspur hinter sich her, als sie schnell zu ihrem zusammengefalteten Badetuch hinüberlief, auf das sie ihre Beretta gelegt hatte. Mit der Pistole schussbereit erhoben, sprintete sie ohne ein Wort zur entfernten Ecke der Villa und verschwand in der Abenddämmerung, um nachzuschauen, was mit Ramirez passiert war.

Da Rocha hatte keine Waffe. Dazu hatte er schließlich die Bodyguards angeheuert. Er ging zum Haus hinüber, wobei er sich betont gleichgültig gab, obwohl er fast damit rechnete, jeden Augenblick ein Geschoss herankreischen zu hören, das ihm den Schädel wegblasen würde. Tatsächlich kam er bis fast auf zwei Meter an die große Terrassen-Schiebetür heran. Doch dann schlug ein Geschoss direkt vor ihm in die Wand ein, das einen perfekten Halbmond aus dem weißen Verputz riss. Eine zweite Kugel pfiff von den Terrassenplatten hoch und verfehlte da Rochas Ferse um Haaresbreite. Dann hörte er das stakkatoähnliche Knacken von Überschallgeschossen, aber keinen Mündungsknall. Vermutlich benutzten sie Schalldämpfer.

Aber er wollte nicht abwarten, um das herauszufinden. Er zog den Kopf ein und rannte los.

Lucile Fournier schmeckte Blut, wie immer, wenn sie kurz davorstand, echtes Blut zu vergießen. Die Spitze eines Herrenlederschuhs schaute hinter einer Ecke hervor und warnte sie, dass sie innerhalb von Sekunden angegriffen würde. Sie lächelte, leckte sich mit der Zungenspitze über die Lippen und schmeckte so die Luft, fast wie eine Schlange. Normalerweise hätte sie einfach durch die Wand gefeuert, aber da Rocha glaubte an eine solide, praktisch schalldichte Bauweise, weshalb diese Außenmauer, wie auch die meisten Innenwände der Villa, aus weiß verputztem Beton bestand. Sie hielt die Beretta mit beiden Händen ausgestreckt, schob sich langsam seitwärts von der Wand weg, womit sie den Blick um die Ecke stetig erweiterte – eine taktische Grundtechnik, die »slicing the pie« genannt wurde. Ihr Plan war, auf den ersten Körperteil zu feuern, den sie zu sehen bekam. Sie hatte die bogenförmige Annäherung fast vollendet, bevor ihr klar wurde, dass der Schuh leer war. Sie knirschte unhörbar mit den Zähnen, wirbelte herum – aber zu spät. Ein mächtiger Fausthieb traf sie in die Brust und schleuderte sie so brutal gegen die Wand, dass hinter ihren Augen ein Funkenregen explodierte. Sie versuchte zwar noch, die Beretta hochzureißen, aber ihr Angreifer schlug ihr mit einer Art Schlagstock auf den Unterarm. Die Pistole fiel zu Boden, und er kickte sie außer Reichweite.

Zwei weitere, schnelle Fausthiebe ins Gesicht schockten sie und betäubten sie beinahe. Sie musste sich an der Wand abstützen, um nicht zu stürzen. Ihr Sehfeld trübte sich ein, aber sie konnte dennoch den Russen mit der seltsamen Frisur erkennen, der grinsend vor ihr stand.

»Ts, ts, ts, Mrs. Fournier«, sagte er und verzog gequält das Gesicht, »warum machen Sie alles so kompliziert? Eine stille Pistole, Muschelgift … Menschen sind doch eigentlich nicht so schwer zu töten?«

Wie um das zu beweisen, hob der Russe die Pistole und feuerte ihr zweimal ins Gesicht, direkt unterhalb der Nase. Sollte ihr noch kurz der Gedanke durch das Hirn gezuckt sein, ihm zu widersprechen, so musste sie den Gedanken mit Teilen ihres Hirns an der Wand zurücklassen, zusammen mit ein paar Zähnen.

Clark verpasste dem ersten Russen zwei Kugeln, als er um die Ecke beim Pool rannte. »Nummer eins«, murmelte er, kickte die schallgedämpfte Glock des Russen in das tiefe Ende des Schwimmbeckens und rannte weiter. Ein ohrenbetäubendes BUMM! von rechts sagte ihm, dass Chavez seine Pumpgun hatte sprechen lassen. Ein weiterer Russe taumelte hinter einem der Flügelanbauten der Villa hervor. Clark und Adara erschossen gleichzeitig einen dritten Russen, der aus einem Schlafzimmer gerannt kam und der noch nicht bemerkt hatte, dass die Schüsse nicht von seinen Kameraden abgefeuert, sondern ihnen gegolten hatten. Adara erschoss den vierten Russen, als dieser gerade eine Kugel auf da Rocha abfeuern wollte. Da Rocha trug eine bizarre Badehose, die aussah, als sei sie aus der Hose eines Matadors geschneidert worden. Der Waffenhändler sprintete auf der Kieszufahrt zur Straße, so schnell ihn seine Beine tragen wollten.

»Bleibt bereit«, befahl Clark. Er schwenkte sein M4-Sturmgewehr über die Villa und die Umgebung, während Ding das Haus hinter ihm mit der Pumpgun deckte. »Vier haben wir auf den Drohnenbildern gesehen, aber es kann sein, dass es noch einen fünften Russen gibt – Lucile Fournier nicht mitgezählt. Midas, kannst du da Rocha einfangen? Wir müssen mit ihm reden.«

Midas war bereits losgerannt, und statt seinen Atem an eine Antwort zu vergeuden, reckte er nur kurz den Daumen in die Höhe. Clark musste schmunzeln, als er beobachtete, wie der frühere Delta-Offizier mit seinem schnellen Lauf die Distanz zum fliehenden da Rocha in kürzester Zeit verringerte. Schon nach Sekunden hatte er den Waffenhändler eingeholt und versetzte ihm einen mächtigen Stoß zwischen die Schulterblätter. Da Rocha geriet ins Stolpern; Midas packte ihn an den Haaren, warf sich auf ihn und ritt ihn förmlich zu Boden. Da Rochas Brust und Nase krachten mit voller Gewalt auf den Kiesweg; er schrie auf, während er noch ein paar Handbreit durch den Kies pflügte. Midas drehte ihn um, versetzte ihm einen Hieb auf das Ohr und fesselte ihn mit Plastikhandschellen. Das alles hatte keine halbe Minute gedauert. Er zerrte da Rocha wieder auf die Füße und trieb den Waffenhändler in seinen lächerlichen Badeshorts vor sich her zur Villa zurück.

Da Rochas Adrenalinspiegel sank rapide, und seine Schultern bebten, als er das Blutvergießen rund um seine Villa sah. Er blinzelte heftig, dann starrte er Clark an, den er sofort als Anführer ausgemacht hatte. »Wer … wer seid ihr? Was … soll das alles?«

Adara tauchte in der großen Glasschiebetür auf und schüttelte grimmig den Kopf. »Ich habe Fournier gefunden.«

Clark seufzte. »Mr. da Rocha. Ich bin der Mann, der Ihnen gerade das Leben gerettet hat. Für mich heißt das, dass Sie mir ein paar Informationen schuldig sind.«

Chavez mischte sich ein. »Wir sollten von hier verschwinden, Boss.«

»In Ordnung«, sagte Clark, ohne den Blick von da Rocha abzuwenden. »Ich kenne da ein Haus an der Küste, wo wir uns völlig ungestört unterhalten können.« Er wandte sich an Chavez. »Kein Witz. Das Haus ist absolut schalldicht. Hinter dem Haus liegt ein See, der gut dreißig Meter tief ist. Dort können wir mit ihm tun, was wir wollen, und niemand würde es jemals erfahren.«

Da Rocha wurde vollständig von seinen Gefühlen überwältigt. Sein Gesicht verzog sich, und er begann zu schluchzen.

47

Als Sechsjähriger war Dominic Caruso einmal von zu Hause ausgebüxt. Sein Elternhaus lag im Shenandoah-Nationalpark, und als es allmählich dunkel wurde, sahen alle Büsche und Bäume gleich aus. Schon nach kürzester Zeit hatte er sich völlig verirrt und hatte nicht mehr die geringste Ahnung, wo er sich befand. Er setzte sich auf einen Felsblock und weinte, wie nur ein Sechsjähriger weinen konnte, der sich hoffnungslos verlaufen hatte. Aber selbst damals wusste er, dass in der zunehmenden Dunkelheit Leute nach ihm suchten, die ihn liebten und die ihn in Sicherheit bringen würden.

Jetzt hockte er in sich zusammengesunken in einem Straßengraben irgendwo südwestlich von Herat, bedeckt von Schlamm und Blut und kleinen Glasscherben. Hinter ihm dampften und rauchten die halb verkohlten Trümmer des Vans. Es hatte keine Explosion gegeben, als das Feuer den Tank erfasste, nur ein mächtiges WUSCH! und grausame, unerbittliche Hitze. Der Wind hatte die Flammen angefacht und den Rauch in einer mächtigen Säule in die Höhe geblasen, die sicherlich auch aus vielen Meilen Entfernung noch zu sehen gewesen sein musste, aber es kam niemand, um die Ursache zu erkunden. Caruso hätte genauso gut auf dem Mond sitzen können. Nicht eine Seele im Umkreis von tausend Meilen, die sich um ihn hätte kümmern wollen. Verdammt, niemand hatte auch nur eine Ahnung, dass er hier im Straßengraben lag. Jack war verschwunden, zusammen mit Ysabel und dem Russen. In diesem Teil der Welt galt ein Menschenleben nicht viel, und wenn Jack nicht schon tot war, würde es wohl nicht mehr lange dauern.

Die Banditen hatten Dom nicht bemerkt, der mit dem Bauch nach unten im Schlamm des Straßengrabens gelegen hatte, sonst hätten sie auch ihn mitgenommen.

Er tastete den Kopf ab, fühlte die Stoppeln von versengten Haaren und Brandblasen über dem Ohr – Verbrennungen zweiten Grades, schätzte er. Auf dieser Seite war auch sein Hemd halb verbrannt. Der unerbittliche Wind hatte ihn so in Staub gehüllt, dass er aussah, als sei er in gelbem Mehl gerollt worden, sodass nicht mehr zu sehen war, wie sehr er verletzt war. Ein Auge war völlig zugeschwollen, und durch das andere sah er wie durch einen Schleier. Er versuchte aufzustehen, aber sofort wurde ihm so schwindelig, dass er sich fast übergeben hätte. Die Hände schienen noch zu funktionieren, zitterten aber so sehr, dass er sich nicht mal in den eigenen Fuß hätte schießen können, wenn er eine Pistole hätte finden können.

Er gönnte sich noch zwei Minuten Selbstmitleidsparty, dann rappelte er sich mühsam auf die Füße. Erst jetzt wurde ihm klar, dass er einen Schuh verloren haben musste, als er durch den Schlamm gekrochen war. Niemand kam, um ihn zu retten. *Rette dich selbst,* wie John Clark immer sagte. Der alte Hundesohn hatte ein Mantra für praktisch jede Lebenslage. Auf wackligen Beinen wagte Caruso einen vorsichtigen Schritt und stöhnte bei jedem scharfen Kieselstein auf, der in die Fußsohle schnitt. Er taumelte gegen den Wind, und trotz seiner hoffnungslosen Lage lachte er plötzlich laut auf.

Noch hatten ihn die Schmerzen nicht überwältigt, die die Verbrennungen, Verstauchungen und Wunden verursachten, aber das würde wohl nicht mehr lange auf sich warten lassen. Er musste ein Telefon finden. Musste den NATO-Truppen oder der CIA oder sonst jemandem mit starken Waffen und Augen am Himmel klarmachen, dass Ryan Hilfe brauchte. Caruso war inzwischen klar geworden, dass er zwar selbst tief in der Scheiße steckte, dass aber Jacks Lage noch viel schlimmer war. Denn er, Caruso, war wenigstens noch frei, was immer das heißen mochte. Hamid war auf dem Weg vom Airport an einem Stützpunkt der Afghanischen Nationalarmee vorbeigefahren, bevor er in diese Nebenstraße hier abgebogen war. Caruso würde die ganze Nacht hindurch weiterlaufen – oder weiterkriechen, wenn es sein musste. Er lachte noch einmal. Verdammt, mit Kriechen würde er wahrscheinlich schneller vorankommen.

Er schätzte, dass ihm noch ungefähr eine Stunde blieb, bis es dunkel wurde – tintenschwarz dunkel. Nach Sonnenuntergang würde es für ihn um ein Vielfaches gefährlicher sein, aber wenigstens würde er sich besser verbergen können.

Und so machte er sich auf den Weg, stolperte, fing sich wieder, stürzte, rappelte sich wieder hoch. Es ging entsetzlich langsam voran, aber wenigstens ging es voran. Irgendwann nahm er ein jaulendes Geräusch wahr, das sogar den heulenden Wind übertönte. Er hob die Hand, um die Augen gegen den Wind zu schützen.

Noch ein Motorrad. Verdammt. Der Biker musste ihn bereits bemerkt haben.

Caruso blieb am Rand des schlammigen Straßengrabens stehen, schloss die Augen und wartete.

Als Jack zu sich kam, hatte er kein Gefühl mehr in den Händen. Dafür verspürte er jedes knochenerschütternde Schlagloch an Schultern und Hüfte umso schmerzhafter. Er hatte keine Ahnung, wie lange er bewusstlos gewesen war, aber jedenfalls lange genug, dass es inzwischen Abend geworden war. Er lag auf der völlig verdreckten Ladefläche eines weißen Pritschenwagens, die sich als äußerst unnachgiebige Liegefläche erwies, sodass die drei Gefangenen bei jeder Unebenheit darauf geschmettert wurden wie die Keule eines Dreschflegels, als der Truck über die zahlreichen Schlaglöcher raste. Jack vermutete, dass sie Richtung Nordwesten unterwegs waren, aber der Wind änderte sich ständig, und er konnte über die Heckklappe hinweg nicht sicher erkennen, wo die Sonne stand. Aber das spielte auch keine Rolle – im Umkreis vieler Meilen kannte er ohnehin niemanden, der ihm helfen könnte. Ryan versuchte sich einzureden, dass Caruso unter dem brennenden Van hatte hervorkriechen können, aber sein Gehirn – oder was davon übrig war – funktionierte noch rational genug, um ihm klarzumachen, dass diese Chance äußerst gering war. Positives Denken war entscheidend für das Überleben, aber die nackte Wahrheit lautete, dass sie alle so gut wie tot waren. Je nachdem, von wem sie gefangen genommen worden waren, wäre der Flammentod in dem schlammigen Straßengraben vielleicht die schnellere Art zu sterben gewesen.

In der Fahrerkabine war die Innenbeleuchtung angeschaltet; durch das kleine Rückfenster fiel fahles Licht auf Ysabels schlaffes Gesicht, nur eine Handbreit von Jacks Kopf entfernt. Ihr Schal war verschwunden. Ihr Kopf rollte haltlos hin und her, das lange schwarze Haar hatte sich auf dem schmutzigen Metallboden ausgebreitet. Die Kleidung war zerrissen, an der Schulter blutgetränkt, aber ihr Gesicht war verblüffend sauber. Aus dem offenen Mund hing ein verkrusteter Speichelfaden. Eine Weile glaubte Jack, sie sei tot, aber dann hätten sie sich wahrscheinlich nicht die Mühe gemacht, sie mitzunehmen, und gefesselt hätten sie sie erst recht nicht. Aber sie waren alle drei an Händen und Füßen gefesselt, die

Gesichter lagen auf dem nackten Metall und mit den Köpfen zum Heck, was die Fahrt noch schlimmer machte. Man hatte ihnen keine Säcke über die Köpfe gezogen, was Jack besorgniserregend fand. Diesen Burschen war es offenbar gleichgültig, ob sie identifiziert werden konnten oder nicht.

Der Truck wurde plötzlich langsamer und bog um eine Kurve oder Straßenecke, sodass die Stöße weniger hart wurden.

Ysabels Lider flatterten, sie öffnete langsam die Augen und schluckte heftig. Ihre kohlschwarzen Augen zuckten herum, als sie versuchte, sich zu orientieren.

»Tut mir leid«, flüsterte sie.

Jack versuchte, den Kopf zu schütteln, stellte aber sofort fest, dass ihm davon noch schwindliger wurde. »Nicht deine Schuld. Mal sehen, was jetzt passiert.«

»Du bist verletzt, Jack«, sagte sie. »Vielleicht weißt du es noch nicht, aber du bist wirklich schwer verwundet.«

Der Truck fuhr noch langsamer.

»Hör zu«, flüsterte Jack drängend, »in meinem Pass steht ein anderer Name – Joe Peterson. Was immer passiert, du darfst mich auf keinen Fall Jack nennen. Hast du verstanden?«

Sie nickte. »Joe«, wiederholte sie. »Verstanden.«

»Sag es auch Dowschenko.«

Ryan hörte Motorradlärm, als der Pritschenwagen noch langsamer um eine weitere Ecke fuhr. Sie fuhren durch ein Tor in einer hohen Mauer, und plötzlich verstummte der heulende, staubige Wind. Der angenehme Geruch von frisch gemähtem Gras und regenfeuchter Erde lag in der Luft. Dattelpalmen ragten auf beiden Seiten der schmalen Straße auf, und die langen Zweige von Trauerweiden streiften an den Seiten des Trucks entlang. Die Schutzmauer war so hoch, dass nur die Kronen der größeren Bäume vom Wind bewegt wurden.

Jack rutschte ein wenig nach vorn, als der Truck stark abbremste und anhielt. Männer bellten Befehle, entweder auf Paschtunisch oder in Dari, er konnte es nicht genau unterscheiden. Dann fiel die Heckklappe herunter; grobe Hände griffen nach Ysabel und zogen sie an den Schultern von der Pritsche. Sie stellte sich bewusstlos, aber die Männer lachten nur und schlugen sie fast neckend ins Gesicht. Ryan zählte fünf Männer – die beiden aus der Fahrerkabine und die drei mörderischen Hunde mit den Motorrädern. Alle trugen verdreckte Salwar Kamiz. Sie waren mager und wirkten hart; Jack schätzte sie auf Mitte zwanzig bis Anfang dreißig. Zwei packten Jack und zogen auch ihn von der Pritsche. Sie blickten ihm kurz ins Gesicht und schüttelten die Köpfe.

»Sprecht ihr Englisch?«, fragte Jack. Er war nicht so naiv, dass er glaubte, er könne bei diesen Burschen mit Milde rechnen, aber er wollte ihnen zeigen, dass er sie als Menschen betrachtete und nicht einfach nur als Banditen.

Abgehärmte, versteinerte Gesichter starrten ihn an, so mager, als würden sie ständig die Wangen zwischen die Zähne ziehen.

Die drei Gefangenen wurden unter eine überdachte Veranda geführt. Der etwa sechs auf sechs Meter große Betonboden war mit Perserteppichen belegt. Um einen niedrigen Holztisch, der mitten auf der Veranda stand, lagen dicke Sitzkissen. Zwischen den ringsum wachsenden Büschen und Blumenarrangements waren Tontöpfe und kunstvoll verzierte Steinbrunnen arrangiert worden. Am Rand der Veranda, keine drei Meter von dem Tisch entfernt, zischte und knackte ein Feuer in einer kleinen Feuergrube.

Eine tiefe Stimme sagte etwas auf Russisch. Ein groß gewachsener Mann in einem sauberen Perahan, ein fast knielanges Überhemd, kam aus der Tür auf die Veranda; er trug den bei den Taliban üblichen schwarzen Turban. Sein Bart war so schwarz wie der Turban und lang und dicht. Eine modische Brille mit einem orangefarbenen Nike-Logo saß tief auf seiner Nase.

Dowschenko sagte etwas auf Russisch zu ihm; der Mann antwortete knapp, dann drehte er sich zu Jack um.

»Ihr Freund hier meint, dass Sie versorgt werden müssen«, erklärte er mit eindeutig britischem Akzent.

»Sie sprechen Englisch«, stellte Jack fest.

»Ja«, nickte der Mann. Er schaute Jack fragend an. »Meine Männer haben mir schon gesagt, dass Sie Englisch sprechen. Sie sind also kein Russe wie der hier?«

»Nein. Ich bin gerade erst im Land angekommen.« Er überlegte kurz, ob er Dom erwähnen solle, entschied sich aber dagegen. Wenn Dom tot war, würde das nichts mehr ändern. Und wenn nicht, würde er diese Kidnapper nur darauf aufmerksam machen, dass sie ein weiteres Entführungsopfer zurückgelassen hatten.

»Ah«, nickte der Mann, »ich verstehe. Tut mir leid, dass Sie so grob behandelt wurden. Ein notwendiges Übel.« Er schaute Jack nun etwas genauer an, drehte den Kopf und bellte den anderen Männern ein paar Befehle zu. »Möchten Sie sich nicht setzen?«

»Mir geht's gut«, sagte Jack. »Bitte kümmern Sie sich um meine Freunde.«

Der Mann seufzte und ging wieder ins Haus. Einen Augenblick später kehrte er mit einem Schildpatt-Handspiegel zurück und hielt ihn Jack vor das Gesicht.

»Kann sein, dass Sie sich im Moment ganz okay fühlen, aber ich kann Ihnen versichern, dass das nur Ihrem Schockzustand zu verdanken ist. Wir werden uns sofort um Ihre Wunden kümmern.« Der Mann lächelte ihm wohlwollend zu. »Solange Ihr Ohr halb abgerissen herabhängt, sind Sie nicht viel wert für mich.«

Ryan wusste nicht, was ihm größere Probleme bereitete: die Tatsache, dass er mit halb abgerissenem Ohr durch einen verseuchten Schlammgraben gekrochen war, oder dass dieser Mann so lässig darüber plauderte, wie viel Jack ihm auf dem Sklavenmarkt wohl einbringen würde. Vor allem aber konnte er das Bild von Dom, der halb begraben unter dem brennenden Truck lag, nicht vertreiben. Im Vergleich dazu kamen ihm seine eigenen Probleme lächerlich vor.

Ihr seltsam fürsorglicher Gastgeber stellte sich als Omar Khan vor, örtlich ansässiger Geschäftsmann und Mitglied der Taliban. Er und seine Männer hätten schon viele Amerikaner getötet, informierte er Jack mit unbeschwertem Lächeln, aber so sei das Geschäft eben und er sei nun mal Geschäftsmann. Aber für Jack sei das ein Vorteil, erklärte er. Denn er und seine Männer seien gut ausgebildete Kämpfer und als solche seien sie auch mit Erster Hilfe in Kampfsituationen bestens vertraut. Omar behauptete, er selbst habe schon eine Menge Ohren wieder angenäht.

Und tatsächlich erwies sich dieser Talibanboss als recht ordentlicher Chirurg. Er bot Jack ein wenig Rohopium als Schmerzmittel an, aber Jack lehnte ab – und war in Schweiß gebadet, als die Operation endlich zu Ende war. Ysabel hatte Omar assistiert, hatte ihm Scheren und antiseptische Kompressen gereicht oder was immer Omar verlangte. Sie sagte kein Wort, aber sie im flackernden Schein des Feuers zu beobachten, beruhigte Jack und gab ihm etwas, worauf er sich konzentrieren konnte – auf sie und auf das Satellitentelefon, das an Omars Gürtel hing. Sie war dabei, sich eine Art Plan auszudenken, das sah er in ihren Augen.

Nach einer Stunde war Jacks Kopf dick mit Mullbinden verbunden, und alle saßen auf den Kissen um den Tisch und aßen Safranreis, Paprika, Nudeln und gegrilltes Hammelfleisch. Omar schien ein gläubiger Muslim zu sein, erlaubte

Ysabel aber dennoch, zusammen mit den Männern zu essen, unter der Bedingung, dass sie ihr Kopftuch trug und nur redete, wenn sie angesprochen wurde. Und er wies sie an, sich neben ihn zu setzen. Damit saß sie Jack an einer Tischecke gegenüber, während Omar zwischen ihnen saß und sich keine große Mühe gab, seine lüsternen Blicke auf Ysabel zu verbergen.

Die Schmerzen bei der Operation hatten Jack jeden Appetit genommen, aber er zwang sich zu essen, da er nicht wusste, wann er wieder etwas bekommen würde. Ysabel und Dowschenko schienen Ähnliches zu denken.

»Also, wie steht es?«, fragte der Russe nach einer Weile. »Haben Sie schon Käufer gefunden?«

Omar riss den Blick von Ysabel los, tauchte ein Stück Hammelfleisch in Joghurt und schob es in den Mund. Er nickte nachdenklich und kaute eine Weile, bevor er antwortete. »Frauen sind leicht zu verkaufen. Und wenn sie so aussehen wie die hier, spielt es nicht mal eine Rolle, ob sie noch Jungfrauen sind oder nicht.« Er zuckte die Schultern. »Wenn sie es noch wäre, würde ich sie selbst nehmen, aber ich sehe es an ihren Blicken, dass sie es nicht mehr ist.« Er legte den Kopf schief, als sei ihm plötzlich ein Gedanke gekommen. »Oder ist sie vielleicht mit Ihnen verheiratet?«

Ysabel blickte auf.

»Und wenn es so wäre?«, fragte Dowschenko zurück.

»Es stimmt, was Sie jetzt denken«, antwortete Omar. »Dass es nämlich keine Rolle spielen würde. Auf jeden Fall werden sich meine Männer auch für Sie ein Lösegeld ausdenken. Mit Russen ist das Geschäft schwierig, aber der Amerikaner hier wird ein ordentliches Sümmchen einbringen.«

Eine Bewegung am Rand der Veranda lenkte Jacks Blick ab. Eine kleine graue Rennmaus, wie sie amerikanische Kinder als Haustier halten, huschte, immer wieder zurückschreckend, näher an das Feuer, zweifellos vom Duft des Essens angelockt. Omar lockte das zitternde Tierchen mit ein wenig Reis noch näher heran. Offenbar hatte er dieses Spiel schon öfters gespielt, denn es dauerte nicht lange, bis er das Tier blitzschnell packen konnte.

Er nickte einem seiner Männer zu, ein wenig Holz auf das Feuer zu werfen. Die Flammen loderten auf, während Omar das Tier in seiner Faust streichelte.

Auf Ysabels Gesicht spiegelte sich ihr Entsetzen.

Jack runzelte die Stirn. »Sie wollen es doch nicht ins Feuer werfen, oder?«

Omar schmunzelte. »Das wäre reine Verschwendung. Aber ich will damit etwas klarmachen.« Er hielt die Rennmaus in die Höhe und brach ihr mit Daumen und Zeigefinger der anderen Hand die beiden Hinterbeine, als seien sie Zündhölzer.

Jack konnte ein entsetztes Aufstöhnen nicht unterdrücken. Er mochte Ratten und Mäuse nicht besonders, aber als er sah, dass dieser Bursche das kleine Tier ohne jede Not verletzte, hätte er ihm am liebsten eine Kugel ins Gesicht gejagt.

Statt die quiekende Maus in die Flammen zu werfen, schleuderte sie Omar gegen einen der steinernen Pflanzkübel am Rand der Veranda. Im Feuerschein warf das verkrüppelte Tier einen übergroßen Schatten, als es sich mit schmerzlichem Wimmern in den Schutz der Dunkelheit schleppen wollte.

Und schon glitt wie durch Zauber eine Schlange zwischen den Pflanzkübeln hervor und kroch mit zuckender Zunge langsam und geräuschlos auf das Mäuschen zu.

Ysabel stöhnte leise auf.

»Sie sind böse«, flüsterte sie.

Instinktiv spannten sich Jacks Muskeln. Er würde nicht zulassen, dass der Mann sie schlug, selbst wenn ihm das eine Kugel in den Kopf einbringen würde.

Aber Omar lachte nur verächtlich. »Das ist eine Sandrasselotter«, erklärte er, als kommentierte er einen Naturfilm. »Sehr tödlich. Zufällig lieben sie meinen schönen Garten. Wer in diesem Land einen kühlen, schattigen Platz findet, kann ziemlich sicher sein, dass ihn ein gefährliches Tier schon längst entdeckt hat.«

Die Schlange stieß schnell vor, zog sich aber wieder ein wenig zurück, um abzuwarten, bis die Maus starb. Die gebrochenen Beine hatten die Maus bereits geschwächt; sie taumelte und fiel schließlich um. Vorsichtig kroch die Schlange wieder näher heran und begann den mühseligen Prozess, die Beute mit dem Kopf voran zu verschlingen.

»Mir ist vollkommen klar, dass ihr drei bereits eure Flucht plant«, sagte Omar. »Aber um Hilfe zu finden, müsstet ihr meilenweit laufen, und diese Schlangen sind überall. Ihr würdet nicht einmal bis zu meiner Gartenmauer kommen. Und eine so wertvolle Investition wie euch würde ich nicht gern an eine Giftschlange verschwenden.«

Ysabel warf Jack einen Blick zu und zupfte beiläufig am Kragen ihres Kleids. Omars grausamer Umgang mit dem kleinen Tier trieb sie dazu, aktiv zu werden. Natürlich hatte sie einen Plan, und jetzt wusste er auch, was sie plante.

48

Clarks sicheres Haus befand sich auf einer am Waldrand gelegenen Farm außerhalb der kleinen Stadt Montijo. Der Ort lag südöstlich von Lissabon; zwischen beiden Orten erstreckte sich der Fluss Tejo, der vor seiner Mündung in das Meer einen großen See bildet. Clark hatte einen Freund bei der CIA angerufen, um die Benutzung des Hauses sicherzustellen, wobei er sich ein wenig auf seinen geradezu legendären Ruf stützen konnte. Er war zwar offiziell nicht mehr aktiv, aber es kam oft vor, dass aktive Agentenführer pensionierte Kollegen bei bestimmten Problemen oder Missionen um Rat fragten, wenn sie sich in der fraglichen Sache besser auskannten. John Clark wurde oft um Rat gefragt, weshalb es ihm leicht gefallen war, die Genehmigung für die Benutzung des Bauernhofs zu bekommen.

Nach amerikanischen Standards war es keine lange Fahrt von Alpalhão, nur knapp über hundertsiebzig Kilometer, und sie legten sie in zwei Stunden zurück. Chavez saß am Lenkrad, Clark neben einem sehr stillen da Rocha. Midas und Adara folgten im zweiten Fahrzeug. Auf den ersten Blick mochte man denken, der Waffenhändler sei über Lucile Fourniers Tod verzweifelt, aber je mehr er vor sich hin schluchzte, desto klarer wurde, dass er vor allem ihren speziellen Fähigkeiten nachtrauerte und weniger ihrer Beziehung.

Bevor Clark Ding Chavez kennengelernt hatte, hatte er oft allein gearbeitet – als schärfste Spitze des Speers. Aber selbst wenn er völlig allein war, gab es immer Menschen, von denen er abhängig war. Menschen, für die er etwas empfand und die etwas für ihn empfanden. Hätte es Sandy nicht gegeben, wäre er schon längst tot – ein kleiner Haufen verkohlter Knochen und Asche, vom Winde verweht. Er hätte es nie zugegeben, aber Ding war für ihn eher ein Bruder als ein Schwiegersohn. Hätte jemand Clark gesagt, er würde eines Tages einverstanden sein, dass seine Tochter einen ehemaligen Straßengangster aus L. A. heiraten würde, hätte er diese Person in den Arsch gekickt. Aber dieser Straßengangster beherrschte mehrere Fremdsprachen, hatte ein paar höhere Bildungsabschlüsse erworben und, was noch wichtiger war, riss sich den Arsch auf, jeden Tag und jederzeit, um das Richtige zu tun.

Auf gewisse Weise verspürte Clark fast so etwas wie Mitleid mit da Rocha. Typen wie er hatten keine Freunde. Sie hatten nur Helfer und Kontakte. Für da Rocha war Lucile Fournier weder eine Vertraute noch eine Kameradin gewesen, sondern lediglich ein Werkzeug, mit dem er seine Ziele besser erreichen konnte. Diesem Arschloch ging es nur um sich selbst, und das bedeutete, dass auch die Leute in seiner Umgebung nur sich selbst im Sinn hatten. Am Ende machte das Clarks Job entschieden leichter. Menschen, die für eine Sache kämpften, konnte man nicht so leicht auf die eigene Seite ziehen. Man musste sie gewissermaßen brechen, aber bei den größten Eiferern bestand die Gefahr, dass sie sich nicht brechen ließen, sondern sich nur mit der Situation abfanden. Aber wenn es einem Menschen in erster Linie um Geld ging, dann war Geld (oder die Gefahr, Geld zu verlieren, das sie bereits besaßen) der Schlüssel, mit dem man sie »drehen« konnte.

Während der Fahrt ließ Clark da Rocha im eigenen Saft schmoren. Er stellte ihm keine Fragen und ignorierte auch da Rochas Versuche, ein Gespräch anzufangen. Bis sie beim sicheren Haus ankamen, war der Mann so weit zermürbt, dass er Informationen nur so herauskotzen wollte.

Da Rochas Hände waren mit Kabelbindern vor dem Bauch gefesselt, jeweils eine Schleife um jedes Handgelenk; an einer dritten Schleife war eine Kette befestigt, die um seine Hüfte verlief und mit einem Vorhängeschloss gesichert war, sodass er essen und einen Becher zum Mund führen konnte, wenn er sich nach vorn beugte. Clark stieß ihn auf eine verstaubte, übermäßig gepolsterte Couch, aus der er sich ohne freie Hände wohl kaum selbst wieder erheben konnte, und stellte einen Esszimmerstuhl dicht vor ihn hin, sodass sie sich Knie an Knie gegenübersaßen.

»Ich muss zugeben«, begann Clark, »dass ich mir dein Haus ein wenig größer vorgestellt hatte.«

Da Rocha blickte zu ihm auf und kniff die Augen zusammen, da der Raum nur spärlich beleuchtet war.

»Was?«

»Ich meine, du reist doch durch ganz Europa, verhökerst überall deine illegalen Waffen, und trotzdem wohnst du in einer Villa, die grade mal ein paar Hunderttausend Euro gekostet hat, mit einer Handvoll Bodyguards, die ebenso gut hätten schlafen können, so schlecht, wie sie dich beschützt haben.«

Clark verstummte, um die Stille wirken zu lassen.

Schließlich fuhr er fort: »Ich sage ja nur, dass ich dachte, ein Mann wie du würde sich in einer Festung verschanzen. Wer mit der russischen GRU kungelt, lebt gefährlich.«

»Wie kommen Sie auf die Idee, dass die von der GRU waren?«, fragte da Rocha verächtlich.

»Aber klar waren sie das. Konnte ich förmlich an ihnen riechen.«

»Und Sie sind … was? CIA?«

»Bedauerlicherweise – für dich, meine ich – nein, bin ich nicht. Natürlich haben die CIA und ich dieselben Interessen, aber ich muss mich nicht an die Regeln der Agency halten.«

Da Rocha schniefte und drehte den Kopf, um sich die Nase an der Schulter abzuwischen, wie ein Vogel, der sich die Flügel putzte. Plötzlich hob er den Kopf. »Und was wäre, wenn ich Ihnen alles erzähle, was ich weiß?«

Clark zuckte lässig die Schultern. »Ehrlich, auch dann könnte ich nicht vorhersagen, was danach passieren würde.«

»Ich versichere Ihnen, ich habe Informationen, die Sie haben wollen.«

»Wir haben deinen Laptop, vielleicht reicht uns das schon.«

»Nur zum Teil. Bis ihr alles andere herausgefunden habt, wird es zu spät sein.«

Clark betrachtete ihn gleichmütig. Der Bursche versuchte, ihn zu ködern.

»Aber ich brauche gewisse … Zusicherungen«, fuhr da Rocha fort.

»Und die wären?«

»Meine Freiheit.«

Clark hob die Augenbrauen. »Das hängt davon ab.«

»Und mein Geld?«

»Auf deinen Konten ist kein Geld zu sehen.«

»Ihr könntet mir helfen, es von den Russen zurückzuholen.«

»Kannst du vergessen«, sagte Clark. »Gegenvorschlag. Wie wär's, wenn du mir alles erzählst, was du weißt, und dafür nicht für den Rest deines Lebens in einer kleinen Zelle unter der Wüste von Colorado schmoren musst?«

»Sie sind also doch bei einer amerikanischen Behörde«, sagte da Rocha selbstgefällig.

»Nö. Aber ich möchte gerne meine Pflichten als Staatsbürger erfüllen. Wie wäre es, wenn du mal darüber nachdenken würdest, was dir wirklich wichtig ist im Leben?« Er stand auf und warf da Rocha noch einen letzten Köder hin. »Du scheinst mir doch ein recht cleverer Mann zu sein?«

»Raketen«, stieß da Rocha schnell hervor.

»Ach, das weiß ich doch schon.« Clark schüttelte nachsichtig den Kopf. »Du bist Waffenhändler. Du handelst ständig mit solchem Zeug.«

»Nicht die Art von Raketen, an die Sie denken«, fügte da Rocha hinzu.

Clark setzte sich wieder, sagte aber nichts. Mit Schweigen bekam man oftmals schneller die Antworten, die man haben wollte.

»Ich habe keine Beweise«, fuhr da Rocha fort. Er seufzte, als sei er erleichtert, seine Story erzählen zu dürfen. »Aber okay, ich glaube genau wie Sie, dass die Männer Agenten der GRU waren. Ich hatte erfahren, sozusagen über Buschfunk, dass sie jemanden für einen sehr großen Deal suchten. Und ich … man könnte sagen, ich umwarb sie, um den Auftrag zu bekommen. Hätte wohl jeder Geschäftsmann so gemacht.«

»Indem du die Konkurrenz ausgeschaltet hast«, stellte Clark fest.

»Sozusagen. Wenn sie wirklich von der GRU waren, heißt das, dass mich die russische Regierung als Mittelsmann benutzte, um mit dem Iran ins Geschäft zu kommen.«

Ding Chavez, der in einer Ecke saß, richtete sich ein wenig auf.

»Wieso? Russland macht doch gar kein Geheimnis daraus, dass es Waffen an den Iran liefert?«, fragte Clark.

»Aber Atomwaffen?« Da Rocha lehnte sich zurück, ließ sich tiefer in das üppige Polster sinken. »Die Russen, mit denen ich zu tun hatte, wollten offenbar, dass alle Welt glauben sollte, die Waffen kämen von einer anderen Seite. Ich denke, sie hatten sich längst eine Story ausgedacht, dass die Waffen gestohlen worden seien. Sie haben mir noch weitere Geschäfte versprochen, aber jetzt ist mir klar, dass das eine Lüge war, damit ich schön brav den Mund hielt, bis sie mich umgebracht hatten.«

»Du bist sicher, dass es um Atomraketen geht?«

»Ziemlich sicher«, antwortete da Rocha. »Zwei 51T6-ABM – ihr nennt sie Gorgons – und ihre Startsysteme. Meine Leute übernahmen die Raketen im Oman und transportierten sie in den Iran.«

»Wohin genau?«

»Diese Raketen sind gut transportabel«, erklärte da Rocha ausweichend. »Aber sie haben bei Weitem nicht genug Reichweite, um die USA zu bedrohen. Aber natürlich ist denkbar, dass der Iran sie gegen irgendwelche amerikanischen Stützpunkte einsetzen will. Und vom Westen des Iran aus könnten sie auch Israel erreichen.«

»Wo sind sie jetzt?«, wollte Clark wissen.

Da Rocha schluckte. »Ich brauche gewisse Garantien.«

Clark nickte gemächlich. »Okay«, sagte er gleichmütig. »Ich garantiere dir Folgendes: Wenn du mir nicht sagst, wohin du die Waffen geliefert hast, hacke ich dir die Füße ab. Du hast genau fünfzehn Sekunden. Nach fünfzehn Sekunden verlierst du mindestens einen Fuß, selbst wenn du dann anfängst zu reden.«

»Sir, ich …«

»Acht Sekunden.«

»In Ordnung! Okay!«

Clark schüttelte den Kopf. »Das ist keine Antwort. Vier Sekunden.«

Da Rocha spuckte die Information aus. »Aber dort sind sie nicht mehr«, stieß er in jammerndem Tonfall hervor. »Ich bin sicher, dass sie inzwischen woanders hingebracht wurden.«

Clark schnippte mit den Fingern. »Namen und Kontakte deiner Leute, die die Raketen in den Iran geliefert haben.«

Da Rocha wischte noch einmal die triefende Nase an der Schulter ab; er wurde immer erregter. Nachdem er ein paarmal heftig geschluckt hatte, sagte er: »Ich gebe sie Ihnen, aber Sie wissen ja, was die Russen mit mir vorhatten, deshalb bin ich sicher, dass meine Männer schon tot ...«

Dings Smartphone surrte. Er stand auf, meldete sich, hörte ein paar Sekunden lang zu, dann ging er erregt hin und her. Clark konnte nur eine Stimme hören, aber Dings Reaktion war anzumerken, dass es keine guten Nachrichten sein konnten.

Ding winkte Clark zu sich hinüber, sodass da Rocha nicht mithören konnte. Midas und Adara behielten da Rocha im Auge.

»Was ist los?«, fragte Clark.

»Es geht um Dom«, sagte Ding leise. »Er ist schwer verwundet.«

Clark war es, als hätte ihn ein Vorschlaghammer mit voller Wucht in den Magen getroffen. »Und Jack?«

Ding schüttelte den Kopf. »Vermisst. Dom hat fünf Männer gezählt, wahrscheinlich Taliban oder möglicherweise IS. Pflanzten von Motorrädern aus Magnetbomben an den Van, in dem sie saßen. Unsere Jungs waren auf dem Weg zu einem sicheren Haus. Dom sagt, Jack sei noch auf den Füßen gewesen, als sie ihn gefangen nahmen.«

Clarks Blick zuckte unwillkürlich zu Adara hinüber. Sie hatte das geflüsterte Gespräch nicht hören können, doch nach ihrer angespannten Miene ahnte sie, dass es um ihren Freund ging. Aber sie beherrschte sich und blieb auf ihrem Posten neben da Rocha.

»Und Doms Verletzungen?«

»Klingen nicht gut«, sagte Chavez. »Verbrennungen dritten Grades, gebrochene Rippen, ein geplatztes Trommelfell.

Ein afghanischer Pistazienbauer hat ihn vor ein paar Stunden aufgegriffen, als Dom an einer Straße entlangtaumelte. Er hat ihn zum NATO-Stützpunkt bei Herat gebracht. Dort gibt es nur ein kleines Militärkrankenhaus, deshalb bereiten sie ihn jetzt für den Transport nach Ramstein vor.«

Clark schloss die Augen und konzentrierte sich darauf, seinen Atem wieder unter Kontrolle zu bringen. »Besorge alle Informationen, die du kriegen kannst. Die Sache ist beschissen, aber ich muss zuallererst dringend weitermelden, dass der Iran jetzt möglicherweise Atomraketen hat. Und danach muss ich dem Präsidenten mitteilen, dass sein Sohn gekidnappt wurde.«

49

Jack suchte Blickkontakt mit Dowschenko, dann schaute er schnell zu den beiden Afghanen auf, die ihn bewachten. Der Russe nickte kurz und, wie er hoffte, unmerklich. Sowohl Jack als auch der Russe waren lange genug in diesem Geschäft tätig gewesen, um zu wissen, dass sie sehr schnell aktiv werden müssten, wenn sie noch eine Chance haben wollten. Selbstherrlich hatte Omar ihnen die Fesseln abnehmen lassen, damit sie ungehindert essen konnten. Jacks blutiges Gesicht und der schlimme Zustand aller drei Gefangenen genügten dem Taliban offenbar, um sicher zu sein, dass fünf Männer mit Maschinenpistolen vollauf ausreichten, um jede aggressive Aktion der Gefangenen sofort niederzuschlagen. Jack hatte keinerlei Zweifel, dass man sie direkt nach dem Essen wieder fesseln würde.

Natürlich bestand immer die Möglichkeit, dass sich noch weitere Wächter im Haus aufhielten, aber niemand hatte sich während des Essens oder während Jacks Ohr-Operation blicken lassen. Männer wie Omar zeigten nur zu gern, dass sie andere herumkommandieren konnten; ständig riefen sie ihre Bediensteten für diese oder jene kleine Handreichung, um sich damit wichtigzumachen. Offenbar bekam er nur selten Besuch, deshalb war das hier eine seltene Gelegenheit, sich vor diesen fremden Teufeln groß aufzuspielen. Jack war sich deshalb ziemlich sicher, dass hier auf der Veranda Omars gesamter Kader anwesend war.

Die fünf sichtbaren Wächter waren um den niedrigen runden Tisch postiert, waren wahrscheinlich selbst hungrig und murrten innerlich darüber, dass die Gefangenen überhaupt etwas zu essen bekamen und auch noch als Erste. Jack sah die beiden Wärter, die Dowschenko am nächsten standen, und einen weiteren, der ein Stück weit hinter Omar und Ysabel stand. Dowschenko wiederum hatte die beiden Wärter im Blick, die hinter Jack standen.

Jack nickte Ysabel leicht zu. Sie blinzelte kurz und streckte drei Finger aus. Sie bog einen Finger ein, dann den zweiten – ein Countdown. Dann bog sie den dritten Finger ein und begann gleichzeitig zu würgen. Sie fiel seitwärts um, wobei sie sich eine Hand an die Kehle presste, während sie mit der anderen Hand ihren Rock hochschob, sodass Wade, Knie und dann sogar eine Handbreit ihres Oberschenkels enthüllt wurden.

Die Blicke sämtlicher Taliban richteten sich sofort auf sie, sie starrten wie gebannt auf Ysabels olivfarbenen, glatten Schenkel, der anscheinend versehentlich enthüllt wurde. Ryan wirbelte herum, rammte die Schulter in das Knie des einen Wärters, der direkt hinter ihm stand. Gelenkbänder rissen, und das Bein knickte ein, sodass der Mann samt seiner Kalaschnikow zu Boden stürzte. Ryan bekam die MP zu fassen, deren Gurt allerdings noch um Hals und Brust des Mannes hing, schob blitzschnell den Hebel eine Stufe hinab auf Automatik und feuerte, noch während er sich seitwärts abrollte. Drei Geschosse trafen den zweiten Wärter, der hinter ihm aufragte und nicht mehr dazu kam, die eigene Waffe hochzureißen. Der erste Mann versuchte, sich zu befreien. Ryan schob den Sicherungshebel noch eine Stufe weiter auf Einzelfeuer und zerschmetterte dem Mann mit zwei Kugeln das

Schienbein. Der Wärter brüllte vor Schmerzen und griff nach dem, was von seinem Bein übrig geblieben war. Ryan schlug seine Hände nach oben, um dem schreienden Mann den Gewehrgurt über den Kopf ziehen zu können. Mehrere Schüsse gingen über Ryans Schulter hinweg; er konnte nur hoffen, dass auch Dowschenko damit seine beiden Wärter ausgeschaltet hatte. Er warf sich gerade noch rechtzeitig herum, um den letzten Wärter zu sehen, der die Waffe hochriss und auf Ryans Brust richtete. Dowschenko fällte ihn mit einem Schuss, aus nächster Nähe direkt in den Kopf.

Damit waren die Wärter ausgeschaltet. Die beiden Männer drehten sich um: Ysabel hatte sich auf Omar Khan geworfen, der sich unter ihr auf dem Boden wand. Sie hackte mit einem fettigen Hammelknochen auf Gesicht und Hals ein, wobei sie bei jedem grausigen Hieb wie eine Furie schrie und schluchzte. Wie im Nahen Osten üblich, hatte man den Hammel mit einer Axt in kleinere Stücke gehackt, sodass die spitz gesplitterten Schenkelknochen eine zwar fettverschmierte, aber durchaus wirksame Waffe darstellten.

Jedes Mal, wenn Ysabel zu einem weiteren Hieb ausholte, spritzte dunkles Blut in alle Richtungen, bis auch ihr eigenes Gesicht und ihre Brust voller Blut waren. Omar hörte auf, sich zu wehren. Seine weit aufgerissenen Augen wurden starr, aber Ysabel hieb immer weiter auf ihn ein, bis Jack ihr die Hand auf die Schulter legte.

»Ich bin's«, sagte er beruhigend. »Wir haben sie. Alles in Ordnung.«

Er spürte, wie seine eigenen Beine nachgaben, rappelte sich aber wieder auf und half Ysabel, sich von dem leblosen Omar herabzuwälzen. Er fiel neben ihr auf die Kissen zurück. MP-Geschosse aus nächster Nähe konnten einen Schädel wie eine Melone platzen lassen, und zerschossene Glieder wurden nur noch durch Sehnen zusammengehalten, wenn überhaupt. Daher waren der Teppich und die Sitzkissen mit Blut, Gehirnspritzern und Knochensplittern übersät. Jack versuchte, Ysabel von dem grausigen Anblick wegzudrehen, aber sie wich ihm aus.

»Dafür ist es längst zu spät«, sagte sie heiser.

Aus dem Haus waren zwei weitere Schüsse zu hören. Kurz darauf kam der Russe, eine MP in der Hand, wieder auf die Veranda heraus.

»Der Koch«, sagte Dowschenko sachlich. »Er wollte es mit einem Küchenmesser versuchen, glaube ich.«

Jack atmete tief ein. »Habt ihr eine Ahnung, wo wir sind?«

»Wir sind nach Westen gefahren«, meinte Dowschenko. »Wir sind ungefähr zwei Stunden vor Einbruch der Dunkelheit entführt worden, schätze ich. Und es war dunkel, als wir hier ankamen.«

Jack nahm Omars Leiche das Satellitentelefon ab und durchsuchte den Taliban, bis er seinen Schlüsselbund fand, den ihm Omar abgenommen hatte und an dem sich die kleine Schlüssellampe befand. Eine Taschenlampe könnte sich in der nicht allzu fernen Zukunft als recht nützlich erweisen.

Ysabel hob das Kopftuch auf, das Omar ihr gegeben hatte, und wischte sich damit das Blut aus dem Gesicht. »Zwei Stunden Fahrt nach Westen seit dem Überfall? Dann wären wir bereits über die Grenze und im Iran.«

Dowschenko schüttelte den Kopf. »Der Osten Irans ist ein weitgehend rechtloses Gebiet, wird aber genauer und dichter patrouilliert als der Westen Afghanistans. Das heißt, wir müssen irgendwo abgebogen sein.«

Ysabel stand mit erschöpftem Stöhnen auf und ging auf Zehenspitzen zwischen den Blutlachen zum Rand der Veranda, von wo sie in den Nachthimmel blicken konnte.

»Hey«, sagte Jack und stellte sich neben sie, »hast du keine Angst vor den Schlangen?«

Ysabel verdrehte die Augen. »Die arme kleine Maus kam unter den Steinplatten hervor. Ich glaube nicht, dass sie freiwillig neben Schlangen gewohnt hätte.« Sie drehte sich zu Dowschenko um. »Schalte mal das Licht aus, Erik.«

Jack stutzte zwar kurz, als er die vertrauliche Anrede hörte, zuckte aber dann die Schultern. Nach der gemeinsam durchgestandenen Lebensgefahr wäre auch ihm die formale Anrede absurd erschienen.

Dowschenko schaltete es aus und trat neben sie.

Je mehr sich ihre Augen an die Dunkelheit gewöhnten, desto mehr Sterne erschienen am Nachthimmel – ein unglaublicher Sternenbaldachin. Ysabel deutete auf eine Stelle. »Seht ihr das schwach schimmernde Dreieck? Das ist das Zodiakallicht.«

»Klingt wie eine Sekte«, murmelte Jack.

Sie boxte ihm den Ellbogen in die Rippen. »Du bist doch angeblich so clever? Aber dein Allgemeinwissen ist miserabel. Das Zodiakallicht entsteht, wenn nach Sonnenuntergang das Sonnenlicht von den Staub- und Gaspartikeln reflektiert wird.«

»Und das bedeutet, dass es sich ungefähr im Westen befindet?«, fragte Jack, um seinen Ruf in puncto Allgemeinwissen wiederherzustellen.

»Ganz genau.«

»Zodiakallicht«, murmelte Dowschenko nachdenklich. »Hat nicht Mohammed damit die Zeitpunkte der fünf täglichen Gebete bestimmt?«

»Sehr gut«, sagte Ysabel. »Endlich mal ein Mann, der sich mit mehr als nur mit Pistolen auskennt.«

»Hey«, sagte Jack, »du hast mich zuerst gefragt, vergiss das nicht. Wenn das Westen ist, dann waren wir die meiste Zeit, seit ich aufgewacht bin, eher nach Norden unterwegs. Was meinst du – könnten wir nördlich von Herat sein?«

»Wir sind jedenfalls über irgendwelche Berge gefahren«, warf Dowschenko ein. »Ich habe gespürt, dass der Truck bergauf fuhr.«

»Bergland gibt es im Norden und im Süden von Herat«, erklärte Ysabel. »Ich bezweifle aber, dass sie mit uns den Islam Qala Highway überquert haben, denn weiter nördlich gibt es nicht viele Straßen, außerdem wäre es ein größeres Risiko. Nein, ich glaube, sie haben Herat südlich umfahren und sind auch südlich des Islam Qala geblieben. Das Tal des Hari ist eine Art grüner Gürtel. Ich denke, wir sind irgendwo in dem Tal. Wenn es hell wird, kann ich mich vielleicht besser orientieren.«

»Schon das war verdammt eindrucksvoll«, meinte Jack. »Du bist so was wie eine iranische Pfadfinderin, wie?«

Inzwischen war ihr durch den Kampf verursachter Adrenalinspiegel wieder ein wenig gesunken, sodass ihnen immer dringlicher klar wurde, dass sie Omars Haus und das Gemetzel möglichst schnell hinter sich lassen mussten, bevor Omars Geschäftspartner hier auftauchten. Aber zuerst musste Ryan noch ein Telefongespräch führen.

Omars Computer stand in einem kleinen Büro im vorderen Teil des Hauses. Der Raum hatte völlig weiße Wände, an denen kleine gewirkte Tapisserien mit persischen Gedichten hingen. Vor einem Fenster stand ein einfacher Schreibtisch aus Holz, von dem aus man den von Bäumen gesäumten Zufahrtsweg beobachten konnte – schön und zugleich praktisch.

»Er ist Schmuggler«, sagte Jack. »Das heißt, er wird mit seiner Kommunikation sehr vorsichtig gewesen sein. Satellitentelefone sind sehr leicht abzufangen.«

»Wenn er vielen Leuten Bestechungsgelder zahlt, wäre ihm das egal«, meinte Dowschenko.

Jack nahm ein Gerät mit weißem Plastikgehäuse von der Größe zweier Spielkartenpacks vom Tisch.

Dowschenko wusste, was es war. »Das ist ein Thuraya WLAN-Hotspot.«

Ryan verband Omars Satellitentelefon mit dem Gerät.

»Du weißt aber, dass ein Anruf von diesem Gerät leicht nachverfolgt werden kann?«, fragte Dowschenko.

»Nur das Signal«, antwortete Jack. »Aber ich wette, dieser Bursche hat dafür gesorgt, dass man den Inhalt des Gesprächs nicht abfangen kann.«

Der Laptop stand geöffnet auf dem Tisch. Jack tippte auf die Leertaste, und sofort erschien das Passwortfenster. Er zog die kleine Schreibtischschublade auf und musste nicht lange suchen. Omar war ein stolzer Mann und sehr von seiner Bedeutung überzeugt, was er auch seinen Gefangenen hatte klarmachen wollen. Er hielt sich für einen Emir, einen Herrscher, umgab sich mit einer Phalanx von bewaffneten Wächtern und wohnte in einer Art Festung, war aber in Wirklichkeit nichts weiter als ein Krimineller, ein Drogenschmuggler, der sich nicht einmal sein Passwort merken konnte.

Ryan machte Ysabel Platz, damit sie das in dem kleinen Spiral-Notizbuch in persischer Schrift notierte Passwort einloggen konnte.

»Er hat bestimmt ein virtuelles privates Netzwerk benutzt«, meinte Ryan.

Ysabel blickte zu ihm auf. »Glaubst du?« Sie ging noch einmal die Liste der Passwörter durch, dann tippte sie auf einen der Einträge. »Er hat hier tatsächlich die Passwörter für sein VPN und für ein VoIP notiert.«

»Aber die Qualität eines Internettelefonats dürfte hier ziemlich schlecht sein«, warf Dowschenko ein. »Und, wie gesagt, das Satellitensignal wird auf jeden Fall sichtbar sein.«

Jack nickte. Mit Apps wie FlyingFish oder bestimmten staatlichen Hardwareoptionen konnte man Funksignale oder die schlecht verschlüsselten GPS-Signale eines Sat-Telefons abfangen. Das hatte er selbst oft genug getan.

»Das müssen wir in Kauf nehmen«, sagte er.

»Ich sammle die drei Gewehre ein«, sagte Dowschenko.

»Und ich suche nach einem Autoschlüssel. Den Truck sollten wir nicht mehr benutzen«, ergänzte Ysabel.

Jack gab eine Telefonnummer in den Laptop ein. »Okay. Ich erledige nur noch den Anruf und buche uns Tickets irgendwohin, wo es nicht so unfreundlich zugeht. Wir können längst unterwegs sein, bevor jemand das Signal tracken kann.«

Dowschenko nickte und ging zur Hintertür, während Ysabel im Flur verschwand, um nach einem Autoschlüssel zu suchen.

Nur fünfundfünfzig Kilometer weiter östlich, auf der anderen Seite des Hari am Rand der kleinen Ortschaft Jebrael, wischte sich Parviz Sassani mit einem feuchten Lappen, den er aus der Küche der toten Frau geholt hatte, das Blut von den Händen. Der Gardist, der ihn begleitete, kniete neben den Leichen der beiden Jungen und durchsuchte die Taschen des älteren nach brauchbaren Hinweisen. Das Mädchen war noch zu klein, als dass sich bei ihr etwas Verwertbares würde finden lassen.

Noch bevor der Londoner Kontakt der Revolutionsgarde gemeldet hatte, dass sich Ysabel Kashani nicht mehr in London aufhielt, hatte Sassani schon selbst entdeckt, dass sie für das UN-Drogenbekämpfungsbüro in Afghanistan arbeitete. Außerdem hatte er nach Durchsicht der Passagierlisten der letzten paar Flüge vom Airport Teheran herausgefunden, dass Erik Dowschenko kurz nach der Durchsuchung von Maryam Farhads Apartment aus dem Land geflohen war. Sassani kicherte vor sich hin. Der Verräter musste sich schon während

Sassanis Anruf am Flughafen aufgehalten haben. IRGC-Kontakte in Dubai und Kabul halfen mit, dem Reiseweg des Russen nach Herat nachzuspüren.

Ein kurzer Flug in einem IRGC-Flugzeug nach Herat und ein paar Erkundigungen im Umfeld des UNODC-Büros führten Sassani zu Fatima Husseini, die als Ehrenamtliche Kashani schon oft unterstützt hatte und sie und ihr Programm entschlossen verteidigte. Nachbarn in Jebrael bestätigten, dass die Husseini mehrere Kilometer weit zu Fuß gegangen war, um ihre Freundin vor möglichen Problemen mit Schmugglern zu warnen. Zwei Schmuggler wurden später in Kashanis Büro aufgefunden, der eine tot, der andere betäubt und stark verwirrt. Selbst in einem von Kriegen zerrissenen Land wie Afghanistan erregte das Ereignis eine gewisse Aufmerksamkeit.

Fatima Husseini hatte sich allerdings nicht als große Hilfe erwiesen, hatte die Zähne zusammengebissen und sich geweigert, ihre Freundin zu verraten, bis sich Sassani zu der Drohung gezwungen gesehen hatte, ihre Kinder zu töten. Erst dann erzählte sie ihm von den Schmugglern und dem Mann, von dem sie mit einiger Sicherheit annahm, dass er der Schmugglerboss war – ein Opiumschmuggler namens Omar Khan. Fatima hatte keine Ahnung, wo dieser Khan wohnte, aber einer der Schmuggler lag mit einer Gehirnerschütterung im Krankenhaus und würde es wohl wissen.

Er war nahe dran. Das hatte ihm Fatima bestätigt, bevor sie starb. Sassani ließ den blutgetränkten Lappen auf den Boden fallen und winkte seinem Leutnant, ihm zu folgen. Wenn überhaupt jemand wusste, wo sich Ysabel Kashani derzeit aufhielt, dann war es dieser Omar Khan.

AFGHANISCH-IRANISCHE GRENZE
N
Kaspisches Meer
TURKMENISTAN
Maschhad
Teheran
Islam Qala Highway
Herat
IRAN
AFGHANISTAN
IRAK
PAKISTAN
Persischer Golf
SAUDI-ARABIEN
BAHRAIN
KATAR
V.A.E.
Golf von Oman
© 2018 Jeffrey L. Ward

50

Clark stand auf der anderen Seite des Raums und berichtete Gerry Hendley über das Telefon, was er über Jack wusste, als Dings Handy zu vibrieren begann. Als er die Stimme am anderen Ende hörte, war ihm, als würde jede Kraft aus seinen Beinen weichen.

»Wir dachten, du bist tot«, sagte er und schnippte mit den Fingern, um Clarks Aufmerksamkeit zu erregen.

Clark signalisierte ihm, er müsse noch warten.

»Jack ist dran«, sagte Ding. Jetzt reagierte Clark sofort.

»Ich rufe gleich noch mal zurück«, sagte er zu Hendley. »Scheint so, als wäre Junior am Telefon ... Ja, ich melde mich, sobald ich weiß, was vor sich geht.«

Chavez stellte sein Handy auf Lautsprecher. Die beiden Männer gingen in eines der Schlafzimmer, außer da Rochas Hörweite.

»Was ist los, Junge?«, fragte Clark. »Wie geht's dir?«

»Wir sind noch am Leben und wieder frei«, sagte Ryan. Seine Stimme klang geisterhaft und leicht verzerrt. »Aber eine Weile stand es hier wirklich auf der Kippe.« Er brach ab, dann setzte er hinzu, als könne er ein Weinen nur mühsam unterdrücken: »Hör zu, ich ... habe ... schlimme Nachrichten ...«

»Dom hat es überlebt«, unterbrach ihn Clark sofort. Man

konnte sich über vieles lustig machen, aber niemals, wenn es um das Leben eines Teamgefährten und Freundes ging. »Er hat uns vor einer halben Stunde angerufen. Er liegt in einem afghanischen Militärkrankenhaus in der Nähe von Herat. Er hat ein paar schwere Verbrennungen, aber nichts Lebensbedrohliches, sagt er. Adara hat auch mit ihm telefoniert und ihm ein paar kräftige Tritte in den Arsch angedroht, wenn er es wagen sollte zu sterben. Ich denke, er wird wohl schon in den nächsten Minuten nach Ramstein ausgeflogen.«

Jacks Erleichterung war nicht zu überhören.

»Hör mal«, fuhr Clark fort, »hier bei uns gibt es ein paar wichtige Entwicklungen. Über was für eine Verbindung rufst du an?«

»VoIP«, erklärte Ryan. »Ich bin zwar anonymisiert und verschlüsselt, glaube ich, aber es ist eine Satellitenverbindung, deshalb kann ich nicht lange sprechen.«

»Du glaubst es nur?«, fragte Chavez.

»Ich kann kein Farsi lesen«, sagte Ryan, »aber ich bin ziemlich sicher.«

»Das muss reichen«, entschied Clark. »Die NSA wird wahrscheinlich die einzige Agentur sein, die mithört, und das werden sie ohnehin schon bald erfahren …«

Clark fasste in Kürze zusammen, was sie über die Gorgon-Raketen herausgefunden hatten und nannte auch den Ort im Iran, an dem sie sich angeblich zuletzt befunden hatten.

»Die Russen, oder jedenfalls mehrere Russen, mischen bei dieser Gaunerei mit«, ergänzte Chavez. »Rede mal mit deinem Kumpel, vielleicht weiß er, wohin die Gorgons transportiert werden sollen.«

»Er steht neben mir«, antwortete Jack, »und anscheinend ist er genauso verblüfft wie ich.«

»Dachte ich mir«, sagte Clark. »Unser Typ hier sagt, sie seien zu einem Flugplatz im Nordosten Irans geliefert worden, in der Nähe der Stadt Maschhad. Leuchtet mir ein. Die Revolutionsgarde hat dort eine Raketenbasis.«

»Maschhad?« Ryan zögerte kurz. »Das ist nur ungefähr hundertfünfzig Kilometer von uns entfernt. Wir erkunden das genauer.«

»Im Iran?« Chavez schüttelte nachdrücklich den Kopf. »Keine Chance.«

»John«, sagte Ryan, »ich bin hier und bin bereit dazu. Wenn die Iraner Atomraketen haben, müssen wir dringend herausfinden, wo sie ...«

Ryan brach plötzlich ab, von einer Stimme im Hintergrund unterbrochen, vermutlich der Russe, dachte Clark. Es war schwer zu sagen, da bei der VoIP-Verbindung immer eine kleine Verzögerung eintrat. Ein paar Augenblicke später meldete sich Jack wieder.

»Mein Freund hier meint, er hätte eine Liste iranischer Wissenschaftler, die potenziell für unsere Nachforschungen infrage kämen. Ein paar von ihnen leben in Maschhad.«

»Russische Agenten nützen uns nichts«, wandte Ding ein.

»Er sagt aber, dass diese Burschen wertvoll sein könnten«, sagte Jack. »Es klingt nicht so, als hätten sie für die Russen etwas übrig – es geht ihnen nur um Geld. Ihnen ist es egal, für welche Seite sie arbeiten.« Ryan brach ab und hörte kurz der Stimme im Hintergrund zu. »Einer von ihnen hat offenbar ein Kind, das dringend eine medizinische Behandlung im Westen braucht.«

»Das kling vielversprechend«, meinte Clark, womit er bereits ein wenig nachgab. Ein krankes Kind als Druckmittel einzusetzen mochte eine schlimme Sache sein, aber Deals im Spionagegeschäft kamen oft nur durch solche Druckmittel zustande.

»Dann gib mir die Erlaubnis, mit ihm zu reden«, drängte Ryan. »Wir können bei Sonnenaufgang in Maschhad sein.«

»Ich bin sicher, der Iran hat seine eigenen Methoden, die Leute am Grenzübertritt zu hindern, die sie nicht im Land haben wollen«, wandte Clark ein.

»Ja, natürlich, aber Opiumschmuggel ist hier ein großes Geschäft. Ysabel sagt, dass ein großer Teil des Heroins durch den Iran nach Europa gelangt.«

Chavez ließ sich davon nicht überzeugen. »Das heißt nur, dass die iranische Drogenpolizei noch mehr Druck an der Grenze macht. Ich habe neulich gelesen, dass sie die Patrouillen verstärkt haben und sogar Drohnen einsetzen.«

»Shaheds«, sagte Jack. »Sagt Ysabel gerade. Es sind praktisch Nachbauten unserer Predator-Drohne. Durch ihre Arbeit für die UNODC hat sie viel Einblick in die Methoden gegen Drogenhandel bekommen. Und sie kennt auch die Schwächen.«

»Welche Schwächen wären das?«, fragte Chavez skeptisch.

»Der Wind«, sagte Ryan. »Und nicht irgendein Wind, sondern dieser verdammt unangenehme Staubwind, der hier bläst. Er bietet uns gute Deckung. Er bläst hier den ganzen Sommer über, sodass die Grenzüberwachung mit Drohnen problematisch ist. Er wird ›Wind der hundertzwanzig Tage‹ genannt.«

»Beenden wir das Gespräch«, sagte Clark. »Mach, was du für richtig hältst, aber tu mir den Gefallen und ruf mich zuerst an, bevor du etwas Unüberlegtes tust. Ich brauche dir ja nicht zu sagen, welchen Shitstorm du auslösen würdest, wenn dich die Iraner ohne Zollstempel im Pass zu fassen bekommen.«

»Verstanden«, sagte Ryan. »Hör zu – ich schicke dir eine E-Mail mit einem Foto. Von unserem russischen Freund.«

»In Ordnung. Ich habe auch etwas für dich, aber das ist nur für deine Augen bestimmt. Schau in dein Postfach, wenn du das Foto schickst.«

»Verstanden«, bestätigte Ryan. »Ende.«

Ryan loggte sich in sein verschlüsseltes Postfach ein, eine weitere Sicherheitsstufe im bereits gut abgesicherten anonymisierten VPN des Schmugglers. Er hängte auch einen Link zum Foto von General Alow und den Demonstranten an, das Dowschenko auf einem Dummy-Account auf eBay gepostet hatte. Noch während er die Befehle eingab, ging eine neue Nachricht von Clark ein. Ryan las sie zweimal durch, dann schob er sie in einen virtuellen Papierkorb. Informationen gingen niemals wirklich verloren, aber sie konnten so oft überschrieben werden, dass sie praktisch unlesbar und wertlos wurden – bis sich jemand wieder mal ein neues Programm ausdachte oder bis der ursprüngliche Programmierer bei irgendeiner Hackerkonferenz enthüllte, dass er eine Hintertür eingebaut hatte.

Danach trennte Ryan das Satellitentelefon von der Verbindung und blickte auf die Computeruhr. »Sechs Minuten. Wir müssen sofort aufbrechen.«

»Lass mich raten«, sagte Dowschenko. »Deine Leute glauben, ich sei ein ›dangle‹, und wollen mich an den FLUTTER hängen?«

Jack nickte amüsiert. FLUTTER war der CIA-Code für einen Lügendetektor. Und mit »dangle« wurde ein feindlicher Nachrichtendienstler bezeichnet, der sich freiwillig für Agententätigkeiten gemeldet hatte, in Wirklichkeit aber ein Doppelagent war. Alle Seiten konnten sie einsetzen, weshalb alle Seiten misstrauisch waren – was es zu einem wahrhaft mühseligen Prozess machte, wenn man herausfinden wollte, ob jemand wirklich die Seiten wechseln wollte oder nur einfach von seiner eigenen Behörde »baumeln« gelassen wurde, um die Spionagefähigkeiten und Methoden der Gegenseite besser einschätzen zu können.

»Das ist clever«, fuhr Dowschenko fort. »Kann ich gut verstehen. Im umgekehrten Fall würde auch ich dir nicht über den Weg trauen. Aber glaube mir, ich hätte absolut nichts dagegen einzuwenden, mich einem Test mit dem Lügendetektor zu unterziehen.«

»Genau das haben sie auch vor«, gab Jack zu. Was er jedoch nicht sagte, war, dass die CIA durch Mary Pat Foley dem Russen Erik Dowschenko bereits einen Decknamen zugewiesen hatte – GP/VICAR. Auch Ysabel stand bereits als SD/DRIVER auf dieser Liste. Jedes Land hatte einen Digraph, eine aus zwei Buchstaben bestehende Kennzeichnung, die in regelmäßigen Abständen geändert wurde. Im Moment war GP der Digraph für Russland und SD für den Iran. Diese gewöhnlich computergenerierten Präfixe wurden vor den Codenamen gestellt und sollten die geografische Zuordnung der individuellen Decknamen erleichtern. Dabei spielte es keine Rolle, ob VICAR derzeit Ryan in Angelegenheiten unterstützte, die den Iran betrafen. Er war Russe, also begann sein Codename mit GP. Es kam nur selten vor, dass Agenten, die für die amerikanische Seite arbeiteten, jemals ihr Kryptonym erfuhren.

»Also«, sagte Dowschenko, »was haben sie dir befohlen? Mir die Fingernägel auszureißen?«

»Ich habe ihnen gesagt, dass du neben mir gekämpft hast«, antwortete Jack. »Und dass du, wenn du mich töten wolltest, das längst getan hättest.«

»Vielleicht wollte ich dich erst einmal verhören?«, sagte Dowschenko. »Um dich danach umzubringen?«

»Und? Hast du das vor?«

»Nein.«

»Na also«, sagte Jack und blickte erneut auf die Uhr. Der Schock des Überfalls und des Kampfes hatte sich inzwischen so weit verflüchtigt, dass er wieder ein wenig klarer denken konnte. Er glaubte, eine Autotür zuschlagen zu hören, und blickte abrupt zu Dowschenko auf. »Hey«, zischte er und griff nach einer der Kalaschnikows, »wo ist Ysabel?«

Major Sassani hasste Umwege, aber manchmal war die Gerade zwischen zwei Punkten eben doch nicht der schnellste Weg. Er befahl seinem Leutnant, ihn von Fatimas armseliger Behausung zuerst einmal zum Hauptquartier der afghanischen Grenzschutzbrigade in Herat zu fahren.

Genau wie die US-Drogenvollzugsbehörde DEA, die Agenten in Mexiko, Kolumbien und Europa einsetzte, hatten die iranischen Polizeikräfte (NAJA) Mitarbeiter ihrer Drogenbekämpfungsteams und des Grenzschutzes zur afghanischen Nationalpolizei abkommandiert. Und die iranische Cyberpolizei, die routinemäßig Dissidenten verfolgte, die versuchten, die staatliche Aufsicht über das Internet zu umgehen, hatte einen Techniker in das Drogenbekämpfungskommando in Herat eingebettet. Das war einer der Gründe, warum sich die Amerikaner von den iranischen Polizeibehörden gestört fühlten.

Auch im Iran selbst gibt es große Spannungen zwischen der regulären Armee und der Revolutionsgarde, aber die Sepâh, die »Armee der Wächter der Islamischen Revolution«, verfügt über extrem große Macht, auch über die uniformierten Ordnungskräfte der NAJA und, allerdings in etwas geringerem Maße, über die Anti-Drogen-Polizei ANP. Aufgrund der späten Stunde dauerte es zwar eine Weile, aber schließlich konnte Sassani doch den befehlshabenden Offizier bewegen, ihm fünf Mann auszuleihen, sodass er nun über ein zehnköpfiges Team verfügte, wenn man ihn selbst, seinen Leutnant und die drei iranischen Antidrogenpolizisten mitrechnete. Omar Khan war ein weithin bekannter Bandit, weshalb alle reichlich nervös waren, als sie sich nach eineinhalb Stunden Fahrt durch die rabenschwarze Nacht der Festung des Schmugglers in der Nähe von Ghurian näherten.

Die Männer trafen auf keinen Widerstand, und den Grund dafür fanden sie recht schnell heraus. Der Beamte von der iranischen Cyberpolizei kotzte sich auf die eigenen Schuhe, als er den Hammelknochen sah, der aus Omars völlig verstümmeltem Hals ragte.

Sassani kniete am Rand des blutgetränkten Teppichs nieder und betrachtete die Szenerie des Massakers. »Ysabel«, sagte er.

Der afghanische Polizeihauptmann runzelte ungläubig die Stirn. »Woher wollen Sie das wissen?«

»Dieser Mann ist viele Male getötet worden«, erklärte Sassani. Er stand auf und wischte sich die Hände an den Hosenbeinen ab, obwohl er gar nichts angefasst hatte. »Frauen sind emotionale Geschöpfe. Sie neigen fast zwanghaft zum Overkill, wenn sie Menschen töten, die sie hassen oder fürchten.«

Die über den Teppich verstreuten Essensreste waren erkaltet, aber noch nicht von Insekten befallen. Die Asche in der Feuergrube gab immer noch Hitze ab, wenn man in ihr stocherte.

»Sie sind noch nicht lange weg«, sagte Sassani. »Vier Plätze beim Essen waren besetzt – wer außer Kashani und Dowschenko konnte noch dabei gewesen sein? Sicherlich keiner der Bodyguards hier.« Nachdenklich ging der Major durch das Haus. »Sieben Tote«, murmelte er vor sich hin, als er über eine Leiche stieg, die er für die des Kochs hielt. Der Russe war anscheinend doch mehr Mann, als er vermutet hatte. Er wandte sich an den iranischen Verbindungsoffizier der Antidrogentruppe, einen kleinen, dicklichen Mann namens Malik mit Armen, die recht muskulös aussahen, aber selbst an diesem Körper ein wenig zu kurz wirkten. »Rufen Sie mal Ihre Kontakte am Flughafen an«, befahl Sassani. »Diese Flüchtlinge sind extrem gefährlich.«

»Jawohl, Major«, sagte Malik, machte aber keine Anstalten, dem Befehl zu folgen.

»Sofort«, drängte Sassani. »Durchaus möglich, dass sie schon dort sind.«

»Ja«, sagte Malik gereizt, »aber dafür brauche ich das Satellitentelefon, und das liegt im Truck.«

»Satellitentelefon …?«, wiederholte Sassani nachdenklich. Er wies mit dem Kopf auf Omars Schreibtisch. Darauf lag ein Brieföffner, etwas, das wie eine funktionierende sowjetische F1-Handgranate aussah, und andere Kleinigkeiten, die alle eher am Rand der Schreibtischplatte lagen. In der Mitte war eine völlig leere Fläche; dort musste ein Laptop gestanden haben. »Er könnte doch über eine Satellitenverbindung ins Internet kommen, oder nicht?«

Der Cybertechniker sah zwar so aus, als müsse er sich noch einmal übergeben, hatte sich aber inzwischen so weit erholt, dass er sich an der Durchsuchung des Hauses beteiligen konnte.

»Es gibt keinen Festnetzanschluss«, sagte er. »Also wird es wohl so gewesen sein.«

»Sehr gut«, nickte Sassani. Er durchsuchte die Schreibtischschubladen und entdeckte die Bedienungsanleitungen für ein Thuraya-XT-Pro-Satellitentelefon und einen WLAN-Hotspot derselben Marke. Er wandte sich an den afghanischen Hauptmann. »Haben Sie FlyingFish oder irgendein anderes Satellitenüberwachungssystem?«

Der Mann schüttelte den Kopf. »Bei dieser Technologie sind wir auf die Amerikaner angewiesen.«

»Ich habe es«, mischte sich der iranische Cybertechniker wieder ein. »Nicht FlyingFish, aber etwas Ähnliches. Wir halten es ständig einsatzbereit, nutzen es aber nur, wenn wir jemanden aktiv jagen.«

»Hervorragend«, sagte Sassani befriedigt. »Das mache ich.«

»Sie machen was, Major?«, fragte der afghanische Hauptmann.

»Jemanden aktiv jagen.«

51

»Wird dieses Gespräch aufgezeichnet?«

Senatorin Chadwick saß auf der Couch, mit dem Rücken zum Resolute Desk, und starrte den Präsidenten mit misstrauisch zusammengekniffenen Augen an, als rechnete sie damit, dass er jederzeit aufspringen und sie angreifen könnte.

»Nein«, antwortete Jack Ryan, »es bleibt zwischen uns beiden.« Er wies mit dem Kopf zur Tür des Sekretärinnenzimmers hinüber. »In der Tür ist ein Spion, durch den meine Mitarbeiter sehen können, ob ich gerade telefoniere oder Besucher habe. Aber keine Aufzeichnung.«

»Werden wir ja sehen«, sagte Chadwick.

»Na schön«, sagte Ryan. »Ich dachte, vielleicht hatten wir beide nur einen schlechten Anfang.«

»Bestimmt nicht. Ich kann Sie einfach nicht ausstehen. Ihnen haftet irgendwie ein übler Geruch an. Ihre Arroganz irritiert mich. So klug bin ich auch, dass ich weiß, wie schlecht es bei den Medien ankommt, wenn ich ein Gespräch mit dem Präsidenten ablehne, aber das heißt nicht, dass wir Freunde werden müssen. Also, worum geht es? Bringen wir es hinter uns. Ich bin zum Lunch mit dem Vorsitzenden des Haushaltsausschusses verabredet.«

»Ich verstehe«, nickte Ryan. Vorsichtig wählte er seine

nächsten Worte. »Wir wissen beide, wie wichtig in unserem Geschäft eine dicke Haut ist. Ich bin an Leute gewöhnt, die mich nicht leiden können. Aber ich muss Ihnen sagen, dieses Brandstiftergerede über den Grippeimpfstoff ist wirklich schädlich für …«

»Gut«, unterbrach sie ihn. »Ich hoffe sehr, dass es Ihnen den Boden unter den Füßen wegzieht, politisch, meine ich. Wenn ich Sie damit daran hindern kann, Ihren Nachfolger auszuwählen, wenn es so weit ist, habe ich meinen Job gut gemacht. Das Letzte, was dieses Land braucht, ist ein neuer Jack Ryan am Steuerruder, wenn Sie endlich von Bord gehen.«

Ryan atmete tief durch. »Ich wollte nur sagen, dass das Gerede über das Horten von Impfstoffen dem amerikanischen Volk schadet. Falsche Narrative und manipulierte Videos hätten in Kamerun beinahe einen Krieg ausgelöst.«

»Na«, gab Chadwick zurück, »wenn es ums Auslösen von Kriegen geht, sind Sie der Experte, nicht ich.«

Ryan wartete einen Moment. Er war auch nur ein Mensch und wollte nicht mit etwas herausplatzen, das er später bereuen würde. »Was genau wollen Sie eigentlich erreichen?«

»Das habe ich Ihnen doch schon erklärt! Ich will, dass das amerikanische Volk Sie so sieht, wie Sie wirklich sind.«

Ryan nickte. »Bin ziemlich sicher, dass es das bereits sehen kann. Mit Warzen und allem.«

»O ja, das wird es, wenn es nach mir geht.«

Über diese Frechheit konnte Ryan nur lachen. »Ich denke, wir werden diese Streitigkeiten wohl vor den Gerichten austragen müssen.«

»Das wäre mir nur recht«, sagte Chadwick. »Ich bin sicher, dass die Gerichte …«

Betty Martins Stimme kam aus dem Intercom – für Ryan eine höchst willkommene Unterbrechung.

»Mr. President – DNI Foley ist eingetroffen.«

Betty sagte nicht, dass es eilig sei, aber Ryan wusste es trotzdem, sonst hätte sie ihn nicht mitten in einer Besprechung unterbrochen, sofern er sie vorher nicht eigens darum gebeten hätte – was er dummerweise versäumt hatte.

Chadwick verstand auch so und stand auf. »Nun, das scheint echt zu sein. Klingt so, als würden Sie gleich wieder einen neuen Krieg anfangen.«

Mary Pat wich Senatorin Chadwick weiter aus als nötig, als die beiden Frauen an der Tür aneinander vorbeigingen. Nach Chadwicks Meinung war die Direktorin der Nationalen Nachrichtendienste als »Mitglied des Kriegsrats«, wie sie den Nationalen Sicherheitsrat nannte, genauso schuldig wie Ryan selbst.

»Ich kann nur hoffen, dass du gute Nachrichten hast«, sagte der Präsident. »Die könnte ich nämlich gut gebrauchen.«

Foley, der nur selten die richtigen Worte fehlten, atmete erst einmal tief durch. »Jedenfalls eine bessere Nachricht als die, die ich noch vor zehn Minuten hatte, Jack. Aber immer noch ziemlich beschissen.«

Eine Nebentür ging auf, und Arnie kam herein, mit ungewöhnlich ernster Miene. Er schaute Foley mit einem unverkennbaren *Weiß er es schon?*-Blick an.

»Okay«, sagte Ryan fünf Minuten später, nachdem ihn Mary Pat mit einer Kurzfassung der Ereignisse auf den neuesten Stand gebracht hatte. »Rufen wir noch einmal den NSC zusammen, aber Äußeres und Verteidigung hätte ich gern so schnell wie möglich hier.«

»Beide sind bereits unterwegs, Mr. President«, antwortete Foley. »Ich habe mir die Freiheit genommen, sie sofort ins Weiße Haus zu bitten. Burgess lässt gerade einen Kurzbericht erarbeiten, aber ich wollte, dass du es schon vorab erfährst.«

Sie biss sich auf die Unterlippe, für Ryan ein klares Zeichen, dass sie noch mehr zu sagen hatte.

»Also los«, forderte er sie auf. »Sag es mir.« In seinem Magen ballte sich etwas zusammen – Sorge. Das war nichts Neues. So sehr er auch Jack und Clark und all den anderen vertraute, war doch die Welt, in der sie täglich operierten, kalt und gefährlich. Ryan hatte genügend Anrufe bei hinterbliebenen Eltern und Ehepartnern hinter sich, um das aus erster Hand zu wissen. Einer Kugel war es egal, wer dein Vater war. Menschen starben manchmal auch nur deshalb, weil sie einen Schritt nach rechts statt nach links getan hatten.

»Es geht ihm gut«, sagte Mary Pat schnell, als hätte sie seine Gedanken gehört. »Aber wir müssen darüber reden.«

Burgess stürzte praktisch ins Oval Office. »Mr. President«, sagte er atemlos, als sei er durch den Westflügel gerannt, »Major Poteet befindet sich gegenüber im Roosevelt-Zimmer und bereitet ein paar Folien für Sie vor. Er wird jeden Moment hier sein.«

»Major Poteet?«, fragte Ryan.

»Er ist unser führender Experte für die derzeitige Verteidigungskraft des Iran. Wenn er mir etwas erklärt, kommt es mir so vor, als würde er mir eine ganze Jahresausgabe von Jane's Defense Weekly vorlesen, aber ich habe ihn schon ermahnt, dass er sich bei seiner Präsentation auf das Notwendigste beschränken soll.«

Ryan stand auf und ging zur Telefonanlage auf dem Schreibtisch, um Betty zu bitten, Kaffee bringen zu lassen. Er hatte das deutliche Gefühl, dass es eine lange Nacht werden würde. »Mal sehen, ob das Notwendigste ausreicht«, meinte er. »Die ganze Geschichte ist ein einziges Durcheinander. Kann sein, dass die Russen mit ihrer *maskirowka* Spaß haben, aber das hier …«

Sowohl Mary Pat als auch van Damm wussten, was er damit meinte: die russische umgangssprachliche Bezeichnung für das ganze Arsenal von militärischer Täuschung, von Leugnen bis hin zu Tarnungsmanövern.

Scott Adler kam herein, gefolgt von einem Mann mittleren Alters, der ein weißes Hemd mit Knopfkragen und gestärkte Wrangler-Jeans mit messerscharfen Bügelfalten trug. Er hielt einen geschlossenen Laptop in den schwieligen Händen.

»Bitte entschuldigen Sie Major Poteets äußere Erscheinung«, sagte Burgess, »aber er ist derzeit im Urlaub. Zufällig traf ich ihn in seinem Büro an, nachdem ich den Anruf der DNI erhalten hatte. Er hat die Präsentation auf dem Weg hierher zusammengestellt.«

»Major«, sagte Ryan und schüttelte ihm die Hand.

»Es ist mir eine Ehre, Mr. President«, sagte Poteet. Sein texanischer Akzent war weich, ganz im Gegensatz zu seinen rauen Händen. »Ich bitte um Nachsicht, dass ich nicht in Uniform erscheine.«

»Kein Problem. Ich nehme an, Sie sind auf dem neuesten Stand?«

Burgess nickte. »Er weiß alles, was ich weiß, Sir.«

»In Ordnung.« Ryan lud alle mit einer Handbewegung ein, sich zu setzen, während er noch einmal kurz seine Sekretärin anrief. Dann setzte er sich in seinen Sessel vor dem Kamin. »Ich habe eine Sitzung des gesamten Nationalen Sicherheitsrats anberaumt. Sie beginnt in einer halben Stunde. Bevor alle eintreffen, möchte ich mir einen ungefähren Eindruck von Ihren Meinungen verschaffen. Fangen wir an.«

Poteet brauchte die nächsten zehn Minuten, um die bekannten Fakten über den Stand des iranischen Raketen- und Flugkörperarsenals zusammenzufassen, und gab auch einen Überblick über die Fähigkeiten des Landes, Angriffe anderer Länder abzuwehren. Einen wesentlichen Teil der Informationen kannte Ryan bereits, aber das Briefing half ihm, seine Kenntnisse für die derzeitige Situation noch einmal aufzufrischen.

»Gut«, sagte er schließlich, lehnte sich zurück und legte die Finger zu einem Kirchendach zusammen. »Die Sejjil-2 ist also eine iranische Mittelstreckenrakete und in der Lage, Ziele in einer Entfernung von weit über zweitausend Kilometern zu treffen?«

»Das ist korrekt, Sir«, nickte der Major.

»Mit GPS-Lenksystem?«

»Ja, Sir. Wir glauben, dass sie derzeit die technisch am weitesten entwickelte Raketenwaffe ist, über die der Iran verfügt.«

»Und die russischen Gorgons haben eine Reichweite von, was … tausend Kilometer?«

»Ja, ungefähr«, bestätigte Burgess. »Aber Quellen im Kreml zufolge kommen die neueren Baureihen auf bis zu fünfzehnhundert Kilometer.«

»Verstehe«, sagte Ryan nachdenklich. »Aber das ist doch noch weit von der Reichweite der Raketen entfernt, die der Iran bereits im Arsenal hat. Könnte es sein, dass sie vorhaben, die Atomsprengköpfe von den Gorgons auf die Sejjil zu transferieren?«

»Das wäre durchaus möglich«, antwortete Poteet. »Aber es wäre nicht sehr klug. Der nukleare Sprengkopf auf der 51T6, also der Gorgon, wäre natürlich für die iranischen Streitkräfte ein Leckerbissen, aber ich glaube, dass sie es eher auf das technisch viel weiter entwickelte russische Lenksystem abgesehen haben. Der Iran neigt dazu, die Zielgenauigkeit seines eigenen Arsenals grob zu übertreiben.«

»Und das ist noch sehr milde ausgedrückt«, warf Mary Pat ein. »Unsere Satellitenaufnahmen von ihren Raketentests vor drei Jahren zeigen, dass sie Sprengladungen am Boden zündeten, damit es so aussah, als hätten sie das Ziel tatsächlich mit einer ihrer Raketen getroffen.«

»Das stimmt, Ma'am«, bestätigte Poteet. »Und das war kein Einzelfall. Wir schätzen den CEP, also den Streukreisradius, bei der Sejjil auf mehr als fünfhundert Meter, selbst mit dem internen GPS-Lenksystem.«

»Ein halber Kilometer? Das würde ich nicht als präzise Waffe bezeichnen«, meinte Ryan.

»Der Iran hat das größte Raketenarsenal im gesamten Nahen Osten«, erklärte Poteet. »Verzeihen Sie den Ausdruck, aber das Land starrt förmlich vor Raketen. Aber es sind keine präzisen Waffen – noch nicht. Die Sanktionen erschweren es dem Iran, sich legal bestimmte elektronische Bauteile zu beschaffen oder an die Metallpulver zu kommen, die bei Feststoffraketen für eine stabile Verbrennung nötig sind. Bisher haben sich sogar auch die Russen gesträubt, ihnen ihre technologisch am weitesten entwickelten Systeme zu liefern. Aber damit will ich nicht sagen, dass wir die Gefahr unterschätzen dürfen. Man muss nur genug Sprengstoff auf ein Ziel schleudern, dann wird ein Teil davon sicherlich genau treffen.«

Ein Steward von der Navy Mess, dem von der Navy betriebenen Restaurant im Weißen Haus, brachte den Kaffee herein. Das Gespräch verstummte, bis er den Raum wieder verlassen hatte. Wie gewohnt goss Ryan den Kaffee selbst ein. Das gab seinen Händen etwas zu tun, während sein Gehirn an einem Problem arbeitete. Es war ein Trick, den er von seinem Vater erlernt hatte, der oft in seiner Werkstatt herumwerkelte, während er über eine schwierige Mordermittlung grübelte. Er reichte dem Major eine Tasse und hielt die Zuckerzange mit einem Stück Würfelzucker darüber.

»Schwarz, ohne Zucker, bitte«, sagte Poteet, dem es sichtbar peinlich war, vom Obersten Befehlshaber den Kaffee serviert zu bekommen. Im Pentagon wurden Majore als Offiziere mittleren Ranges oftmals in unterstützenden Funktionen eingesetzt; dort waren sie es, die den Generalen den Kaffee servieren mussten.

»Wir möchten gerne Ihre Vermutungen hören, was die Iraner mit diesen russischen Raketen treffen wollen.«

»Die Gorgons sind mobil«, erklärte Poteet. »Selbst mit ihrer relativ begrenzten Reichweite könnten die Iraner eine Reihe von US-Basen in Zentralasien erreichen, je nachdem, von wo sie abgefeuert werden. Der Irak wäre ein realistisches Ziel, ebenso Saudi-Arabien oder eine Reihe sunnitischer Länder.«

»Und dann wäre da natürlich auch Israel«, ergänzte Außenminister Adler. »Vom Westen des Iran gestartet, könnten die Raketen auch Israel erreichen. Sie rasseln ja gegenüber Jerusalem schon seit Jahren mit den Säbeln. Einigen ihrer Hardliner käme so ein Atomsprengkopf sehr gelegen.«

»Mag sein«, meinte Mary Pat. »Aber das halte ich für weniger wahrscheinlich – sie haben ja nur zwei davon.«

»Zwei, von denen wir wissen«, wandte Burgess ein. »Aber wir wissen nicht, ob sie nicht schon seit einiger Zeit Raketen über die Grenze geschmuggelt haben.«

»Kann sein«, gab Mary Pat zu. »Aber die Chance ist groß, dass es jemandem in Russland auffällt, wenn zu viele Raketen vermisst werden. Selbst die Russen verfügen nur über eine begrenzte Anzahl. Und was Israel angeht, stehen die Chancen gut, dass ihr Iron-Dome-Raketenabwehrsystem eine Rakete oder vielleicht auch beide in der Anflugphase abfangen würde. Schließlich reden wir hier nicht über MIRVs.«

Das Akronym steht für »Multiple Independently Targetable Reentry Vehicles«, also für »unabhängig zielbare Mehrfach-Wiedereintrittskörper«, kurz Mehrfachsprengköpfe, mit denen Interkontinentalraketen bestückt werden können. Foleys Bemerkung bezog sich darauf, dass eine einzige

Trägerrakete mehrere Ziele gleichzeitig angreifen könnte; die Wirkung würde dann maximiert, während die Abwehrmaßnahmen durch das gleichzeitige Eindringen vieler Sprengköpfe wesentlich erschwert würden. Eine Trident-II-Rakete, von einem U-Boot abgeschossen, kann bis zu 14 MIRV-Nukleargefechtsköpfe tragen.

»Außerdem«, fuhr Foley fort, »verfügt Israel über genügend eigene Atomsprengköpfe, um Teheran und praktisch jede andere iranische Stadt in eine Feuerhölle zu verwandeln, wenn die Israelis wirklich ernsthaft provoziert würden. Und um offen zu sein, ich fürchte, dass sie genau das vermutlich tun würden, wenn sie Kenntnis vom derzeitigen Stand der Dinge hätten.«

»Damit könnten Sie recht haben«, sagte Ryan. »Wir wissen, dass die Russen diesen portugiesischen Waffenhändler nur als eine Art Sündenbock benutzten, aber was Sie über Israel sagen, wirft eine gute Frage auf. Die Sprengköpfe der Gorgon haben eine Sprengkraft von zehn Kilotonnen, das entspricht ungefähr zwei Dritteln der Hiroshima-Bombe. Ein enormer Verlust an Menschenleben, aber nicht einmal zwei direkte Treffer würden ausreichen, um irgendeinen der Feinde des Iran kampfunfähig zu machen.«

Verteidigungsminister Burgess nickte düster. »Außerdem würde ein Atomangriff sofort einen nuklearen Vergeltungsschlag provozieren.«

Ryan trank einen Schluck Kaffee. »Also: Welches Spiel treiben sie?«

Mary Pat zuckte die Schultern, als sei die Antwort längst klar. »Welches Ziel würde für beide, Russland und den Iran, das wertvollste sein?«

Ryan nickte nur finster.

Aber Burgess sprach es laut aus. »Wir wären es, Mr. President. Ich weiß, dass Sie darüber noch mit dem Sicherheitsrat intensiver diskutieren wollen, aber ich möchte Sie trotzdem drängen, möglichst bald Jermilow zu kontaktieren und ihm die sprichwörtlichen Leviten zu lesen.«

»Der Meinung bin ich auch«, fügte der Außenminister hinzu. »Es scheint mir sinnvoll, den Russen klarzumachen, dass wir ihr Doppelspiel durchschaut haben. Sie könnten ihnen sogar damit drohen, die Raketen durch einen Fernangriff zu vernichten oder mindestens einsatzunfähig zu machen.«

»Ich verstehe, was Sie meinen«, sagte Ryan.

Arnie van Damm streckte den Kopf ins Oval Office. »Der Vorsitzende der Vereinigten Generalstäbe ist da, Mr. President. Die Übrigen warten im Situation Room.«

»Wir sind schon unterwegs«, antwortete Ryan. Er stand auf, woraufhin sich auch alle anderen sofort erhoben. »Major Poteet, Ihr Bericht war ausgezeichnet. Macht es Ihnen etwas aus, ihn gleich noch einmal vor dem Nationalen Sicherheitsrat zu wiederholen? Aber Vorsicht – dort geht es manchmal ziemlich ruppig zu.«

»Mache ich gerne, Mr. President.« Der Major klappte den Laptop zu. »Aber ich möchte noch auf einen weiteren Punkt hinweisen, Sir. Der Iran liefert zwar Scuds und schickt Stellvertreter-Milizen in Länder wie den Libanon und Syrien, aber sie benutzen ihre Raketenarsenale gewöhnlich auch zur Einschüchterung. Sie *wollen*, dass der Rest der Welt weiß, wie viele Waffen sie haben und worauf sie gerichtet sind. Doch jetzt geben sie sich größte Mühe geheim zu halten, dass sie im Besitz von Atomwaffen sind. Deshalb vermute ich, dass sie diese Raketen tatsächlich einsetzen wollen.«

52

Jack und Dowschenko starrten voller Entsetzen dem Fahrzeug nach, mit dem Ysabel entführt wurde. Die Rücklichter wurden rasch kleiner und würden schon in ein paar Sekunden in der Ferne verschwunden sein. Der heulende Wind vor Omars Anwesen musste den Motorenlärm des Autos bei der Ankunft übertönt haben. Die Männer, wahrscheinlich Taliban, die hinter Ysabel her gewesen waren, hatten offenbar beschlossen, sich mit ihr als einzigem Opfer zufriedenzugeben, statt sich auf einen Kampf einzulassen.

Ryan rannte mit der MP in der Hand ins Haus zurück, um den Laptop und das Satellitentelefon zu holen, während Dowschenko die Rücklichter im Auge behielt. Jack entdeckte die Schlüssel des Toyota Hilux, der vor dem Haus geparkt war, und in weniger als einer Minute raste der Pick-up mit ausgeschalteten Scheinwerfern schneller hinter dem Fluchtfahrzeug hinterher, als es die von Schlaglöchern übersäte Straße eigentlich zuließ.

Jack saß am Lenkrad; Dowschenko überprüfte die Waffen. Keiner sprach auch nur ein Wort, bis die Rücklichter von der Straße abbogen. Vorsichtig näherten sie sich der Abzweigung. Sie entdeckten den kleinen Kombi am Ende des Straßenabschnitts hinter einem Betongebäude, das wie eine

Autowerkstatt aussah. Zwei Männer stießen Ysabel vor sich her in die Werkstatt. Sie ließen die Tür offen stehen, um die kühle Nachtluft in den Raum zu lassen.

Ryan parkte den Hilux in einiger Entfernung und schob leise die Tür zu.

»Gehen wir hinein, bevor sie die Tür abschließen.«

»Zwei sind bei ihr«, sagte der Russe. »Drinnen sind wahrscheinlich noch mehr.«

Ryan nickte. »Könnte brutal werden. Hast du ein Problem damit?«

Dowschenko schüttelte den Kopf. »Aber du vielleicht? Du versuchst gerade, eine Frau zu befreien, für die du offensichtlich etwas empfindest. Du stellst dich gegen eine unbekannte Zahl von Gegnern, in einem Haus, das du noch nie betreten hast, mit einer nicht erprobten Waffe und zusammen mit einem Mann, von dem du nicht weißt, ob du dich auf ihn verlassen kannst.«

Ryan schlich bereits die kleine Straße entlang, die MP in tiefer Vorhalteposition, wobei er ständig den Blick rundum schweifen ließ. »Wenn du es so ausdrückst, wird das hier ein Kinderspiel. Weißt du überhaupt, wie du deine MP abfeuerst?«

»Russische Babys schlafen mit Kalaschnikows im Arm, nicht mit Teddybären. Weißt du das nicht?«

Jack verdrehte die Augen.

»Weißt du, was russische Spione über amerikanische Spione denken?«, fragte Dowschenko.

»Nein, sag es mir.« Jack spähte über den Lauf der Waffe zur Eingangstür hinüber.

»Sie denken, ihr seid zu brav«, erklärte Dowschenko. »Im Planen und Entscheiden seid ihr hervorragend, aber ihr seid einfach nicht … soziopathisch genug, um wirklich so grausam zu sein, wie es nötig wäre.«

»Echt?«, zischte Ryan leise. »Dann bleib mal hier in Deckung und schau mir zu. Und wen meinst du überhaupt mit ›sie‹? Was denkst denn *du selbst?«*

»Ich denke, du kannst Recht und Unrecht auseinanderhalten«, sagte Dowschenko.

Sie hatten inzwischen die halbe Strecke hinter sich. Dowschenko beugte sich zu Jack und flüsterte: »Dein Plan?«

Ryan warf dem Russen einen kritischen Seitenblick zu. Der Bursche war ein Philosoph, aber Jack hatte nicht die leiseste Ahnung, ob das unter den gegenwärtigen Umständen gut oder schlecht war. »Der Eingang ist direkt an einer Gebäudeecke«, flüsterte Ryan zurück und ging hinter einem mannshohen Abfallhaufen in Deckung, den Blick unverwandt auf die Tür gerichtet. »Das heißt, wir können wenigstens eine Wand voll überblicken, bevor wir hineinstürmen. Kennst du die Technik, die wir ›Running the Rabbit‹ nennen?«

»Den Ausdruck kenne ich nicht, aber ich kann mir denken, was du meinst. Ich renne hinein und lenke das Feuer auf mich, dann kommst du und knallst die bösen Burschen ab.«

»Nein«, sagte Ryan, »sondern ich renne hinein und ziehe das Feuer auf mich, und wir beide knallen die bösen Burschen ab. Sie konzentrieren sich im Moment wahrscheinlich auf Ysabel, wir haben also das Überraschungsmoment auf unserer Seite. Wir gehen rein und erschießen alle, nur nicht Ysabel. Ihr SWR-Typen habt doch alle eine supergute Scharfschützenausbildung, richtig?«

»SWR ist ein Nachrichtendienst, kein Sonderkommando.« Dowschenko warf Ryan einen schrägen Blick zu. »Aber keine Angst, ich kann schießen.«

Die Fenster an der Rückseite der Werkstatt waren mit Brettern vernagelt, aber die beiden Männer duckten sich trotzdem darunter durch, um ganz sicherzugehen. Ryan kam zuerst an der Ecke an, hinter der sich die Tür befand. Er schob sich langsam vor, die Mündung der MP folgte immer seinem Blick. Jede winzige Vorwärtsbewegung erweiterte das Blickfeld in den Raum um ein paar Zentimeter, ohne dass Jack seine Position preisgeben musste. Die Wand an der Ostseite des Gebäudes begann direkt rechts an der Tür und war frei. Sie hatte zwar Fenster, aber keine weiteren Türen, was bedeutete, dass die Kidnapper links von Ryan sein mussten, wenn sie den Raum durch eine andere Tür auf dieser Seite nicht bereits wieder verlassen hatten.

Wieder ein wenig weiter, Zentimeter um Zentimeter.

Die nördliche Wand kam immer mehr in den Blick, tatsächlich war es eine zweiflügelige Werkstatt-Schiebetür, ungefähr zehn Meter von Ryan entfernt. Auch dort stand niemand.

Eine hölzerne Werkzeugkiste in der nordwestlichen Ecke – niemand.

Stimmen.

Mitten in der Werkstatt eine Hebebühne – aber keine Autos, sodass sie ein klares Schussfeld hatten.

Ryan erstarrte, als die Schulter eines Mannes in sein Blickfeld kam. Er hockte mit dem Rücken zu Ryan auf dem Boden, ungefähr in der Mitte der Westwand. Er gehörte zu den Männern, die aus dem Kombi ausgestiegen waren, was heißen mochte, dass sich seine Augen noch nicht völlig an das helle Licht der Werkstatt gewöhnt hatten. Ryan riskierte einen weiteren halben Schritt, womit sich sein Blickwinkel in die Werkstatt wieder ein Stück verbreiterte und jetzt auch Ysabel in Sicht kam. Sie saß geknebelt und gefesselt auf dem gestampften Lehmboden, an die Westwand gelehnt. Ihr Blick ging nach rechts und war auf jemanden gerichtet, der knapp außerhalb von Ryans Sichtfeld stehen musste.

Ryan schob sich äußerst langsam weiter zum Türausschnitt, um nicht durch schnellere Bewegungen die Aufmerksamkeit der Gegner zu erregen.

Schulter an Schulter rückten sie vor, die Waffen auf die offene Tür gerichtet. »Mindestens zwei«, flüsterte er Dowschenko zu und beschrieb schnell das Innere der Werkstatt. Aber solche Erkundungsinformationen konnten sich jede Sekunde verändern; Jack wollte zugreifen, bevor sich die Gegner in andere Positionen bewegten. »Bin nicht sicher, ob diese Wand oder die südwestliche Ecke.« Dabei deutete Ryan in die Richtungen, da er nicht sicher war, ob der Russe daran gewöhnt war, sich an den Himmelsrichtungen zu orientieren. »Die Burschen direkt neben Ysabel müssen zuerst ausgeschaltet werden. Ich nehme alle auf der Nordseite und arbeite mich zur Mitte vor. Du winkelst scharf ab …«

»Was soll ich?«

»Ich gehe geradeaus rein, du folgst dichtauf, biegst scharf ab und nimmst die übrigen im Süden – also auf dieser Seite. In der Mitte überschneiden sich unsere Schussfelder. Wir schießen gleichzeitig.«

Dowschenko nickte knapp. »Verstanden.«

»Auf drei«, sagte Ryan.

»Auf drei«, wiederholte Dowschenko, womit er Ryans ungutes Gefühl ein wenig beruhigte. Der Mann machte das nicht zum ersten Mal.

Ryan bewegte sich schnell, aber sicher und legte fast fünf Meter zurück, bevor die Entführer überhaupt merkten, dass er hereingekommen war. Alle Augen und Waffen schwenkten zu Ryan herum, doch nun stürmte auch Dowschenko herein. AKs donnerten in dem geschlossenen Raum los, Geschosse rissen Betonstücke aus den Wänden. In der Mitte angekommen, drehte sich Ryan blitzschnell um und feuerte einem Mann, der rechts von Ysabel stand, zwei Kugeln in den Unterleib, gerade als dieser auf ihn feuern wollte.

In dieser Position befand sich Ysabel fast in Jacks Schusslinie auf den Mann, der links von Ysabel stand. Ryan musste sich darauf verlassen, dass sich Dowschenko um den Burschen kümmerte, und schwang noch weiter nach links. Ein drittes Ziel stand in der südwestlichen Ecke. Er hielt eine Videokamera in einer Hand und eine Kalaschnikow in der anderen. Ryan gab ihm eine Kugel in die Brust, gefolgt von zwei Schüssen in den Hals und ins Gesicht. Der letzte Schuss blies dem Taliban den schwarzen Turban vom Kopf – zusammen mit der Hälfte seines Schädels.

Damit war auch dieser Bursche ausgeschaltet, und Jack sah mit einem schnellen Blick nach rechts, dass Dowschenko den Mann neben Ysabel mit zwei gut gezielten Schüssen getötet hatte.

Ryan richtete die Waffe auf die hintere Tür. »Noch mehr?«, brüllte er, um das durchdringende Pfeifen in seinen Ohren zu übertönen.

Ysabel schüttelte den Kopf.

»Wir müssen weg«, mahnte Dowschenko und half Ysabel auf die Füße.

Ryan sammelte auf dem Weg zur Tür noch die AKs der Taliban sowie ein Messer mit Holzgriff ein, ging neben der Tür in Stellung und spähte in die Gasse hinaus. Dowschenko führte Ysabel zur Tür, und Jack schnitt ihr die Handfessel durch.

Seit Jack durch die Tür gestürmt war, hatte der Zugriff weniger als sechs Sekunden gedauert. Etwas mehr als eine Minute später waren sie wieder im Hilux und rasten in nordwestlicher Richtung davon.

53

Hoffnung ist kein Plan, aber Jack und den beiden anderen war nicht viel geblieben außer Hoffnung.

Ysabel konnte auf dem Beifahrersitz kaum stillsitzen, völlig überdreht von der traumatischen Erfahrung, zweimal hintereinander entführt worden zu sein, und redete zwanzig Minuten lang unablässig. Dowschenko saß am Steuer, und Ysabel dirigierte ihn auf eine zweispurige, ungeteerte Landstraße, die südlich des Islam Qala Highway verlief. Ryan hatte sich auf den Rücksitz gesetzt. Während der Fahrt diskutierten sie über die verschiedenen Optionen, die sich boten – bis das Adrenalin schließlich versiegte und Ysabel einschlief.

Von Steinen und Felsbrocken übersäte Schmuggelpfade verliefen kreuz und quer durch die Wüste, was die Grenzschützer und Militärs auf beiden Seiten der Grenze vor immer neue Herausforderungen stellte. Ysabel hatte Jack und Dowschenko gewarnt, dass die Gegend nicht nur von Patrouillen mit Jeeps, sondern auch von Drohnen überwacht würde; ferner gebe es auch Bewegungsmelder und Kameras. Aber Bestechung grassiere und der Grenzschutz sei auf beiden Seiten personell extrem schlecht ausgestattet. Außerdem blase der Wind meistens so stark, dass die technischen Einrichtungen so gut wie nutzlos seien.

Tatsächlich schien ihnen der Grenzübertritt leichter zu sein als alles andere, was sie an diesem Tag hatten erleben müssen. Wie sich zeigte, stellte die holprige Fahrt über den von Schlaglöchern und Felsbrocken übersäten Fahrweg das schwierigste Problem dar. Der »Wind der hundertzwanzig Tage« setzte im Frühsommer ein und flaute bis zum Herbst nicht mehr ab. Während der Nacht ließ er ein wenig nach, war aber immer noch stark genug, um Wolken von Wüstenstaub durch die Luft zu treiben, der erbarmungslos in die Haut biss. Der Toyota war innen und außen bis in die letzten Ritzen und Spalten mit einer dünnen gelben Staubpatina bedeckt. Jack hatte bereits einen chronischen Husten, noch bevor sie nach etwa sechzig Kilometern auf den geteerten Highway auffuhren. Nach Taybad waren es nur noch wenige Kilometer. Für iranische Verhältnisse war es eine kleine Stadt – weniger als 50 000 Einwohner –, gerade groß genug, dass sich Fremde unauffällig unter die Bewohner mischen konnten, und doch so klein, dass um zwei Uhr morgens kaum jemand unterwegs war. Und im Unterschied zu amerikanischen Ortschaften war die Stadt fast völlig dunkel, da es hier so gut wie keine Straßenbeleuchtung gab.

Ysabel regte sich wieder, als das Rumpeln aufhörte und der Wagen über den geteerten Highway fuhr. Sie reckte die Arme hoch und streckte sich wie eine Katze, was keinem der beiden Männer entging.

Dowschenko fand eine Gelegenheit, von der Durchgangsstraße abzubiegen und durch einen ruhigen Vorortbezirk im Osten der Stadt zu kreuzen. Hilux-Trucks waren verbreitet, sodass es nicht lange dauerte, bis sie ein geparktes Fahrzeug der Marke entdeckten. Dowschenko gab Ryan einen Schraubendreher aus dem Handschuhfach. Ryan stieg aus und stahl die Orts-Nummernschilder des geparkten Fahrzeugs. Hunde gelten im Islam als unrein, weshalb sie im Iran nur selten gehalten wurden; er musste deshalb nicht mit wütendem Bellen rechnen, während er die Schilder auswechselte. Zwar waren die Schrauben an beiden Fahrzeugen von Rost und Staub festgebacken, aber das ständige Heulen des Windes übertönte das Quietschen, als Ryan die Schrauben herausdrehte. Mit ein wenig Glück würden sie schon in Maschhad sein, bevor der Diebstahl bemerkt wurde.

Mit dem neuen Schild am Heck lenkte Dowschenko den Toyota durch wirbelnden Wüstenstaub wieder aus der Stadt hinaus. Ryan schickte vom Laptop über die Satellitenverbindung eine Kurznachricht an Clark. Das Signal war weniger als zwei Minuten lang aktiv; er trennte die Verbindung sofort wieder und fuhr den Laptop herunter. Die Scheinwerfer schnitten durch die Schwärze der Nacht. Angespanntes Schweigen herrschte im Fahrzeug.

Dowschenko kannte den Namen des Ingenieurs, den sie auf ihre Seite zu ziehen hofften: Yazdani. Und er wusste sogar, in welchem Krankenhaus Yazdanis Sohn behandelt wurde, allerdings hatte er keine Ahnung, wo der Mann wohnte. Sie hatten daher keinen konkreten Plan, aber das konnte sie nicht aufhalten.

Einen Menschen auf die eigene Seite zu ziehen, der eine andere Nationalität hatte, war immer eine heikle Angelegenheit, selbst dann, wenn man ihm etwas Konkretes anzubieten hatte, etwa die medizinische Behandlung seines todkranken Kindes. Manchen Leuten bedeutete der Patriotismus mehr als alles andere. Und selbst Leute, die sich am Ende doch herumziehen ließen, mussten eine Menge Hürden überwinden, die ihnen ihr Gewissen in den Weg stellte. Das kostete Zeit – etwas, das Ryan und seine Begleiter nicht hatten.

Wenn das Gespräch wirksam sein sollte, musste es in Yazdanis eigenem Heim geführt werden, denn dort würden es die Regeln iranischer Gastfreundschaft erforderlich machen, dass er sie hereinbat und ihnen eine Erfrischung anbot. Im Kinderkrankenhaus konnte Ysabel ihre Ausweise vom UN-Büro für Drogen und Verbrechensbekämpfung vorzeigen und, wie sie hoffte, herausfinden, wo Yazdani wohnte. Sie würden dann einfach bei ihm zu Hause anklopfen. Wenn er sich weigerte … aber darüber wollte Ryan im Moment noch nicht näher nachdenken.

Zuerst allerdings mussten sie sich ausruhen.

Dowschenko kannte eine Wohnung, in die sie sich für ein paar Stunden Schlaf zurückziehen konnten. Sie gehörte einer Frau, mit der er früher schon einmal zusammengearbeitet hatte, wie er erklärte. Sich auf die zweifelhafte Freundin eines zweifelhaften russischen Spions verlassen zu müssen, war nicht gerade das, worauf Ryan gern vertraute, aber sein Ohr pochte inzwischen äußerst schmerzhaft und musste dringend versorgt werden. In Anbetracht der Tatsache, dass er, um aus einem brennenden Fahrzeug zu entkommen, mit einer frischen Wunde durch eine Schlammbrühe gekrochen war, schätzte er, dass er mindestens eine doppelte Dosis Antibiotika brauchte. Der schlimmste Teil der Geschichte, zumindest auf kurze Sicht, war der breite Verband um seinen Kopf. Weiße Wundverbände signalisierten überdeutlich, dass man in einen Kampf verwickelt gewesen sein mochte, und das erregte immer und überall unerwünschte Aufmerksamkeit. Daran ließ sich vorerst nichts ändern, also verdrängte er den Gedanken, er hatte schließlich genug andere Sorgen. Übermüdung war gefährlich, da einem in diesem Zustand dumme Fehler unterlaufen konnten, und in einem Land wie dem Iran würde es nicht viele Gelegenheiten geben, sie wiedergutzumachen. Der physische und mentale Stress der letzten Stunden hatte allen dreien viel zu viel abverlangt.

Ryan beugte sich nach vorn, legte die Hände auf die Lehne

der vorderen Sitzreihe und das Kinn darauf. Er redete sich ein, dass er das nur tat, um seine überspannten Muskeln zu strecken, aber in Wirklichkeit wollte er nur so nahe wie möglich bei Ysabel sein.

Sie hatte ihr Kopftuch abgenommen und sah nun wieder fast so aus wie die junge Frau, die er damals gekannt hatte. In den vergangenen Jahren war sie natürlich ein wenig gealtert, aber auf gute Weise. Wenn überhaupt, war sie noch schöner als damals – vor allem ihre Augen. Die leicht frivole Unbekümmertheit der Jugend war verschwunden; an ihre Stelle war ein mysteriöser Ernst getreten, der es schwer machte, sie zu durchschauen. Sie hatte eine »dickere Haut« entwickelt, wie Jacks Mutter es nennen würde. Das tat das Leben mit einem, es härtet dich ab. Jack erinnerte sich, wie sie sich damals kennengelernt hatten – genau hier im Iran war das gewesen, hier war sie in ihrem schwarzen Mercedes mit kreischenden Reifen herangerast. Er drehte den Kopf seitwärts, immer noch auf die Hände gestützt, sodass er den Blick langsam und fast schläfrig über die winzigen Narben an ihrem Kinn und Hals gleiten lassen konnte. Es fiel ihm schwer, seine Schuldgefühle von der unendlichen Erschöpfung zu unterscheiden, die ihn niederdrückte.

Plötzlich begann Ysabel zu reden, unterbrach das lange Schweigen, sodass beide Männer zusammenzuckten.

»Hat denn keiner von euch ein Problem mit dem, was wir jetzt tun wollen?«

Dowschenko warf ihr einen kurzen Seitenblick zu, dann schaute er wieder geradeaus auf die Straße.

»Es ist gefährlich«, sagte Jack, »das gebe ich zu. Aber ich sehe keine andere Möglichkeit, die Raketen aufzuspüren, ohne über die Grenze …«

Sie schnitt ihm ungeduldig das Wort ab. »Ich rede nicht davon, dass wir über die Grenze mussten. Sondern darüber, dass wir über das Leben eines Kindes verhandeln wollen. Ist euch das denn völlig egal?«

Jack atmete tief ein und aus. »Nein, ist es nicht. Aber wir sind nicht schuld an seiner Krankheit. Sondern wir bieten ihm unsere Hilfe an, wenn sein Vater uns hilft.«

»Und genau das gefällt mir nicht«, sagte Ysabel. »Wir haben eine Wahl, wir können entscheiden, was wir tun. Dieser Mann, Yazdani, hat keine Wahl. Wenn er seinen Sohn retten will, muss er sein eigenes Land verraten.«

Dowschenko zuckte leicht mit den Schultern. »Du könntest auch sagen, dass er seinem Land hilft. Atomwaffen einzusetzen wird doch nur einen Vergeltungsschlag gegen sein Land provozieren. Ja, wir zwingen ihn zu etwas, aber für ein höheres Ziel. Und dem Jungen wird geholfen.«

»Das weiß ich doch!«, sagte Ysabel heftig. »Aber ich hasse unsere Taktik! Wir sind wie … wie Raubtiere, wir nutzen das Unglück und die Schwäche eines Vaters aus. Wenn er uns nicht hilft, stirbt sein Sohn.«

»Mag sein«, sagte Jack. »Aber wir sind es nicht, die ihn töten.«

»Nein«, antwortete Ysabel. »Töten wird ihn die Entscheidung seines Vaters – wenn er sich weigert.«

»Wir können nur hoffen, dass sein Vater die richtige Entscheidung trifft«, sagte Jack. »Ich weiß, das ist ein beschissener Handel, Ysabel. Aber so läuft es bei diesen Dingen eben manchmal.«

Ysabel drehte plötzlich den Kopf ein wenig und blickte ihn über die Schulter an. Ihr Gesicht schimmerte im fahlen grünen Licht der Armaturenbeleuchtung.

»Du solltest schlafen«, sagte sie.

»Habe es versucht, geht nicht.«

»Dann lehne dich wenigstens zurück«, fauchte sie gereizt. »Du kommst mir zu nahe!«

Ryan zuckte zurück, ihr Gefühlsausbruch traf ihn völlig unvorbereitet. Damit hatte er bei seiner Ankunft im Flughafen gerechnet, aber nicht jetzt, nach allem, was sie gerade gemeinsam durchgemacht hatten.

»Alles okay bei dir?«

Sie drehte sich noch ein wenig weiter zu ihm um und schüttelte angewidert den Kopf. »Merk dir eins: *So* darfst du diese Frage einer Frau niemals stellen. Niemals.«

Dowschenko starrte geradeaus auf die Straße.

»Wir haben eine Menge zusammen durchgemacht«, sagte Ryan in weicherem Ton, von dem er hoffte, dass er nicht mehr so herablassend klang wie zuvor. »Nur für den Fall, dass du das nicht mehr weißt. Ehrlich, ich hatte nur gedacht, du hättest noch eine weitere Wunde entdeckt … Manchmal bemerkt man sie erst, wenn der Adrenalinspiegel wieder sinkt.«

»Mir geht's gut«, sagte Ysabel.

»Und du?«, fragte Ryan den Russen.

»Keine Probleme bei mir«, sagte Dowschenko, ohne den Blick von der Straße zu wenden.

Ysabel atmete ein paarmal tief ein und aus, als könne sie sich nur mühsam unter Kontrolle bekommen. »Ich … ich wäre fast gestorben, Jack … ich meine … und du hast dich einfach nicht mehr gemeldet. Warst wie vom Erdboden verschwunden.«

Ryan suchte nach einer Erwiderung, nach einer Erklärung, aber es gab keine, oder jedenfalls keine, die sie hätte hören wollen. Deshalb sagte er nur zögernd: »Ich weiß.«

Am Horizont zeigten sich bereits die ersten Streifen der Morgenröte, als sie sich Maschhad näherten. Die Stadt hatte fast drei Millionen Einwohner, und der Verkehr nahm schon am frühen Morgen rasch zu. Die Scheinwerfer der hinter ihnen fahrenden Autos warfen unruhige Schatten über Ysabels Gesicht.

»Ich dachte, zwischen uns sei etwas…«, sagte sie leise. »Zwischen dir und mir.«

»Dein Vater hat mir unmissverständlich klargemacht …«

»Jack, du bist ein erwachsener Mann!«, blaffte sie ihn an. »Hör endlich auf, meinem Vater die Schuld zu geben! Ich weiß ganz genau, was geschehen ist! Aber wahrscheinlich hast du gedacht, es sei Zeit, das Kissen umzudrehen.«

»Keine Ahnung, was du damit meinst.«

»Das sagt man, wenn es einem auf dem Kissen zu warm wird – man dreht es auf die kühlere Unterseite. Und das konnte ich dir nicht bieten.«

»Das ist gemein«, schnaubte Ryan zornig. »Dein Vater hat dich von ehemaligen Sonderkommandos bewachen lassen und mir unmissverständlich klargemacht, dass du ohne mich besser dran seist!«

»Ich habe erlebt, dass du kämpfen kannst. Mit ein paar SAS-Bodyguards wärst du leicht fertiggeworden.«

Ryan ließ sich gegen die Sitzlehne zurückfallen. Der Toyota schien ihm plötzlich viel zu eng und klein, um ihm und dieser wütenden Frau genug Raum bieten zu können.

Dowschenko fuhr unerschütterlich weiter; außer dem dumpfen Verkehrslärm und Ysabels Atmen war nichts zu hören.

Ryan stieß einen langen Seufzer aus. »Was wir planen, könnte ziemlich gefährlich werden. Es wäre besser, wenn wir vorher diese Sache … zwischen uns noch aus der Welt schaffen …«

»Oder wenn einfach nicht mehr darüber geredet wird«, warf Dowschenko ein. »Wäre mir ganz recht.«

Maschhad rückte immer näher. Ysabel starrte schweigend aus dem Fenster.

Jack war ein Macher, genau wie sein Vater. Für ihn war fast jedes Problem lösbar, wenn man sich nur vernünftig genug darüber aussprach. Aber an diesem Morgen war Ysabel nicht in der Stimmung, über irgendetwas vernünftig zu reden. Und Jack selbst war zu erschöpft, um darauf zu drängen – ohne etwas zu sagen, was er später bereuen würde. Stattdessen wandte er sich an Dowschenko.

»Darf ich dich mal was fragen?«

Dowschenkos Blick zuckte kurz zum Innenrückspiegel. »Okay?«

»Du warst frei und sauber«, sagte Jack. »Du hättest einfach in die US-Botschaft in Dubai spazieren können, oder meinetwegen auch in irgendeinem anderen Land. Warum bist du stattdessen nach Afghanistan gegangen, und warum riskierst du jetzt dein Leben, indem du mit uns in den Iran zurückkehrst?«

»Schuldgefühle«, sagte Dowschenko schlicht. »Sie sind gewöhnlich der stärkste Antrieb, sogar noch stärker als Rache.«

Ryans Blick zuckte unwillkürlich zu Ysabel. Er verstand genau, was Dowschenko gemeint hatte.

Erik Dowschenkos Bekannte wohnte in einem engen Apartment in einem der vielen Armenviertel der zweitgrößten iranischen Stadt. In der Straße reihten sich die Läden und Kioske aneinander, die dem ständigen Strom von schiitischen Pilgern Schaschlik, kleine Lammfleischspieße, anboten. Die Pilger waren auf dem Weg zum Imam-Reza-Schrein ein paar Querstraßen weiter nordöstlich. Zuerst Schrein, dann Schaschlik, lautete eine gängige Regel.

Dowschenko trug eine Reisetasche, in der sich die MPs befanden; er wollte sie nicht im Truck zurücklassen. Ryan nahm den kleinen ledernen Aktenkoffer mit dem Laptop, dem Thuraya-Hotspot und dem Satellitentelefon mit. Weiteres Gepäck hatten sie nicht.

Brüchige, laut knarrende Holzstufen führten von einer menschenleeren Gasse an der Rückseite des Wohngebäudes in die oberen Stockwerke. Die Stufen waren schwarz gestrichen, und man sah ihnen die ständige Benutzung über Jahre an. Dowschenko blieb am Fuß der Treppe stehen und blickte zu den vergitterten Fenstern neben der Tür hinauf.

»Das Leben hat meine Bekannte nicht sehr gut behandelt«, sagte er leise. »Aber sie wird sich das nicht anmerken lassen.«

»Ich verstehe«, sagte Ysabel.

Dowschenko schaute sie direkt an. »Ich hoffe, dass du sie nicht zu streng beurteilst. Und ich entschuldige mich im Voraus für ihre Geschichten.«

Ysabel zuckte nur leicht die Schultern. »Ist sie …?«

»Eine Hure?« Dowschenko nickte. »Sie geriet buchstäblich zwischen Hammer und Amboss. Ihr Mann ließ sich von ihr scheiden, und sie …«

Ysabel machte eine abwehrende Handbewegung. »Ich habe kein Recht, andere Frauen zu verurteilen. Und schon gar nicht hier im Iran. Es gibt genug islamische Kleriker, die sie für das, was sie tut, nur zu gern zu Tode steinigen lassen würden, und dieselben Männer sind manchmal auch die Zuhälter, die nur allzu gern das Geld einstreichen, das sie verdient. Vielleicht wäre auch ich dazu gezwungen gewesen, wäre ich nicht in eine reiche Familie geboren worden.«

Jack wollte widersprechen, schloss aber den Mund wieder.

Eine junge Frau mit zerzaustem Haar öffnete die Tür, noch bevor die kleine Gruppe auf dem ersten Stock angekommen war, offenbar alarmiert durch das Knarren der Treppenstufen. Ihr kleiner Mund verzog sich zu einem erfreuten Lächeln, als sie Dowschenko erblickte. Sie trat rasch beiseite und winkte sie in die Wohnung, bevor sie von zu vielen neugierigen Nachbarn gesehen werden konnten. Jack schätzte sie auf Mitte zwanzig. Offenbar hatte sie noch geschlafen und rieb sich nun mit dem Handballen die Augen. Sie trug eine schwarze Yogahose und eine hellgelbe Bauernbluse mit weitem Ausschnitt, der ihren langen Hals und das Schlüsselbein sehen ließ. Im Raum lag ein schwerer Duft von Tee und Talkumpuder.

»Hallo, Nima«, grüßte Dowschenko.

Sie küsste ihn auf beide Wangen. »Du hättest mir sagen sollen, dass du kommst. Ich kann dir im Moment leider nichts zu essen anbieten.«

Sie stellte einen Wasserkessel für den Tee auf den Herd.

»Wir müssen uns nur eine Weile ausruhen«, erklärte Dowschenko. »Wir bleiben nicht lange.« Er stellte ihr Ysabel und Jack vor, den er Joe Peterson nannte, und klopfte seiner Bekannten leicht auf die Schulter, was im Iran außerordentlich unschicklich war. »Und das ist meine gute Freundin Nima. Ihre Familie stammt aus Aserbaidschan, genau wie meine Mutter. Tatsächlich ist sie sogar eine entfernte Cousine.«

»Die Iraner behandeln uns Aseris wie Dreck«, sagte Nima. »Wir müssen uns ständig umeinander kümmern. Erik ist zwar Halbrusse, aber ich kümmere mich trotzdem um ihn.« Dabei betrachtete sie Ysabel misstrauisch.

»Ihre Bluse gefällt mir«, sagte Ysabel. Ihr müdes Lächeln brach sofort das Eis.

Nima boxte Erik leicht in den Oberarm. »Bist du hier, um irgendwelchen Demonstranten die Köpfe einzuschlagen?«

Dowschenko schaute Ysabel und Jack verlegen an. »Ich schlage niemandem den Kopf ein.«

»War nur ein Scherz«, sagte Nima. »Aber die Schlägertypen sind schon da, in der Stadt. Das ist eine Tatsache. Und ich werde auch dort sein, wahrscheinlich bekomme ich den Kopf eingeschlagen, wie alle anderen.«

Dowschenko runzelte die Stirn. »Du musst vorsichtig sein.

Diese Leute meinen es ernst. Soweit ich weiß, kommt der Ajatollah diese Woche zum Freitagsgebet hierher.«

»Der Ajatollah.« Nima spuckte auf den Boden. »Hast du schon gehört, dass er zu ein paar Mullahs gesagt hat, er könne den Großen Satan endgültig besiegen?«

Dowschenko verdrehte die Augen, eine stumme Entschuldigung für »ihre Geschichten«.

Nima fuhr in passablem Englisch fort, so ernsthaft, als gäbe sie eine Zeitungsstory wieder und nicht einen Witz. »›Oh, Höchst Ehrwürdiger Führer‹, sagten die Mullahs, ›wir haben erkannt, dass du den Großen Satan nur aus dem Land vertreiben kannst, wenn du mit einer Jungfrau schläfst.‹ Der Ajatollah dachte kurz darüber nach, runzelte so finster wie immer die Stirn und verkündete: ›Ich sehe, dass ich dies zum Nutzen und Frommen aller tun muss. Aber ich tue es nur unter drei Bedingungen. Erstens, die Jungfrau muss blind sein, damit sie nicht sieht, dass ich es bin, wenn sie zu meinem Lager geführt wird. Zweitens, sie muss taub sein, damit sie meine Stimme nicht erkennt. Und drittens muss sie große Titten haben.‹«

Dowschenko lächelte die anderen verlegen an.

»Was ist?«, fragte Nima. »Die Wände sind dünn – ich habe gehört, dass du dich bei deinen Freunden für meine Geschichten entschuldigt hast, deshalb habe ich ihnen eine erzählt. Außerdem ist dieser Witz hier in Maschhad sehr beliebt. Den hat hier schon jeder mal gehört.« Sie wies auf eine kleine Couch und ein paar Sitzkissen in einer Ecke. »Ihr seid erschöpft. Setzt euch, bevor ihr umfallt.«

»Danke, Nima«, sagte Dowschenko. »Aber ich muss dich was fragen. Hast du mit dem Rauchen aufgehört?«

Nima senkte beschämt den Kopf. »Hab's nicht geschafft.«

Dowschenko blinzelte, als müsste er gleich weinen. »Sehr gut. Weil ich nämlich verrückt werde, wenn ich nicht sofort eine Zigarette bekomme.«

Nima nahm ein Päckchen Zigaretten von einer großen Kartonschachtel, die ihr als Nachttisch diente, und warf es ihm zu. »Oh, Erik, du bist doch schon verrückt.«

Jack ließ sich auf den Rand der Couch sinken und blickte sich in dem engen, überfüllten Raum um. Die mit geprägten Metallplatten verkleidete Decke hing tief, sodass der Raum noch kleiner wirkte, als er war.

Der Mindestlohn im Iran lag bei ungefähr dreihundertfünfzig Dollar pro Monat, ein Maurer brachte rund achthundertfünfzig nach Hause. Prostituierte verdienten weit weniger. Nima hatte sehr wenig materiellen Besitz, bot ihnen aber alles an, was sie hatte – sie überließ Ysabel ihr Bett, erklärte ihr aber freimütig, dass sie nie im selben Bettzeug schlafe, auf dem sie arbeite. Ysabel meinte, das sei ihr völlig egal; sie würde sich überall hinlegen. Ryan gab sich mit dem Boden zufrieden; kaum hatte er den Kopf auf ein Kissen gelegt, als er auch schon einschlief.

In der kleinen Küchenecke bereitete Nima Hasanowa den Tee zu. Sie bekam nie Besuch und wünschte sich inständig, dass Dowschenko und seine Freunde noch ein wenig länger blieben, wenn sie aufwachten. Erik schnarchte leise, einen Arm über das Gesicht gelegt. Er war in etwas Gefährliches verwickelt, das konnte sie in seiner Miene erkennen. War es nicht ihre Pflicht, ihn zu beschützen? Aber was konnte sie schon tun, sie, ein gefallenes Mädchen? Bei diesem Gedanken musste sie lachen. Gefallenes Mädchen. Die Frauen im Iran mussten erst einmal das Stehen lernen, bevor sie fallen konnten. Ihr Blick fiel auf den Lederaktenkoffer, der neben Erik lag. Darin würde sie sicherlich die Antwort auf die Frage finden, worin er dieses Mal wieder verwickelt war.

54

Der Ingenieur lächelte, nachdem er Reza Kazem den ganzen Prozess erklärt hatte, offenbar dankbar, dass er die Gelegenheit hatte, Kazem helfen zu können. Er entschuldigte sich und wandte sich wieder seiner Arbeit zu. Ohne all die Hektik, die sich um die Raketen und Transporttrucks entfaltet hatte, wäre dieser verborgene Ort in der Wüste ruhig, fast andächtig still gewesen. Kazem und der Techniker trugen die grüne Uniform und Mütze der Revolutionsgarde. Die Kleidung hatten Kazem und seine Männer aus einem Lager im Norden Teherans gestohlen. Hier, an diesem weit abgelegenen Ort westlich von Maschhad, konnten sie ihre Aktivitäten besser vor dem eigentlichen iranischen Militär verbergen, aber solange Kazem und seine Leute die offiziellen Uniformen der Revolutionsgarde trugen, würde eine Polizeistreife sie wohl in Ruhe lassen, sollte tatsächlich eine hier vorbeikommen. Sich als Revolutionsgardisten auszugeben, war ein so dreister und ungeheuerlicher Schwindel, dass es nur wenige Polizisten wagen würden, Kazem zur Rede zu stellen. Niemand würde es wagen, einen offiziellen Vorgang zu behindern. Sogar eine andere Gardeeinheit würde zunächst einmal bei ihrer vorgesetzten Dienststelle rückfragen, bevor sie eingriff. Kazem hatte seine eigene kleine Armee bei sich, fast hundert Mann, die sich ausnahmslos für

Patrioten hielten, für Gegenrevolutionäre, die auf einen neuen Iran hofften.

Und Kazem war entschlossen, ihnen diesen neuen Iran zu geben. Nur nicht so, wie sie ihn sich vorstellten.

Er war Physiker, deshalb verstand er die allgemeine Dynamik dessen, was sie hier taten, jedoch ohne bis in die letzten Details Bescheid zu wissen. Dafür hatte er diese Frau im Team. Sie war Ende fünfzig, benahm sich aber so befehlsgewohnt wie ein Mann; selbst gegenüber Kazem zeigte sie wenig Respekt. Aber das war ihm egal. Sie brauchten einander, und die Tatsache, dass sie aufeinander angewiesen waren, sorgte für eine gewisse gegenseitige Achtung.

Im Moment stand sie auf der anderen Seite der Talsohle, im Windschatten des hohen, steilen Böschungshangs, der die Trucks gegen den unerbittlichen Wind abschirmte. Sie trug eine Hose und kein Kopftuch und brüllte in ihr Funkgerät, das sie zwar direkt vor sich hielt, aber weg von ihrem Gesicht, als hätte sie noch nicht ganz begriffen, wie Funkgeräte funktionierten. So war es mit diesen Genies, dachte Kazem, ihr Geist mochte in einer bestimmten Hinsicht heller strahlen als andere, aber dafür mangelte es ihnen oft an ganz alltäglichen Fähigkeiten. Dr. Tabrizi gehörte zu den begabtesten Mathematikerinnen und Flugingenieurinnen der Welt. Schon vor Abschluss ihres Studiums an der Universität Teheran war sie dem mathematischen Beweis der Poincaré-Vermutung bis auf Haaresbreite nahe gekommen und hätte ihn vielleicht sogar erbracht, wenn die iranische Revolution die Frauen nicht in fast allen Bereichen an den Rand gedrängt hätte. Mit nichts weiter als Papier und Bleistift konnte sie genauestens die nötigen Berechnungen für eine Abfangrakete anstellen – und trotzdem hatte sie Probleme, mit einem einfachen Mobiltelefon umzugehen. Und sie konnte detaillierte Zeichnungen von Funkwellen anfertigen und die entsprechenden physikalischen Gesetze äußerst präzise erklären, aber die Tasten und Schalter eines Funkgeräts stellten sie offenbar vor ein unlösbares Problem.

Die Männer auf dem Kran und auf den Raketen-Transporttrucks lehnten sich aus den Fenstern ihrer jeweiligen Kabinen, vielleicht wollten sie sich nur eine Pause von den ständigen Beschimpfungen seitens der durchgeknallten Wissenschaftlerin gönnen. Auch das war Kazem egal. Ein Truck war bereits beladen, jetzt mussten sie den Prozess nur noch einmal wiederholen.

Alles fügte sich nahtlos ineinander. Die beiden Abschussvorrichtungen würden auf die Trucks verladen sein, bevor Ajatollah Ghorbani eintraf. Es war verhältnismäßig einfach gewesen, die Röhren zu beschaffen. Derartige Abschussröhren wurden auch für andere Raketen benötigt, die der Iran besaß, und ihre Produktion war längst angelaufen. Dafür hatten die Pläne und die Bestellungen des zuständigen Ministeriums gesorgt. Auch die gewaltigen sechzehnrädrigen Allrad-LKWs MZKT-79221 waren völlig offen gekauft worden. Die riesigen Trucks wurden unter der Marke Volat in Belarus produziert; als Fahrgestell für Interkontinentalraketen waren sie bei den Militärparaden auf dem Roten Platz allgegenwärtig. Wie bei fast allen Gerätschaften, bei denen sich der Aufwand lohnte, verstieß der Iran auch mit dem Import dieser Trucks gegen die UN-Sanktionen. Aber wenn man ihre sechzehn Räder abmontierte und die Trucks in möglichst kleine Bauteile zerlegte, ließen sie sich viel leichter illegal ins Land schaffen als die Gorgon-Raketen selbst. Und für ihren Zusammenbau brauchte man nur ein Team von Mechanikern und keine Raketenwissenschaftler.

Kazem versuchte, sich seine Aufregung nicht anmerken zu lassen. Langsam aber sicher führte das alles zum Ziel. Er wünschte nur, Ghorbani hätte seinen Besuch noch um einen

Tag hinausgeschoben. Aber einem wie dem Ajatollah widersprach man nicht. Höher als er stand nur ein Mann im Religionsstaat Iran: der Große Ajatollah persönlich. Ghorbani war dessen Augen und Ohren – und sein Kontakt zu Reza Kazem. Schließlich durfte sich der Führer der Islamischen Republik Iran nicht mit einem Mann in Verbindung bringen lassen, von dem alle Welt glaubte, er wolle den Umsturz dieser Republik herbeiführen.

Der schrille Klingelton des Telefons drang in Sassanis traumlosen Schlaf. Die Matratze in seinem Hotelzimmer in Herat war ihm eigentlich zu weich, aber sie war immerhin bequemer als die Couch in seinem Büro.

»Es wurde gerade hochgefahren, Major«, sagte die Stimme, als er sich meldete. »Entschuldigen Sie, dass ich Sie wecke, aber ich dachte, dass Sie sicherlich sofort informiert werden wollen.«

Sassani schniefte und blickte sich im Raum um, bis er die Erinnerung an den gestrigen Tag weggeblinzelt hatte. »Was wurde gerade hochgefahren?«, fragte er schlaftrunken.

»Das Satellitentelefon. Sie haben mir befohlen, es zu überwachen.«

Sassani, plötzlich hellwach, setzte sich aufrecht, als er das hörte. »Gerade jetzt, in diesem Moment?«

»Ja«, antwortete der Techniker. »Und wir haben einen Anruf aufgezeichnet. Anruferin ist eine Aseri-Frau namens Nima, sie hat, glauben wir, mit ihrer Mutter telefoniert.«

»Von wo?«, bellte Sassani ungeduldig. Inzwischen war er aus dem Bett gesprungen und ging am Fuß des Bettes hin und her.

»Der Anruf kam aus Maschhad, Major.«

»Maschhad?« Sassani blieb abrupt stehen. »Sie hat vom Iran aus telefoniert?«

»Jawohl, Major. Es ist schwer, den Anruf an einer bestimmten Adresse festzumachen, aber wir sind ziemlich sicher, dass das Telefon in diesem Augenblick nicht weit vom Schrein des Imam entfernt benutzt wird.«

»Engt es weiter ein«, befahl Sassani. »Ich will den Standort des Telefons so genau wie möglich wissen!«

»Jawohl, Major.«

»Und der Name der Anruferin ist Nima, sagen Sie?«

»Richtig.«

Sassani beendete das Gespräch. Er warf das Handy auf das Bett und rieb sich die Hände, während er angestrengt nachdachte. Er fragte sich, wie schwer oder leicht es ihm diese Nima machen würde. Fatima hatte es ihm schwer gemacht. Er seufzte. Je schwerer sie es ihm machten, desto interessanter fand er es.

55

Etwas strich über Jacks Ellbogen. Sein Rücken fühlte sich verkrampft und steif an. Mit einer Schulter lag er, gegen etwas Hartes gepresst, auf dem Boden, ein pochender Schmerz lief durch den Oberarm bis zum Schlüsselbein, als sei ihm die Schulter ausgekugelt worden. Er verspürte die Berührung noch einmal, begleitet von einer Stimme aus der Ferne, die er nun allmählich als Ysabels Stimme erkannte. Ein Traum vielleicht? Bestimmt konnte er nicht mehr als ein paar Minuten geschlafen haben. Jack versuchte die Augen zu öffnen, aber sie waren wie zugeklebt und weigerten sich. Jetzt setzten auch die Schmerzen am verletzten Ohr mit aller Wucht ein, pulsierten mit dem Herzschlag. Unwillkürlich zuckte ihm die Frage durch den Kopf, ob das ein gutes oder ein schlechtes Zeichen sei.

Ysabel sagte etwas, jetzt klang ihre Stimme näher, ein dringliches Flüstern, das endlich durch Jacks benebelten Zustand in sein Bewusstsein drang.

»Jack! Wach auf!«

Ryan schoss plötzlich hoch, blickte sich verwirrt um. Er brauchte ein paar Sekunden, bis er sich erinnerte, wo er sich befand. Auch Dowschenko hatte die Stimme gehört und richtete sich auf einen Ellbogen hoch, blinzelte um sich, lauschte.

»Tut mir leid«, sagte Ysabel. Sie hatte offenbar bereits geduscht. Ein geborgter Haushaltskittel verdeckte ihre zerrissenen Kleider.

Nima stand in der winzigen Kochnische in der Ecke des Raums. Sie trug nun vollständige Tageskleidung, einen dunklen Rock und ein knielanges khakifarbenes Hemd, das Ryan an ein ausgewaschenes Kopfkissen erinnerte. Dampf stieg von einem Wasserkessel über den blauen Flammen des zweiflammigen Gasherds auf. Man kochte keinen Tee, wenn man sich in Gefahr befand. Jack rieb sich das Gesicht und stöhnte leise auf, als er seinem verletzten Ohr zu nahe kam.

»Was tut dir leid?«

»Sei ihr nicht böse, Jack«, sagte Ysabel. »Sie konnte es nicht wissen.«

Jack rappelte sich mühsam hoch, bis er auf hölzernen Beinen schwankend im Raum stand. Er verspürte weit mehr Prellungen als in der Nacht zuvor. Wie schlimm die Nachricht auch sein mochte, er wollte sie keinesfalls hören, solange er auf dem Boden lag.

Aber sein Nacken schmerzte, als hätte jemand versucht, ihm den Kopf von den Schultern zu reißen, und er war fast sicher, dass auch die Ecke eines Zahns abgesplittert war. Und als ob das nicht schon genug sei, machten ihm jetzt die Schmerzen noch unmissverständlicher klar, dass sein Ohr nur mit neun Fäden aus Katzendarm am Schädel vernäht war, ausgeführt von einem alten Schmuggler. Diese Schmerzen würde er bis ins hohe Alter nicht mehr vergessen – wenn er es überhaupt erlebte.

Er schaute Ysabel an und musste trotz der Situation lächeln. »Wovon redest du denn?«

Sie wies mit einer Kopfbewegung auf das Satellitentelefon. Es lag auf dem Tisch.

Ein kalter Schauder lief Jack über den Rücken. »Was … was ist damit?«

Auch Dowschenko sah es und sprang auf.

Ysabel lächelte verlegen. »Nimas Handy ist kaputt. Deshalb hat sie seit Monaten nicht mehr mit ihrer Mutter telefonieren können.«

Jack atmete ein paarmal tief ein und aus, um seine Stimme unter Kontrolle zu halten. »Hat sie schon angerufen?«

Ysabel nickte. »Sie telefonierte noch, als ich aufwachte.«

Jack musste sich beherrschen, um seine Stimme auf ein Flüstern zu dämpfen. »Wie hat sie es …«

»Sie muss den Aktenkoffer geöffnet haben, während wir schliefen«, erklärte Ysabel. »Ich habe die Anrufliste überprüft, sie hat anscheinend weniger als drei Minuten telefoniert. Aber sie hat mir geschworen, dass sie uns nicht erwähnt hat und auch nicht, von wo sie anruft.«

Nima blickte sich um. »Ich zahle natürlich dafür«, sagte sie. »Ich dachte eigentlich, es macht euch nichts aus …«

»Kein Problem«, sagte Ryan, obwohl es sehr wohl ein Problem war. Er wechselte das Thema. »Hast du gut geschlafen?«, fragte er Ysabel.

Dowschenko war bereits dabei, die Schuhe anzuziehen. »Nima«, sagte er, »du musst sofort von hier verschwinden.«

Sie winkte ab. »Ich habe heute jede Menge Termine. Der Anruf hat nicht lange gedauert. Ich glaube nicht, dass die Sepâh-e Pasdaran ständig alles hören und sehen können.«

»Trotzdem«, sagte Ysabel. »Erik hat recht. Du darfst es nicht riskieren.«

»Ihr macht euch zu viele Sorgen. Mir passiert nichts, versprochen.«

Ysabel wandte sich wieder an Jack. »Ich muss dein Ohr neu verbinden.«

»Später.« Ryan ging zur Toilette. »Wir müssen weg. Jetzt sofort.«

Dowschenko schaltete das Autoradio ein; Techno-Gitarrenmusik dröhnte durch die kleine Truckkabine. Ysabel, die wieder auf dem Beifahrersitz saß, warf ihm einen gereizten Blick zu. Er wollte gerade das Radio wieder abstellen, als plötzlich die Musik verstummte und eine tiefe Stimme zu hören war. Sie redete auf Persisch und klang ernst und ein wenig nasal, fast wie der Gebetsruf eines Muezzins.

Ryan verstand kein Wort, aber Ysabel setzte sich ruckartig aufrecht. Dowschenko warf ihr einen nervösen Blick zu; er verstand allgemein, worum es ging, aber keine Einzelheiten. Der Verkehr verlangsamte sich.

»Was ist?«, fragte Ryan und beugte sich zwischen die Vordersitze.

Ysabel hielt die Hand hoch und brachte ihn damit zum Schweigen.

Die Stimme dröhnte noch einige Sekunden weiter, dann brachte der Sender wieder persische Popmusik.

»Weiter vorn findet eine Demonstration statt«, erklärte Ysabel. »Wir müssen einen Umweg fahren.«

»Wie weit entfernt?«, erkundigte sich Ryan.

»Schwer zu sagen«, meinte Dowschenko. »Die Demonstranten haben Probleme, sich zu verabreden, weil die Behörden die Mobilfunknetze und sozialen Medien unter Kontrolle haben. Der Sprecher wollte helfen – er gab Informationen, wo sich die Leute versammeln sollten, wurde aber mittendrin abgewürgt. Irgendwo im Westen der Stadt. Aber das reicht nicht.«

»Das Krankenhaus liegt im Westen«, sagte Ryan.

Ysabel durchsuchte das Radio nach anderen Sendern. Nach mehreren Musikkanälen fand sie einen anderen Nachrichtenkanal. Wieder eine dröhnende Männerstimme.

»Vielleicht bringen sie hier etwas.« Sie übersetzte fast simultan.

»Das ist ein staatlicher Sender … Er warnt die Bevölkerung … alle sollen sich fernhalten. Er versichert den gesetzestreuen Einwohnern, dass die Behörden hart gegen alle Demonstranten vorgehen werden, die Gewalt anwenden.«

»Indem sie selbst Gewalt anwenden«, warf Dowschenko ein.

Inzwischen war der Verkehr praktisch zum Stillstand gekommen.

Ryan hatte in den Nachrichten Berichte über die jüngsten Demonstrationen gesehen. Sie hatten sich über den ganzen Iran ausgebreitet – Teheran, Isfahan, Ghom … Und in Maschhad mit seinen drei Millionen Einwohnern lebten genügend junge Menschen, um die Straßen zu füllen. Was sie auch oft genug taten.

Der Hilux kroch nur noch quälend langsam voran, sodass sie in den nächsten zwanzig Minuten nur knapp eineinhalb Kilometer zurücklegten. Vor ihnen wechselten ungeduldige Fahrer ständig die Fahrspuren, sobald sich eine Lücke zeigte. Bisher hatte Dowschenko noch keine Möglichkeit gesehen, in eine Seitenstraße abzubiegen, denn auch diese waren verstopft.

Den Polizisten entdeckten sie erst, als sich der Hilux über eine Straßenkuppe schob. Aber da war es schon zu spät.

Es war ein junger, glatt rasierter Mann, mit den schwarzen kniehohen Stiefeln eines Motorrad-Polizisten. Sein Bike, ein chinesischer BMW-Nachbau, stand auf dem Seitenstreifen. Ein weiterer Motorrad-Polizist beobachtete die Gegenfahrspur. Beide blickten aufmerksam in jedes Fahrzeug, deuteten nach vorn und gaben Anweisungen, wie die Bezirke umfahren werden konnten, in denen die Demonstrationen stattfanden.

»Die Waffen?«, fragte Dowschenko, ohne sich umzudrehen.

»Abgedeckt«, antwortete Ryan. »Wird schwer sein, meine Kopfwunde zu erklären.«

»Du sprichst kein Farsi«, sagte Ysabel. »Im Moment ist dein Ohr unser kleinstes Problem.«

Der Polizist winkte ihnen zwar freundlich, aber doch streng zu anzuhalten, als er sich dem Fahrerfenster näherte.

»Okay«, sagte Dowschenko. »Überlasst mir das Reden.« Er ließ das Fenster herunter. Ein Schwall von nach Schwefel stinkenden Abgasen, was der schlechten Benzinqualität im Iran zu verdanken war, schlug Ryan ins Gesicht.

Der Beamte bückte sich, um sich im Innenraum umzublicken, aber Dowschenko hielt ihm rasch eine Ausweishülle vors Gesicht und bellte mit seinem schweren russischen Akzent etwas auf Persisch. Er klang zwar nicht unhöflich, aber kurz angebunden, als verlangte er, dass der Polizist ihm einen Weg durch den Stau freiräumte.

Der Beamte nahm die lederne Ausweishülle und studierte den Inhalt genau, bevor er sie zurückgab. Er pfiff seinem Partner und brüllte ihm etwas zu, das Ryan nicht hören und erst recht nicht verstehen konnte, und deutete auf den Seitenstreifen hinter den beiden Bikes, die drauf geparkt waren.

Ryans Herzschlag setzte aus; er dachte, der Beamte wolle den Hilux zum Straßenrand winken. Aber der Mann hielt den Verkehr gerade lang genug auf, dass Dowschenko den Wagen vorsichtig zum Seitenstreifen lenken konnte. Dort gab er Gas und fuhr schnell zur nächsten Abfahrt. Dort würden sie unter dem Highway durchfahren und das Stadtzentrum weit im Süden umfahren können.

»Was war das denn?«, fragte Ryan.

Dowschenko stieß erleichtert den zu lange angehaltenen Atem aus. »Ich habe ihm meinen Botschaftsausweis gezeigt und ihn gefragt, wo die Gegendemonstration stattfindet.«

»Die Gegendemonstration?«

»Ja, die Mullahs und die Führer der verschiedenen Gemeinschaften«, erklärte Ysabel. »Die Regierung bezahlt sie dafür, dass sie Gegendemonstrationen zu den Studentenprotesten veranstalten. Eine Bande alter, schwarz gekleideter Männer mit weißen Turbanen gegen eine Bande Jugendlicher in lässigen Klamotten. Und Freiwillige von der Basidsch-Miliz werden auch mitmarschieren, wenn sie nicht gerade irgendwo anders ein paar Schädel einschlagen, wie Nima erzählt hat.«

»Aber woher wusstet ihr, dass eine Gegendemonstration geplant ist?«, fragte Ryan. »Haben sie das im Radio erwähnt?«

Ysabel schüttelte den Kopf. »Es gibt immer eine Gegendemonstration. Dafür sorgt das Regime.« Sie unterdrückte ein Gähnen, dann wies sie auf ein großes Schild am Straßenrand. »Zum Krankenhaus sind es noch drei Kilometer. Erklärt mir noch einmal genau, was ihr über diesen Ingenieur Yazdani wisst.«

Ryan stieg von hinten auf den Beifahrersitz um, während sie auf Ysabel warteten, die ins Akbar-Kinderkrankenhaus gegangen war, um sich nach der Wohnadresse des Ingenieurs zu erkundigen. Sie hatten den Hilux unauffällig zwischen den Gebäuden der nahe gelegenen Universität geparkt. Es war das erste Mal, dass Jack mit Dowschenko allein reden konnte, ohne dass Ysabel dabei war oder sie sich auf einer Verfolgungsjagd befanden.

»Du hast dich gut geschlagen«, sagte Jack und hoffte, mit dem Lob das Eis zwischen ihnen zu brechen. Er war so erschöpft, dass es ihm so vorkam, als sei seine Haut am ganzen Körper entzündet; in seinem gereizten Zustand war er nicht in der Stimmung für gesellige Plaudereien. Trotz allem, was dieser russische Spion tat oder getan hatte – er hatte mitgeholfen, Ysabel vor dem Schlimmsten zu bewahren, und dafür schuldete ihm Ryan etwas.

»Du warst auch nicht schlecht«, gab Dowschenko zu.

»Scheinst kein – wie sagt man? – Wald-und-Wiesen-Agent der CIA zu sein.«

»Danke. Vielleicht nicht. Hör mal, du wirst demnächst irgendwann von Leuten vernommen werden, die weit über mir stehen, aber damit wir das jetzt gleich mal klarstellen: Du kennst Ysabel nur durch eine gemeinsame Freundin.«

Dowschenko nickte. »Über meine Absichten gegenüber Mrs. Kashani brauchst du dir keine Sorgen zu machen. Ich war mit einer ihrer Freundinnen befreundet. Weiter geht unsere Beziehung nicht.«

Jack schaute ihn an, während ihm eine Erinnerung durch den Kopf ging. Er sprach es zwar nicht aus, aber das waren genau die Umstände, unter denen er und Ysabel sich kennengelernt hatten – und dann doch ein Paar geworden waren. Er hasste es, sich das eingestehen zu müssen, aber er ärgerte sich gewaltig über den unbeschwerten Umgangston, in dem Ysabel und Dowschenko miteinander verkehrten, wenn sie nicht wie so oft in den letzten Stunden fliehen oder um ihr Leben kämpfen mussten. *Hör auf damit, Jack,* mahnte er sich immer wieder. *Du warst es, der weglief, nicht sie, also lass sie ihr Leben weiterleben, wie sie es will und mit wem sie will.*

»Darüber mache ich mir keine Sorgen«, sagte Jack schließlich. Dann versetzte er aus irgendeinem unerklärlichen Grund jeder Aussicht den Todesstoß, seine Beziehung zu Ysabel zu reparieren. »Kumpel, du bist es, der sich Sorgen machen muss. Du hast praktisch angedeutet, dass du in ihre beste Freundin verliebt warst, und als sie ermordet wurde, hast du ohne Rücksicht auf deine eigene Sicherheit alles getan, um Ysabels Leben zu retten.«

Dowschenko schloss kurz die Augen und schluckte. »Aber du … du bist sofort gekommen, als sie dich zu Hilfe rief. Dir wurde fast das Ohr abgerissen. Und vergiss nicht, du hast sie davor bewahrt, entführt zu werden, zweimal sogar.«

»Ja«, nickte Ryan. »Entschuldige, wenn ich das sage, aber dir hat diese Maryam … das Herz gebrochen. Da kann ich nicht mithalten.«

Der Russe schaute ihn direkt an. »Sei mal ehrlich. Willst du das überhaupt?«

Ryan war selbst über seine Antwort überrascht – und wie schnell er sie geben konnte. »Nein … ich glaube nicht.« Fast konnte er Clarks Bariton hören: *Endlich wirst du erwachsen, mein Junge.* Ryan schlug den Kopf leicht gegen das Seitenfenster – plötzlich schien ihm eine gewaltige Last von den Schultern zu fallen, trotz der Situation, in der sie sich befanden. »Ich will nur, dass sie glücklich wird. Glücklich und in Sicherheit.«

»Sicherheit allein macht nicht glücklich«, erwiderte Dowschenko.

»Da hast du recht.« Jack fuhr fast aus der Haut, als Ysabel an die Scheibe klopfte.

»Ich habe seine Adresse«, sagte sie, als sie die Tür aufzog. Sie wies nur knapp mit dem Daumen nach hinten, damit Jack ihren Sitz wieder freigab. »Worüber redet ihr beide gerade?«

»Nichts Besonderes«, sagten sie im Chor.

Die *New York Times* beschrieb einmal den Situation Room im Weißen Haus als eine Kerkerzelle mit miserabler Technik. Seither hatte man jedoch den über vierhundertfünfzig Quadratmeter großen Raum, der dem Navy-Restaurant gegenüberlag, einer gründlichen Renovierung unterzogen. Koaxialkabel und Bildröhrenfernseher wurden durch Ethernet, sichere Router und Flachbildschirme ersetzt, die den Raum ins 21. Jahrhundert katapultierten, aber Jack Ryan kam er immer noch ein bisschen wie ein Kerker vor. Es mochte sentimental klingen, aber die Entscheidungen, die an diesem Konferenztisch getroffen wurden, waren selten erfreulich. Allzu oft kamen

Menschen als Folge dieser Entscheidungen ums Leben – und manchmal waren es sehr viele Menschen.

Die Stimmung, die heute im Situation Room herrschte, spiegelte Ryans eigenes Befinden wider – angespannt, erregt, angriffslustig –, und so sehr er sich auch bemühte, er konnte diese Stimmung nicht völlig unterdrücken. Die meisten Mitglieder seines Nationalen Sicherheitsrats schrieben seine Erregung der unmittelbar drohenden Gefahr zu, dass sich der Iran Nuklearwaffen beschafft haben könnte. Natürlich war das zum großen Teil auch der Fall. Allen war bewusst, dass amerikanische Agenten im Iran versuchten, einen gegnerischen Agenten zu drehen, aber nur Mary Pat wusste, dass Jack junior daran beteiligt war.

Ryan senior studierte den Flachbildschirm genau, der einen großen Teil der Wand am anderen Ende des langen Konferenztischs einnahm. Im Moment war dort eine große topografische Karte des Iran zu sehen. Major Poteets Tablet war durch die Verschlüsselungsstandards des Pentagon gesichert, sodass es dem Air-Force-Major, der als diensthabender IT-Spezialist fungierte, erst nach einigem Hin und Her gelang, es mit dem Situation Room zu verbinden. Poteet zeichnete mit einem Stylus auf dem Tablet-Touchscreen einen großen weißen Kreis um Maschhad und einen kleineren roten Kreis um den weiter südlich neben dem International Airport gelegenen 14. Taktischen Luftwaffenstützpunkt.

»Wir glauben, dass ihr Radar-Abwehrsystem eine Reichweite von mindestens fünfhundert Kilometern hat«, erklärte Poteet. »Die Satellitenüberwachung zeigt, dass hier Mirage-F-1EQ-Jagdflugzeuge, einstufige Mittelstreckenraketen vom Typ Shahab-3 und mehrere moderne Flugabwehr-Raketensysteme stationiert sind.« Es war nicht Poteets Job zu sagen, ob ein Luftangriff der Vereinigten Staaten zu diesem Zeitpunkt machbar sei oder nicht, jedenfalls nicht, solange sich mindestens ein Dutzend Personen im Raum befanden, die einen viel höheren Rang hatten. Er sollte nur die Tatsachen präsentieren und ihre Fragen beantworten, falls sie welche hatten. Und die hatten sie. Jede Menge.

Ryan wartete eine Pause ab und schaute Mary Pat an, die etwa in der Mitte der Längsseite am Tisch saß, direkt neben dem Vorsitzenden der Vereinigten Generalstäbe.

»Sagen Sie mir noch mal, was das NRO im Moment über diesem Teil der Welt in der Luft hat?«

Foley beantwortete die Frage, ohne auf ihre Unterlagen blicken zu müssen. »USA-224, ein Keyhole-Satellit, überfliegt den Ort erst wieder in sieben Stunden. Derzeit wird die Region nur von einem Mentor 6, einem Advanced-Orion-Satelliten, überwacht; er liefert im Moment unsere gesamte SIGINT.«

Mit Advanced Orion oder Mentor wird eine Klasse von Spionagesatelliten zur Fernmeldeaufklärung der USA bezeichnet, die mithilfe der CIA entwickelt und vom National Reconnaissance Office, dem für die Satellitenprogramme zuständigen militärischen Nachrichtendienst, betrieben wird. Im Unterschied zu den Keyhole-Satelliten, die auf niedrigerer Umlaufbahn einen bestimmten Ort zweimal am Tag überfliegen, sind die Mentors künstliche geostationäre Erdsatelliten, die an verschiedenen Positionen ungefähr fünfunddreißigtausend Kilometer über der Erdoberfläche geparkt sind. In ihrer jeweiligen Ausleuchtungszone können sie Funksignale wie Telefonverbindungen, Radio- und Fernsehsignale erfassen.

»Wir sind momentan dabei, die Daten aus dem letzten Überflug des USA-224 auszuwerten, damit wir dann sofort Vergleichsdaten zur Verfügung haben.«

Ryan notierte sich etwas in seiner Akte. »Lassen wir Maschhad noch von ein paar Sentinels überfliegen.« Er richtete den Blick auf Air Force Lieutenant General Jason Paul, den Vorsitzenden der Vereinigten Generalstäbe der US-Streitkräfte. Paul kam von den Nachrichtendiensten, ein ruhiger Mann, der mehr dachte als redete und dessen Urteil Ryan sehr schätzte. »Oder gibt es in der zuständigen Leitstelle irgendwelche neuen Pannen?«

»Nein, Mr. President«, antwortete General Paul sofort. »Die Agency hat mehrere Tausend Stunden Datenmaterial über dem iranischen Luftraum aufgezeichnet. Die Iraner vermuten wahrscheinlich, dass unsere Vögel dort oben sind, aber sie scheinen es nicht sicher zu wissen.«

Ryan spielte mit seiner leicht sarkastischen Frage auf einen Zwischenfall an, der sich 2011 ereignet hatte. Damals hatte der Iran behauptet, eine Lockheed-Martin-RQ-170-Sentinel-Drohne »abgeschossen« zu haben, die den iranischen Luftraum verletzt habe. Tatsächlich war eine Computerpanne in der US-Leitstelle die Ursache gewesen. Die Tarnkappentechnologie machte die Drohne für das iranische Radarsystem praktisch unsichtbar, weshalb die Iraner ihre Anwesenheit nicht bemerkt hatten – bis der Computerfehler passierte. Leider waren die Iraner gut vorbereitet gewesen und hatten den Fehler ausgenützt, sobald sie die Drohne bemerkten. Die iranische Seite behauptete später auch, eine RQ-170-Drohne nachkonstruiert zu haben. Die eigene Drohne nannten sie Saegheh – iranisch für »Blitz« –, hatten aber bisher noch nicht nachweisen können, dass ihr Klon tatsächlich voll funktionsfähig war.

»Gut«, sagte Ryan. »Ich möchte die Vor- und Nachteile für beide Maßnahmen – Raketenschläge und Überflüge – innerhalb einer Stunde auf dem Tisch haben. Wir müssen uns darauf vorbereiten, sofort zu handeln, sobald uns USA-224 oder eine der Sentinels brauchbare Bilder liefert.« Ryan schob seinen Stuhl vom Tisch zurück. »Mary Pat, bitte kommen Sie gleich noch zu mir ins Oval.«

»Wie steht es um die Behandlung des iranischen Jungen, sollte sich sein Vater tatsächlich drehen lassen?«, fragte Ryan, als er mit Mary Pat ins Oval Office zurückkehrte. Beide hatten sich im Navy-Restaurant einen Becher Kaffee geholt.

Foley setzte sich auf ihren Stammplatz auf der Couch. »Soweit wir wissen, leidet er an Mukoviszidose, auch Zystische Fibrose genannt, also einer Stoffwechselerkrankung, die von der F508del-Genmutation ausgelöst wird. Die Krankheit ist mit neuen Medikamenten behandelbar, aber sie sind extrem teuer – hier in den Staaten kosten sie rund dreihunderttausend Dollar pro Jahr. Wir können uns auf PL110 berufen, um die Familie ins Land zu holen und für die Behandlungskosten aufzukommen.«

Public Law 110 war während der Finanzkrise 2008 in Kraft gesetzt worden, um den Banken den Umgang mit ihren Altlasten oder anderen in Schwierigkeiten geratenen Vermögenswerten zu erleichtern. Mit PL110 konnten aber auch Maßnahmen begründet werden, die im Grunde die CIA-Version eines Zeugenschutzprogramms darstellten. So konnte man wichtigen Informationsträgern eine neue Identität und Legende verschaffen und, wie im Falle von Ibrahim Yazdani, eine notwendige medizinische Behandlung ermöglichen.

Ryan stöhnte leise auf. Einem schwer kranken Kind zu helfen war natürlich eine lobenswerte Sache. Aber die Aussicht, dem Kind die Behandlung zu verweigern, sollte sein Vater nicht mitspielen wollen, bereitete ihm größtes Unbehagen.

»Dann liegt es also an ihnen«, sagte er. »Das hat dir ein wenig Zeit verschafft, dir alles durch den Kopf gehen zu lassen. Zunächst einmal möchte ich wissen, wie du diesen Erik Dowschenko einschätzt.«

»Seine liebe Mama, Zahra Dowschenko, war bis zum Zusammenbruch der UdSSR als KGB-Agentin in der Spionageabwehr tätig.«

»Hattest du jemals mit ihr zu tun?«, fragte Ryan. »Damals, meine ich, in deiner Moskauer Zeit?«

Foley schüttelte den Kopf. »Nein, aber damals hörte ich viel von ihr. Sie war eine sehr erfahrene, schlaue Agentin. Eine gebürtige Aseri. Hatte den Ruf, rachgierig und Alkoholikerin zu sein. In ihrer Akte steht, sie sei völlig in ihrem Job aufgegangen. In jüngeren Jahren trank sie viel, ging keinem Streit aus dem Weg und schlief herum. Hatte den Ruf eines Cowboys. Meldete sich freiwillig für alle möglichen gefährlichen Einsätze.«

Ryan schmunzelte. »Erinnert mich an jemand anders in meiner Bekanntschaft.«

»Hallo?«, sagte Foley in gespielt ungläubigem Ton, »wenn ich betrunken war, dann immer auf die nette Art. Und natürlich habe ich ab und zu mit Ed herumgemacht, aber sonst hätte ich nicht mal ein Aspirin zwischen die Knie klemmen können, so fest geschlossen waren meine Beine.«

»Ich meinte den Ruf als Cowboy.«

Foley grinste, und ihre Augen glitzerten. »Weiß ich doch. Wollte nur sehen, wie du errötest. Im Ernst: Mit einer Superspionin als Mutter dürfte Erik keine leichte Kindheit gehabt haben. Wie bei uns wirkt sich auch in Russland die Spionagearbeit auf die ganze Familie aus. Da liegt die Vermutung nahe, dass sie auch ihren Sohn in diese Richtung drängte.«

»Was ist mit dem Vater?«

»Der war Akademiker«, antwortete Foley.

»Ah, einer von denen«, kommentierte Ryan, der selbst Akademiker war.

»Nun, falls Erik in einen Beruf gedrängt wurde, den er nicht haben wollte, wäre das ein Motiv für seine Bereitschaft, die Seiten zu wechseln.«

»Es könnte aber auch bedeuten, dass er ein extrem cleverer

Operativer ist, der uns eine Falle stellt – die Sache könnte uns ins Gesicht explodieren.«

»Kann sein«, gab Foley zu. »Aber sie sind jetzt schon eine Weile im Iran. Wenn etwas auffliegen würde, wäre das schon geschehen.«

»Hoffen wir's.«

Foley trank einen Schluck Kaffee. »Dein Sohn ist ein cleverer Junge, Jack. Niemand hat ihn in dieses Geschäft gedrängt. Er hat es in den Genen, und er hat auch den inneren Ansporn dazu.«

Sie seufzte und schloss wie in Gedanken für einen Moment die Augen.

»Was ist?«, fragte Ryan.

»Erinnert dich das nicht an die alten Tage, als wir Oberst Michail Semjonowitsch Filitow aus dem Kreml holten?«

»Einen wie den Kardinal bringen sie nicht mehr hervor«, sagte Ryan. Damit spielte er auf den Decknamen des Spions an.

»Das habe ich gerade auch gedacht«, nickte Foley. »Oder vielleicht doch?«

56

Reza Kazem legte das technische Handbuch auf den Boden, beschwerte die aufgeschlagenen Seiten mit einem Stein gegen den Wind und blickte über die Abdeckplane des in der Nähe stehenden Transportfahrzeugs zu dem hereinschwebenden Helikopter Bell 206 hinüber. Er lächelte verhalten, nicht, weil er sich auf die Ankunft des Hubschraubers freute, sondern, um das Lächeln einzuüben.

Ajatollah Ghorbani konnte gar nicht anders. Obwohl er ganz hinten saß und somit außer Sicht der mehreren Dutzend Männer blieb, die an der Abschusseinrichtung, dem Transporttruck und dem Kran arbeiteten, war sein Besuch natürlich ein Ereignis von monumentaler Bedeutung. Für Kazem war Ghorbani ein notwendiges Übel, ein Mittel zum Zweck. Der Kleriker lief ständig mit frömmlerischem Gesicht herum, sprach eine Fatwa nach der anderen aus und pries die Vorzüge der iranischen Produktion über den grünen Klee, während er alles, was vom Westen kam, als Schande vor Allah verunglimpfte. Er hatte die Offiziere der Revolutionsgarde angewiesen, nur noch iranische Helikopter wie den leichten Kampfhubschrauber Shahed zu benutzen, doch er selbst wollte seine Sicherheit keinem anderen Hubschrauber außer seinem eigenen Bell 206 Jet Ranger aus amerikanischer Produktion anvertrauen.

Es waren diese kleinen Dinge, derentwegen Reza Kazem den Mann hasste und das nicht zu knapp.

Er tätschelte die Seite eines der riesigen Reifen des Raketentransporters, während er den Helikopter beobachtete, der rund hundert Meter entfernt am Rand des von Steinen und kleinen Felsbrocken übersäten freien Geländes aufsetzte. Nein, jetzt würde es nicht mehr lange dauern. Mit einem Pfiff beorderte er die beiden Männer herbei, die er als Fahrer des riesigen Transporters ausgewählt hatte. Sie hatten eine Suppe aus Styroporbechern getrunken, die sie aber sofort fallen ließen, als er sie zu sich rief.

»Ihr habt die Koordinaten?«, fragte er, sobald sie herbeigeeilt waren. Beide waren noch keine dreißig Jahre alt und verhielten sich mit der unbekümmerten Selbstsicherheit junger Menschen, noch immer unbeeinflusst von der Skepsis des Alters und der Erfahrung.

»Ja, wir haben sie«, antworteten sie ernsthaft und fast wie aus einem Mund.

Kazem fragte sich flüchtig, was diese beiden ernsthaften jungen Dissidenten wohl denken würden, hätten sie gewusst, dass der oberste Führer der Revolutionsgarde, ein Mann, der nur dem Höchsten Ajatollah selbst unterstand, in dem Hubschrauber saß, der gerade gelandet war.

»Ruft einen kleinen Trupp zusammen und bringt den Truck zu den Höhlen«, befahl Kazem. »Dort wartet ihr bis zum nächsten Überflug des amerikanischen Satelliten, dann bringt ihr ihn zu den Koordinaten.«

Die beiden nickten knapp. »Jawohl, Agha Kazem.« Sie verwendeten die persische Höflichkeitsform, die ungefähr dem »Mister« im Englischen entspricht.

Ajatollah Ghorbanis Helikopter wirbelte eine große Staub- und Kieselwolke auf, als er aufsetzte. Reza Kazem schniefte und mahnte sich zur Geduld, die er brauchen würde, um diesem selbstgefälligen Schnösel die nötige Unterwürfigkeit zu zeigen. Auf der anderen Seite des Geländes überprüfte Dr. Sahar Tabrizi, das iranische Genie der Astrophysik, die beiden russischen Raketen nicht nur einmal, sondern zweimal. Die Raketen waren ihr Lieblingsprojekt geworden.

Ein echtes Lächeln spielte um Reza Kazems Mund. Bald würde er diesen Ghorbani nicht mehr brauchen.

Major Sassani hatte die Information über Nimas Satellitentelefonat für sich behalten, statt sie an eine der Gardeeinheiten weiterzuleiten, die näher dran gewesen wäre. Zu viele Informationen gingen verloren, wenn zu viele Ohren und Münder an der Weitergabe beteiligt waren. Er wollte der Frau einen persönlichen Besuch abstatten, wollte aus ihrem eigenen Mund hören, wohin Dowschenko gegangen war.

Mit dem Dienstflugzeug der Revolutionsgarde, einer Dassault Falcon 20, dauerte der 324-Kilometer-Flug von Herat nach Maschhad nicht mal so lange, wie er für die Strecke vom Flughafen zu dem Stadtviertel in der Nähe des Schreins des Imam Reza benötigte, des Bezirks, in dem die Techniker die letzte Benutzung des Telefons trianguliert hatten. Sassani kam daher keine drei Stunden, nachdem er zum ersten Mal vom Anruf der jungen Frau erfahren hatte, vor Ort an. Er hatte keinerlei Zweifel, dass sie das Satellitentelefon benutzt hatte, das sich jetzt im Besitz des russischen Verräters Erik Dowschenko befinden musste.

Obwohl die Techniker die genaue Position des Telefons nicht hatten tracken können, war es geradezu lächerlich leicht, Nimas Adresse herauszufinden. Schon die erste Person, die Sassani fragte, eine mürrische Frau mit schwarzem Tschador und einer großen Plastik-Einkaufstasche, deutete die Straße entlang auf die Außentreppe.

»Har Jaa'i«, schnaubte sie verächtlich. Im Alltagsslang

hieß das so viel wie »überall«, konnte aber auch eine Straßendirne oder Prostituierte bedeuten.

Die Frau trug ziemlich dickes Make-up, was Sassani denken ließ, dass sie damit vielleicht nur eine lästige Konkurrentin loswerden wollte. Er hatte schon oft mit Huren zu tun gehabt und Prostituierte, die mit dem Tschador herumliefen, auch für seine Zwecke arbeiten lassen. Moralisch fragwürdige Kleider deuteten sicherlich auf einen sündigen Lebenswandel hin, aber manchmal verbarg sich ein skandalöses Weib auch unter anständiger Kleidung. Bei dem Gedanken schmunzelte Sassani in sich hinein. Auch seine eigene Braut war damals ständig errötet, das perfekte Beispiel für diese Unreinheit, die sich unter einem Tschador verbergen mochte. Er war ziemlich sicher, dass sie mit mehreren Männern geschlafen hatte, bevor er sie heiratete – aber für ihn war ihre Jungfräulichkeit nicht so wichtig wie die familiäre Beziehung zum General, die sie ihm durch die Heirat verschaffte.

Sassani winkte die Frau mit dem Tschador barsch weg. Er stand in der Gasse und betrachtete die schwarz gestrichene Treppe. Müßig fragte er sich, ob Dowschenkos Füße die durchgetretenen Treppenstufen berührt hatten und ob Ysabel Kashani mit ihm zusammen gewesen war.

Der Major legte den Finger über die Lippen, um seinen Leutnant zu warnen, still zu sein, während sie die Treppe hinaufschlichen.

Noch bevor sie die oberste Stufe erreicht hatten, ging die Tür knarrend auf. Ein Gesicht spähte heraus. Sie war klein und sah fast wie ein Nachbarskind aus, jung und hübsch in genau der leicht verkommenen Art, die Sassani so sehr mochte. Ein grünes Kopftuch lag lose über dem Haar, war aber nicht zugebunden.

»Ich wollte gerade weg«, sagte sie und versuchte rasch,

die Tür wieder zuzustoßen, aber der Leutnant sprang hoch und stellte den Fuß in den Spalt.

Sie fluchte und drohte, ihm die edlen Teile abzuschneiden, wenn er den Fuß nicht wegnahm.

Sassani lächelte verhalten. »Lass mich mit ihr reden«, sagte er und schob sich an dem Mann vorbei. Als sie zu ihm aufblickte, beugte er sich näher, als wollte er ihr erklären, was sie von ihr wollten, und rammte ihr hart die Faust auf die Nase.

Sie taumelte zurück, und er folgte ihr in die kleine Wohnung. Sie roch so, wie diese Hurenwohnungen immer rochen – nach Tee und Make-up und schalem Zigarettenrauch. Auf Sassani wirkte die Mischung urwüchsig und beeindruckte ihn zutiefst.

Prostituierte erlebten mehr als nur das übliche Maß an körperlicher Gewalt und waren daher nicht so leicht einzuschüchtern. Sassani war darauf vorbereitet, weshalb er eine Spritze aufzog, während der Leutnant die Frau fesselte und sie mit dem Gesicht nach unten auf das Bett warf. Sie drückte die gebrochene Nase in das Bettzeug, um die Blutung zu stoppen, die Sassanis Fausthieb ausgelöst hatte. Der Leutnant setzte ihr ein Knie ins Kreuz, packte sie an den Haaren und riss ihren Kopf seitwärts.

Sassani fand sofort die Vene an der Nackenseite, was nicht schwer war, da sie vor Angst und Anstrengung wie lila Kabelstränge aus der olivfarbenen Haut hervortraten. Er injizierte den gesamten Inhalt der Spritze. Ein kleiner Blutstropfen trat aus, als er die Nadel wieder herauszog und einen Schritt zurücktrat. Sie versuchte, sich aufzubäumen, was ihr aber nichts nützte, denn der Leutnant kniete noch immer auf ihrem Rücken.

»Erik Dowschenko«, flüsterte Sassani. »Kommt er zu dir zurück?«

»Nein.«

»Wo ist er?«

Nima zerbrach wie ein billiger Tonkrug, als die Droge zu wirken begann, und sie sprudelte die Informationen so schnell heraus, dass es Sassani und seinem Helfer schwerfiel, alles zu verstehen. Das Präparat aus Scopolamin und Morphium war genau genommen kein Wahrheitsserum, konnte aber einen Zustand von Benommenheit, Verwirrung und letztlich Willenlosigkeit auslösen, der für Sassanis Zwecke weitaus wirksamer war als physische Gewaltanwendung – wenn auch weniger interessant.

Keine zehn Minuten dauerte es, bis Sassani erfahren hatte, dass Dowschenko und die Frau zum Akbar-Kinderkrankenhaus gefahren waren, um herauszufinden, wo jemand wohnte. Den Namen der gesuchten Person schien Nima nicht zu wissen. Statt das Verhör noch länger fortzusetzen, entschied sich der Major, es sofort zu beenden und aufzubrechen. Er war dem Russen jetzt so nahe, dass er ihn förmlich riechen konnte. Noch heute würde er ihn finden – und töten.

Sassani nahm eine weitere Ampulle aus der Tasche und zog den Inhalt in die Spritze.

»Was … was … geben Sie … mir?«, lallte die junge Frau wie eine Betrunkene.

Sassani legte den Kopf schief. »Ich fürchte, ich muss an dir ein Exempel statuieren.«

Tränen liefen über ihre Wangen und vermischten sich mit Blut und Rotz. »Keine … Sorge … ich verrate nichts …«

»Oh, Sorgen machen wir uns schon lange nicht mehr«, antwortete Sassani. »Es hätte alles viel leichter sein können, wenn du mir sofort die Wahrheit gesagt hättest. Dann wäre die Spritze gar nicht nötig gewesen.«

Nimas Gesicht verzerrte sich vor Angst, als Sassani den Inhalt der Spritze in dieselbe Vene an ihrem Hals injizierte.

»Aber … aber Sie haben mich doch gar nicht gefragt … sondern gleich die Spritze gegeben …«, stammelte sie.

Sassani setzte sich auf die Bettkante und betrachtete sie lächelnd. »Hab ich nicht? Na so was. Dachte, ich hätte dich gefragt.« Er zwinkerte seinem Leutnant verschwörerisch zu und tätschelte Nimas Hinterteil. »Na gut, es ist wohl besser so. Wir haben bekommen, was wir wollten, und du bekommst, was du verdienst.«

57

Atash Yazdani öffnete schon nach dem ersten Klingeln die Tür, als hätte er sie erwartet. Er war ein schmächtiger Mann mit schmalen Schultern, gebeugt unter der Last der jahrelangen, schweren Krankheit seines Sohnes. So abgemagert war er nicht immer gewesen. Doch in den letzten Monaten hatte er viel Gewicht verloren und schon zwei neue Löcher in den alten, abgewetzten Ledergürtel stechen müssen, der seine Hose festhielt. Das kragenlose weiße Hemd hing lose um seinen Körper, aus den hochgekrempelten Hemdärmeln ragten knochige Arme. Yazdani war der Inbegriff eines Ingenieurs; in der Brusttasche steckten ein billiger Kugelschreiber und drei Druckbleistifte. Über der Stirn ragte ein Haarbüschel empor, als hätte er es um den Finger gedreht, während er konzentriert am Schreibtisch arbeitete.

Dowschenko verspürte Gewissensbisse, als er die blutunterlaufenen Augen des Mannes sah.

Yazdani hatte seine Frau an den Gebärmutterkrebs verloren; jetzt war auch sein Sohn todkrank. Und sie waren gekommen, um ihm Hilfe anzubieten – aber nur, wenn er sein eigenes Land verriet.

»Kann ich Ihnen helfen?«, fragte der Mann leicht verwirrt.

Dowschenko lächelte und hoffte, dass er nicht so schuldbewusst wirkte, wie er sich fühlte.

»Meine Freunde und ich möchten Ihnen erklären, wie wir Ihrem Sohn vielleicht helfen können.«

Eine Hand an der Tür, die andere am Türrahmen beugte sich Yazdani ein wenig vor, um zu sehen, wen Dowschenko mit »Freunde« meinte. Ysabel nickte ihm freundlich zu, das Kopftuch vorschriftsmäßig zugebunden. Der andere Mann lächelte, hielt aber wie vereinbart den Mund.

»Meinem Sohn?«, fragte Yazdani. »Was wissen Sie über meinen Sohn?« Die Hoffnung blitzte kurz in seinem Blick auf, verschwand aber sofort wieder. Zu lange hatte er sich damit abgefunden, dass es keine Hoffnung mehr gab.

»Können wir das drinnen besprechen?«

Yazdani starrte ihn unverwandt an, so lange, dass sich Dowschenko darauf gefasst machte, dass sich der Amerikaner einmischen würde, und sei es nur, um das lange Schweigen zu brechen. Doch dann stieß der Iraner plötzlich die Tür weiter auf und winkte sie in seine Wohnung.

Das Innere der Wohnung wirkte genauso abgehärmt und traurig wie das sorgenvolle Gesicht des Ingenieurs. Ryan und Ysabel setzten sich auf das verschlissene Sofa, während sich Dowschenko, der das Gespräch einleiten sollte, in einen nicht weniger fadenscheinigen Ohrensessel setzte, der direkt neben dem wackeligen Essstuhl stand, auf dem sich Yazdani niederlassen würde. Dem alten persischen Gebrauch entsprechend brachte der Gastgeber Tee und einen Teller Kuchen herein, dazu ein scharfes Kuchenmesser. Er entschuldigte sich, dass er nicht mehr anzubieten habe.

»Und jetzt«, sagte er, ohne sich selbst Tee einzugießen, »sagen Sie mir bitte, was Sie damit meinen, dass Sie meinem Sohn helfen könnten.« Er wandte sich an Ryan. »Sie sind Amerikaner?«

Ryan nickte, behielt aber das Kuchenmesser im Auge. »Wie kommen Sie darauf?«

Yazdani schnaubte verächtlich. »Sie haben noch kein Wort gesagt, also war mir klar, dass Sie etwas zu verbergen haben. Wenn Sie wie er Russe wären, hätte das keine Rolle gespielt. Habe ich recht?«

»Ja, Sie haben recht.«

»Ihre Kopfwunde – woher stammt sie?«

»Ein Autounfall in Afghanistan«, antwortete Ryan.

»Ich verstehe«, sagte Yazdani nachdenklich, offenbar waren ihm die drei unerwarteten Besucher ein Rätsel. »Sie wissen also über die Krankheit meines Sohnes Bescheid. Sind Sie Arzt?«

»Nein«, antwortete Ryan.

»Keiner von uns ist Arzt«, erklärte Dowschenko. »Wir sind Diplomaten. Wir glauben, dass wir eine Möglichkeit gefunden haben, wie wir Ihrem Sohn helfen können.« Gelassen trank er einen Schluck Tee, um dem Mann Zeit zu geben, die rätselhafte Bemerkung zu verarbeiten.

»Diplomaten? Wieso sollten sich amerikanische und russische Diplomaten für die Krankheit eines einzigen iranischen Jungen interessieren?« Zunehmend gereizt blickte er Ysabel an. »Und was haben Sie damit zu tun?«

»Ich gehöre dazu. Aber am Anfang wusste ich noch nichts von Ihrem Kind.« Ihre Antwort klang laut und klar und aufrichtig, was Yazdani offenbar beeindruckte.

Dowschenko stellte die Tasse auf den Couchtisch zurück. »Das mit Ihrem Sohn tut mir aufrichtig leid. Er leidet an Zystischer Fibrose, nicht wahr?«

»So ist es.«

»Die F508del-Mutation, um genau zu sein.«

»Sie scheinen darüber eine Menge zu wissen«, sagte Yazdani misstrauisch.

Jetzt mischte sich Ryan wieder ein. »Bei dieser spezifischen Mutation wird ein Medikament namens Tezacaftor eingesetzt.«

Yazdani warf den Kopf zurück, als hätte er große Schmerzen. »Was nützt es meinem Sohn Ibrahim? Ich verdiene siebzehn Millionen Rial im Monat – also ungefähr dreihundertfünfzig Dollar. Das Medikament kostet fast dreihunderttausend Dollar im Jahr – aber das spielt eigentlich keine Rolle, weil wir es hier im Iran gar nicht bekommen könnten.«

Daraufhin herrschte eine Weile Stille. Die drei Besucher nippten aus bloßer Höflichkeit an ihren Tassen, rührten aber den Kuchen nicht an.

Schließlich beugte sich Yazdani vor und stützte die knochigen Ellbogen auf die knochigen Knie. »Mir ist klar, dass Sie etwas von mir haben wollen«, sagte er. »Eine Gegenleistung dafür, dass Sie meinem Sohn helfen. Also: Was wollen Sie?«

Dowschenko lächelte milde, auch deshalb, weil sich seine Gewissensbisse mit aller Macht zurückmeldeten. »Wir können Ihnen zusichern, dass Ihr Sohn die Pflege und die Medikamente bekommt, die er braucht, solange seine Krankheit ...«

»Ja, ja«, unterbrach ihn Yazdani. »Ich habe verstanden, was Sie mir anbieten. Ich will wissen, was Sie von mir verlangen.«

Dowschenko warf Ryan einen kurzen Blick zu. Schließlich waren es die Amerikaner, die den Deal anboten, also sollte Ryan die Forderung erklären.

Ryan nickte leicht. »Sie haben mit den Kontrollsystemen der Raketenabschusseinrichtungen zu tun, die im Luftstützpunkt Maschhad stehen?«

Yazdani warf frustriert seine Hände in die Luft. »Wusste ich doch, dass es etwas mit meiner Arbeit zu tun hat! Sie sind keine Diplomaten. Sie sind Spione. Saboteure!«

»Ja, das sind wir«, mischte sich Ysabel ein und wies mit kurzem Nicken auf ihre beiden Begleiter. »Er ist Russe, der da ist Amerikaner, und ich bin Iranerin. Das ist die Wahrheit.

Keiner von uns hat Freude daran, Sie in diese Lage zu bringen. Aber ich bitte Sie im Namen unserer drei Völker, helfen Sie uns, damit wir Ihrem Sohn helfen können.«

Yazdani schloss die Augen. Er schob die Schultern zurück und richtete sich ein klein wenig auf, obwohl seine Last in diesem Moment noch schwerer wurde.

Aber er sagte nicht Nein.

Major Sassani schob sanft und so leise wie möglich die Tür des Leihwagens zu. Dowschenko hatte sich als äußerst listige Jagdbeute erwiesen, weshalb Sassani jede nur denkbare Vorsicht walten ließ. Na gut, der Russe war letzten Endes vielleicht doch nicht ganz so listig. Er hatte zwar die Taliban-Schmuggler ausgeschaltet, aber dann hatte er dieser jämmerlichen Hure erlaubt, sein Satellitentelefon zu benutzen und damit Signale abzugeben, die Sassani wieder auf seine Spur geführt hatten. Die Krankenschwester im Kinderkrankenhaus war zu verängstigt gewesen, um ihm nicht weiterzuhelfen. Vielleicht hatte sie den Tod an ihm gerochen, der ihm womöglich nach der abschließenden Behandlung dieser Hure Nima noch anhaftete. Das Phänomen hatte Sassani tatsächlich schon beobachtet. Seine eigenen Kinder scheuten manchmal vor ihm zurück, wenn er sich ihnen nach einem besonders blutrünstigen Tag nähern wollte – obwohl sie keine Ahnung haben konnten, was er getan hatte. Bei Gelegenheit würde er dieser Sache mal ein wenig gründlicher nachgehen, vielleicht konnte sie ihm bei den Verhören etwas nützen.

Die Krankenschwester hatte Dowschenko auf dem Foto nicht erkannt, aber nachdem er ihr ein Foto von Ysabel Kashani gezeigt hatte, lieferte sie ihm sofort alle Informationen über diesen Burschen Yazdani.

Jetzt waren sie nahe dran, sehr nahe. So wie die Stationsschwester den Tod an ihm gerochen hatte, konnte nun Sassani buchstäblich den flüchtigen Russen riechen. Ja, sehr nahe.

»Vielleicht sollten wir erst einmal Verstärkung anfordern«, meinte der Leutnant, als er den Mietwagenschlüssel in die Hosentasche schob.

»Nicht nötig«, antwortete Sassani. »Wir reden hier von einer Frau und einem russischen Operativen, der mit dem Herzen ohnehin nie bei seiner Arbeit war. Wenn wir beide mit ihnen nicht fertigwerden können, haben wir den falschen Beruf.«

Der Leutnant überprüfte kurz die Kammer seiner SIG-Sauer-Pistole, wie es die Garde vor jedem Zugriff vorschrieb, und schraubte den Schalldämpfer auf das Laufgewinde. »Bei Sichtkontakt schießen, richtig?«

»Ich würde mir gern die Zeit nehmen, ihn zu verhören«, antwortete Sassani sofort, doch dann korrigierte er sich. »Nein. Die Russen würden ihn wieder herausholen. Bei Dowschenko gilt Schießen bei Sichtkontakt. Aber die Frau bringen wir ins Evin und beschäftigen uns dort mit ihr.«

Der Leutnant hob die Waffe in Augenhöhe und blickte über Kimme und Korn, dann steckte er sie in das offene Gürtelholster zurück, aus dem der Schalldämpfer herausragte. »Ich habe nachgedacht, Major Sassani. Könnte nicht dieser Mann Yazdani eine Art Spion sein?«

Sassani schnaubte verächtlich. »Glaube ich nicht. Unser russischer Freund ist auf der Flucht. Er wäre sicherlich direkt nach Russland geflohen, aber ich denke, General Alow wünscht sich genauso sehr wie wir, ihn tot zu sehen. Dowschenko bleiben nicht mehr viele Optionen – er versucht, bei jedem Freund unterzukriechen, den er noch hat.«

»Aber wieso sollte Yazdani sein Freund sein? Dowschenko wusste doch nicht einmal, wo der Mann wohnt!«

»Yazdani ist erst vor Kurzem umgezogen, um näher beim Krankenhaus zu sein. Außerdem kannte Dowschenko den Mann schon vorher und wusste, dass er einen kranken Sohn hat und in welchem Krankenhaus der Junge behandelt wird.« Sassani zog ein Foto von Atash Yazdani aus der Tasche und zeigte es dem Leutnant. »Schau ihn doch mal an. Ein Windstoß reicht, um diesen Burschen umzupusten. Er ist nur irgendein unwichtiger Ingenieur. Wir tun ihm doch nur einen Gefallen, wenn wir ihn aus seinem Elend befreien.«

»Das muss Ihnen sicherlich sehr schwerfallen«, sagte Ryan abschließend. »Und das verstehe ich auch. Wir alle verstehen das. Außerdem könnte es gefährlich werden. Aber wenn Sie uns nicht helfen, wird die Sache auf jeden Fall schlecht ausgehen.«

Ryan war kein Gegenspionageagent. Er wusste nur sehr allgemein darüber Bescheid, wie man jemanden umdrehte – Ryans Kenntnisse stammten aus ein paar Büchern, die zu lesen ihm Clark einmal aufgetragen hatte. Aber immerhin wusste er, dass der Vorgang auf zwei Teilen Kunst und einem Teil Wissenschaft beruhte. Und dass man dafür Zeit brauchte, Zeit, die sie in diesem Fall nicht hatten. Anders als beabsichtigt mochte sein Versuch, Yazdani auf seine Seite zu ziehen, vielleicht recht plump gewesen sein, aber daran ließ sich jetzt nichts mehr ändern. Er hatte dem Mann unmissverständlich klarmachen müssen, was sie brauchten, und konnte nur hoffen, dass Ysabel die Sache zu einem guten Abschluss bringen würde. Vielleicht würde sie eher an Yazdanis Verständnis von Recht und Unrecht appellieren, ihn zu überzeugen versuchen … oder ihn daran erinnern, dass er damit dem iranischen Volk letztlich helfen würde, statt es zu verraten.

Yazdani blickte plötzlich auf und schaute zur Tür.

»Was ist?«, fragte Dowschenko.

»Draußen im Flur ist eine Diele locker«, sagte der Ingenieur. »Deshalb habe ich euch schon gehört, bevor ihr an der Tür wart.«

Ryan stand auf. »Erwarten Sie jemanden?«

Yazdani schüttelte den Kopf. »Ihr seid seit Wochen die ersten Besucher. Steht jemand draußen für euch Wache?«

Dowschenko zog den Ingenieur im selben Moment zur Seite, als die Tür durch einen kräftigen Stiefeltritt krachend aufgestoßen wurde.

Sie hatten den Taliban keine Handwaffen abgenommen, und die MPs hatten sie im Auto zurückgelassen. Damit waren sie unbewaffnet.

»Hallo, Genosse Erik«, zischte ein Iraner zynisch, als er die Pistole mit beiden Händen auf Dowschenko richtete.

»Sassani!«, stieß der Russe voller Abscheu hervor.

Ein zweiter Mann kam durch die Tür, eine Pistole mit Schalldämpfer im Anschlag.

Der erste Mann wollte noch weiterreden, aber Ysabel stürzte sich auf ihn, außer sich vor Wut, schlug seine Pistole weg und zerkratzte ihm mit scharfen Nägeln das Gesicht.

Jack nutzte die Ablenkung, überwand die kurze Distanz zum zweiten Iraner und schlug ihm mit dem linken Arm die Pistole zur Seite; gleichzeitig schwang er die rechte Faust herum und rammte sie ihm mit einem gewaltigen Hammerschlag in den ungeschützten Unterleib.

Der Schalldämpfer verlängerte den Lauf um ein paar Zentimeter, sodass die Waffe umständlicher zu handhaben war. Jack nutzte die winzige Verzögerung aus, packte die Pistole mit beiden Händen und trieb den Mann mit dem Ellbogen rückwärts an die Wand. Geschockt holte der Mann mit der linken Faust zu einem Schlag gegen Jacks Kopf aus, obwohl es besser gewesen wäre, wenn er versucht hätte, die Kontrolle über seine Waffe zurückzugewinnen. Seinen Hieben fehlte die volle Kraft, aber sie trafen auf Jacks verletztes Ohr, sodass Ryan vor Schmerzen fast das Bewusstsein verlor.

Ryan knurrte wütend und versuchte, wieder klarer zu denken. Während er die Pistole immer noch fest an die Wand gepresst hielt, trieb er dem Mann mehrmals das Knie in die Hoden, gleichzeitig rammte er ihm den Ellbogen in die Kehle. Der Iraner rutschte an der Wand herab nach unten, um den Unterleib zu schützen, und stieß sich dann mit einem Bein von der Wand ab, um sich aus Ryans Griff zu befreien. Ein Schuss krachte, trotz der Schalldämpfung keineswegs leise. Das Geschoss zischte gefährlich dicht an Ryans Kopf vorbei.

Zu wissen, dass er um ein Haar tödlich getroffen worden wäre, gab Ryan neue Kraft. Er folgte der Aufwärtsbewegung seines Gegners, drehte aber den Oberkörper seitwärts und nach vorn, sodass er dem Mann die Schulter unter die Achsel rammen und sich gleichzeitig zur Waffe drehen konnte. Der Mann stieß sich vollends von der Wand ab, aber Ryan folgte seiner Drehung und stieß ihn brutal zu Boden. Der Iraner kam auf dem Rücken zu liegen, hielt aber die Pistole noch immer mit beiden Händen gepackt. Nur vage bekam Ryan mit, dass auch hinter ihm ein heftiger Kampf tobte. Er hörte Möbel splittern, Ysabels Schrei, als sie stürzte, Dowschenkos wütendes Gebrüll, als er Sassani angriff. Aber es waren keine weiteren Schüsse gefallen, und Ryan hatte selbst genug zu tun.

Im Bodennahkampf erwies sich der Iraner als stärkerer Gegner als im Stehen. Ryan saß rittlings auf seinem Oberkörper und rammte die Pistolenhand hart auf den Boden, wobei sich ein weiterer Schuss löste, der in die Sockelleiste an der gegenüberliegenden Wand einschlug. Der Iraner stieß ruckartig die Hüfte hoch und versuchte, Ryan seitwärts von sich abzuwerfen. Ryan, der beide Hände brauchte, um die Pistolenhand des Gegners auf dem Boden zu halten, war gezwungen, ein Bein hochzuziehen und sich mit einem Fuß neben dem Iraner abzustützen, um nicht weggestoßen zu werden. Aber statt sich dann wieder mit vollem Gewicht auf den Mann zu setzen, schob er das Stützbein noch weiter bis zum Kopf des Gegners vor, während er gleichzeitig dessen Arm samt der Pistole hochzog und seitwärts verdrehte. Sehnen rissen, kleine Handwurzelknochen brachen. Der Zeigefinger des Iraners verkrampfte sich noch einmal am Abzug, doch diese Kugel schlug aus nächster Nähe in sein Gedärm ein. Ryan nutzte seinen Vorteil aus, schob den eigenen Zeigefinger auf den Abzug und feuerte dem mit weit aufgerissenen Augen zu ihm aufstarrenden Mann zwei weitere Schüsse in den Bauch. Erst jetzt konnte er ihm die Pistole vollends aus der Hand reißen.

Jack hörte einen Aufschrei hinter sich und wirbelte herum. Dowschenko saß auf dem Boden; er blutete aus der Nase. Ysabel kniete benommen neben ihm und versuchte gerade, sich hochzurappeln, um weiterzukämpfen. Auch Major Sassani war auf die Knie gesunken – das Kuchenmesser ragte seitlich aus seinem Hals. Blut schoss mit jedem Pulsschlag aus der Wunde und spritzte auf Yazdani, der gebückt über ihm stand. Der Major krächzte, konnte aber nicht mehr sprechen, offenbar hatte ihm das Messer den Kehlkopf durchschnitten. Einen Moment später kippte er nach vorn; der Blutstrom versiegte bis auf wenige Tropfen, als das Leben aus ihm wich.

Hinter Ryan hustete der zweite Gardist; Ryan schwang herum, die schallgedämpfte SIG schussbereit. Der Verwundete wich zurück und schützte sein Gesicht mit beiden Händen gegen einen weiteren Schuss. Er krümmte sich auf dem Teppich, die Augen vor Schmerzen zusammengepresst.

Dowschenko half Ysabel auf die Füße. Sie kümmerte sich sofort um den geschockten Yazdani. Der Russe trat neben Jack.

»Krankenhaus«, flüsterte der Iraner. »Bitte.«

Dowschenko kniete neben ihm nieder. »Leutnant Gul«, sagte er, blickte kurz auf die Schusswunden und schüttelte den Kopf. »Dazu bleibt keine Zeit mehr, fürchte ich. Ich werde Ihre Frau benachrichtigen.«

»Danke«, würgte Gul hustend hervor. Hellrotes Blut trat leicht schäumend aus einem Mundwinkel, ein Zeichen, dass mindestens eine Kugel einen Lungenflügel gestreift haben musste. Ryan vermutete, dass eine weitere seine Leber getroffen hatte.

»Warum?«, fragte Dowschenko. »Warum war Sassani hinter Maryam her? Was war so besonders mit den drei Studenten? Und warum wollte er dann mich fangen?«

»Das hat … uns … Alow … befohlen …«

Dowschenko blieb der Mund offen stehen. »General Alow von der GRU?«

Gul nickte schwach. »Mir … ist so kalt …« Sein Atem zischte leise.

Yazdani brachte eine kleine Decke von der Couch herüber und breitete sie mit bebenden Händen über den jungen Offizier.

»Aber warum Maryam?«, fragte Dowschenko noch einmal.

»Sie hat sie … zusammen gesehen … Wie die Studenten.«

Dowschenko stöhnte. Es war ihm seltsam erschienen, als er das Foto gesehen hatte, aber doch nicht seltsam genug, um so viele Menschen zu töten. »Alow und … Reza Kazem?«

Gul schüttelte schwach den Kopf. »Nicht Alow.« Seine Lippen und Zähne waren blutverschmiert. »Ich … ich … die Frau …«

Der Mann trieb recht schnell in die Bewusstlosigkeit. Dowschenko musste sich noch tiefer über ihn beugen, um ihn zu verstehen.

Guls Lider flatterten. »Mein Sohn … er ist noch klein …«

Noch einmal öffnete er die Augen weit und blickte Dowschenko an, bäumte sich auf, zerrissen von Schmerzen. »Bitte …«

Er fiel auf den Teppich zurück und lag still.

Jack schaute Ysabel und Dowschenko an und versuchte abzuschätzen, wie schwer sie verletzt waren. Er hob die schallgedämpfte SIG auf und prüfte das Magazin: fünf Schuss waren übrig. Schnell spähte er in den Flur hinaus, sah zu seiner Verblüffung niemanden und schloss die Tür wieder. Das Türschloss war innen aus der Zarge gesplittert, aber er hoffte, dass der Schaden von außen nicht zu sehen war. Yazdanis Hände und Brust waren mit Blut bespritzt. Er hatte den Major mit einem Messerstich in den Hals getötet.

»Danke«, sagte Ryan.

Der Ingenieur schniefte und brachte sich wieder unter Kontrolle. »Sie brauchen sich nicht zu bedanken. Wenn Sie tot wären, könnten Sie meinem Sohn nicht mehr helfen. Das ist alles, was mir wichtig ist.«

»Dann werden Sie uns also helfen?«, fragte Ryan.

»Das werde ich.«

»Ich mache mir ein wenig Sorgen – der Kampf war sehr laut«, sagte Dowschenko. »Wenn Ihre Nachbarn die Polizei rufen, bekommen wir Probleme.«

»Keine Sorge.« Yazdani schüttelte den Kopf. »Ich bin ein sehr unglücklicher Mann. Meine Nachbarn sind daran gewöhnt, mich weinen zu hören, und manchmal werfe ich auch Sachen an die Wand.«

Ysabel fuhr mit den Fingern über die Schusslöcher im Boden und am Türrahmen. »Glücklicherweise gibt es keine Durchschüsse.«

»Wir sind vor allem an zwei Raketen interessiert«, erklärte Ryan dem Ingenieur.

»Das dachte ich mir«, nickte Yazdani. »Die russischen 51T6.«

»Genau. Wir müssen wissen, wo sie sich befinden.«

Yazdani hob die Hand. »Zuerst will ich wissen, wie Sie meinen Sohn in die Vereinigten Staaten bringen wollen.«

»Es sollte ziemlich einfach sein, Sie beide über die Grenze nach Herat zu bringen«, antwortete Ryan. »Von dort werden Sie mit einem Militärflugzeug ausgeflogen.«

Der Ingenieur überlegte kurz, dann schüttelte er den Kopf. »Ich denke, ich sollte Ihnen erst helfen, wenn mein Sohn über die Grenze ist.«

»Das würde nicht funktionieren. Es gibt zu viele Unsicherheiten. Wir sind nicht einmal sicher, wer bei dieser Verschwörung den Befehl hat. Außerdem ist die Gefahr zu groß, dass sie die Raketen abfeuern. Wir müssen unbedingt ihr Ziel herausfinden.«

»Wie kann ich dann sicher sein, dass Sie Ihren Teil des Deals erfüllen?«

Ysabel nagte nachdenklich an ihrer Unterlippe. »Wir können Ihnen nicht mehr bieten als unser Wort«, sagte sie eindringlich. »Aber diese beiden Männer haben mir das Leben gerettet … zweimal sogar.«

»Ich habe wohl keine andere Wahl, oder?«

»Nein«, mischte sich Dowschenko ein, »haben Sie nicht.«

Yazdani ließ die schmächtigen Schultern noch weiter herabhängen. »Die Raketen wurden weitertransportiert, sie sind jetzt westlich von Maschhad. Sie liegen auf mobilen Abschussrampen aus iranischer Produktion. Aber ich würde mir über ihre Ziele keine großen Sorgen machen. Ich habe die Zielleitlösung selbst gesehen.«

Ryan wartete auf weitere Erklärungen, aber Yazdani schaute ihn nur an, wartete selbst auf etwas … vielleicht darauf, endgültig über die Kante gestoßen zu werden – als hätte er den Verrat bis zu diesem Augenblick noch nicht völlig begangen.

»Okay?«, sagte Ryan schließlich.

»Sie halten mich wahrscheinlich für einen Narren«, fuhr Yazdani fort, »aber nach der Zielleitlösung, die ich gesehen habe, sollen die Raketen in den Weltraum geschossen werden. Diese Feststoffraketen sind eigentlich nicht stark genug dafür, aber es kommt mir so vor, als würden sie damit einen Satelliten in eine Umlaufbahn schießen wollen.«

58

John Clark und der Rest des Teams hielten sich immer noch im sicheren Haus in Portugal auf, als Ryan anrief.

»Fasse dich kurz«, befahl Clark knapp. »Nach diesem Gespräch musst du sofort den Standort wechseln.«

»Ich benutze kein Satellitentelefon«, versicherte ihm Jack. »Der Bursche hier benutzt einen Proxy-Server, um die iranischen Firewalls zu umgehen, damit er heimlich nach Medikamenten für seinen Sohn suchen kann. Ich kann damit anonym und verschlüsselt über das Internet telefonieren, es sollte also okay sein.«

»Na gut«, antwortete Clark. »Unser Gast sitzt gefesselt in einem der anderen Zimmer. Ich schalte den Lautsprecher an. Außer ihm hören jetzt alle mit.«

Ryan erkundigte sich zuerst nach Doms Zustand – der immer noch in Bagram behandelt und auf den Transport nach Ramstein vorbereitet wurde – und fasste dann die Informationen knapp zusammen, die ihm Yazdani gegeben hatte, wobei er das Diagraf SD für den Iran und den Codenamen benutzte, den sie dem Ingenieur gegeben hatten. »Wir versuchen gerade, SD/FLINT zu helfen, einen Plan zu entwickeln, wie unsere Jungs den Abschussanlagen einen kleinen Besuch abstatten könnten, falls es nötig wird.«

»Freut mich, dass du okay bist«, warf Chavez ein, der es auch aus Tausenden Meilen Entfernung nicht lassen konnte, seine Leute zu bemuttern. »Wir müssen uns noch die Freigabe von höherer Stelle beschaffen, aber vielleicht kann Gavin eine Malware entwickeln und sie dir in einer ZIP-Datei oder so schicken.«

»Ich schalte ihn dazu«, sagte Clark.

Schon zwanzig Sekunden später war auch Gavin Biery in die Konferenzschaltung eingeloggt. Es dauerte fast zwei Minuten, bis er auf den laufenden Stand gebracht war.

»Ich muss ihm nichts e-mailen«, sagte Biery. »Vorausgesetzt, dass er seinen USB-Stick noch hat.«

»Den hatte ich tatsächlich verloren«, sagte Jack, »aber inzwischen wiedergefunden.«

»Dann sollte es keine Probleme geben«, meinte Biery.

»Kommt mir zu einfach vor«, warf Midas ein. »Die Malware meldet sich, sobald der Computer ins Internet eingeloggt wird. Würden denn die Iraner für ihre Raketenabwehr nicht ein geschlossenes System verwenden, um sich gegen Onlineangriffe zu schützen?«

»Gute Frage«, gab Biery zu. »Aber darauf habe ich eine gute Antwort. Auf dem Memorystick, den ich euch gegeben habe, befinden sich zwei verschiedene Versionen der Malware – die Version, die ihr in Spanien benutzt habt und ihren Download automatisch startet, sobald der Stick in den USB-Anschluss gesteckt wird, und ein Wurm, der aber aktiviert werden muss. Sobald der Wurm eingebettet worden ist, wird das System abstürzen. Der Raketenabwehrradar sollte dann mehrere Minuten lang blind sein, je nachdem, welche Art von Redundanzsystemen sie installiert haben.«

Ryan rief Yazdani zu sich, um mit ihm diese Frage zu klären, und setzte das Telefonat fort, wobei er es aber vermied, dessen Kryptonym SD/FLINT zu verwenden, solange der Ingenieur mithörte. »Unser Mann hier sagt, er könnte das Back-up-System für ungefähr eine halbe Stunde daran hindern, online zu gehen. Er sagt, im Grunde müsste er nur das Alarmsystem ausschalten, das dem Personal den Ausfall des Radars melden würde.«

»Wir müssen das genau koordinieren«, sagte Clark. »Ich werde zuerst einmal telefonieren müssen, um uns die Genehmigung für die Malware zu holen, außerdem muss ich die Details klären, wie wir deinen Mann exfiltrieren und die Behandlung seines Sohnes vorbereiten, die du mir beschrieben hast. Ruf mich in einer halben Stunde wieder an.«

»Aber in der Zwischenzeit, Jack«, warf Biery ein, »solltest du dir Papier und Bleistift besorgen, damit ich dir die Anweisung für die Aktivierung des Wurms diktieren kann.«

Das morgendliche Sicherheitsbriefing im Oval Office neigte sich gerade dem Ende zu – obwohl man in diesem Raum eigentlich nie aufhörte, über die nationale Sicherheit zu sprechen –, als Clarks Anruf zu Mary Pat Foley durchgestellt wurde. Daher saßen die Minister für das Äußere und für Verteidigung sowie der Direktor der National Security Agency NSA, der Stellvertretende Sicherheitsberater und der Stabschef des Weißen Hauses noch auf ihren jeweiligen Stammplätzen.

»Ich bin nicht scharf auf einen militärischen Eingriff im Iran«, erklärte Außenminister Scott Adler sofort.

Verteidigungsminister Burgess schnaubte verächtlich. »Meiner Ansicht nach längst überfällig. Meine Leute werden einen Rettungsplan ausarbeiten, für den unwahrscheinlichen Fall, dass eines unserer Flugzeuge abgeschossen wird.«

»Das ist wohl die geringste unserer Sorgen«, meinte Foley, wobei sie Ryan direkt anblickte.

»Das meine ich auch«, sagte der Präsident. »Befassen wir

uns erst einmal mit dem, was wir mit Sicherheit wissen. Russland hat mindestens zwei Nuklearraketen an gewisse Elemente im Iran verkauft oder verschenkt. Die Empfänger scheinen mit Reza Kazem und seiner Bewegung, dem sogenannten Persischen Frühling, in Verbindung zu stehen. Wir wissen außerdem, dass sich Kazem mit der Spionin und verhinderten Attentäterin Elizaweta Bobkowa traf und später auch mit General Alow von der GRU.«

»Übrigens ein guter Fang, diese Bobkowa«, warf van Damm ein. »Chadwicks Ermordung wäre eine üble Sache gewesen.«

»Aber hauptsächlich für Chadwick«, meinte Foley.

»Ja, sicher«, nickte van Damm, »aber auch schlecht für das Land. *Der Tyrann stirbt, und seine Herrschaft ist vorüber; die Märtyrerin stirbt, und ihre Herrschaft beginnt.*«

Ryan trank einen Schluck Kaffee. »Frei nach Kierkegaard, stimmt's?«

»Kann sein, stimmt aber trotzdem.« Van Damm blickte auf seine Aufzeichnungen und drängte das Gespräch voran. »Warum und wozu beschafft sich Kazem eine Atomwaffe?«

»Vielleicht sind seine Hände nicht so sauber, wie er sie gern vorzeigen möchte«, meinte Ryan. »Es ergab ja schon bisher keinen Sinn, dass sich Russland mit ihm an einen Tisch setzt. Schließlich wäre es doch in ihrem besten Interesse, das Mullah-Regime zu stützen, nicht zu stürzen.«

Foley wiegte nachdenklich den Kopf. »Es könnte doch sein, dass Russland und der Ajatollah diesen Kazem als eine Art Deckschild benutzen, um durch ihn einen Schlag gegen uns zu führen, ohne selbst beschuldigt werden zu können. Das wäre die Art von tollpatschiger Eleganz, die ich beiden Regimen zutrauen würde.«

»Genau das ist auch meine Vermutung«, sagte der Präsident.

»Kann sein, nützt aber nichts, solange wir das Ziel noch nicht kennen«, wandte Burgess ein.

»Nein«, stimmte Ryan zu, »es nützt uns noch nichts.«

»Ich bin kein Raketenwissenschaftler«, sagte Adler, »aber könnte es nicht sein, dass sich dieser FLINT bei seiner Einschätzung der Flugbahn irrt?«

»Das wäre möglich«, gab Ryan zu.

Burgess ergriff wieder das Wort. »Wir können mit hoher Wahrscheinlichkeit davon ausgehen, dass unsere Patriots beide Gorgons abschießen könnten, sobald sie in die absteigende Endphase eintreten, aber die Wahrscheinlichkeit eines Treffers steigt exponentiell, wenn wir schon vorab das Ziel kennen und die Abwehr entsprechend planen können. Ich schlage daher vor, Mr. President, dass wir einen Experten mit FLINT sprechen lassen, also jemanden, der sich auskennt und weiß, welche Fachfragen er ihm stellen muss.«

»Ein kluger Rat«, nickte Ryan. In seinem Unterbewusstsein regte sich irgendein Gedanke, den er aber nicht festhalten konnte.

»Ich denke noch an etwas anderes«, sagte Mary Pat, wobei sie mit dem Kugelschreiber auf ihren Schreibblock tippte. »Schon in meiner Zeit in Moskau arbeiteten sowohl China als auch Russland an Antisatellitenwaffen. Wir wissen, dass China die Technik besitzt, einen Satelliten abzuschießen. Und Russland testet seit einiger Zeit, ob sein Raketenabwehrsystem Nudol auch als Antisatellitenwaffe einsetzbar wäre. Es ist durchaus denkbar, dass eine der beiden Regierungen ihr Wissen mit Teheran geteilt hat.«

Das ist es, dachte Ryan. *Das ist genau das, was mir ständig durch den Hinterkopf ging.*

Dowschenko und Jack trugen die Leichen der beiden Revolutionsgardisten in das Badezimmer, damit sie unerwarteten Besuchern nicht sofort ins Auge fielen. Jack glaubte zunächst auch, der Ingenieur würde von Schuldgefühlen überwältigt, wenn er den Mann ständig vor sich sehen müsste, den er erstochen hatte, aber das war jetzt anscheinend kein Problem mehr. Yazdani war offenbar von Tod und Krankheit in seiner engsten Familie so sehr erschüttert, dass er zu Verzweiflung und Schuldgefühlen nicht mehr fähig war.

Ryan selbst hatte in den letzten achtundvierzig Stunden gerade mal ein paar Stunden geschlafen. Mindestens zwei Rippen waren angeknackst, an einem Backenzahn war eine Ecke abgebrochen, und jeder Herzschlag schickte glühende Schmerzen durch das halb abgerissene Ohr. Sein Körper schrie förmlich nach Erholung und Heilung. Aber sein Verstand hasste diese Zwischenmomente, in denen er weder schlafen noch aktiv sein konnte – sie gaben ihm zu viel Zeit zum Nachdenken. Was für ein Narr er doch gewesen war, als er sich nach Ysabels Hilferuf ein ganz anderes Ende dieser Geschichte vorgestellt hatte!

»Gut«, drängte er Yazdani, »erklären Sie mir doch noch mal genau, was es mit dieser Zielleitlösung auf sich hat.«

»Zum dritten Mal«, seufzte Yazdani. »Beide Raketen sind nicht auf irgendein Ziel auf der Erde gerichtet. Ich halte es für möglich, dass sie Satelliten in eine niedrige Umlaufbahn schicken wollen – aber die Atomsprengköpfe haben sie bisher nicht entfernt, soweit ich weiß.«

»Aber warum sollten sie eine Nuklearrakete im Weltall vergeuden?«, fragte Dowschenko, während er mit gerunzelter Stirn über mögliche Erklärungen nachdachte. »Warum zielen sie nicht auf Israel oder einen US-Stützpunkt in Afghanistan?«

»Genau das frage ich mich auch«, nickte Ryan. »Und selbst wenn sie nur einen Satelliten abschießen wollen, werden wir einen Vergeltungsschlag ausführen.«

Ysabel berührte Dowschenko leicht am Arm. »Hast du das Foto noch, das dir Maryam gegeben hat? Auf dem General

Alow mit Kazem und einem der verurteilten Studenten zu sehen ist?«

Der Russe nickte.

»Schauen wir es uns noch einmal genauer an«, sagte Ysabel. »Ich glaube, wir haben da etwas übersehen.«

59

Reza Kazem schaute rasch woandershin und unterdrückte ein Schmunzeln, als Ajatollah Ghorbani seinen langen Bart mit beiden Händen festhalten musste, damit er ihm vom mächtigen Rotorenwind nicht ins Gesicht geblasen wurde. Trotzdem blickte der Geistliche Kazem wütend an, als er wieder in den Jet Ranger stieg, als seien die physikalischen Strömungsgesetze des Wüsten- und des Rotorenwinds allein Kazems Schuld.

Die Besichtigungstour um die Raketenabschussanlagen war kurz gewesen. Kazem hatte nur auf Fragen geantwortet, über die er Bescheid wusste, und den Ajatollah bei allen anderen Fragen an seine Mitarbeiter verwiesen. General Alow von der russischen GRU war mit auf dem Rücken verschränkten Händen hinterhermarschiert, das Gesicht zu einem blasierten Lächeln verzogen, als wüsste er die Antworten auf alle Fragen schon längst, sei sich aber zu schade, sie persönlich zu geben. Schließlich hatte sich Ghorbani wortlos umgedreht und sich auf den Rückweg zum Helikopter gemacht, offenbar zufrieden, auch wenn einer wie er nie richtig glücklich aussehen konnte. Die Demonstration in Maschhad sollte noch bis zum Abend dauern, und Ghorbani hatte gleich bei seiner Ankunft klargemacht, dass er sie auf dem Rückweg aus der Luft anschauen wolle.

Der Bell 206 Jet Ranger hob ab mit dem Piloten und vier Passagieren an Bord – Ajatollah Ghorbani, General Alow, Kazem und dessen treuem Leutnant Basir. Der Pilot hatte mit Basir beim Militär gedient und gehörte zu Kazems innerem Kreis von Vertrauten, eine Tatsache, die Ghorbani nicht bekannt war.

Kazem und Basir saßen mit dem Rücken in Flugrichtung; der Russe und Ghorbani saßen ihnen gegenüber, so nahe, dass sich Kazems und Ghorbanis Knie berührten.

Der Bell 206 hatte eine Maximalgeschwindigkeit von hundertzwanzig Knoten, und Ghorbani, dessen düstere Augenbrauen höchste Ungeduld signalisierten, bestand darauf, dass der Pilot den letzten Knoten herausholte. Sie flogen tief, nur ungefähr sechzig Meter über der Menschenmenge, die sich auf dem offenen Platz ganz in der Nähe des Imam-Reza-Schreins versammelt hatte. Der Navvab Safavi Expressway verlief hier in einem riesigen kreisförmigen Tunnel unter dem Bezirk hindurch. Eine Schutzkette, bestehend aus Polizisten und Basidsch-Milizen, hatte sich an der Kawthar-Mauer einer dicht gedrängt vorrückenden Gruppe von Demonstranten entgegengestellt; beide Seiten versuchten, die bogenförmigen Zugänge als Behelfsschanzen zu nutzen. Männer und Frauen aller Altersgruppen hatten sich dem Straßenauflauf angeschlossen, aber die eigentlichen Demonstranten waren junge Leute bis Ende zwanzig, die vom derzeitigen Regime genug hatten. Es waren dieselben jungen Männer und Frauen, die in den weltweiten Medien gezeigt wurden, wenn sie ihren Schlachtruf »Tod den USA!« brüllten, aber hier brüllten sie auch genauso oft andere Slogans wie »Tod der Unterdrückung!« oder »Tod der Arbeitslosigkeit!«

Die Basidsch-Milizen – von denen viele im selben Alter waren wie die Demonstranten – gingen brutal vor und antworteten auf Beleidigungen mit Stockhieben und Schüssen.

Ghorbani zeigte ein makabres Interesse an den Ereignissen und wies den Piloten an, den Hubschrauber möglichst direkt über die Stellen zu steuern, an denen sich die gewalttätigsten Konfrontationen abspielten.

»Was meinen Sie, wie viele sind es?«, fragte Ghorbani nachdenklich, während er den schwarzen Turban gegen das Plexiglas presste und auf das Gewimmel hinunterblickte. Der Turban zwang ihn, den Bügel des Kopfhörers hinter dem Nacken zu tragen und nicht wie die übrigen Passagiere über dem Kopf.

»Nicht mehr als vier- oder fünfhundert«, sagte Reza. Unter Ghorbanis Beratern war es allgemein üblich, die Größe der Demonstrationen herunterzuspielen – oder überhaupt alles, was in irgendeiner Weise negativ sein mochte.

»Unsinn«, widersprach der Geistliche. »Dort unten sind mindestens zweitausend Leute. Alle sind wütend, weil sie glauben, sie hätten keine Mitspracherechte mehr.«

General Alow hob bei dieser Erkenntnis erstaunt eine Augenbraue, sagte aber nichts.

»Das ist wahr«, sagte Reza.

Ghorbanis Kopf fuhr herum. »Ich weiß, was wahr ist und was nicht! Die Islamische Republik Iran geht von Allah aus. Diese Wahrheit ist absolut! Um sie zu schützen, würden wir diese zweitausend Kreaturen dort unten jederzeit dem Schwert überlassen – oder sogar zehnmal zweitausend, wenn es sein muss.« Er drückte den Turban wieder an das Fenster und blickte hinunter. »Aber das wird nicht nötig sein. Die Amerikaner werden sofort ihre Truppen zusammenziehen, sobald die erste Rakete Bagram getroffen hat – aber sie werden nicht mit Sicherheit sagen können, wer daran schuld ist. Eine gestohlene russische Rakete, abgefeuert von iranischen Dissidenten, wird starke Spannungen hervorrufen, aber sie werden keinen atomaren Gegenschlag führen. Sie werden jedoch ein paar Einrichtungen mit konventionellen Waffen angreifen. Präsident Ryan wird uns verdächtigen, das steht fest«, erklärte Ghorbani. »Aber solange er keine handfesten Beweise hat, wird er die Ziele eher zur Show angreifen. Und wenn es etwas gibt, das unser Volk noch mehr hasst als die falsch verstandene Politik der eigenen Regierung, dann ist es die Einmischung der Vereinigten Staaten. Wenn Präsident Ryan seine Stärke demonstriert, wird sich das persische Volk gegen ihn als den gemeinsamen Feind wenden.«

Kazem verneigte sich, wie es jeder Untertan tun sollte – aber das würde das letzte Mal sein.

»Ich habe genug gesehen«, sagte der Geistliche und wies den Piloten an, zur Abschussbasis zurückzufliegen. Ghorbanis Umgangston war immer kalt, aber jetzt klang seine Stimme noch eisiger. »Mir ist aufgefallen, Reza, dass sich Sahar Tabrizi unter Ihren Mitarbeitern befindet.«

Das war keine Frage, deshalb antwortete Kazem nicht sofort darauf.

»Wer ist Sahar Tabrizi?«, erkundigte sich General Alow, plötzlich besorgt über Ghorbanis Tonfall. Für Russland stand hier sehr viel auf dem Spiel. »Gibt es da ein … wie soll ich es nennen? Ein Haar in der Suppe? Wenn es so ist, will ich sofort darüber informiert werden.«

»Sie haben selbst befohlen, nur die Besten auszuwählen«, sagte Kazem. »Ein bestimmtes Ziel mit einer Rakete aus ausländischer Produktion treffen zu wollen, ist …«

General Alow fiel ihm barsch ins Wort. »Wenn Sie das Ziel nicht treffen, liegt es jedenfalls nicht an der Rakete!«

»Was ich sagen wollte, ist«, fuhr Kazem fort, »dass es sehr schwierig ist, ein Ziel mit einer Rakete aus ausländischer Produktion zu treffen, abgefeuert von unseren iranischen mobilen Abschusseinrichtungen. Dafür musste ich jemanden finden, der besser ist als die Besten. Dr. Tabrizi ist eine brillante

Physikerin und Ingenieurin. Sie ist für meinen Plan unverzichtbar.«

»Mir ist ihre angebliche Brillanz sehr wohl bekannt«, erwiderte Ghorbani. »Aber ihr genialer Verstand wird von einer gewissen Wankelmütigkeit beeinträchtigt …« Er verstummte und wandte den Blick wieder vom Fenster weg. »Und was meinen Sie mit ›meinem Plan‹?«

»Das ist alles purer Unfug«, warf General Alow ein. »Sie könnten diese Raketen an einen Baumstamm lehnen, und sie würden trotzdem genau das Ziel treffen, wenn Sie das Leitsystem mit der korrekten Zielfindungslösung programmiert haben.«

Reza nickte Basir knapp zu, der General Alow mit einer Hand am Kragen packte, während er mit der anderen Hand dessen Sitzgurt löste. Im selben Moment ließ der Pilot den Helikopter scharf nach links kippen, wodurch es dem kräftigen Iraner ein Leichtes war, den ahnungslosen Russen über der Wüste durch die offene Tür zu stoßen. Die Aktion überraschte den General derart, dass er gerade noch ein erschrockenes Stöhnen hören ließ, bevor er durch die Tür verschwand.

Ghorbanis Gesicht wurde plötzlich aschfarben, genau die Wirkung, die beabsichtigt war.

»Was … was haben Sie getan …?«

Reza wies mit einem Nicken auf den leeren Sitzplatz. »Das ließ sich leider nicht vermeiden«, sagte er. »Es war wichtig, damit Sie sehen, wie stark wir uns für die Sache engagieren, und damit Sie uns genau zuhören.«

Ghorbani beugte sich vor und hieb mit der Faust gegen die Lehne des Pilotensitzes. »Fliegen Sie sofort nach Maschhad zurück!«

»Ich fürchte, das wird nicht möglich sein, Hochehrwürdiger«, sagte Kazem in beinahe verächtlichem Tonfall. »Ist

Ihnen Dr. Tabrizis bemerkenswerteste Hypothese nicht bekannt?«

Der Geistliche wollte sich nicht einschüchtern lassen, nicht einmal durch einen kaltblütigen Mord. Er starrte Kazem wütend an. »Natürlich kenne ich sie. Die Frau ist verrückt!«

»Mit Verlaub, ich kann Ihnen nicht zustimmen. Sie mag exzentrisch sein, aber sie ist alles andere als verrückt. Denn Sie müssen verstehen, dass wir beide, Sie und ich, mithilfe von zwei russischen Raketen und Dr. Tabrizi die Welt verändern werden.«

Jack Ryan jr. blickte über Ysabels Schulter auf Yazdanis Computermonitor, vor dem Dowschenko saß. Der Russe lud die eBay-Seite hoch, auf der er das Foto von Maryam und den anderen iranischen Dissidenten gespeichert hatte. Ysabel berührte mit dem Finger das Gesicht ihrer Freundin und legte die Fingerspitze auf ihre Lippen. Dowschenko beugte sich unwillkürlich näher zu Ysabel – ob er das tat, um sie oder um sich selbst zu trösten, hätte Jack nicht sagen können.

»Ich denke, Sassani wusste ganz genau, was er tat und warum er es tat«, sagte Dowschenko. »General Alow hätte auf keinen Fall gewollt, dass ich von seiner Beziehung zu Mitgliedern der Protestbewegung erfuhr.« Er schüttelte den Kopf. »Aber was ich nicht begreife, ist, warum er überhaupt dort auftauchte. Er ist viel zu bekannt, um verdeckt operieren zu können. Und ich kann mir kein Szenario vorstellen, in dem Moskau Teheran im Stich lassen würde, um dann ein neues Regime zu unterstützen.«

Yazdani trat näher und blickte angespannt auf den Monitor. »Vielleicht kann ich Ihnen dabei helfen«, meinte er. »Soweit ich sehen kann, hat Moskau niemanden im Stich gelassen. Reza Kazem wird für den Anführer dieses Persischen

Frühlings gehalten, aber ich glaube nicht, dass er das wirklich ist. Ich glaube eher, dass alle zusammenarbeiten. Die einzigen Menschen, die im Stich gelassen wurden, sind die, die sich von Kazem einfangen ließen.«

Jack nickte. »Also verkauft Russland über einen windigen portugiesischen Waffenhändler Atomraketen an den Iran, aber weil sie angeblich gestohlen wurden und an die Dissidentenbewegung geliefert wurden, können sowohl Moskau als auch Teheran jede Schuld weit von sich weisen – obwohl doch die ganze Welt weiß, dass ihre Story von hinten bis vorn erlogen ist. Das ist ziemlich clever, wenn man es sich recht überlegt.«

»Ich habe keine Ahnung, woher sie die Raketen haben«, sagte Yazdani. »Aber es sind eindeutig russische Raketen, und sie tragen Atomsprengköpfe. Und die ganze Verschwörungsgeschichte gibt keine Antwort auf eure Frage, auf welches Ziel sie abgefeuert werden sollen.«

Ysabel berührte noch einmal den Bildschirm, doch dieses Mal deutete sie auf eine untersetzte Frau Mitte sechzig, die sich mit einem der drei jungen Männer – Maryams Freunde – unterhielt, die vor Dowschenkos Augen gehenkt worden waren. Sie trug keinen Tschador; ihr schulterlanges schwarzes Haar klebte am Kopf, als sei es darauf gesprüht worden. »Ich glaube, Sahar Tabrizi könnte uns die Antwort liefern.«

Jack beugte sich näher und stöhnte leise, als die Schmerzen an seinem Ohr durch die plötzliche Bewegung heftiger pochten. »Dr. Sahar Tabrizi? Ist das nicht die Frau, die irgendeine absurde Theorie über ein Satelliten-Armageddon aufgestellt hat?«

»Etwa zur Zeit der Revolution«, sagte Präsident Ryan, »lehrte an der Universität Teheran eine brillante Astrophysikerin namens Sahar Tabrizi. Sie war auffällig und exzentrisch und glaubte, Frauen seien genauso gescheit und kompetent wie Männer – genau die Art von Akademikerin, die Ajatollah Chomeini gern in die Kerker im Evin-Gefängnis verbannte. Ich glaube, sie floh aus dem Land und lehrte an einer südamerikanischen Universität.«

Nach den Vorschriften mussten die Besucher des Oval Office ihre Handys in ein Körbchen legen, das auf Betty Martins Schreibtisch stand, aber Mary Pat hatte ihr Smartphone mit in den Raum genommen und tippte nun fast so schnell darauf herum, wie Ryan redete.

»Es gibt eine Sahar Tabrizi an der Universität Chile – sie ist Dekan der Fakultät für Physik«, warf sie ein.

»Das ist sie«, nickte Ryan. »Bitte versuchen Sie doch mal herauszufinden, ob sie in den letzten paar Wochen oder Monaten nach Teheran gereist ist.«

Mehrere Geheimdienste überwachten routinemäßig die internationalen Reisen von Wissenschaftlern, denen man besondere Kenntnisse über nukleare, chemische oder biologische Waffenprogramme zuschrieb. Als Astrophysikerin fiel auch Tabrizi in diese Kategorie. Mary Pat musste nur zwei kurze Telefonate führen; kurz danach bestätigte ihr die CIA einen Treffer.

»Ja, das wurde bestätigt, Mr. President«, sagte sie. »Tabrizi flog vor fünfundzwanzig Tagen nach Teheran.« Mary Pat seufzte. »Aber wir ungewaschenen Steinzeitmenschen wissen leider nicht viel über Raketenwissenschaft. Könnten Sie uns bitte aufklären, Sir?«

»Sagt Ihnen das Kessler-Syndrom etwas?«

»Ein Weltuntergangsszenario, das mit Satelliten zu tun hat«, antwortete Verteidigungsminister Burgess prompt. »Das hat sich ein NASA-Wissenschaftler in den späten Siebzigern ausgedacht.«

»Richtig«, nickte Ryan. »Donald Kessler stellte die These

auf, irgendwann sei in der niedrigen Erdumlaufbahn eine so hohe Dichte von Objekten erreicht, dass sie zwangsläufig kollidieren müssten, was eine kaskadierende Zunahme weiterer Kollisionen auslösen würde. Die Trümmerteile würden ein riesiges Feld von Weltraummüll bilden, sodass die unteren Erdumlaufbahnen für Satelliten praktisch nicht mehr benutzbar wären.«

»Moment«, warf Arnie van Damm ein. »Die Internationale Raumstation befindet sich doch auch in niedriger Umlaufbahn.«

»In der Tat«, bestätigte Ryan. »Genau wie die meisten unserer Beobachtungssatelliten.«

»Und das könnte bedeuten«, drängte Mary Pat das Gespräch voran, »dass diese Dr. Tabrizi …«

»Dass Tabrizi die Hypothese auf die nächste Stufe hebt«, vollendete Ryan ihren Satz. »Kessler dachte, durch die hohe Zahl von Satelliten würde eine Art Dominoeffekt ausgelöst – dass es also immer häufiger zu Kollisionen kommen müsse. Tabrizi stellt nun aber die These auf, dass es einen einzigen Satelliten in der unteren Erdumlaufbahn gibt, dessen Zerstörung so viele Trümmerteile erzeugen würde, dass der Kessler-Effekt dramatisch beschleunigt würde. Die Kollisionen würden weiter kaskadieren, und innerhalb weniger Wochen würde alles zerstört, was sich in der unteren Erdumlaufbahn befindet.«

»Glücklicherweise würde das unsere GPS- und Kommunikationssatelliten nicht betreffen«, sagte Burgess.

»Das stimmt«, nickte Ryan, »sie sind viel höher unterwegs. Aber Tabrizi argumentiert, das Trümmerfeld würde letztlich so dicht werden, dass man es nicht mehr durchfliegen könne. Das sei dann, als würde man durch einen Schrotkugelhagel fliegen wollen.«

»Ich bin kein Raketenwissenschaftler«, wandte Scott Adler

ein, »aber glauben Sie nicht, dass das ein wenig übertrieben ist?«

»Kann sein.« Der Präsident zuckte die Schultern. »Aber unsere Keyhole-Satelliten sind ungefähr so groß wie ein Stadtbus. Ich habe selbst schon gesehen, welchen Schaden ein winziges Trümmerteilchen oder ein kleiner Brocken Weltraumstaub auf dem Fenster der Raumstation anrichten kann. Die neuesten Satelliten wiegen bis zu achtzehn Tonnen, das ergibt eine Menge Weltraummüll und könnte unglaublich großen Schaden anrichten. Und mit jeder Kollision bekommen wir noch mehr Schrottteile. Das bedeutet, wenn Tabrizis Berechnungen stimmen, wäre ihre Folgerung keineswegs übertrieben. Schauen wir uns noch mal das Foto von General Alow und den Dissidenten an, das unser Agent im Iran geliefert hat. Ich wette, die drei jungen Männer wurden hingerichtet, weil sie Tabrizi mit Reza Kazem zusammen gesehen haben.«

Mary Pat hatte währenddessen ihre Recherche auf dem Smartphone fortgesetzt. »Wie es aussieht, hat Tabrizi sogar einen bestimmten Satelliten identifiziert, der diese Kettenreaktion auslösen könnte.«

»Ja, genau«, nickte Ryan. »Sie nennt ihn ›Crux‹.«

»Crux?«, fragte Mary Pat nachdenklich. »Welcher Satellit könnte das sein?«

»Das ist das Problem«, antwortete Ryan. »Das sagt sie nicht.«

60

Warum?«, fragte Ghorbani. »Was Sie tun, ergibt keinen Sinn!«

»Ganz im Gegenteil«, antwortete Kazem. »Es ist das Sinnvollste, was man tun kann.«

»Aber, Reza«, versuchte es Ghorbani noch einmal mit versöhnlichem Ton, obwohl Kazem klar war, dass ihn der Ajatollah am liebsten tot gesehen hätte. »Wenn Tabrizi Erfolg hat, wird es allen doch nur schaden! Russland wird wütend sein, aber auch wir haben Satelliten – und schon bald werden wir noch mehr davon haben, werden irgendwann mit dem Westen gleichauf liegen.«

»Und das werden wir auch«, nickte Kazem. »Aber schon in wenigen Wochen und nicht erst in Jahrzehnten, die es sonst dauern würde.«

Ghorbani schüttelte den Kopf und verzog das Gesicht, auf dem sich Abscheu und Fassungslosigkeit mischten.

»Sie müssen verstehen«, fuhr Kazem eindringlich fort, »der Iran ist nur in sehr begrenztem Maße von unseren wenigen militärischen und zivilen Kommunikationssatelliten abhängig – die sind größtenteils nur dazu da, uns gegen die Bedrohung durch den Westen zu wehren. Die Vereinigten Staaten dagegen sind zu fast hundert Prozent auf ihre Spähaugen am Himmel angewiesen. Ohne ihre kostbaren Satelliten sind sie so gut wie blind. Sie werden sich ganz bestimmt nicht mehr in unseren Teil der Welt einmischen wollen, wenn sie sich nicht mehr auf ihre kostbare Technologie stützen können. Ich habe keine Lust zuzulassen, dass uns der Westen als Öltankstelle missbraucht, wie er das mit den Arabern macht. Wir Iraner können das besser. Diese Region gehört von Rechts wegen schon seit siebentausend Jahren zum Persischen Reich. Und diese Sache hier bringt uns unsere frühere geschichtliche Bedeutung wieder zurück. Die sogenannten Supermächte – Russland, China, die Vereinigten Staaten – werden dadurch buchstäblich impotent. Schlimmstenfalls müssen sie uns einen Platz neben sich einräumen, auf Augenhöhe. Und bestenfalls werden sie uns in Zukunft in Ruhe lassen.«

»Je schneller ich nach Teheran zurückkehre, desto besser«, sagte der Geistliche. »Oder haben Sie vor, auch mich aus dem Helikopter zu werfen?«

»Ach, das dürfte nicht nötig sein«, erwiderte Kazem gelassen. »Ich fürchte aber, Sie müssen noch ein paar Stunden lang unser Gast bleiben.« Höhnisch fügte er hinzu: »Merken Sie sich meine Worte, O Erhabener Ajatollah: Was wir hier tun, wird uns von größtem Nutzen sein und ein höllischer Albtraum für den Westen.«

»Sie sind … verrückt«, flüsterte Ghorbani geschockt. »Ihr Geist ist verwirrt. Sie sind genauso verrückt wie diese Närrin Tabrizi.«

»Das werden wir schon bald sehen«, sagte Kazem.

»Ich brauche den besten Astrophysiker der freien Welt«, sagte Präsident Ryan. »Und wenn er oder sie irgendwo an der Ostküste lebt, umso besser. Ich will diese Person so schnell wie irgend möglich in meinem Büro sehen.«

Foley erhob sich. »Ich kümmere mich sofort darum.«

»Ich hätte da vielleicht jemanden«, sagte Scott Adler, obwohl die Suche nach einem hochspezialisierten Experten nicht in sein Ressort fiel. »Ich spiele manchmal Poker mit ein paar Politikwissenschaftlern von der Marineakademie in Annapolis. Vor ein paar Monaten brachte einer von ihnen einen Professor für Luftfahrttechnik in unsere Pokerrunde mit – ein wahres Genie für Wahrscheinlichkeitsberechnungen. Er hat uns glatt vom Tisch gefegt. Habe seinen Namen vergessen, aber ein paar Telefonate müssten reichen, ihn herauszufinden.«

Foley blieb an der Tür stehen und gab wieder etwas in ihr Smartphone ein. »Heißt er vielleicht Randal Van Orden?«

»Ja, genau!«, nickte Adler. »Wenn dieser Teufelskerl als Raketenwissenschaftler so gut ist wie beim Poker, ist er unser Mann, Sir.«

»Das ist er allerdings«, sagte Foley, die ihre Recherche noch weitergetrieben hatte. »Er hat einen Job bei der NASA abgelehnt, um an der Marineakademie lehren zu können. Er ist der Mann, an den sich jeder wendet, der etwas über Satelliten wissen will. Und es wird noch besser: Er hat Fachaufsätze sowohl über das Kessler-Syndrom als auch über Tabrizis Thesen veröffentlicht.«

Sechs Minuten später hatte ihn Ryan am Telefon.

»Dr. Van Orden, hier ist Jack Ryan. Wir stehen hier vor einem sehr wichtigen Problem und würden gerne Ihre Expertenmeinung dazu einholen. Wären Sie bereit, in mein Büro zu kommen?«

»Selbstverständlich, Mr. President.« Der Wissenschaftler klang ein wenig verwirrt.

»Ich nehme an, Sie haben Sicherheitsfreigabe«, sagte der Präsident.

»Ja, Sir. Ich habe die Freigabe topsecret, da ich hin und wieder auch für die NASA tätig bin.«

»Topsecret reicht bei dieser Sache nicht aus«, sagte Ryan.

»Aber ich werde dafür sorgen, dass Sie eine höhere Freigabe bekommen, wenn Sie hier sind.«

»Darf ich fragen, um welches Problem es geht?«

»Leider kann ich darüber telefonisch keine Auskunft geben. Aber so viel kann ich sagen: Es hat mit bestimmten Aufsätzen zu tun, die Sie geschrieben haben, vor allem über Kessler und Tabrizi.«

»Ich verstehe«, sagte Van Orden. »In diesem Fall hätte ich hier im Yard einen jungen Wissenschaftler, mit dem Sie unbedingt darüber sprechen sollten. Er hat vor Kurzem den besten Beitrag über Tabrizi geschrieben, den ich jemals gelesen habe.«

»Ein Assistenzprofessor?«, fragte Ryan.

»Nein, Sir – ein Youngster.«

Im Jargon der Marineakademie war ein »Youngster« ein Student im zweiten Studienjahr. »Midshipman Alex Hardy ist einer meiner Studenten, und ich muss sagen, er ist einer der hellsten Köpfe auf dem Gebiet der Luft- und Raumfahrttechnik. Er hat völlig selbstständig die Schlüsselkomponenten des Leitsystems für den Satelliten entwickelt, den wir im nächsten Herbst in die Umlaufbahn schicken werden.«

»Hm. Das könnte ein Problem sein«, sagte Ryan.

»Ich versichere Ihnen, Sir, dass er Ihre Fragen wahrscheinlich besser und kompetenter beantworten kann als ich – oder als sonst jemand.«

»Na gut. Wir werden ihm die nötige Sicherheitsfreigabe geben. Die Sache ist sehr dringend. Ich lasse Sie beide abholen.« Ryan blickte auf die Uhr und signalisierte Mary Pat, sofort einen Wagen loszuschicken. »Sagen wir, in einer halben Stunde?«

»Wir warten vor dem Eingang, Sir.«

Ryan wollte das Telefonat gerade beenden, als ihm noch etwas einfiel. »Dr. Van Orden, mir ist klar, dass Sie und Midshipman Hardy möglicherweise Seminarverpflichtungen, Prüfungen und so weiter haben. Ich kläre das direkt mit dem Akademieleiter. Falls Sie noch weitere Personen informieren müssen, können Sie sagen, dass Sie zum Weißen Haus gerufen wurden, aber der Zweck Ihres Besuchs muss streng geheim bleiben.«

Es ließ sich nicht leugnen: Randal Van Orden legte an seinem Arbeitsplatz wenig Wert auf Ordnung. Schaltkreise, Lötdrahtrollen, Plastikschachteln mit empfindlichem Wärmeisolationsmaterial stapelten sich neben einem altertümlichen Oszilloskop. Stapel von Papieren mit Eselsohren, manche dekoriert mit zahllosen Ringen von Diätcoladosen, bedeckten jeden Quadratzentimeter auf dem Schreibtisch, der nicht schon von elektronischen oder wissenschaftlichen Geräten beansprucht wurde. Auch Van Ordens Gedanken verliefen nicht linear wie bei den meisten Ingenieuren. Die Antworten auf das jeweilige Problem, an dem er gerade zufällig arbeitete, tauchten wie kleine Luftblasen aus den Tiefen seines überfrachteten Gehirns auf. Musste er jedoch die Maximalladung einer bestimmten Rakete oder das richtige Metallpulvergemisch eines Festbrennstofftriebwerks berechnen, enthielten die kleinen Luftblasen immer eine Antwort. Genau wie die Tatsache, dass bei allem Durcheinander auf seinem Schreibtisch der Lötkolben immer genau dort lag, wo er liegen musste. Das Chaos hatte Methode.

Er brauchte allerdings einen Moment, bis er sein Handy gefunden hatte – es steckte in der Seitentasche der ledernen Saddleback-Aktentasche, von der seine Frau behauptete, sie sehe professoral aus.

Van Orden war selbst nie beim Militär gewesen, hatte aber eine gewisse militärische Körperhaltung und Einstellung. Die Midshipmen in seinen Seminaren sollten eigentlich professionell und auf alles vorbereitet sein, »fokussiert«, wie sie es nannten. Sie waren hochintelligente und energiegeladene junge Menschen, die den bestmöglichen Unterricht verdienten. Dr. Van Orden war überzeugt, dass er die Verantwortung hatte, so fokussiert zu sein, wie es ein Mann Anfang sechzig sein konnte. Sein Friseur in der Nähe seines Hauses in Crownsville frisierte sein dunkles Haar immer knapp am Kopf und streng gescheitelt. Die schmalen Krawatten, weißen Hemden und die Brille mit dickem schwarzem Gestell verliehen ihm das Aussehen eines Mannes, der geradewegs aus den 1960ern zu kommen schien. Tatsächlich hätte er sich in einem Pullover, Polohemd und Khakihose wohler gefühlt, aber er wurde von seiner Frau eingekleidet, die der Philosophie anhing, dass er schließlich kein Jungspund mehr sei und sich deshalb so cool kleiden solle, wie es in seinem Alter möglich sei. Und für einen Luft- und Raumfahrtingenieur war das nun mal der Kleidungsstil, der im NASA-Kontrollzentrum im Jahr 1969 gepflegt wurde.

Van Orden wischte durch die Liste der letzten Anrufe, bis er Hardys Nummer fand. Er hatte noch nie einen derart vielversprechenden Studenten gehabt. Der junge Mann hatte eine so gute Auffassungsgabe und ein so phänomenales Zahlengedächtnis, dass man bei flüchtiger Bekanntschaft den Eindruck haben konnte, es mit einem schrulligen Fachidioten zu tun zu haben. Aber das war keineswegs der Fall. Die Männer und Frauen, die zur United States Naval Academy zugelassen wurden, mussten nicht nur sehr clever, sondern auch selbstbewusste, solide Persönlichkeiten sein.

Sein Anruf wurde nicht entgegengenommen. Das war nicht ungewöhnlich, Hardy konnte in einem Seminar sein oder an einem der Arbeitsplätze irgendwo auf dem Campus der Akademie, »Yard« genannt, an denen der Empfang manchmal schlecht war. Einen Moment lang bereute er es, den Midshipman überhaupt erwähnt zu haben, aber wenn die Fragen des Präsidenten so wichtig waren, dass man einen Gelehrten wie ihn zum Weißen Haus zitierte, mochte sich Hardys Spezialwissen als unschätzbar wertvoll erweisen. Van Orden blickte kurz auf die Uhr. Er würde wohl selbst losgehen und Hardy auf altmodische Weise aufspüren müssen.

Van Ordens Büro befand sich im Erdgeschoss der Abteilung Luftfahrttechnik in der Rickover Hall, einem Gebäude an der Nordecke des Campus, die an ein Gelände grenzte, das man dem Severn River abgetrotzt hatte. Er streckte den Kopf durch die Tür und entdeckte einen rosawangigen Kadetten im Matrosenanzug, komplett mit weißer Matrosenmütze, als sei er geradewegs von einer Cracker-Jack-Packung gesprungen – das wahre Abbild eines Offiziersanwärters der Navy. Offensichtlich hatte der Kadett eine Wette mit einem der älteren Kadetten verloren und musste nun Dienst tun als »Rettungsschwimmer« neben dem Brunnen vor Van Ordens Büro.

»Kennen Sie Kadett Hardy?«, fragte Van Orden. Sein Bariton klang immer ein wenig brüsk und schroff, sodass der Kadett sofort Haltung annahm.

»Jawohl, Dr. Van Orden«, sagte der junge »Rettungsschwimmer« stramm. »Zuletzt habe ich ihn auf dem Weg zur Dahlgren Hall gesehen, um einen Telefonanruf zu erledigen.«

»Danke«, sagte Van Orden und marschierte sofort los. Er wollte den Wagen des Präsidenten nicht warten lassen.

Er ging schnell, den leichten Sportmantel über dem Arm, weil er im warmen Frühlingswetter nicht sein Hemd durchschwitzen wollte. Dahlgren Hall befand sich diagonal auf der anderen Seite in der südlichen Ecke des Yard, nicht weit vom Haupteingang entfernt – aber fast so weit von seinem eigenen Büro entfernt, wie es auf dem Campus überhaupt möglich war. Van Orden kam an der Michelson Hall und an der mit einer Gedenktafel markierten Stelle vorbei, an der Albert

Michelson 1879 die Lichtgeschwindigkeit gemessen hatte. Van Orden überquerte den Rasen fast im Laufschritt, am Mexican War Midshipmen's Monument vorbei, das mitten auf dem Platz stand, und hielt geradewegs auf die Dahlgren Hall zu. Es lag nahe, dass sich Hardy für ein Telefongespräch dorthin zurückziehen würde. Er hatte eine Freundin in Idaho, und das Flachdach auf der Hall war einer der wenigen Orte auf dem Campus, an denen ein Kadett ein wenig Privatsphäre für derartige Telefonate finden konnte.

Im Unterschied zu anderen Militärakademien in den Vereinigten Staaten war der Yard in Annapolis ein offener Campus. Besucher mussten nur einen Ausweis vorzeigen und durch eine Sicherheitsschleuse gehen, so ähnlich wie am Flughafen. Deshalb wimmelte es auf dem Campus auch von Besuchern, die Van Orden strenge Blicke zuwarfen, weil er sich nicht an die befestigten Gehwege hielt. Er achtete nicht darauf, sondern betrat die Dahlgren Hall, wo ihm der Duft von frischen Pommes frites entgegenschlug, der aus dem Restaurant Drydock kam. Rasch sprang er die Treppe hinauf. In der Lounge mit ihrem blauen Teppich hielten sich mehrere Kadetten auf; leider war Hardy nicht unter ihnen.

Van Orden blickte erneut auf die Uhr: zwölf vergeudete Minuten.

Er sprach den nächstbesten Kadetten an, eine groß gewachsene, nordisch aussehende Frau, die man für eine Läuferin bei den Olympischen Spielen hätte halten können, wäre da nicht ihre weiße Uniform gewesen. Der kettenumwundene Anker und die beiden Diagonalstreifen auf ihren Schulterklappen wiesen sie als Midshipman Second Class aus – ein Jahrgang vor Hardy. Sie las, schloss aber ihr Buch sofort, als sie ihn auf sich zukommen sah.

»Kann ich Ihnen helfen, Sir?« Auf ihrem Namensschild stand Midshipman Larson.

»Ich suche Alex Hardy. Sandfarbenes Haar, ungefähr eins achtundsieb…«

»Ja, der war vor einer halben Stunde hier«, sagte Larson sofort. »Ich glaube, er ging dann zu den Windkanälen hinunter.«

Van Orden stöhnte. »Danke«, sagte er knapp, drehte sich um und setzte seinen Lauf fort, der ihn nun wieder quer durch den Campus zu genau dem Gebäude zurückführte, in dem sich sein eigenes Büro befand. Er hätte nur die Treppe hinunter ins Untergeschoss gehen müssen.

Er fand Hardy nach sechs Minuten. Der junge Mann stand neben einem der kastenförmigen Windkanäle im Untergeschoss von Rickover Hall. Zusammen mit vier weiteren Kadetten war er offenbar mit dem Modell einer Hand beschäftigt, aus deren Handfläche ein Metallstab ragte. Mit ihrem kurz geschnittenen Haar und der Sommeruniform sahen die Kadetten fast gleich aus. Das Projekt, an dem sie arbeiteten, gehörte zu Van Ordens Physikseminaren – sie sollten die Wirkungen auf den menschlichen Körper messen, die sich ergaben, wenn bei unterschiedlichen Geschwindigkeiten und Flughöhen der Schleudersitz ausgelöst wurde. Ein Schild an der Wand besagte: »Raketenwissenschaft: Keine Gehirnchirurgie«.

Van Orden setzte sich einen Gehörschutz auf, dankbar für die kurze Verschnaufpause. Hardy blickte herüber, als er die Bewegung bemerkte, und Van Orden winkte ihn zu sich.

Hardy nahm den Gehörschutz ab. »Suchen Sie mich, Sir?«

Van Orden nickte nur kurz und bedeutete Hardy, ihm in den Flur hinaus zu folgen, außer Hörweite der anderen Kadetten.

»Wir beide, Sie und ich, sind zum Weißen Haus gerufen worden«, sagte er. Sinnlos, Zeit mit unnützen Erklärungen zu vergeuden.

»*Das* Weiße Haus?«

»Genau«, nickte Van Orden. »Ein Wagen holt uns in« – wieder ein Blick auf die Uhr – »knapp einer Viertelstunde ab.«

»In Ordnung …«, sagte Hardy zögernd. »Aber, Sir, ich habe noch Seminare am Nachmittag.«

»Haben Sie verstanden, was ich gesagt habe?«, fragte Van Orden, wobei seine tiefe Stimme durch den Flur dröhnte, bis er sich wieder unter Kontrolle brachte. Er drehte sich um und marschierte los. Hardy folgte ihm. »Mit dem Weißen Haus meine ich den Obersten Befehlshaber. Ich denke doch, dass das als Entschuldigung für Ihre Abwesenheit reichen müsste.«

Hardy musste fast rennen, um Schritt halten zu können. »Woher weiß man dort überhaupt, wer ich bin?«

»Von mir«, antwortete Van Orden. »Kommen Sie, ich erkläre es Ihnen unterwegs.«

Als Van Orden und Hardy am Submarine Monument vorbeigingen, kam ein Mann in dunklem Anzug und Sonnenbrille um die Ecke der Dahlgren Hall. Er nickte ihnen knapp zu.

»Dr. Van Orden?«

»Ja.«

»Special Agent Marsh«, stellte sich der Mann vor. »Ich bin Ihr Fahrer.« Er hob den Ärmel vor den Mund und sprach in das Ärmelmikrofon. »Marsh an CROWN, ich habe beide.«

Hardy zögerte, als sie an der Statue von Billy the Goat vorbeikamen. »Da kommt Lieutenant Commander Gill, mein Professor für Englische Literatur.« Er wies mit einer Kopfbewegung auf einen Marineoffizier, der von der Lejeune Hall auf sie zukam. »Und er ist auch mein Kompanie-Kommandant.«

»Wohin des Wegs, Mr. Hardy?«, erkundigte sich der Offizier betont leutselig.

»Ich … äh«, begann Hardy.

»Wir beide haben einen Termin«, mischte sich Van Orden schnell ein.

»Das ist aber seltsam«, sagte Gill. »Ich kann mich nicht erinnern, Ihre Abwesenheitserklärung in meinem Postfach gesehen zu haben.«

»Ich habe keine abgegeben, Sir.«

»Dann sollten Sie sich aber damit beeilen«, sagte der Offizier, professionell aber unnachgiebig. »Am besten sofort.«

Jetzt mischte sich auch der Secret-Service-Agent ein. »Ich fürchte, Sie müssen uns jetzt entschuldigen, Sir. Midshipman Hardy wird zu einer dringenden Besprechung erwartet.«

Gill verzog das Gesicht, ließ sich aber nicht beirren. »Ich habe keine Ahnung, wer Sie sind. Und wer so wichtig sein könnte, um eine Störung des Lehrbetriebs der Akademie zu rechtfertigen?«

»Der Präsident, Sir«, antwortete der Agent knapp.

»Der Präsident von was?«, wollte Gill wissen.

»Der Vereinigten Staaten von Amerika, Sir«, sagte Marsh.

»Der Präsident? Worum geht es hier eigentlich, Hardy?«

»Ich fürchte, dass ich Ihnen darüber keine Auskunft geben darf, Sir«, sagte Marsh und präsentierte seinen Ausweis mit dem fünfzackigen goldenen Stern. »Wenn Sie uns jetzt bitte entschuldigen wollen. Der Akademieleiter wird Ihnen die Informationen geben, die Sie für Ihre Sicherheitsstufe erhalten dürfen.«

»Er tut mir fast leid«, sagte Hardy, als er auf den Rücksitz der schwarzen Crown-Victoria-Limousine glitt, die in der Parkverbotszone vor dem Tor in der Randall Street geparkt war. »Er machte ja nur seinen Job.«

»Damit ist er nicht der Einzige.« Marsh warf ihm im Rückspiegel einen Blick zu und grinste. »Aber Sie werden sehen: Diese Szene wird in die Geschichte der Akademie eingehen.«

Hardy wurde ins Sitzpolster gedrückt, als der Agent das Blaulicht und die Sirene einschaltete und auf das Gaspedal drückte, um sie so schnell wie möglich zum Weißen Haus zu bringen. Und zum ersten Mal, seit Van Orden den jungen Kadetten vom Windkanal geholt hatte, benahm sich dieser wie ein normaler Zwanzigjähriger statt wie ein stoischer Midshipman.

»Oh, yeah«, sagte Hardy. »Das war total geil.«

61

Präsident Ryan saß am Kopfende des langen Konferenztisches im Situation Room. Er nippte an einem Glas Wasser – die Sorgen über Jack junior waren ihm auf den Magen geschlagen; noch mehr Kaffee hätte er nicht mehr vertragen. Während er wartete, ging er noch einmal alles durch, was er sagen wollte, sobald er den russischen Präsidenten am Telefon hatte.

Den Aktionsplan hatten sie in aller Eile entwickelt – wie immer, wenn sich plötzlich unerwartete Situationen ergaben, denn es gab nichts, was auch nur entfernt mit dieser Sache verglichen werden konnte, also auch keine Verfahrensregeln.

Die beiden F-22 Raptors, jede beladen mit zwei JDAM GBU-32, präzisionsgelenkten 500-Kilo-Bomben, waren zwanzig Minuten zuvor von Bagram gestartet und wurden in diesem Moment irgendwo in der Nähe von Herat aus der Luft betankt. Der Agent mit dem Codenamen FLINT stand in Maschhad bereit und würde die Malware auf Befehl innerhalb kürzester Zeit hochladen. Und dann war da auch noch der Russe mit dem Codenamen GP/VICAR, der ebenfalls bereitstand, ein bestimmtes Telefongespräch zu führen.

Ryans Telefonanruf sollte über eine Direktverbindung geführt werden, die formell Washington-Moscow Direct

Communications Link genannt wurde. Sie war 1963 nach der Kubakrise eingerichtet worden, um potenzielle Katastrophen zu vermeiden, die sich durch verzögerte Kommunikation ergeben könnten. Umgangssprachlich war die Verbindung auch als »Rotes Telefon« oder »Heißer Draht« bekannt, und durch den technologischen Fortschritt war aus dem anfänglichen Fernschreiber im Laufe der Jahre ein Computersystem geworden, über das gesicherte E-Mails zwischen dem Pentagon und dem Kreml ausgetauscht werden konnten, um die direkte Sprachverbindung zwischen den beiden Staatsführern herzustellen. Es gab zwar auch noch andere Methoden, aber diese war die schnellste.

Ryans Ton troff vor Diplomatie, als sich Jermilow meldete. Ryan sprach passables Russisch und Jermilow passables Englisch, aber wie immer bei dieser Art von heiklen Gesprächen sprachen die beiden Führer durch Dolmetscher miteinander, die über die höchste Sicherheitsfreigabe verfügten. Ryan beschrieb kurz die Situation mit den Raketen und die Rolle von Sahar Tabrizi, erwähnte aber nicht, dass den Vereinigten Staaten klar war, dass Russland hinter dem Verkauf der Raketen an den Iran steckte.

»Nikita«, fuhr Ryan fort, »ich bin sicher, dass Sie erkennen, wie gefährlich diese Sache ist. Zuerst glaubten wir, die Ziele seien amerikanische Einrichtungen, aber tatsächlich geht es hier um etwas anderes – um die Zerstörung eines Satelliten. Das könnte dazu führen, dass in der unteren Erdumlaufbahn kaskadierende Trümmerfelder entstehen, die für unsere beiden Länder katastrophal sein würden. Die Internationale Raumstation würde vollständig zerstört werden, bevor Sie oder ich eine Mission auf den Weg bringen könnten, um die Besatzung zu evakuieren. Und, um ehrlich zu sein, es wäre auch eine Katastrophe für die ganze Welt. Sämtliche Experten erklären mir, dass der Raummüll, der entstehen würde, es fast unmöglich machen würde, in absehbarer Zukunft noch irgendetwas ins Weltall zu schicken.«

Jermilow ereiferte sich. »Ich kann Ihnen versichern, Jack, dass wir glaubten, die Raketen seien bei einem Flugzeugabsturz verloren gegangen, als sie zu Testzwecken nach Saryschagan in Kasachstan gebracht werden sollten. Ich habe keine Ahnung, wie sie in den Iran gelangen konnten.«

»Ich habe nicht behauptet, dass Sie es gewusst hätten.«

»Ich dachte, Sie riefen wegen einer anderen Sache an?«

»Elizaweta Bobkowa?«

»Nein …«

»Bobkowa und ihre Leute haben diplomatische Immunität«, sagte Ryan. »Aber wie ich gehört habe, will sie ersuchen, noch eine Weile im Land bleiben zu dürfen.«

»Tatsächlich?«, fragte Jermilow. Es klang, als stockte ihm der Atem.

»Ach – Sie glaubten, ich riefe wegen der Ukraine an?«, fragte Ryan in beiläufigem Ton, als könne er Jermilows Truppenbewegungen wie eine lästige Fliege wegwedeln. »Um ehrlich zu sein, meine Leute haben mich gewarnt, dass Russland versuchen könne, in die Ukraine einzumarschieren, weil der Kreml glaubt, ich hätte mit unseren inneren Angelegenheiten alle Hände voll zu tun. Ich habe ihnen erklärt, dass Sie mich gut genug kennen, um nicht auf solche Gedanken zu kommen. Es wäre ein schwerer Fehler, in die Ukraine einzumarschieren oder die Linie zu überschreiten, an der Sie bereits stehen. Ich habe meinen Beratern klargemacht, dass ich Ihre Truppenbewegung für einen Bluff halte. Dass Sie und ich darüber gesprochen hätten und dass Sie wüssten, dass ich bei jedem weiteren Vorrücken zu drastischen Gegenmaßnahmen greifen würde, mit welcher Begründung auch immer. Und dass wir beide darin übereinstimmten, dass eine solche Aktion den unlösbaren Knoten des Krieges noch stärker verknoten würde, den Ihr Vorgänger Chruschtschow einmal so eloquent beschrieben hat. Über die Ukraine können wir gern ein andermal sprechen. Diese Sache mit den Raketen ist viel dringlicher. Meinen Sie nicht auch?«

»Ja«, sagte Jermilow geschockt, dem offenbar allmählich klar wurde, dass er in der Klemme steckte. »Was sollen wir … Schlagen Sie etwa vor, wir sollten uns mit Teheran in Verbindung setzen?«

»Wie Ihnen bekannt ist, unterhalten die Vereinigten Staaten keine diplomatischen Beziehungen mit dem Iran«, sagte Ryan. »Aber selbst wenn es sie gäbe, würde ich zögern, denn ich bin nicht sicher, wie tief Teheran in diese Sache verstrickt ist. Sie könnte das Werk einer Dissidentenbewegung sein, aber das können wir noch nicht mit Sicherheit behaupten. Davon abgesehen ist der Zeitfaktor von größter Wichtigkeit. Ich hatte gehofft, dass Sie vielleicht irgendeine Möglichkeit hätten, die Gorgons ferngesteuert zu vernichten.«

»Ich muss Sie das fragen, Mr. President«, sagte Jermilow. »Wie sind Sie zu dieser Information gekommen?«

Ryan schmunzelte, trotz der angespannten Situation. »Das ist geheim, aber ich bin sicher, dass Sie genügend Möglichkeiten haben, den Wahrheitsgehalt zu überprüfen, ohne Teheran gegenüber preiszugeben, was wir wissen. Ich muss Sie nun ebenfalls etwas fragen, Nikita: Sind Sie in der Lage, Ihren Raketen den Code für die Selbstzerstörung zu senden?«

Eine Zeit lang herrschte Stille am anderen Ende, während Jermilow über den Anruf nachdachte. Wenn Ryans Plan aufging, würde der russische Präsident in diesen Minuten von seinen eigenen Geheimdiensten bestätigt bekommen, dass es die Verschwörung zur Vernichtung eines Satelliten tatsächlich gab.

Es dauerte volle neunzig Sekunden, bis sich Jermilow wieder meldete. »Ich fürchte, die ferngesteuerte Vernichtung der Raketen ist keine Option, Mr. President.«

Ryan seufzte. »Keine Option oder einfach nicht möglich?«

»Wie Sie selbst sagten – das ist geheim.«

»Verstanden«, antwortete Ryan. »Danke, dass Sie meinen Anruf entgegengenommen haben.«

»Was haben Sie jetzt vor?«, erkundigte sich Jermilow.

»Das werden wir sehen. Ich denke, wir werden schon sehr bald wieder miteinander telefonieren.« Er lachte leise. »Und hoffentlich nicht über die Ukraine.«

»Ja … Wir werden sehen…«

Ryan beendete das Gespräch und schaute zu General Paul und Mary Pat auf. »Gefällt mir zwar nicht, aber MUDFLAP hat grünes Licht.«

Der Vorsitzende der Vereinigten Generalstäbe tippte auf ein Icon auf dem Display des Telefons, das vor ihm auf dem Tisch lag, und sprach kurz in das winzige Bügelmikrofon seines Headsets. »MUDFLAP kann anlaufen.«

DNI Foley rief ihren Kontakt im Iran an, wobei sie eine noch kryptischere Formulierung verwendete. »Ist da Peperouk Pizza? Ich möchte eine Bestellung aufgeben, wenn Sie in dreißig Minuten liefern können.«

»Falsche Nummer«, antwortete eine Stimme auf Englisch. »Hier ist die Autowerkstatt Navid.«

»Okay«, sagte Foley. »Tut mir leid, dass ich Sie gestört habe.«

Sie legte ihr Smartphone wieder auf den Tisch und wandte sich an Ryan.

»Es geht los«, sagte sie und zeigte ihm den erhobenen Daumen.

62

Yazdani fuhr in seinem eigenen Wagen voran; Jack junior und die anderen folgten im Hilux. Sie fuhren in Richtung des Airports Maschhad, der gleichzeitig auch als Luftstützpunkt diente, parkten die Fahrzeuge jedoch in der Nähe des Toroq Forest Park, ungefähr einen Kilometer vom Flughafen entfernt, bis Jack von Mary Pat grünes Licht für die Operation bekam.

Yazdani betrat das Gebäude ohne einen Blick zurück, vollkommen darauf fokussiert, seinen Sohn zu retten. Er hatte ihnen versichert, dass er in der Raketenabwehrbasis einen guten Ruf genoss. Jahrelange Kriege gegen den Irak hatten die Iraner gezwungen, fast ihr gesamtes Raketenabwehrsystem zum Schutz Teherans gegen mögliche Angriffe aus dem Westen auszurichten. Kaum einer der Machthaber erwartete, dass ein Angriff aus dem Osten kommen könnte; dieses Gebiet wurde daher nur leicht verteidigt.

Auf Ryans Drängen hin hatte Dowschenko bei seinem unmittelbaren Vorgesetzten in der Botschaft in Teheran angerufen, um ihn zu informieren, dass Major Sassani, Reza Kazem und General Alow planten, einen Satelliten in erdnaher Umlaufbahn zu eliminieren. Er erklärte, er habe die Angelegenheit nicht schon früher melden können, denn er habe damit rechnen müssen, dass seine Ermittlungen gegen einen prominenten GRU-General seine, Dowschenkos, Sicherheit gefährden würden, schließlich habe der General seine Spione überall. Dowschenko erklärte seinem Boss ferner, er habe sich nur deshalb aus den normalen Kommunikationskanälen ausgeklinkt, um den guten Ruf des SWR – und seines Chefs – zu schützen. Er erklärte seinem Boss, er wolle nun versuchen herauszufinden, wo sich die Raketen derzeit befänden; er glaube aber, dass inzwischen auch amerikanische Agenten vor Ort aktiv seien.

»Was meinst du, hat dir dein Boss die Story geglaubt?«, fragte Ysabel, während sie darauf warteten, dass Yazdani wieder herauskam.

Dowschenko zuckte die Schultern. »Ich denke schon. Wenn nicht, werden sie wohl schon bald jemand schicken, um mich umlegen zu lassen.«

»Das ist ein törichter Plan«, sagte Ysabel. »Du bist mitschuldig, wenn sie ihn dafür eliminieren.«

Dowschenko legte ihr beruhigend die Hand auf die Schulter. »Das werden sie nicht, er hat mit der ganzen Sache nichts zu tun. Ich kann gut damit leben, glaube mir.«

»Okay, aber ich nicht«, gab Ysabel zurück.

Yazdanis Kompaktwagen kam um die Ecke und hielt neben dem Toyota an, Fahrerfenster an Fahrerfenster.

Der Ingenieur übergab Dowschenko einen USB-Stick durch das Fenster, der ihn an Jack auf dem Rücksitz weiterreichte.

»Es ist hochgeladen.«

»Gab es Probleme?«, fragte Ryan.

»Nein, keine Probleme.«

Ryan benutzte das Handy, das Yazdani ihm gegeben hatte, und rief die Nummer auf Foleys Prepaid-Wegwerfhandy an.

»Spreche ich mit der Person, die eine Pizza bestellen wollte?«

Das Wort »Person« war der verabredete Code, dass der

Malware-Upload erfolgt war. Mit dem Wort »Lady« hätte er dagegen einen Fehlschlag gemeldet.

»Ich gehe jetzt und hole meinen Sohn«, sagte Yazdani. »Und Sie werden Ihren Teil der Abmachung erfüllen.«

»Absolut«, nickte Ryan. »Holen Sie ihn. Ich muss noch warten, bis wir die Bestätigung bekommen, dass die Raketen zerstört wurden.«

»So war das nicht abgesprochen«, sagte Yazdani aufgebracht. »Sie müssen uns helfen, in die Staaten auszureisen.«

»Das werden wir auch«, versicherte ihm Ryan. »Sobald ich die Bestätigung habe.«

»Und was ist, wenn etwas schiefgeht?«, fragte Yazdani mit vor Wut blitzenden Augen. »Gilt Ihr Versprechen, meinem Sohn zu helfen, nur dann, wenn Ihr Flugzeug die Ziele trifft?«

»Nein. Aber unser Plan würde sich dann ändern. Wenn wir dazu gezwungen sind, werden Sie meine Kontakte südlich des Islam Qala treffen – sie werden Ihnen helfen, das Land zu verlassen.«

Yazdani zischte wütend etwas auf Persisch und raste davon.

»Was hat er gesagt?«

»Das willst du nicht wissen«, antwortete Ysabel. »Aber es hat etwas mit deinen Eiern zu tun … und mit sehr heißem Feuer.«

»Scheiße«, sagte Ryan. »Das wäre dann doch ein bisschen grausam.«

»Ich weiß, es ist nicht sehr damenhaft«, erwiderte Ysabel, »aber ich muss gestehen, dass auch ich mir genau das ausgemalt habe, während ich jahrelang darauf gewartet habe, dass du dich wieder meldest.«

»Die Raptors sind gestartet und fliegen nach Westen, Mr. President«, sagte der Vorsitzende der Vereinigten Generalstäbe.

»Mit ungefähr Mach 1,8 werden sie in acht Minuten über dem Ziel sein.«

Bob Burgess ballte die Fäuste und legte sie auf den Tisch. »Mit ein wenig Glück werden die Tarnkappentechnik und die Malware unseres Agenten unsere Vögel völlig unsichtbar machen.«

»Es handelt sich um zwei der besten Piloten in zwei der technisch höchstentwickelten Flugzeuge der Welt«, fügte General Paul hinzu.

»Was ist mit russischen Werbas oder anderen schultergestützten Flugabwehrsystemen?«, fragte Mary Pat.

»Sie müssten zuerst einmal merken, dass wir kommen«, sagte General Paul. »Wir schicken ihnen zwei F-22 Raptors an den Hals, vermutlich wäre es gar nicht nötig gewesen, ihre Systeme durch die Malware blind zu machen. Ich denke, es wird gut gehen.«

Der Vorsitzende der Vereinigten Generalstäbe nickte seinem Assistenten zu, der sich in die Frequenz der Piloten einschaltete. Ein paar Sekunden lang war nichts als statisches Knistern zu hören, doch dann kam der Funkverkehr zwischen den Piloten klar und deutlich aus den Lautsprechern im Situation Room.

»Zwanzig Meilen…«, sagte Haymaker One, der Flugführer. *»Anflug in dreißig Sekunden auf mein Zeichen.«*

»Verstanden«, sagte der zweite Pilot. *»Dreißig Sekunden.«*

»Go«, sagte der Flugführer.

»Verstanden.«

General Paul gab die nötigen Erläuterungen, während die Raptor-Piloten den Abwurf ihrer Bombenfracht einleiteten. Die Agenten im Iran – der General hatte allerdings keine Ahnung, wer sie waren – hatten die GPS-Koordinaten der russischen Raketen geliefert, die den präzisionsgelenkten JDAM-Bomben ein positives Ziel vorgaben, sobald sie aus einer

Höhe von 10 000 Metern abgeworfen wurden. Mit einem Streukreisradius, der wahrscheinlich weniger als fünf Meter betrug, würden die vier 500-Kilo-Bomben kurzen Prozess mit den beiden Gorgons machen, allerdings auch mit jeder Person, die sich unglücklicherweise gerade im Explosionsradius aufhielt. Die Raptors würden die Szene tief genug überfliegen, um den Angriff mit ihren hochauflösenden Kameras und Sensoren aufzuzeichnen, aber dennoch in sicherer Höhe bleiben, sodass eine Bombenschadensbeurteilung in Echtzeit erfolgen konnte, bevor sie sich wieder über die Grenze nach Afghanistan zurückzogen.

»Haymaker One, Bomben ab«, sagte der Flugführer.

»Haymaker Two, Bomben ab.«

Achtzig Sekunden tickten dahin, dann war wieder die Stimme des Flugführers zu hören.

»Wir stellen nur eine Sekundärexplosion fest«, sagte er. *»Wiederhole: Nur eine Sekundärexplosion. Wir haben alle vier Bomben auf das Ziel abgeworfen. Die zweite Rakete muss sich an einem anderen Ort befinden.«*

General Paul blickte zu Ryan hinüber, der die Hand hob und mit dem Zeigefinger eine kreisende Bewegung machte.

»Holen Sie beide Maschinen zurück«, befahl Ryan.

63

Midshipman Hardy hatte zwei Jahre lang an der Idaho State University studiert, bevor er sich entschloss, sich einen alten Traum zu erfüllen und sich in Annapolis zu bewerben. Bei seiner Zulassung war er deshalb ein paar Jahre älter als die anderen Kadetten seines Jahrgangs, aber dass er nun zum Seiteneingang des Weißen Hauses gefahren und an all den Sicherheitsleuten vorbeigeführt wurde, reichte völlig aus, um ihn wieder zu einem aufgeregten Schuljungen bei einem Ausflug ins Nationale Luft- und Raumfahrtmuseum werden zu lassen. Am Nordosttor musste Special Agent Marsh kurz anhalten. Ein Beamter der Uniformierten Division des Secret Service erwartete sie bereits und winkte den Crown Victoria durch, kaum dass Marsh seine Ausweiskarte vorgewiesen hatte. Marsh händigte Van Orden und Hardy eigene Schlüsselbänder aus, an denen bereits die Besucherausweise hingen. Die Ausweise waren mit einem roten A gekennzeichnet, was bedeutete, dass sie einen Termin hatten, aber begleitet werden mussten.

Marsh fuhr am Haupteingang vorbei, parkte am Ostende der runden Auffahrt und führte sie durch einen langen Raum, den Hardy für den Pressekonferenzsaal hielt. Vor dem Raum waren keine Wächter postiert, aber sie wurden von zwei weiteren Beamten der Uniformierten Division erwartet – einer stand neben einem Tisch, seine Kollegin saß dahinter, eine offene Kladde vor sich, die Hardy für eine Anwesenheitsliste hielt. Marsh deutete jedoch wortlos an ihr vorbei in den Flur, und die afroamerikanische Beamtin am Tisch nickte ihm freundlich zu und winkte ihn durch. »Hey, Cody«, sagte sie, »viel zu tun heute.«

»Wem sagst du das«, antwortete Marsh.

Hardy hatte Fotos vom Innern des Weißen Hauses gesehen, und natürlich auch viele Filme und TV-Shows wie *Das Vermächtnis der Tempelritter* und *The West Wing – Im Zentrum der Macht,* aber was ihn jetzt am meisten überraschte, war, wie niedrig die Decken waren. Alle, vom Personal bis zu den uniformierten Secret-Service-Agenten, sprachen nur mit gedämpfter Lautstärke. Dicke, weiche Teppiche und die antiken Möbel verliehen der Einrichtung eine museumsartige Atmosphäre, aber was im Film wie ein Palast schien, war in Wirklichkeit viel kleiner und fühlte sich fast beklemmend eng an. An den Wänden hingen historische Gemälde von Terpning, Bierstadt und Remington. Es gab sogar ein paar Originalwerke von Norman Rockwell, auf denen ein Besuch im Weißen Haus dargestellt wurde, aber von den offiziellen Porträtfotos des Präsidenten und des Vizepräsidenten abgesehen, die auch im Yard hingen, gab es kein weiteres Porträt des derzeitigen Oberkommandierenden.

Am Ende des Flurs wandte sich Marsh nach links und führte sie in eine Reihe von Büroräumen, in die eindeutig zu viele Schreibtische gezwängt worden waren. Hier arbeiteten die Sekretärinnen und der Persönliche Berater des Präsidenten, der zugleich Büroleiter des Oval Office war. Eine streng aussehende Dame spähte über den Rand ihrer Lesebrille und nickte Agent Marsh zu.

»Gehen Sie rein, Cody. Er erwartet Sie bereits.«

»Danke, Mrs. Martin«, sagte Marsh. Er blieb vor der Tür

stehen und rückte die Krawatte zurecht. Dann führte er die beiden Besucher in das Oval Office.

Der Präsident der Vereinigten Staaten stand von seinem Sessel am Kamin auf, als Hardy und Van Orden eintraten. Auch dieser Raum war kleiner, als Hardy sich vorgestellt hatte, aber immer noch groß genug, um ihn in nicht geringe Ehrfurcht zu versetzen. Es waren noch mehrere andere Personen anwesend, darunter die Minister für Äußeres und für Verteidigung, der Direktor der CIA, der Vorsitzende der Vereinigten Generalstäbe und ein paar andere Personen, die Hardy nicht erkannte, darunter eine Frau ungefähr Ende fünfzig, die dem Präsidenten am nächsten saß.

»Professor Van Orden«, sagte Ryan und kam den Besuchern mit ausgestreckter Hand entgegen.

Nicht schlecht, dachte Hardy. *Der mächtigste Mann des Planeten steht auf, um uns die Hände zu schütteln.*

»Und Midshipman Hardy«, fuhr Ryan fort. »Sie wundern sich sicherlich, was das alles soll.«

»Sie beide sind also meine Fachexperten«, sagte Präsident Ryan, nachdem Mary Pat die beiden Ankömmlinge mit einem kurzen Bericht informiert hatte. »Jedenfalls was die wissenschaftliche Seite angeht. Ich möchte, dass Sie beide völlig frei und ungehindert reden. Ich möchte von Ihnen nicht nur die wissenschaftlichen Fakten hören, sondern auch Ihre eigene Meinung – solange Sie immer klar zwischen Fakt und Meinung unterscheiden.« Er ließ etwas hören, das irgendwo zwischen einem Stöhnen und einem Seufzen lag. »Also dann: Erklären Sie mir bitte, wie real diese Bedrohung ist, die Sahar Tabrizi vermutet. Wie stehen die Chancen, dass es sich so abspielen wird?«

»Wenn der Iran in der Lage ist, den richtigen Satelliten zu treffen«, sagte Van Orden, »den Satelliten, den Dr. Tabrizi als

›Crux‹ bezeichnet, dann ist die Gefahr einer kaskadierenden Wirkung hoch. Sie ist eine sehr begabte Physikerin. Ihre Theorien, wie auch die Kesslers, sind solide.«

»Darf ich eine Frage stellen, Mr. President«, mischte sich der Verteidigungsminister ein.

Ryan nickte.

»Wie schnell würden die Trümmer von Tabrizis Crux die Funktionsfähigkeit unserer übrigen Satelliten in der unteren Erdumlaufbahn beeinträchtigen?«

Van Orden wandte sich an Hardy und gab damit die Frage an den jungen Kadetten weiter.

»Mein Vater ist Polizist«, begann der Midshipman, wodurch er sich beim Präsidenten noch beliebter machte. »Seine kugelsichere Weste ist aus Kevlar, aber Herz und Lunge werden durch eine Platte aus ballistischem Stahl oder neuerdings auch aus Oxidkeramik oder Polyethylen geschützt. Diese Platten sind wiederum mit einem speziellen Material bedeckt, um Abplatzungen zu verhindern. Abplatzungen würden auftreten, wenn ein Geschoss auf eine nicht verkleidete und nicht korrekt abgewinkelte Stahlplatte träfe. Metallfragmente würden von der Stahlplatte abgesprengt und wären für meinen Dad genauso tödlich wie das eigentliche Projektil. Würde nun eine Rakete einen Satelliten auch nur streifen, würde eine gewaltige Menge Trümmer entstehen. Vermutlich haben Sie alle schon gesehen, was ein Partikel von der Größe eines Sandkorns am Fenster der Raumstation anrichten kann.«

Alle im Raum nickten ernst.

Van Orden ergriff wieder das Wort. »In der unteren Erdumlaufbahn befinden sich derzeit fast achthundert Satelliten, darunter auch solche für Kommunikationszwecke, wie zum Beispiel für Satellitentelefonie, ferner Aufklärungssatelliten, die Internationale Raumstation und viele andere. Manche

Satelliten sind nur kleine Quader von wenigen Zentimetern Größe. Andere wiegen mehrere Tonnen und sind so groß wie ein Stadtbus.« Mit einem kurzen Nicken übergab er Hardy wieder das Wort.

»Wir beobachten über achttausendfünfhundert Trümmerteile – oder Weltraummüll, wenn Sie so wollen –, die größer sind als zehn Zentimeter. China schoss 2007 vermutlich mit einer Rakete einen seiner eigenen Wettersatelliten ab, wodurch über zweitausend Trümmerteile entstanden, die größer als Golfbälle sind.

Manchen Schätzungen zufolge beläuft sich die Zahl der Trümmerteile, die größer als zwei Millimeter sind, aber zu klein, um nachverfolgt werden zu können, auf mehr als eine Million. Um das in die richtige Perspektive zu bringen: Eine Patrone im Kaliber .22 ist 5,56 Millimeter lang. Der Weltraum, auch der erdnahe Umlaufbereich, ist natürlich sehr groß, aber die Chance eines katastrophalen Schadens steigt exponentiell an.« Hardy hielt kurz inne, dann fügte er hinzu: »Mit jedem weiteren zerstörten Satelliten entstehen immer mehr Trümmerteile, und jedes dieser Trümmerteilchen rast mit über achtundzwanzigtausend Kilometern pro Stunde um die Erde herum. Es würde daher nicht viele Tage dauern, bis ein Trümmerring entsteht, der die untere Erdumlaufbahn zu einem sehr unfreundlichen Raum machen würde.«

Van Orden nickte zustimmend. »Und dabei ist noch nicht einmal berücksichtigt, was geschieht, wenn dieser Trümmerring auseinanderfällt. Viele Teilchen würden beim Eintritt in die Erdatmosphäre verglühen, aber ein wesentlicher Teil würde auf die Erdoberfläche stürzen – also direkt auf uns.«

Foley hob ihren Kugelschreiber. »Wenn viele der Teile beim Atmosphäreneintritt verglühen, würde dann eine Atomexplosion nicht dasselbe bewirken?«

»Ein kinetischer Beschuss wäre besser, wenn sie erreichen wollen, dass möglichst viele Trümmerteile entstehen«, sagte der Midshipman.

Burgess sagte: »Dann müssen wir wohl annehmen, dass sie nur hinter dem Leitsystem der Raketen her waren. In diesem Fall würden sie einfach die Atomsprengköpfe nicht scharf machen. Die PALs würden eine Detonation selbst bei einem direkten Treffer verhindern.«

Mit PAL oder Permissive Action Link meinte Burgess eine Sicherheitsvorrichtung für Atomwaffen, die eine ungewollte Detonation bei Unfällen oder Missbrauch verhindern soll. Wie es ein Atomwaffenexperte recht drastisch ausdrückte: »Ein PAL zu umgehen, wäre ungefähr so kompliziert wie der Versuch, eine Mandeloperation vom Rektum aus durchzuführen.«

»Was könnten wir dann gegen ein kinetisches Killergeschoss unternehmen?«, fragte Arnie Van Damm.

Hardy nickte ernst. »Meine Freunde und ich haben das schon mal durchgearbeitet. Einen Satelliten kann man in verschiedene Richtungen bewegen. Manche haben Solarantennen. Man könnte diese dafür benutzen, den Satelliten durch Solarstrahlungsdruck zu bewegen – so ungefähr wie der Wind einen Drachen bewegt.«

»Zu langsam«, wandte Van Orden ein. »Eine Rakete mit einem Lenksystem würde einfach die Zielfindung anpassen.«

»Das stimmt«, gab Hardy zu.

»Könnten wir ihn nicht einfach versetzen?«, fragte Foley.

»Das könnte man«, sagte Hardy. »Viele Satelliten benötigen periodische Schübe, um auf ihrer Umlaufbahn zu bleiben. Wir könnten einen Schub auslösen und ihn für eine bestimmte Zeit auf eine höhere Umlaufbahn bringen.«

»Nur für eine bestimmte Zeit?«, hakte van Damm nach.

Hardy nickte. »Richtig, Sir.« Er und Van Orden besprachen kurz diese Möglichkeit, wobei sie Zahlen und Szenarien durchspielten.

Ryan unterbrach die Diskussion. »Also – können wir ihn versetzen?«

»Ja, das können wir, Mr. President«, antwortete Van Orden. Er murmelte etwas vor sich hin, das Ryan wie eine seltsame Beschwörung vorkam, aus der er nur pi und *vis viva*-Gleichung heraushörte, und irgendetwas über *orbital decay*, wie die graduelle Abnahme der Bahnhöhe bezeichnet wurde, wobei Van Orden offenbar gleichzeitig Berechnungen im Kopf durchführte. Schließlich schaute er seinen Schüler an. »Eine Veränderung der Flugbahn um 0,5 Grad …«

Midshipman Hardy hatte anscheinend dieselben Berechnungen angestellt und ergänzte den Gedanken seines Professors: »… würde eine Versetzung von mehreren zehn Metern gegenüber der ursprünglichen Position bedeuten.«

»Sie schlagen also vor«, sagte Ryan, »dass wir nur kurz die Bremsen anziehen müssen, dann fliegt die Rakete vorbei?«

»Bitte?«, fragte Van Orden, der die Anspielung auf den Film *Top Gun* nicht verstand.

Hardy nickte. »Im Grunde ja, Mr. President. Sofern die Zielfindung die Flugbahn nicht korrigiert, würde die Rakete vorbeifliegen und schließlich auf die Erde stürzen.«

»Okay«, sagte Ryan. »Ob nuklear oder kinetisch, wir haben immer noch ein großes Problem. Also lassen Sie es uns hören.«

»Bitte?«, fragte Van Orden noch einmal.

»Crux«, erklärte Ryan. »Der Satellit, den Dr. Tabrizi in ihrer Theorie erwähnt. Wir können ihn nicht versetzen, solange wir nicht wissen, welchen Satelliten sie meint, nicht wahr?«

Van Orden und Hardy blickten sich an, dann wandten sie sich wieder an den Präsidenten.

»Wir glauben, dass es fünf sind, mit denen es funktionieren könnte«, sagte der Professor.

»Oder vielleicht auch neun«, fügte Hardy hinzu. »Aber das wären dann nur unsere eigenen.«

64

Atash Yazdani konnte kaum noch stillstehen, als Dowschenko auf den Parkplatz neben dem Akbar-Kinderkrankenhaus einbog. Sein Sohn Ibrahim stand neben ihm, ein kleiner, von der Krankheit gezeichneter Junge. Der Iraner hatte seinem Sohn den Arm um die schmächtigen Schultern gelegt. Als der Wagen neben ihm anhielt, streckte er den Kopf durch das Fenster und zum ersten Mal zeigte sich ein Lächeln auf seinem Gesicht.

»Im Westen fand ein Angriff auf die Raketenbasis statt«, sagte er. »Euer Plan hat funktioniert. Die Raketen wurden vernichtet. Jetzt könnt ihr euren Teil der Abmachung erfüllen und meinen Sohn aus dem Land bringen.«

Das Lächeln verschwand, als er die düsteren Mienen der drei Insassen bemerkte. »Was ist los?« Er schlug sich an die Stirn. »Erzählt mir bloß nicht, dass es noch irgendwelche Verzögerungen gibt.«

»Tut mir leid«, antwortete Jack. »Aber es wurde nur eine Rakete zerstört. Die zweite ist immer noch intakt.«

»Das spielt doch jetzt keine Rolle mehr!«, protestierte Yazdani, den Tränen nahe. »Ich habe getan, was ihr von mir verlangt habt. Mehr kann ich nicht tun!« Er schaute seinen Sohn ernst an. »Ibrahim, steig ins Auto. Diese Leute bringen uns irgendwohin, wo du behandelt werden kannst.«

»Und das werden wir auch«, sagte Jack. »Sie haben mein Wort.«

»Ihr Wort bringt uns noch alle um!«

Der Junge begann zu husten, immer heftiger, bis sein Gesicht rot anlief.

Yazdani klopfte ihm auf den Rücken, bis er wieder ein wenig freier atmen konnte.

»Wir werden Ihnen helfen«, versicherte ihm Jack noch einmal. »Aber zuerst müssen wir die zweite Rakete finden.«

Yazdani starrte ihn wütend an, als könnten Blicke töten, dann warf er frustriert die Hände in die Luft. »Es gibt da ein paar Höhlen, ungefähr zehn Kilometer südlich vom Raketentestgelände. Möglich, dass sie eine der mobilen Startrampen dorthin gebracht haben.«

Dowschenko reichte ihm eine Straßenkarte. »Zeigen Sie mir, wo das ist.«

Yazdani deutete auf eine Stelle im Westen der Stadt, an einer schmalen Straße gelegen, die an einem Dorf namens Noghondar vorbeiführte und auf der Karte eher wie ein Feldweg aussah. Er nahm einen Kugelschreiber und markierte die Stelle. »Hier sind die Höhlen. Ich weiß, dass sie groß genug sind, aber das heißt nicht, dass die Rakete dorthin gebracht wurde.«

»Wir müssen es versuchen«, sagte Ryan und schrieb rasch ein paar Anweisungen auf einen Zettel. »Taybad ist nur ein paar Kilometer von der afghanischen Grenze entfernt. Bringen Sie Ihren Sohn dorthin und warten Sie dort auf mich. Wenn Sie in den nächsten vier Stunden nicht mehr von uns hören, rufen Sie diese Nummer an.«

»Ich habe wohl keine andere Wahl«, murmelte Yazdani bedrückt.

Ryan zuckte die Schultern. »Keiner von uns hat eine andere Wahl.«

Anscheinend raste buchstäblich jedes Militär- und Milizfahrzeug von Maschhad zum Explosionsort hinaus. Dowschenko schloss sich einfach der Parade an und raste gemeinsam mit den Fahrzeugen nach Westen. Unterwegs übersetzte Ysabel die Radiomeldungen.

Die offizielle Erklärung lautete, Israel habe eine ganze Salve von Raketen auf eine iranische Schule abgefeuert; Hunderte unschuldige Schulkinder seien getötet worden. Das war allerdings keine Erklärung für die massive Sekundärexplosion, von der manche berichteten, aber da die Medien daran gewöhnt waren, sich an die offiziellen Aussagen zu halten, unternahmen sie keinen Versuch, irgendetwas erklären zu wollen.

»Hier abbiegen«, sagte Ryan, der Dowschenko die Fahranweisungen gab.

Der Russe scherte aus dem Konvoi aus und bog nach Süden in ein bewaldetes Tal ab. Hier waren sie bereits so nahe, dass sie den roten Feuerschein in der Ferne sehen konnten. Knapp zwei Kilometer weiter fuhr er langsamer und schaltete die Scheinwerfer aus und fuhr nur noch mit Standlicht. Als sie Yazdanis Markierung immer näher kamen, entdeckten sie zu ihrer Freude den Widerschein greller Bauscheinwerfer in der Ferne.

»Bravo, Atash!«, sagte Ryan, drehte das Fenster herab und ließ die kühle Luft des Gebirgstals herein. »Hört ihr das?«

»Was?«, fragte Ysabel. »Ich höre nur den Bach neben der Straße.«

»Ein Generator«, sagte Dowschenko. »Ich fahre noch ein kleines Stück, aber dann müssen wir zu Fuß weiter.«

Ryan überprüfte die AKs und verteilte die gesamte Munition in vier Magazine zu je zwanzig Schuss. Damit hatten sie achtzig Schuss, was sich wie eine ordentliche Menge anhörte – aber nur solange, wie man nicht selbst unter Beschuss geriet.

Dowschenko parkte den Toyota zwischen den Bäumen. Jeder hängte sich eine AK über die Schulter, dann krochen sie langsam auf Händen und Knien voran, bis sie den Rand der Lichtung erreichten.

Die gleißend helle Baulicht-Flutanlage, die von einem laut brummenden Generator gespeist wurde, erhellte die Szenerie jenseits der Bäume wie eine riesige Theaterbühne. Hinter dem Dom aus Licht ragte ein steiler Bergfelsen in die Höhe. Die mit Splitt bestreute Straße, auf der sie nun vorsichtig vorrückten, führte geradewegs in ein schwarzes Loch in den Felsen. Eine Seitenstraße zweigte nach Westen ab, führte durch ein ausgetrocknetes Wadi und verschwand hinter einer benachbarten Hügelkuppe. Aus einem niedrigen Flachbau rechts neben dem Höhleneingang drang ebenfalls Licht.

Vor dem Flachbau standen drei Uniformierte Wache – einer neben dem Gebäude, die beiden anderen am Rand des Lichtkreises und näher am Höhleneingang.

»Gefällt mir nicht«, sagte Ysabel. »Wir wissen nicht, wie viele dort drin sind.«

»Stimmt«, nickte Dowschenko. »Wir sollten nach einem …«

Jack legte ihm rasch die Hand auf den Arm. »Schaut mal, dort«, flüsterte er und deutete zum Höhleneingang.

Ysabel sog scharf den Atem ein. »Reza Kazem.«

»Und Tabrizi«, fügte Ryan hinzu.

Sie kamen zusammen aus der Höhle. Tabrizi hielt ein Klemmbrett in der Hand, an Kazems Schulter hing eine Umhängetasche. Sie gingen zu dem Flachbau hinüber und traten ein.

»Bin nicht sicher«, sagte Ysabel, »aber ich glaube, dass Ajatollah Ghorbani dort drin ist. Und soweit ich sehen konnte, ist er an Händen und Füßen gefesselt.«

»Könnte sein, dass er nicht zur Verschwörung gehört«, meinte Dowschenko.

»Oder dass er nicht vollständig eingeweiht war«, fügte Ryan hinzu. Ein Plan formierte sich langsam in seinen Gedanken.

Das musste sich auch auf seinem Gesicht gezeigt haben, denn Ysabel schaute ihn an und sagte: »Diesen Gesichtsausdruck kenne ich. Was ist los?«

Ryan nahm das Satellitentelefon aus der Tasche und zog die Antenne heraus. Erleichtert stellte er fest, dass die Signalstärke ausreichte. »Das Wichtigste zuerst. Wir müssen einen weiteren Angriff anfordern.«

»O nein«, widersprach Dowschenko. »Wir sind viel zu nahe dran. Eure Bomben bringen uns alle um.«

Ryan schüttelte den Kopf. »Ich bin kein Selbstmörder. Sobald wir sicher sind, dass die Rakete hier ist, hauen wir ab, so schnell wie möglich.«

Es blieb nur genug Zeit für einen Direktanruf, weshalb er die Nummer von Foleys Prepaid-Handy eingab. Er wusste, dass sie es bei derartigen Besprechungen immer als zusätzliche Sicherheit bei sich trug. Sie meldete sich sofort und reichte das Telefon an seinen Vater weiter. Jack tat es gut, die Stimme seines alten Herrn zu hören, aber er hütete sich, ihn »Dad« zu nennen, solange sich der Russe in Hörweite befand, sondern entschied sich für eine streng formale Anrede wie für einen Vorgesetzten. Er erklärte ihm seinen Plan und gab ihm die GPS-Koordinaten durch, die er von dem ausgeliehenen Mobiltelefon ablas. »Wir gehen jetzt näher ran, um die Örtlichkeit ein wenig genauer zu erkunden, Sir«, sagte er abschließend. »In zehn Minuten gebe ich einen Lagebericht durch. Wenn Sie in spätestens fünfzehn Minuten nichts von mir gehört haben, sollten Sie sie starten lassen.«

Er glaubte zu hören, dass sein Vater ein Aufstöhnen unterdrücken musste, deshalb fügte er schnell hinzu: »Sie hören wieder von mir, Sir. Versprochen.«

Ryan schob die Antenne wieder ein; im selben Moment kamen Kazem und Tabrizi wieder aus dem Gebäude. Sie führten einen Mann mit sich, dessen Hände vor dem Bauch gefesselt waren. Er hatte einen langen weißen Bart und trug die schwarze Kleidung und den Turban eines Geistlichen. Ysabel hatte recht: Es war Ajatollah Ghorbani.

Aber statt in die Höhle zurückzukehren und den riesigen Transporter mit der Abschussplattform ins Freie herauszufahren, stieß Kazem den Geistlichen zu einem Holztisch, der am Fuß des Flutlichtmasts stand. Ghorbani schrie wütend auf Kazem ein, aber das Brummen des Generators machte es unmöglich, auch nur ein Wort zu verstehen. Weder Kazem noch Tabrizi achteten auf sein Geschrei. Kazem legte den Lederkoffer auf den Tisch und klappte ihn auf. Die drei Beobachter erkannten sofort, dass sich ein Start-Kontroll-System in dem Koffer befand.

»Was macht er denn?«, fragte Ysabel entgeistert. »Er kann die Rakete doch nicht aus der Höhle starten?«

Tabrizi starrte wie gebannt auf ein Smartphone in ihrer Hand. Sie hielt die freie Hand hoch, ließ sie einen Augenblick in der Luft schweben und dann, immer noch den Blick fest auf das kleine Display gerichtet, ließ sie sie fallen.

Jacks Blick zuckte zu der Straße hinüber, die hinter der nächsten Hügelkuppe verschwand, und plötzlich wurde ihm klar, was geschah. Er hob die MP und feuerte. Die Schüsse töteten Kazem im selben Augenblick, in dem er die Eingabe des Codes in das Start-Kontroll-System abschloss.

Ein gleißend grelles Licht blitzte im nächsten Tal auf. In einem mächtigen orange-schwarzen Feuerball stieg die russische Gorgon immer schneller in den Nachthimmel. Die Wächter, momentan geschockt durch die unerwarteten Schüsse und den gewaltigen Lärm der startenden Rakete, fingen sich wieder und erwiderten das Feuer. Dowschenko und Ysabel feuerten ebenfalls, während sich Jack auf den Rücken rollte und das Telefon aus der Tasche riss. Er hatte im selben Moment in Gedanken zu zählen begonnen, als die Rakete zündete, und zählte auch jetzt die Sekunden weiter.

Er drehte sich wieder auf den Bauch, zielte und erschoss einen der Wärter am Höhleneingang. Über ihm feuerte Dowschenko auf Tabrizi, als sie sich nach einer der Waffen bückte, die die Wärter hatten fallen lassen. Der andere Wärter neben dem Höhleneingang war bereits tot; der dritte ging einen Moment später durch eine Kugel von Ysabel zu Boden. Jack hatte schon vor langer Zeit gelernt, dass derartige Feuergefechte selten lange dauerten. Auch diese Schießerei endete sehr schnell – und fatal für die schlecht ausgebildeten Wärter. Jetzt war wieder das Brummen des Generators zu hören, der durch das Tal dröhnte, und der Gestank von brennendem Metall vom Start der Rakete senkte sich herab.

Ghorbani stand allein am Flutlichtmast und blickte geschockt um sich.

Obwohl kein weiterer Wärter aus der Höhle gerannt kam, rückte Dowschenko seitwärts im Bogen auf den gleißend hell erleuchteten Platz vor. Zur Sicherheit befahl er Ghorbani, ihm entgegenzukommen.

Ryan bewegte sich ebenfalls seitwärts in die andere Richtung, hielt sich aber zwischen den Bäumen. Gleichzeitig zog er das Satellitentelefon aus der Tasche. Ghorbani sollte ihn nicht sehen; er brauchte nicht zu wissen, dass er hier war.

Foley meldete sich sofort.

»Raketenstart 12:06:32 iranische Zeit«, sagte er knapp. »Wir konnten ihn nicht verhindern.«

65

Dr. Van Orden«, sagte Mary Pat und ließ die Hand mit dem Telefon sinken. Ihr Gesicht war kreidebleich geworden. »Wie lange braucht eine russische 51T6, um einen stationären Satelliten über ihr zu treffen?«

»Etwas mehr als drei Minuten«, sagte Van Orden.

»Mr. President«, sagte Foley, »wir müssen in spätestens vierundfünfzig Sekunden starten. Zeit läuft.«

General Paul stand in ständiger Verbindung mit dem AFSCN, dem Air Force Satellite Control Network in der Nähe von Colorado Springs, da er genau diese Situation erwartet hatte.

»Warum können wir nicht alle unsere Satelliten versetzen, wenn wir nicht genau wissen, welcher das Ziel ist?«, fragte Ryan.

»Könnten wir, Mr. President«, antwortete Van Orden. »Aber es wäre riskant. Wir bräuchten viel mehr Zeit für die Berechnungen, um zu vermeiden, dass wir selbst eine Kollision verursachen. Und womöglich versetzen wir dann zuerst den falschen Satelliten.«

»Okay, Leute«, sagte Ryan knapp. »Ich denke, Sie haben ungefähr neunzig Sekunden, um den richtigen Satelliten zu finden.«

Hardy saß am Konferenztisch, über einen Laptop gebeugt, der ihm Zugriff auf Satellitendaten gab, auf die normalerweise nur eine sehr kleine Gruppe von Eingeweihten zugreifen durfte. Seine Stimme klang ruhig und sachlich, obwohl er von Männern und Frauen umgeben war, die mindestens zehn Ränge über ihm standen. »Der Start könnte uns sogar helfen«, sagte er. »Die russischen Raketen erreichen eine Geschwindigkeit von 8575 Stundenkilometern, während die Satelliten die Erde mit ungefähr 28165 Stundenkilometern umkreisen. Soweit wir wissen, erreicht die 51T6 eine maximale Gipfelhöhe von achthundert Kilometern. Selbst wenn es sich bei dieser Rakete um eine neue Version handelt und wir noch ein- bis zweihundert Kilometer dazurechnen müssen ... Um einen frontalen kinetischen Kill zu erzielen, müssten sie, hm ...« – er trommelte mit den Fingern auf den Tisch –, »bei 1350 Kilometer Flugstrecke vom Startzeitpunkt bis zum Ziel ...« – jetzt blickte er konzentriert auf den Monitor. »Es befinden sich dann nur noch fünf Satelliten in Reichweite.«

»Zeit wird knapp!«, drängte Ryan.

»Zwei sind chinesisch, einer russisch, einer thailändisch ... aber keiner ist groß genug ... nur der eine hier, ein ISR, von dem ich noch nie gehört habe.« Hardy blickte auf und drehte den Laptop so, dass der Vorsitzende der Vereinigten Generalstäbe das Display sehen konnte. »Der hier ist es, General Paul. Der muss es sein.«

»Tun Sie es!«, befahl Ryan.

Der Vorsitzende der Vereinigten Generalstäbe gab den Befehl an AFSCN weiter. Es war 12:09:12 iranischer Zeit, zwei Minuten und vierzig Sekunden nach dem Start der Rakete.

»Jetzt müssen wir nicht mehr lange warten«, sagte van Damm überflüssigerweise.

Midshipman Hardy klappte den Laptop zu und schloss die Augen. Seine Lippen bewegten sich stumm, als flüsterte er ein unhörbares Gebet. Dr. Van Orden klopfte ihm väterlich auf die Schulter. Niemand sprach. Niemand schien auch nur zu atmen. Alle im Raum, auch der Präsident, murmelten eigene Gebete. Schließlich richteten sich alle Augen auf General Paul. Fünfundvierzig Sekunden vergingen, dann lehnte sich der General in seinem Stuhl zurück und hob den Daumen.

»Sieht so aus, als hätten wir es geschafft, Mr. President«, meldete er. »AFSCN ortete eine nicht identifizierte Rakete, die im Iran gestartet wurde. Sie flog weniger als vierhundert Meter an unserem ISR-Satelliten vorbei. Der Empfang der Satellitensignale ist immer noch im grünen Bereich.«

Ryan stand auf, woraufhin auch alle anderen aufstanden. »Midshipman Hardy, Dr. Van Orden«, sagte er. »Ich weiß, nach all der Aufregung ist das ein enttäuschender Abschluss, aber vielleicht darf ich Sie zum Abendessen bei mir zu Hause einladen?« Er grinste. »Ist nicht weit.«

66

Zwei Tage später. Senatorin Michelle Chadwick stand in ihrer Küche und füllte Pekannusseiscreme in zwei kleine Schalen. Sie trug ein beiges Negligé und flaumige Pantoffeln. *»L'état, c'est moi«*, verkündete sie, leckte den Eisportionierer ab und legte ihn in das Spülbecken. »Nein, Jack Ryan, der Staat bist nicht du.« Nach ihrem Streit mit dem Präsidenten war sie in Hochstimmung. Vielleicht würde er Jermilow sogar überreden können, seine Truppen von der ukrainischen Grenze zurückzuziehen, aber die Öffentlichkeit vertraute ihm dennoch nicht. Dieser eingebildete Affe hielt sich tatsächlich für cleverer als alle anderen. Aber das war er nicht. Er dachte nur, er sei besser. Ehrlicher. Unbestechlicher. Weniger anfällig für Versuchungen, denen normale Menschen gewöhnlich erlagen. Es gab nicht den einen, einzigen Grund, warum Michelle Ryan nicht ausstehen konnte – es gab eine Million Gründe.

»Hey!«, brüllte Corey vom Schlafzimmer herüber.

»Reiß dich am Riemen«, schrie sie zurück. »Ich hole uns nur ein wenig Eiscreme.«

»Vergiss die Eiscreme«, rief Corey. »Das musst du dir unbedingt ansehen!«

»Was ist denn?«, fragte Chadwick einen Moment später, als sie sich neben ihrem Lustknaben auf das Bett fallen ließ und ihm die Schale mit weniger Eiscreme reichte.

Doch als sie zum Fernseher blickte, hätte sie beinahe den Löffel entzweigebissen.

Als Jack Ryan gesagt hatte, er würde ihren Fall dem höchsten Gericht des Landes vorlegen, hatte er nicht den Obersten Gerichtshof gemeint. Dieser Hundesohn hatte das amerikanische Volk gemeint.

»… solche Lügen ausspricht, vertraut offenbar darauf, dass sie von den sozialen Medien wiedergegeben und immer weiter aufgebauscht werden«, sagte Präsident Ryan, der hinter seinem Schreibtisch im Oval Office saß. *»Wir könnten das tun, was manche Staaten bereits getan haben: Wir könnten das Recht auf freie Meinungsäußerung einschränken oder die Sensationsgier, die sich als Satire verkleidet, strafbar machen. Der Kongress könnte Gesetze verabschieden, mit denen hohe Strafen oder sogar Gefängnisstrafen gegen Personen verhängt werden, die solche Lügen verbreiten – selbst dann, wenn diese Lügen mit einem Augenzwinkern vorgetragen und als witzige Unterhaltung verharmlost werden. Aber es gibt keinen Zweifel daran, dass man durch Lügen anderen Menschen Schaden zufügen kann. Und wenn andere Menschen verletzt oder geschädigt werden, müsste dann nicht die Regierung eingreifen?*

Liebe Mitbürgerinnen und Mitbürger, Sie … und wir alle … sind klüger. Und ich glaube, dass wir Besseres verdient haben.«

Während Ryan sprach, teilte sich der Bildschirm in zwei Hälften. Beide zeigten ihn hinter seinem Schreibtisch bei derselben Rede, aber auf dem einen Bild trug er einen anthrazitfarbenen Anzug, auf dem anderen einen schwarzen. Wieder teilte sich die Darstellung, jetzt in vier, dann in sechs Bilder. Auf allen hielt Ryan dieselbe Rede, aber in verschiedenen Anzügen und an verschiedenen Orten. Eines der kleineren Bilder zeigte ihn in einer gekonnt manipulierten Aufzeichnung einer Rede, die er im vorigen Jahr vor dem Abschlussjahrgang an der Militärakademie West Point gehalten hatte.

»Leider«, sagten die Jack Ryans in sämtlichen Bildern im Chor, *»macht uns die Technologie solche Täuschungen extrem leicht.«*

»Dieser Hundesohn«, flüsterte Chadwick.

Corey legte ihr die Hand auf das Knie. »Was glaubst du, was er damit …«

»Klappe!«, blaffte sie ihn an und fegte seine Hand weg. »Halt einfach nur die Klappe!«

Im Oval Office trat der wirkliche Präsident Ryan vor den Green Screen und setzte sich auf die Kante des Resolute Desk. Hinter ihm fror der Screen mit den sechs Bildern ein, die ihn an unterschiedlichen Orten und in verschiedenen Anzügen zeigten, aber Ryan setzte seine Rede ohne Unterbrechung fort. Das »Chroma Keying« ist ein Verfahren zur farbbasierten Bildfreistellung in der Film- und Fernsehtechnik, das es ermöglicht, Gegenstände oder Personen nachträglich vor einen anderen Hintergrund zu setzen. Diese Präsentation der manipulierten Videos war viel eindrucksvoller als jede Erklärung, die er hätte abgeben können.

»Auch die Menschen, die gerade an der Regierung sind, können nicht immer bestimmen, was Wahrheit und was Lüge ist. Diese Verantwortung liegt bei jedem Einzelnen von uns. Unsere Zeit ist von digitaler Manipulation und künstlicher Intelligenz geprägt – Stimmen können so gut nachgeahmt werden, dass selbst unsere nächsten Angehörigen getäuscht werden. Es gibt zu viele, die die Technologie gegen uns einsetzen möchten – zu viele fremde Mächte, zu viele Gegner hier bei uns, die es nur darauf abgesehen haben, uns unsere Würde zu nehmen oder uns zu vernichten. Das hat nichts mit Witzen oder mit Satire zu tun. Wir dürfen niemals zulassen, dass man uns täuscht. Wir müssen immer genau hinschauen, lernen, lesen, uns eine eigene Meinung bilden, indem wir uns informieren und die Dinge abwägen, statt

überstürzte Urteile abzugeben. Und damit meine ich nicht nur Sie, liebe Mitbürgerinnen und Mitbürger, sondern auch mich selbst. Wir alle müssen stets wachsam sein …«

Draußen im Flur vor dem Oval Office neben dem Roosevelt Room beugte sich Special Agent Marsh zu Gary Montgomery, als Ryan seine Ansprache beendet hatte.

»POTUS hat mit keinem Wort die manipulierten Videos erwähnt, in denen ihm unterstellt wird, er würde Impfstoffe für sich selbst horten oder den Staatsstreich in Kamerun unterstützen. Und kein Wort über die russischen Bots.«

Montgomery grinste. »Wie er selbst gesagt hat: Dafür sind wir Amerikaner viel zu schlau.« Er stutzte kurz, runzelte die Stirn und murmelte: »Oder jedenfalls die meisten von uns …«

Zwei alte Männer, die am Sofiyskaya-Damm in der Moskwa angelten, entdeckten die Leiche als Erste. Einer von ihnen war ein ehemaliger Apparatschik, der seinen krummen, verknöcherten Finger immer noch am Puls des derzeitigen Regimes hielt. Hungrige Fische hatten bereits ihr zerstörerisches Werk begonnen, aber der alte Angler erkannte die jetzt lippenlose Leiche trotzdem sofort: Maksim Dudko, Berater des Präsidenten Jermilow. »Was hast du denn angestellt, Genosse?«, flüsterte er vor sich hin, »dass du als Fischfutter in der Moskwa enden musst?« *Will ich vielleicht gar nicht wissen*, dachte er dann und stieß mit seinem Spazierstock die aufgeblähte Wasserleiche in die strudelnde Strömung zurück.

Jack, Dowschenko und Ysabel überquerten die afghanische Grenze zusammen mit Atash Yazdani und dessen Sohn, wobei sie die Schmuggelroute benutzten, die sie auch schon auf dem Weg in den Iran genommen hatten. Der »Wind der hundertzwanzig Tage« blies immer noch heiß und stark und verschaffte ihnen Deckung vor den Patrouillen des Grenzschutzes.

Angesichts dessen, was ihnen auf ihrem letzten Trip durch Herat widerfahren war, war es doch recht wahrscheinlich, dass sie sich dort mehrere Feinde fürs Leben gemacht hatten. Ryan entschloss sich daher, sofort nach Dubai weiterzufliegen. In den Vereinigten Arabischen Emiraten waren zwar immer noch viele russische und iranische Operative aktiv, aber auch die amerikanischen Geheimdienste waren noch stark vertreten und würden ihm bessere Möglichkeiten als im Westen Afghanistans bieten können, für eine Weile unterzutauchen.

Zwei Feldagenten der CIA, die auch qualifizierte Krankenpfleger waren, nahmen die Yazdanis in Empfang. Gemäß Public Law 110 würden Vater und Sohn neue Namen und einen neuen Wohnort zugewiesen bekommen. Die medizinische Behandlung von Ibrahims Mukoviszidose würde sofort beginnen, nachdem er von einem Lungenfacharzt untersucht worden war. Atash Yazdani würde man dabei unterstützen, einen Job zu finden, aber als Ingenieur, der bei den iranischen Raketentruppen tätig gewesen war, besaß er genug Informationen, um die Agenten mehrerer amerikanischer Geheimdienste mit seinen Aussagen monatelang zu beschäftigen.

Jacks Beteiligung an den dramatischen Vorgängen war immer noch ein heikles Thema, weshalb man beschloss, den CIA-Agenten Adam Yao einzusetzen, mit dem Ryan schon mehrfach zusammengearbeitet hatte. Er sollte Erik Dowschenko kontaktieren, seine Aussage aufnehmen, seine Glaubwürdigkeit einschätzen und ihn einem Test mit dem FLUTTER, dem Lügendetektor, unterziehen. Erst danach würde Dowschenko als Doppelagent GP/VICAR aufgenommen werden können.

Russland hatte Nuklearraketen an den Iran geliefert und damit die ganze Angelegenheit ins Rollen gebracht. Soweit man wusste, hatte Dowschenko nur einen Teil des ganzen Geheimnisses herausgefunden – die Absprache zwischen Reza Kazem und General Alow, einen amerikanischen Satelliten abzuschießen. Ajatollah Ghorbani bestätigte Dowschenkos Bericht mit der Schilderung seiner wagemutigen Befreiung aus den Klauen eines wahnsinnigen Dissidenten, der General Alow ermordet und ihn, Ghorbani, gefangen gehalten habe. Dowschenko erschien demnach als heldenhafter, wenn auch ziemlich ungeschickter SWR-Operativer, der nur einfach seinen Job gemacht hatte. Er habe andere Dissidenten bis nach Afghanistan verfolgt, hieß es, aber sie dort unter all den Taliban aus dem Blick verloren. Er solle nicht mehr an die Botschaft in Teheran zurückkehren, sondern werde zusammen mit seiner neuen Freundin Ysabel Kashani nach Moskau zurückgerufen.

Sie waren acht Stunden, bevor Dowschenko seine Vorgesetzten informierte, in Dubai angekommen. Nach einer langwierigen Gegenobservation trafen sie im Crowne Plaza Dubai mit Yao zusammen. Der CIA-Führungsoffizier stand in einer Ecke und plauderte mit Dowschenko – der Small Talk diente ihm gleichzeitig dazu, seinen neuen, obwohl kampferprobten Rekruten genauer kennenzulernen und zu beobachten.

Jack und Ysabel standen weiter abseits, in einem Alkoven in der Nähe des Eingangs, um den beiden Agenten die Möglichkeit zu geben, ungestört miteinander sprechen zu können.

Ysabel hatte Kopftuch und Rock abgelegt und trug nun Jeans und eine blaue Seidenbluse, die perfekt ihre olivfarbene Haut betonte.

Sie schabte mit der Spitze eines weißen Tennisschuhs über die Fliesen. »Geht's dir besser?«, fragte sie.

Jack nickte, und er meinte es auch, obwohl er sich in diesem Moment ein wenig bedrückt fühlte.

»Ich bin ziemlich hart mit dir umgegangen«, sagte sie.

»Du willst also in Russland arbeiten?«, fragte Jack, ein schwacher Versuch, das Thema zu wechseln.

Sie nickte. »Fürs Erste. Damit kenne ich mich aus.«

»Dowschenko ist ein guter Mann«, sagte Ryan. »Mutig. Solide.«

»Ja, das ist er.« Ysabel blickte auf. »Aber wir sind nicht …«

»Das weiß ich. Ich sage ja nur, dass er ein guter Kumpel ist, das ist alles. Und wenn es so wäre … du weißt schon … wäre es auch okay.«

»Hör mal«, sagte Ysabel, »kennst du die Geschichte der Bibi-Chanum-Moschee in Samarkand?«

Ryan schmunzelte. »Kann ich nicht behaupten.«

»Okay. Der Herrscher Timur, auch Tamerlan genannt, heuerte einen persischen Architekten an, um von ihm eine Moschee für seine Lieblingsfrau Bibi Chanum bauen zu lassen. Der Legende nach verliebten sich der Architekt und Bibi Chanum tief ineinander. Als er sie küsste, brannten sich seine Lippen in ihre Wange, sodass der Abdruck zurückblieb.«

Ryan hob die Augenbrauen. »Okay?«

»Damit will ich nur sagen, Jack« – Ysabel wedelte mit der Hand vor ihrem Schoß –, »suche nicht nach jemandem, der da unten das Feuer anfacht. Such dir eine Frau, deren Lippen sich schon bei einem einfachen Kuss tief einbrennen.«

Dowschenko kam herüber, bevor Jack darauf antworten konnte.

»Ich will euch nicht unterbrechen«, sagte er und wies mit dem Daumen über die Schulter, »aber mein Agentenführer muss ein paar Telefonate führen.«

»Kein Problem«, sagte Ryan. »Ich wollte sowieso gerade gehen. Je weniger Menschen mich mit dir zusammen sehen, desto besser.«

»Verstanden«, nickte Dowschenko.

Ysabel beugte sich zu Ryan, küsste ihn auf die Wange und zuckte die Schultern. »Siehst du? Kein Brandmal, mein Freund.«

Dowschenko warf ihr einen erstaunten Blick zu. »Was?«

»Nichts«, sagte sie.

»Es war mir eine Ehre«, sagte Ryan zu dem Russen.

»Mir ebenfalls«, nickte Dowschenko. »Noch vor zwei Wochen hätten wir uns womöglich gegenseitig umgebracht, aber jetzt …«

»Bist du sicher, dass du das tun willst?«, fragte Ryan. »Die SWR-Spionageabwehr wird Überstunden machen, um dir Fallen zu stellen, sobald du aus dem Flugzeug steigst.«

Dowschenko blickte sich rasch um, dann beugte er sich näher. »Das sollten wir deinem Freund nicht erzählen, aber eins habe ich von meiner Mutter gelernt – wie man einen Lügendetektor austrickst.«

Dowschenko lächelte und schüttelte Ryan die Hand, zog ihn dann an sich und klopfte ihm brüderlich auf den Rücken. »Ich denke, wir werden uns irgendwann wieder mal über den Weg laufen, mein Freund.«

»Im Ernst«, sagte Ryan, »vielleicht solltest du uns erlauben, die Situation in Moskau durch unsere eigenen Kanäle auszukundschaften, bevor du dorthin zurückkehrst. Nur zu deiner Sicherheit.«

»Ach, Jack Ryan junior«, sagte Dowschenko mit ironischem Lächeln, »das solltest du doch besser wissen als ich: Glück ergibt sich nicht aus Sicherheit allein.«